रिश्ता तेरा मेरा

(दो न्यायाधीशों की प्रेम कहानी)

एक उपन्यास

नवल किशोर सोनी

navalkishor.s@gmail.com

रिश्ता तेरा मेरा

(दो न्यायाधीशों की प्रेम कहानी)

Author : Advocate Naval Kishor Soni
E-mail- navalkishor.s@gmail.com

ISBN : 978-93-5777-799-5

Paperback Edition

Printed in India 2026

अपनी बात

'रिश्ता तेरा मेरा' लिखने की प्रेरणा मुझे समाज में व्याप्त विभिन्न सामाजिक, धार्मिक, आर्थिक और राजनीतिक विसंगतियों तथा विभेदों को गहराई से देखने और समझने के बाद मिली। सर्वविदित है कि साहित्य समाज का दर्पण होता है, और यही कारण है कि इस उपन्यास में भी मैंने उन परिस्थितियों और स्थितियों का सहज चित्रण किया है जो पुष्पा और करीम के जीवन में घटित होती हैं।

पुष्पा और करीम, दोनों ही मध्यमवर्गीय परिवारों से आते हैं और न्याय के क्षेत्र में अपनी पहचान बनाने का स्वप्न सँजोते हैं। सामान्यत: कॉलेज जीवन में जैसे दो युवा हृदय एक-दूसरे के निकट आ जाते हैं और समाज के कठोर नियमों तथा तथाकथित संस्कारों को चुनौती देते हुए अपने मिलन की चाह में हर बाधा का सामना करते हैं, वैसी ही स्वाभाविक जिद उनके जीवन में भी दिखाई देती है। फर्क इतना मात्र है कि उन्होंने जिस विधि-विधान को अपने व्यवसाय और जीवन-निर्वाह का साधन बनाया, उसी राह पर चलते हुए वे अपने संघर्षों का समाधान भी धैर्य और शालीनता के साथ करते हैं। यही विशेषता उन्हें साधारण प्रेमी-प्रेमिका से अलग बनाती है।

इस उपन्यास के मुख्य पात्र पुष्पा और करीम का प्रेम सहज और स्वाभाविक परिस्थितियों में विकसित होता है। दुर्भाग्य यह है कि जिन परिजनों से वे सबसे अधिक विश्वास और सहयोग की अपेक्षा रखते हैं, वही उनके मार्ग में अवरोधक बनते हैं। समाज की संकीर्ण सोच, धार्मिक परिधियाँ और वे तत्व, जो प्रेम जैसे पवित्र रिश्ते को भी जाति और धर्म की बेड़ियों में बाँधना चाहते हैं, सबसे उन्हें दो-चार होना पड़ता है।

कहानी में नाटकीय मोड़ तब आता है जब पुष्पा, करीम के शिशु की अविवाहित माँ बन जाती है और अपने ही पिता के षड्यंत्र में फँसकर अपने प्रिय को खो देती है। परिस्थितियों से समझौता कर वह गुमनाम जीवन अपनाने का निर्णय लेती है। दूसरी ओर करीम भी विवश होकर गृहस्थी में बँध जाता है, परंतु भीतर से वह स्वयं को उस चक्रव्यूह में फँसा हुआ महसूस करता है, जिससे बाहर निकलना कठिन है।

कथानक को आगे बढ़ाने में कोर्ट रजिस्ट्रार रमाकान्त गुप्ता, करीम की पत्नी तबस्सुम (तब्बू), तबस्सुम का भाई कादिर और अनेक सहायक पात्र महत्त्वपूर्ण भूमिका निभाते हैं। ये पात्र कभी नायक बनकर तो कभी खलनायक बनकर परिस्थितियों को जटिल बनाते हैं और उपन्यास की कहानी को रोचक मोड़ों से बाँधे रखते हैं।

यह 111 भागों में विभाजित उपन्यास केवल पुष्पा और करीम की प्रेमकथा भर नहीं है, बल्कि उनके पेशेवर जीवन, सामाजिक संघर्षों और निजी रिश्तों का ऐसा समन्वय है जो वर्तमान सामाजिक और राजनीतिक परिदृश्य से गहरा साम्य रखता है। कथा के साथ चलते हुए पाठक बार-बार स्वयं को समाज की वास्तविक परिस्थितियों से जोड़ पाते हैं। बीच-बीच में रहस्य और रोमाँ च से भरे अप्रत्याशित मोड़ पाठकों की जिज्ञासा को बनाए रखते हैं और अक्सर उनकी धारणाओं को चुनौती भी देते हैं। प्रेम, संघर्ष, रहस्य और सामाजिक-सांस्कृतिक द्वंद्व से सजी यह प्रस्तुति आप पाठकों के समक्ष है। मुझे विश्वास है कि यह उपन्यास आपके हृदय को छूएगा और आपको अपने समय और समाज के बारे में सोचने का नवीन नजरिया देगा। आपके मूल्यवान सुझावों की प्रतीक्षा रहेगी, ताकि आने वाली रचनाओं में उन्हें सम्मिलित कर आपकी अपेक्षाओं पर खरा उतर सकूँ ।

-नवल किशोर सोनी

भाग 1 : पुष्पा और करीम-मुलाक़ात से मोहब्बत तक

पुष्पा उस दिन घर पर अकेली थी । माँ खाना बनाकर और घर के अन्य कार्य निपटाकर विद्यालय जा चुकी थीं । प्रिंसिपल होने के कारण उनका विद्यालय समय से पहले पहुँचना स्वाभाविक था । पिता दुबई में अपने व्यापार के सिलसिले में गए हुए थे और प्रायः पन्द्रह–बीस दिन के दौरे पर ही रहते थे । लॉ कॉलेज से लौटकर पुष्पा अपने नोट्स बनाने में व्यस्त थी कि तभी अचानक दरवाज़े की घंटी बजी । चौंकते हुए उसने सोचा- "अरे, न माँ के आने का समय है और न ही पिताजी का, तो फिर कौन हो सकता है ?"

दरवाज़ा खोलते ही उसने देखा कि सामने उसका सहपाठी और मित्र, करीम खड़ा है । "अरे करीम ! तुम यहाँ अचानक कैसे ?" पुष्पा ने आश्चर्य से पूछा ।

करीम ने झिझकते हुए धीमे स्वर में कहा,- "पुष्पा, अब्बा की तबियत बहुत बिगड़ गई है । उन्हें एक प्राइवेट अस्पताल में भर्ती करवाया है । डॉक्टरों ने आहार-नाल का कैंसर बताया है और तुरंत ऑपरेशन की सलाह दी है ।"

पुष्पा ने गंभीरता से उसकी बातें सुनीं और बोली- "यह सब दरवाज़े पर ही कहोगे या भीतर आकर बैठोगे ? आओ , बैठो, मैं चाय बना लाती हूँ ।"

परंतु करीम ने उसे बीच में ही रोक दिया- "नहीं पुष्पा, अभी चाय नहीं । मुझे तुमसे एक ज़रूरी बात करनी है ?"

पुष्पा ने पतीली गैस से उतारकर वापस रख दी और उसके पास आकर बैठ गई और बोली-"ठीक है, बताओ । इतनी घबराहट क्यों है ?"

करीम हकलाते हुए बोला- "डॉक्टरों ने अब्बू के कैंसर ऑपरेशन का खर्च डेढ़ लाख रुपये बताया है । इतनी जल्दी इंतज़ाम करना मेरे लिए असंभव है । माँ भी अस्वस्थ रहती हैं और मेरी पढ़ाई में भी अभी एक साल शेष है । फीस के लिए एजुकेशन लोन पहले ही ले चुका हूँ । समझ नहीं पा रहा हूँ क्या करूँ ?"

करीम की विवशता देखकर पुष्पा ने सहज स्वर में कहा- "देखो करीम, हम अच्छे मित्र हैं, इसलिए तुम सबसे पहले मेरे पास आए हो । मैं तुम्हें निराश नहीं करूँगी। डॉक्टरों से कहो कि ऑपरेशन की तैयारी शुरू करें, रुपयों का इंतज़ाम मैं कर दूँगी।" यह सुनते ही करीम का मन भर आया । उसने पुष्पा के कंधे पर सिर रखकर रोना शुरू कर दिया । पुष्पा ने उसके आँसू पोंछते हुए कहा-"अभी तुम्हारी जरूरत अस्पताल में है । अब्बा को संभालो, मैं रुपये लेकर पहुँचती हूँ ।"

करीम ने आभार प्रकट किया और तेज़ी से अस्पताल रवाना हो गया । करीम के अस्पताल पहुँचते ही डॉक्टर ने काउंटर पर रकम जमा करवा कर एक सहमति फॉर्म पर सिग्नेचर करने को कहा । तभी करीम को काउंटर पर पुष्पा रूपये जमा करवाती दिखाई दी । करीम की आँखों में अनायास ही आँसू आ गए । उसने सहमति फॉर्म पर सिग्नेचर करके डॉक्टर को जमा कर दिया । डॉक्टर और कुछ नर्स करीम के अब्बा को स्ट्रेचर पर लेटा कर ऑपरेशन थिएटर के अन्दर ले गए । करीम पुष्पा के नज़दीक चिंताजनक स्थिति में बैठा हुआ था । पुष्पा उसे धैर्य रखने और सब ठीक हो जाने की दिलासा दिला रही थी । ऑपरेशन को एक घण्टे से ज्यादा हो गया था, तभी थिएटर की हरी बत्ती जली और डॉक्टर ने करीम को बधाई देते हुए बताया कि- "ऑपरेशन सफल रहा । आज की रात पेशेंट को आईसीयू में ही रखेंगे। कल जनरल वार्ड में शिफ्ट कर दिया जाएगा ।"

डॉक्टर की बात सुनकर करीम की आँखों में खुशी के आँसु आ गए । वह पुष्पा से लिपट कर काफी देर तक रोता रहा । करीम को रोता देखकर पुष्पा भी अपने आपको रोक नहीं पाई । उसने अपने आँसुओं पर नियंत्रण रखने की कोशिश करते हुए करीम को बहुत प्यार से समझाते हुए कहा–"देखो करीम अब्बू जान अब स्वस्थ हो रहे हैं । उनको आराम की जरुरत होगी और तुम्हें अपनी लॉ की पढ़ाई पर फोकस करना है । इसी माह हम दोनों के फाइनल के एग्जाम है मेरी और कोई मदद की जरूरत हो तो बताना ।"

करीम ने खुद को संभालते हुए पुष्पा का शुक्रिया अदा किया । पुष्पा अब अपने घर के लिए रवाना हो गई थी ।

घर पहुँचकर पुष्पा ने करीम और उसके अब्बू से सम्बन्धित सारी घटना अपनी माँ को बताई । यह जानकर कि बेटी ने अपने मित्र के पिता के उपचार हेतु आर्थिक सहयोग किया है, माँ का हृदय गर्व से भर गया । उनकी इच्छा हमेशा यही रही थी कि पुष्पा आत्मनिर्भर बने और इंसानियत की राह में किसी भी हद तक आगे बढ़ सके । उस दिन उन्हें लगा कि उनकी कामना साकार हो रही है । पुष्पा और करीम के घर कोई ज्यादा दूरी पर नहीं थे । अक्सर दोनों परिवारों का एक-दूसरे के घर खूब आना जाना था । दोनों परिवारों में घनिष्ठ संबंध थे । ईद और दिवाली मिलकर मनाई जाती थी । पुष्पा के पापा और करीम के अब्बा बचपन से मित्र थे । दुबई में पुष्पा के पापा का व्यापार जमाने में करीम के अब्बा का ही बड़ा योगदान रहा था। उसी का परिणाम था कि पुष्पा के पापा ने दुबई में अपने व्यापार के साथ ही खुद का एक फॉर्म हाउस भी खरीद लिया था । इस बार उन्होंने पुष्पा और उसकी माँ के लिए सरप्राइज प्लान किया था । दोनों की अगले माह दुबई यात्रा के लिए

हवाई जहाज की टिकटें बुक करवा दी थी । अब मौका था यह सरप्राइज दोनों के साथ साझा करने का । अचानक से मोबाइल की घंटी बजी । पुष्पा समझ गई थी कि यह पापा का ही फोन है ।

“हैलो पापा, हाव आर यू !” पुष्पा ने फोन रिसीव करते हुए कहा ।

उधर से आवाज़ आई, -“आई एम फाइन बेटी , तुम बताओ दोनों माँ -बेटी कैसी हो ?”

पुष्पा ने जवाब देते हुए कहा–“एक दम झकास पापा, जैसे आप छोड़कर गए थे उससे भी कई गुना बेहतर । मैं माँ से आपकी बात करवाती हूँ ।”

यह कहकर पुष्पा ने पास ही खड़ी अपनी माँ के हाथ में मोबाइल थमा दिया।

उधर से आवाज़ आई,-“हाँ पुष्पा की माँ कैसी हो, तुम्हारे लिए एक सरप्राइज है। अगले माह तुम दोनों माँ-बेटी को दुबई में अपना फॉर्म हाउस देखने और एन्जॉय करने के लिए मैंने दोनों के लिए हवाई यात्रा की टिकटें बुक करवा दी है ।”

यह सुनकर माँ अत्यंत प्रसन्न हुईं । लंबे समय से उनका सपना था कि छुट्टियाँ पति के साथ बिताएँ । पर तभी पुष्पा उदास होकर बोली- “अरे माँ ! यूनिवर्सिटी ने परीक्षा की तिथियाँ अगले महीने तक खिसका दी हैं । मैं तो आपके साथ जाने की योजना बना रही थी ।”

पापा ने पुष्पा की बात सुन को सुन लिया था और कहा-“कोई बात नहीं, पुष्पा की टिकट कैंसिल करवा देता हूँ । वह परीक्षा की तैयारी करेगी और तुम अकेले आ जाना । एक लम्बे समय बाद हम दोनों साथ होंगे ।”

माँ ने हिचकिचाते हुए कहा-“पर बिटिया को अकेले छोड़ने का मन नहीं करता । वो अकेली परीक्षा की तैयारी करेंगी या घर संभालेगी ?” पुष्पा की माँ ने अपनी आँखों के आँसू पौछते हुए कहा । पुष्पा यह सब बातचीत सुन रही थी । उसने माँ की आँखों से आँसू पौंछते हुए मुस्कुराते हुए कहा- “माँ, आप निश्चिंत रहिए । मैं घर और पढ़ाई दोनों सँभाल लूँगी । फिर कामवाली बाई भी है । आप पापा के पास जाइए।” माँ ने बेटी को गले लगाया और आँखों के आँसू पोंछते हुए फोन काट दिया।

भाग 2 : जब माँ उड़ चली दुबई की ओर

पुष्पा की माँ उस दिन दुबई के लिए रवाना हो रही थीं, परंतु दिल मानो यहीं अटका हुआ था । बेटी के बिना अकेले यात्रा करना उन्हें अजीब लग रहा था, किंतु विवशता भी थी । पुष्पा की लॉ की परीक्षाएँ सिर पर थीं, उसे साथ ले जाना संभव नहीं था।

विद्यालय की छुट्टियाँ भी केवल जून तक थीं और प्रिंसिपल होने के नाते जिम्मेदारियों से मुँह मोड़ना आसान नहीं था। अंततः मन पर कड़ा पत्थर रखकर उन्होंने यात्रा का निश्चय किया ।

एयरपोर्ट तक पुष्पा, करीम और उसकी अम्मी उन्हें छोड़ने आए । विदा के समय पुष्पा को गले लगाते हुए माँ बोलीं-"बेटी, अपना खयाल रखना। जी-जान से परीक्षा की तैयारी करना । ज़रूरत पड़े तो करीम से मदद लेना और मुझे फोन करती रहना।"

पुष्पा ने अपने आँसू छिपाते हुए मुस्कुराने की असफल कोशिश करते हुए कहा- "जी माँ, आप निश्चिंत होकर जाइए ।"

फ्लाइट का समय हो चुका था । चेक-इन के बाद हाथ हिलाते हुए माँ भीतर चली गईं । उदास मन से पुष्पा और करीम लौट आए ।

घर पर पुष्पा ने स्वयं को पढ़ाई में डुबो दिया । कभी-कभी करीम नोट्स लेने-देने आ जाता । दोनों साथ में ही तैयारी करते । उस दिन पुष्पा ने उसे रुककर साथ पढ़ने का आग्रह किया । करीम जानता था कि पुष्पा को अकेलेपन से डर लगता है। अतः अम्मी को बता कर और अब्बू को दवा खिलाकर वह रात नौ बजे पुष्पा के घर पहुँचा और डोर बेल बजाई ।

"आ जाओ करीम, दरवाज़ा खुला है ।" अंदर से आवाज़ आई । करीम दरवाजे को अन्दर से बन्द करके पुष्पा के स्टडी रूम में चला गया । स्टडी रूम पहुँचा तो देखा, पुष्पा नाइट सूट में और भी सुंदर लग रही थी । उसकी रेशमी जुल्फें और कजरारी आँखें मानो दिल पर कहर ढा रही थीं । वह सोफे पर आराम से बैठी थी। करीम पास ही बैठ गया । इतने नज़दीक से करीम ने पुष्पा को पहली मर्तबा देखा था । पुष्पा बोली- "IPC (BNS) और CrPC (BNSS) के नोट्स मेरे पास नहीं हैं, बाकी सब तैयार है । तुम्हारे पास होंगे तो दिखाओ ।"

करीम ने मुस्कुराते हुए रजिस्टर बढ़ाए-"लो, ये रहे विस्तृत नोट्स ।"

पुष्पा ने उसे साथ बैठने का इशारा किया । दोनों नोट्स में डूब गए । बीच-बीच में चोरी-छिपे एक-दूसरे को निहार भी लेते ।

अचानक पुष्पा बोली,- "करीम, तुम मेरे सबसे अच्छे दोस्त और हमारे परिवार के विश्वस्त इंसान हो । क्या मैं एक सवाल पूछूँ तो ईमानदारी से जवाब दोगे ?"

करीम हँस पड़ा- "क्या कभी मैंने झूठ कहा है ? पूछो ?"

पुष्पा ने BNS की मोटी पुस्तक आगे बढ़ाते हुए शरारत करते हुए कहा, -"इस पर हाथ रखकर कसम खाओ, सच बोलोगे ?" करीम ने मज़ाकिया अंदाज़ में हाथ रखा और कहा – "जी माई लॉर्ड, सब सच कहूँगा,सच के सिवा कुछ नहीं कहूँगा।"

पुष्पा खिलखिलाकर हँसी और झटके से बोली- "तो बताओ, क्या कभी किसी लड़की से प्यार किया है ? यदि हाँ तो कब, क्यों और कैसे ?"

करीम ने गहरी साँस लेते हुए कहा- "जी, मोहतरमा, एक निहायत खूबसूरत कन्या से प्रेम करता हूँ ।" पुष्पा उतावली हो उठी और बोली,- "नाम ? जल्दी बताओ ?"

करीम ने मुस्कुराकर कहा- "नाम सुनकर थप्पड़ तो नहीं मारोगी ?"

पुष्पा ने झिड़का-"कसम से नहीं मारूँगी, बताओं ।"

करीम ने धीमे स्वर में कहा-"उसका नाम पुष्पा है… जो अभी मेरे सामने बैठी है।" यह सुनते ही पुष्पा भावुक होकर उसके सीने से लिपट गई और फुसफुसाई- "आई लव यू करीम ।"

करीम ने पुष्पा का माथा चूमते हुए उत्तर दिया- "लव यू टू पुष्पा ।"

करीम ने भी पुष्पा के माथे को चूमा और "लव यू टू पुष्पा ।" कहकर दोनों एक - दूसरे में खो गए । उस रात से उनका रिश्ता केवल मित्रता का न रहकर कहीं आगे बढ़ चुका था । पढ़ाई और प्रेम दोनों साथ-साथ चलने लगे । पुष्पा अक्सर कहती,- "प्यार करने के लिए पूरा जीवन पड़ा है करीम , अभी पढ़ाई जरूरी है । मैं तुम्हें इस देश की शीर्ष अदालत का मुख्य न्यायाधीश देखना चाहती हूँ । इसके लिए मन लगाकर पढ़ाई पूरी करनी होगी ।"

दोनों एक दूसरे को अपने प्यार का इज़हार कर अब वे सिर्फ दोस्त नहीं रहे थे अपितु अपने रिश्ते में काफी आगे बढ़ चुके थे । रोज करीम पुष्पा के घर तय समय पर आ जाता और दोनों मिलकर अपने लॉ एक्जाम की तैयारी में मशगूल हो जाते । आज भी दोनों साथ साथ पढ़ रहे थे कि पुष्पा किताब पढ़ते-पढ़ते कब करीम की गोद में सिर रखकर कर सो गई उसे पता ही नहीं चला । करीम ने हल्के से पुष्पा का सिर अपनी गोद से उठाया और उसे बेड पर लिटा कर पैरों पर चद्दर डाल दी ।

लाइट बंद करके खुद सौफे पर सो गया । सुबह छः बजे अलार्म की आवाज़ से करीम की नींद खुली तो वह अलार्म बन्द करके पुष्पा के मुँह को निहारने लगा । अचानक उसे खयाल आया कि अब्बू को थॉयराइड की दवा सुबह छः बजे देनी होती है, पता नहीं अम्मी की आँख खुली होगी या नहीं । यह सोचकर वह पास ही स्थित अपने घर की ओर दौड़ा । अम्मी ने दरवाजा खोला हुआ था और वो बाहर ही दूध वाले का इन्तजार करते हुए ठहल रही थी । अचानक दोनों की आँखें मिली और करीम के मुँह से निकला,-"अम्मी आप इतना जल्दी जग गई, अभी तो पूरी तरह दिन भी नहीं निकला।"

"बेटा मुर्गा बोलते ही मैं जाग जाती हूँ । तेरे अब्बू को वो थायरॉयड वाली दवा देकर वापिस सुला दिया है, अब दूध वाले की राह देख रही हूँ । पर तू इतना जल्दी कैसे आ गया आज ?"

करीम की माँ ने करीम को अन्दर बुलाते हुए पूछा।

"बस माँ पढ़ते पढ़ते सो गया था तो सुबह अलार्म बजने के साथ ही अब्बू की दवा का खयाल आया तो चला आया ।" करीम ने मटके के पानी से मुँह धोते हुए जवाब दिया । माँ ने मुँह पौछने के लिए करीम के हाथ में तौलिया थमाते हुए कहा– "दवाई तो मैंने दे दी है बेटा, तेरे अब्बू का खयाल रखने के लिए मैं ही काफी हूँ। तू बस अपनी पढ़ाई का खयाल रख । एक्जाम शुरू होने वाले हैं तेरे और हाँ पुष्पा की पढ़ाई ठीक चल रही है या नहीं?"

माँ की बात का जवाब देते हुए करीम ने कहा –"ठीक चल रही है अम्मी ।"

इसी बीच दूध वाला आ गया । करीम ने दूध लिया और सभी के लिए चाय बनाने के लिए खुद ही रसोई में चला गया ।

इधर पुष्पा की नींद खुली तो उसने देखा करीम सौफे पर नहीं था । वह समझ गई थी कि हमेशा की तरह वह अपने अब्बू को दवाई देने के लिए चला गया होगा । पुष्पा उठकर सीधे वाश रूम में चली गई फिर तैयार होकर ही बाहर आई ।

इस बीच काम वाली बाई ने घर का सारा काम निपटा दिया था । वह सुबह का ब्रेकफास्ट लगाकर पुष्पा को आवाज़ देकर दूसरे घर पर काम के लिए निकल गई। पुष्पा टेबल पर ब्रेक फास्ट के लिए पहुँची ही थी कि उधर से माँ का फोन आ गया,- "हैलो पुष्पा कैसी हो बेटी, पेपर कब से शुरू हो रहे हैं तुम्हारे ?" पुष्पा की माँ ने

विडियो कॉलिंग पर पूछा । पुष्पा ने हैलो करते हुए कहा,-“अच्छी हूँ माँ, आप और पापा कैसे हैं ?”

उधर से माँ ने कहा,-“मैं तो ठीक हूँ बेटा पर तेरे पापा की तबियत ठीक नहीं है सो मुझे इधर दुबई में कुछ और समय रहना होगा, उनके हार्ट का प्रॉब्लम बताया है डॉक्टर ने ।” माँ की बात सुनकर पुष्पा एक दम से घबरा गई और बोली,- “अरे यह कैसे हो गया माँ, मैंने कहा था न वे जब अकेले रहते हैं तो खाने-पीने पर बिल्कुल ध्यान नहीं देते।”

पुष्पा की बात खत्म भी नहीं हुई थी कि उधर से कॉल पर उसके पापा आ गये और बोले –“कोई नहीं बेटा ऐसा कुछ भी नहीं हुआ, बस खाने पर ही ध्यान नहीं देता बाकि पीना तो बहुत अच्छे से हो जाता है इधर । तुम चिन्ता न करो बस हल्का सा दर्द था हार्ट की तरफ़ तो डॉक्टर को दिखा दिया है, पर तेरी माँ अब तेरी परीक्षाओं के बाद ही वापिस आ पायेगी उधर ।”

पुष्पा ने अपनी आँखों को पौछते हुए कहा,-“कोई बात नहीं पापा इधर मैं सब संभाल लूंगी बस आप अपनी तबियत पर ध्यान दीजिए।”

पुष्पा के पापा ने बात को हल्का करने के लिए पूछा,-“बेटा पेपर कब खत्म हो रहे हैं तुम्हारे ?”

जवाब में पुष्पा ने कहा, “बस पापा दो सप्ताह में सब निपट जायेंगे, फिर मैं भी फ्री होते ही आपके पास आ जाऊंगी आपकी देखभाल करने ।”

पुष्पा के पापा ने अपने आँसू छिपाते हुए कहा,- “बेटा तुम्हारी माँ अच्छे से मेरा ध्यान रख रही है तुम बस अपनी पढ़ाई पर ध्यान दो, तुम्हें मैं इस देश की सबसे बड़ी अदालत का मुख्य न्यायाधीश बनते हुए देखना चाहता हूँ ।” भावुक होकर वे हँस पड़े ।

“अच्छा बेटा अब फोन रखते हैं तुम भी तैयार हो कर नाश्ता कर लो और हाँ कल से शुरू होने वाली परीक्षा के लिए ढेर सारी शुभकामनाएं !”

“थैंक्यू पापा !” पुष्पा ने मुस्कुराते हुए कहा और इसी के साथ सभी ने एक दूसरे को बाय-बाय कहकर फोन काट दिया ।

कल करीम और पुष्पा के लॉ एग्जाम का पहला पेपर होने वाला था । दोनों आज ही से उसकी तैयारी के लिए जी जान से जुट गए थे। दोपहर का खाना खाने के

बाद करीम पुष्पा के घर पर ही आ गया था । दोनों नोट्स को समझने में एक दूसरे की मदद कर रहे थे । बीच- बीच में पुष्पा करीम को छेड़ भी दिया करती थी । अभी बुक के पन्ने पलटते हुए उसे पता नहीं क्या सूझी कि वह तपाक से बोली,- "अच्छा करीम एक बात बताओ यदि हम दोनों की शादी हो जाए तो तुम कोर्ट मैरिज करना पसन्द करोगे या अरेंज मैरिज ?"

करीम थोड़ा मुस्कुराया और बोला,-"अरे पुष्पा कानून का छात्र हूँ तो ऑफकोर्स कोर्ट मैरिज ही करूंगा । देखो हम वकील लोगों की जिम्मेदारी है समाज को एक नई दिशा दिखाना, तो यह निकाह, हवन, पण्डित या मौलवी के चक्कर में क्यों पड़ना ?"

करीम के विचार पुष्पा को बेहद रास आए । वह सचमुच इस तरह के आज़ाद और प्रगतिशील खयालों वाला ही जीवन साथी चाहती थी । करीम में उसे वे सब खूबियाँ नज़र आने लगी थी जो वो अपने होने वाले हमसफ़र में देखना चाहती थीं ।

थोड़ी देर बाद दोनों फिर से किताबों में खो गए । रात भर परीक्षा की तैयारी करते रहे । बीच-बीच में करीम दोनों के लिए चाय- कॉफी भी बनाकर ले आता । पुष्पा को करीम का यह व्यवहार काफी अच्छा लगता था । काभी करीम पुष्पा को अपनी बाहों में भर लिया करता । कभी-कभी वो सहज रूप से ऐसी हरकतें करता जिन पर पुष्पा उसे प्यार से यह कह कर समझा देती,-"अभी यह सब करने का समय नहीं आया है करीम थोड़ा सब्र करना सीखो।"

पुष्पा की मासूमियत भरे उत्तर पर करीम कभी उदास हो जाता, कभी झुंझलाकर उसे छोड़कर बड़बड़ाने लगता—"आख़िर पुष्पा, लवर हूँ तुम्हारा, कोई अजनबी नहीं। तुम तो हाथ तक नहीं रखने देती यार ?"
पुष्पा उसकी आँखों में झाँकते हुए प्यार से समझाती—"देखो करीम, प्यार करने और बाकी सब बातों के लिए पूरी ज़िंदगी पड़ी है। मैं तुम्हारी ज़रूरतें समझती हूँ, पर अभी हमें परीक्षा की तैयारी पर ध्यान देना चाहिए । परीक्षा ख़त्म होते ही तुम जो चाहो करना, मैं मना नहीं करूँगी।" पुष्पा के इन अंतिम शब्दों पर करीम की आँखें चमक उठीं । उसने बात दोहराई- "जो चाहूँ... याद रखना माइ लॉर्ड, यही तुम्हारे लफ़्ज़ और यही वादा।"

पुष्पा लजा कर उसके सीने से लग गई और मुस्कराते हुए बोली—"जी माइ लॉर्ड, आख़िरी पेपर की शाम को कौन-सी फ़िल्म दिखाने ले जाओगे आप ?" करीम ने उत्साहित होकर जवाब दिया—"थियेटर में 'कोई मिल गया' लगी है, वही देखेंगे। और उसके बाद शैम्पेन खोलकर रात भर जश्न मनाएँगे।"

पुष्पा खिलखिलाकर हँस दी और दोनों परीक्षा की तैयारी में डूब गए ।

दिन बीतते गए, एक-एक कर पेपर पूरे होते रहे और आखिर वह सुबह आ पहुँची जब अंतिम पेपर आठ बजे शुरू होकर ग्यारह बजे समाप्त होना था । कॉलेज का माहौल उल्लास से भरा था । सभी ने अपनी-अपनी योजनाएँ बना रखी थीं, और पुष्पा- करीम भी अपने वादों को याद कर रहे थे ।

पेपर ख़त्म होने के बाद दोनों घर लौटे और थकान से गहरी नींद में डूब गए। उधर करीम ने पहले ही सब तैयार कर रखा था । रात नौ से बारह बजे के शो की दो टिकटें, शैम्पेन की बोतल और शानदार डिनर की बुकिंग । वह न सिर्फ़ अच्छा विद्यार्थी था, बल्कि उम्दा प्लानर और आयोजक भी ।

करीब सात बजे नींद से जागते ही करीम सज-सँवरकर, गुलदस्ता लिए पुष्पा के घर पहुँचा । दरवाज़ा खुलते ही पुष्पा ने उसे भीतर बुलाया । करीम सूट-बूट में बेहद आकर्षक लग रहा था, उसके इत्र की महक और फूलों का तोहफ़ा पुष्पा को भी खिला गया । गुलदस्ता स्वीकार कर उसने करीम को गले लगाया और दोनों देर तक एक-दूसरे की बाहों में झूमते रहे ।

करीम ने याद दिलाया—"चलो पुष्पा, जल्दी से तैयार हो जाओ । आज डिनर ताज होटल में है, वहाँ से सीधा मूवी के लिए चलेंगे ।"

योजना सुनकर पुष्पा प्रसन्न हो गई । डिनर के बाद दोनों समय पर थियेटर पहुँचे। फ़िल्म शुरू हो चुकी थी । हाथों में हाथ थामे दोनों सिनेमा का आनंद लेते रहे । आधी रात शो ख़त्म होने के बाद करीम उसे घर छोड़ने लगा, तभी पुष्पा ने पीछे से उसका कॉलर पकड़कर हँसते हुए कहा—"कहाँ चले हुज़ूर, फ्रिज में रखी शैम्पेन की बोतल कौन खोलेगा ?"

करीम हँस पड़ा और उसके साथ भीतर लौट आया । दोनों ने मिलकर शैम्पेन खोली और पढ़ाई से मुक्त होने की खुशी में जश्न मनाया। रात गहराने लगी। पुष्पा ने

आग्रह किया—"आज की रात यहीं रुक जाओ ।" करीम ने बिना हिचक मान लिया। दोनों देर तक बातें करते रहे, नींद कहीं दूर थी ।

करीम ने हल्की मुस्कान के साथ वादा याद दिलाया—"माई लॉर्ड, आपको अपना वादा याद है न ?" पुष्पा ने सिर झुकाकर हामी भरी और वॉशरूम में चली गई । जब लौटी तो पुष्पा लाल रंग की नाइटी में अलौकिक सुंदर लग रही थी । उसकी काया और आभा देख करीम मदहोश हो उठा । उसने पुष्पा को बाहों में भर लिया और उसके कानों में फुसफुसाया—

"तुम तो सारी दुनिया की लड़कियों से भी अधिक ख़ूबसूरत हो ।"

पुष्पा ने शरारत से उत्तर दिया—"नाम पुष्पा है तो क्या फूल समझे ? आग हूँ मैं।" दोनों ठहाके लगाकर हँस पड़े ।

करीम ने उसे बाँहों में भरकर बिस्तर पर लिटा लिया । कपड़े एक-एक कर उतरते गए और संकोच पिघलता गया । पहली बार दोनों दिल पूरी तरह एक-दूसरे में खो गए । रात भर उनका प्रेम अमर हो उठा । सुबह छः बजे अलार्म बजा तो करीम को अब्बू की दवा याद आई । उसने देखा, पुष्पा उससे लिपटी गहरी नींद में है । करीम ने प्यार से उसे चादर ओढ़ाई, उसके चेहरे को निहारा और धीमे क़दमों से घर की ओर निकल पड़ा ।

भाग : 3 - धोखे की पहली रात..

पुष्पा की नींद खुली तो घड़ी में ग्यारह बज रहे थे । उसने एक प्यार भरी अंगड़ाई ली । पास में करीम को न देखकर वो समझ गई थी कि वह अपने अब्बू को दवाई देने के लिए चला गया होगा ।

पुष्पा ने अपने अस्त-व्यस्त वस्त्रों को ठीक किया और तैयार होकर नाश्ते के लिए टेबल पर बैठ गई । काम वाली बाई ने गरमा-गर्म आलू के पराठें बनाए थे । पराठें खाते हुए उसे माँ की याद आ रही थी । सोच रही थी कि पता नहीं पापा की तबियत अब कैसी है । पुष्पा ने यह सब सोचते हुए अपनी माँ को फोन लगाया ।

" हैलो माँ हाव आर यू ?"

उधर से आवाज़ आई-"मैं अच्छा हूँ बेटा, तुम कैसी हो, एग्जाम कैसे रहे तुम्हारे ?"

पुष्पा ने जवाब देते हुए कहा-"अच्छे रहे माँ, कल ही खत्म हुए हैं । अब बस मैं फ्री हूँ और जल्दी ही पापा की देखभाल के लिए दुबई आ रही हूँ । अरे यह तो बताओ अब पापा की तबियत कैसी है ?"

"ठीक नहीं है बेटा, कल ही उनकी एंजियोग्राफी हुई है और डॉक्टर ने हार्ट में तीन चार ब्लॉकेज बताए हैं । हार्ट की बायपास सर्जरी के लिए बोला है ।"

पुष्पा की माँ ने रोते हुए पुष्पा को बताया । पुष्पा यह सब सुनकर परेशान हो उठी। उसने माँ को समझाते हुए कहा-"आप चिन्ता मत करो माँ सब ठीक हो जाएगा, मैं कल ही अपना टिकट बुक करवा कर आपके पास आ रही हूँ ।"

पुष्पा की बात खत्म भी नहीं हुई थी कि उधर से माँ ने कहा- "नहीं पुष्पा यहाँ मैं सब संभाल लूंगी, इनके दोस्त लोग भी साथ हैं, तुम्हारी लॉ की पढ़ाई पूरी हो चुकी है, अब तुम अपनी आने वाली जुडिशियल सर्विसेज की तैयारी पर ध्यान देना बेटी और साथ में यदि मेरे स्कूल को संभाल सको तो बेहतर होगा क्योंकि जून खत्म हो चुका है और पहली जुलाई से फिर स्कूल शुरू हो जाएंगे । मुझे इधर हो सकता है दो तीन महिने और लग जाएँ इनकी देखभाल में ।"

माँ की बात पूरी होते ही पुष्पा ने हाँ में सिर हिलाया और कहा- "ठीक है माँ जैसा आप उचित समझो पर पापा से भी बात करवाओ प्लीज ?" पुष्पा की बात सुनकर उसके पापा भी विडियो कॉल पर आ गए और बोले-,"हैलो पुष्पा कैसी हो मेरी बेटी, एग्जाम कैसे रहे तुम्हारे ?"

पुष्पा ने मुस्कुराते हुए कहा-"वो सब ठीक है पापा आप पहले यह बताओ कि तबियत कैसी है आपकी ? मैं दुबई आना चाह रही थी पर माँ उनका स्कूल संभालने को कह रही है ।"

पुष्पा की बात पूरी होते ही उसके पापा बोले-"हाँ बेटा ठीक कह रही है वो, तुम अपनी जुडिशियल सर्विसेज की तैयारी पर ध्यान दो और जल्दी से जज बनने की खुश ख़बरी दो बेटी, मुझसे बात हो गई थी इस बारे में तुम्हारी माँ की । तुम्हारे यहाँ आने का अभी कोई फायदा नहीं है, डॉक्टर लोग और मेरे दोस्त अच्छे से मेरी देखभाल कर रहे हैं और फिर तुम्हारी माँ जो मेरे साथ है !"

तीनों एक साथ हँस पड़े । पुष्पा ने अपनी दु:ख भरी हँसी और आँसुओं को रोकते हुए कहा-"ठीक है पापा, मैं जुडिशियल सर्विसेज की तैयारी पर ध्यान दे रही हूँ,

फॉर्म भर दिया है । अगले ही माह इसके एग्जाम हैं, मैंने कोचिंग इंस्टीट्यूशन भी ज्वॉइन कर लिया है । माँ का स्कूल भी संभाल लूंगी पर आप अपनी तबियत का खयाल रखिएगा और रोज मुझे फोन पर अपडेट दीजिएगा ।"

“जरूर बेटा तुम्हारी माँ रोज फोन करेगी तुम्हें और मैं कॉल पर उपलब्ध रहूँगा । चलो अब नाश्ता कर लो, इधर डॉक्टर्स के राउंड पर आने का वक्त हो गया है ।”

“लव यू पापा, लव यू माँ”- कहकर पुष्पा ने फोन काट दिया ।

करीम और पुष्पा दोनों ने फर्स्ट क्लास और डिक्टेशन के साथ एलएल.बी. की परीक्षा पास कर ली थी । अब दोनों ने जुडिशियल सर्विसेज की तैयारी के लिए साथ-साथ कोचिंग इंस्टीट्यूशन जॉइन कर लिया । पुष्पा बाकी समय माँ के स्कूल में समय देने लगी ।

जीवन काफी उलझनों और उतार चढ़ाव के साथ चल रहा था दोनों का । करीम के अब्बू जहाँ कैंसर से मौत को मात देकर निकले थे वहीं अब पुष्पा के पापा हार्ट की प्रॉब्लम से गुजर रहे थे । इन सब परिस्थितियों का हिम्मत से मुकाबला कर रहे थे करीम और पुष्पा।

घर- परिवार के साथ दोनों अपनी पढ़ाई पर भी उतना ही ज्यादा फोकस थे । पुष्पा की निरन्तर अपने पापा और माँ से विडियो कॉल पर बात होती रहती थी ।

दो माह कब और कैसे गुजर गए पुष्पा और करीम को पता ही नहीं चला पर एक बात से पुष्पा काफी दुःखी थी और वो थी उसके मासिक पीरियड नहीं आ रहे थे और वह स्वयं में कुछ बदलाव भी देख रही थी । पहले तो वह कुछ समझी नहीं पर एक दिन उसने यह बात करीम को बताई । करीम ने शाम को गायनिक डॉक्टर के पास चलने और दिखाने का प्लान बनाया । दिन भर की थकान के बाद पुष्पा घर पर आराम कर रही थी तभी करीम आ धमका और बोला-

“मोहतरमा चलो तैयार हो जाओ डॉक्टर के पास चलते हैं ।”

पुष्पा ने घड़ी देखी और बोली,-“अरे हाँ मैं तो भूल ही गई थी ।”

थोड़ी देर बाद पुष्पा और करीम दोनों शहर की मशहूर गायनिक डॉक्टर के क्लिनिक पर थे । डॉक्टर ने सामान्य चेकअप के बाद पुष्पा का प्रेगनेंसी टेस्ट किया । पुष्पा थोड़ा घबराई हुई सी थी । तभी डॉक्टर ने करीम को अन्दर बुलाकर कहा-

“मुबारक हो आप पिता बनने वाले हैं । मैं आपको कुछ जरुरी दवाइयाँ लिख रही हूँ। आप समय से पुष्पा जी को दीजिए और इनका खयाल रखिएगा ।”

पुष्पा ने सब सुन लिया था । करीम ने डॉक्टर का शुक्रिया अदा किया और पुष्पा को क्लिनिक से बाहर लेकर शहर के एक बेहतरीन होटल में डिनर के लिए ले गया। दोनों ने इस मुद्दे पर गंभीरता से चर्चा की । करीम ने चुप्पी तोड़ते हुए कहा- “देखो पुष्पा अब हमें कोर्ट में शादी के रजिस्ट्रेशन के लिए एप्लाई कर देना चाहिए। मैंने मेरे अब्बू और अम्मी को हमारे बारे में सब कुछ बता दिया है । वे दोनों इस शादी से काफी खुश होंगे ।”

करीम की बात पूरी होते ही पुष्पा चौंकते हुए बोली- “काफी स्मार्ट हो तुम यार, पूरी तैयारी कर रखी है । इधर अभी मैंने तो मम्मी-पापा से कोई जिक्र नहीं किया इस बारे में ।”

पुष्पा की बात सुनकर करीम ने असल मुद्दे की बात पर आते हुए कहा-“पुष्पा यह बताओ तुम्हें यह बच्चा चाहिए या नहीं क्योंकि इसी माह के अन्त में हमारे जुडिशियल सर्विसेज के एग्जाम भी है ।”

करीम की बात पर पुष्पा थोड़ा जोर से बोली-“मतलब क्या है तुम्हारा "चाहिए" से ? मैं किसी भी सूरत में मेरे पहले बेबी को नहीं गिराऊंगी । चाहे मुझे सारी दुनिया से इसके लिए लड़ना ही क्यों न पड़े ?”

पुष्पा की बात सुनकर करीम ने प्यार से कहा-, “काम डाउन पुष्पा, मैं सिर्फ तुम्हारी राय जानना चाहता था । यदि हमारा बच्चा इस दुनिया में आएगा तो मुझे भी उतनी ही खुशी होगी जितनी तुम्हें ।”

करीम ने पुष्पा के दोनों हाथ अपने हाथों में ले लिए थे । पुष्पा की आँखें हल्की डबडबा आईं थीं । उसने पास रखे नेपकिन पेपर से अपनी आँखें पौछतें हुए कहा- "मैं सोच रही हूँ यह सब माँ और पापा को बताऊँ या नहीं ?, पापा वैसे ही हार्ट की प्रॉब्लम से गुजर रहे हैं ?”

पुष्पा की बात पर थोड़ा गम्भीर होते हुए करीम ने कहा-“देखो पुष्पा आज नहीं तो कल उनको पता चलना ही है, मेरी मानो तो तुम माँ को सुबह सब कुछ बता दो । तुम चाहो तो मैं भी इस दौरान तुम्हारे साथ रह सकता हूँ ?”

पुष्पा जानती थी कि करीम सही कह रहा है परन्तु फिर भी न जाने क्यों पुष्पा माँ को यह सब बताने की हिम्मत नहीं कर पा रही थी । वह इस पशोपेश में थी कि क्या करे और क्या नहीं ? यदि माँ को बताती है तो पापा को भी पता चलेगा, कहीं इस पूरे वाक्या का पापा की सेहत पर कोई बुरा असर तो नहीं पड़ेगा ?

बस यही विचार पुष्पा के जहन में उमड़ रहे थे । पुष्पा ने एक तरकीब खोज निकाली। उसने माँ को एक टेक्स्ट मैसेज किया और लिखा- "माँ मुझे आपसे अकेले में फोन पर बात करनी है, जब भी आप फ्री हो पापा के रूम से बाहर आकर बात करिए प्लीज़ ।"

पुष्पा का मैसेज मिलते ही माँ चिन्ता में पड़ गई, वह किसी बहाने से रूम के बाहर आ गई और पुष्पा को विडियो कॉल की । उधर से पुष्पा की आवाज़ आई-" हाँ, माँ बताओ, अभी आप अकेले और पापा के रूम से बाहर हो ना ?"

पुष्पा की माँ ने कहा-,"हाँ मेरी बच्ची बताओ क्या बात है ? क्यों परेशान हो तुम?"

"कुछ नहीं माँ वो.......क्या है ना...... मैं और करीम....!" बताते हुए पुष्पा हकला रही थी तो माँ ने उसे हिम्मत बंधाते हुए कहा,-

" बोलो बेटी, घबराने की कोई बात नहीं है, सब कुछ अपनी माँ को साफ- साफ बताओ, मैं सब संभाल लूंगी ।"

माँ के इस वाक्य से पुष्पा को थोड़ी हिम्मत मिली और उसने लजाते हुए कहा-

“माँ वो हमसे गलती हो गई और डॉक्टर ने बताया है कि मैं करीम के बच्चे की माँ बनने वाली हूँ ।”

पुष्पा की बात ख़त्म होते ही माँ के मुँह से एकदम से निकला,-“क्या, तेरा दिमाग तो ठीक है, यह क्या बक रही है तू ?”

पुष्पा ने रोते हुए कहा,-“हाँ, माँ मैं ठीक कह रही हूँ, करीम ने अपने अम्मी और अब्बू को यह सब बता दिया है और वे दोनों इस शादी के लिए भी तैयार है पर.....!”

पुष्पा के चुप हो जाने पर माँ ने पूछा-,“पर क्या, पूरी बात बताओ ?”

“बस मैं यह कह रही थी माँ कि पापा यह सब सुनेंगे तो कुछ उलटा सीधा ना हो जाए ?” कहकर पुष्पा फिर से रोने लगी ।

पुष्पा को ढाढस बंधाते हुए पुष्पा की माँ ने कहा-“तू रो मत मेरी बेटी, मैं समय आने पर तुम्हारे पापा से बात करूंगी और उनको समझाऊंगी । पर...... तू तो

जानती है कि इन सब मामलों में तुम्हारे पापा के खयालात थोड़े अलग से हैं । हम दोनों शिक्षा और कानून की लाइन में हैं तो थोड़ा लिबरल है पर तेरे पापा बिजनेसमैन होने के कारण इन सब मुद्दों पर काफी कंजर्वेटिव टाइप से हैं ।”

माँ की बात बीच में ही काटते हुए पुष्पा बोली- “देखो माँ उनकी तबियत ठीक हो और वे ये सब बातें सुनने और समझने की स्थिति में हो तभी आप उनको बताना, मैं जानती हूँ कि वे हार्ट के पेशेंट है और उनको अभी किसी भी बात का सदमा नहीं पहुँचना चाहिए?”

पुष्पा की बात सुनकर माँ ने सहमत होते हुए कहा-“यही तो दिक्कत है पुष्पा, अभी इन हालात में मैं तुम्हारे पापा को कुछ भी नहीं बता सकती । ठीक है पुष्पा तुम अपना खयाल रखना मेरी प्यारी बच्ची । मैं फोन रखती हूँ और चलती हूँ तुम्हारे पापा के पास, काफी देर हो गई वे अकेले है ।” कहकर पुष्पा की माँ ने फोन काट दिया । इधर पुष्पा ने करीम को माँ से हुई बातचीत के बारे में विस्तार से बताया । माँ का सकारात्मक रुख जानकर करीम को अच्छा लगा । पुष्पा के पापा के अक्खड़ और अड़ियल रवैए के बारे में करीम भली- भांति परिचित था । उसने पुष्पा को सीने से लगाते हुए कहा-“देखो पुष्पा तुम खुद को संभालो, कल जुडिशियल सर्विसेज की एग्जाम का आख़िरी पेपर है । हम दोनों आज रात भर उसकी तैयारी करेंगे । मैं तुम्हारी मदद करूंगा । सुबह साथ-साथ पेपर देने चलेंगे । मैंने टैक्सी बुक करवा दी है ।”

पुष्पा ने करीम के सीने से अलग होते हुए उसके होठों को चूमा और हाँ में सिर हिलाकर आराम करने के लिए लैट गई ।

सुबह दोनों ठीक समय पर अपनी जुडिशियल सर्विसेज की एग्जाम का आख़िरी पेपर साथ देने पहुंचे और साथ ही घर लौटे । करीम ने पुष्पा को चाय बनाकर बिस्किट के साथ पेश की और खुद भी चाय पीने के लिए आराम से कुर्सी पर बैठ गया ।

करीम अपने एग्जाम के रिजल्ट के लिए काफी उत्सुक था । कुछ ही दिनों में दोनों के जज बनने या न बनने का फैसला होने वाला था। अब पुष्पा आने वाले सारे घटना क्रम के बारे में चिन्तित थी । उसे रात-दिन यही विचार सताते रहते कि पता

नहीं पापा उसके और करीम के रिश्ते को इस होने वाले बच्चे के साथ स्वीकार करेंगे या नहीं ?

इसी बीच समय गुजरता चला गया । वह दिन भी आ ही गया जब दोनों का जुडिशियल सर्विसेज के एग्जाम का रिजल्ट घोषित हुआ। दोनों ही इस एग्जाम में सिलेक्ट हो चुके थे । दोनों ने ही अपने-अपने माता-पिता के साथ यह अच्छी खबर शेयर की ।

घर के सभी लोग खुश थे कि करीम और पुष्पा अब जज बन चुके थे । ज्वाइनिंग लेटर भी दोनों को मिल चुका था । करीम ने तुरन्त ज्वॉइन कर लिया मगर पुष्पा को करीम के प्रयासों से एक दिन जॉइन करने के बाद छः माह की मेटरनिटी लिव मिल गई थी और वह इससे काफी खुश थी ।

सुबह अचानक पुष्पा के फोन पर घंटी बजी, पुष्पा ने फोन उठाया तो उधर से माँ की आवाज सुनाई दी,-“ हैलो पुष्पा कैसी हो बेटी, सुनो मैंने इसलिए फोन किया है कि कल तुम्हारे पापा के हार्ट का ऑपरेशन होने वाला है । डॉक्टर्स और इनके दोस्तों और खुद तेरे पापा चाहते हैं कि तुम भी इस दौरान इनके पास मौजूद रहो तो बेटा तुम्हारा फ़्लाइट टिकट मैंने बुक करवा दिया है । करीम को कहना वो तुम्हें फ्लाइट पर आराम से छोड़ दे ।”

पुष्पा ने माँ की हाँ में हाँ मिलाते हुए कहा,-“ठीक है माँ मैं आज रात वाली फ्लाइट से रवाना हो रही हूँ और कल सुबह जल्दी आपके पास पहुँच जाऊंगी ।”

करीम ने पुष्पा को दुबई के लिए भारी मन से विदा किया और कहा ,-“अपना और होने वाले बच्चे का खयाल रखना पुष्पा ! मैं बेसब्री से तुम्हारा इन्तजार करूंगा।”

पुष्पा अपनी फ्लाइट से दुबई के लिए रवाना हो चुकी थी । इस समय उसके दिमाग में सिर्फ अपने पापा के बारे में खयालात मचल रहे थे । वो पूरे सफर के दौरान यही सोच रही थी कि पापा का ऑपरेशन ठीक से सफल हो जाए बस, फिर मैं उनको सब कुछ सच-सच बता दूंगी । पुष्पा इन्हीं सब खयालों में व्यस्त कब दुबई पहुँच गई उसे पता ही नहीं चला ।

माँ द्वारा भेजी गई टैक्सी एयरपोर्ट से बाहर निकलते ही उसे मिल गई । टैक्सी से वह सीधे अपने पापा के फॉर्म हाउस पर पहुँची । माँ ने उसे गले से लगा लिया । पापा भी बहुत खुश थे । उन्होंने पुष्पा के जज बन जाने पर बधाई दी ।

पुष्पा पापा से गले लिपट गई और बमुश्किल उसने अपने आँसू रोके । पापा ने अपनी इकलौती संतान पर गर्व करते हुए कहा-,"बेटा तुमने बहुत मेहनत की है।जुडिशियल सर्विसेज में सिलेक्ट होकर तुमने हम दोनों माँ-बाप का नाम रोशन कर दिया है । मुझे तुमसे यही उम्मीद थी । ऐसी संस्कारी बेटी भगवान सबको दें।" कहते हुए पुष्पा के पापा ने पुष्पा को फिर से गले लगा लिया ।

तीनों भावुक हो उठे थे । पुष्पा की माँ ने चुप्पी तोड़ते हुए कहा-"पुष्पा तुम जाओ और थोड़ा आराम कर लो । लम्बे सफर से आई हो तो थक गई होगी । फिर आज दोपहर में इनका ऑपरेशन है तो शायद ही आराम करने का मौका मिले ।"

माँ की बात सुनकर पुष्पा अपने बेड रूम में चली गई और फ्रेश होकर नाश्ता करके सो गई । पुष्पा अपने पेट में पल रहे बच्चे और करीम के साथ रिश्ते के बारे में अपने पापा के विचार जानने के लिए बहुत उत्सुक थी । पर हालात कुछ ऐसे थे कि वो चाहकर भी कुछ नहीं कर सकती थी । थोड़ी देर में करीम का फोन आया- "हैलो पुष्पा कैसी हो, ठीक से पहुँच गई तुम ? और पापा का ऑपरेशन कब होने वाला है मुझे भी अपडेट दीजिएगा प्लीज़ ।"

करीम के सवाल का जवाब देते हुए पुष्पा ने कहा-"हाँ करीम, बस आराम कर रही थी । ऑपरेशन दोपहर बाद होगा तो मैं फोन करूंगी तुम्हें ।"

कहकर पुष्पा ने फोन रख दिया । तभी पुष्पा की माँ कमरे में दाख़िल हुई और अन्दर से कमरा बन्द करके बोली- "किसका फ़ोन था पुष्पा ?"

"माँ वो करीम था तो पूछ रहा था कि मैं ठीक से पहुँच गई ना।" पुष्पा ने माँ की तरफ़ गौर से देखते हुए कहा । माँ की आँखों में उसे डर दिखाई दे रहा था । पुष्पा से रहा नहीं गया और उसने माँ की गोद में सर रखकर पूछ ही लिया-"क्या बात है माँ, आपने यूँ दरवाजा बंद क्यों कर दिया ?"

पुष्पा के सिर पर हाथ रखते हुए पुष्पा की माँ ने कहा- "बेटी मेरी बात ध्यान से सुनो, तुम्हारे पापा का कोई ऑपरेशन नहीं होने वाला है । वे भले चंगे है । मैंने उनको तुम्हारे करीम के बच्चे की माँ बनने की बात बता दी थी । बस तब से ही नाराज़ हैं और किसी भी सूरत में वे तुम्हारी शादी करीम से करने के पक्ष में नहीं है बेटी । तुम्हें इस तरह यहाँ बुलाने का फ़ैसला उनका ही था, मैं तो सिर्फ उनके आदेशों का पालन कर रही थी ।

अपनी बेटी को गले लगाते हुए माँ ने अपनी बात जारी रखी- "करती भी क्या बेटी, एक तो उनकी तबियत खराब है फिर वे गुस्से में आते हैं तो किसी की नहीं सुनते हैं। बस यूँ तुम्हें बिना कुछ बताए यहाँ बुलाने का उनका ही प्लान था । वे इस बच्चे को गिरवाना चाहते हैं । इसके लिए उन्होंने सारी तैयारियाँ कर रखी है बेटी । वास्तव में तो ऑपरेशन तुम्हारा करवाने वाले हैं तेरे पापा ।"

माँ की बात सुनकर पुष्पा हैरत में पड़ गई । वो अपने पेट पर हाथ रखकर जोर से चिल्लाई-"नहीं माँ मैं यह सब नहीं होने दूँगी । दुनिया की कोई ताकत मुझसे मेरा बच्चा नहीं छीन सकती ।" कहकर पुष्पा माँ की गोद में सिर रखकर रोने लगी ।

पुष्पा की आवाज सुनकर उसके पापा ने रूम का दरवाजा खटखटाया । पुष्पा के पापा ने रोबदार आवाज़ में पुष्पा को समझाया-"देखो पुष्पा तुम जो एक गलती कर चुकी वो कर चुकी । अब इस बच्चे को जन्म देकर दूसरी गलती मत करो पुष्पा! दूसरे धर्म के लड़के से तो क्या मैं दूसरी जाति बिरादरी में भी तुम्हारी शादी नहीं होने दे सकता । यह मेरे लिए मेरी आन-बान और शान का मसला है । करीम ने तुम्हें मेरी जायदाद हड़पने और उसके बाप के ऑपरेशन के लिए दिए डेढ़ लाख रुपए हजम करने के इरादे से तुमको अपने जाल में फँसाया है बेटी । हमारे वहाँ उपस्थित न होने की मजबूरी का फायदा उठाया है उस करीम ने और कुछ नहीं ।"

पुष्पा ने अपने आँसू पौछकर हिम्मत करते हुए कहा- "ऐसा कुछ नहीं है पापा, यह सब आपकी गलत फहमियाँ हैं । उसने मेरे साथ कभी कोई जोर जबरदस्ती नहीं की। जो कुछ भी हुआ सब मेरी सहमति से हुआ है । हम दोनों शीघ्र ही शादी भी करने वाले हैं ।" पुष्पा गिड़गिड़ाते हुए बोली । पर पुष्पा की इन बातों का उसके पापा पर कोई असर दिखाई नहीं दिया । वो पुष्पा को आखिरी चेतावनी देकर चले गए-"सोच लो पुष्पा मेरी मर्जी के बिना ना तो यह बच्चा इस दुनिया में आएगा और नहीं यह शादी होगी । मैंने दुबई के अनुभवी गायनिक डॉक्टर से बात कर ली है, कल वो यहीं अपने असिस्टेंट के साथ आकर अबॉर्शन करवा देंगी ।"

पुष्पा अपने पापा के खतरनाक इरादे भाँप चुकी थी । उनके सामने गिड़गिड़ाने का अब कोई फ़ायदा नहीं था । लिहाजा पुष्पा ने नेट से सर्च करके स्थानीय महिला हेल्प लाइन का कॉन्टैक्ट नम्बर ढूँढ निकाला । उसने तुरन्त स्थानीय महिला हेल्प लाइन पर कॉल कर दी।

थोड़ी ही देर में दो सीनियर महिला इंस्पेक्टर पुष्पा की लोकेशन ट्रेस करते हुए उसके फॉर्म हाउस पर आ पहुँची । उन्होंने पुष्पा को सुरक्षा की दृष्टि से अपने अंडर में ले लिया और सब कुछ जानकारी लेकर पुष्पा के पापा को चेतावनी दी कि किसी भी महिला का अबॉर्शन उसकी मर्जी के खिलाफ़ करवाना कानूनी तौर पर अपराध है । इसके लिए दुबई के कानून के अनुसार आपको उम्र कैद भी हो सकती है ।

पुष्पा की माँ भी पुष्पा के पापा को समझा रही थी । अन्तत: अपने हाथ से बाजी निकलते देख पुष्पा के पापा ने दूसरा पैंतरा अपनाया और बोले-"ठीक है पुष्पा तुम एक शर्त पर इस बच्चे को जन्म दे सकती हो और वह यह है कि तुम कभी भी करीम से नहीं मिलोगी और नहीं उससे कोई रिश्ता रखोगी । बस यही दुबई में ही सैटल होकर मेरा बिजनिस संभालोगी ।"

अभी तुरन्त पुष्पा को इस शर्त पर हाँ कहने के अलावा कोई रास्ता नहीं सूझ रहा था । वह अपने पापा की हाँ में हाँ मिलाते हुए सब शर्तें मानने के लिए राजी हो गई। समय गुजरता चला गया । पापा ने पुष्पा के फोन नम्बर और अन्य सभी सम्पर्क के जरिए बदलवा दिए थे ।

उधर करीम पुष्पा से कोई भी संपर्क न हो पाने से काफी परेशान था । वह सब प्रयास करके थक चुका था । अब उसके पास पुष्पा का कोई पता- ठिकाना भी नहीं था । इधर करीम के अब्बू और अम्मी की तबियत भी बहुत खराब रहने लगी थी । वे निरन्तर करीम पर शादी करने का दबाव बना रहे थे ताकि उनकी देखभाल का इन्तजाम हो सके । पता नहीं पुष्पा की तलाश में आठ नौ महीने कब गुजर गए करीम को पता ही नहीं चला ।

कुछ समय बाद पुष्पा ने एक बेहद खूबसूरत बच्चे को जन्म दिया । उसका चेहरा बिल्कुल करीम से मिलता-जुलता था । धीरे-धीरे यह बच्चा बड़ा हो रहा था । पुष्पा अपने बच्चे को इस दुनिया में देखकर बहुत खुश थी ।

एक माँ अपने बच्चे के लिए हर तरह की खुशी त्याग सकती है । पुष्पा ने भी यही रास्ता चुना । अब वह धीरे-धीरे स्वस्थ हो गई थी और अपने पापा के बिजनिस में हाथ बटाने लगी थी ।

करीम को भूलना पुष्पा के लिए इतना आसान तो नहीं था मगर वक्त और हालात जो करवाए कम होता है । पुष्पा हालात और अपनों के ही हाथों खुद की खुशियों का खून होते देख रही थी । मगर बेबस थी अपने पापा की जिद्द और शर्तों के आगे। उसने अपने बच्चे की ज़िंदगी को वरीयता दी और अपने प्यार को धीरे धीरे भूल गई । पुष्पा का बेटा अब लगभग पाँच साल का हो चुका था ।

इधर करीम एक दिन लॉ की पुरानी किताबें उलट पलट रहा था तो उसे पुष्पा के पापा का एक बिजनिस विजिटिंग कार्ड मिला जिस पर पुष्पा के दुबई के फॉर्म हाउस का पता लिखा था । करीम ने इस पते पर पुष्पा के द्वारा उसके अब्बू के कैंसर के ऑपरेशन के लिए दी गई रकम सूद सहित मनीऑर्डर कर दी ।

पुष्पा अपने काम में व्यस्त थी तभी दरवाजे पर पोस्टमैन ने दस्तक दी और कहा- "मैम साहब आपके नाम से एक चिट्ठी और मनीऑर्डर आया है भारत से ।" कहकर पोस्टमैन ने डाक पुष्पा के हाथ में थमा दी । पुष्पा ने चिट्ठी को खोलकर पढ़ना शुरू किया-

"प्रिय पुष्पा,

लम्बे समय से तुम्हारी खोज में लगा रहा परन्तु तुम्हारा कोई पता नहीं लगा पाया। नहीं तुम्हारा नम्बर कभी लगा और नहीं तुम्हारी तरफ से ही कोई सम्पर्क करने की कोशिश की गई । इधर अब्बू और अम्मी की तबियत बहुत खराब रहने लगी थी तो उन्होंने दूर ही के रिश्ते की एक लड़की से मेरा निकाह करवा दिया । निकाह के कुछ महिनों बाद ही अम्मी और अब्बू का इन्तकाल हो गया । यकिन करो मैंने तुम्हारा बहुत इन्तजार किया और आज भी कर रहा हूँ । तुम्हारे द्वारा अब्बू के कैंसर के ऑपरेशन हेतु दिए डेढ़ लाख रुपए मैं सूद सहित मनीऑर्डर कर रहा हूँ । कृपया प्राप्ति रसीद अवश्य भेजना ।"

पुष्पा चिट्ठी को पढ़कर रोने लगी थी । बमुश्किल उसने अपने आँसू छिपाते हुए फिर से चिट्ठी को पढ़ना शुरू किया-"प्रिय पुष्पा मुझे माफ़ करना और हो सके तो हमारे बच्चे और अपने बारे में बताना। तुम्हारे पापा और मम्मी कैसे है यह भी लिखना ।" तुम्हारा प्यार करीम !

पुष्पा ने चिट्ठी को पढ़कर अपने सीने से लगा लिया । तभी उसका नन्हा बच्चा पुष्पा की तरफ दौड़ा चला आया और पुष्पा उसे करीम का बेहतरीन तोहफा समझकर सीने से लगाए खो गई।

भाग 4 : तबस्सुम की बेवफ़ाई-मुस्कुराहट के पीछे छिपा मौन

करीम अपने अब्बू के इलाज हेतु पुष्पा के दिए रुपए लौटाकर खुद को काफ़ी हल्का तो महसूस कर रहा था परन्तु अभी भी उसे पुष्पा की चिन्ता सताए जा रही थी । वह मन ही मन सोच रहा था कि- "पता नहीं पुष्पा किस हाल में होगी ? हमारे बच्चे का क्या हाल होगा ? मेरा मनिओर्डर मिलने के बाद भी पुष्पा ने मुझसे कोई बात क्यों नहीं की ?"

करीम काफी परेशान हो कर अपने ही सवालों के जवाब ढूँढने की कोशिश कर रहा था ।

उसे अचानक यह भी खयाल आया कि –"यदि पुष्पा ने अपना नम्बर बदल भी लिया तो मेरा नम्बर तो उसके फोन में अब भी होगा ना फिर पुष्पा ने मुझसे बात करने की कोशिश क्यों नहीं की और मेरी शादी की बात तो उसे मेरे मनिओर्डर से हाल ही में पता चली होगी ना, फिर इतने अरसे से उसने मुझे कोई फोन क्यों नहीं किया ? आखिर पुष्पा की क्या मजबूरियाँ रही होंगी ?"

अभी करीम यह सब खयालों में खोया हुआ ही था कि देखा सामने उसकी बीवी हाथ में चाय का प्याला लिए हुए खड़ी दिखाई दी ।

करीम ने उसे झल्लाकर चाय नीचे रखने को कहा । साथ ही हिदायत भी दी कि "जब मैं कोर्ट कचहरी के मसलों पर मंथन कर रहा हूँ तो यूँ अपना यह मनहूरा चेहरा लेकर सामने मत आया करो ।"

अपनी इस शादी से करीम बहुत खुश नहीं था । उसने सिर्फ़ अपनी अम्मा और अब्बू की सेहत के दबाव के चलते ही मजबूरी में यह निकाह स्वीकार किया था । वरना एक जज होकर वो किसी अनपढ़ महिला से निकाह कैसे कर सकता था । इसी का परिणाम भी था कि करीम ने आज तक अपनी बीवी से जिस्मानी रिश्ते कायम नहीं किए थे । अम्मी और अब्बू के इस दुनिया से रुखसत होने के बाद तो करीम अपनी बीवी के प्रति और भी सख्त हो गया था । वह रात-दिन कोर्ट के मसलों और पुष्पा के खयालों में ही खोया रहता था।

कई बार तो उसका मन करता कि वह अपनी बीवी से तलाक ले लें पर पता नहीं फिर वो क्या सोचकर अपने काम में मशगूल हो जाता था। उसके बेरूखे व्यवहार से उसकी बीवी भी काफ़ी परेशान रहती थी। वो अपने मायके वालों को सब कुछ बता चुकी थी।

पर सभी का यही कहना था कि शायद अपने काम-काज में व्यस्तता के चलते ऐसा हो रहा होगा और फिर अभी-अभी करीम ने अपने अब्बू और अम्मी को भी तो खोया है। इन सब से उभरने में थोड़ा वक्त तो लगेगा ही।

परन्तु एक जवान स्त्री आखिर कब तक अपने आप पर काबू रख पाती। शादी के बाद आखिर उसका भी दिल करता था कि वो अपनी जिस्मानी भूख और जरुरत को पूरा करें।

करीम के घर कोर्ट कचहरी के मसलों पर विचार विमर्श के लिए अक्सर उसके कोर्ट के रजिस्ट्रार का आना-जाना लगा रहता था। इन बैठकों के दौरान चाय-नाश्ता करीम की बीवी ही सर्व किया करती थी।

नक़ाब के पीछे छिपे उसके खुबसूरत चहरे को देखकर करीम के कोर्ट के हम उम्र रजिस्ट्रार साहब उसे घूर- घूर कर देखा करते थे। यह बात करीम की बीवी से भी छुपी नहीं रह सकी थी। पर करीम इन सबसे अनजान था।

कभी-कभी तो करीम घर पर नहीं होता तब भी रजिस्ट्रार साहब किसी ना किसी बहाने से घर पर आ धमकते। वे करीम की पिछली जिन्दगी से पूरी तरह वाकिफ थे। एक दिन मौका पाकर करीम की अनुपस्थिति में उन्होंने करीम की बीवी को पुष्पा और करीम के रिश्ते तथा उनके बच्चे के बारे में सब कुछ बता दिया।

करीम की बीवी यह सब सुनकर अवाक रह गई। रजिस्ट्रार साहब की बातें सुनकर करीम की बीवी को सारा माजरा समझते देर न लगी उसने भावुकता में सुबकते हुए सारी आप बीती रजिस्ट्रार साहब को सुनाते हुए कहा- "तो यही कारण है कि करीम आज तक मुझसे जिस्मानी रिश्ते क्यों नहीं कायम कर पाए। अभी तक उनके दिल से पुष्पा बाहर नहीं निकल पाई है। पर ऐसा था तो करीम को मुझसे निकाह करना ही नहीं चाहिए था।" ऐसा कहकर करीम की बीवी सुबकने लगी।

रजिस्ट्रार साहब ने करीम की बीवी को अपने गले से लगाया और उसके आँसू पौछने लगे। एक जवां मर्द की बाहों की गर्माहट पाकर करीम की बीवी का हुस्न

पिघलने लगा था। वो कब अपना आपा खोकर पूरी तरह रजिस्ट्रार साहब की बाहों में समा गई खुद उसे भी पता नहीं चला ।

रजिस्ट्रार साहब तो इसी फिराक में थे लिहाजा वे करीम की बीवी को अपनी बाहों में जकड़कर बेड रूम की ओर ले गए और उसके बदन पर हाथ फिराने लगे । अब करीम की बीवी भी अपना काबू खो चुकी थी । आखिर शादी के महिनों बाद उसे किसी मर्द का सान्निध्य इस तरह प्राप्त हुआ था । उसने रजिस्ट्रार साहब को मदहोश होकर चूमना शुरू कर दिया और घंटों तक वे दोनों एक दूसरे में खोए रहे। आज करीम की बीवी ने अपनी सभी हसरतें पूरी कर ली थी । रजिस्ट्रार साहब की भी जब हसरतें पूरी हो गई तो वे अपने कपड़े पहन कर कोर्ट की तरफ़ निकल पड़े।

कोर्ट जाकर उन्हें पता चला कि जज करीम आज सुप्रिम कोर्ट में होने वाली जजों की तीन दिवसीय कॉन्फ्रेंस में भाग लेने के लिए शहर की राजधानी के लिए निकल गए हैं । यह कॉन्फ्रेंस अर्जेंट में कॉल की गई थी लिहाजा करीम को ना तो घर आकर अपनी बीवी को ही कुछ बताने का अवसर मिला और नहीं किसी को फोन करने की फुर्सत मिली । रजिस्ट्रार साहब तो ऐसे ही मौकों की तलाश में थे लिहाजा वे फिर जा पहुँचे करीम के घर उसकी बीवी से मिलने । करीम की बीवी को जब उन्होंने बताया कि करीम तीन दिन के लिए शहर से बाहर गए हुए हैं तो वह भी खुशी से फूली नहीं समाई। यूँ छुप-छुप कर दोनों की मुलाकातों का सिलसिला बढ़ता गया और साथ ही जिस्मानी ताल्लुक़ात का सिलसिला भी जारी रहा । करीम की बीवी को खुद करीम की उदासीनता और उपेक्षा ने उस रास्ते पर धकेल दिया था जिस रास्ते पर सिर्फ रिश्तों की तबाही लिखी हुई होती है । हालांकि अभी करीम इन सब हालातों से अनजान था ।

देखते हैं अगले भाग में कि क्या करीम और उसकी बीवी का यह रिश्ता बच पाता है या दोनों में तलाक हो जाता है ?

भाग 5 : तबस्सुम-एक बिखरता हुआ मन

करीम की अनुपस्थिति में तबस्सुम रोज़ रजिस्ट्रार साहब से मिलने लगी थी । ये मुलाक़ातें अब औपचारिक नहीं रह गई थी, वे लंबी बातचीतों और नजदीकियों में ढलने लगी थीं । कभी घंटों तक दोनों एक-दूसरे के साथ बैठे रहते, बिना कुछ कहे। घर का वातावरण भी जैसे इन मुलाक़ातों का गवाह बन गया था । रजिस्ट्रार साहब के लिए करीम की बीवी स्वयं भोजन बनाती, परोसती, और उनके चेहरे पर छाई तृप्ति में जाने किस अधूरेपन की पूर्ति तलाशती । रजिस्ट्रार साहब की चारों उंगलियाँ घी में और सिर करीम की बीवी की गोद में रहता ।

धीरे-धीरे करीम की बीवी ने उस निकटता में एक अनकहा अपनापन महसूस किया। शायद वह पहली बार किसी पुरुष की उपस्थिति को इतने समीप से, इतने तीव्र रूप में महसूस कर पा रही थी । अब तक का उसका जीवन जैसे एक सूखी नदी रहा हो, जिसमें अचानक भावनाओं का ज्वार उमड़ आया था । वह जानती थी, यह राह ठीक नहीं, पर भीतर का रिक्तपन उसे बार-बार उसी दिशा में खींच ले जाता । और फिर जब कभी उसकी अंतरात्मा उसे झकझोरती, वह अपने ही भीतर से एक कटु स्वर सुनती- "इन सब हालातों के लिए जिम्मेदार भी खुद करीम ही तो है...! वो रात -दिन पुष्पा के खयालों में खोया रहता है, तो क्या मेरा हक़ नहीं कि मैं भी किसी के प्यार में कुछ सुकून के पल तलाश लूँ ? यदि पुष्पा से ही दिल लगाना था तो क्या जरुरत थी मुझसे निकाह करने की ?"

पर यह तर्क भी उसे देर तक ढाँप नहीं पाता था । आईने के सामने खड़ी होकर जब वह अपने चेहरे को देखती, तो अपनी ही सूरत से उसे भय लगने लगता । मन में एक और आवाज़ उठती- "हो सकता है मुझसे निकाह करने के पीछे करीम की कुछ मजबूरियाँ रही हो और फिर उसके अब्बू और अम्मी भी तो बीमार थे । आख़िर इतने पढ़े- लिखे और जज की नौकरी करने वाले करीम ने मुझ जैसी कम पढ़ी-लिखी मध्यम वर्गीय परिवार की लड़की से निकाह किया ही क्यों ?"

तबस्सुम स्वयं से प्रश्न करती और स्वयं ही उत्तर देने लगती । कभी रो पड़ती, कभी चुप्पी में डूब जाती । उसके भीतर एक भयंकर द्वंद्व चल रहा था-पाप और प्रायश्चित का, मोह और अपराधबोध का । अब उसे अपने किए पर पछतावा होने

लगा था । करीम को खो देने का भय उसके भीतर ऐसा घर कर गया था कि वह हर घड़ी अस्थिर सी रहने लगी । वह जानती थी, यदि कभी सच सामने आया तो न केवल उसका वैवाहिक जीवन, बल्कि उसके माता-पिता का सम्मान भी चूर-चूर हो जाएगा ।

तीन दिन बीत चुके थे । करीम किसी भी पल लौट सकता था । उसने दृढ़ निश्चय कर लिया था कि अब वह इस मोहजाल से बाहर निकलेगी । उसने रजिस्ट्रार साहब को साफ़ शब्दों में मना कर दिया था कि अब वे उसके घर न आएँ ।

पर उस दिन उसका सिर बुरी तरह दर्द से फटा जा रहा था । चक्कर आने लगे थे, दृष्टि धुंधला गई थी । तभी अचानक डोरबेल बजी । उसने काँपते हाथों से दरवाज़ा खोला तो सामने करीम खड़ा था । अपनी बीवी को यूँ परेशान देखकर करीम के मुँह से अचानक निकला –"तुम ठीक तो हो, क्या हुआ है तुम्हें ? सॉरी अचानक कॉन्फ्रेंस तय हो जाने से मुझे अर्जेंट सुप्रीम कोर्ट के लिए निकलना पड़ा और जल्दबाजी में मैं तुम्हें कुछ बता भी नहीं सका ।"

वह करीम के शब्द ठीक से सुन भी नहीं पाई थी कि धरती जैसे उसके पैरों के नीचे से खिसक गई । वह बेहोश होकर गिर पड़ी । करीम ने उसे बाँहों में थाम लिया, उसके माथे पर हाथ रखा, वह पूरी तरह अचेत थी । करीम ने फौरन एम्बुलेंस बुलवाई। कुछ ही देर में वह तबस्सुम को लेकर अस्पताल के आपात कक्ष में था । जज साहब की पत्नी के बेहोश हालत में आने की खबर मिलते ही पूरा अस्पताल सक्रिय हो उठा था । चिकित्सक दल तुरन्त इलाज में जुट गया, और करीम मुख्य कक्ष में बेचैनी से डॉक्टर के जवाब की प्रतीक्षा करने लगा।कुछ देर बाद मुख्य चिकित्सा अधिकारी मुस्कराते हुए उसके सामने आए और एक ऐसी सूचना दी कि सुनते ही करीम के भीतर मानो सब कुछ थम गया । उसका चेहरा स्तब्ध रह गया, आँखों में विस्मय और अविश्वास का साया उतर आया...!

भाग 6 : करीम-अदालत और स्वयं के बीच फँसा आदमी

करीम डॉक्टर के मुख्य चेंबर में बैठा हुआ था । चारों ओर सफ़ेद दीवारें, कोनों में रखे गमलों के हरियाले पत्ते और कमरे में फैली ए.सी. की ठंडी हवा सब कुछ स्थिर और शांत था । पर उस शांति के बीच करीम का मन एक तूफ़ान में डूबा था । उसकी आँखें एक बिंदु पर जमी थीं, पर भीतर जाने कितनी लहरें आपस में टकरा रही थीं। चेंबर में ठंडक थी, पर उसके माथे पर पसीने की बूंदें ऐसे चमक रही थीं जैसे किसी कठघरे में खड़ा अपराधी अपने अपराध से नहीं, बल्कि अपने भीतर के किसी अज्ञात भय से काँप रहा हो।

दरवाज़ा खुला । सफ़ेद कोट में डॉक्टर अंदर आए । करीम ने उन्हें देखा, चेहरे पर वही संयमित मुस्कान, जो शायद डॉक्टर्स ने सैकड़ों बार रोगियों को सांत्वना देने के लिए अभ्यास में ला रखी थी ।

"मुबारक हो, जज साहब," डॉक्टर ने धीमे से कहा, -"आप पिता बनने वाले हैं । तबस्सुम मैडम का प्रेग्नेंसी टेस्ट पॉजिटिव आया है। गिरने से हल्की चोट आई थी, पर अब वे बिल्कुल ठीक हैं । चिंता की कोई बात नहीं है ।"

करीम के होंठों पर हल्की-सी मुस्कान उभरी या कहिए कि मुस्कान का अभिनय। उसने एक शब्द कहा "थैंक्यू ।" बस यही एक शब्द, जो न उसके हृदय से निकला था, न ज़्यादार देर तक होंठों पर ठहरा । वह शब्द जैसे हवा में गुम हो गया ।

पर करीम के भीतर प्रश्नों का तूफ़ान उठ चुका था । उसके जहन में ढेर सारे सवाल उमड़ रहे थे – "ये सब कैसे हुआ ?"

"शादी के बाद से तो मैंने तबस्सुम को छुआ तक नहीं... फिर यह प्रेग्नेंसी?"

"क्या मैं किसी छल का शिकार हुआ हूँ ?

या यह किसी और का खेल है ?" हर सवाल करीम के भीतर किसी हथौड़े की तरह बज रहा था । उसे लग रहा था जैसे अस्पताल की दीवारें उसकी तरफ झुक रही हों, हर दीवार उस पर कोई आरोप लगा रही हो ।

करीम तुरंत अस्पताल से निकल जाना चाहता था । पर डॉक्टर ने कहा,- "आप चलिए, उनसे मिल लीजिए। उन्हें अभी-अभी होश आया है।" करीम ने सिर हिलाया । अपने कोट की टाई को ढीला किया, माथे का पसीना पोंछा और भारी

कदमों से उस कमरे की ओर चल पड़ा जहाँ उसकी बीवी तबस्सुम लेटी हुई थी । कमरा हल्के नीले रंग में डूबा हुआ था । खिड़की से आती धूप पर्दों के बीच छनकर ऐसे गिर रही थी जैसे किसी मासूम पर समय की उँगलियाँ फिसल रही हों। तबस्सुम बेड पर लेटी थी, चेहरे पर थकान की परछाईं, पर आँखों में कुछ छिपाने की कोशिश । करीम को देखते ही उसने आँखें झुका लीं । शायद वह खुद से भी नज़रें नहीं मिला पा रही थी । करीम के भीतर गुस्सा नहीं था या शायद गुस्से से भी गहरा कुछ था, जिसे कोई नाम नहीं दिया जा सकता। वह डॉक्टर की ओर मुड़ा और बोला ,- “कृपया सारी फॉर्मेलिटीज़ पूरी कर दीजिए । इन्हें घर भेज दीजिए। मुझे कोर्ट जाना है, एक जरूरी केस है ।” डॉक्टर ने हाँ में सिर हिलाया।

करीम बाहर निकल आया । बाहर लाल बत्ती लगी सरकारी गाड़ी तैयार खड़ी थी। ड्राइवर ने सलाम किया और पूछा,- “कहाँ चलना है, सर ?” करीम ने जवाब दिया, “कहीं ऐसी जगह ... जहाँ थोड़ी हवा हो ?” फिर कुछ सोचकर कहा, “रेस्त्रां के बार में चलो ।”

गाड़ी बढ़ी । शहर की सड़कों पर धूप तमतमा रही थी । करीम ने ए.सी. को फुल मोड़ पर करने को कहा, पर फिर भी पसीना उसकी कनपटियों से बह रहा था । वह जज था, न्याय उसका पेशा था, पर आज उसकी अपनी ज़िंदगी किसी मुकदमे की तरह उसके सामने खड़ी थी । आरोप, बचाव, सबूत, सब कुछ उसके भीतर चल रहा था । उसने खिड़की के बाहर देखा । सड़क के किनारे एक महिला अपनी गोद में बच्चे को झुला रही थी । वह दृश्य देखकर उसके होंठों पर एक कड़वी हँसी आई-“पिता बनना... कितना पवित्र शब्द है, और कितना भारी भी !”

उसकी आँखों के आगे यादों की परतें खुलने लगीं । उसे वो दिन याद आया जब उसने तबस्सुम से निकाह किया था । निकाह एक सामाजिक गठबंधन से ज़्यादा, एक भावनात्मक फैसला था । इस निकाह में करीम की कोई रुचि नहीं थी । शादी के कुछ ही महीनों बाद दोनों के बीच एक अनकही दूरी बढ़ने लगी थी । करीम अक्सर देर रात तक कोर्ट के मामलों में उलझा रहता ।

तबस्सुम अपने कमरे में अकेली ख्वाबों में खोए हुए अपने ही संसार में डूबी रहती थी । कभी-कभी उनके बीच बातचीत होती भी, तो बस औपचारिक शब्दों

में जैसे दो किरदार किसी नाटक का रोल अदा कर रहे हों, जिनके बीच भावनाओं की कोई डोर अब शेष न रही हो ।

गाड़ी एक बड़े रेस्त्रां के बाहर रुकी । करीम उतरा, और सीधा बार की ओर चला गया। वह जानता था, शराब उसका हल नहीं है, पर आज वह सब कुछ भूल जाना चाहता था । कम-से-कम कुछ पल के लिए । गिलास में एम्बर रंग की शराब भरी थी । उसने धीरे-धीरे उसे होंठों से लगाया । शराब की जलन उसकी आत्मा के भीतर उतर गई ।

“कितनी अजीब बात है,” उसने मन ही मन कहा, “जो इंसान रोज़ दूसरों के फैसले सुनाता है, आज अपनी ही ज़िंदगी का फैसला नहीं कर पा रहा है ?”

वह सोचने लगा, -“क्या तबस्सुम के जीवन में कोई और है ? यह सवाल उसके दिल में जैसे आग बन गया । पर उसी आग में एक और आवाज़ उठी—“अगर है भी, तो मुझे क्या ? मैंने कभी तबस्सुम को अपनाने की कोशिश की ?”

शराब के हर घूँट के साथ उसकी स्मृतियाँ और स्पष्ट होती जा रही थीं । वह याद करने लगा वो शाम, जब तबस्सुम ने कहा था-“करीम, अगर इंसान के भीतर संवाद मर जाए, तो रिश्ता भी मर जाता है ।” और करीम ने बिना तबस्सुम की बात सुने फाइलों में सिर गड़ा लिया था ।

उस रात तबस्सुम बहुत देर तक खिड़की पर बैठी रही थी । बाहर चाँद था, पर उसके चेहरे पर सन्नाटा सा था । शायद उसी रात उसने किसी से बात की हो, शायद वही कोई अब उसकी ज़िंदगी में प्रवेश कर गया हो ?

पर क्या हर सन्नाटा विश्वासघात होता है ? या कभी-कभी सन्नाटा भी बस दर्द की भाषा बन जाता है ? करीम को समझ नहीं आ रहा था कि वह किस पर गुस्सा करे—तबस्सुम पर, खुद पर, या उस नियति पर जिसने उन्हें एक साथ होते हुए भी इतना दूर कर दिया ।वह उठ खड़ा हुआ । बार में शोर बढ़ गया था । कोनों में लोग हँस रहे थे, कोई किसी की बाँहों में था। पर करीम के भीतर जो शोर था, वह सब पर भारी था । गाड़ी की पिछली सीट पर बैठते हुए उसने सिर पीछे टिकाया । आँखें बंद कीं तो एक दृश्य उभरा—तबस्सुम की थकी हुई आँखें, उसका झुका हुआ चेहरा, और डॉक्टर के शब्द—“आप माँ बनने वाली हैं ।” उसने आँखें खोल दीं । “क्या तबस्सुम सच में खुश थी ?” उसने खुद से पूछा ।

शायद हाँ वह खुश थी, क्योंकि उसकी आँखों में डर नहीं था, एक शांति थी, जैसे किसी बोझ से मुक्त हो गई हो । करीम को लगा, यह बच्चा उसका नहीं है , पर तबस्सुम का सत्य है, उसकी अपनी नियति का निर्णय। पर फिर भी मन का एक हिस्सा कहता—"तबस्सुम सच में निर्दोष है ? क्या उसने वही किया जो इन हालातों में किसी भी औरत को करना चाहिए था ?" करीम ने तय किया कि वह तबस्सुम से बात करेगा, पर किसी अदालत या जज की तरह नहीं सिर्फ एक इंसान की तरह ।

भाग 7 : विवाह से परे संबंध-न्याय के मोड़ पर

रेस्त्राँ की धुंधली रोशनी में बैठे हुए करीम का चेहरा किसी बुझते हुए दीपक की लौ जैसा लग रहा था । सामने रखे ग्लास में बर्फ के टुकड़े पिघलते जा रहे थे, और उसी के साथ करीम की सारी स्थिरता भी पिघल रही थी । उसकी आँखें लाल थीं,लेकिन नशे से ज़्यादा दर्द और उलझन से । वह अब तीसरे पैग की ओर बढ़ रहा था । दीवार का सहारा लेते हुए करीम ने एक लंबा कश लिया और भीतर उमड़ते तूफ़ान को जैसे धुएँ के साथ बाहर निकालने की कोशिश की । मगर दर्द धुआँ नहीं होता, वह भीतर की नसों में उतर जाता है, हर धड़कन के साथ चुभता है । करीम का दिल और दिमाग़ काम नहीं कर पा रहे थे कि आखिर वो करे तो क्या करें ? उसे कुछ समझ नहीं आ रहा था । दिमाग में सिर्फ एक ही सवाल बार बार कौंध रहा था कि- "आख़िर तबस्सुम के बच्चे का पिता कौन है ? क्या मुझसे निकाह से पहले तबस्सुम का किसी से कोई चक्कर था या बाद में यह सब हुआ?" करीम कुछ भी तय करने की हालत में नहीं था । अभी वो विचारों की इस उधेड़ बुन में ही चुपचाप खोया हुआ था कि अचानक मोबाइल की रिंग ने उस गहरी चुप्पी को तोड़ दिया । उसने जब स्क्रीन पर देखा तो 'सीनियर जज साहब' का नाम चमक रहा था । एक पल को तो वह झिझका और सोचने लगा कि जवाब दे या नहीं । मगर आदत से मजबूर, उसने रिसीव बटन दबा ही दिया और बोल-

"यस सर, बताइए क्या आदेश है ?" करीम ने अपनी टूटन को छिपाते हुए औपचारिक स्वर में कहा ।

उधर से सीनियर जज की भारी आवाज़ आई – "करीम साहब, सुना है आप अस्पताल गए थे... क्या बेगम की तबियत नाशाद थी ?"

करीम ने गिलास को टेबल पर रखा और गहरी साँस लेते हुए कहा- "जी सर, वो क्या था कि बेगम... माँ बनने वाली हैं । बस रूटीन चेकअप के लिए गया था । अब सब ठीक है, वो घर पर आराम कर रही हैं ।"

फोन के उस पार कुछ देर सन्नाटा रहा, फिर सीनियर जज बोले –"तो जनाब, उनकी देखभाल के लिए किसी रिश्तेदार को बुलवा लीजिए । ऐसी हालत में अकेली महिला को संभालने वाला कोई पास होना चाहिए ।"

"जी सर, मैंने इंतज़ाम कर दिया है । उनकी अम्मी आज शाम तक आ जाएँगी ।" करीम ने जवाब देते हुए कहा ।

"अच्छा, दरअसल एक ज़रूरी बात थी, जज साहब ने कहा - "आज रात को सुप्रीम कोर्ट में सभी ज़िला और पारिवारिक न्यायालयों के जजों की गोष्ठी है, विषय है 'विवाह-इतर संबंध और न्यायालयों की भूमिका।' मुझे वहाँ वक्ता के रूप में बोलना था, मगर मेरी तबियत अचानक बिगड़ गई है । क्या आप मेरी जगह जा सकते हैं?"

करीम ने एक पल को सिर झुका लिया । यह जैसे समय का एक और व्यंग्य था। जिस सवाल ने उसकी दुनिया हिला दी थी, अब उसी पर उसे व्याख्यान देने को कहा जा रहा था !

फिर भी उसने कहा- "जी सर, मैं हाज़िर हो जाऊँगा । आप आराम कीजिए और अपना खयाल रखिए ।"

"शुक्रिया, विषय और निमंत्रण कार्ड मैं आपको व्हाट्सऐप पर भेजता हूँ ।" इसी के साथ फोन कट गया । वैसे भी करीम का अपने घर जाने का मन नहीं था । पता नहीं क्यों उसे तबस्सुम से नफ़रत सी होने लगी थी । वह उसका मुँह देखने से भी बचना चाहता था । करीम ने मोबाइल टेबल पर फेंक दिया । मोबाइल की स्क्रीन पर आता हुआ संदेश चमक रहा था -विषय: विवाह-इतर संबंध और न्यायालयों की भूमिका । उसने इसे ज़ोर से पढ़ा, फिर अनायास हँस पड़ा । एक ऐसी हँसी जो भीतर की पीड़ा को ढँकने की असफल कोशिश थी । "वाह रब्बा," उसने सोचा, "जिस ज़ख़्म से मैं लहूलुहान हूँ, उसी पर मुझे प्रवचन देना है ।"

करीम ने बिल चुकाया, जैकेट पहना और बार से निकला गया । बाहर की हवा में नमी थी, लेकिन उसके भीतर एक अजीब सी गर्मी थी, गुस्से और अपराधबोध की

मिलीजुली । सड़क पर ट्रैफ़िक धीरे-धीरे बढ़ रहा था । उसने टैक्सी रोकी और होटल लौट आया । देर रात तक उसकी फ्लाइट थी, दिल्ली से मुंबई, जहाँ वह गोष्ठी होने वाली थी । होटल के कमरे में उसने बैग खोला, कुछ कागज़ निकाले और एक नोटबुक में कुछ लिखने की कोशिश की । लेकिन शब्द नहीं बन पा रहे थे । हर वाक्य के बीच तबस्सुम का चेहरा उभर आता । खैर करीम ने घर पर इतला करवा दी थी कि आज वो फिर किसी जरुरी मीटिंग से शहर से बाहर जा रहा है । करीम गोष्ठी में फ्लाइट से ठीक समय से पहले पहुँच गया था । हालांकि उसने विषय की कोई विशेष तैयारी नहीं की थी फिर भी इस विषय पर बोलने के लिए वह अपने आप को तैयार महसूस कर रहा था ।

भाग 8 : विवाह इतर सम्बन्ध और न्यायालयों की भूमिका

करीम तय समय पर अपने लेक्चर के लिए न्यायाधीशों की संगोष्ठी में पहुँच गया था । मुख्य वक्ता के तौर पर अभी उनको रेस्ट रूम में ठहराया गया था । ए. सी. हॉल न्यायाधीशों से खचाखच भरा हुआ था । सभी लोग काले कोट, पेंट और गले में टाई के तौर पर लगे सफ़ेद बैरिस्टर बैंड के साथ ड्रेसअप होकर अपना-अपना स्थान ग्रहण कर चुके थे । सामने मंच पर दो सोफे लगे हुए थे ।

सोफे के सामने सजी-धजी टेबल असल गुलाब के फूलों से सुशोभित हो रही थी। मंच पर एक सोफे पर आज के मुख्य अतिथि और दूसरे पर संगोष्ठी के मुख्य वक्ता करीम साहब बैठने वाले थे । हॉल में सभी पुरुष और महिला जज एक दूसरे के साथ चर्चा में मशगूल थे और चारों तरफ हल्का कोलाहल सा माहौल नज़र आ रहा था । स्पीकर पर हल्के इंस्ट्रुमेंटल संगीत की धुन बज रही थी ।

इंस्ट्रुमेंटल संगीत की धुन थमने के साथ ही मंच के पोडियम से सभी को संबोधित करते हुए संचालक के तौर पर एक महिला वकील की सुमधुर आवाज़ सुनाई दी- "हेलो लेडीज एण्ड जेंटलमेन ! तो जिस घड़ी का आप सब बेसब्री से इंतज़ार कर रहे थे वो नजदीक आ गई है । मैं आमंत्रित कर रही हूँ हमारे आज के मुख्य अतिथि सुप्रिम कोर्ट के माननीय रिटायर्ड जज श्री विष्णु दत्त कमलाकर साहब को ।" संचालक महोदया की इस घोषणा के साथ ही हॉल तालियों की गड़गड़ाहट से गूँज उठा और मंच पर एक अधेड़ उम्र के गठिले और फुर्तीले इन्सान के रुप में रिटायर्ड जज श्री विष्णु दत्त कमलाकर उपस्थित हुए तथा उनके सम्मान के लिए मंच के

सामने बैठे जजों में से ही एक सुन्दर महिला जज को आमंत्रित किया गया । महिला जज ने फूलों का सुगन्धित गुलदस्ता बड़ी गर्म जोशी के साथ आज की संगोष्ठी के मुख्य अतिथि के हाथ में थमाते हुए उनका स्वागत किया ।

एक बार फिर हॉल तालियों की गड़गड़ाहट से गूंज उठा । इस औपचारिकता के बाद आज के मुख्य वक्ता करीम साहब को मंच पर आमंत्रित किया गया और उनको भी उसी गर्म जोशी के साथ स्वागत स्वरूप फूलों का सुगन्धित गुलदस्ता थमाया गया और हॉल फिर से काफ़ी देर तक तालियों की गड़गड़ाहट से गूंजता रहा । धीरे- धीरे तालियों की गड़गड़ाहट थमती गई और मंच संचालिका ने विस्तार से आज के मुख्य अतिथि और मुख्य वक्ता का परिचय सबके सामने रखा और करीम साहब को आज के विषय "विवाह इतर सम्बंध और न्यायालयों की भूमिका" पर अपना वक्तव्य शुरु करने के लिए पोडियम पर आमन्त्रित किया । करीम जज की ड्रेस में बहुत खूबसूरत लग रहा था । उसने मुख्य अतिथि महोदय को झुककर सलाम करने के साथ ही मंच संचालिका का मुस्कुरा कर थैंक यू अदा किया और डेस्क पर रखे माइक को एडजस्ट करते हुए अपने भाषण की शुरुआत के लिए आगे बढ़ा । तालियों की गूंज थमने के बाद भी उनके कंपन अभी तक दीवारों से टकरा रहे थे । मंच के सामने करीम खड़ा था । शांत, संयमित, पर भीतर से तूफ़ान में घिरे हुए । उसके चेहरे पर वही दृढ़ता थी जो किसी अनुभवी न्यायाधीश के चेहरे पर होती है मगर आँखों के भीतर एक ऐसी बेचैनी थी, जो केवल एक इंसान महसूस कर सकता है । संगोष्ठी का हॉल अब पूरी तरह सन्नाटे में डूब चुका था ।

करीम ने माइक को थोड़ा झुकाया, पॉडियम पर रखी फाइलें करीने से सीधी कीं और बोलना शुरू किया- "माननीय मुख्य अतिथि महोदय एवं जज साहब !

जैसा कि आप सभी को पूर्व में ही विदित था कि आज के इस लेक्चर के लिए हमारे सुप्रीम कोर्ट के मुख्य न्यायाधीश महोदय को उपस्थित होना था लेकिन उनका स्वास्थ्य अचानक खराब होने के कारण यह जिम्मेदारी मुझे सौंपी गई है और मैं इस "विवाह इतर सम्बंध और न्यायालयों की भूमिका" विषय पर अपनी समझ और संबंधित कानूनी पहलु विभिन्न न्यायालयों के निर्णयों के प्रकाश में आप सभी के समक्ष प्रस्तुत करने की पुरजोर कोशिश करूंगा ।"

करीम के दिमाग में खुद अपनी जिन्दगी की उथल-पुथल मचलने लगी थी परन्तु एक अनुभवी और परिपक्व जज की तरह उसने अपनी तमाम उलझनों को पीछे रखकर अपना लेक्चर जारी रखा ।

“ दोस्तों आज जिस विषय पर हम चर्चा करने जा रहे हैं उसे समझने की दृष्टि से दो हिस्सों में बांटना ठीक रहेगा । इस विषय का पहला हिस्सा है विवाह इतर सम्बंध यानि "अडल्टरी" । यह क्या होता है इस पर करीम ने चुटकी लेते हुए कहा, शायद हममें से ज्यादातर या कुछ लोग इस अनुभव से गुजरे हों या गुजर रहे होंगे ।"

इस चुटकी पर पूरा हॉल ठहाकों से गूंज उठा । करीम दिल से काफी उदास और दुःखी था फिर भी उसने अपने चेहरे पर मुस्कान कायम रखी । वो जानता था कि उससे बेहतर "विवाह इतर सम्बंधों" को कौन समझ सकता है । वह खुद इस समस्या से जूझ रहा था और शायद आज उसे भी इस गम्भीर समस्या से निजात पाने का बेहतरीन हल कानून के दायरे में मिल सकेगा । करीम ने अपना लेक्चर जारी रखते हुए कहा - "अडल्टरी"शब्द लैटिन भाषा के शब्द 'Adulterium' से बना है जिसका मतलब है एक्स्ट्रामैरिटल सेक्स। यानी किसी शादीशुदा शख्स का पति/पत्नी से इतर किसी अन्य से जिस्मानी संबंध । इसे सामाजिक और नैतिक तौर पर गलत माना जाता रहा है और 2018 से पहले तक ये कानूनी तौर पर भी गलत था, आपराधिक था ।

2018 के बाद इस कानून में क्या बदलाव हुए और क्यों हुए, इस पर हम आगे चर्चा करेंगे ।" करीम ने टेबल पर रखे गिलास से पानी के कुछ घूँट गटकते हुए अपनी बात जारी रखी ।

"1860 में बने IPC (इंडियन पेनल कोड अब BNS) की धारा 497 अडल्टरी से ही जुड़ी थी। इसके तहत किसी शादीशुदा महिला से उसके पति की सहमति या मिलीभगत के बिना शारीरिक संबंध बनाना अडल्टरी था जो आपराधिक था । अडल्टरी के दोषी पुरुष को अधिकतम 5 साल तक की कैद, जुर्माना या फिर दोनों सजा का प्रावधान था ।

अगर किसी महिला का एक्स्ट्रामैरिटल अफेयर हो तो भी धारा 497 के तहत उसे सजा नहीं हो सकती थी । वजह यह कि कानून के तहत सिर्फ पुरुष को अपराधी माना गया, महिला को नहीं । उसके प्रेमी को ही सजा हो सकती थी ।

इस कानून की एक और खामी यह थी कि अगर किसी महिला का पति विवाहेतर संबंध में शामिल है तब भी वह महिला उसके खिलाफ शिकायत दर्ज नहीं करा सकती । शिकायत हमेशा कथित पीड़ित पुरुष ही दर्ज करा सकता था और कार्रवाई भी सिर्फ शादीशुदा महिला के प्रेमी के खिलाफ हो सकती थी, यह कानून अडल्टरी में शामिल महिला के खिलाफ नहीं था ।" करीम ने थोडा विराम लेते हुए फिर से अपनी बात जारी रखी ।

"शायद अभी तक की बातचीत सभी सम्मानीय जज साहेबान को स्पष्ट हो गई होगी कि कानून के तहत "एडल्टरी" का मतलब क्या होता है । यदि कोई अस्पष्टता या जिज्ञासा है तो आप सवाल पूछ सकते हैं ?"

करीम के समर्थन में हॉल एक बार फिर तालियों की गड़गड़ाहट से गूंज उठा ।करीम ने सभी का शुक्रिया अदा करते हुए बताया कि -"अब हम चर्चा के अगले भाग में देखेंगे कि एडल्टरी यानि विवाह इतर संबंधों को सुप्रीम कोर्ट ने कब और क्यों गैर आपराधिक घोषित किया ?"

अगले भाग में करीम के शेष लेक्चर से पहले आप जानेंगे रजिस्ट्रार रमा कान्त गुप्ता यानि आर.के.जी. की अधूरी कहानी के बारे में !

भाग 9 : रमा कांत गुप्ता की अधूरी कहानी

उधर अदालत की संगोष्ठी में करीम के विचारों ने जैसे एक नई हलचल पैदा कर दी थी ।"विवाह इतर संबंधों का अपराधमुक्त होना : नैतिकता बनाम संवैधानिकता" विषय पर उसका वक्तव्य सभी माननीय न्यायाधीशों के बीच गहरी रुचि का विषय बना हुआ था । श्रोताओं की माँग पर इस गोष्ठी का आयोजन एक दिन और बढ़ा दिया गया था । परंतु जहाँ सभा में लोग करीम के भाषण की प्रशंसा कर रहे थे,वहीं करीम का मन अपने भीतर एक अजीब थकान और वितृष्णा से भरा हुआ था । उसे अपना ही घर जैसे एक पराया ठिकाना लगने लगा था । दर और -दीवारें जानी-पहचानी थीं, पर दिल उनमें लौटने को तैयार नहीं था । न जाने क्यों, उसे अपनी बीवी और अपने घर दोनों से एक अनकही नफ़रत सी होने लगी थी । शायद भीतर कहीं वह खुद से भी भाग रहा था ।

इधर, उसी समय, रजिस्ट्रार रमा कांत गुप्ता,जिसे करीम भी स्नेह से आर. के. जी. कहकर बुलाता था, अपने मित्र की अनुपस्थिति का समाचार पा चुका था । उसके

मन में भी एक विचित्र उथल-पुथल थी, और उसी आवेग में वह तबस्सुम के घर की ओर बढ़ गया ।

तबस्सुम के घर के दरवाज़े की घंटी बजी । तबस्सुम ने दरवाज़ा खोला तो सामने आर. के. जी. खड़ा था । उसे देखते ही तबस्सुम की आँखें भर आईं । वह सुबकते हुए बोली -"यह क्या कर डाला आपने , आर. के. जी.!" तबस्सुम अब रमा कांत गुप्ता को संक्षिप्त नाम "आर. के. जी." कहकर पुकारती थी । शायद यह संबोधन अब किसी औपचारिक आदर का नहीं, बल्कि गहराते लगाव और एक अनकहे अपनत्व का प्रतीक बन चुका था । तबस्सुम की आँखों में एक साथ कई भाव तैर गए -लज्जा, पछतावा, और एक मातृत्व की मृदु छाया ।

आर. के. जी ने एक हल्की मुस्कान के साथ तबस्सुम के आँसू पोंछे और धीमे स्वर में कहा –"मुझे सब पता है, तबस्सुम... तुम मेरे बच्चे की माँ बनने वाली हो। पर तुम समझो, मैं करता तो क्या करता ?

एक ऐसा आदमी, जिसे कभी किसी ने अपनेपन की नज़र से नहीं देखा जब उसे पहली बार सच्चा प्यार मिला, तो वो खुद को रोक न सका ।"

तबस्सुम, आर. के. जी की बात सुनकर कुछ पल चुप रही । उसके भीतर का भय जैसे धीरे-धीरे पिघलने लगा । अब वह उस आदमी को जानना चाहती थी, जो उसके जीवन में अपराध बनकर नहीं, बल्कि एक त्रासदी की तरह आया था ।

"आर. के. जी.आप अपने बारे में सब कुछ बताइए," -तबस्सुम ने धीमे स्वर में कहा। आर. के. जी. की आँखों में जैसे वर्षों से जमा हुआ अंधकार झिलमिलाने लगा था। उसने अपने अतीत की कहानी का पिटारा खोलते हुए कहा-

"मैं अपने पिता का इकलौता बेटा था । पिता बहुत बड़े व्यापारी थे । उनका विवाह एक ऐसे घर में हुआ था जहाँ से उन्हें दहेज में करोड़ों रुपयों की अपेक्षा थी। पर विवाह के बाद जब वादा पूरा नहीं हुआ, तो पिता की आत्मा जैसे कलुष से भर गई। वे रोज़ शराब पीकर माँ को पीटते थे । मैं तब पंद्रह बरस का था । माँ की चीखें अब मेरी आत्मा में उतर चुकी थीं । एक रात, जब माँ अधमरी सी पड़ी थी, और पिता उसके शरीर पर फिर से लातें बरसा रहे थे तो मुझसे रहा न गया...मैंने अपनी ही माँ को बचाने के लिए अपने पिता का अपने ही हाथों खून कर दिया ।"

यह कहते हुए उसकी आवाज़ काँप गई, और वह तबस्सुम के कंधे पर सिर रखकर बच्चों की तरह सिसकने लगा । तबस्सुम ने उसे थाम लिया । उसकी उँगलियाँ आर. के. जी. के बालों में फिरने लगीं । "फिर क्या हुआ ?" -तबस्सुम ने पूछा । आर. के. जी. ने गहरी साँस ली और आगे बताया कि - "सुबह अखबार खोला, तो देखा, मेरी माँ ने हत्या का इल्ज़ाम अपने ऊपर ले लिया था । वह जेल चली गई... और मैं ज़िंदा लाश बन गया ।

सोचो तबस्सुम, कैसी होती है माँ जो अपने बेटे के पाप को अपनी कोख की गोद में समेट लेती है !"

यह कहते-कहते आर. के. जी. फिर फूट पड़ा । तबस्सुम भी अब अपने आँसुओं को रोक नहीं पा रही थी । वह बेड पर बैठी और धीरे से आर. के. जी. को अपने पास खींच लिया । दोनों देर तक सिसकते रहे । दो टूटे हुए जीवन, जो अब एक-दूसरे के दर्द में सांत्वना ढूँढ रहे थे ।

फिर आर. के. जी. ने अपने स्वर को सँभालते हुए आगे कहा - "माँ के जेल जाने के बाद मैंने खुद को सँभाला । पढ़ाई पूरी की, और कड़ी मेहनत से अदालत में रजिस्ट्रार के पद पर पहुँचा । पर मेरे अतीत ने मेरा पीछा कभी नहीं छोड़ा । कोई पिता अपनी बेटी उस हत्यारी माँ के बेटे को क्यों देता ? मैंने कई बार कोशिश की पर हर रिश्ता कहीं न कहीं टूट जाता । और फिर, एक दिन तुम मिलीं...तुम्हारी मुस्कान में मुझे वो अपनापन दिखा, जिसके लिए मैं वर्षों से तरस रहा था ।"

उसकी आवाज़ अब धीमी हो गई -"तबस्सुम, मैं जानता हूँ हमने जो किया वो समाज की नज़र में अपराध है, पर मेरे लिए तुम पाप नहीं एक प्रार्थना हो । अब मेरी बस एक ही इच्छा है...कि करीम किसी तरह तुम्हें तलाक़ दे दे,ताकि मैं तुम्हें और हमारे बच्चे को अपना नाम दे सकूँ ।"

यह कहकर आर. के. जी. ने तबस्सुम को अपने आलिंगन में भर लिया । दोनों की आँखों से एक साथ आँसू बह निकले पर इन आँसुओं में अब पश्चाताप से अधिक एक अजीब-सी शांति थी, जैसे पाप और प्रेम की सीमाएँ एक क्षण के लिए मिट गई हों ।

भाग 10 : तबस्सुम का अतीत-औरत एक चेहरे अनेक

करीम की अनुपस्थिति का समय रमा कांत गुप्ता और तबस्सुम के लिए जैसे ठहर गया था । दोनों एक-दूसरे की संगति में ऐसे खोए रहते मानो बीते दिनों के सारे दुख, अपराधबोध और भय एक पल को थम गए हों । अब उनके बीच मौन भी संवाद था और संवाद जैसे दो दिलों का स्पर्श । करीम अपने दूसरे दिन के व्याख्यान में व्यस्त था, जबकि उसी समय उसके घर में दो अपूर्ण जीवन एक-दूसरे में अर्थ तलाश रहे थे ।

रमाकांत ने धीरे से तबस्सुम का हाथ थामा और मुस्कराते हुए कहा- “अच्छा तबस्सुम, अब तुम अपने बारे में भी कुछ बताओगी या नहीं ?”

तबस्सुम ने लेटे-लेटे ही सिर उठाकर आर. के. जी.के सीने पर टिकाया । उसके होंठों पर एक मद्धिम मुस्कान थी —“आर. के. जी., अब तो तुम्हें मेरे बारे में सब कुछ जानने का हक है । जब हमने साथ जीने-मरने का फ़ैसला कर लिया है, और एक नई जान को इस दुनिया में लाने की ज़िम्मेदारी भी अपने सिर ले ली है,तो फिर एक-दूसरे से अनजान क्यों रहना ?”

उसने लम्बी साँस लेकर अपनी कहानी शुरू की - “मैं एक बहुत ही साधारण, बल्कि गरीब परिवार से हूँ । अम्मी गृहिणी थीं, और अब्बू कोर्ट में अलदरी का काम करते थे । परिवार में अब्बू-अम्मी के अलावा एक बड़ा भाई था- मोहम्मद क़ादिर । अब्बू बहुत ईमानदार और कम बोलने वाले इंसान थे...। ”

रमाकांत ने उसकी बात बीच में ही काट दी और कहा -“वाह, क्या बात है ! तो करीम के ससुरजी भी अदालत के कामकाज से ही जुड़े हुए थे ? ज़रा बताओ, किस कोर्ट में अलदरी थे वो ?”

तबस्सुम ने मुस्कराकर कहा -“अरे, वही कोर्ट जहाँ आज करीम जज है ! अब्बू का वहाँ रोज़ का आना-जाना था। कभी-कभार मैं भी उनके साथ चली जाया करती थी । करीम के अब्बू और अम्मी जान अब्बू से अक्सर करीम के रिश्ते की चर्चा करते, और एक दिन उन्होंने सीधे अब्बू से मेरा हाथ माँग लिया । करीम के अब्बू कैंसर के मरीज़ थे, इसलिए वे चाहते थे कि बेटे का निकाह जल्दी हो जाए।”

यह कहते-कहते तबस्सुम की आँखें नम हो आईं । उसने अपनी आवाज़ सँभालते हुए कहा - “अब्बू तो पहले हैरान रह गए थे । एक मामूली अलदरी की बेटी के लिए इतने बड़े अफ़सर का रिश्ता !
पर करीम के अम्मी-अब्बू के आग्रह पर उन्होंने हाँ कर दी । मेरे निकाह का मेहर भी अच्छा खासा तय हुआ था ।”

रमाकांत मुस्कराया - “यह ‘मेहर’ क्या होता है भला ? ज़रा समझाओ ना?”
तबस्सुम हँस पड़ी ।
उसकी हँसी कमरे की भारी हवा में एक मधुर झंकार की तरह गूँज उठी ।
“देखो आर. के. जी., जिस तरह तुम्हारे यहाँ लड़के वाले लड़की वालों से दहेज वसूलते हैं, उसी तरह हमारे यहाँ लड़की वाले लड़के से कुछ लेते हैं, इसे ही मेहर कहते हैं, बस समझ लो !”

रमाकांत भी हँस पड़ा —“ठीक है बाबा, पर तुम्हारे मुँह से ‘आप’ सुनना अच्छा नहीं लगता । मुझे बस ‘तुम’ और ‘आर. के. जी.’ ही सुनना है, समझीं ?”

तबस्सुम फिर खिलखिलाई —“ठीक है आर. के. जी., अब मैं तुम्हें बस इसी नाम से पुकारूँगी, और ‘तुम’ कहकर ही ।”

रमाकांत ने उसके बालों में उँगलियाँ फेरते हुए कहा - “अब अच्छा बताओ, तुम्हारे अब्बू का नाम क्या था ?”

“अब्दुल,” तबस्सुम ने कहा, “और भाई का नाम मोहम्मद क़ादिर ।”

यह सुनते ही रमाकांत जैसे अतीत में लौट गया और बोला- “अरे ! कहीं वही चाचा अब्दुल तो नहीं ? हम सब अदालत में उन्हें चाचा कहकर बुलाया करते थे। बहुत नेक आदमी थे वो !”

तबस्सुम ने सिर हिलाया-“हाँ, वही मेरे अब्बू थे ।
अब इस दुनिया में नहीं हैं - अम्मी भी खुदा के घर चली गईं ।
अब तो बस मैं अकेली रह गई हूँ ।” यह कहते हुए उसकी आँखें भर आईं ।
रमा कांत ने माहौल को हल्का करने की कोशिश की — “अरे नहीं, तुम अकेली कहाँ ! तुम्हारा भाई क़ादिर भी तो होगा कहीं ।”

तबस्सुम ने धीमे स्वर में कहा - "शायद... सुना है वो किसी धार्मिक जमात में शामिल हो गए, दीन के प्रचार-प्रसार में लगे हैं । पर उनका कोई पता नहीं चला । यहाँ तक कि अब्बू-अम्मी के इंतकाल के वक्त भी वो नहीं आए ।"

तबस्सुम की आँखों में अब थकान उतर आई थी।शब्दों की लड़ी धीमी पड़ गई । कमरे में पीली रोशनी थी, बाहर हल्की बारिश हो रही थी और बीच में दो अधूरे जीवन, जो एक-दूसरे की बाँहों में कुछ पल की राहत तलाश रहे थे। तबस्सुम ने सिर रमाकांत के सीने पर रख दिया ।

कुछ ही देर में उसकी आँखें लग गई , वह सो चुकी थी ।

रमाकांत उसकी नींद और चेहरे को निहारता रहा, उसके चेहरे पर मासूमियत और पीड़ा दोनों का एक अजीब संगम था ।

उस क्षण रमाकांत ने पहली बार महसूस किया कि प्रेम, अपराध और करुणा तीनों एक ही जीवन के तीन अलग चेहरे हैं ।

अगले भाग में आप पढ़ेंगे कि तबस्सुम और रमाकांत किस साजिश का ताना-बाना बुनते हैं ?

भाग 11 : साजिश के धागे-जब तबस्सुम और रमाकांत मिले ।

तबस्सुम की आँख खुली तो खिड़की से आती हल्की सुनहरी किरणें कमरे में बिखर रही थीं । घड़ी की सुइयाँ सुबह के आठ बजा रही थीं । उसने करवट ली तो देखा आर.के.जी. उसी के बगल में गहरी नींद में डूबा पड़ा था, मानो किसी बेफिक्र बच्चे की तरह दुनिया की तमाम उलझनों से बेपरवाह । तबस्सुम ने मुस्कुराते हुए धीमे से कहा –"अरे, आज आपको ऑफिस नहीं जाना क्या ? उठिए न जल्दी, तब तक मैं नाश्ता तैयार करती हूँ ।"

आर.के.जी. के चेहरे पर ठहरी शांति को देखकर तबस्सुम के मन में एक क्षण को भय के बादल तैर गए और वह मन ही मन बुदबुदाई -"कितना मासूम है यह शख्स... इसे ज़रा भी अंदेशा नहीं कि अगर अचानक करीम लौट आया, तो क्या भूचाल आ जाएगा हमारी ज़िंदगी में ?"

आर.के.जी. ने आलस भरी अंगड़ाई लेते हुए उठकर बाथरूम की राह पकड़ी, और कुछ ही देर में डाइनिंग टेबल पर आ बैठा । तबस्सुम रसोई से निकलकर आई और

गरमा-गरम आलू के पराँठों की महक कमरे में फैल गई थी । दोनों शांत भाव से नाश्ता करने लगे ।

थोड़ी देर की चुप्पी को तोड़ते हुए तबस्सुम ने धीरे से कहा-"आर.के.जी., अगर कभी करीम ने हमें इस हालत में देख लिया... तो क्या होगा ?"

आर.के.जी. ने प्लेट एक ओर सरकाते हुए गहरी साँस ली और बोला- "तबस्सुम, मैं भी यही सोच रहा था । देखो, अब तक करीम को यह बात समझ आ चुकी होगी कि तुम्हारे गर्भ में पल रहा बच्चा उसका नहीं है । अब उसके पास बस दो ही रास्ते हैं या तो वह तुम्हें और इस बच्चे को अपना ले, जो मुझे नामुमकिन लगता है... या फिर अदालत का दरवाज़ा खटखटाए और तलाक दे दे ।"

वह थोड़ी देर ठहरकर मुस्कुराया - "दोनों ही हालतों में तुम मेरी रहोगी... समझीं?"

तबस्सुम के चेहरे पर एक पल को हँसी तैर गई, मगर अगले ही क्षण उसके भाव फिर गंभीर हो उठे । आर.के.जी. ने नर्म लहजे में कहा —"देखो, अगर तुम बुरा न मानो तो मेरे पास एक विचार है... जिससे तुम्हारी ज़िंदगी सुकून और ऐशो-आराम से कट सकती है ।"

तबस्सुम ने उत्सुकता से पूछा- "कहिए, क्या विचार है ?"

आर.के.जी. तबस्सुम की कुर्सी के पास आया, झुककर उसके गले में अपनी बाहें डालते हुए फुसफुसाया -"अगर करीम तुम्हें तलाक देता है, तो तुम अदालत में उससे अपने और बच्चे के भरण-पोषण के लिए उचित रकम की माँग कर सकती हो । यह तुम्हारा कानूनी अधिकार है... और मैं तुम्हारे साथ हूँ, हर कदम पर ।"

तबस्सुम के चेहरे पर हल्की घबराहट उतर आई । उसने धीमे स्वर में कहा - "आर.के.जी., मैं अदालत-कचहरी के चक्कर से डरती हूँ... लेकिन तुम्हारी बात ठीक है । अगर करीम मुझसे अलग होना चाहता है, तो मेरे और मेरे बच्चे के जीवन का खर्च उठाना उसकी ज़िम्मेदारी बनती है । यह हक़ तो मुझे लेना ही चाहिए ।"

तबस्सुम की आँखों में चमक लौट आई थी । आर.के.जी. ने उस चमक को पढ़ते हुए कहा-"शाबाश तबस्सुम ! मैं तुम्हें इस लड़ाई में अकेला नहीं छोड़ूँगा । तुम्हारे केस के लिए अच्छा से अच्छा वकील ढूँढूँगा, हर आर्थिक मदद दूँगा । जो रकम कोर्ट के आदेश से मिलेगी, वह तुम्हारे बच्चे के नाम के खाते में जमा होगी ताकि तुम दोनों को कभी संघर्ष न करना पड़े ।"

अब तबस्सुम की आँखों के सामने एक नया स्वप्न आकार लेने लगा था । ऐसा स्वप्न, जिसमें न कोई उलझन थी, न कोई टीस, न कोई भय । वह अपने जीवन की तमाम वेदनाओं, अपमानों और अधूरेपन से जैसे धीरे-धीरे मुक्त हो रही थी । उसके मन में अब एक नई सुबह की लालिमा उतर आई थी । संघर्षरहित, स्नेहिल और सुरक्षित जीवन की कल्पना से भरी हुई ।

करीम के साथ बिताए वर्षों की स्मृतियाँ अब उसके भीतर किसी पराई आवाज़-सी लगने लगी थीं । जिन पलों में कभी उसने अपने अस्तित्व की पहचान खो दी थी, वे अब धुँधली परछाइयों की तरह दूर जा चुके थे । करीम की उदासीनता, उसकी उपेक्षा और पुष्पा के प्रति उसके झुकाव का वह कड़वा सत्य अब तबस्सुम के दिल को पहले की तरह नहीं झकझोरता था । वह जान चुकी थी कि कुछ रिश्ते केवल कागज़ के पन्नों पर दर्ज होते हैं, आत्मा के भीतर नहीं । और ऐसे रिश्तों को ढोते रहना आत्मा की हत्या के समान होता है । आर.के.जी. का साथ पाकर तबस्सुम ने पहली बार अपने भीतर एक स्त्री के रूप में सम्मान का अनुभव किया था । वह जानती थी कि आर.के.जी. का जीवन भी अपने घावों से भरा है, परंतु उसके भीतर वह आत्मीयता थी जो किसी को टूटने नहीं देती। उनके बीच कोई औपचारिकता नहीं थी, कोई दिखावा नहीं था । बस एक सहज अपनापन था जो हर सुबह को मायने दे देता था ।

रमा कांत गुप्ता यानी आर.के.जी. उसके लिए अब केवल एक पुरुष नहीं रहा था, बल्कि एक नई उम्मीद, एक जीवन-दृष्टि बन चुका था ।

तबस्सुम को यह अहसास बार-बार होता कि जीवन ने चाहे उसे कितने भी दर्द दिए हों, पर अब उसका हर दर्द धीरे-धीरे मिटता जा रहा है । उसके भीतर जो कोमल जीवन पल रहा था वह उसके अस्तित्व की नयी पहचान बन चुका था । वह बच्चा, जो अब उसके गर्भ में था, उसी की साँसों में भविष्य का संगीत गूँज रहा था । उसे लगता था कि यह बच्चा न केवल उसके प्रेम का प्रतीक है, बल्कि उसकी मुक्ति का मार्ग भी है ।

अब तबस्सुम को किसी भी फैसले से डर नहीं लगता था । वह जान चुकी थी कि जीवन को केवल दुःखों से बाँधा नहीं जा सकता । एक स्त्री होने के नाते उसे भी अपने लिए जीने का अधिकार है, प्यार पाने, सुरक्षा पाने और अपने भविष्य को

अपनी शर्तों पर गढ़ने का अधिकार। आर.के.जी. का साथ उसे यही एहसास करवा रहा था कि जीवन को फिर से शुरू किया जा सकता है, भले ही पीछे बहुत कुछ बिखर गया हो। जब कभी सुबह की पहली किरण कमरे में उतरती, तो वह मुस्कुराकर अपने पेट पर हाथ फेरती और धीरे से कहती -"अब तू ही मेरा भविष्य है... मेरी दुनिया।" उसके मन में अब कोई पछतावा नहीं था। करीम, पुष्पा और अदालत के संभावित फैसलों से भी वह अब भयभीत नहीं होती थी। उसे विश्वास था कि उसका और उसके बच्चे का जीवन अब किसी के रहम पर नहीं, उसकी अपनी इच्छा पर टिका है। आर.के.जी. ने उसे जो सहारा दिया था, उसने उसके भीतर से निराशा की सारी परतें हटा दी थीं। वह अब एक नई दुनिया की दहलीज़ पर खड़ी थी ऐसी दुनिया जहाँ किसी और की परछाई नहीं थी, बस उसके अपने अस्तित्व की रौशनी थी। उस रौशनी में उसे दिखाई देता था आर.के.जी. का स्नेहिल चेहरा, और उसके गर्भ में पलता वह नन्हा भविष्य, जो अब उसके जीवन का अर्थ, उसकी प्रेरणा और उसकी पहचान बनने जा रहा था।

अगले भाग में आप पढ़ेंगे कि विवाहेतर संबंध अपराध की श्रेणी में आते हैं या नहीं?

भाग 12 : फैसला-जब विवाहेतर संबंध अपराध नहीं रहे

करीम के लेक्चर का आज दूसरा दिन था। सुबह के दस बज चुके थे। हॉल नवनियुक्त न्यायधीशों से खचाखच भरा हुआ था।

मंच पर आज सुप्रीम कोर्ट के वरिष्ट और मुख्य न्यायाधीश भी मुख्य अतिथि के रुप में आसीन थे।

करीम ने जैसे ही मंच पर अपनी उपस्थिति दर्ज की त्यों ही हॉल तालियों की गड़गड़ाहट से गूँज उठा। सभी जज एक दूसरे से करीम के पिछले लेक्चर की तारीफ़ करते हुए फुसफुसा रहे थे।

मंच पर आसीन एक खुबसूरत संचालिका ने करीम के पिछले लेक्चर का सार प्रस्तुत करते हुए बताया कि,- "अब तक हुई चर्चा से आगे हमारे माननीय जज साहब हम सभी को बताने वाले हैं कि आखिर सुप्रीम कोर्ट के द्वारा किन

परिस्थितियों और आधारों पर विवाह इतर संबंधों को गैर आपराधिक घोषित किया? तो मैं आप लोगों का ज्यादा वक्त नहीं लेते हुए माननीय जज साहब को अपने लेक्चर को आगे के लिए जारी रखने के लिए आमंत्रित करती हूँ ।"

संचालिका के वक्तव्य के खत्म होते ही एक बार फिर से हॉल तालियों की गड़गड़ाहट से गूँज उठा । स्वागत की औपचारिकताओं के पूरा होते ही करीम ने पोडियम पर माइक संभाल लिया था और सभी उपस्थित नवनियुक्त जजों को संबोधित करते हुए अपना लेक्चर आगे बढ़ाया,- " सम्मानीय जज, मेरे लेक्चर के दूसरे हिस्से में आज हम जानेंगे कि सुप्रीम कोर्ट ने अडल्टरी यानि कि विवाह इतर संबंधों को कैसे और क्यों गैर आपराधिक घोषित किया । आखिर कानून के समक्ष वे कौनसी परिस्थितियाँ, मानवीय सरोकार और तार्किक कारण थे जिनके आधार पर कोर्ट को विवाह इतर संबंधों को गैर आपराधिक घोषित करना पड़ा। इस सन्दर्भ में मैं माननीय सुप्रीम कोर्ट के निर्णयों के माध्यम से अपनी बात को तर्क संगत तरीके से रखने की कोशिश करूँगा ।"

करीम के द्वारा अपने लेक्चर की बनाई गई इस शानदार भूमिका से मंच और हॉल में बैठे सभी जज प्रभावित हुए बिना नहीं रह सके लिहाजा एक बार फिर से पूरा हॉल तालियों की गड़गड़ाहट से गूँज उठा ।

करीम सभी जजों का असीम स्नेह और सम्मान पाकर जितना खुश नज़र आ रहा था दर असल उतना था नहीं । करीम ने सोचा भी नहीं था कि उसे अपने ही निजी जीवन में यूँ विवाह इतर संबंधों की समस्या से जूझना पड़ेगा । उसकी अपनी बीवी तबस्सुम इस तरह किसी गैर के बच्चे को अपनी कोख में पाल रही होगी और वो एक कानून का रखवाला होकर कुछ नहीं कर पा रहा है । और हालात देखिए कि जिस समस्या से वो अपने जीवन में जूझ रहा है उसी के बारे में उसे लेक्चर भी देना पड़ रहा है ।करीम यह बात भी जानता था कि आज नहीं तो कल समस्त न्यायिक जगत को इस बात की ख़बर हो ही जानी है कि जो जज साहब विवाह इतर संबंधों पर खूबसूरत लेक्चर दे रहे थे वे खुद अपने जीवन में इस समस्या से दो-चार हो रहे थे और यह भी कि शायद इसी लिए वो बेहतर ढंग से इस निहायती गम्भीर विषय पर अपना लेक्चर बेहतरीन तरीके से दे पाए ।

हॉल काफी देर तक तालियों से गूंजता रहा । ज्यों ही तालियों की गड़गड़ाहट धीरे-धीरे थमने लगी करीम ने अपने आपको संभालते हुए अपनी बात को आगे बढ़ाते हुए कहा,- "दोस्तों अधिक उचित रहेगा कि मैं इस विषय पर आपके सामने सुप्रीम कोर्ट के कुछ केसेज का जिक्र करूँ ताकि विवाह इतर संबंध जो कि प्रथम दृष्टया और नैतिक तौर पर देखने में तो अपराध ही लगते हैं मगर कानून की नज़र में अपराध नहीं है, लेकिन क्यों नहीं है ? इस बारे में 10 अक्टूबर 2017 को इटली में रह रहे केरल के एक एन.आर.आई. जोसफ शाइन ने आई.पी.सी. अर्थात भारतीय दण्ड संहिता की धारा 497 की संवैधानिकता को यह कहकर चुनौती दी कि ये धारा पुरुषों से भेदभाव करने वाली है क्योंकि विवाह इतर संबंधों में महिला अपनी खुद की सहमति से शामिल होती है और सजा का पात्र सिर्फ पुरुष ही क्यों ? अदालत में जिरह के दौरान वकीलों द्वारा इस मसले पर भी खूब जोर दिया गया कि यदि कोई पुरुष या महिला अपनी पत्नी या पति को शारीरिक सुख नहीं दे पाए तो उनका विवाह इतर संबंधों में जीना संविधान के अनुच्छेद- 21अर्थात जीवन जीने की स्वतंत्रता के तहत गैर आपराधिक माना जाना चाहिए ना कि अपराध की श्रेणी में रखा जाना चाहिए ।

इस मुद्दे पर एक लम्बी सुनवाई करने के बाद 27 जुलाई 2018 को सुप्रीम कोर्ट की पांच जजों की बेंच ने आई.पी.सी. की धारा 497 और सी.आर.पी.सी. की धारा 198 (2) को रद्द कर दिया । कोर्ट ने इसे संविधान के अनुच्छेद 14, 15 और 21 का उल्लंघन बताया। सुप्रीम कोर्ट ने अपने फैसले में कहा है कि यह प्रावधान महिला को पति की संपत्ति के रूप में पेश करता है । इससे एक महिला की गरिमा को ठेस पहुँच ती है और उसकी सेक्शुअल चॉइस को रोका जाता है ।

चीफ जस्टिस दीपक मिश्रा ने फैसला सुनाते हुए कहा था कि -"अब यह कहने का वक्त आ गया है कि पति महिला का मालिक नहीं होता । पत्नी, पति की जागीर नहीं है ।"

"माननीय जज साहेबान सचमुच में हमारे देश और दुनिया में ज्यादातर पति लोग अपनी पत्नी को अपनी संपत्ति से ज्यादा कुछ नहीं समझते । हमारे देश में तो आज भी पति के लिए स्वामी या प्राण नाथ जैसे शब्दों का खूब इस्तेमाल किया जाता

है । जबकि यह रिश्ता दो लोगों और उनके दिलों के मिलन का, आपसी सम्मान, एक दूसरे के लिए प्यार, मोहब्बत पर टिका हुआ होता है ।"

करीम उक्त शब्दों को बोलते हुए काफी भावुक हो गया था । पता नहीं क्यों उसे आज पुष्पा की बहुत याद आ रही थी । उसने खुद को संभालते हुए अपने लेक्चर को खत्म करते हुए बताया कि, - "इस तरह सुप्रीम कोर्ट ने अडल्टरी यानि विवाह इतर संबंधों को गैर आपराधिक घोषित कर दिया । आप सभी माननीय जज साहेबान का बहुत-बहुत शुक्रिया कि आप सभी ने लगातार दो दिन इस लेक्चर को सुना और हमारे सुप्रीम कोर्ट के माननीय मुख्य न्यायाधीश महोदय का भी बहुत-बहुत आभार कि उन्होंने मुझे यह अवसर उपलब्ध करवाया ।"

करीम के लेक्चर के समापन के साथ ही हॉल तालियों की गड़गड़ाहट से गूँज उठा। सभी उपस्थित जज करीम के लेक्चर की आपस में एक दूसरे से तारीफ़ कर रहे थे । सभी के लिए यह लेक्चर काफी उपयोगी और महत्वपूर्ण जानकारियां उपलब्ध करवाने वाला साबित हुआ था ।

सबसे विदा लेने के बाद करीम गेस्ट हाउस आ चुका था। वो अन्दर से खुद को टूटा हुआ महसूस कर रहा था। उसका दिल अपने ही घर जाने को तैयार नहीं था । उसने आज की रात और आने वाले कल का पूरा दिन गेस्ट हाउस में ही बिताने का फ़ैसला किया ।

भाग 13 : मशविरा-सीनियर जज के दरवाज़े पर

करीम रात भर ठीक से सो नहीं पाया था और सुबह भी बैचैनी के साथ जल्दी ही उठ गया । रात भर वो अपनी जिन्दगी में आए खतरनाक तूफानों और झंझावतों के बारे में ही सोचता रहा । तबस्सुम का खयाल आते ही करीम को घिन्न सी आने लगती थी । उसे इस बात से भी कोई ज्यादा मतलब नहीं था कि तबस्सुम के पेट में पल रहा बच्चा किसका है और किसका नहीं । रह-रह कर उसे पुष्पा और अपने खुद के बच्चे का खयाल जरूर सताया करता था ।

करीम बड़े ही पशोपेश में था और तय नहीं कर पा रहा था कि वो क्या करे और क्या नहीं ? तभी उसने अपने सीनियर जज के साथ इस पूरे प्रकरण पर राय मशविरा करना तय किया ।

करीम ने उन्हें व्हाट्सएप पर एक सन्देश भेजा जिसमें लिखा था कि, " गुड मॉर्निंग सर ! मैं आपसे अपने व्यक्तिगत जीवन के बारे में कुछ राय मशविरा करना चाहता हूँ । आपके पास जब वक्त हो तो कृपया मुझे बताइएगा । "

सीनियर जज साहब ने जैसे ही करीम का मैसेज पढ़ा तो उन्होंने फ़ोन लगा दिया और कहा,-"हेलो करीम साहब कैसे हैं ?"

दूसरी तरफ से करीम की आवाज़ आई,-" मैं ठीक नहीं हूँ सर ! मुझे आपके मार्गदर्शन की जरुरत है ।"

करीम की आवाज में दर्द साफ झलक रहा था जिसे सीनियर जज साहब ने तुरन्त ही महसूस कर लिया और बोले - "आपका सन्देश मिला और खुशी की बात यह है कि आज मैं भी अवकाश पर हूँ । मुझे ज्ञात हुआ था कि आप छुट्टी पर होने के साथ ही आज यहीं पर गेस्ट हाउस में ठहरे हुए हैं । अगर आपको कोई तकलीफ़ नहीं हो तो हम मेरे घर पर ही बातचीत कर सकते हैं ।"

" धन्यवाद सर, मैं आपसे कब मिल सकता हूँ ।" करीम ने विनम्र और दर्द भरे लहज़े में कहा ।

"करीम साहब आप अभी ही आ जाइए और हाँ ब्रेकफास्ट और लंच हम लोग साथ ही करेंगे । आज मेरे पास समय ही समय है । " सीनियर जज साहब ने समानुभूति पूर्वक कहा ।

"जी सर मैं ब्रेकफास्ट पर आपसे आकर मिलता हूँ । बहुत-बहुत शुक्रिया कि आपने मेरे लिए वक्त निकाला । अब मैं फ़ोन रखता हूँ।"

"श्योर, मैं ब्रेकफास्ट पर आपका इन्तजार कर रहा हूँ ।" कहकर सीनियर जज साहब ने फ़ोन काट दिया । मगर उनके जहन में करीम का लेक्चर घूमने लगा जो कि कॉन्फ्रेंस के तीसरे ही दिन शहर की एक मशहूर मैगजीन में पब्लिश हुआ था । करीम के लेक्चर को पढ़ते हुए उन्हें उसी समय लगा था कि ऐसा लेक्चर वही व्यक्ति दे सकता है जिसने इन हालातों को खुद जिया हो । पर थोड़ी ही देर में जज साहब इन खयालों से बाहर निकलते हुए खुद को ही समझाते हुए बोले,- " नहीं-नहीं करीम के साथ ऐसा कुछ कैसे हो सकता है, उसकी मैरिज को तो अभी कोई ज्यादा वक्त भी नहीं हुआ है । फिर मैं उसके बारे में ऐसा क्यों सोच रहा हूँ ।"

तभी इण्टर कॉम की घंटी बज उठी ! सिक्योरिटी गार्ड ने बताया कि- "सर करीम साहब आपसे मिलना चाहते हैं ।”

“हाँ उन्हें अन्दर भिजवा दीजिए ।”

“ओके सर !” कह कर गार्ड ने करीम की गाड़ी को अन्दर पार्किंग में खड़ा करवा दिया और सीधे सीनियर जज साहब के रूम में उनको छोड़कर चला आया ।

अन्दर ब्रेकफास्ट की टेबल पर जज साहब और उनकी बीवी और बच्चे नाश्ते के इन्तजार में बैठे हुए थे । रसोइए ने सभी की प्लेट में गरमा गर्म मसाला डोसा और नारियल की चटनी के साथ सांभर सर्व कर दिया था । टेबल पर ही हर किसी की पसन्द का फ्रूट जूस, फ्रूट और जेम के पाउच के साथ सिकी हुई ब्रेड भी रखी हुई थी । करीम के पहुँचते ही सभी ने एक दूसरे का अभिवादन किया और साथ में नाश्ता भी ।

“घर तक पहुँच ने में कोई तकलीफ़ तो नहीं हुई करीम साहब!” जज साहब ने इत्मीनान से पूछा ।

“नहीं सर गूगल बाबा ने बहुत आराम से आपके पते पर पहुंचा दिया ।” करीम की बात सुनकर सभी हँसने लगे ।

नाश्ता करने के बाद करीम और सीनियर जज साहब सभी को मुस्कुराते हुए बाय बोलते हुए अपने पर्सनल रूम में चले गए । जज साहब ने रसोइए को दो कप चाय वहीं भिजवाने का ऑर्डर किया ।

करीम और जज साहब कमरे में लगे सोफे पर आमने सामने बैठ गए । इसी बीच रसोइया ने दरवाजे को खटखटाया और दो कप चाय और केतली कमरे में रखकर चला गया । करीम और जज साहब ने चाय पीने के साथ ही अपनी बातचीत शुरु की ।

“हाँ करीम साहब यदि मैं गलत नहीं हूँ तो आप अपने लेक्चर के बारे में ही राय मशविरा करना चाहते हैं ।” जज साहब ने चाय खत्म करके कप टेबल पर रखते हुए कहा ।

“आपने बिल्कुल सही अंदाजा लगाया सर पर उस लेक्चर को मैं ख़ुद अपनी लाइफ में फेस कर रहा हूँ। बस उसी घटनाक्रम के बारे में आपकी मदद और कानूनी राय

माँगने के लिए आया हूँ ।” करीम ने भी चाय खत्म करके कप टेबल पर रखते हुए बताया ।

“मैं चाहता हूँ कि पहले आपको अपनी जिन्दगी के अतीत के पन्ने खोलकर बताऊं फिर हम वर्तमान हालातों के बारे में अधिक स्पष्टता से बातचीत करते हुए किसी नतीजे पर पहुँच सकेंगे ।”

करीम की बात से इतिफाक जताते हुए सीनियर जज साहब ने हाँ में सिर हिलाया। करीम ने अपने माता-पिता के हालात से लेकर पुष्पा के अपने जीवन में आने , माँ बनने और फिर बिछड़ने की परिस्थितियों के बारे में जज साहब को (अपने अतीत में ले जाते हुए) विस्तार से बताया ।

जज साहब ने पूरे इत्मीनान के साथ करीम के अब तक के अतीत की कहानी को बहुत ही गौर से सुना । करीम की बातचीत में पुष्पा का जिक्र आते ही जज साहब चौंक पड़े ।

भाग 14 :राज़ की परतें-पुष्पा के जीवन का अनकहा अध्याय

करीम जब अपने और पुष्पा के अतीत के बारे में बता रहा था तो सीनियर जज साहब करीम के मुँह से पुष्पा का नाम सुनकर एक दम चौंक पड़े और उनके मुँह से बरबस निकल पड़ा -

"करीम तुम जिस पुष्पा की बात कर रहे हो वो कहीं वो ही तो नहीं है जो मेरे ही कोर्ट से चाइल्ड केयर लिव यानि कि अपने बेटे की देखभाल के लिए छुट्टियों पर गई हुई है ?"

करीम ने भी आश्चर्य से सीनियर जज साहब की तरफ़ देखा और सवाल किया, " क्या आप पुष्पा को जानते हैं सर ?"

“हाँ जब तुमने ज्वॉइन किया था उसी समय एक फ्रेश ज्वाइनिंग पुष्पा नाम के जज की भी मेरे ही अधीन कोर्ट में हुई थी । उस समय वो प्रिगनेंट थी और एप्लीकेशन देकर मातृत्व अवकाश पर चली गई थी । उसके बाद से वो लगातार चाइल्ड केयर लिव पर चल रही है और कभी भी अपनी ड्यूटी ज्वॉइन कर सकती हैं ।”

सीनियर जज साहब की बातों को करीम जरा भी गौर से नहीं सुन रहा था । वह अपनी ही मुसीबतों से इतना परेशान था कि उसका दिमाग़ कुछ भी और सुनने के

लिए तैयार नहीं था। सीनियर जज साहब ने गुमसुम से अपने में ही खोए हुए करीम को झिंझोड़ते हुए कहा –"करीम साहब कहाँ खो गए आप? अरे मैंने जो कुछ कहा वो सुना आपने ?"

"नहीं जज साहब मैं अभी कुछ सुनने नहीं अपितु सुनाने के लिए आपके पास आया हूँ ताकि आप मेरी कानूनी मदद कर सकें।" करीम ने खुद को संभालते हुए कहा।

"सॉरी करीम साहब अब मैं बीच में आपसे कोई सवाल करके आपकी दुखती रग पर हाथ नहीं रखूँगा। आप कृपया अपनी बात जारी रखिए !" जज साहब ने करीम के कन्धे पर हाथ रखते हुए कहा। करीम ने अपनी कहानी सुनाना जारी रखते हुए बताया कि,-"आप को यह जानना जरूरी है कि तबस्सुम से मेरा निकाह ऐसे हालातों में हुआ था जब अब्बू अपनी जिन्दगी से संघर्ष कर रहे थे। मैं इस निकाह के लिए दिल से बिल्कुल भी तैयार नहीं था। इसका कारण साफ था कि मैं पुष्पा को भुला नहीं पाया था और इसी का परिणाम था कि मैंने कभी भी तबस्सुम के साथ जिस्मानी ताल्लुकात नहीं बनाए और नहीं उसे कभी अपनी बीवी के रुप में स्वीकार किया। फिर भी तबस्सुम प्रिगनेंट है जज साहब ?"

कहते हुए करीम जज साहब के कन्धे पर सिर रखकर कर रोने लगा। जज साहब ने करीम को अपने बच्चे की तरह गले से लगा लिया और उसके सिर को सहलाते हुए बोले, -"इत्मीनान से मुझे सब कुछ बताइए करीम साहब। बस मुझे अपने पिता की तरह समझिए आप।"

जज साहब की बात सुनकर करीम बच्चों की तरह फफक-फफक कर रो पड़ा। जज साहब ने करीम के आँसू पौंछते हुए कहा-"मुझे सब समझ में आ गया करीम साहब। आपका लेक्चर अख़बार में पढ़कर ही मैं चौंका था। तबसे मुझे कुछ अनहोनी की आशंका हो रही थी इसीलिए आपका मैसेज मिलते ही मैंने आपको अपने घर आने का आमंत्रण दे दिया था।"

जज साहब करीम का सिर सहलाते हुए खुद भावुक हो उठे थे। उन्होंने रुमाल से अपनी आँखें पौछते हुए कहा,- "करीम साहब अब आप क्या चाहते हैं ? कानूनी नज़रिए से देंखे तो यह पूरा केस एडल्टरी का बनता है, जिस पर आपसे बेहतर

कौन समझ सकता है । मगर तबस्सुम के पेट में पल रहे बच्चे के कारण यह केस थोड़ा पेचीदा बन गया है ।"

जज साहब की बात से इत्तिफाक जताते हुए करीम ने कहा,-"जी सर मैं सारी परिस्थितियों से अवगत हूँ , पर तबस्सुम के पेट में पल रहे बच्चे को लेकर ही मैं चिन्तित हूँ । कहीं तबस्सुम इस बच्चे को मेरे सर ना मढ दें ।"

"तो मैं यह समझूँ कि आप तबस्सुम को तलाक देना चाहते हैं ।" जज साहब ने करीम को टटोलते हुए सीधा सवाल किया ।

"जी जज साहब आपने ठीक समझा, मैं तबस्सुम को तलाक देने के लिए तैयार हूँ क्योंकि तबस्सुम को मुझसे आज़ाद होकर अपना जीवन अपनी मर्जी से जीने का कानूनी हक़ है जब मैं उसे एक पति का सुख नहीं दे पा रहा हूँ । अब मेरे पास दो रास्ते हैं -पहला तो यह कि यदि तबस्सुम और मेरे बीच आपसी रजामंदी से तलाक हो जाए तो बेहतर होगा । मैं आज ही तलाक़ के डॉक्यूमेंट तैयार करवाता हूँ ।"

"ओके, दूसरा रास्ता क्या है आपके पास, बस यूँ ही सुनना चाह रहा था !" जज साहब ने करीम की आँखों में आँखें डालकर पूछा !"

"सर दूसरा रास्ता यह है कि यदि तबस्सुम तलाक देने के लिए तैयार नहीं होगी तो मैं कोर्ट में एडल्टरी को साबित करूँगा और उसके आधार पर तलाक के लिए पिटीशन फाइल करूँगा ।" करीम ने जज साहब के सवाल का जवाब देते हुए अपना पक्ष रखा ।

"बहुत बढ़िया करीम, मुझे तुमसे यही उम्मीद थी । अब जल्द ही तलाक के डॉक्यूमेंट तैयार करवाइए और आप घर जाकर तबस्सुम को अपने निर्णय से अवगत करवाइए । यदि किसी तरह की कोई अन्य परिस्थिति खड़ी होती है तो हम सम्पर्क में रहेंगे। आप कभी भी मुझे फोन पर कॉल या मैसेज कर सकते हैं।" जज साहब ने करीम को आश्वस्त करते हुए कहा । "चलिए अब लंच लग चुका होगा बाकी बातें हम लंच पर ही करेंगे।" जज साहब ने सौफे पर से उठते हुए कहा ।

करीम भी जज साहब को थैंक्यू बोलते हुए लंच के लिए साथ में रवाना हो गया था ।

भाग 15 : क्या करीम जान सका तबस्सुम का सच ?

करीम सिनियर जज साहब से सलाह मशविरा करके सुबह जल्दी ही अपने घर के लिए निकल चुका था । वो रात भर ठीक से सो नहीं पाया था । सड़क पर ड्राइवर उसकी गाड़ी को तेज गति से दौड़ा रहा था । करीम ने गाड़ी के शीशे उतार दिए थे और ताजी हवा के ठण्डे झौकों से उसे नींद की झपकियाँ आने लगी थी ।

घर के सामने ड्राइवर ने अचानक ब्रेक लगाए तो करीम की आँख खुली और हड़बड़ाहट में बोला–"अरे हम पहुँच भी गए ड्राइवर । कमाल है अभी तो दिन निकलने में भी काफ़ी समय बाकी है ।"

"जी सर आप पूरे रास्ते सोते हुए आ रहे थे तो आपको पता नहीं चला और फिर रोड़ पर कोई ट्रैफिक भी नहीं था तो जल्दी ही आ गए ।" ड्राइवर ने गाड़ी का दरवाज़ा खोलते हुए बताया ।

"गुड ड्राइवर, अब आप अपने घर जाकर फ्रेश होकर कोर्ट के समय से पहले आ जाइए ताकि मैं समय पर कोर्ट पहुँच सकूँ ।"

करीम ने अपना सूटकेस संभालते हुए कहा । ड्राइवर ने सूटकेस घर के अन्दर तक छोड़ने का आग्रह किया तो करीम ने उसे धन्यवाद दिया और अपने घर जाने को बोला । करीम ने घड़ी पर नज़र डाली तो पाया कि सुबह के चार बज रहे थे । करीम खुद ही अपना सूटकेस लेकर घर की बेल बजाने लगा । घर के अन्दर आर. के. जी. और तबस्सुम बेसुध होकर एक-दूसरे से लिपटकर सो रहे थे । अचानक से असमय ही बेल बजने से दोनों हड़बड़ाकर उठे और तबस्सुम ने डरके मारे कांपते हुए अपने कपड़े ठीक किए और आर. के. जी. को भी अपने कपड़े पहन कर तुरन्त व्यवस्थित होने का इशारा किया। बेल बजने की आवाज़ लगातार आ रही थी । करीम को अहसास था कि सुबह के चार बजे शायद ही तबस्सुम जग रही होंगी लिहाजा वह बिना परेशान हुए थोड़े-थोड़े अन्तराल पर बेल का स्विच दबाता रहा । तबस्सुम ने दरवाज़े के वाचिंग हॉल से झांक कर देखा तो उसे बाहर करीम खड़ा हुआ दिखाई दिया । तबस्सुम ने कल्पना भी नहीं की थी कि सुबह के चार बजे करीम शहर से आकर दरवाज़े पर आ खड़ा होगा । वह दरवाज़ा खोलने के बजाय उल्टे पैर दौड़ी और आर. के. जी. को हड़बड़ी में जाकर बताया – "दरवाज़े पर

करीम बेल बजा रहे हैं, अब क्या होगा जब वे आपको यहाँ मेरे साथ देखेंगे ?" तबस्सुम ने घबराए हुए अंदाज में कहा ।

"घबराओ मत तबस्सुम, जरा होश से काम लो । बस तुम पेट दर्द का नाटक करो और मदद के लिए मुझे घर बुलाने का बहाना बना देना, बाकी सब मैं संभाल लूंगा।" कहकर आर. के. जी ने तबस्सुम को दरवाजा खोलने के लिए भेज दिया और खुद गेस्ट रूम में सोने का नाटक करने चला गया ।

दरवाज़े पर लगातार बेल बजने की आवाज़ आ रही थी । तबस्सुम ने अपने पेट को पकड़ कर तेज दर्द से कराहरते हुए दरवाज़ा खोला।

तबस्सुम के दरवाजा खोलते ही करीम ने घर के अन्दर कदम रखा तो तबस्सुम और तेज़ी से दर्द से कराहरने का नाटक करने लगी ।

करीम ने उसे सहारा देते हुए पूछा –"तबियत तो ठीक है तबस्सुम तुम्हारी, हुआ क्या है कुछ बताओगी ?"

तबस्सुम ने आंखों में आँसू भरकर कहा- "बिल्कुल नहीं है, रात से ही बहुत पेट दर्द कर रहा था तो मैंने आपके कोर्ट के रजिस्ट्रार साहब को फ़ोन करके बुलाया । उन्होंने कुछ घरेलु उपाय बताकर जैसे- तैसे रात बिताने को कहा और सुबह होते ही डॉक्टर के पास चलने को कहा ।"

"रजिस्ट्रार साहब , पर है कहाँ वे ? क्या आकर चले गए ?" करीम ने आश्चर्य चकित हो कर पूछा ।

"नहीं गए नहीं है, मुझे कुछ इनो वगैरह पिलाकर खुद गेस्ट रूम में जाकर खर्राटे भर रहे हैं । अब उनसे मैं कुछ ज्यादा बोल भी तो नहीं सकती ना ? बस अपने कमरे में लेटी-लेटी सुबक रही थीं । अच्छा हुआ करीम आप सही समय पर आ गए।" तबस्सुम ने फिर से तेज पेट दर्द का नाटक करते हुए कहा । करीम तबस्सुम की बात सुनकर कुछ समय के लिए हतप्रभ होकर देखता रहा । इस दौरान तबस्सुम दर्द से कराहने का नाटक करते हुए करीम को खनकियों से देखते हुए उसके चहरे को पढ़ने की कोशिश करती रही ।

इधर आर. के. जी. को काटो तो खून नहीं । वह आँखें बंद करके सोने की असफल कोशिश कर रहा था । करीम ने हालात को अपने तरीके से समझने की कोशिश की और तबस्सुम को आराम करने की सलाह देकर खुद अपने रूम में सोने को

चला गया । जाते-जाते करीम ने तबस्सुम को इतना जरूर कहा - "किसी तरह की मदद की जरुरत हो तो मुझे बताना, मैं एंबुलेंस मंगवा दूंगा और हाँ आर. के. जी. को सोने दीजिए, उनको डिस्टर्ब मत कीजिएगा ।"

करीम खुद सफ़र की थकान से चूर था सो कमरे में बिस्तर पर लेटते ही उसे नींद ने अपनी बाहों में भर लिया । करीम के गहरी नींद में सो जाने के बाद आर. के. जी. खुद को संभालते हुए घर से बाहर चला गया । उसके जाते ही तबस्सुम ने राहत की सांस जरूर ली परन्तु वह अभी भी इस पूरे घटनाक्रम पर करीम की प्रतिक्रियाओं को लेकर आशंकित थी ।

भाग 16 : डिवोर्स की दहलीज़ पर तबस्सुम

करीम जब सो कर उठा तो घड़ी में सुबह के दस बज रहे थे । वह फ्रेश होकर घर के बाहर आया तो ड्राइवर गाड़ी लेकर तैयार खड़ा था । करीम इस उधेड़बुन में था कि वह तबस्सुम से तलाक के लिए अभी बात करें या शाम को । आर.के.जी. का अपनी अनुपस्थिति में घर पर आराम करना और फिर बिन कुछ बताए घर से चला जाना, करीम को काफ़ी खटक रहा था ।

अन्तत: करीम कोर्ट के लिए गाड़ी में बैठ कर रवाना हो गया । पूरे रास्ते उसके दिमाग़ में रात का घटना क्रम घूमता रहा । करीम सोचता रहा कि- "आख़िर तबस्सुम ने मदद के लिए आर.के.जी. को ही क्यों बुलाया ? कहीं इन दोनों के बीच कुछ चल तो नहीं रहा ? हो सकता है तबस्सुम आर.के.जी.के ही बच्चे को अपनी कोख में पाल रही हो ? "

पर थोड़ी ही देर बाद फिर से उसके अंदर से ही आवाज आती कि- " यदि तबस्सुम की कोख में पल रहा बच्चा आर.के.जी. का हो तो भी क्या ? मैंने तो तबस्सुम से तलाक लेना ही है । फिर मुझे क्या फर्क पड़ता है कि तबस्सुम की कोख में पल रहा बच्चा किसका है और किसका नहीं ?"

इन सभी खयालों में खोते हुए करीम कब कोर्ट पहुँच गया पता ही नहीं चला। गाड़ी से उतर कर वह सीधे अपने ऑफिस रूम में जाकर बैठ गया । कोर्ट रूम से जरुरी फाइल उसने रीडर को बोलकर अपने रूम में ही मंगवा ली । जरुरी सिग्नेचर करने

के बाद करीम ने रीडर को सभी क्लाइंट को आगे की तारीख देने को कहा और खुद अपनी कुर्सी पर फेल कर बैठ गया ।

बैठे - बैठे ही उसने तय किया कि आज वो घर जल्दी पहुँच कर तबस्सुम को सब कुछ स्पष्ट बता देगा । तलाक के पेपर उसने तैयार करवा लिए थे ।

करीम का कोर्ट में मूढ़ नहीं लग रहा था इसलिए वह जरुरी फाइल्स निपटाकर लंच के बाद घर के लिए रवाना हो गया । तबस्सुम ने दोनों के लिए लंच तैयार कर रखा था । करीम के घंटी बजाते ही तबस्सुम ने दरवाज़ा खोला तो सामने करीम खड़ा हुआ था । करीम को देखकर तबस्सुम ने सवाल किया - "क्या हुआ करीम आप आज जल्दी घर आ गए ! तबियत तो ठीक है आपकी ?"

“हाँ तबस्सुम मैं ठीक हूँ । चलो आज दोनों साथ ही लंच करेंगे तो आप खाना टेबल पर लगा दो, मुझे तुमसे कुछ जरुरी बात भी करनी है ।” करीम ने बहुत ही उदास मन से अपनी बात तबस्सुम से कही ।

करीम की बात सुनकर तबस्सुम सदमें में आ गई थी । उसके चेहरे का रंग उड़ गया था । वो सोचने लगी कि –“जरूर करीम को कल रात आर. के. जी. के बारे में सब कुछ पता चल गया लगता है । हो सकता है शायद करीम इसी बारे में कोई बात करे ?”

तबस्सुम ने घबराहट के साथ खाना टेबल पर लगा दिया और खुद अपने कमरे में चली गई । करीम भी फ्रेश होकर खाने की टेबल पर आ गया था । उसने तबस्सुम को आवाज़ दी तो वह भी टेबल पर आकर खाना सर्व करने लगीं । दोनों लंच कर रहे थे तभी करीम ने चुप्पी को तोड़ते हुए कहा - "देखो तबस्सुम तुम अच्छी तरह जानती हो कि मैं कभी भी तुम्हारे लिए एक अच्छा शौहर साबित नहीं हुआ । मैं तुम्हें कभी भी एक पत्नी का हक़ और अधिकार नहीं दे पाया इसलिए मैं सोचता हूँ कि तुम एक बेहतर जीवन जीने की हकदार हो लिहाजा इसके लिए जरूरी है कि हम दोनो सेपरेट हो जाएं ।"

करीम ने खाना ख़त्म करते हुए अपने दिल की बात हिम्मत करके तबस्सुम के सामने रख दी । करीम की बात सुनकर तबस्सुम की आँखों में आँसू आ गए थे । वह अधूरा खाना छोड़कर सुबक- सुबक कर रो पड़ी ।

करीम ने उसे ढाँढ़स बंधाते हुए कहा - "देखो तबस्सुम रोने से कोई समस्या का हल नहीं निकलेगा । यह डिवोर्स के पेपर हैं, इन पर तुम अपने सिग्नेचर कर दो ताकि कल मैं इन्हें कोर्ट में सबमिट करवा दूंगा । " करीम ने डिवोर्स के पेपर टेबल पर रखते हुए कहा । तबस्सुम डिवोर्स के पेपर देखकर बेहद परेशान हो गई । उसने जोर - जोर से रोना शुरु कर दिया। रोते हुए बोली -"करीम साहब आप अच्छे से जानते हैं कि मेरी कोख में आपका बच्चा पल रहा है फिर भी आप मुझे डिवोर्स देने पर तुले हुए हैं । आख़िर कसूर क्या है मेरा और पेट में पल रही इस नन्हीं सी जान का ?"

तबस्सुम की बात सुनकर करीम की आँखें फटी की फटी रह ग ई। उसने सपने में भी नहीं सोचा था कि तबस्सुम अपनी कोख में पल रहे बच्चे का जिम्मा उसके सर पर मढ देगी । करीम ने खुद को संभालते हुए गुस्से में कहा - "यह क्या बदतमीजी है तबस्सुम ! तुम अच्छी तरह जानती हो कि तुम्हारे पेट में पल रहा बच्चा मेरा नहीं है । सब कुछ जानते हुए भी तुम अनजान बनने का नाटक क्यों कर रही हो । क्या हासिल करना चाहती हो यह सब झूठ बोलकर ?"

"झूठ, कैसा झूठ ? अरे यह बच्चा आपका नहीं तो किसका है ? क्यों मेरे चरित्र पर ऊंगली उठा रहे हैं आप ?" तबस्सुम ने रोते हुए ही चीखने के अंदाज़ में अपनी बात जारी रखी ।

भाग 17 : तबस्सुम अपने जाल में करीम को बाँध पाई ?

तबस्सुम द्वारा किए जा रहे नाटक को करीम भाँप चुका था । उसके दिल और दिमाग़ को यह समझते देर नहीं लगी कि तबस्सुम अब किसी और की भाषा बोल रही थी। पर यह और कौन हो सकता है, यह बात अभी भी करीम को समझ नहीं आ रही थी । फिर करीम ने अपने गुस्से पर काबू करते हुए तबस्सुम को दो टूक शब्दों में बता दिया कि -"देखो तबस्सुम तुम चाहे जितना झूठ बोल लो पर यह बात तुम्हें अच्छे से पता है कि तुम्हारे पेट में पल रहा बच्चा मेरा नहीं है । अरे जब शादी के बाद से आज तक मैंने तुम्हारे साथ कभी जिस्मानी ताल्लुक़ात रखे ही नहीं तो फिर यह कैसे संभव हो सकता है ?"

करीम की बात सुनकर तबस्सुम फिर दहाड़ मार कर रोने लगी और रोते हुए बोली -"देखिए करीम साहब मैं तलाक के कागजात पर सिग्नेचर नहीं करने वाली हूँ । मुझे तलाक नहीं अपितु मेरा और मेरे बच्चे का सुरक्षित भविष्य चाहिए ।"

तबस्सुम की बात का मतलब समझते हुए करीम ने पूछा -

"सुरक्षित भविष्य से क्या मतलब है तुम्हारा ? यदि तुम मुझसे किसी तरह की बड़ी रकम की उम्मीद कर रही हो तो यह तुम्हारी गलत फहमी है तबस्सुम । मैं कोर्ट में इस मसले को ले जा रहा हूँ । अब कोर्ट ही तय करेगा कि हमारा तलाक जरुरी है कि नहीं ?"

करीम ने तलाक के पेपर टेबल पर से उठाकर वापिस अपने पास रख लिए और अपने कमरे में चला गया ।

तबस्सुम ने करीम को रोते हुए बताया कि - "वो किसी कोर्ट कचहरी की धमकी से डरने वाली नहीं है । आपको कोर्ट केस करना है शौक से कीजिए। मैं भी मेरे और मेरे बच्चे के लिए भरण-पोषण माँगकर रहूँगी जो कि मेरा अधिकार बनता है।"

तबस्सुम की धमकी से करीम के सामने पूरी तस्वीर स्पष्ट हो चुकी थी । वह समझ गया था कि तबस्सुम सब कुछ जानते हुए भी मुझसे मोटी रकम ऐंठने की जुगाड में है । पर उसने भी तय कर लिया था कि जब तबस्सुम के पेट में पल रहा बच्चा उसका है ही नहीं तो वह बच्चे के लिए किस बात का भरण पोषण दे । करीम ने तय कर लिया था कि वह कल सुबह ही किसी अच्छे वकील के ज़रिए कोर्ट में यह केस फाइल करवा देगा । करीम ने जैसे - तैसे आज की रात गुजारी ।

इधर तबस्सुम ने भी मन ही मन तय कर लिया था कि वो करीम से अच्छी खासी रकम वसूल कर ही उसका पीछा छोड़ेगी । उसे आर. के. जी. द्वारा सिखाई गई हरेक बात याद थी । बस वह इन्तजार कर रही थी कि सुबह करीम के कोर्ट जाते ही वह सारी बात आर. के. जी. को बता देगी ।

सुबह उठते ही करीम फ्रेश होकर बिना नाश्ता किए ही कोर्ट के लिए निकल चुका था । तबस्सुम देर रात तक जगने के कारण अभी उठी नहीं थी । करीम के कोर्ट के लिए निकल जाने के बाद अचानक तबस्सुम की आँख खुली । फ्रेश होकर उसने अपने लिए नाश्ता बनाया ही था कि आर. के. जी. घर पर आ धमका । उसे यूँ

अचानक घर पर देखकर तबस्सुम ने पूछा -"आर. के. जी. आप मेरा मतलब तुम अभी यहाँ कैसे ? "

"अरे वो करीम की गाड़ी दिख गई थी रास्ते में तो सोचा आज जज साहब इतना जल्दी कोर्ट कैसे आ गए ? बस यही जानने तुम्हारे पास आ गया। तो बताओ कैसी गुजरी करीम साहब के साथ तुम्हारी रात ?" आर. के. जी. ने तबस्सुम को छेड़ते हुए पूछा ।

तबस्सुम ने करीम के साथ हुईं बहस का पूरा ब्यौरा सिलसिलेवार आर. के. जी. को बता दिया। साथ ही यह भी बता दिया कि उसने तलाक के कागजात पर सिग्नेचर करने से मना कर दिया और अपने तथा होने वाले बच्चे के लिए भरण पोषण की राशि की माँग कर डाली ।

"इस सब से भड़के हुए करीम साहब ने कोर्ट के ज़रिए तलाक केस फाइल करने का निर्णय लिया है । इसलिए ही आज वे जल्दी ही कोर्ट निकल गए हैं ।"

तबस्सुम की बात सुनकर आर. के. जी. ने राहत की सांस लेते हुए कहा - "तो तबस्सुम अब तुम भी कोर्ट में केस लड़ने के लिए तैयार हो जाओ । जैसे ही कोर्ट से तुम्हारे पास नोटिस आए उसका जवाब देने के लिए तुम्हें वकील की ज़रूरत पड़ेगी। वो मैं तुम्हें आज ही उपलब्ध करवा दूंगा । मैंने एक जाने-माने वकील साहब से बातचीत करके तुम्हारा पूरा केस उनको समझा दिया है । शीघ्र ही वे तुमसे सम्पर्क करेंगे ।" कहते हुए आर. के. जी. ने तबस्सुम को अपनी बाहों में लेभर लिया । तबस्सुम को भी इससे हौंसला मिला और वह कानूनी लड़ाई के लिए अब पूरी तरह तैयार थी ।

भाग 18 : जब तबस्सुम और करीम हुए आमने-सामने

करीम समय से पूर्व कोर्ट पहुँच चुका था । उसने अपने बेहद करीबी दोस्त एडवोकेट किशोर को फोन करके अपने ऑफिस में बुला लिया और उसे अपने सारे केस के बारे में विस्तार से जानकारी दी तथा फ़ैमिली कोर्ट में तबस्सुम से तलाक के लिए केस फाइल करने के लिए पेपर तैयार करने को कहा ।

एडवोकेट किशोर सारी परिस्थितियों को अच्छे से समझ चुके थे । उन्होंने तुरन्त ही केस के पेपर तैयार करवाकर कोर्ट खुलते ही फैमिली कोर्ट में सबमिट करवा दिए और तबस्सुम को उसके पते पर नोटिस भिजवा दिया ।

इधर करीम अपने केस में जीत को लेकर पूरी तरह आश्वस्त था । उसे पता था कि जब उसने तबस्सुम से जिस्मानी ताल्लुकात स्थापित ही नहीं किए तो तबस्सुम कैसे साबित करेगी कि उसके पेट में पल रहे बच्चे का पिता मैं हूँ ।

पर करीम के दिमाग़ में यह सवाल भी बार- बार कौंध रहा था कि जिस तबस्सुम को वह इतने हल्के में लेकर चल रहा था वो अचानक से इतनी होशियार कैसे हो गईं ? आख़िर कौन है जो तबस्सुम को यह सब पट्टी पढ़ा रहा है ? हो न हो यह वही शातिर व्यक्ति हो सकता है जिसका बच्चा तबस्सुम के पेट में पल रहा है ।

सोचते-सोचते करीम के माथे पर पसीना छलक आया था । उसने ए.सी. और कूल किया और कुर्सी के सहारे फैल कर बैठ गया । बार- बार उसे बस एक ही सवाल खाए जा रहा था कि आख़िर तबस्सुम की मदद कर कौन रहा है ?   कौन है जो तबस्सुम को भरण पोषण और पेट में पल रहे बच्चे के लिए यूँ कोर्ट में लड़ने के लिए प्रेरित कर रहा है ?

अब करीम खुद से ही सवाल पूछता और खुद ही जवाब देता- "अगर यह वह शख्स है जिसका बच्चा तबस्सुम के पेट में पल रहा है तो उसे तो यह बात तो पता ही होगी कि वह कोर्ट में यह साबित ही नहीं कर पाएगा कि तबस्सुम के पेट में पल रहा बच्चा मेरा है या फिर हो सकता है लालच में आकर ख़ुद तबस्सुम ही यह सब खेल खेल रही हो ।"

करीम किसी नतीजे पर नहीं पहुँच पा रहा था । खैर उसने फिर भी बिना किसी बखेड़े के और मीडिया को ख़बर लगे बिना अपना काम शुरू कर दिया था । वह आश्वस्त था कि कल सुबह तक तबस्सुम को एडवोकेट किशोर द्वारा भेजा गया नोटिस मिल ही जाएगा । देखता हूँ तबस्सुम नोटिस का क्या जवाब सबमिट करवाती है ।

करीम आज भी बहुत परेशान सा था । उसने इजलास पर रखी कुछ जरुरी फाइल्स पर सिग्नेचर किए और अपने कोर्ट रूम में आ गया।

इधर रजिस्ट्रार आर. के. जी. करीम और उसके वकील की सारी गतिविधियों पर नज़र रखे हुए था । उसने भी तबस्सुम के लिए एक अच्छे वकील के तौर पर एडवोकेट शालिनी सिंह की तलाश करके उन्हें तबस्सुम की तरफ़ से सारी बात समझा दी थी ।

शालिनी सिंह फ़ैमिली कोर्ट की सिनियर वकील थी । वह बस तबस्सुम के बुलावे का इन्तजार कर रही थी ।

करीम जब शाम को घर पहुंचा तो तबस्सुम अपने कमरे में सो रही थी । रसोई में एक हेल्पर खाना बना रही थी जो शायद तबस्सुम ने अब करीम और ख़ुद का खाना बनाने के लिए काम पर रखी थी । तबस्सुम को पता था कि वह अब करीम से और ज्यादा नफ़रत करने लगी है । तबस्सुम अब घर के किसी भी काम में रुचि नहीं ले रही थी । इसका एक कारण शायद धीरे -धीर उसकी प्रिगनेंसी के महिनों का बढ़ना भी था और घर में ही अपने तथाकथित शौहर के साथ शुरु हो चुकी अदालती कार्रवाई भी ।

हेल्पर ने खाना बना कर टेबल पर रख दिया था । अब वह तबस्सुम को बताकर जा रही थी तभी तबस्सुम ने उससे कहा -"जाने से पहले साहब को बता जाना कि खाना टेबल पर रखा हुआ है और वे कहेँ तो थाली में भी परोस देना ।"

तबस्सुम की बात कमरे से बाहर निकलते हुए करीम ने सुन ली थी । उसने हेल्पर को जाने के लिए कहा और बोला कि -"तुम जाओ भूख लगेगी तो हम खाना ख़ुद लेकर खा लेंगे।"

करीम की बात सुनकर हेल्पर घर का दरवाजा बन्द करके चली गई । करीम जरुरी कार्य से निपट कर फिर से अपने रूम में जाकर बैठ गया । वो ख़ुद को व्यस्त रखने की सोच रहा था कि तभी उसने देखा तबस्सुम टेबल पर रखे खाने को अपने लिए प्लेट में डाल रही थी। स्वाभाविक भी था कि एक गर्भवती महिला ज्यादा वक्त तक बिन कुछ खाए नहीं रह सकती थी । सो उसने बड़े ही इत्मीनान से खाना लेकर खा लिया और अपने कमरे में सोने के लिए चली गई ।

आज यह पहला ऐसा दिन था कि दोनों के बीच कोई गुप्तगु नहीं हो सकी थी । इसका कारण शायद अचानक से घर के माहौल और परिस्थितियों का बदलना था ।

करीम का खाने का कोई मूढ़ नहीं था फ़िर भी वो अपनी गाड़ी ख़ुद ड्राइव करते हुए शहर से दूर एक रेस्त्रां में जाकर बैठ गया और वेटर को ड्रिंक सर्व करने का ऑर्डर करके कुर्सी पर फसर गया ।

रेस्त्रां में हल्का-फुल्का स्नेक खाकर करीम वापस घर आया और अपने कमरे में चुपचाप जाकर सो गया ।

भाग 19 : न्यायालय की चौखट पर - तबस्सुम और करीम

सुबह ठीक आठ बजे थे । घड़ी की सुइयाँ जैसे समय की पाबंदी का प्रमाण दे रही थीं । हेल्पर रोज़ की तरह आज भी समय पर घर पहुँच चुकी थी । भीतर आते ही उसने अपने काम में तत्परता दिखाते हुए पूरे घर की साफ़-सफ़ाई की । झाड़ू-पोछा, बर्तन, रसोई, सब कुछ व्यवस्थित हो चुका था । इसके बाद उसने आदतन सलीके से डाइनिंग टेबल पर तबस्सुम और करीम के लिए चाय-नाश्ता सजा दिया। घर में उस समय एक अजीब-सी खामोशी थी, ऐसी खामोशी, जो बोलती नहीं थी, पर बहुत कुछ कह जाती थी ।

करीम नाश्ता करके तैयार हुआ । आज उसके चेहरे पर सामान्य दिनों जैसी सहजता नहीं थी । आँखों में हल्की थकान और मन में किसी अनकहे बोझ की झलक साफ़ दिखाई दे रही थी । वह समय से पहले ही कोर्ट के लिए निकल गया, मानो घर की दीवारें उसे और देर तक रोक नहीं पा रही हों । इधर तबस्सुम भी जल्दी तैयार हो गई थी। उसने हल्के रंग की साड़ी पहनी थी, बाल सलीके से बाँधे थे, पर चेहरे पर ठहराव और आँखों में असमंजस साफ़ झलक रहा था । वह अभी चाय-नाश्ता कर ही रही थी कि अचानक दरवाज़े की बेल बजी । उसने हेल्पर से दरवाज़ा खोलने को कहा । दरवाज़ा खुला तो सामने पोस्टमैन खड़ा था । उसके हाथ में स्पीड-पोस्ट से आई हुई एक चिट्ठी थी । औपचारिकता निभाते हुए हेल्पर ने वह चिट्ठी लेकर भीतर आकर तबस्सुम को थमा दी । पावती रसीद पर हस्ताक्षर कराते ही पोस्टमैन चला गया ।

चिट्ठी हाथ में लेते ही तबस्सुम का दिल ज़ोर-ज़ोर से धड़कने लगा । उसे जैसे पहले से ही आभास था कि यह पत्र क्या हो सकता है । उसने एक गहरी साँस ली और काँपते हाथों से लिफ़ाफ़ा खोलने लगी । तभी, जैसे नियति को कोई और मोड़ देना

हो, दरवाज़े की बेल फिर बज उठी । इस बार हेल्पर ने दरवाज़ा खोला तो सामने आर. के. जी. खड़े थे । उनके चेहरे पर हमेशा की तरह संयम और आत्मविश्वास था । भीतर आते ही उन्होंने हेल्पर के हाथ में सौ रुपये का नोट थमाया और मुस्कराकर “खुश रहो” कहा । हेल्पर ने नोट कमर में बँधे पल्लू में रखा और एक निश्छल मुस्कान के साथ वहाँ से हट गई।

आर. के. जी. को देखकर तबस्सुम ने जैसे राहत की साँस ली । उसकी आँखों में जो भय और अनिश्चितता थी, वह कुछ क्षणों के लिए कम हो गई । उसने चुपचाप चिट्ठी उनकी ओर बढ़ा दी । आर. के. जी. ने पत्र लिया और बड़ी गंभीरता से उसे पढ़ने लगे । हर पंक्ति पर उनकी आँखें ठहरतीं, जैसे शब्दों के पीछे छिपे आशयों को भी परख रही हों ।

पत्र पढ़कर आर. के. जी. ने शांत स्वर में कहा— “जैसा अंदेशा था, वही हुआ। करीम ने तलाक़ के लिए केस फ़ाइल कर दिया है । यह उसके वकील द्वारा भेजा गया नोटिस है । पर चिंता की कोई बात नहीं है ।”

आर. के. जी. ने तबस्सुम की ओर भरोसे भरी दृष्टि से देखते हुए आगे कहा—“मैंने फैमिली कोर्ट की सीनियर वकील शालिनी सिंह को पूरा मामला पहले ही समझा दिया है । मैं अभी कोर्ट ही जा रहा हूँ, यह नोटिस उन्हें दे दूँगा ताकि आज ही इसका जवाब दाख़िल हो जाए ।”

तबस्सुम ने सिर हिलाकर उनकी बात का समर्थन किया । उसके भीतर का डर अब विश्वास में बदलने लगा था । उसने नाश्ता समाप्त किया और आर. के. जी. को भी नाश्ता करने का आग्रह किया, पर उन्होंने कोर्ट में हो रही देरी का हवाला देकर विनम्रता से मना कर दिया और नोटिस लेकर निकल गए ।

कोर्ट पहुँचते ही आर. के. जी. ने बिना समय गँवाए नोटिस शालिनी सिंह को सौंप दिया और स्पष्ट निर्देश दिए कि जवाब आज ही दाख़िल होना चाहिए । निर्देशों का पालन करते हुए शालिनी सिंह ने फैमिली कोर्ट में जवाब प्रस्तुत कर दिया ।

जब जज साहब ने करीम की ओर से दाख़िल तलाक़ की फ़ाइल देखी, तो कुछ क्षणों के लिए वे सचमुच अवाक रह गए । शायद उन्हें इस मामले की गहराई और जटिलता का अनुमान तुरंत हो गया था । अगले ही पल उन्होंने दोनों पक्षों के

वकीलों को सुनवाई के लिए अगले दिन की तारीख़ देते हुए निर्देश दिया कि दोनों मुवक्किल स्वयं उपस्थित हों ।

इस तारीख़ की इतला तबस्सुम और करीम, दोनों तक पहुँचा दी गई थी । दोनों जानते थे कि अब टकराव टलने वाला नहीं है । करीम ने अगले दिन की सुनवाई के लिए कोर्ट से अवकाश ले लिया । शाम को जब करीम कोर्ट से घर लौटा, तो उसका चेहरा थका हुआ और मन उदास था । घर में प्रवेश करते ही उसने हेल्पर से दो चाय बनाने को कहा और तबस्सुम को अपने कमरे में भेजने का निर्देश दिया । हेल्पर चाय लेकर आई। तबस्सुम खुद कप उठाकर कमरे में पहुँची । उसने चाय का कप करीम को थमाते हुए शांत, पर दृढ़ स्वर में कहा—"कहिए करीम साहब, क्या कहना चाहते हैं आप ?"

करीम ने उसे बैठने का इशारा किया और कुछ क्षण चुप रहकर बोला—"देखो तबस्सुम, मैं चाहता हूँ कि हम आपसी सहमति से यह डिवोर्स ले लें । अभी भी समय है । सच तुम भी जानती हो और मैं भी ।"

"कैसा सच ?" तबस्सुम ने करीम की आँखों में आँखें डालते हुए रोब से पूछा ।

"यही कि इस केस में तुम्हारे पास साबित करने को कुछ नहीं है । तुम अपने बच्चे और अपनी पसंद के जीवन-साथी के साथ स्वतंत्र हो ।" करीम ने समझाने की कोशिश की, पर शब्दों में वह सच्चाई नहीं थी, जिसे तबस्सुम स्वीकार कर सके ।

तबस्सुम ने चाय का आख़िरी घूँट लिया और स्पष्ट स्वर में कहा—"अब बहुत देर हो चुकी है, करीम साहब । आपका भेजा हुआ नोटिस मुझे मिल चुका है और आज ही मैंने उसका जवाब कोर्ट में दाख़िल करवा दिया है । कोर्ट ने कल हमें सुनवाई के लिए बुलाया है ।"

तबस्सुम के इस आत्मविश्वास ने करीम को चौंका दिया । उसके भीतर ग़ुस्सा उमड़ रहा था, पर हालात की नज़ाकत समझकर वह उसे पी गया । उसने एक बार फिर कुछ कहने की कोशिश की, पर तब तक तबस्सुम कमरे से बाहर जा चुकी थी ।

अब करीम के पास कोई विकल्प नहीं बचा था । वह बेचैन-सा अपने बिस्तर पर लेट गया । कमरे की छत को निहारते हुए उसके विचार बिखरने लगे और तभी हमेशा की तरह उसे पुष्पा की याद आने लगी ।

जब भी करीम परेशान होता, पुष्पा की स्मृतियाँ उसके मन पर दस्तक देने लगतीं। उसकी मुस्कान, उसकी बातें, उसकी सहज उपस्थिति, सब कुछ जैसे उसे भीतर से ढाढ़स देता । पुष्पा के ख़यालों में डूबते-उतराते, करीम को कुछ क्षणों के लिए सुकून मिला ।

कब उसकी आँखें भारी हो गईं और वह गहरी नींद में चला गया, उसे स्वयं भी पता नहीं चला ।

भाग 20 : अदालत में एक और सुनवाई

करीम की आँख खुली तो घड़ी की सुइयाँ ठीक आठ बजने का संकेत दे रही थीं। रात की गहरी नींद के बाद भी उसके मन में कोई ताजगी नहीं थी। भीतर कहीं एक भारीपन पसरा हुआ था, जो उसे बिस्तर से उठने नहीं दे रहा था। उसने करवट बदली और कमरे से बाहर झाँककर देखा। हेल्पर की सहायता से तबस्सुम घर के लगभग सारे काम निपटा चुकी थी। रसोई से आती खनकती आवाज़ें, व्यवस्थित सजा हुआ कमरा और नाश्ते की टेबल पर बैठी, पूरी तरह तैयार तबस्सुम, सब कुछ सामान्य लग रहा था, पर उस सामान्यता के भीतर एक असामान्य दूरी साफ़ दिखाई दे रही थी। तबस्सुम को इस तरह तैयार देखकर करीम को सहसा याद आया कि आज उसे फैमिली कोर्ट में पेश होना है। एक पल के लिए उसका मन चाहा कि कुछ कहे, कोई औपचारिक-सी बात ही सही पर शब्द उसके होंठों तक आकर लौट गए । न उसने पहल की, न तबस्सुम ने। दोनों के बीच मौन दीवार बनकर खड़ा था।

करीम जल्दबाज़ी में तैयार हुआ। आज पहली बार ऐसा हुआ कि वह बिना नाश्ता किए ही कोर्ट के लिए निकल पड़ा। न तबस्सुम ने उसे रोका, न उसने पीछे मुड़कर देखा। दरवाज़ा बंद होते ही जैसे घर और भी सूना हो गया।

तबस्सुम ने यह बात तुरंत आर. के. जी. को फोन पर बता दी। हालात की नज़ाकत को समझते हुए आर. के. जी. ने बिना देर किए उसके लिए गाड़ी भिजवा दी। कुछ ही देर में तबस्सुम उस गाड़ी में बैठकर कोर्ट के लिए निकल चुकी थी। रास्ते भर उसके मन में कई सवाल उमड़ते-घुमड़ते रहे, पर चेहरे पर उसने वही संयम ओढ़ रखा था, जो पिछले कुछ दिनों से उसकी ढाल बन चुका था।

कोर्ट परिसर में पहुँचते ही माहौल की गंभीरता और अधिक गहरी हो गई। कोर्ट लग चुका था। अलदरी ऊँची आवाज़ में फरियादियों के नाम पुकार रहा था। इजलास पर फ़ाइलों का ढेर लगा हुआ था। हर फ़ाइल किसी न किसी टूटते रिश्ते की कहानी समेटे हुए थी । रीडर और टाइपिस्ट अपनी-अपनी जगह पर बैठ चुके थे। कुर्सियों पर बैठे लोग, खड़े वकील, फुसफुसाते मुवक्किल, सब मिलकर अदालत की परिचित पर गंभीर तस्वीर बना रहे थे।

करीम और तबस्सुम भी अपने-अपने वकीलों के साथ कोर्ट रूम में आ गए। दोनों एक ही कमरे में थे, पर मानसिक रूप से मीलों दूर। करीम की नज़रें बार-बार इधर-उधर भटक रही थीं, जबकि तबस्सुम शांत, स्थिर और आत्मविश्वास से भरी हुई अपने स्थान पर बैठी थी।

ठीक दस बजे जज साहब का आगमन हुआ। उनके आसन ग्रहण करने तक अदालत में मौजूद सभी लोग सम्मान में खड़े हो गए। उन्होंने संक्षिप्त अभिवादन स्वीकार किया और कोर्ट की कार्रवाई शुरू करने का निर्देश दिया।

जज साहब के संकेत पर करीम के वकील किशोर खड़े हुए। उन्होंने करीम का पक्ष रखते हुए फ़ाइल जज साहब के समक्ष प्रस्तुत की और अदालत से तलाक़ की डिक्री पारित करने का अनुरोध किया। जज साहब ने गंभीर दृष्टि से फ़ाइल पलटते हुए प्रश्न किया—“वकील साहब, आवेदन तो आपने दाख़िल कर दिया है, पर अदालत यह जानना चाहती है कि आप किन आधारों पर यह तलाक़ चाहते हैं। कृपया विस्तार से बताइए।”

करीम के वकील ने तबस्सुम को भेजे गए नोटिस की प्रति सामने रखते हुए कहा—“मी लॉर्ड, मेरे मुवक्किल ने निकाह के बाद से आज तक कभी भी तबस्सुम साहिबा के साथ किसी प्रकार के शारीरिक संबंध स्थापित नहीं किए। इसके बावजूद वह गर्भवती हैं। इससे बड़ा और क्या आधार हो सकता है तलाक़ के लिए?”

अभी यह बात पूरी भी नहीं हुई थी कि तबस्सुम की वकील शालिनी सिंह ने इजलास को ज़ोर से बजाते हुए कहा—“ऑब्जेक्शन, मी लॉर्ड !” उनका स्वर दृढ़ और आत्मविश्वास से भरा हुआ था । “मेरे काबिल दोस्त मेरी क्लाइंट के चरित्र पर बेबुनियाद आरोप लगाकर अदालत को गुमराह करने का प्रयास कर रहे हैं।

तबस्सुम साहिबा के गर्भ में पल रहा बच्चा करीम साहब का ही है। और तलाक़ चाहने की असली वजह कुछ और है, जिसे सुनकर अदालत स्वयं चकित रह जाएगी। आपकी अनुमति हो तो मैं करीम साहब से कुछ सवाल पूछना चाहूँ।"

जज साहब ने कुर्सी पर थोड़ा पीछे टिकते हुए कहा— "इजाज़त है ।"

अनुमति मिलते ही शालिनी सिंह ने करीम की ओर देखते हुए उसे विटनेस बॉक्स में आने का संकेत किया और सवाल दागा—"करीम साहब, क्या आप अदालत को यह बताना चाहेंगे कि तबस्सुम से पहले आपकी ज़िंदगी में कोई और महिला थी या नहीं ? क्या आप उसका नाम कोर्ट को बताएँगे, जिसकी वजह से आप तलाक़ चाहते हैं ?"

एक के बाद एक सवाल ऐसे उछाले गए कि करीम क्षणभर के लिए हतप्रभ रह गया। वह तय नहीं कर पा रहा था कि किस प्रश्न का उत्तर पहले दे ।

उसकी दुविधा को देखकर उसके वकील किशोर खड़े हुए— "ऑब्जेक्शन, मी लॉर्ड ! मेरी काबिल दोस्त अदालत का समय व्यर्थ करते हुए मेरे मुवक्किल की निजी ज़िंदगी को सार्वजनिक करने का प्रयास कर रही हैं, जो अनुचित है ।"

जज साहब ने ऑब्जेक्शन को ओवररूल करते हुए कहा— "सवालों के जवाब दीजिए, करीम साहब ।"

करीम ने कुछ असहज होकर कहा—"इससे क्या फर्क पड़ता है कि निकाह से पहले मेरी ज़िंदगी में कौन था ?"

तबस्सुम की वकील ने तुरंत अगला सवाल दागा— "फर्क पड़ता है, करीम साहब । सवाल दोस्ती का नहीं है, सवाल उस रिश्ते का है, जिसे आप आज भी नहीं भूल पाए । वही रिश्ता, जिसकी वजह से आप अपनी बीवी और अपने अजन्मे बच्चे को ठुकरा रहे हैं । बताइए, वह कौन लड़की है ?"

करीम ने खुद को संभालते हुए बस इतना कहा—"ऐसा कुछ भी नहीं है। जब मैं कभी तबस्सुम के साथ हमबिस्तर ही नहीं हुआ, तो बच्चा मेरा कैसे हो सकता है?"

काफी देर तक बहस चलती रही। अदालत में शब्दों की टकराहट गूंजती रही, पर कोई अंतिम निष्कर्ष सामने नहीं आया। आख़िरकार जज साहब ने दोनों पक्षों की दलीलें सुनने के बाद रीडर को अगली तारीख़ देने का निर्देश दिया और मामले को

अगली सुनवाई तक के लिए स्थगित कर दिया। कोर्ट की कार्यवाही स्थगित हो चुकी थी, लेकिन इस रिश्ते की लड़ाई अभी शुरू ही हुई थी।

भाग 21 : अदालत में वादी-प्रतिवादी हुए आमने-सामने

आज भी करीम और तबस्सुम के डिवोर्स पर सुनवाई होनी थी । कोर्ट में लोग खचा-खच भरे हुए थे । इस हाई प्रोफाइल केस के फ़ैसले और बहस को सुनने के लिए हर कोई उत्सुक था । चूंकि पूरा केस सिर्फ़ तलाक की डिक्री पर ही आधारित नहीं था । अपितु इस मैरिट पर तय होना था कि तबस्सुम के पेट में पल रहा बच्चा करीम का है या नहीं ?

करीम और तबस्सुम ठीक समय पर कोर्ट पहुँच चुके थे । दोनों के वकील भी अपना स्थान ग्रहण कर चुके थे । इसी बीच जज साहब पधारे और उनके आसन ग्रहण करने तक सभी लोग खड़े रहे । जज साहब के बैठते ही सभी अपने-अपने स्थान पर बैठ गए । कोर्ट में चल रहे शोर-गुल को शान्त करने के लिए जज साहब ने इजलास पर हेमर को बजाते हुए कहा - "ऑर्डर, ऑर्डर ! कोर्ट की कार्रवाई शुरु की जाए ।"

इसी के साथ ही करीम के वकील किशोर ने पिछली सुनवाई से केस को आगे बढ़ाते हुए अपनी दलील देते हुए कहा -"मी लॉर्ड इस पूरे प्रकरण में मेरी काबिल दोस्त एडवोकेट साहिबा का नोटिस के जवाब में कहना है कि उनकी मुवक्किल तबस्सुम करीम को निम्न शर्तों पर तलाक देने के लिए सहमत हो सकती है -

एक- करीम अपनी पत्नी और बच्चे के भरण पोषण के लिए अपनी हैसियत के मुताबिक पाँच लाख रूपए प्रति माह का गुजारा भत्ता दें ।

दूसरा-यदि करीम इस शर्त को मान लेता है तो वह यह भी स्वीकार कर रहा होगा कि तबस्सुम के पेट में पल रहा बच्चा उसी का है जबकि करीम का कहना है कि बच्चा उसका नहीं है क्योंकि करीम ने निकाह के बाद से आज तक कभी भी तबस्सुम के साथ जिस्मानी ताल्लुकात स्थापित ही नहीं किए तो यह केस एडल्टरी का बनता है जिसमें पत्नी विवाह में होने के बावजूद किसी गैर मर्द से रिश्ते कायम कर रही है । अन्यथा तबस्सुम प्रिगनेंट हुई ही कैसे ?"

तबस्सुम की वकील शालिनी सिंह ने करीम के वकील की इस बात पर फिर से ऑब्जेक्शन किया मगर जज साहब ने ऑब्जेक्शन ओवर रूल कहते हुए करीम के वकील को अपनी दलील जारी रखने को कहा ।

करीम के वकील ने अदालत को थैंक्स कहते हुए अपनी दलील जारी रखते हुए कहा -" हाँ तो मी लॉर्ड मैं बता रहा था कि यह केस एडल्ट्री का बनता है और ऐसे में मेरा मुवक्किल किसी तरह का भरण पोषण तबस्सुम को देने के बजाय निकाह पर हुए समस्त खर्च और मुआवजा तबस्सुम से पाने का हकदार है ।"

करीम के वकील की बात पूरी होते ही तबस्सुम की वकील ने सवाल दागते हुए कहा - "जज साहब मैं मेरे काबिल दोस्त एडवोकेट किशोर साहब को चैलेंज करते हुए कहना चाहती हूँ कि वे यदि मेरी मुवक्किल के केस को एडल्ट्री का केस साबित कर दें तो हम किसी प्रकार का कोई भरण पोषण नहीं लेंगे ।"

तबस्सुम की वकील के सवाल के जवाब में करीम के वकील ने भी दलील देते हुए कहा कि - "आप भी यदि यह साबित कर दें कि तबस्सुम के पेट में पल रहा बच्चा करीम का है तो हम आपको आपके द्वारा माँ गा गया भरण पोषण देने के लिए तैयार है ।"

दोनों वकीलों की दलिलों को ध्यान से सुनने के बाद जज साहब ने अपनी चुप्पी तोड़ते हुए कहा -"दोनों पक्षों की दलीलों को सुनने के बाद यह अदालत इस निष्कर्ष पर पहुँची है कि तलाक की डिक्री पारित करने से पूर्व इस बात का साबित होना जरुरी है कि तबस्सुम के पेट में पल रहा बच्चा करीम का ही है या नहीं ? दूसरा यदि करीम के पक्ष की बात को समझा जाए कि यह केस एडल्टरी के लिए परफेक्ट है या नहीं तब भी कोर्ट के लिए यह जानना आवश्यक हो जाता है कि तबस्सुम के गर्भ में जो बच्चा है वह आखिर किसका है ? "

जज साहब ने आज की सुनवाई के दौरान दोनों महत्वपूर्ण सवालों को रेखांकित करते हुए अदालत को अगली सुनवाई तक के लिए मुल्तवी कर दिया ।

अदालत में मौजूद भीड़ जज साहब के निष्कर्ष पर तालियाँ बजाने लगती है तभी जज साहब डायस पर हेमर बजाते हुए कहते हैं -"ऑर्डर, ऑर्डर , यह अदालत है कोई सर्कस का मंच नहीं लिहाजा कृपया शान्ति बनाए रखें ।" इसी के साथ जज साहब कुर्सी छोड़ते हुए अपने चैंबर में चले गए । जज साहब के जाने के बाद ही

सभी स्त्री पुरुष भी एक-एक करके अदालत से बाहर जा चुके थे। करीम और तबस्सुम के वकीलों ने एक दूसरे से हाथ मिलाया और मुस्कुराते हुए अदालत से बाहर आ गए। करीम और तबस्सुम भी अदालत से बाहर निकल चुके थे।

तबस्सुम घर जाने के लिए टैक्सी का इन्तजार कर रही थी तभी करीम ने उसे अपने साथ ही गाड़ी में घर चलने का रिक्वेस्ट किया पर तबस्सुम ने इस निवेदन को ठुकराते हुए कहा -"धन्यवाद करीम साहब, मैंने टैक्सी बुक करवा दी है, अभी आती ही होगी। मैं चली जाऊंगी।"

तबस्सुम की बात सुनकर करीम बिना कुछ कहे अपनी गाड़ी की तरफ़ बढ़ा। ड्राइवर ने गाड़ी कोर्ट के गेट पर लगा रखी थी।

करीम गाड़ी में बैठ चुका था। मगर उसने घर जाने के बजाय शहर के बड़े रेस्त्रां में स्थित बार की तरफ़ गाड़ी ले जाने का इशारा किया। ड्राइवर ने उधर ही गाड़ी घुमा दी। तबस्सुम भी टैक्सी में बैठकर अपने घर की तरफ़ रवाना हो चुकी थी।

भाग 22 : माँ बनने की ख़बर !

तबस्सुम घर पहुँची ही थी कि अचानक उसके पेट में असहनीय पीड़ा उठी जैसे भीतर से कोई बवंडर उमड़ आया हो। उसका चेहरा पीला पड़ गया, और दर्द के मारे वह दरवाज़े के पास ही दीवार का सहारा लेकर बैठ गई। यह उसका नवाँ महीना था, और अब प्रसव का समय आ पहुँचा था। घबराई हुई तबस्सुम ने काँपते हाथों से मोबाइल उठाया और आर.के.जी. को फ़ोन लगाते हुए कहा -

“आर.के.जी., बहुत दर्द हो रहा है... मुझे तुरंत अस्पताल ले चलो, प्लीज़!” - उसने टूटती हुई साँसों के साथ कहा।

कुछ ही देर में आर.के.जी. उसके घर पर था। उसने तबस्सुम को सहारा देकर उठाया और ढाढ़स बँधाते हुए कहा -“घबराओ मत तबस्सुम,सब ठीक होगा। बस कुछ ही देर में हम अस्पताल पहुँचने वाले हैं।” फिर ड्राइवर को आदेश दिया “ड्राइवर, सीधा जनाना अस्पताल ले चलो, फौरन !”

गाड़ी रात के अँधियारे में हॉर्न बजाते हुए भागती चली जा रही थी। थोड़ी ही देर में तबस्सुम ICU में थी और डॉक्टरों की टीम उसके चारों ओर जुट गई थी।

परीक्षण के उपरांत डॉक्टर ने गंभीर मगर संतुलित स्वर में कहा- “लगता है, रात बारह बजे तक डिलीवरी हो जाएगी । चिंता की कोई बात नहीं है पर कृपया जज साहब और उनके परिवार को सूचित कर दीजिए । बाकी सब हम संभाल लेंगे।”

डॉक्टर की बात सुनकर आर.के.जी. के माथे पर हल्की चिंता की रेखा खिंच आई। उसने तुरंत खुद को सँभालते हुए कहा -“जी डॉक्टर साहिबा, आप निश्चिंत रहें । जज साहब शहर से बाहर हैं, मैं उन्हें संदेश भेज देता हूँ ।”

डॉक्टर ने सिर हिलाया और नर्स को आवश्यक निर्देश देने लगी ।

इधर करीम रेस्त्रां के बार में बैठा था । सामने आधा खाली गिलास, और मन में उलझनों का मेला । आज कोर्ट में हुई सुनवाई से वह कुछ संतुष्ट था । आखिर, जज साहब ने उसके वकील की बातों को गंभीरता से लिया था और यह जानने की आवश्यकता जताई थी कि “इस पूरे मामले की सच्चाई तब तक अधूरी है, जब तक यह स्पष्ट न हो कि बच्चे का पिता कौन है ?”

करीम स्वयं एक जज था, इसलिए वह कानूनी प्रक्रियाओं से भली-भाँति परिचित था, पर इस वक्त वह सब भूल जाना चाहता था । उसने पाँचवाँ पैग खत्म किया और उसके साथ ही उसकी चेतना का धुंधलापन बढ़ता गया । जैसे ही शराब ने दिमाग पर परत चढ़ाई, पुष्पा की यादें लौट आईं - वही अधूरी मोहब्बत, वही मुस्कान, वही आँखें जो हर नशे के बाद उसके सामने आ खड़ी होती थीं । करीम की आँखों में धुंध थी और मन में तूफ़ान । तबस्सुम की बेवफ़ाई की खबर ने उसे भीतर तक तोड़ दिया था, पर वह हार मानने को तैयार नहीं था । अपने पद और प्रतिष्ठा का ख्याल आते ही उसका गला रुंध जाता, और अगले ही पल वह अपने आँसू पोंछकर खुद को दिलासा देता- “सब ठीक हो जाएगा... एक दिन सब ठीक हो जाएगा...!”

इधर अस्पताल में हालात स्थिर थे । डॉक्टर ने प्रसव की सभी तैयारियाँ पूरी कर ली थीं । आर.के.जी. वहीं ठहरा रहा, और उसने एक हेल्पर को भी सहायता के लिए बुला लिया । रात के बारह बजने में अभी कुछ ही पल शेष थे कि तबस्सुम फिर दर्द से तड़प उठी । डॉक्टर ने दौड़कर उसे संभाला और कुछ ही देर में वार्ड में एक नन्ही-सी किलकारी गूँज उठी । जीवन ने नए रूप में दस्तक दी थी ।

डॉक्टर बाहर आईं और मुस्कराकर बोलीं-"मुबारक हो ! जज साहब के घर लक्ष्मी आई है । आप कृपया उन्हें यह शुभ समाचार पहुँचा दीजिए ।"आर.के.जी. ने गहरी साँस लेते हुए कहा - "जी डॉक्टर साहिबा, मैंने संदेश भेज दिया है । तबस्सुम मैडम कैसी है ?"

डॉक्टर बोलीं -"जच्चा-बच्चा दोनों बिल्कुल स्वस्थ हैं । थोड़ी देर बाद आप बच्ची को देख सकते हैं ।"

कुछ ही देर में आर.के.जी. कमरे में पहुँचा । उसने नवजात बच्ची को अपनी बाँहों में उठाया, उसकी छोटी-सी उँगलियाँ उसकी हथेली को छू रही थीं । आर.के.जी. ने झुककर उसके माथे को चूमा । आँसुओं में भीगती मुस्कान लिए वह बुदबुदाया- "मेरी बिटिया... मेरी जान..!." तबस्सुम थकान के बोझ और दर्द के कारण नींद में थी । आर.के.जी. ने उसे जगाया नहीं । उसने सिर्फ़ उसकी ओर देखा, जैसे किसी अधूरे जीवन में पहली बार संपूर्णता उतर आई हो ।

उधर, उसी समय करीम बार से लौट चुका था । शराब के नशे में चूर, उसके क़दमों में न स्थिरता थी, न होश का नामोनिशान । सड़क के लैंपपोस्टों की पीली रौशनी में उसकी परछाई डगमगाती चली जा रही थी । चेहरे पर थकान और भीतर कहीं एक अजीब-सी रिक्तता थी, जैसे ज़िंदगी ने अपने सारे मायने खो दिए हों । घर के गेट तक पहुँचते-पहुँचते उसने जेब से चाबी निकाली, पर ताला देखकर ठिठक गया। एक पल को उसे लगा शायद वो किसी और घर के सामने खड़ा है । फिर हकीकत का एहसास हुआ । हाँ, यह उसका ही घर था, लेकिन भीतर कोई नहीं था । धीरे से चाबी ताले में डाली, दरवाज़ा खुला तो भीतर एक सन्नाटा उसका स्वागत कर रहा था, ऐसा सन्नाटा जो दीवारों से टकराकर और गहरा होता जा रहा था । कमरे में हल्की-सी शराब और इत्र की मिली-जुली गंध थी । सोफ़े पर तबस्सुम का दुपट्टा पड़ा था, पर उसकी गर्माहट अब नहीं थी । करीम ने थके हुए मन से चारों ओर नज़र दौड़ाई , अलमारी खुली थी, बिस्तर के पास पानी का गिलास आधा भरा था । ऐसा लग रहा था मानो किसी ने जल्दी में सब कुछ छोड़कर प्रस्थान किया हो ।

वो खुद से बुदबुदाया- "शायद तबस्सुम नाराज़ होकर किसी रिश्तेदार के घर चली गई होगी...?" पर भीतर एक अजीब-सी बेचैनी उठ रही थी । आज की कोर्ट की

सुनवाई, जज साहब के तीखे सवाल, आर.के.जी. का शांत चेहरा । सब एक-एक कर उसकी आँखों के सामने घूमने लगे । उसने सिर झटककर खुद को सँभालने की कोशिश की, पर नशे और थकान ने उसे लगभग निढाल कर दिया था । बिस्तर तक पहुँचते-पहुँचते उसके पाँव जवाब दे गए । वह गिरी हुई देह की तरह बिस्तर पर ढह गया ।

खिड़की के बाहर रात अपने पूरे शबाब पर थी । आसमान में बादल छाए थे, और बीच-बीच में किसी आवारा कुत्ते के भौंकने की आवाज सुनाई दे जाती थी । दीवार पर लगी घड़ी ने बारह बजाए । वही वक़्त, जब शहर के एक अस्पताल में तबस्सुम ने अपनी गोद में नन्ही-सी जान को पाया था ।

उस घने सन्नाटे में, जहाँ करीम गहरी नींद में डूब चुका था, वहीं कुछ मील दूर एक और जीवन की शुरुआत हो रही थी । डॉक्टर ने मुस्कुराते हुए घोषणा की थी - "मुबारक हो, लक्ष्मी आई है ।" वह किलकारी मानो सारी दुनिया में गूँज गई, नई सुबह का संदेश लेकर । करीम को इस बात का कोई आभास नहीं था कि उसी क्षण उसकी किस्मत का पन्ना पलट चुका है । जिस अंधेरे से वह भागना चाहता था, उसी के गर्भ से एक उजाला जन्म ले चुका था । घर के भीतर पसरे सन्नाटे में घड़ी की टिक-टिक गूँज रही थी । करीम का सिर तकिए पर ढुलक गया था । आँखों के किनारों से आँसुओं की पतली लकीर उतर आई थी । शायद अर्धचेतना में उसने पुष्पा का नाम पुकारा होगा ।

उधर अस्पताल में, आर.के.जी. अपनी बाँहों में उस नन्ही परी को थामे, चुपचाप आसमान की ओर देख रहा था । उसे लग रहा था जैसे उसी रात तारों में एक नया तारा जुड़ गया हो । रात के उस गहरे सन्नाटे में दो घरों की नियति एक अदृश्य डोर से बँध चुकी थी-एक तरफ नींद में खोया पिता,दूसरी तरफ जीवन से भरपूर नन्हा अस्तित्व । और शहर के उस अनजान कोने में, मासूम किलकारी अब भी गूँज रही थी, जैसे अंधेरे को मात देने का ऐलान कर रही हो ।

भाग 23 : करीम की बधाई : एक रिश्ते का शेष उजाला

सुबह की हल्की धूप परदों की झिरी से होकर भीतर उतर आई थी । करीम ने उनींदी आँखों से चारों ओर देखा । रोशनी के धुंधलेपन के बीच अब घर में हल्की-सी रौनक थी । रसोई से बर्तनों की खनक सुनाई दी तो वह पलंग से उठ बैठा । वहाँ हेल्पर व्यस्त थी । कुछ हल्का-फुल्का खाने के लिए बना रही थी, शायद तबस्सुम के लिए । तभी हेल्पर की नज़र करीम पर पड़ी, और उसके चेहरे पर अचानक एक उजली मुस्कान तैर गई ।

“मुबारक हो साहब !” वह बोली, “आप पिता बन गए हैं । तबस्सुम मैडम ने कल एक प्यारी-सी गुड़िया को जन्म दिया है ।”

करीम कुछ क्षणों के लिए ठिठक गया । उसके चेहरे पर आश्चर्य की रेखाएँ उभरीं, पर वह शीघ्र ही स्वयं को संयत कर गया। उसने एक हल्की मुस्कान के साथ कहा- “धन्यवाद।” हेल्पर ने उम्मीद भरी निगाहों से उसकी ओर देखा, शायद किसी इनाम या नज़राने की प्रतीक्षा में, पर करीम बिना कुछ कहे भीतर चला गया । वह न तो प्रसन्न था, न ही उदास-बस जैसे किसी गहरे शून्य में डूबा हुआ था ।

थोड़ी देर बाद वह तैयार होकर कोर्ट जाने के लिए निकला। ड्राइवर ने दरवाज़ा खोला, पर करीम पिछली सीट पर बैठते ही चुप हो गया। उसके भीतर एक तूफ़ान उठ रहा था । “क्या मुझे हॉस्पिटल जाकर तबस्सुम से मिलना चाहिए ?”

एक आवाज़ उसके भीतर गूँजी । फिर दूसरी आवाज़ ने उसे टोका- “क्यों मिलना चाहिए? अब मेरा रिश्ता ही क्या है तबस्सुम और उसकी बच्ची के साथ?”

वह गाड़ी की खिड़की से बाहर झाँकता रहा। सड़क पर जीवन अपनी गति से भाग रहा था, पर उसके भीतर समय ठहर-सा गया था। बहुत देर तक वह इस दुविधा में उलझा रहा, फिर जाने क्या सोचकर उसने धीमी आवाज़ में ड्राइवर से कहा-

“चलो... उस हॉस्पिटल की ओर ।”

ड्राइवर ने दिशा बदल दी । जैसे-जैसे गाड़ी अस्पताल के पास पहुँची, करीम का चेहरा और गंभीर होता गया । अस्पताल पहुँचते ही स्टाफ़ में हलचल मच गई-

“जज साहब आए हैं !” सबने करीम को बधाई दी। करीम ने औपचारिक मुस्कान के साथ सभी को “धन्यवाद” कहा और सीधे तबस्सुम के कमरे की ओर बढ़ गया । कमरे में हल्का उजाला था । तबस्सुम सफ़ेद चादर के साथ बेड पर लेटी हुई थी, उसके पास ही एक नन्ही-सी जान सो रही थी । करीम को देखते ही तबस्सुम ने मुस्कुराकर कहा - “मुबारक हो करीम साहब , आप पिता बन गए हैं !”

करीम ने एक क्षण उसकी ओर देखा, फिर धीमे स्वर में बोला -“देखो तबस्सुम, यह तो अदालत तय करेगी कि इस बच्ची का असली पिता कौन है ? पर इतना सबको मालूम है कि इसकी माँ सिर्फ़ तुम हो और यही सबसे बड़ा सत्य है । इसलिए तुम्हें माँ बनने की बहुत-बहुत बधाई ।”

वह कुछ पल बच्ची की ओर निहारता रहा -चेहरे पर भावों की ऐसी झिलमिल थी जिसमें कोमलता भी थी और दूरी भी । फिर वह मुड़ा और कमरे से बाहर निकल गया । बाहर डॉक्टर से मुलाक़ात हुई । डॉक्टर ने कहा -“शुक्र है कि आपके कोर्ट के रजिस्ट्रार आर.के.जी. मैडम को सही समय पर ले आए, नहीं तो स्थिति कठिन हो सकती थी । उन्होंने बताया कि आप किसी ज़रूरी काम से बाहर थे ।”

करीम ने हल्के से सिर हिलाया- “धन्यवाद डॉक्टर, कृपया उनका और बच्ची का ध्यान रखिए ।”
वह बिना कुछ और बोले गाड़ी की ओर लौट गया । गाड़ी के चलने के साथ ही उसके मन में फिर सवालों का सिलसिला शुरू हो गया-“आख़िर तबस्सुम और आर.के.जी. के बीच इतना निकट संबंध कैसे बना ?”
एक पल को संदेह उठा, फिर उसने अपने ही मन को झिड़क दिया-“जब मेरा कभी रिश्ता ही नहीं रहा तबस्सुम से, तो अब उसकी ज़िंदगी से मुझे क्या लेना देना ?”

उसने आँखें बंद कर लीं । मन में अब किसी का चेहरा उभर रहा था शायद पुष्पा का । वह मुस्कुराया, या शायद मुस्कुराने की कोशिश की । कोर्ट पहुँचकर उसने अपने चैंबर में एडवोकेट किशोर को बुलाया । एडवोकेट किशोर ने कहा - “सर, तबस्सुम ने बेटी को जन्म दिया है, इसलिए उनकी एडवोकेट शालिनी सिंह ने

कोर्ट से छुट्टी की अर्जी दी थी । जज साहब ने सुनवाई टाल दी है जब तक वह पेश होने योग्य न हो जाए ।"

करीम ने संयत स्वर में उत्तर दिया-"मुझे इसका अनुमान था, वकील साहब । अब हमारे पास जो समय है, उसमें हमें अपनी दलीलों की तैयारी पूरी करनी चाहिए ।"

किशोर ने गंभीरता से सिर झुकाया और धीमे परन्तु आत्मविश्वास भरे स्वर में बोला-"जी सर, मैंने इस केस से मिलते-जुलते सभी मामलों के सुप्रीम कोर्ट के निर्णयों का अध्ययन कर लिया है । वक्त आने पर उन्हें नज़ीर के रूप में अदालत के समक्ष प्रस्तुत किया जा सकेगा ।" करीम कुर्सी पर टिक गया । उसकी आँखें कुछ पल के लिए किशोर के चेहरे पर टिकी रहीं, वह आँखें जो वर्षों से न्याय के नाम पर दूसरों की नियति तय करती आई थीं, आज स्वयं एक अनिश्चितता में उलझी थीं। सामने केस की फ़ाइल खुली हुई थी, पर करीम की नज़र उस पर नहीं, कहीं भीतर झाँक रही थी ।

कमरे में एक गहरी नि:शब्दता उतर आई थी । बाहर अदालत के गलियारों में वकीलों की आवाज़ें, फाइलों की सरसराहट और गवाहों की चहल-पहल गूँज रही थी, मगर उस पल करीम का चैंबर जैसे किसी अलग दुनिया में डूब गया था । वह दुनिया, जहाँ न्याय की कसौटियाँ अब व्यक्तिगत भावनाओं की आँच पर तप रही थीं । करीम ने गहरी साँस ली । सामने रखी चाय ठंडी हो चुकी थी । उसने कप उठाया, होंठों तक ले गया, मगर पी नहीं सका । उसे महसूस हुआ कि जैसे चाय नहीं, उसके भीतर की समस्त ऊर्जा ठंडी पड़ चुकी है ।

वह धीरे से बोला- "किशोर, तुम जानते हो न, यह केस अब सिर्फ़ कानूनी नहीं रहा...यह एक ज़िंदगी का सवाल बन चुका है ।"
एडवोकेट किशोर ने आदर से कहा—"जी सर, लेकिन अदालत भावनाओं पर नहीं, सबूतों पर चलती है और हमारे पास पर्याप्त सबूत हैं ।"

करीम ने हल्की मुस्कान दी, जो क्षणभर में ही बुझ गई । उसके चेहरे पर थकान, पछतावे और असमंजस का मिला-जुला भाव उभर आया।उसने कहा-"सबूत... हाँ, वही तो हैं जो इंसान की सच्चाई से ज़्यादा असरदार माने जाते हैं ।

पर क्या हर सच अदालत में साबित किया जा सकता है, किशोर ? क्या हर रिश्ता दस्तावेज़ों में,दलीलों में परिभाषित हो सकता है ?"

एडवोकेट किशोर ने कुछ कहना चाहा, पर उसके शब्द होंठों तक आते-आते रुक गए । वह जानता था कि यह सिर्फ़ जज और वकील के बीच की बातचीत नहीं थी, यह एक ऐसे आदमी की आत्मस्वीकृति थी, जो खुद अपने जीवन के फैसले सुनाने में असमर्थ हो चुका था । करीम ने खिड़की की ओर देखा । बाहर धूप दीवारों पर तिरछी पड़ रही थी । सड़क पर लोगों की भीड़ अपने-अपने मुकाम की ओर भाग रही थी ।

"कभी-कभी सोचता हूँ, किशोर, कि न्याय सिर्फ़ अदालतों में नहीं, ज़िंदगी में भी होना चाहिए । वहाँ, जहाँ हम अपने भीतर फैसले करते हैं, बिना गवाह, बिना जिरह के... लेकिन क्या वहाँ भी मैं न्याय कर पाया हूँ ?"

एडवोकेट किशोर चुप रहा । वह जानता था कि अब इस कमरे में केवल एक जज नहीं, एक पिता, एक पति, और एक इंसान बैठा है जो अपने ही निर्णयों के बोझ तले दबा हुआ है । करीम ने धीरे से फाइल बंद की और कुर्सी से उठ खड़ा हुआ । उसके कदम भारी थे, मगर चेहरे पर एक अजीब-सी दृढ़ता उभर आई थी जैसे वह तय कर चुका हो कि अब भागना नहीं है, न अपने अतीत से, न अपने निर्णयों से । उसी समय अदालत की घंटी बजी । बाहर लोग अगली सुनवाई के लिए तैयार हो रहे थे । करीम ने कोट का बटन बंद किया, आईने में खुद को एक नज़र देखा, और धीमे से मुस्कुराया । एक ऐसी मुस्कान, जिसमें सारा बोझ, सारा मौन और सारा जीवन समाया हुआ था । कमरे में एक बार फिर शांति छा गई । बस दीवार की घड़ी की टिक-टिक सुनाई दे रही थी मानो वह भी किसी अदृश्य अदालत में समय के फैसले दर्ज कर रही हो । और उस पल, एक जज का मन अब भी अपने भीतर की अदालत में खुद के निर्णय खोज रहा था।

भाग 24 : किनारे की ओर तबस्सुम

वक़्त अपनी रफ़्तार से गुजरता गया । अस्पताल के उस शांत, सफ़ेद माहौल में नर्सें तबस्सुम और उसकी नन्हीं परी की बड़ी आत्मीयता से देखभाल कर रही थीं । कमरा धीरे-धीरे जीवन की खुशबू से भर रहा था मगर तबस्सुम के मन में तूफ़ान अब भी मचल रहा था ।

उसी बीच, आर.के.जी. तबस्सुम के कमरे में पहुँचा । आज तबस्सुम को अस्पताल से डिस्चार्ज होना था । उसे देखकर आर.के.जी. के चेहरे पर राहत और अपनापन दोनों झलक पड़े । मगर तबस्सुम के चेहरे पर उदासी की एक परत थी जैसे भीतर कोई गहरी बात दबी हुई हो ।

वह धीमे स्वर में बोली -“देखो आर.के.जी., अदालत का फैसला चाहे जो भी हो, पर अब मैं करीम के साथ उस घर में नहीं रहना चाहती । मैं अब अपनी बेटी की परवरिश में पूरी तरह समर्पित होना चाहती हूँ । जब मन और तन दोनों के रिश्ते खत्म हो चुके हों, तो यूँ घुट-घुटकर जीने का क्या अर्थ रह जाता है ?”

आर.के.जी. कुछ कह पाता, इससे पहले ही तबस्सुम के शब्दों ने जैसे वर्षों का बोझ उतार दिया । उसकी आवाज़ काँप रही थी, आँखें भीग आई थीं । उसने कहना जारी रखा -“आर.के.जी., तुम जान ही चुके हो कि कोर्ट में करीम के साथ हमने जो चाल चली, वो महज़ पैसों की खातिर थी । मगर अब तुम ही बताओ, क्या उस घर में लौटना मेरे लिए मुमकिन है ? तुम क्यों मुझे उस झूठे रिश्ते में बाँधे रखना चाहते हो ?”

यह कहते हुए तबस्सुम खुद को रोक न सकी और आर.के.जी. से लिपटकर फूट-फूटकर रो पड़ी । कमरे में सन्नाटा गूंज उठा । आर.के.जी. ने उसकी पीठ पर हाथ रखा । उसके अपने शब्द जैसे कहीं गुम हो गए थे । वह भी भावनाओं से भर उठा । दोनों काफ़ी देर तक एक-दूसरे से लिपटकर मौन आँसू बहाते रहे । पास वाली पलंग पर उनकी मासूम बेटी गहरी नींद में थी । अपने नन्हें सपनों की सुरक्षित दुनिया में ।

आर.के.जी. ने कुछ देर बाद धीरे से कहा - "तबस्सुम, मैं तुम्हें दिलो-जान से चाहता हूँ । जैसा तुम चाहोगी, वैसा ही होगा । अगर तुम चाहो तो मेरे घर चलो । हम दोनों मिलकर बिटिया का खयाल रखेंगे । तुम्हारी मदद के लिए मैं एक अच्छी हेल्पर भी रखवा दूँगा ।"

तबस्सुम ने आँसू पोंछते हुए सिर हिलाया - "नहीं आर.के.जी., अभी नहीं । हमें कोर्ट के फैसले तक इंतज़ार करना चाहिए । फैसला चाहे जो भी आए, तलाक़ के बाद मैं खुद तुम्हारे साथ निकाह करके हमेशा के लिए तुम्हारे घर आ जाऊँगी ।"

आर.के.जी. ने उसकी बात मानते हुए मुस्कराकर कहा-"ठीक है तबस्सुम, जैसा तुम कहो । मैं आज ही तुम्हारे लिए एक दो-बेडरूम फ्लैट किराए पर ले लेता हूँ । तुम डिस्चार्ज के बाद वहीं शिफ्ट हो जाना । बिटिया की देखभाल के लिए हेल्पर की भी व्यवस्था मैं आज ही करवा देता हूँ ।"

तबस्सुम की आँखों में हल्की तसल्ली उतर आई और उसने कहा - "धन्यवाद आर.के.जी., मैं चाहती हूँ कि हॉस्पिटल से सीधे वहीं चली जाऊँ, ताकि मेरी बेटी की परवरिश और पढ़ाई पर पूरा ध्यान दे सकूँ ।"

"ठीक है," आर.के.जी. ने फोन उठाते हुए कहा, "मैं अपने सहयोगी को व्यवस्था करने के लिए कह देता हूँ ।"

इतना कहते ही दरवाज़े पर दस्तक हु ई। नर्स मुस्कराती हुई अंदर आई और बोली- "मैम, अब आप और बेबी बिल्कुल स्वस्थ हैं । डॉक्टर ने आपको डिस्चार्ज करने की अनुमति दे दी है । मैं काग़ज़ तैयार करवाती हूँ। और हाँ, डॉक्टर ने कहा है कि बेबी के बर्थ सर्टिफिकेट की डिटेल्स आप एक बार चेक कर लीजिए, ताकि सही रिकॉर्ड दर्ज किया जा सके ।"

नर्स के जाते ही कमरे की हवा जैसे ठहर गई । आर.के.जी. और तबस्सुम के चेहरों का रंग उड़ गया । वे एक-दूसरे को देखने लगे थे जैसे कोई अनकहा सच उनके बीच आ खड़ा हुआ हो ।

तबस्सुम ने धीरे से कहा-"आर.के.जी., क्या इस बेबी के बर्थ सर्टिफिकेट पर पिता के रूप में आपका नाम नहीं लिखा जा सकता ?"

आर.के.जी. कुछ पल सोचता रहा । फिर बोला- "मैं डॉक्टर से बात करता हूँ । शायद कोर्ट केस के हवाले से कुछ हो सके ।"

वह सीधा डॉक्टर के कमरे में पहुँचा और नम्र स्वर में बोला- “डॉक्टर साहिबा, तबस्सुम और करीम का तलाक़ केस कोर्ट में विचाराधीन है, और....”

डॉक्टर ने बीच में ही कहा -“हाँ, इस हाई-प्रोफाइल केस के बारे में कौन नहीं जानता ? मगर अस्पताल की अपनी औपचारिकताएँ हैं, जिन्हें हमें निभाना ही होगा । फिलहाल तबस्सुम जी की आईडी में उनके पति के रूप में करीम साहब का ही नाम दर्ज है, इसलिए जन्म प्रमाण पत्र में पिता का नाम भी वही रहेगा ।”

डॉक्टर के शब्द कठोर नहीं थे, पर ठोस थे जैसे किसी दरवाज़े पर बंद ताला । आर.के.जी. ने सिर झुका लिया । वह समझ गया कि फिलहाल कुछ नहीं किया जा सकता । हालांकि उसने डॉक्टर से यह कहकर राहत ली कि तबस्सुम अपने वकील से बात करना चाहती हैं, इसलिए बर्थ सर्टिफिकेट में पिता का नाम दर्ज करने की प्रक्रिया थोड़ी देर रोकी जाए ।

इसके बाद आर.के.जी. ने फ़ोन उठाया और एडवोकेट शालिनी सिंह को तुरंत अस्पताल बुलाया । कुछ ही देर में एक चमकती सफ़ेद कार अस्पताल के गेट पर आकर रुकी । दरवाज़ा खुला और वकील शालिनी सिंह अपनी फाइलें सँभालती हुई तेज़ क़दमों से अस्पताल के गलियारे की ओर बढ़ चलीं...अब एक नया पन्ना खुलने वाला था । एक ऐसे सच का, जिसे अब तक सबने अपने-अपने तरीके से छिपा रखा था ।

भाग 25 : नाम की तलाश में एक बिटिया

अस्पताल के गलियारे में हल्की-सी हलचल थी । जैसे किसी अदृश्य सन्नाटे को शब्दों का सहारा मिल गया हो । तबस्सुम की वकील शालिनी सिंह जैसे ही वहाँ पहुँचीं, आर.के.जी. उन्हें सीधे तबस्सुम के कमरे तक ले गया । भीतर आते ही हवा में कुछ बेचैनी घुली हुई थी । तबस्सुम की आँखों में प्रश्न थे, और आर.के.जी. के चेहरे पर किसी अनिश्चित निर्णय की छाया ।

तबस्सुम ने अपनी धीमी, पर दृढ़ आवाज़ में कहा- “मैम, क्या कानूनी तौर पर हम अस्पताल को रोक सकते हैं कि वे अभी बच्चे के बर्थ सर्टिफिकेट में पिता का नाम न डालें ?”

शालिनी सिंह ने पल भर को दोनों की ओर देखा, फिर संयत स्वर में बोलीं - "देखिए, चूँकि यह मामला अभी कोर्ट में विचाराधीन है और अदालत को यह तय करना बाकी है कि तबस्सुम के बच्चे का वास्तविक पिता करीम है या कोई और... तो फिलहाल क़ानून के अनुसार यही माना जाएगा कि पिता करीम ही हैं । अब अगर हम खुद कोर्ट में यह दावा कर रहे हैं कि बच्ची करीम की है, तो फिर उसी नाम का विरोध किस आधार पर करेंगे ?"

शालिनी सिंह की बात में ठहराव था, पर तर्क दृढ़ । तबस्सुम और आर.के.जी. एक-दूसरे को देखने लगे, जैसे किसी ने उनके भीतर का आईना साफ़ कर दिया हो ।

कुछ देर की चुप्पी के बाद तबस्सुम ने धीमे से पूछा- "तो क्या हम कोर्ट का फैसला आने तक बर्थ सर्टिफिकेट जारी करने पर कोर्ट से स्टे ऑर्डर नहीं ले सकते ?"

शालिनी सिंह हल्की मुस्कान के साथ बोलीं -"ले सकते हैं, मगर किस दलील पर? अदालत में हमें बताना होगा कि हम बेबी का बर्थ सर्टिफिकेट क्यों रुकवाना चाहते हैं ? और याद रखिए, अगर हमने ऐसा किया तो हमारा ही केस कमज़ोर पड़ सकता है । जज साहब और करीम का वकील इस संशय का पूरा लाभ उठा सकते हैं । बिना सुनवाई के केस खारिज होने का भी जोखिम रहेगा ।"

वह कुछ क्षण ठहरीं, फिर आगे बोलीं -"फिलहाल कानूनन करीम साहब ही तबस्सुम मैडम के पति हैं । उनके सभी पहचान पत्र, हॉस्पिटल में दाख़िले की आईडी, सब में वही नाम दर्ज हे । इसलिए आधिकारिक रूप से बेबी के पिता के तौर पर करीम साहब का नाम ही आएगा । हाँ, एक काम हो सकता है, हॉस्पिटल स्टाफ से व्यक्तिगत बातचीत के ज़रिए बर्थ सर्टिफिकेट की प्रक्रिया को कुछ समय के लिए टाल दिया जाए और यह काम,"— इतना कहकर उन्होंने मुस्कराकर आर.के.जी. की ओर देखा फिर कहा "आपके लिए शायद मुश्किल नहीं होगा ।"

आर.के.जी. ने शालिनी सिंह की बात समझ ली थी । आर.के.जी. के होंठों पर हल्की मुस्कान आई, और आदरपूर्वक कहा-"धन्यवाद, मैम । आपकी सलाह हमेशा की तरह सही समय पर आई है ।"

शालिनी सिंह ने सिर हिलाया, दस्तावेज़ समेटे और हल्के कदमों से कमरे से निकल गईं ।। बाहर गैलरी में उनके कदमों की आहट कुछ देर तक गूँजती रही, जैसे किसी अध्याय के समाप्त होने का संकेत हो ।

आर.के.जी. ने बिना देर किए तबस्सुम के रहने के लिए अपने पड़ोस में ही एक दो कमरे के फ्लैट का इंतज़ाम कर दिया । आलिशान, सुसज्जित और सुरक्षित । उसने एक विश्वसनीय हेल्पर भी नियुक्त कर दी, जो माँ-बेटी दोनों की देखभाल करेगी । थोड़ी ही देर में डॉक्टर ने औपचारिकताएँ पूरी कर दीं । डिस्चार्ज पेपर तैयार थे, एंबुलेंस दरवाज़े पर खड़ी थी । तबस्सुम ने नन्हीं बिटिया को गोद में लिया, उसके चेहरे पर हल्की मुस्कान थी, जैसे दर्द की लकीरें अब धीरे-धीरे मिट रही हों। आर.के.जी. एंबुलेंस के आगे-आगे अपनी कार से चल पड़ा । रास्ते के दोनों ओर फैली शाम की रौशनी में उम्मीद की एक नई लकीर चमक रही थी । कुछ ही देर में एंबुलेंस उस नए फ्लैट के सामने थी, जो अब तबस्सुम और उसकी बेटी का आश्रय बनने वाला था । अंदर हर सुविधा मौजूद थी , रोशनी, सन्नाटा और एक नई शुरुआत का सुकून । तबस्सुम ने चारों ओर देखा, फिर बेटी को सीने से लगाकर गहरी साँस ली । अब उसके जीवन में स्थिरता लौट रही थी । वह कोर्ट के फैसले और भरण-पोषण की राशि की प्रतीक्षा में थी, मगर उसके भीतर अब कोई डर नहीं था। दिन बीतते गए । तबस्सुम धीरे-धीरे स्वस्थ हो रही थी । सुबहें अब उसकी बिटिया की किलकारियों से भर जातीं । दिनभर वह उसके साथ व्यस्त रहती, और शामें कभी किताबों में, कभी खामोश सोचों में खो जातीं ।

अगले सप्ताह केस की सुनवाई तय थी । तबस्सुम ने आर.के.जी. के माध्यम से अपनी वकील को संदेश भेजा कि वह अब अदालत जाने के लिए पूरी तरह तैयार है । एडवोकेट शालिनी सिंह ने केस की सभी तैयारियाँ पूरी कर ली थीं, और आर.के.जी. ने भी आवश्यक बिंदुओं पर उनके साथ विस्तार से चर्चा कर ली थी। उधर, करीम अब तबस्सुम को लेकर किसी तनाव में नहीं था । उसे मालूम था यह रिश्ता अपने अंत तक पहुँच चुका है । अब न कोई प्रतीक्षा,न कोई पश्चाताप। वह अक्सर पुष्पा की यादों में डूब जाता, उस अधूरे संवाद में जो अब भी उसकी ज़िंदगी के किसी कोने में सांस ले रहा था । उसे केवल यही चिंता सताती थी कि पता नहीं पुष्पा किस हाल में होगी...? फिर भी, अदालत की अगली तारीख़ को

लेकर वह आत्मविश्वास से भरा था । एक जज के रूप में नहीं, बल्कि एक व्यक्ति के रूप में जिसे अपने ही निर्णयों पर भरोसा था । उसे यक़ीन था कि इस मुक़दमे का फैसला उसके पक्ष में ही आएगा...लेकिन ज़िंदगी की अदालत में, हर फैसला वैसा नहीं होता जैसा आदमी सोचता है ।

भाग 26 : न्याय की दहलीज़ पर तबस्सुम

फैमिली कोर्ट की वह सुबह असामान्य रूप से चहल-पहल से भरी थी। लम्बे अंतराल के बाद करीम बनाम तबस्सुम प्रकरण की पुनः सुनवाई होने जा रही थी। अदालत के प्रांगण में भीड़ उमड़ आई थी । मीडिया प्रतिनिधि, वकीलों की मंडली, और स्थानीय नागरिक, जो इस हाई-प्रोफ़ाइल केस के हर मोड़ को अपनी आँखों से देखना चाहते थे, कोर्ट में मौजूद थे ।

कोर्ट के कर्मचारी समय से अपनी-अपनी डेस्क पर मौजूद थे । वातावरण में एक सधी हुई औपचारिकता थी, पर भीतर-भीतर सभी के मन में हलचल थी । तबस्सुम, अपनी नन्ही बिटिया और हेल्पर के साथ कोर्ट पहुँच चुकी थी । उसकी आँखों में हल्की-सी थकान थी,पर चेहरे पर संयम और भीतर कहीं एक अदृश्य आत्मबल झलक रहा था । उधर, करीम अपने वकील एडवोकेट किशोर के साथ न्यायालय में उपस्थित था । दोनों पक्ष अब एक बार फिर आमने-सामने थे । एक रिश्ते के टूटे हुए अवशेषों पर न्याय की परत चढ़ाने को तत्पर । तबस्सुम की वकील एडवोकेट शालिनी सिंह भी आत्मविश्वास से भरी थीं । केस फाइलों के पन्नों के साथ-साथ उनके शब्दों में भी तेज़ धार थी । उनकी दृढ़ता देखकर तबस्सुम के चेहरे पर भी एक क्षणिक संतोष उभरा-जैसे उसे यक़ीन हो कि उसकी आवाज़ को आज कोई सुनने वाला है । इसी बीच, कोर्ट अर्दली की आवाज़ गूँजी-“मीलॉर्ड अदालत में पधार रहे हैं ।”

सभी लोग खड़े हो गए । न्यायाधीश ने भीतर प्रवेश किया और अपने आसन पर विराजमान होते ही कहा - “ अदालत की कार्यवाही आरंभ की जाए ।”

एडवोकेट किशोर ने अपनी दलील की शुरुआत की - “मीलॉर्ड, पिछली सुनवाई में अदालत ने दो प्रश्नों पर विचार किया था - पहला, क्या यह मामला एडल्ट्री

अर्थात विवाहेतर संबंधों से जुड़ा है ? और दूसरा, क्या तबस्सुम की पुत्री के वास्तविक पिता करीम हैं या कोई और ?”

एडवोकेट किशोर ने थोड़ी देर रुककर गहरी आवाज़ में कहा- “मीलॉर्ड, देखने में ये दो प्रश्न अलग प्रतीत होते हैं, किंतु वस्तुतः एक ही हैं । यदि इनमें से किसी एक प्रश्न का सत्य सामने आ जाए, तो पूरा मामला स्पष्ट हो जाएगा।”

उनके शब्दों की गूंज अभी थमी भी नहीं थी कि एडवोकेट शालिनी सिंह उठ खड़ी हुईं और बोली-“मीलॉर्ड,” - उनके स्वर में तीखापन था -“मेरे सम्माननीय मित्र अदालत का ध्यान भटका रहे हैं । असल मुद्दा तबस्सुम और करीम के बीच तलाक और भरण-पोषण से संबंधित है । मेरी मुवक्किल ने अपने और अपनी पुत्री के पालन हेतु पाँच लाख रुपये प्रतिमाह की माँग की है । अतः न्यायालय का ध्यान इन्हीं बिंदुओं पर केंद्रित रहना चाहिए ।”

शालिनी की बात पूरी होते ही एडवोकेट किशोर मुस्कराए -“मीलॉर्ड, अदालत को गुमराह करने का प्रयास हम नहीं, बल्कि मेरी काबिल सहकर्मी कर रही हैं । हाल ही में माननीय सुप्रीम कोर्ट ने एक ऐतिहासिक निर्णय दिया है, जिसमें कहा गया कि यदि पति-पत्नी के बीच सुलह की कोई संभावना नहीं बची हो, तो अदालत को छह माह की प्रतीक्षा किए बिना तलाक की डिक्री पारित कर देनी चाहिए । इस मिसाल को मैं इस अदालत के समक्ष नज़ीर के रूप में प्रस्तुत करता हूँ ।” उन्होंने दस्तावेज़ अदालत की डायस पर रखे, जिन्हें अर्दली ने जज साहब तक पहुँचाया । न्यायाधीश ने चश्मा ठीक किया, दस्तावेज़ों पर नज़र दौड़ाई और गंभीर स्वर में बोले- “अदालत इस निर्णय के सार से सहमत है । यह सच है कि ऐसे मामलों में अनावश्यक देरी न्याय से वंचित करना है । परंतु यह प्रकरण केवल तलाक का नहीं है । इसमें दो जिंदगियों के साथ तीसरी उस नन्ही बालिका का भविष्य भी जुड़ा है ।”

वे थोड़ा झुके और आगे बोले - “वादी पक्ष ने भरण-पोषण की माँग की है, जबकि प्रतिवादी पक्ष ने उस बालिका को अपना संतान मानने से ही इंकार किया है । अतः अदालत के समक्ष पहला प्रश्न यह है कि क्या वाकई उस बच्ची के पिता करीम ही

हैं ? साथ ही, जब प्रतिवादी पक्ष ने वादी के चरित्र पर संदेह व्यक्त किया है, तो न्यायालय के लिए इस बिंदु की जाँच अनिवार्य हो जाती है ।"

एडवोकेट किशोर ने सहमति जताते हुए कहा - "मीलॉर्ड, इन दोनों प्रश्नों का समाधान केवल एक माध्यम से संभव है- डी.एन.ए. टेस्ट यदि परीक्षण कराया जाए तो सत्य स्वतः प्रकट हो जाएगा कि यह बच्ची वाकई करीम की है या फिर केवल आर्थिक लाभ के उद्देश्य से यह दावा प्रस्तुत किया गया है ।" इतना कहते ही कोर्ट रूम में हल्की हलचल मच गई । शालिनी सिंह ने कुर्सी से उठते हुए दृढ़ स्वर में कहा - "बस, बहुत हो गया, वकील साहब ! आप बार-बार मेरी क्लाइंट की गरिमा पर कीचड़ उछाल रहे हैं । फिर भी, यदि अदालत यही उचित समझती है, तो हम डी.एन.ए. टेस्ट में पूर्ण सहयोग देंगे ।" उनकी आवाज़ में आत्मसम्मान की झनकार थी, पर उनके शब्दों के पीछे तबस्सुम की आँखों में हल्की-सी बेचैनी झलक रही थी । वह अपने स्थान पर असहज होकर बैठी रही जैसे उसके भीतर का कोई रहस्य अब अदालत की दीवारों पर उभरने वाला हो ।

न्यायाधीश ने दोनों पक्षों की दलीलें ध्यानपूर्वक सुनीं । कुछ पल की चुप्पी के बाद उन्होंने गम्भीरता से कहा -"अदालत, प्रतिवादी पक्ष की माँग को स्वीकार करती है । नवजात बालिका और करीम का डी.एन.ए. परीक्षण करवाया जाएगा । रिपोर्ट अगली सुनवाई तक प्रस्तुत की जाए ।"

गैवल की हल्की-सी थाप के साथ कार्यवाही स्थगित कर दी गई । कमरे में फैले सन्नाटे के बीच कैमरों की क्लिकें गूँज उठीं -जैसे सच की एक नई परत खुलने वाली हो ।

भाग 27 आज की सुनवाई-सच और साज़िश के बीच ।

कोर्ट की कार्यवाही समाप्त होने के बाद जब आर.के.जी. और तबस्सुम घर लौटे, तो पूरे घर में एक अजीब सी ख़ामोशी पसरी हुई थी। दीवार की घड़ी की टिक-टिक उस सन्नाटे को और गहरा कर रही थी । रसोई में हेल्पर ने चुपचाप लंच तैयार कर रखा था, पर दोनों का ही मन खाने से एकदम उचाट था । अदालत में जज साहब द्वारा करीम और तबस्सुम की बेटी का डी.एन.ए. टेस्ट करवाने का आदेश

सुनकर जैसे उनके पैरों तले ज़मीन ही खिसक गई थी । दोनों की आँखों में चिंता, भय और पछतावे की कई परतें एक साथ तैर रही थीं ।

आर.के.जी. ने मेज़ पर रखा पानी का गिलास उठाया, एक लंबा घूंट लिया, और बहुत धीमी, थकी हुई आवाज़ में बोला-"तबस्सुम, अब कोर्ट के आदेश को टालना हमारे बस में नहीं है । यह डी.एन.ए. टेस्ट अदालत की निगरानी में होगा, इसलिए किसी भी तरह की रुकावट नामुमकिन है । हमें तैयार रहना होगा ।"

तबस्सुम कुछ देर तक निर्वाक बैठी रही । उसकी आँखों में डर साफ झलक रहा था । होंठ सूख चुके थे और उंगलियाँ मेज़ पर अनायास थिरक रही थीं । फिर उसने हिचकते हुए कहा-"लेकिन आर.के.जी., इस डी.एन.ए. टेस्ट के बाद तो सब कुछ उजागर हो जाएगा ? करीम जान जाएगा कि यह बच्ची उसकी नहीं है... तब कोर्ट न भरण-पोषण देगा और न मुझे इज़्ज़त से जीने की कोई जगह छोड़ेगा ? मैं सब कुछ खो दूँगी-अपना मान, अपनी प्रतिष्ठा, अपनी बेटी का भविष्य...?"

उसकी आवाज़ काँप रही थी । आँखों में आँसू तैर आए । वह सिर झुकाकर चुप हो गई, मानो अपने आपसे हार मान चुकी हो ।

आर.के.जी. ने कुछ क्षणों तक उसे देखा । उसकी आँखों में अपराधबोध था, मगर उसके स्वर में व्यावहारिक कठोरता थी- "तबस्सुम, डरने से कुछ नहीं होगा। हमें हकीकत का सामना करना ही होगा । हाँ, डी.एन.ए. टेस्ट के बाद शायद अदालत यह मान ले कि बच्ची करीम की नहीं है, पर इसका यह मतलब नहीं कि तुम्हें कोई हक़ नहीं मिलेगा । तुम्हारे लिए भरण-पोषण की माँग अब भी जायज़ है । तलाक़ के बाद एक असहाय महिला को आर्थिक सहारा देना पति की कानूनी ज़िम्मेदारी है और इस बात को अदालत नज़रअंदाज़ नहीं कर सकती ।"

तबस्सुम ने आर.के.जी. की ओर देखा, उसकी आँखों में उम्मीद की एक हल्की झिलमिलाहट जागी, लेकिन अगले ही पल वह फिर बुझ गई । उसने टूटी हुई आवाज़ में कहा-"पर मेरी बेटी का क्या ? वह तो बिना पिता के नाम की रह जाएगी? लोग क्या कहेंगे? उसे कौन अपनाएगा ?"

आर.के.जी. ने उसकी हथेली अपने हाथों में लेते हुए धीरे से कहा -"नाम से ज़्यादा ज़रूरी है उसका भविष्य, तबस्सुम । सच से मुँह मोड़ने से हम और गहरे फँसते जाएँगे । हमें खुद को मज़बूत रखना होगा ।"

तबस्सुम ने गहरी साँस ली । उसकी आँखों में आँसुओं की परत अब भी थी, पर उनमें एक स्थिरता भी उभरने लगी थी । वह सोच रही थी , क्या यही वो जीवन था, जिसके लिए उसने सब कुछ दाँव पर लगाया था ? क्या अपने अतीत से भागते-भागते वह अब अपने भविष्य को भी दाँव पर लगा चुकी थी ?

कुछ देर दोनों चुप बैठे रहे । कमरे में हल्की हवा का झोंका आया, पर सन्नाटा जस का तस रहा । दूर कहीं से बच्ची के रोने की हल्की आवाज़ आई, मानो वह भी इस अनकहे बोझ को महसूस कर रही हो ।

आर.के.जी. ने उठकर खिड़की खोली । बाहर धूप ढल चुकी थी, शाम अपने साये फैलाने लगी थी । उसने धीमे स्वर में कहा-"तबस्सुम, अब समय आ गया है कि हम सच का सामना करें । सच से भागने से सच को बदला नहीं जा सकता ।"

तबस्सुम ने उसकी ओर देखा, उसकी आँखों में गहरा दर्द था, पर साथ ही एक मौन स्वीकृति भी । उसने सिर झुकाकर कहा-"शायद तुम ठीक कहते हो, आर.के.जी.... अब बचने का कोई रास्ता नहीं है ।"

वह उठी, बच्ची को गोद में लिया, और खिड़की से बाहर झांकते हुए बोली- "कभी-कभी सच सबसे बड़ी सज़ा भी होता है... और सबसे बड़ी मुक्ति भी ।"

कमरे में फिर वही ख़ामोशी लौट आई एक ऐसी ख़ामोशी, जिसमें आने वाले कल की आहट भी थी और बीते हुए कल की प्रतिध्वनि भी ।

आर.के.जी. ने गहरी साँस ली, और उसकी ओर झुकते हुए बोले - "देखो तबस्सुम मैं फिर से दोहरा रहा हूँ कि, अदालत बच्ची के भरण-पोषण का आदेश न दे, यह हो सकता है, पर तुम्हारे लिए तो भरण-पोषण की माँग पूरी तरह जायज़ है । तुम न नौकरी करती हो, न कोई व्यवसाय । ऐसे में तलाक़ के बाद तुम्हारा अधिकार बनता है कि तुम्हें गुज़ारे का खर्च मिले । पर सच कहूँ तो तुम्हारी वकील शालिनी सिंह ने इस केस को बहुत हल्के में लिया है ।"

तबस्सुम ने तिलमिलाते हुए पूछा -"इसमें शालिनी जी का क्या दोष है ?"

आर.के.जी. ने झुँझलाकर कहा-"दोष यह कि उन्होंने करीम के वकील की डी.एन.ए. टेस्ट वाली माँग का विरोध ही नहीं किया । अगर वे अदालत को यह बताने की कोशिश करतीं कि यह मुद्दा असंगत है, तो शायद जज साहब डी.एन.ए. टेस्ट का आदेश ही न देते । पर अब... अब तो बात हाथ से निकल चुकी है ।"

तबस्सुम ने धीरे से सिर झुकाया, और कहा-“पर शालिनी सिंह को क्या पता था कि मेरी बिटिया... करीम की नहीं, बल्कि...”
वह वाक्य अधूरा छोड़कर चुप हो गई। फिर फुसफुसाई - “यह सच तो हम दोनों के अलावा कोई जानता ही नहीं ।”

कमरे में कुछ क्षणों के लिए खामोशी छा गई । बाहर दीवार पर टंगी घड़ी की टिक-टिक ही अब एकमात्र आवाज़ थी । आर.के.जी. कुर्सी से उठे, फिर अचानक उत्तेजित स्वर में बोले-“इसीलिए तो कहता हूँ, वकील और डॉक्टर से कभी कुछ नहीं छुपाना चाहिए । सच छिपाने की यही सज़ा हमें मिल रही है !”

तबस्सुम ने उन्हें शांत करने की कोशिश की-“आप गुस्सा न करें आर.के.जी., बल्कि कोई रास्ता सोचिए । क्या हम डी.एन.ए. रिपोर्ट में कुछ हेरफेर नहीं कर सकते ? किसी तरह...?”

अब तबस्सुम के स्वर में वही बेचैनी थी जो अपराध के डर से उपजती है । वह सच्चाई से भागने के लिए तैयार थी, जैसे झूठ अब उसकी ढाल बन चुका हो ।

आर.के.जी. ने कुछ देर सोचा, फिर निराश होकर बोले - “तबस्सुम, यह अब नामुमकिन है । करीम अच्छी तरह जानता है कि उसने निकाह के बाद तुम्हें कभी पत्नी का अधिकार नहीं दिया। यह बात उसने अपने वकील किशोर को भी ज़रूर बताई होगी । अगर हम रिपोर्ट में हेरफेर भी करवा लें, तो वे कोर्ट की निगरानी में दोबारा टेस्ट की माँग करेंगे । सच को ज़्यादा देर दबाया नहीं जा सकता ।”

तबस्सुम ने सिर झुका लिया । उसकी आँखों में नमी थी, पर उनमें स्वीकार का एक हल्का भाव भी था । वह आर.के.जी. की गोद में सिर रखकर लेट गई । आर.के.जी. ने उसके बालों में उंगलियाँ फेरते हुए कहा-“अब जो होगा, देखा जाएगा तबस्सुम ।”

उसी क्षण कमरे में उनकी बिटिया के रोने की आवाज़ गूँज उठी । तबस्सुम ने हेल्पर को पुकारा- “देखो ज़रा, बिटिया क्यों रो रही है?”

रोशनी मंद थी, हवा में तनाव घुला हुआ था । दोनों देर तक खामोश बैठे रहे, अपने आने वाले कल की अनिश्चितता को देखते हुए । उन्हें साफ़ महसूस हो रहा था कि अब यह मुक़दमा उनकी पकड़ से बाहर जा चुका है ।

कुछ देर बाद तबस्सुम ने धीमे स्वर में कहा-“आर.के.जी., अगर हम दोनों निकाह कर लें तो शायद सब ठीक हो जाए। इससे मेरी और बिटिया की इज़्ज़त भी बच जाएगी।”

आर.के.जी. ने तबस्सुम की ओर देखा, होंठों पर फीकी मुस्कान उभरी और कहा-“तबस्सुम, करीम से तलाक़ लिए बिना तुम्हारा मुझसे निकाह कानूनी नहीं होगा और चोरी-छिपे कर भी लिया, तो उसको कोई मान्यता नहीं मिलेगी।”

तबस्सुम ने गहरी साँस ली, मानो भीतर का सारा बोझ एक ही साँस में उतर गया हो।

“ख़ैर,” तबस्सुम ने कहा, “अब जो होगा, देखा जाएगा। बस कल की सुनवाई का इंतज़ार है...?”

कमरे में फिर वही सन्नाटा पसर गया। बाहर से आती ठंडी हवा परदे हिला रही थी, मानो सच और झूठ के बीच की अंतिम लड़ाई अब बस एक सुबह दूर हो।

भाग 28 : क्या आज होगी न्याय की सुबह ?

तबस्सुम और आर. के. जी. आज रात भर ठीक से सो नहीं पाए थे। जब भी तबस्सुम की बेटी रात को रोते हुए मचलती तो तबस्सुम को उस पर खींझ पैदा होती। वह बिटिया को डाँटकर सुलाने का प्रयास करती और खुद भी सोने का प्रयास करती मगर दोनों ही प्रयासों में वह सफल नहीं हो पा रही थी। जबसे तबस्सुम करीम से अलग होकर रहने लगी थी तब से आर. के. जी. अक्सर बिना किसी रोक-टोक के तबस्सुम के फ्लैट पर रुक जाया करता था।

इधर करीम को पता चल चुका था कि तबस्सुम किराए पर फ्लैट लेकर अलग से रहने लगी है। इससे करीम खुश ही था। समय के साथ-साथ तबस्सुम और उसके निजी मामलों में करीम की दिलचस्पी एकदम ख़त्म हो चुकी थी।

करीम जब भी घर पर अकेला होता तो पुष्पा के खयालों में खोया रहता था। परन्तु खुद की नौकरी और अदालती कार्यवाही के लफड़ों में करीम इतना व्यस्त रहता था कि वह चाहकर भी पुष्पा की खोज के लिए समय नहीं निकाल पाता था। फिर तबस्सुम के साथ तलाक की डिक्री मिल जाने तक करीम अभी कोई रिस्क नहीं लेना चाहता था। एक जिम्मेदार न्यायिक पोस्ट पर होने का खयाल ही उसे कुछ

भी करने से रोक लेता था । करीम को पता था कि आज भी फैमिली कोर्ट में उसके केस पर सुनवाई होनी है । आज का दिन करीम के लिए बहुत अहम था क्योंकि डी.एन.ए. टेस्ट की रिपोर्ट से इस केस में दूध का दूध और पानी का पानी होने वाला था । करीम जल्दी सो कर उठ गया था । हेल्पर ने उसके लिए ब्रेकफास्ट बनाकर तैयार कर दिया था । करीम ब्रेकफास्ट करके कोर्ट जाने के लिए तैयार हो चुका था ।

इधर तबस्सुम और आर. के. जी. भी कोर्ट जाने के लिए तैयार हो चुके थे । मगर दोनों के ही चेहरों पर से मुस्कान गायब थी । आर. के. जी. आज कोर्ट के आने वाले संभावित फ़ैसले से उदास तो था पर मन के कोने में कहीं ना कहीं उसे यह भी लग रहा था कि डी.एन.ए. टेस्ट की रिपोर्ट से वह खुद भी अच्छे से आश्वस्त हो जाएगा कि तबस्सुम की बेटी का पिता यदि करीम नहीं निकला तो शत प्रतिशत आर. के. जी. ही उसका पिता है ।

तबस्सुम की बेटी और करीम के सैंपल पहले ही इकट्ठे करके डी.एन.ए. टेस्ट के लिए लैब में भेजे जा चुके थे । आज सील बन्द लिफाफे में डी.एन.ए. टेस्ट की रिपोर्ट कोर्ट में पेश की जानी थी जिसके आधार पर जज इस हाई प्रोफाइल केस का बहु प्रतीक्षित फ़ैसला सुनाने वाले थे ।

दोनों पक्षों के वकील कोर्ट में पहुँच चुके थे । करीम भी अपने चैंबर में आकर बैठ गया था । वो फ़ैमिली कोर्ट में सुनवाई के लिए जाने से पहले अपने वकील से बात करना चाहता था इसलिए उसने किशोर को फोन करके बुला लिया ।

थोड़ी ही देर में करीम का वकील किशोर चैंबर में हाज़िर हो गया । करीम ने उससे केस के बारे में सभी अपडेट प्राप्त किए और खुद को सन्तुष्ट किया ।

इधर तबस्सुम को कोर्ट आने के लिए आर. के. जी. ने टैक्सी भिजवा दी थी । वह खुद अपनी कार से कोर्ट पहुँच चुका था ।

आर. के. जी. कतई नहीं चाहता था कि तबस्सुम के करीम से तलाक़ से पूर्व उसका तबस्सुम से रिश्ता जग जाहिर हो । वह अपने इस रिश्ते को हर कीमत पर तब तक सबसे छिपा कर रखना चाहता था जब तक हालात उसके पक्ष में नहीं हो जाते । इसलिए आर. के. जी. कभी भी तबस्सुम को अपनी गाड़ी से कोर्ट लेकर नहीं

आता था और नहीं घर ड्रॉप करने जाता था । बनिस्पत इसके वह किराए की टैक्सी से तबस्सुम का कोर्ट आना-जाना पसन्द करता था ।

इस सबसे तबस्सुम को भी कोई दिक्कत नहीं महसूस होती थी । वह भी सभी मजबूरियों और हालातों को अच्छे से समझती थी ।

आर. के. जी. और तबस्सुम की वकील शालिनी सिंह अपने ऑफिस में बैठे इसी केस को डिस्कस कर रहे थे । आर. के. जी. ने अपने दिल का डर शालिनी सिंह के साथ साझा किया । हालांकि डी.एन.ए. टेस्ट की रिपोर्ट के रिजल्ट से आर. के. जी. खुद भी तबस्सुम के चरित्र को लेकर आश्वस्त होना चाहता था । इस बातचीत के दौरान शालिनी सिंह ने आर. के. जी. को छेड़ते हुए पूछा -"अच्छा सर अभी कोर्ट लगने में समय है तो आपसे एक निजी जिंदगी से जुड़ा सवाल पूंछू यदि आप बुरा नहीं माने तो ?"

"बुरा मानने की कोई बात नहीं है वकील साहिबा, पर मुझे पता है कि आप क्या पूछने वाली है । यही ना कि मैं इस केस में तबस्सुम के साथ मिलकर इतनी रुचि क्यों ले रहा हूँ ?" आर. के. जी. ने वकील शालिनी सिंह के दिल की बात को भाँपकर मुस्कुराते हुए कहा ।

"जी बिल्कुल सही अंदाजा लगाया आपने, पर क्या मुझे इस सवाल का जवाब भी मिलेगा या फिर.......।"

वकील शालिनी सिंह की बात को बीच में ही रोककर आर. के. जी. बोला - "वकील साहिबा समय आने पर आपको आपके सभी सवालों के जवाब मिल जाएंगे परन्तु अभी फिलहाल मेरे व्हाट्सएप पर अपडेट यह है कि जो जज साहब आज केस की सुनवाई करने वाले थे उनको अचानक हार्ट अटैक आया है और वो चल बसे हैं । लिहाजा जज साहब के निधन पर कोर्ट में दो दिन का शोक घोषित कर दिया गया है ।”

“ओह ! अति दुखद समाचार है , हम लोगों ने एक नेकदिल इन्सान को बहुत जल्दी खो दिया ।" तबस्सुम की वकील शालिनी सिंह ने बहुत ही दुखी मन से अपना चश्मा उतारते हुए कहा ।

जज साहब के यूँ हार्ट अटैक से चल बसने की ख़बर अब तक पूरे कोर्ट और शहर में फैल चुकी थी । करीम और तबस्सुम दोनों ही उदास और दुखी होकर अपने-

अपने घर लौट चुके थे । पता नहीं अब नया जज कौन होगा और कब बैठेगा, कुछ कहा नहीं जा सकता था । दोनों को ही कोर्ट से केस के सुनवाई की नई तारीख मिल चुकी थी ।

भाग 29 : तबस्सुम के मन में उमड़ा भावनाओं का ज्वार ?

जबसे तबस्सुम ने केस की सुनवाई टल जाने के बारे में सुना था वह खुश नज़र आ रही थी । वह चाहती थी कि सच जितना देर से बाहर आए उतना अच्छा है । जबकि आर. के. जी. इस सच को जल्दी से जल्दी सुनना चाहता था । वह डी.एन.ए. टेस्ट की रिपोर्ट के रिजल्ट से खुद आश्वस्त हो लेना चाहता था कि तबस्सुम से पैदा हुई बेटी का पिता वह खुद ही है या करीम है ?

देखा जाए तो आर. के. जी. एक तीर से दो निशाने साध रहा था । यदि DNS टेस्ट की रिपोर्ट में साबित हुआ कि तबस्सुम की बेटी का पिता करीम है तो भी उसे एक भारी-भरकम राशि अदालत द्वारा बच्ची के भरण-पोषण के लिए दिलवाई जानी थी ।

इधर करीम अपने घर पर काफ़ी उदास था । वो उसके केस की सुनवाई कर रहे जज साहब के यूँ अचानक दुनिया से रुखसत हो जाने को लेकर तो दुःखी था ही साथ ही उसे अपने केस में अब और देरी होने को लेकर मलाल हो रहा था ।

करीम चाहता था कि जल्द से जल्द उसका केस खत्म हो और वो अपनी जिन्दगी को एक बेहतर राह की तरफ़ ले जाए ।

करीम और तबस्सुम के वकील चाहते थे कि इस केस में तारीख पर तारीख होती रहे तो उनके भविष्य के लिए अच्छा है । कितना फर्क था हर किरदार की सोच में इस पूरी कानूनी प्रक्रिया को लेकर ।

मगर आज तबस्सुम सबसे ज्यादा परेशान थी । घर पर उसका दिल नहीं लग रहा था लिहाज़ा उसने आर. के. जी. को कहा –"आर. के. जी. आज कहीं बाहर आउटिंग पर चलते हैं । पता नहीं क्यों घर पर मेरा बिल्कुल भी जी नहीं लग रहा है ।"

आर. के. जी. ने तबस्सुम की उदासी को समझते हुए कहा कि– “ठीक है तबस्सुम! आज मौसम भी काफी खुशनुमा दिखाई दे रहा है। बेबी को हेल्पर के पास छोड़ दो, वह उसका खयाल रख लेगी । मैं गाड़ी लेकर आता हूँ ।” कह कर आर. के. जी. पास ही स्थित अपने घर से खुद की कार लेकर आ गया था । तब तक तबस्सुम तैयार हो गई थी । दोनों गाड़ी में बैठकर शहर के बाहर एक बड़े से पार्क में घूमने निकल गए । इस पार्क में स्थित स्टॉल पर तबस्सुम ने अपनी पसंद के गोलगप्पे खाए और आर. के. जी. को भी खिलवाए। कुछ हल्का फुल्का स्नेक लेकर दोनों पार्क में स्थित एक घनी छांव वाले पेड़ के नीचे जाकर बैठ गए ।

तबस्सुम निश्चिंत होकर आर. के. जी. की गोद में लेट गई थी । उसने आर. के. जी. की गोद में लेट- लेटे ही अपने दिल की बात आर. के. जी. को बताते हुए कहा – “आर. के. जी. क्या अपने केस की सुनवाई खत्म होने के बाद हम इस शहर को छोड़ कर किसी अन्य शहर में जाकर रह सकते हैं । पता नहीं क्यों अब इस शहर में रहने को जी नहीं चाहता ।”

आर. के. जी. ने तबस्सुम के बालों में प्यार से हाथ फिराते हुए जवाब देते हुए कहा – “क्यों तबस्सुम ऐसा क्या हो गया कि तुम्हारा इस शहर में जी नहीं लगता ?”

"पता नहीं आर. के. जी. मैं यह सोच कर डर सी जाती हूँ कि जब कोर्ट में डीएनए टेस्ट की रिपोर्ट से खुलासा हो जाएगा कि मेरी बेटी का पिता करीम नहीं बल्कि कोई और है और नसीब का फेर देखो कि वह कोई 'और' हमेशा मेरे साथ रहता है फिर भी मैं दुनिया को उसका नाम तक नहीं बता सकती ।" तबस्सुम ने उदास मन से आर. के. जी. के सवाल का जवाब दिया और फिर उससे लिपट कर रोने लगी । आर. के. जी. ने तबस्सुम को सांत्वना देते हुए कहा - "देखो तबस्सुम तुम्हें परेशान होने की जरुरत नहीं है। कोर्ट का जो भी फ़ैसला हो उसे हमें मानकर खुश होना चाहिए । आखिर तुमने शहर के एक नामी-गिरामी जज के खिलाफ़ केस लड़ने का साहस तो दिखाया। क्या यह कम हिम्मत का काम था ।"

"हिम्मत का काम तो था आर. के. जी. पर इस पूरे प्रकरण में आपने मेरा साथ नहीं दिया होता तो शायद मेरे लिए कुछ भी संभव नहीं था । पता नहीं कभी- कभी मुझे लगता है कि यह कोर्ट कचहरी के चक्कर में पड़े बिना भी हम अपना जीवन बेहतर ढंग से जी सकते थे । कहीं भरण-पोषण की राशि प्राप्त करने के चक्कर

में हमने अपना ही तो नुकसान नहीं कर लिया !" तबस्सुम ने अपने दिल में तूफ़ान की तरह मचल रही अपनी भावानाओं को आर. के. जी. के समक्ष रखते हुए कहा।

"नहीं तबस्सुम मैं तुम्हारी तरह नहीं सोचता । मेरा सोचना यह है कि जब करीम जैसे इन्सान को तुमसे मोहब्बत थी ही नहीं तो सिर्फ़ कब्र में पैर रखने जा रहे अपने माता पिता को खुश करने के लिए उसने तुमसे निकाह किया ही क्यों ? और यदि कर भी लिया तो फिर उसकी जिम्मेदारी बनती थी कि उसे यह रिश्ता ईमानदारी से निभाना चाहिए था ।"

"बात तो तुम्हारी ठीक है आर. के. जी., आखिर मेरा गुनाह था ही क्या जो करीम ने मेरे जीवन के साथ यह खिलवाड़ किया ।" तबस्सुम ने आर. के. जी. की गोद में लेटे-लेटे ही अपनी बात जारी रखी ।

"पता नहीं यह मर्द लोग क्यों महिलाओं के जीवन से खेल खेलते रहते हैं ।"

"पर सभी मर्द एक जैसे भी नहीं होते हैं ना तबस्सुम ! अब तुम मुझे ही देखो, मैं तो अपनी जाति, धर्म और समाज सबको एक तरफ़ रख कर तुम्हारे साथ आगे बढ़ गया ।" आर. के. जी. ने तबस्सुम को समझाने का प्रयास करते हुए कहा ।

भाग 30 : फिर क्यों उफ़ान पर आया तबस्सुम की भावनाओं का ज्वार ?

तबस्सुम आर. के. जी. को बहुत कुछ कहना चाहती थी । उसके मन में भावनाओं का एक तूफ़ान सा मचल रहा था । वह जानती थी कि आर. के. जी. ने भी उसको यूँ ही नहीं अपना लिया था । आखिर अपनी जाति और समाज के द्वारा ठुकरा दिए जाने, एक हत्यारी माँ का बेटा होने का लेबल चिपक जाने और खुद के समाज के द्वारा कोई लड़की न दिए जाने के बाद ही आर. के. जी. ने मुझको अपनाया था । और आर. के. जी. के केस में तो उसकी माँ उस अपराध के लिए सजा भुगत रही है जो उस बेचारी ने किया ही नहीं था । देखा जाए तो यहाँ भी एक स्त्री मर्द के कारण ही सजा भुगत रही है । फिर क्या फर्क पड़ता है कि वह उसका बेटा है या मर्द या फिर कोई और........!

तबस्सुम कहना तो बहुत कुछ चाहती थी । मगर शायद वह समय और परिस्थितियों के दबाव के चलते अपने जज्बात और भावनाओं को व्यक्त नहीं कर पा रही थी ।

काफ़ी देर तक वो आर. के. जी. की गोद में आँखें बंद करके लेटी रही । उसकी आंखों से आँसु बहने लगे थे ।

आर. के. जी. ने जब तबस्सुम की आँखों से आँसू निकलते हुए देखा तो उन आँसुओं को पौंछते हुए कहा ,- "यह क्या तबस्सुम तुम रो रही हो । थोड़ा धैर्य रखो और हिम्मत से काम लो । सब कुछ ठीक होगा । यदि तुम चाहती हो तो हम यह शहर छोड़ कर किसी और शहर में रहने को तैयार हैं। बस मुझे यहाँ से अपना ट्रान्सफर करवाना होगा जो कि मेरे लिए कोई पहाड़ तोड़ने जैसा काम नहीं है।"

तबस्सुम ने अपनी आँखें साफ की और फिर आर. के. जी. की तरफ़ मुखातिब होते हुए बोली – "देखो आर. के. जी. परिस्थितियां चाहे जो रही हो मगर अब मैं तुम्हें जी जान से चाहती हूँ । तुम्हारे बिना मैं जी नहीं पाऊंगी । वादा करो कि तुम मेरा साथ कभी नहीं छोड़ोगे ।"

आर. के. जी. ने तबस्सुम का हाथ अपने हाथ में लेते हुए कहा –"तबस्सुम तुम मुझ पर भरोसा रखो । मैं जीवन में हर कदम पर तुम्हारा साथ दूंगा । तुम बेहतर तरीके से जानती हो कि तुम्हारे सिवा मुझे कोई और नहीं अपना सकता था । मेरी जिन्दगी का पूरा सच जानने के बाद भी तुमने मेरा हाथ थामा और उपहार में मुझे एक प्यारी सी गुड़िया दी । सच कहूँ तो तबस्सुम मैँ तुम्हें पाकर बहुत खुश हूँ।"

आर. के. जी. की बात सुनकर तबस्सुम ने उसके मुँह पर हाथ रखते हुए कहा – "आर. के. जी. बस मैं यही चाहती हूँ कि मैं और मेरी बेटी हमेशा तुम्हारे प्यार की छाँव के तले पले और तुम हमेशा हमारा खयाल रखना । आर. के. जी. एक बात कहूँ यदि तुम्हें बुरा नहीं लगे तो ?''

"हाँ, हाँ तबस्सुम बोलो , इसमें बुरा लगने वाली बात ही क्या है ।" आर. के. जी. ने तबस्सुम का हौंसला बढ़ाते हुए कहा ।

"वो क्या है ना आर. के. जी. कि पता नहीं मेरे दिल में यह खयाल क्यों आता है कि हमें कोर्ट से अपना केस वापिस ले लेना चाहिए। क्योंकि अभी कुछ भी नहीं बिगड़ा है और शायद होनी को भी यही मंजूर है, तभी तो देखो ना उस आखिरी दिन ही जब हमारे केस का अन्तिम फ़ैसला आने वाला था, जज साहब अल्लाह को प्यारे हो गए ।

पता नहीं मुझे क्यों बार-बार यही लगता है कि यह सभी परिस्थितियाँ चीख चीख कर कह रही है कि हमें अपना केस वापिस ले लेना चाहिए, अभी भी कुछ भी नहीं बिगड़ा है । तुम क्या सोचते हो इस बारे में ?"

"देखो तबस्सुम मुझे लगता है कि यह केस अब फाइनल फ़ैसले की तरफ़ अग्रसर हो चुका है । हम लोगों ने जब इतने महिनों तक अदालत के चक्कर लगाएं हैं तो अब इस स्टेज पर आकर केस को वापिस लेना कोई समझदारी नहीं है ।

मेरे खयाल से केस का परिणाम जो चाहे कुछ हो मगर हमें इस केस को अब इसकी अन्तिम परिणीति तक पहुंचाना ही चाहिए । और फिर हम तय भी कर चुके हैं कि इस केस के फैसले के बाद हम दोनों निकाह कर लेंगे । तुम चाहती हो कि निकाह के बाद हम इस शहर को छोड़ कर किसी और शहर में रहने के लिए चले जाएं तो मुझे वो भी मंजूर है ।"

तबस्सुम ने आर. के. जी. की बातों से सहमति जताते हुए कहा -

"ठीक है आर. के. जी. अब तुम चाहते हों कि यह केस हम अन्तिम फ़ैसला आने तक लड़े तो ऐसा ही होगा । परन्तु इस फ़ैसले का परिणाम तुम्हें भी मालूम है और मुझे भी । यह जो हमारी बेटी है असल में उसके पिता तुम ही हो ।"

"हाँ तबस्सुम इस बात को हम दोनों ही जानते हैं और करीम से तलाक़ के बाद देखना हम दोनों निकाह करके पूरे शहर को यह बता देंगे कि तबस्सुम की बेटी का पिता कोई छोटा-मोटा इन्सान नहीं अपितु कोर्ट में ही एक सम्मानित ओहदे पर बैठा एक सुशिक्षित इन्सान है ।"

तबस्सुम को अपनी बेटी की चिन्ता खाए जा रही थी सो ढेर सारी बातें करने के बाद आर. के. जी. और तबस्सुम शाम ढलने से पहले अपने घर लौट आए थे ।

भाग 31 : क्यों छलका करीम का दर्द ?

इधर जज साहब के यूँ अचानक हुए इंतकाल से करीम सदमे में आ गया था । उसके केस की सुनवाई कर रहे जज साहब से उसके व्यक्तिगत तौर पर भी अच्छे तालुकात थे । दिवंगत जज साहब की मेहनत, योग्यता और लगन का ही परिणाम था कि आज उसका केस एक तार्किक परिणीति की तरफ़ बढ़ रहा था । करीम ने

सोचा भी नहीं था कि जब उसके केस की सुनवाई अन्तिम चरण में होगी तभी यह मनहूस दिन भी उसे देखने को मिलेगा ।

जज साहब के हार्ट अटैक की खबर ने करीम को बुरी तरह से हिला दिया था । यूँ भी अदालतों में नियुक्त जजों पर जिस तरह काम-काज का दबाव होता है उससे अधिकतर के साथ इस तरह की अनहोनी हो जाया करती है । करीम खुद एक जज के तौर पर कोर्ट में कार्य कर रहा था और उसे कोर्ट के हालात और परिस्थितियों का अंदाजा होने लगा था । अपने कार्यकाल के थोड़े से ही अनुभवों के दौरान करीम को बहुत कुछ सीखने को मिला था ।

और उसकी जिन्दगी में आए भूचाल ने तो उसे हिला कर रख दिया था। आज करीम बहुत ही दुखी और उदास था। उसे रह- रह कर पुष्पा की याद सता रही थी। उसने पुष्पा को ढूंढने का हर संभव प्रयास किया था मगर उसे निराशा ही हाथ लगी थी । अब जब उसे अपने कोर्ट केस के फाइनल फ़ैसले का अंदाजा है कि आज नहीं तो कल तबस्सुम से उसका तलाक़ हो ही जाना है तब करीम और शिद्दत से पुष्पा की तलाश करने का मन बना चुका था ।

अभी करीम इन सब उधेड़ बुन में फंसा हुआ ही था कि दरवाज़े की बेल बज उठी। करीम ने हेल्पर को दरवाजा खोलने को कहा ।

दरवाजे पर वे सीनियर जज साहब खड़े थे जिन्होंने करीम को विवाह इतर संबंधों पर लेक्चर देने के लिए बुलाया था । घर के अन्दर आते ही उन्होंने करीम को आवाज़ दी । करीम पहचान गया था सो दौड़कर दरवाज़े पर गया और बोला - "अरे सर आप ! यूँ अचानक से ! मुझे फोन पर बताया होता तो मैं आपको लेने आ जाता ।"

“अरे नहीं इसकी जरुरत नहीं थी करीम । वो क्या था आपके शहर के फैमिली कोर्ट में नियुक्त जज साहब का कल हार्ट अटैक से देहान्त हो गया था तो उसी सिलसिले में उनके घर पर आया था । सोचा तुम से भी मिल चलूं तो चला आया।”

सीनियर जज साहब ने करीम के सवाल का जवाब देते हुए बताया ।

“हाँ सर बहुत ही दुखद समाचार था हम सब के लिए । फ़ैमिली कोर्ट में वे ही मेरे केस की सुनवाई कर रहे थे और कल की सुनवाई में ही शायद अन्तिम फ़ैसला

आने वाला था मगर इससे पहले ही वे अल्लाह को प्यारे हो गए ।" करीम ने दुःख व्यक्त करते हुए सीनियर जज साहब की बात का जवाब दिया ।

"अरे हाँ तो तुम्हारे केस का क्या चल रहा है, मैं तो पूछना ही भूल गया था । क्या अपडेट्स है अब ?" सीनियर जज साहब ने करीम के ड्राइंग रूम में सोफ़े पर बैठते हुए पूछा ।

"क्या बताऊं सर आपको इस केस में बहुत सारी पेचीदगियां आ गई थी । तबस्सुम ने खुद के भरण-पोषण के साथ ही उसके पेट में पल रहे बच्चे के लिए भी अच्छी खासी रकम वसूल करने का जुगाड कर लिया जबकि उसकी बच्ची से मेरा कोई लेना देना नहीं था।"

करीम ने अपने कोर्ट केस के बारे में अब तक की सभी जानकारियां सीनियर जज साहब को बताई । यह सब बताते-बताते करीम बहुत भावुक होते हुए बोला –"इस केस बाजी में मैं पूरी तरह टूट चुका हूँ सर ! समझ नहीं पा रहा हूँ कि कब इन सब झंझटों से मुक्ति मिलेगी ।"

"जरा सोचिए करीम जब आप जैसे जज को एक केस ने हताश करके रख दिया तो आम जनता का क्या हाल होता होगा, जब वह सालों-साल तक कोर्ट कचहरी के चक्कर लगाते रहते हैं, और चूंकि तुम्हारा केस तो हाई प्रोफाइल होने के कारण फिर भी इतनी तेज गति से आगे बढ़ रहा है, यही केस किसी गरीब आदमी का होता तो अभी तो वो कोर्ट-कचहरी में तारीखों के बीच ही पिसता रहता । तुम्हें हिम्मत से काम लेना चाहिए और धैर्य रखना चाहिए ।" सीनियर जज साहब ने करीम को ढाढस बंधाते हुए कहा ।

करीम उनके कन्धे पर सिर रखकर कर रो पड़ा और रोते हुए ही बोला–"आप ठीक कह रहे हैं सर पर अब मुझमें और हिम्मत नहीं बची है । इस केस की वजह से मैं ठीक से अपनी नौकरी भी नहीं कर पा रहा हूँ । सोचता हूँ कि नौकरी से इस्तीफ़ा देकर कुछ और काम ढूंढ लूँ जिसमें सुकून मिले ।"

"ऐसा होता है करीम, पर अभी तुम जैसे होनहार और इमानदार जज की जरुरत इस न्याय व्यवस्था को है । सब ठीक ही होगा । शायद जल्दी ही हम फैमिली कोर्ट में किसी जज को नियुक्त करें जो तुम्हारे केस की सुनवाई करके इसे अंजाम तक पहुंचा सके ।"

सीनियर जज साहब ने करीम को अपने गले लगाते हुए जवाब दिया ।

करीम सीनियर जज साहब की बातों से सहमत था । अब एक बार फिर से उसमें हिम्मत और साहस का संचार हो चुका था ।

अपने कोर्ट केस की अन्तिम सुनवाई और फ़ैसले के लिए वह बहुत व्याकुल था ।

भाग 32 : फैमिली कोर्ट की नई जज–कौन थी वह ?

लम्बे अंतराल के बाद आज फिर करीम और तबस्सुम के तलाक़ का मामला अदालत की कार्यसूची में शामिल था । सुनवाई की तारीख़ की सूचना दोनों पक्षों के वकीलों ने अपने-अपने मुवक्किलों को दे दी थी, लिहाज़ा दोनों ही अंतिम सुनवाई के लिए पूरी तैयारी के साथ अदालत पहुँच चुके थे ।

फैमिली कोर्ट का वातावरण आज कुछ अधिक ही गर्म था । यह एक हाई-प्रोफाइल केस था इसीलिए अदालत के भीतर से लेकर बाहर तक भीड़ उमड़ी हुई थी । मीडिया कर्मियों का हुजूम कैमरों और माइक लिए करीम और तबस्सुम से प्रतिक्रिया पाने के लिए तत्पर था, पर करीम और तबस्सुम दोनों ही उनसे बचते हुए किसी तरह अदालत के भीतर पहुँचे ।

अदालत के भीतर दोनों के वकील पहले से उपस्थित थे । ठीक समय पर नई नियुक्त महिला जज साहिबा अपने आसन पर विराजमान हुईं । वह ऊँचे कद-काठी की, आकर्षक व्यक्तित्व वाली, आत्मविश्वासी महिला थीं, जिनकी आँखों में दृढ़ता और चेहरों पर गरिमा झलक रही थी । आज ही उन्होंने इस अदालत की जिम्मेदारी सँभाली थी, क्योंकि पहले इस केस की सुनवाई कर रहे जज साहब का कुछ समय पूर्व अचानक हृदयाघात से निधन हो गया था ।

जैसे ही उन्होंने हेमर बजाया, अदालत का शोर एक पल में थम गया-"ऑर्डर, ऑर्डर ! अदालत की कार्यवाही प्रारम्भ की जाए ।"

उनकी गूँजदार आवाज़ में एक अजीब प्रभाव और अधिकार था ।

करीम के वकील एडवोकेट किशोर ने आगे बढ़ते हुए एक सीलबंद लिफ़ाफ़ा जज साहिबा के समक्ष रखा-"मीलॉर्ड, अदालत की अब तक की कार्यवाही से आप अवगत ही हैं । पिछली सुनवाई में स्वर्गीय जज साहब के आदेशानुसार तबस्सुम

की बेटी और करीम का डी.एन.ए. परीक्षण करवाया गया था । उसकी रिपोर्ट सीलबंद लिफ़ाफ़े में आपके अवलोकनार्थ प्रस्तुत है ।"

जज साहिबा ने लिफाफ़ा उठाकर गम्भीर दृष्टि से उसे देखा, फिर कहा- "हाँ, मैंने इस केस की पूरी फाइल का अध्ययन किया है । यह मामला केवल तलाक़ और भरण-पोषण का नहीं, बल्कि इस प्रश्न का भी है कि क्या तबस्सुम की बेटी का पिता वास्तव में करीम है या नहीं ? अब निर्णय इस डी.एन.ए. रिपोर्ट पर ही निर्भर करेगा । कृपया दोनों पक्षों के पक्षकारों को विटनेस बॉक्स में बुलाया जाए, मुझे उनसे कुछ प्रश्न करने हैं ।"

अदालत के कर्मचारी ने दोनों के नाम पुकारे । तबस्सुम तुरंत आगे बढ़ी, पर करीम किसी अन्य कार्य में व्यस्त था । आदेश मिलते ही वह भी विटनेस बॉक्स में पहुँचा और तभी... जैसे समय थम गया ।

करीम की नज़र जज साहिबा से मिली और वह स्तब्ध रह गया । जज साहिबा भी एक क्षण के लिए सन्न रह गईं ।

करीम के भीतर से आवाज़ आई- "अरे... यह तो पुष्पा है ! यह यहाँ, और वह भी जज के आसन पर ?"

उधर पुष्पा यानी वर्तमान जज साहिबा के मन में भी हलचल मच गई थी । वे मन ही मन बोली- "जब मैंने इस केस की फाइल पढ़ी थी, तब यह अंदाज़ा भी न था कि यह मामला मेरे ही करीम का है...!"

एक पल के लिए दोनों की आँखें पुराने समय की धूल झाड़कर फिर उसी भावुक बिन्दु पर लौट आईं । परंतु अगले ही क्षण पुष्पा ने स्वयं को संयत किया । उसे याद आया- यहाँ वह पुष्पा नहीं, जज हैं ।

गंभीर स्वर में जज पुष्पा ने कहा- "तो, करीम, आपका कहना था कि तबस्सुम की बेटी के बायोलॉजीकल पिता आप नहीं है, जबकि तबस्सुम का दावा है कि आप ही उसके पिता हैं । इस तथ्य की पुष्टि हेतु यह डी.एन.ए. रिपोर्ट प्रस्तुत की गई है । मैंने इसे ध्यानपूर्वक पढ़ा है, और अब इसी के आधार पर तय होगा कि सत्य क्या है ।"

करीम के वकील ने आगे बढ़कर कहा-"मीलॉर्ड, यह रिपोर्ट न केवल पितृत्व का निर्धारण करेगी, बल्कि यह भी सिद्ध करेगी कि क्या यह विवाहेतर संबंध का

मामला है । और यदि ऐसा नहीं है, तो भरण-पोषण का दावा स्वतः निरर्थक हो जाता है ।"

पुष्पा ने सामने बैठे वकीलों की ओर नज़र दौड़ाई । अदालत में अब तक गहमागहमी थी, पर जैसे ही उन्होंने अपनी निगाह तबस्सुम की वकील एडवोकेट शालिनी सिंह पर टिकी, एक पल को सब थम-सा गया । उनके स्वर में औपचारिक शांति थी, पर भीतर एक गूंजती हुई बेचैनी , इस बेचैनी के साथ ही पुष्पा ने शालिनी सिंह से पूछा- "वकील साहिबा, क्या आप कुछ कहना चाहेंगी ?"

शालिनी ने धीरे से अपनी फाइल बंद की, फिर मृदु स्वर में बोलीं- "मीलॉर्ड, हम अपना पक्ष पहले ही रख चुके हैं । अब तो निर्णय आपकी मेज़ पर रखी इस रिपोर्ट में ही निहित है ।"

उनकी आवाज़ में एक अजीब विश्वास था-जैसे सत्य अब किसी तर्क या दलील का मोहताज नहीं । यह वह क्षण था जब शब्दों की जगह समय बोलने वाला था । अदालत में कुछ क्षणों का गहन सन्नाटा छा गया । खचाखच भरे कमरे में भी ऐसा लगा मानो हवा थम गई हो । दीवार पर टंगी घड़ी की टिक-टिक अब साफ़ सुनाई दे रही थी । किसी फाइल के पन्ने की सरसराहट तक भयभीत कर रही थी । यह वही सन्नाटा था जो किसी आने वाले तूफ़ान से पहले होता है-धीरे-धीरे, दबे पाँव, पर अपनी गहराई में भयंकर ।

पुष्पा ने सामने बैठे करीम की ओर नज़र डाली । वह सिर झुकाए खड़ा था, पर चेहरे की हर रेखा में एक तनाव,एक अदृश्य प्रश्न था । और जब कभी उसकी नज़र जज साहिबा से टकरा जाती, वह अनायास पलकें झुका लेता मानो बीते वर्षों का कोई अधूरा संवाद अचानक बीच अदालत में जीवित हो उठा हो ।

पुष्पा ने अपने भीतर उठते भावों को गहराई में दबा दिया । वह जानती थी कि आज, इस अदालत में वह पुष्पा नहीं, बल्कि न्याय की प्रतिनिधि हैं । निजी भावनाएँ, यादें, संबंध-सब कुछ उस हेमर की एक चोट के नीचे दब जाना चाहिए। उसने गहरी साँस ली, और संयत स्वर में बोलीं-"अदालत इस रिपोर्ट पर आधारित अपना निर्णय कल सुनाएगी । कार्यवाही कल तक के लिए स्थगित की जाती है।"

हेमर की ध्वनि कमरे में गूंजी-तीखी, ठंडी, और निर्णायक । पर उस ध्वनि के शांत होते ही एक अजीब रिक्तता चारों ओर फैल गई । लोग धीरे-धीरे उठने लगे । कोर्ट

रूम में कुर्सियों की चरमराहट और फाइलों की आवाज़ें लौट आईं । पर इस सबके बीच दो दिलों की धड़कनें अब भी किसी अनसुने संवाद में उलझी थीं ।

पुष्पा कुछ देर अपनी कुर्सी पर जड़-सी बैठी रहीं । वह चाहकर भी करीम की ओर फिर से न देख सकीं । वर्षों बाद अचानक सामने आया यह चेहरा, वही चेहरा जिसने कभी उनके सपनों, उनकी युवावस्था और उनके जीवन की दिशा बदल दी थी । आज एक मुकदमे का पक्षकार बनकर उनके सामने खड़ा था ।

करीम भी चुपचाप मुड़ा । उसके कदम भारी थे, जैसे हर कदम के नीचे पछतावे की परतें हों । अदालत के बाहर कैमरे अब भी चमक रहे थे, सवाल अब भी उड़ रहे थे पर उसके कानों में अब बस एक ही आवाज़ गूँज रही थी-हेमर की वह ठक-ठक, जो उसके अतीत और वर्तमान के बीच अंतिम दीवार खड़ी कर गई थी ।

अदालत की कार्यवाही समाप्त हो चुकी थी, पर भीतर कहीं पुष्पा और करीम दोनों के मन में एक तूफ़ान अब भी गूंज रहा था । वह तूफ़ान, जो इस केस के फैसले से पहले शायद किसी को चैन नहीं लेने देगा ।

भाग 33:क्या संयोग ने फिर मिलाया पुष्पा और करीम को ?

करीम जब से फैमिली कोर्ट की नई जज के रूप में पुष्पा को देख रहा था, उसे अपनी आँखों पर विश्वास नहीं हो रहा था । क्या यह सच में वही पुष्पा थी, उसकी पुष्पा या कोई और ? वर्षों बाद अचानक सामने आई यह सूरत मानो उसके बीते हुए अतीत का कोई पन्ना हो, जो समय की किताब ने बहुत पहले बंद कर दिया था । उसने निश्चय किया कि अदालत की औपचारिकता समाप्त होते ही वह पुष्पा से अवश्य मिलेगा। वह जानना चाहता था कि यह सब कोई स्वप्न नहीं, बल्कि सजीव यथार्थ है।

यही स्थिति पुष्पा की बनी हुई थी । पुष्पा को भी यकीन नहीं हो रहा था कि उसे करीम यूँ अदालती मसलों में उलझ कर संघर्ष करता हुआ मिलेगा । चूंकि वह फैमिली कोर्ट में एक जज के तौर पर करीम का केस सुन रही थी इसलिए उसने कोर्ट में करीम से बात करना और मिलना उचित नहीं समझा था ।

शाम को जब कोर्ट की कार्यवाही समाप्त हुई, तो एक अनकहे आकर्षण ने दोनों को खींच लिया । पुष्पा सीधा करीम के घर की ओर निकल पड़ी, और संयोग देखिए उसी समय करीम पुष्पा के घर पहुँच गया । दोनों दरवाज़े खटखटाते रहे,

पर कोई उत्तर न मिला। निराश होकर जब दोनों अपनी-अपनी गाड़ियों में लौट रहे थे, तभी सड़क के मोड़ पर एक जानी-पहचानी चमकती गाड़ी ने पुष्पा का ध्यान खींचा ।

"यह तो करीम की कार लगती है...!"—पुष्पा ने ड्राइवर से कहा । ड्राइवर ने गाड़ी बराबर में की । करीम ने भी झट पहचान लिया- "यह तो पुष्पा की गाड़ी है ।" उसने हाथ के इशारे से रुकने को कहा, फिर दरवाज़ा खोलकर बोला- "आओ, पुष्पा... कुछ समय साथ गुजारते हैं, बहुत दिन हो गए ।" पुष्पा बिना कुछ कहे उसकी गाड़ी में बैठ गई । करीम ने अपने ड्राइवर को छुट्टी दी और खुद गाड़ी की स्टीयरिंग थाम ली । दोनों कुछ देर बिना एक-दूसरे से बात किए यात्रा करते रहे । अंततः गाड़ी शहर की सीमा से बाहर एक शांत पार्क के पास आकर रुकी । वहाँ की हवा में सर्द शाम की गंध थी और ढलते सूरज की सुनहरी लकीरें उनके चेहरों पर तैर रही थीं । वे दोनों बेंच पर जाकर बैठ गए । लंबे समय तक बस एक-दूसरे को देखते रहे, बिना शब्दों के, पर अनगिनत बातों के साथ । फिर अचानक, जैसे किसी बाँध ने टूटकर रास्ता पा लिया हो, करीम ने पुष्पा को अपने बाँहों में भर लिया । उसके भीतर वर्षों का दर्द उमड़ पड़ा । वह भावुक होकर बोल- "तुम मुझे छोड़कर कहाँ चली गई थी, पुष्पा ! तुम्हारे बिना कितनी रातें जाग-जाग कर बिताई हैं मैंने...!"

पुष्पा ने काँपते हाथों से करीम के आँसू पोंछे और कहा -"बताऊँगी सब कुछ, जज साहब... पर पहले आप यह आँसू पोंछ लीजिए । देखिए, आपको रोता देख मेरी आँखें भी भीग गईं ।" करीम ने खुद को सँभाला, पुष्पा के गाल से आँसू पोंछे। हवा में एक गहरी खामोशी थी, जिसमें दोनों के दिलों की धड़कनें साफ सुनाई दे रही थीं ।

पुष्पा ने धीमे स्वर में कहा-"जब मैं आख़िरी बार तुमसे बिछुड़ कर पापा के पास दुबई गई थी, उन्होंने तुमसे शादी करने से साफ़ मना कर दिया था । दूसरे धर्म का लड़का उन्हें स्वीकार नहीं था करीम । उन्होंने तो मेरे गर्भ में पल रहे हमारे बच्चे को भी गिरा देने की ठान ली थी । पर मैं उसे खो नहीं सकती थी , वह तो तुम्हारा अंश था, मेरी ज़िन्दगी की सबसे कीमती निशानी । इसीलिए पापा की शर्त माननी पड़ी कि मैं तुम्हें भूल जाऊँ... ताकि वह बच्चा इस दुनिया में आ सके।"

करीम के चेहरे पर आश्चर्य और स्नेह की लहर एक साथ उभरी । "पुष्पा, वो बच्चा... हमारा बच्चा... कहाँ है ? मुझे उससे मिलाओ न उससे ।"

पुष्पा ने हल्की मुस्कान के साथ कहा -"मिलवाऊँगी, ज़रूर मिलवाऊँगी... पर पहले मेरी बात तो पूरी सुनो ।" वह आगे बोली -"दुबई में समय बदलता गया । पापा ने तुमसे बात करने के मेरे सारे संपर्क तोड़ दिए थे । फिर अचानक कोरोना ने दुनिया थाम दी और पापा का व्यापार भी । कर्ज़, बेचैनी, और अंत में अवसाद ने उन्हें तोड़ दिया । जब तुम्हारा भेजा हुआ मनीऑर्डर ब्याज सहित उन्हें मिला, तब समझे कि तुम धन से नहीं, मुझसे प्यार करते थे । वे अपने अपराधबोध में जलते रहे... अक्सर तुम्हारा नाम लेकर मुझसे क्षमा माँगते थे ।
फिर एक दिन, हृदयाघात ने उन्हें मुझसे सदा के लिए छीन लिया । जाने से पहले उन्होंने बस इतना कहा- 'भारत लौट जाना बेटी , और अपनी ड्यूटी फिर सँभाल लेना ।' मैंने उनका कहा मान लिया ।"

करीम चुपचाप सब कुछ सुनता रहा । आँखों में प्रश्नों का तूफ़ान था, पर शब्द गुम थे । अँधेरा घिर आया था । पार्क की बत्तियाँ जल चुकी थीं । पुष्पा ने धीरे से कहा- "बाकी बातें कल करूँगी, करीम घर पर । माँ अकेली हैं... और तुम्हारा 'बेबी' भी मेरा इंतज़ार कर रहा होगा । कल कोर्ट के बाद यहीं मिलते हैं, तब तुम्हारे दिल के सारे सवालों के जवाब दूँगी ।"

करीम कुछ कहना चाहता था, पर शब्द उसके गले में अटक गए । वह बस सिर झुकाए कार तक पहुँचा और पुष्पा को उसके घर छोड़ आया । रात की हवा ठंडी थी, पर दोनों के भीतर पुरानी यादों की आँच फिर से जल उठी थी-वही अधूरी कहानी, जो शायद अब फिर पूरी होने को थी ।

भाग 34 : जब पुष्पा ने करीम से साझा किया अपना दर्द !

आज भी करीम और पुष्पा ठीक समय पर अदालत पहुँचे थे । दोनों ने अपने-अपने न्यायालयों में दिनभर के मामलों का निस्तारण किया । कुछ फ़ैसले सुनाए, कुछ पर अगली तारीख़ें निर्धारित कीं और कुछ फाइलों पर आवश्यक निर्देश अपने पेशकारों को दे दिए।

दिन के उत्तरार्ध में जब पुष्पा ने एक बार फिर करीम और तबस्सुम के प्रकरण की फाइल उठाई, तो उसके मन में एक बार फिर हलचल सी होने लगी । केस की पूरी सुनवाई समाप्त हो चुकी थी, केवल फ़ैसले की औपचारिक घोषणा शेष थी, जिसे उसने सुरक्षित रख छोड़ा था । परंतु आज जब उसने फाइल के पन्ने पलटे, तो उसमें दर्ज तथ्यों ने उसके भीतर गहरी बेचैनी जगा दी, यह सोचकर कि तबस्सुम ने आखिर इतनी निर्दयता से करीम को मानसिक पीड़ा में क्यों डाला होगा ।

उसे यह भी अचरज हो रहा था कि उसकी फैमिली कोर्ट में नियुक्ति के तुरंत बाद जो पहला मामला उसके समक्ष आया, वह उसी के करीम का निकला- "हाय री किस्मत !" उसने मन ही मन कहा । पर अगले ही क्षण वह ठहर सी गई और सोचने लगी- "शायद जो कुछ होता है, किसी न किसी अच्छे हेतु के लिए ही होता है । यदि यह केस मेरे पास न आता,तो मैं कभी नहीं जान पाती कि करीम के जीवन में कैसी उथल-पुथल मची हुई है ?"

विचारों की इस उलझन में उसे समय का भान तक न रहा । शाम ढल चुकी थी । दफ़्तर की गाड़ियों के ड्राइवर बाहर प्रतीक्षा कर रहे थे । करीम ने अपनी गाड़ी में कुछ हल्का नाश्ता पहले से रखवा लिया था तथा अपने ड्राइवर से कहा कि वह पुष्पा की गाड़ी पुष्पा के घर तक छोड़ आए । तय कार्यक्रम के अनुसार, पुष्पा और करीम पुनः उसी शहर-से-बाहर के शांत पार्क में पहुँच गए, जहाँ कल की बातचीत अधूरी रह गई थी। साँझ की मद्धम रोशनी में दोनों ने ठंडी ड्रिंक और चिप्स के साथ कुछ पल सहजता से बिताए । पुष्पा मुस्कुराई-"करीम, तुम अब भी मेरी पसंद का इतना ख़याल रखते हो ! इतने बरसों बाद भी तुम्हें याद है कि मुझे टोमैटो फ्लेवर के चिप्स और ड्यू वाली ड्रिंक कितने पसंद हैं ?"करीम कुछ कह पाता, उससे पहले वह फिर हँरा पड़ी "अच्छा छोड़ो, वहीं से बात शुरू करते हैं जहाँ कल अधूरी रह गई थी । जानना चाहते हो, कल जब तुम मुझे घर छोड़ने आए थे, तब मम्मी और... तुम्हारा प्यारा बेटा दोनों घर पर ही थे । जानते हो, मैंने तुम्हें उनसे क्यों नहीं मिलवाया ?"

करीम के चेहरे पर उदासी छा गई थी । उसने पूछा-"क्यों नहीं मिलवाया, यह मैं समझ सकता हूँ । जब तक जज साहिबा, यानी तुम, तबस्सुम के साथ हमारे तलाक़ की डिक्री जारी नहीं कर देतीं, तब तक मैं तुम्हारे परिवार में किसी से नहीं मिल सकता, यहाँ तक की अपने खुद के बेटे से भी ।" पुष्पा ने हल्की मुस्कान के साथ सिर हिलाया और कहा- "सही समझे तुम । मैं चाहकर भी इस केस से अपने आपको अलग नहीं कर सकी । सीनियर जज साहब ने कहा था कि 'केस

लगभग अंतिम चरण में है, सब सुनवाई पूरी हो चुकी है, तुम्हें तो बस डीएनए रिपोर्ट के आधार पर निर्णय भर सुनाना है ।'"

करीम उसकी बातों को गहराई से सुनता रहा । उसके सामने वही पुरानी पुष्पा थी- वही स्नेह, वही सहजता, वही विनम्रता । उसने सोचा, "कितना कुछ बीत गया, मगर यह लड़की ज़रा भी नहीं बदली ।"

पुष्पा ने चुप्पी तोड़ते हुए कहा-"कहाँ खो गए, करीम साहब ?" करीम मुस्कुराया और बोला- "कहीं नहीं, बस तुम्हें देख रहा था । तुम बिल्कुल वैसी ही हो जैसी पहले थी । अब यह बताओ कि आखिर, तुम्हारी पोस्टिंग इसी शहर में जज के रूप में कैसे हो गईं ?"

पुष्पा ने गहरी साँस ली और बोली-"यह किस्सा बड़ा रोचक है करीम । जिस दिन तुम्हें ज्वाइनिंग लेटर मिला था, उसी दिन मेरा भी इसी कोर्ट में नियुक्ति का पत्र आया था । मगर उसी वक्त दुबई में पापा की तबीयत अचानक बिगड़ गई, और मैं तब... तुम्हारे नन्हें साहब को कोख में लिए हुए थी । इसलिए मैटरनिटी लीव ली, जो मंजूर हो गई । फिर जब तुम्हारे नन्हें साहब का जन्म हुआ, तो मैंने चाइल्ड केयर लीव ली और किस्मत देखो, वह भी मंजूर हो गई । इस तरह मेरी नौकरी बची रही । पापा की अंतिम इच्छा थी कि मैं भारत लौटकर न्यायपालिका में सेवा दूँ । बस, उनकी यही इच्छा पूरी करने मैं मम्मी और अपने बेटे के साथ वापस आ गई ।"

थोड़ी देर रुककर पुष्पा ने आगे कहा- "लेकिन मैंने सपने में भी नहीं सोचा था कि पहला ही केस तुम्हारा सुनने को मिलेगा ?"

करीम ने गहरी नज़रों से उसकी ओर देखा और कहा-"मुझे याद है, जब मैं सीनियर जज साहब से सलाह लेने गया था, उन्होंने किसी पुष्पा का नाम लिया था... तब तो मैंने कल्पना भी नहीं की थी कि वह तुम ही होगी । उस समय तो मैं अपने ही दुख में डूबा हुआ था ।"

पुष्पा ने उस क्षण करीम के भीतर उमड़ते दर्द को पूरे हृदय से महसूस किया । वर्षों का बिछोह, अधूरी चाहतें, अनकहे शब्द, सब उसकी आँखों में साफ़ झलक रहे थे। एक पल को पुष्पा के भीतर की जज खो गई, बस एक स्त्री बची थी । वही पुष्पा, जिसने कभी करीम के सपनों में रंग भरे थे, जिसके साथ उसने एक जीवन की कल्पना की थी । उसने उस क्षण सभी औपचारिकताओं, सभी सीमाओं, सभी बंधनों को भुला दिया । पद, न्याय, मर्यादा, सब कुछ जैसे उसके भीतर से विलुप्त हो गया । केवल एक भाव बचा-अपनापन ।

वह धीरे-धीरे उठी और बिना कुछ कहे करीम के पास आकर रुक गई । करीम ने सिर उठाया तो उसकी आँखों में वही लगाव,वही स्नेह था,जो कभी उनके रिश्ते की पहचान हुआ करता था । पुष्पा ने आगे बढ़कर उसे अपने आलिंगन में भर लिया । उस आलिंगन में कोई वासना नहीं थी, केवल संवेदनाएँ भर थी । एक गहरी शांति, जिसमें दोनों का दुख एक-दूसरे में घुल गया । कुछ क्षणों के लिए समय जैसे थम-सा गया । चारों ओर सन्नाटा था । केवल दिलों की धड़कनों की हल्की गूँज, और भावनाओं की लहरें जो दोनों के बीच चुपचाप बह रही थीं ।

धीरे-धीरे सांझ उतर आई । आकाश पर ढलती रोशनी की सुनहरी परतें फैल गईं । पार्क में फैली ठंडी हवा अब रात की आहट दे रही थी । पुष्पा ने खुद को संभाला, अपनी पलकों से नमी पोंछी और मुस्कुराने की कोशिश की । करीम ने भी एक गहरी साँस ली, जैसे भीतर के बोझ से कुछ हल्का हुआ हो । कुछ देर दोनों ने बिना कुछ कहे एक-दूसरे को देखा, फिर करीम ने गाड़ी की चाबी उठाई ।

“चलो, मैं तुम्हें घर छोड़ देता हूँ,” करीम ने शांत स्वर में कहा । पुष्पा ने सिर हिलाया, पर उसकी आँखों में अब भी एक अनकही बेचैनी थी जैसे वह जानती हो कि यह रात उनकी कहानी का अंतिम पड़ाव नहीं, बल्कि किसी नए मोड़ की प्रस्तावना है ।

शहर की सड़कों पर गाड़ी के पहिए धीरे-धीरे घर की ओर बढ़ते रहे । रास्ते में न कोई शब्द था, न कोई सवाल । बस बीच-बीच में उनकी साँसों की लय थी, जो मौन में भी संवाद रच रही थी ।

घर के सामने पहुँचकर करीम ने गाड़ी रोकी । पुष्पा उतरने से पहले कुछ क्षण ठहरी, फिर हल्के स्वर में बोली-“कल... फैसला है ।” करीम ने सिर झुकाया, जैसे सब कुछ समझ गया हो ।

वह गाड़ी मोड़कर चला गया, और पुष्पा देर तक दरवाज़े पर खड़ी रही । उसके मन में विचारों का ज्वार उठता रहा । कल उसे वही फैसला सुनाना था, जो केवल एक केस का अंत नहीं था, बल्कि शायद दो दिलों की अधूरी कहानी का नया आरंभ बनने वाला था।

भाग 35: अदालत में तबस्सुम की वकील का खेल ?

आज का दिन फैमिली कोर्ट के इतिहास में दर्ज होने वाला था । सुबह से ही अदालत परिसर असामान्य रूप से गहमागहमी से भरा हुआ था । क्योंकि आज करीम बनाम तबस्सुम मामले में फैमिली कोर्ट की जज साहिबा द्वारा फ़ैसला सुनाया जाना था।

एक ऐसा केस जिसने महीनों से मीडिया और जनमानस दोनों का ध्यान अपनी ओर खींच रखा था। तय समय पर दोनों पक्ष तबस्सुम और करीम, अपने-अपने वकीलों के साथ अदालत में उपस्थित थे। कोर्ट रूम की हर सीट भरी हुई थी; कुछ पत्रकार, कुछ आम नागरिक, और बहुत से वकील, जो इस बहुचर्चित निर्णय को सुनने आए थे।

घड़ी ने दस बजाए ही थे कि कोर्ट की घंटी बजी। सबकी निगाहें दरवाज़े की ओर उठीं। जज साहिबा पुष्पा गंभीर मुद्रा में कोर्ट रूम में दाखिल हुईं। उनके प्रवेश करते ही पूरा सभागार खड़ा हो गया। जैसे ही उन्होंने आसन ग्रहण किया, सब लोग अनुशासनपूर्वक अपनी-अपनी जगह बैठ गए।

कोर्ट की औपचारिक कार्यवाही प्रारंभ हुई। पुष्पा ने शांत किंतु दृढ़ स्वर में कहा- “दोनों पक्षों के अधिवक्ता यदि अब कुछ और प्रस्तुत नहीं करना चाहते, तो अदालत इस बहुप्रतीक्षित मामले का निर्णय पढ़ना प्रारंभ करे।”

उनकी बात समाप्त भी नहीं हुई थी कि अचानक तबस्सुम की वकील, एडवोकेट शालिनी सिंह, खड़ी हो गईं। उनके स्वर में असामान्य तीखापन था- “माई लॉर्ड, आप फ़ैसला सुनाएँ उससे पहले कृपया मेरी इस एप्लीकेशन पर विचार करें।”

उन्होंने वह प्रार्थना-पत्र जज साहिबा के सहयोगी को सौंपा। वातावरण में हल्की खलबली मच गई। पुष्पा ने संयमित स्वर में कहा- “यदि इस आवेदन में कोई नया तर्क या मुद्दा प्रस्तुत किया गया है, तो आप उसे न्यायालय के समक्ष रख सकती हैं।”

शालिनी सिंह ने एक नपी-तुली मुस्कान के साथ कहा-“माई लॉर्ड, मेरी क्लाइंट तबस्सुम का यह कहना है कि आप इस केस में फ़ैसला कैसे सुना सकती हैं, जबकि आप स्वयं प्रतिवादी करीम के बच्चे की माँ हैं! और यदि आप इस तथ्य को नकारती हैं, तो हम आग्रह करते हैं कि आपके बच्चे और प्रतिवादी करीम का डीएनए परीक्षण कराया जाए ताकि दूध का दूध और पानी का पानी हो जाए।”

एडवोकेट शालिनी सिंह के शब्दों ने मानो पूरा न्यायालय जड़वत कर दिया। क्षणभर को सन्नाटा छा गया। दीवारों के बीच गूँजता केवल उनके शब्दों का कंपन रह गया। उपस्थित जनसमूह एक-दूसरे की ओर अविश्वास भरी निगाहों से देखने लगा। खुद पुष्पा के चेहरे पर विस्मय और पीड़ा की मिली-जुली छाया उभर आई।

करीम के वकील एडवोकेट किशोर अचानक खड़े हो गए- “यह क्या बेहूदा आरोप है, मिस शालिनी! आप बिना किसी ठोस प्रमाण के न

केवल मेरे मुवक्किल बल्कि न्याय की आसंदी पर बैठी माननीय जज साहिबा के चरित्र पर भी प्रश्न उठा रही हैं !"

एडवोकेट शालिनी सिंह तनिक भी विचलित नहीं हुईं । तीखे स्वर में बोलीं- "प्रमाण चाहिए तो डीएनए टेस्ट करवा लीजिए, श्रीमान ! जब आपने मेरी मुवक्किल की बच्ची का डीएनए टेस्ट करवाने की माँग रखी थी, तो अब हमारी माँग को असंगत कैसे ठहराया जा सकता है ? निष्पक्ष न्याय के लिए यह आवश्यक है कि यह स्पष्ट हो कि एक प्रतिवादी की पत्नी अपने ही पति के केस की सुनवाई कर सकती है या नहीं ! क्या यह कानूनन जायज़ है ?"

उनकी बातों ने वातावरण को और अधिक तनावपूर्ण बना दिया । वकीलों और दर्शकों के चेहरों पर विस्मय और असमंजस की रेखाएँ थीं । करीम का चेहरा पीला पड़ गया था; उसकी आँखें झुकी हुई थीं, जैसे वह ज़मीन में समा जाना चाहता हो।

पुष्पा ने गहरी साँस ली । कुछ क्षणों तक उसने मौन साधे रखा, फिर दृढ़ किंतु संयमित आवाज़ में बोलीं-"आपकी एप्लीकेशन और उसमें उठाए गए तर्कों का यह न्यायालय सम्मान करता है एडवोकेट शालिनी सिंह । वस्तुतः मैंने इस प्रकरण से स्वयं को अलग करने का अनुरोध सीनियर जज साहब के समक्ष पहले ही रखा था । परंतु उन्होंने निर्देश दिया था कि केस की सारी सुनवाई दिवंगत जज साहब की उपस्थिति में पूरी हो चुकी थी, अतः मुझे केवल डीएनए रिपोर्ट के आधार पर निर्णय सुनाना है । फिर भी, यदि वादी पक्ष को मेरे फ़ैसला सुनाने पर आपत्ति है, तो मैं आपकी दलीलों का सम्मान करते हुए इस मामले से स्वयं को अलग करती हूँ ।"

पुष्पा के स्वर में दृढ़ता थी, पर भीतर की पीड़ा स्पष्ट झलक रही थी । उसने कहा- "इस केस की अगली सुनवाई तक कार्यवाही स्थगित की जाती है, ताकि कोई अन्य न्यायाधीश उपलब्ध तथ्यों के आधार पर निर्णय दे सके ।"

यह कहकर उन्होंने अपना आसन त्याग दिया और न्यायालय से बाहर चली गईं ।

उनके जाते ही अदालत में हलचल पैदा हो गई। वकील एक-दूसरे से धीमे स्वर में चर्चा करने लगे, दर्शक आपस में कानाफूसी करते रहे । वहीं, तबस्सुम और उसकी वकील शालिनी सिंह के चेहरे पर एक ठंडी, आत्मसंतुष्ट मुस्कान थी मानो उन्होंने अपनी जीत का पहला अध्याय लिख दिया हो ।

पुष्पा के स्वर में अद्भुत संयम था, परन्तु भीतर से वह जैसे किसी तूफ़ान को रोकने की कोशिश कर रही थी। उसका चेहरा शांत था, पर आँखों की गहराई में दुःख की लकीरें स्पष्ट दिखाई दे रही थीं। उसने धीरे किंतु दृढ़ स्वर में कहा-

"इस केस की अगली सुनवाई तक कार्यवाही स्थगित की जाती है, ताकि कोई अन्य न्यायाधीश उपलब्ध तथ्यों के आधार पर निर्णय दे सके ।"

उसकी यह घोषणा मानो अदालत की दीवारों से टकराकर गूँज गई । क्षणभर के लिए ऐसा लगा जैसे पूरा वातावरण स्थिर हो गया हो । फिर अचानक हलचल सी फैल गई । कोर्ट रूम में मौजूद हर व्यक्ति, हर निगाह पुष्पा की ओर टिक ग ई। वह अब भी एक पल के लिए मौन खड़ी रही, फिर धीरे-धीरे उठी, अपने गाउन का पल्लू संभाला, और चेहरे पर बिना किसी भाव के, आसन त्यागकर दरवाज़े की ओर बढ़ गई ।

उसके कदम बेहद संतुलित थे-न तेज़, न धीमे । पर हर कदम के साथ उसकी आत्मा पर कोई बोझ उतरता-सा जा रहा था । वह जानती थी कि यह उसका सबसे कठिन निर्णय था । एक ऐसा निर्णय, जिसमें उसने न केवल अपनी पेशेवर निष्ठा बल्कि अपनी निजी भावनाओं की बलि भी दी थी । अदालत के दरवाज़े के बाहर निकलते हुए उसने एक पल को रुककर गहरी साँस ली । उसके कानों में अब भी गूंज रहे थे वे शब्द-"जज साहिबा स्वयं प्रतिवादी के बच्चे की माँ हैं ।"

उधर अदालत कक्ष में दृश्य बिल्कुल भिन्न था । जैसे ही वह बाहर निकली, वहाँ उपस्थित लोगों में हलचल मच गई । वकील आपस में धीमे स्वर में चर्चा करने लगे । किसी के चेहरे पर विस्मय था, किसी पर अविश्वास, तो किसी के होठों पर व्यंग्य की हल्की मुस्कान । कई अधिवक्ता सिर हिलाते हुए एक-दूसरे से कह रहे थे-"इतना बड़ा आरोप... वो भी एक जज पर ! अगर बात सच हुई तो यह तो न्यायपालिका की मर्यादा पर धब्बा है ।"

"और अगर झूठ हुई तो ?"-दूसरे वकील ने धीरे से प्रतिप्रश्न किया- "तो यह एक मासूम स्त्री के चरित्र पर अमिट चोट होगी ।"

इन कानाफूसियों के बीच करीम लगभग स्तब्ध खड़ा था । उसका चेहरा पीला पड़ गया था, जैसे किसी ने अचानक उससे उसकी सारी शक्ति छीन ली हो । उसके होंठ थरथरा रहे थे, पर शब्द नहीं निकल पा रहे थे । उसने नजर उठाई, मगर उसकी आँखें लोगों की जिज्ञासु निगाहों से बचती रहीं। आज उसकी आत्मा शर्म और बेबसी से झुक गई थी । वह समझ नहीं पा रहा था कि इस वार से ज़्यादा आहत कौन हुआ है-वह स्वयं या पुष्पा ।

वहीं, अदालत के दूसरे छोर पर तबस्सुम और उसकी वकील शालिनी सिंह बैठे हुए थे । दोनों के चेहरों पर आत्मसंतुष्टी भरी मुस्कान थी मानो उन्होंने अपनी रणनीति का पहला वार सफलता से कर लिया हो। शालिनी की आँखों में आत्मविश्वास की चमक थी। उसने धीरे से तबस्सुम की ओर झुकते हुए कहा-

"अब देखना, यह केस किस दिशा में जाता है। हमने खेल का रुख बदल दिया है।"

तबस्सुम ने होंठों पर एक संतुष्ट मुस्कान आ गई थी । उसकी आँखों में ऐसी चमक थी, जैसे किसी ने पुराना बदला चुकता कर दिया हो ।

अदालत में अब शोर बढ़ गया था । कोई कह रहा था, "यह सब पहले क्यों नहीं बताया गया ?" तो कोई फुसफुसा रहा था, "हो न हो, इस दावे के पीछे कोई साज़िश है ।" लेकिन पुष्पा कोर्ट से बाहर जा चुकी थी, अपने पीछे केवल सवालों की गूंज छोड़कर ।

करीम धीरे-धीरे कुर्सी से उठा और बाहर की ओर चल पड़ा । उसकी चाल भारी थी, जैसे हर कदम किसी बोझ से लदा हो । बाहर निकलते हुए उसने एक क्षण के लिए उस दरवाज़े की ओर देखा, जिससे कुछ ही पल पहले पुष्पा गई थी । उसकी आँखें भीग गईं, उसके भीतर शब्द नहीं थे, केवल मौन पश्चाताप था ।

कोर्ट परिसर में अब भी चर्चाएँ चल रही थीं, पर पुष्पा के भीतर की शांति और बाहर की हलचल के बीच अब एक अटूट दीवार खड़ी हो चुकी थी । उसने निर्णय तो स्थगित किया था, पर आज के दिन ने उसके जीवन के हर निर्णय को जैसे नया अर्थ दे दिया था। वहीं, कोर्ट के बाहर हवा में एक अनकहा वाक्य तैर रहा था- "जब न्याय की कसौटी पर संवेदनाएँ रखी जाती हैं, तो सत्य भी कई बार अपराधी ठहर जाता है।"

भाग 36 : आर. के. जी. ने क्यों बदलवाया जज ?

कोर्ट की कार्यवाही समाप्त होने के बाद भी कोर्ट के भीतर का माहौल जहाँ अभी भी कानाफूसी से गूँज रहा था, वहीं बाहर बरामदे में वकीलों के एक छोटे समूह का जमावड़ा लग चुका था । जज पुष्पा के न्यायासन छोड़ते ही जैसे पूरा वातावरण बदल गया था । हवा में कानाफूसी थी, शब्दों में संशय और चेहरों पर एक अनकही जिज्ञासा । हर कोई जानना चाहता था कि आखिर ऐसा क्या हुआ कि जज साहिबा स्वयं ही इस बहुचर्चित केस से अलग हो गईं ।

तभी कोर्ट की सीढ़ियाँ उतरती हुई एडवोकेट शालिनी सिंह के कदमों में आत्मविश्वास और चेहरे पर विजयी मुस्कान झलक रही थी । भीड़ को चीरते हुए वह धीरे-धीरे पार्किंग की ओर बढ़ीं, जहाँ पहले से आर.के.जी. उनकी प्रतीक्षा कर

रहे थे । हाथ में फ़ाइल, चेहरे पर संतोष और आँखों में वही स्थिर चमक जो किसी लंबी योजना के सफल होने के बाद व्यक्ति के भीतर जन्म लेती है ।

एडवोकेट शालिनी सिंह आर.के.जी. के पास पहुँचते ही हँसते हुए बोलीं,- "बॉस, आज तो मज़ा आ गया ! आपके बताए अनुसार कोर्ट में तुरुप का पत्ता फेंका, और देखिए जादू की तरह काम कर गया । जज साहिबा पुष्पा खुद ही केस से अलग हो गईं । आखिर आपने ऐसा कौन-सा जादू कर दिया था आर.के.जी.?"

आर.के.जी. ने मुस्कुराकर शालिनी सिंह की ओर देखा, यह एक अनुभवी रणनीतिकार की मुस्कान थी ।

"जादू मैंने नहीं, आपने किया है वकील साहिबा," आर.के.जी. ने धीमे और संयत स्वर में कहा ।

"अगर आप अदालत में अपनी दलीलें इतनी तीक्ष्णता से न रखतीं, तो मेरी क्या औकात थी जो पुष्पा जैसी समझदार जज को खुद अपने ही निर्णय से पीछे हटने पर मजबूर कर देता ?"

एडवोकेट शालिनी ने ठहाका लगाया और कहा -"बॉस, आपकी बातों में भी उतना ही जादू है जितना दिमाग़ में ।" फिर थोड़ा ठहरकर, आँखों में कौतूहल भरते हुए बोलीं, -"पर सच बताइए, आप पुष्पा को कब से जानते हैं ? आपने जिस तरह उसकी हर परत उधेड़ दी, वैसी जानकारी किसी सामान्य व्यक्ति के पास नहीं हो सकती ।"

आर.के.जी. ने गहरी साँस ली, और नज़र कहीं दूर कोर्ट बिल्डिंग की मटमैली दीवारों पर टिकाते हुए कहा-"जब से करीम और पुष्पा की कहानी शुरू हुई थी, तभी से, करीम मेरे पुराने परिचितों में से है । एक ईमानदार अफ़सर, पर दिल का बेहद नर्म । जब कभी अदालत के काम से उसके घर आना-जाना होता, तो उसके माता-पिता मुझसे अपने बेटे की ज़िन्दगी के छोटे-बड़े किस्से साझा किया करते थे । उसी दौरान मैंने पहली बार सुना था कि करीम किसी पुष्पा नाम की लड़की से मोहब्बत करता है । दोनों एक-दूसरे के बिना जी नहीं सकते । ऐसा सब कहते थे। लेकिन फिर, ठीक उसी दौर में पुष्पा अचानक गायब हो गई । न सिर्फ़ इस शहर से, बल्कि पूरे देश से !"

एडवोकेट शालिनी ध्यान से सुन रही थीं । उन्होंने बीच में टोका, -"मतलब, करीम को भी कुछ पता नहीं था ?"
"नहीं," आर.के.जी. ने सिर हिलाया, "करीम को भी नहीं । किसी को नहीं । जैसे ज़िन्दगी ने दोनों को अलग करने का षड्यंत्र रच दिया हो ।"
आर.के.जी. कुछ क्षण चुप रहे, फिर आगे बोले-"महीनों बाद जब अचानक फैमिली कोर्ट में पुष्पा नाम की नई जज ने ज्वॉइन किया, तो मेरे भीतर एक अजीब-सी हलचल हुई । मैंने अपने संपर्कों के ज़रिए उसकी जानकारी निकलवाई -तस्वीर, पता, सर्विस रिकॉर्ड, सब कुछ और तभी मुझे यक़ीन हो गया कि यह वही पुष्पा है, करीम की पुष्पा ।"
एडवोकेट शालिनी ने विस्मय से पूछा,- "फिर आपने क्या किया ?"
आर.के.जी. ने होंठों पर हल्की मुस्कान के साथ कहा -"मैंने दूरी से सब पर नज़र रखना शुरू किया । कई हफ्तों तक कुछ नहीं हुआ, पर एक दिन अचानक मैंने देखा कि पुष्पा खुद करीम की कार में बैठकर उसके साथ शहर से बाहर जा रही है। मैंने चुपचाप पीछा किया । वे दोनों शहर के बाहरी हिस्से के एक सुंदर पार्क में रुके । वहीं, जहाँ लोग अपने हसीन सपने देखा करते हैं । और वहाँ...,दोनों एक-दूसरे में खोए हुए थे । न कोई झिझक, न दूरी । तब मुझे समझते देर नहीं लगी कि पुराने रिश्तों की चिंगारी फिर भड़क चुकी है ।"
एडवोकेट शालिनी ने कहा,- "यानी यह रिश्ता कभी टूटा ही नहीं था ?"
"बिलकुल," आर.के.जी. बोले, "उस दिन के बाद मैंने पुष्पा के घर की भी रैकी की । वहाँ एक वृद्ध महिला रहती हैं- पुष्पा की माँ जो रोज़ एक नन्हे बच्चे को गोद में लिए देखी जाती हैं । वह बच्चा लगभग दो वर्ष का होगा । उसके मासूम चेहरे पर वही नयन-नक्श थे करीम की तरह की भौंहें, पुष्पा जैसी आँखें । उस पल मुझे यक़ीन हो गया कि यह बच्चा उसी प्रेम की निशानी है, जिसे वे दोनों समाज से छुपाने की कोशिश कर रहे हैं ।"
एडवोकेट शालिनी कुछ पल मौन रहीं, फिर बोलीं,- "फिर आपने वह सब मुझे बताया... और मैंने अदालत में वही आख़िरी तीर चला दिया ।"
"हाँ," आर.के.जी. ने मुस्कुराते हुए कहा, "आपने जो शब्द चुने, और कोर्ट में बोले वही इस चाल की असली ताकत थे । अब भले ही फैसला जो भी आए,

मगर दुनिया जान चुकी है कि इस केस में सिर्फ़ एक पक्ष दोषी नहीं । अब तबस्सुम के प्रति सभी की सहानुभूति स्वाभाविक है ।" एडवोकेट शालिनी ने माथे पर आती बालों की लट को पीछे किया और गंभीर स्वर में पूछा,-
"लेकिन, बॉस... अगर डी.एन.ए. रिपोर्ट में साबित हो गया कि तबस्सुम की बेटी का करीम से कोई रिश्ता नहीं, तो क्या सारी योजना बेकार नहीं जाएगी ?"

आर.के.जी. हल्के से हँसे और फिर बोले (वह हँसी किसी चालबाज़ की थी, जिसमें आत्मविश्वास ज़हर की तरह घुला हुआ था ।)
"नहीं वकील साहिबा, कुछ भी बेकार नहीं जाएगा । देखिए, अब मामला सिर्फ़ सबूत का नहीं, नैतिक संतुलन का है । जब दुनिया को यह पता चल चुका है कि न्याय की कुर्सी पर बैठी महिला खुद अपनी भावनाओं की गिरफ्त में है तो फिर तबस्सुम जैसी औरत पर उंगली उठाने का अधिकार किसे है ? अगर एक जज ने अपनी सीमाएँ तोड़ी हैं, तो समाज उसी कसौटी पर तबस्सुम को भी मापेगा और दोनों ही बराबर ठहरेंगे ।"

एडवोकेट शालिनी ने मुस्कुराकर कहा,- "मतलब अब खेल बराबरी पर आ गया?"

"बराबरी नहीं," आर.के.जी. ने दाँत भींचते हुए कहा, -"अब यह मोरल ग्राउंड का खेल है । हम केस हार भी जाएँ, तबस्सुम दुनिया की अदालत में जीत जाएगी । लोग यही कहेंगे कि अगर पुष्पा जैसी औरत, जो जज होकर भी दिल की क़ैदी बनी, माफ़ की जा सकती है, तो तबस्सुम क्यों नहीं ?"

वकील शालिनी ने चुपचाप सिर हिलाया । शाम की हवा में हल्की ठंडक थी । कोर्ट परिसर के पेड़ों की छाँव लम्बी हो चली थी । कुछ देर दोनों के बीच चुप्पी छाई रही, जैसे हवा भी उनकी साज़िश को सुनने से डर रही हो ।

थोड़ी देर बाद शालिनी ने मुस्कुराकर कहा-"पर बॉस, सच बताइए यह सब सिर्फ़ केस जीतने का खेल तो नहीं हो सकता ? आपका करीम या पुष्पा से कोई निजी बैर या दुश्मनी तो नहीं है ?"

आर.के.जी. ने एडवोकेट शालिनी की आँखों में देखा गहरी साँस ली और फिर कहा-"बैर नहीं वकील साहिबा, बस एक अधूरा हिसाब है । कभी करीम ने मेरी प्रतिष्ठा को ठेस पहुँचाई थी तब मैं कुछ नहीं बोला । पर आज वक्त ने खुद मेरे हाथ

में तराजू रख दिया है । अब जो तौला जाएगा, वो सिर्फ़ इंसाफ़ नहीं बल्कि उससे ज्यादा होगा ।"

एडवोकेट शालिनी समझ गईं कि यह खेल सिर्फ़ कानून का नहीं, बदले का भी है। उन्होंने फ़ाइल बंद की, अपने बैग में रखी और बोलीं -"तो फिर बॉस, आज की शाम हमारी जीत के नाम ।"

आर.के.जी. ने हल्की मुस्कान के साथ कहा-"जीत अभी अधूरी है, वकील साहिबा । अदालत में लड़ाई शब्दों से होती है, पर असली जीत तब होती है जब सत्य और धारणा के बीच की रेखा मिटा दी जाए । हमने वह रेखा धुंधली कर दी है । अब सारा खेल जनता के विश्वास का है ।"

दोनों धीरे-धीरे कोर्ट की भीड़ से दूर निकलते गए । पीछे अदालत की सीढ़ियों पर अभी भी लोग खड़े थे । कुछ पुष्पा की चर्चा में, कुछ करीम की आलोचना में, और कुछ तबस्सुम की मासूमियत पर तरस खा रहे थे ।

हवा में एक अनकहा वाक्य तैर रहा था-"कभी-कभी इंसाफ़ की तराज़ू पर जब भावनाएँ रख दी जाती हैं, तो वे अपराध जैसी लगने लगती हैं... जबकि असल में, वही सबसे सच्ची गवाही होती हैं।"

भाग 37 : कोर्ट के हंगामे से क्यों विचलित हुई पुष्पा ?

रात का सन्नाटा अपने पूरे शबाब पर था । बाहर हवा के झोंके धीरे-धीरे परदों को हिला रहे थे,पुष्पा के मन के भीतर तूफ़ान उमड़ रहा । सुनवाई के दौरान कोर्ट में घटी घटनाएँ जैसे उसके चारों ओर किसी अदृश्य दीवार की तरह घूम रही थीं । हर आवाज़, हर शब्द, हर नज़र, जैसे किसी धारदार सुई की तरह चुभ रही थी उसे । आज का दिन उसकी ज़िंदगी के उन दिनों में से था, जिन्हें वह शायद चाहकर भी भूल नहीं सकेगी । कोर्ट में हुई बहस, शालिनी सिंह की तीखी दलीलें, भीड़ का फुसफुसाना, और सबसे बढ़कर डी.एन.ए. टेस्ट की वह माँग जिसने उसके आत्म-सम्मान को भीतर तक झकझोर दिया था ।

वह सोचती रही- क्या सचमुच न्याय की कुर्सी पर बैठी एक स्त्री को अपनी निजी ज़िंदगी से इतना परे होना चाहिए कि वह अपनी ही संवेदनाओं को अपराध मान

ले ? वह जानती थी कि उसकी गलती यह नहीं थी कि वह किसी से प्रेम करती थी, बल्कि यह कि उसने इस प्रेम को न्याय के वस्त्रों में छिपाने की कोशिश की। सीनियर जज साहब से उसने पहले ही कहा था-"सर, मैं इस केस से अलग होना चाहती हूँ। मामला व्यक्तिगत है, और मैं चाहकर भी निष्पक्ष नहीं रह पाऊँगी।" परन्तु उन्होंने हँसते हुए कहा था- "अब तो केस की सुनवाई पूरी हो चुकी है पुष्पा, बस निर्णय पढ़ना है। इसमें क्या हर्ज है ?" और आज वही "हर्ज" उसके जीवन का सबसे बड़ा बोझ बन गया था। वह घर लौट आई थी। थकी हुई, टूटी हुई, जैसे भीतर कुछ टूटकर बिखर गया हो। ड्रॉइंग रूम की दीवार पर करीम की मुस्कुराती तस्वीर अब भी रखी थी, पुरानी यादों की गवाही देती हुई।

वह रसोई में गई, कुछ हल्का-फुल्का खाया, और फिर अपने बेटे के पास चली गई। बच्चा मासूम नींद में था, उसके चेहरे की निष्कलुष मुस्कान में ही शायद जीवन का सबसे प्यारा सत्य छिपा था। पुष्पा ने उसे गोद में लिया, उसके माथे को चूमा और एक आँसू उस बच्चे के गाल पर टपक गया।

"क्या दोष तुम्हारा है, मेरे बच्चे ?" पुष्पा ने मन-ही-मन कहा। "या मेरा, जिसने प्रेम को छिपाकर अपराध बना दिया ?"

कोर्ट में हुई बहस उसकी स्मृति में जैसे फिर से जीवंत हो उठी। एडवोकेट शालिनी सिंह की आवाज़ पुष्पा के कानों में गूंज रही थी-"मिलॉर्ड, आप इस केस का फ़ैसला कैसे सुना सकती हैं, जब आप खुद प्रतिवादी के बच्चे की माँ हैं ?"

वह वाक्य आज भी पुष्पा के कानों में हथौड़े की तरह बज रहा था। उसने एक क्षण को चाहा था कि उठकर सबके सामने कह दे- "हाँ, सच है ! करीम ही इस बच्चे का पिता है ! अब जिसे जो करना है, कर ले !" पर अगले ही पल भीतर से एक आवाज़ आई -"तुम न्याय की कुर्सी पर हो, भावनाओं की नैया पर नहीं।"

यह द्वंद्व उसे भीतर तक मथता रहा। जज होने की मर्यादा एक ओर थी, और एक माँ का सच्चा प्रेम दूसरी ओर। एक ओर न्याय था, दूसरी ओर मानवीयता और पुष्पा दोनों के बीच फँसी थी जैसे कोई चिड़िया अपने ही बनाए पिंजरे में कैद हो।

वह कुर्सी पर बैठी अपने विचारों में डूबी थी कि अचानक मोबाइल की घंटी बजी। स्क्रीन पर नाम उभरा- "सीनियर जज गांगुली"। उसने एक लंबी साँस ली और कॉल रिसीव किया।

“हैलो पुष्पा! मैं गांगुली बोल रहा हूँ । कैसी हो ?”

“हाय सर,” उसने थोड़ी हड़बड़ाहट में कहा, “मैं ठीक हूँ... बस आज कोर्ट में जो कुछ हुआ, उसी के बारे में आपसे बात करने वाली थी । अच्छा हुआ आपने खुद ही फोन कर लिया ।”

“हाँ, मैं भी उसी विषय पर बात करना चाहता था,” गांगुली साहब का स्वर गंभीर था। “मुझे रजिस्ट्रार रमा कांत गुप्ता ने सारी जानकारी दी है । उन्होंने बताया कि तुमने खुद को इस केस की सुनवाई से अलग कर लिया है?”

“जी सर, बिल्कुल सही सुना आपने,”- पुष्पा ने कहा । “मैंने यह निर्णय इसलिए लिया क्योंकि अब इस मामले में मेरा निष्पक्ष रह पाना असंभव था । प्रतिपक्ष की वकील शालिनी सिंह की माँग भले ही असहनीय थी, पर उसमें कुछ सत्य भी छिपा था । मैं अब इस केस का फैसला नहीं सुनाना चाहती ।”

गांगुली साहब कुछ पल मौन रहे, फिर बोले-“ठीक है पुष्पा, जैसा तुम उचित समझो । मैं माफ़ी चाहता हूँ कि जब तुमने पहले यह निवेदन किया था, तब मैंने उसे गंभीरता से नहीं लिया । मुझे नहीं लगा था कि मामला इतना तूल पकड़ लेगा । खैर, मैं तुम्हारे निर्णय की कद्र करता हूँ । कल ही किसी और जज की नियुक्ति के आदेश जारी कर दूँगा ।”

“थैंक यू सर,” पुष्पा ने धीरे से कहा और कॉल काट दिया ।

फोन रखने के बाद वह देर तक खिड़की के पास खड़ी रही । बाहर सड़क पर पीली रोशनी बिखरी थी । हवा में एक अजीब-सी ठंडक थी, वही ठंडक जो भीतर के खालीपन से उठती है ।

तभी मोबाइल फिर से बजा । इस बार स्क्रीन पर नाम देखकर उसके होंठों पर अनायास मुस्कान आई - “करीम”।

“हैलो पुष्पा,” उधर से करीम की परिचित, मधुर आवाज़ आई ।

“कैसी हो तुम ?”

“ठीक नहीं हूँ करीम,” -उसने गहरी साँस लेकर कहा । “आज जो कुछ कोर्ट में हुआ... वह मुझे भीतर तक हिला गया है । लगता है मैंने खुद अपने पैरों पर कुल्हाड़ी मारी है । यह सब जानते हुए भी कि यह केस मेरे जीवन से जुड़ा है, मुझे पहले ही इससे अलग हो जाना चाहिए था ।”

“पर तुमने तो बताया था ना कि तुम केस से अलग होने वाली थी,” -करीम ने कहा,

“सीनियर जज साहब ने ही मना किया था ।”

“हाँ करीम, उन्होंने मना किया था,” पुष्पा ने जवाब दिया,-“पर एक जज को हमेशा अपने अंत:करण की सुननी चाहिए, आदेश की नहीं । शायद मैंने देर कर दी ।”

करीम कुछ क्षण चुप रहा, फिर धीरे से बोला-“पुष्पा, अब जो होना था, वो हो चुका । बीती बातों को लेकर खुद को मत सताओ । हमें आगे की सोचनी चाहिए। कल छुट्टी लेकर शहर से बाहर चलते हैं, कहीं दूर, जहाँ यह सारा शोर न हो । बस तुम, मैं... और थोड़ी-सी शांति ।” पुष्पा के होंठों पर हल्की मुस्कान उभरी -वही मुस्कान, जो कभी उसके जीवन का सबसे उजला हिस्सा हुआ करती थी । “ठीक है करीम,” उसने धीमे स्वर में कहा, “शायद यह विराम अब ज़रूरी है... अपने लिए, अपने मन के लिए ।” फोन कट गया, पर उसकी आवाज़ कानों में गूंजती रही । वह बालकनी में आकर खड़ी हो गई । रात पूरी तरह अपने यौवन पर थी । चाँद बादलों के पीछे छिपा था, जैसे किसी डर से काँप रहा हो । पुष्पा ने आँखें बंद कीं और मन ही मन कहा-“कभी-कभी न्याय का अर्थ सिर्फ़ दंड नहीं होता, बल्कि अपने ही दिल की गवाही सुनने का साहस भी होता है...!”

हवा में ठंडक बढ़ गई थी, पर पुष्पा के भीतर एक हल्की गर्माहट लौट आई थी । शायद यह किसी नयी सुबह की आहट थी ।

भाग 38 : पुष्पा और करीम की आउटिंग की नई योजना ?

सुबह का आसमान धुले हुए नीले काँच-सा निर्मल था । हवा में हल्की-सी नमी थी और सड़कों पर पेड़ों की छाँह लंबी होकर फैल रही थी । आज न तो फैमिली कोर्ट की भीड़ थी, न दलीलों का तनाव । आज सिर्फ़ पुष्पा और करीम थे । अपने पुराने प्रेम के अधूरे अध्याय को पूरा करने की एक अनकही कोशिश में । दोनों ने एक साथ छुट्टी ली थी, और तय योजना के अनुसार सुबह दस बजे शहर से बाहर निकल पड़े थे ।

करीम गाड़ी चला रहा था । वही पुराना आत्मविश्वास, वही मधुर मुस्कान, वही ढंग जिससे कभी पुष्पा का दिल जीत लिया था । उसके बगल में बैठी पुष्पा ने हल्के गुलाबी परिधान में अपने बाल खुले छोड़ रखे थे । धूप की किरणें शीशे से छनकर उसके चेहरे पर पड़ रही थीं मानो हर किरण उसके अतीत की कोई दबी स्मृति जगाने आई हो । करीम ने हल्के मज़ाकिया अंदाज़ में इस सन्नाटे को तोड़ा और कहा-"तो जज साहिबा, आज सुबह-सुबह किन मीठे ख्यालों में गुम हैं आप ? एक मुद्दत बाद आपके साथ फिर से लॉन्ग ड्राइव का मौका मिला है, और आप हैं कि बिलकुल ख़ामोश ! कुछ तो कहिए मोहतरमा, वरना मैं मान लूँ कि अदालत में तो फैसले सुनाती हैं, और यहाँ दिल की सुनने का वक्त नहीं ।"

करीम की बात सुनकर पुष्पा के होंठों पर मुस्कान तैर गई । उसने सिर करीम के कंधे पर रख दिया और धीरे से बोली-"करीम, तुम नहीं जानते कि तुमसे दूर रहकर मैंने अपनी रातें कैसे काटी हैं । कई बार लगा कि यह जुदाई शायद उम्र भर की हो। जब हमारा बेटा मुझसे पूछता था कि-'माँ, हम पापा के पास इंडिया कब चलेंगे?' तो मैं उसे सिर्फ़ इतना कह पाती थी- 'बेटा, जब तुम बड़े हो जाओगे, तब।' यह कहते हुए मेरा दिल रो पड़ता था । पर देखो, तक़दीर कैसी है, वह नन्हा अब खुद अपने पिता के देश में है, फिर भी तुमसे मिल नहीं पा रहा ।"

यह कहते हुए पुष्पा की आँखें भीग उठीं । करीम ने गाड़ी एक किनारे रोक दी और जेब से रुमाल निकालकर उसके आँसू पोंछते हुए कहा- "सिर्फ़ वो बच्चा ही नहीं, पुष्पा, उसका बाप भी तरस गया है अपने बेटे के लिए । जब-जब उसके बारे में सोचता हूँ, तुम्हारी याद और गहरी हो जाती है । पर तुम हो कि मुझे अपने बच्चे से मिलने तक नहीं देतीं ।"

पुष्पा ने गहरी साँस ली, फिर संयमित स्वर में बोली- "हाँ, यह मेरी ज़िद है । मैं अपने बेटे को उसके पिता से तभी मिलवाऊँगी जब तुम्हारा और तबस्सुम का रिश्ता क़ानूनी तौर पर खत्म हो जाएगा । मैं नहीं चाहती कि मेरा बेटा कभी यह सवाल करे कि उसकी माँ किसी और की पत्नी रहते हुए उसके पिता के साथ थी। मैं चाहती हूँ कि जब वह बड़ा हो, तो गर्व से कह सके कि उसके माता-पिता ने सब कुछ खोकर भी सच्चाई और मर्यादा का रास्ता चुना ।"

करीम ने पुष्पा का हाथ थाम लिया । उसकी आँखों में गहरी नमी थी, पर स्वर दृढ़- "अगर तुम्हारी यही इच्छा है, पुष्पा, तो मैं इसे अपना प्रण समझता हूँ । अब मंज़िल ज़्यादा दूर नहीं । केस की सारी सुनवाई पूरी हो चुकी है, बस फैसला बाकी है । उसके बाद मैं तुम्हारे सामने सिर झुकाकर कहूँगा- "अब मैं सिर्फ़ तुम्हारा हूँ ।"

इतना कहकर करीम ने गाड़ी को शहर के बाहरी इलाके में एक आलीशान रेस्त्रां के सामने रोका । वहाँ की हरियाली और सन्नाटा जैसे उन दोनों के मन की उथल-पुथल को पल भर के लिए शांत कर रहा था । दोनों अंदर गए । रेस्टोरेंट की हल्की संगीतध्वनि और गुलाबों की ख़ुशबू ने वातावरण को सुन्दर बना दिया था ।

करीम ने दोनों के लिए लंच ऑर्डर किया । वही पुष्पा की पसंद,- "वेज़ लसग्ना और आइस्ड कॉफ़ी ।" वेटर मुस्कराकर चला गया । दोनों के बीच कुछ देर तक सन्नाटा छाया रहा, ऐसा सन्नाटा जिसमें शब्द नहीं, सिर्फ़ अनकहे भावों की गूँज थी ।

खाना आया । दोनों ने धीरे-धीरे खाना शुरू किया । हर निवाला जैसे उन्हें बीते दिनों की याद दिला रहा था। वे दिन जब कॉलेज की कैंटीन में करीम उसके लिए सैंडविच लाता था, और पुष्पा नकली गुस्से में कहती थी- "डाइट खराब करोगे मेरी !"

भोजन के बाद करीम ने एक रूम बुक करवा लिया था । सिर्फ़ कुछ घंटे आराम के लिए । ऊपर कमरे में पहुँचते ही पुष्पा ने खिड़की खोली। बाहर हल्की हवा बह रही थी और दूर कहीं से किसी मंदिर की घंटियाँ सुनाई दे रही थीं ।

करीम ने पीछे से उसके कंधे पर हाथ रखा- "थक गई होगी। लेट जाओ, थोड़ा आराम कर लो ।" पुष्पा मुस्कराई और बिस्तर पर लेट गई। लम्बी यात्रा और भावनात्मक थकान ने उसकी आँखों को भारी कर दिया था। कुछ ही पलों में वह गहरी नींद में चली गई। करीम पास की कुर्सी पर बैठा उसे देखता रहा। उसके चेहरे पर वही शांत मासूमियत थी,वही जो उसे पहली बार आकर्षित कर गई थी। बालों की एक लट उसके गाल पर आ गई थी। करीम ने धीरे से उसे हटाया। लेकिन जैसे-जैसे वह उसे देखता रहा,उसके भीतर की भावनाएँ बेकाबू होने लगीं । वह पास झुका, उसके चेहरे के नज़दीक आया और फिर अनायास उसे बाहों में भर लिया ।

पुष्पा नींद से चौंक गई । उसके होंठों पर एक क्षण को मुस्कान आई, मगर फिर उसने अपने आप को संयमित किया। वह धीरे से करीम से अलग हुई और उसके गाल पर हाथ रखकर बोली-"करीम, ज़रा धैर्य रखो मेरी जान। इतने साल गुज़र गए, अब यह कुछ दिन और सही। मैं तुम्हारी हूँ, यह वादा आज नहीं बहुत पहले से है । लेकिन मैं चाहती हूँ कि जब हम फिर से एक हों, तो किसी अपराधबोध के साये में नहीं, बल्कि पूर्ण अधिकार और आत्मसम्मान के साथ।"

करीम ने उसकी आँखों में देखा, वे आँखें जिनमें वर्षों का प्रेम, पीड़ा और प्रतीक्षा घुली हुई थी । उसने धीरे से कहा -"तुम जैसे कहो, वैसा ही होगा पुष्पा । अब मैं और कोई गलती नहीं दोहराना चाहता। बस वक़्त को अपना काम करने दो ।"

पुष्पा ने मुस्कराकर उसका चेहरा अपनी हथेलियों में थाम लिया और उसके माथे पर एक हल्का-सा चुम्बन रख दिया - "अब सो जाओ करीम, आज बहुत थक गए हो । कल से फिर ज़िंदगी के कठिन मोड़ शुरू होने हैं ।"

करीम ने सिर उसकी गोद में रख दिया । कमरे में हल्की रोशनी थी, खिड़की से आती हवा परदे हिला रही थी, और दीवार पर टंगी घड़ी की टिक-टिक मानो बीते वक्त की गवाही दे रही थी ।

पुष्पा ने खिड़की से बाहर झाँका- दूर सड़क पर गाड़ियाँ चल रही थीं, पर उसे हर पहिए की आवाज़ में एक ही संदेश सुनाई दे रहा था -"थोड़ा और इंतज़ार, फिर मिलन का समय आएगा...!"

करीम नींद में था, और पुष्पा के होंठों से बस एक धीमी-सी फुसफुसाहट निकली- "ईश्वर करे, इस बार हमारी कहानी अधूरी न रहे ।" और कमरे की धीमी रोशनी में उस दिन का सूरज जैसे उनके टूटे सपनों को फिर से सिलने लगा था। कभी-कभी प्रेम का वनवास ही मिलन की सबसे बड़ी तैयारी होता है...!

भाग 39 : कैसे पहुँच गए पुष्पा और करीम अस्पताल ?

शाम की धूप ढलने लगी थी । खिड़की के पार आसमान पर सुनहरी आभा फैल रही थी मानो दिन ने विदा लेने से पहले क्षितिज को अपने रंगों से रंग दिया हो । होटल के उस शांत कमरे में, जहाँ कुछ घंटे पहले भावनाओं का ज्वार उमड़ा था, अब एक सुकून भरी खामोशी पसरी हुई थी ।

करीम अब भी सोया हुआ था। पुष्पा की नींद थोड़ी पहले ही खुल गई थी। उसने धीरे से उठकर खिड़की के पर्दे सरकाए। बाहर दूर तक फैला रास्ता, और पेड़ों के झुरमुटों में से छनती हुई धूप सब कुछ उसके मन की थकान को थोड़ी देर के लिए धो गया। उसने रिसेप्शन पर कॉल कर दो कप कॉफी मँगवाई।

थोड़ी देर बाद वेटर ने दस्तक दी। ट्रे पर रखे दो सफ़ेद कपों से उठती भाप के साथ कॉफी की महक पूरे कमरे में घुल गई। पुष्पा ने करीम के पास जाकर हल्के से उसका कंधा हिलाया-"उठो, कॉफी ठंडी हो जाएगी।"

करीम ने आँखें खोलीं, मुस्कराया, और जैसे ही पुष्पा को देखा, उसके चेहरे पर एक सहज संतोष उभर आया। "लगता है जज साहिबा ने अदालत से बाहर भी इस बार मेरा खयाल रखा है-," करीम ने हँसते हुए कहा।

दोनों ने साथ में कॉफी पी। कपों की खनक के बीच वे कुछ देर तक चुपचाप बैठे रहे। फिर बातों का सिलसिला यूँ ही शुरू हो गया। पुराने दिनों की, उन बीती बातों की जिनके बीच अब सिर्फ़ एक मुकदमा नहीं, बल्कि पूरा जीवन आ खड़ा हुआ था। अचानक पुष्पा ने कुछ सोचते हुए पूछा -"एक बात बताओ करीम, यह तबस्सुम की वकील शालिनी सिंह को हमारे अतीत के बारे में सब कुछ किसने बताया होगा? तुम्हें नहीं लगता कि किसी ने जानबूझकर हमारे खिलाफ़ यह साज़िश रची है ?"

करीम ने कप मेज़ पर रखते हुए गहरी साँस ली। "देखो पुष्पा, जो भी है, वह हम दोनों में से किसी का बेहद करीबी रहा होगा ! ऐसा व्यक्ति जो हमारे विश्वास में रहा हो, और साथ ही तबस्सुम का हितैषी भी । वरना उसे यह सब जानकर क्या लेना-देना ?"

पुष्पा की भौंहें सिकुड़ गईं । उसने पूछा- "तो क्या तुम्हें किसी पर शक है ?"

करीम ने सिर हिलाया और कहा- "नहीं, अभी नहीं । पर मैं जल्द ही इसका पता लगवा लूँगा । तुम बेफ़िक्र रहो ।"

पुष्पा ने चिंतन भरे स्वर में कहा-"करीम, मुझे लगता है कि अब हमें बहुत सतर्क रहना चाहिए। इस पूरे घटनाक्रम के पीछे सिर्फ़ तबस्सुम की वकील ही नहीं, बल्कि कोई और ताक़त भी काम कर रही है। तबस्सुम बाहर से जितनी भोली लगती है, भीतर से उतनी ही चालाक भी हो सकती है। शायद उसे अंदेशा हो गया है कि केस

उसके हाथ से फिसल रहा है और अब वह किसी के इशारे पर कोई बड़ा कदम उठाने वाली है।"

करीम ने हँसते हुए कहा - "देखो पुष्पा, कोर्ट का फैसला निश्चित रूप से हमारे पक्ष में आने वाला है। अब ज़्यादा चिंता मत करो। कभी-कभी हम जो सोचते हैं, उससे कहीं सरल सच्चाइयाँ हमारे सामने होती हैं।"

पुष्पा ने थोड़ा सख़्त लहजे में कहा-"करीम, शायद तुम्हारी यही बेफ़िक्री मुझे डराती है। जो व्यक्ति हार रहा होता है, वह अक्सर सबसे ख़तरनाक कदम उठाता है। ऐसे में हमें सिर्फ़ क़ानूनी नहीं, बल्कि ज़िंदगी के स्तर पर भी सावधान रहना होगा।"

करीम मुस्कराया-"ठीक है जज साहिबा, आपकी बात सर आँखों पर। आपकी नसीहत पर गौर किया जाएगा।" दोनों की मुस्कान ने कमरे के तनाव को पल भर में हल्का कर दिया। लेकिन उस मुस्कान के पीछे जो अनजाना भय छिपा था, वह धीरे-धीरे उनके साथ कमरे से बाहर निकल चला था।

करीम ने घड़ी देखी। शाम के छह बज रहे थे। उसने कहा-"चलो, अब निकलते हैं। अंधेरा होने से पहले घर पहुँचना बेहतर रहेगा ।" दोनों ने तैयार होकर होटल का बिल अदा किया और बाहर आ गए । हवा में अब हल्की ठंडक थी। सूरज क्षितिज के पीछे डूब रहा था और सड़क पर हल्की-हल्की लाइटें जल चुकी थीं।

करीम ने गाड़ी स्टार्ट की। पुष्पा बगल की सीट पर बैठी थी, हाथ में मोबाइल लिए अपनी माँ से अपने बेटे का हाल पूछ रही थी। "माँ, बेटा ठीक है न ? बस थोड़ी देर में हम पहुँचने वाले हैं।" पुष्पा ने कहा, और राहत की साँस ली। गाड़ी शहर की ओर लौट चली तेज़ी से, पर बिना किसी उतावलापन के। सड़क पर सन्नाटा था, पेड़ों की छाया गाड़ी की हेडलाइट्स में बार-बार लहर रही थी। करीम ने हल्के स्वर में कहा-"जानती हो, जब यह सब खत्म हो जाएगा, तो मैं चाहता हूँ कि हम दोनों किसी छोटी सी पहाड़ी वाले कस्बे में जाकर रहें। जहाँ न कोई कोर्ट हो, न मुकदमे, बस तुम, मैं, और हमारा बेटा...!"

पुष्पा मुस्कराई और बोली "काश, यह सपना सच हो जाए ।"

उसी वक्त जैसे भाग्य को उनकी यह मुस्कान पसंद न आई हो, सामने की सड़क पर अचानक एक विशाल ट्रक मुड़ा। उसकी हेडलाइट्स ने एक पल के लिए सब कुछ सफ़ेद कर दिया। करीम ने ब्रेक पर पूरा ज़ोर लगाया, पर गाड़ी फिसल गई ।

चीख़-ब्रेक की घर्षण-और अगले ही पल सब कुछ उलट गया। गाड़ी ट्रक से टकराई, एक पल हवा में उछली, फिर तीन बार पलटी खाकर सड़क किनारे गहरी खाई में जा गिरी। चारों तरफ़ धुआँ था, शीशे बिखरे पड़े थे, और गाड़ी की हेडलाइट्स अब धुंधली रोशनी में झपक रही थीं। ट्रक वाला, जैसे कुछ हुआ ही न हो, ट्रक को मोड़कर अंधेरे में गायब हो गया।

पास से गुज़रते कुछ राहगीर रुक गए। किसी ने घबराकर मोबाइल निकाला और पुलिस को कॉल करते हुए कहा... "यहाँ बहुत बड़ा एक्सीडेंट हुआ है !"

कुछ ही मिनटों में पुलिस और एम्बुलेंस वहाँ पहुँच गईं। सायरन की आवाज़ों ने शाम के सन्नाटे को चीर दिया। जेसीबी की मदद से गाड़ी को खाई से बाहर निकाला गया। मलबे के बीच, झुके शीशों और मुड़े हुए दरवाज़ों के बीच से दो घायल देहें बाहर निकाली गईं-करीम और पुष्पा। दोनों की हालत गंभीर थी, पर अब भी उनकी साँसें चल रही थीं। पुष्पा के माथे से खून बह रहा था, और करीम का दाहिना हाथ पूरी तरह कुचल चुका था। पुलिस के जवानों ने उन्हें सावधानी से स्ट्रेचर पर रखा। "जल्दी करो, इन्हें हॉस्पिटल पहुँचाना होगा।," किसी ने कहा ।

एम्बुलेंस की नीली बत्तियाँ अब उस अंधेरे मार्ग को चीर रही थीं । सायरन की तीखी आवाज़ के बीच गाड़ी शहर की ओर दौड़ पड़ी ।

अस्पताल में पहले से ही आपातकाल की स्थिति घोषित कर दी गई थी। डॉक्टरों की टीम तैयार थी। जैसे ही एम्बुलेंस पहुँची, दोनों को सीधे इमरजेंसी वार्ड में ले जाया गया । डॉक्टर ने करीम की नब्ज़ जाँची और कहा-"क्रिटिकल हैं,पर पल्स चल रही है ।" फिर पुष्पा की ओर देखा और कहा-"इसकी हालत भी नाज़ुक है, पर बचने की संभावना है। ऑपरेशन तुरंत शुरू करना होगा।"

बाहर पुलिस इंस्पेक्टर खड़ा था। रिपोर्ट लिखते हुए उसने अपने सिपाही से कहा-"पूरे शहर के थानों को खबर कर दो। ये वही दोनों हैं फैमिली कोर्ट के जज करीम और उनकी सहयोगी पुष्पा।"

खबर आग की तरह फैल गई । शहर के हर कोने में, कोर्ट के गलियारों में, वकीलों के दफ्तरों में, यहाँ तक कि समाचार चैनलों पर हर जगह बस एक ही चर्चा थी-"जज करीम और जज पुष्पा की कार खाई में गिरी, दोनों गंभीर रूप से घायल...!"

हॉस्पिटल के बाहर भीड़ जुटने लगी। कुछ चेहरे सहानुभूति से भरे थे, कुछ उत्सुकता से,और कुछ वे भी थे जो इस हादसे के पीछे किसी नई साज़िश की बू सूँघ रहे थे। अंदर ऑपरेशन थिएटर की लाल बत्ती जल रही थी। डॉक्टरों के हाथों की तेजी और मॉनिटर पर झपकती हरी रेखाएँ जैसे ज़िंदगी और मौत के बीच चल रही जंग का दुखद और मौन संगीत बजा रही थीं। बाहर इंतज़ार की कुर्सियों पर समय जैसे ठहर गया था। कहीं कोई सोच रहा था- क्या यह महज़ दुर्घटना थी, या भाग्य का खेल... या किसी की योजनाबद्ध साज़िश ? और भीतर दो ज़िंदगियाँ, दो प्रेम की साँसें अब भी ज़िंदगी से लिपटी हुई थीं...

भाग 40 : क्या डॉक्टर बचा पाएंगे पुष्पा और करीम को ?

हॉस्पिटल की इमरजेंसी यूनिट में अफरा-तफरी मची हुई थी। चारों ओर डॉक्टरों और नर्सों का एक व्यवस्थित समूह और बेचैन सा वातावरण था। मशीनों की बीप करती आवाज़ें, दौड़ते कदमों की आहटें, और ऑक्सीजन उपकरणों की हल्की सी सिसकारी-सब कुछ मिलकर जैसे किसी जीवन-मृत्यु के संघर्ष का संगीत रच रहे थे। उस संघर्ष के केंद्र में थे-करीम और पुष्पा, करीम का चेहरा रक्त से लथपथ था, शरीर पर दर्जनों टांके लगाए जा रहे थे। पुष्पा के सिर पर पट्टियाँ कसकर बाँधी जा रही थीं। डॉक्टरों की टीम दोनों के ऑपरेशन में जुटी थी। बाहर प्रतीक्षालय में सैकड़ों लोग एकत्रित थे-कोई दुआ कर रहा था, कोई आंसू बहा रहा था। पूरा शहर जैसे एक ही सुर में प्रार्थना कर रहा था-"हे ऊपर वाले, करीम साहब और पुष्पा मैडम को सलामत रखना...!"

करीम के लिए इस तरह की दुआएँ कोई नई बात नहीं थीं। वह इस शहर का सिर्फ़ एक जज नहीं था,बल्कि एक नेकदिल इंसान के रूप में सबके दिलों में बसता था। उसने अनाथ बच्चों की शिक्षा से लेकर वृद्धों के सहारे तक-हर जगह अपनी संवेदना का हाथ बढ़ाया था। उसकी सादगी और करुणा लोगों को यह यकीन दिलाती थी कि इंसानियत आज भी ज़िंदा है।

हॉस्पिटल के बाहर कैमरों की चमक और मीडिया की गहमागहमी थी। हर चैनल पर ब्रेकिंग न्यूज़ चल रही थी-"शहर के वरिष्ठ न्यायाधीश करीम और जज पुष्पा के साथ भीषण सड़क हादसा, हालत गंभीर...!"

इसी भीड़ में, एक कोने में बैठी एक वृद्धा बिलख-बिलख कर रो रही थी। उसके काँपते हाथ दुआ में उठे हुए थे। उसके आँसू कपड़ों पर गिरते जा रहे थे, लेकिन उसके होंठ बस एक ही नाम जप रहे थे- “या खुदा, मेरे करीम को बचा ले...!”

मीडिया के एक युवा रिपोर्टर ने कैमरा उस वृद्धा के सामने किया और नम्रता से पूछा,-“माँ जी,आप किसके लिए दुआ माँग रही हैं ? क्या आपका भी कोई अस्पताल में भर्ती है ?”

वृद्धा ने आँखें उठाईं और बोली, उसकी आवाज में करुणा, पीड़ा और गर्व, तीनों का अद्भुत संगम था। “हाँ बेटा,” उसने रोते हुए कहा,-“वो मेरा बेटा है, करीम! उसी के लिए मैं अपने रब से फरियाद कर रही हूँ। और पुष्पा बेटी के लिए भी।”

रिपोर्टर हतप्रभ रह गया, बोला-“आपका मतलब... वही जज करीम साहब ?”

वृद्धा ने सिर हिलाया और बोली-“हाँ बेटा, वही ! लेकिन वह सिर्फ़ इस शहर का जज नहीं है, वह तो सैकड़ों माताओं का बेटा है। बहुत कम लोग जानते हैं कि उसी के सहयोग से शहर के बाहर एक वृद्ध आश्रम चलता है। उसने उसे अपने अब्बू-अम्मी की याद में शुरू किया था। वहाँ सैकड़ों बेसहारा माँ-बाप रहते हैं। आज आश्रम का हर एक वृद्ध भूखा-प्यासा रहकर उसके लिए दुआ माँग रहा है। ऐसा बेटा किसी माँ को बार-बार नसीब नहीं होता।” यह कहते-कहते वह वृद्धा रो पड़ी।

कैमरे की लाइटें बंद हो गईं,पर उस माँ की दुआ का उजाला पूरे शहर में फैल गया। थोड़ी ही देर में यह साक्षात्कार टीवी पर लाइव प्रसारित हुआ। शहर के हर घर में लोग उस वृद्धा की सिसकियाँ सुन रहे थे। वह दुआ बन चुकी थी, और वह दुआ अब केवल करीम के लिए नहीं, बल्कि पुष्पा के लिए भी थी ।

इधर ऑपरेशन थिएटर के दरवाज़े बंद थे। बाहर एक अदृश्य प्रतीक्षा पसरी हुई थी। डॉक्टरों की टीम अन्दर जान की बाज़ी लगा रही थी। दो घंटे, तीन घंटे... और फिर दरवाज़ा खुला। सर्जन के चेहरे पर पसीना था,पर होंठों पर एक हल्की मुस्कान थी। “दोनों के ऑपरेशन सफल रहे हैं। खतरे से बाहर हैं।” डॉक्टर ने कहा। जैसे ही यह शब्द बाहर आए, हॉस्पिटल के बाहर खड़ी भीड़ में खुशी की लहर दौड़ गई। किसी ने ताली बजाई, किसी ने ‘अल्लाहु अकबर’ कहा, तो किसी ने ‘जय श्रीराम’। धर्म और मज़हब की सीमाएँ मिट गई थीं, बस इंसानियत थी, जो दोनों की सलामती का जश्न मना रही थी ।

इस बीच, पुष्पा की माँ और उसका नन्हा बेटा भी वहाँ पहुँच चुके थे। जैसे ही उन्होंने अस्पताल की दहलीज़ पर कदम रखा, भीड़ में सन्नाटा छा गया। माँ की आँखों से अश्रु बह निकले। उसने अपनी बेटी की तस्वीर को सीने से लगाया और बुदबुदाई- "हे भगवान, मेरी बिटिया को जल्दी होश में ले आ...!"

डॉक्टरों ने उन्हें समझाया कि फिलहाल दोनों मरीज गहरी बेहोशी में हैं, पर अब खतरा टल गया है। थोड़ी देर में वे होश में आ सकते हैं। फिर भी माँ का दिल कहाँ मानता है ! वह धीरे-धीरे कदम रखती हुई वार्ड तक पहुँची। वहाँ करीम और पुष्पा के बेड एक-दूसरे के पास ही लगे थे। दोनों के शरीर पर पट्टियाँ बंधी थीं, चेहरों पर थकान और शांति का एक विचित्र संगम था। जैसे किसी भयंकर तूफ़ान से बच निकले हों।

माँ ने पुष्पा के सिर पर हाथ फेरा, जैसे वह फिर से वही छोटी बच्ची बन गई हो, जो कभी मचलकर रोया करती थी। "बिटिया, अब उठ जा... तेरे बच्चे को तेरी ज़रूरत है।" बगल में करीम की ओर देखकर उसने एक गहरी साँस ली और बोली- "तू भी उठ जा बेटा... तेरे बिना यह शहर सूना लग रहा है।"

पुष्पा का नन्हा बेटा, जो अब तक अपनी नानी की गोद में था, अपनी माँ को देखकर रो पड़ा। उसकी सिसकियाँ कमरे में गूंज उठीं। डॉक्टरों ने धीरे से उसे बाहर ले जाने का इशारा किया ताकि मरीजों को कोई परेशानी न हो। नानी ने उसे समझाने की बहुत कोशिश की,पर बच्चे की मासूमियत किसी तर्क को नहीं मानती थी । वह बस कहे जा रहा था—"मम्मी उठो ना... मुझसे बात करो...!"

बाहर, पुलिस के अफसर भी पहुँच चुके थे। एक्सीडेंट की गंभीरता को देखते हुए उन्होंने ट्रक ड्राइवर की गिरफ्तारी की पुष्टि की थी। नाकेबंदी के बाद ड्राइवर और ट्रक, दोनों पकड़ लिए गए थे। अब उनसे पूछताछ जारी थी । संदेह यह था कि यह कोई साधारण दुर्घटना नहीं, बल्कि किसी साज़िश का हिस्सा थी। पुलिस को करीम और पुष्पा के बयान की प्रतीक्षा थी,ताकि सच की कोई कड़ी जुड़ सके।

रात गहराने लगी थी। अस्पताल की खिड़कियों से पीली रोशनी बाहर आ रही थी। आकाश में चाँद बादलों के पीछे से झाँकता हुआ छिपता जा रहा था। जैसे वह भी इन दो जीवन के पुनर्जन्म का साक्षी बनना चाहता हो।

करीम और पुष्पा के कमरे में मशीनें धीरे-धीरे स्थिर हो चुकी थीं। उनके दिल की धड़कने अब नियमित हो गई थी। समय थम-सा गया था, बस एक प्रतीक्षा थी, उनकी पलकें खुलने की ।

बाहर लोग अब भी प्रार्थना में मग्न थे। किसी ने कहा-“देखना, ये दोनों फिर से उठेंगे... क्योंकि सच्चे दिलों की दुआ कभी व्यर्थ नहीं जाती।” और सचमुच, उस रात अस्पताल के हर कोने में यही विश्वास गूंज रहा था कि न्याय और प्रेम, दोनों की सांसें अब भी चल रही हैं ।

भाग 41 : कौन था इस हादसे की साज़िश का सूत्रधार ?

सुबह की सुनहरी किरणें जब अस्पताल की ऊँची खिड़कियों से भीतर उतर रहीं थीं, तब उस प्रकाश ने मानो जीवन का नया अध्याय खोल दिया था। हॉस्पिटल के इमरजेंसी कक्ष के बाहर अब वह अफरा-तफरी नहीं थी, जो कल रात तक व्याप्त थी। हवा में एक हल्की सी उम्मीद तैर रही थी-जीवन की वापसी की, और उन दो जिंदगियों की, जिन्होंने मौत की दहलीज़ से लौटकर फिर से साँस लेना शुरू किया था। करीम और पुष्पा-दोनों आज सुबह होश में आ चुके थे। उनके कमरे में डॉक्टरों का एक छोटा-सा दल मौजूद था, जो इस चमत्कारिक पुनर्जीवन को अपनी पेशेवर शांति के भीतर छिपाए हुए, हल्की मुस्कान के साथ मेडिकल बुलेटिन तैयार कर रहा था। मुख्य चिकित्सक ने पत्रकारों को संबोधित करते हुए कहा,-“दोनों मरीजों की हालत स्थिर है। उन्हें होश आ चुका है और वे तेजी से स्वस्थ हो रहे हैं। यह निस्संदेह रब की कृपा और दोनों मरीजों के अद्भुत जीवट का परिणाम है कि इतना भयंकर हादसा झेलने के बावजूद ये आज हमारे बीच हैं ।”

यह कहते हुए डॉक्टरों के स्वर में भी एक मानवीय राहत झलक रही थी । अस्पताल के बाहर मौजूद भीड़ और मीडिया प्रतिनिधियों ने एक साथ सिर झुकाकर ईश्वर का धन्यवाद किया । किसी ने धीरे से कहा-“शुक्र है रब का, इन दोनों नेक दिलों को उसने फिर से ज़िंदगी दी ।”

करीम को, चूँकि वही गाड़ी चला रहा था, अधिक चोटें आई थीं । उसकी बाँह और कंधे पर गहरे घाव थे, माथे पर पट्टी बँधी थी। पुष्पा के माथे पर हल्की चोट थी, पर उसकी आँखों में जीवन की नई चमक लौट आई थी। डॉक्टर ने बताया कि अगर गाड़ी में एयरबैग न होते, तो शायद यह चमत्कार संभव नहीं था। हादसे की

भीषणता को देखते हुए हर कोई यही कह रहा था कि यह केवल उनके सद्कर्मों का फल है, जिसने मौत को मात देकर उन्हें जीवन दान दिया ।

थोड़ी ही देर में पुष्पा की माँ अपने छोटे नाती के साथ कमरे में पहुँचीं। उन्होंने दोनों के सिर पर स्नेह भरा हाथ फेरते हुए कहा-"कैसे हो मेरे बच्चों ? अब कोई तकलीफ़ तो नहीं ?" पुष्पा और करीम ने लगभग एक साथ मुस्कराकर उत्तर दिया- "पहले से बेहतर हैं, माँ । धीरे-धीरे सब ठीक हो जाएगा । आप चिंता मत कीजिए।"

माँ की आँखों में संतोष के आँसू चमक उठे। उन्होंने दोनों को दुआ दी-"रब तुम्हें लंबी उम्र दे और इस दर्द से जल्दी उभार ले।"

इसी बीच, पुष्पा का नन्हा बेटा अपनी माँ के पास जाने की जिद करने लगा। वह अपनी मासूम आवाज़ में बार-बार कह रहा था-"मम्मी, मैं आपके पास आऊँगा।" पुष्पा की माँ ने मुस्कराते हुए उसे गोद में लिया और उसकी जेब में टॉफी रखते हुए कहा-"चलो बेटा, पहले यह खाओ। मम्मी को अभी थोड़ा आराम करने दो।"

करीम की नज़र पहली बार उस बच्चे पर पड़ी । उसकी साँस जैसे कुछ क्षणों के लिए थम-सी गई। उसे लगा जैसे दर्पण में अपना ही बचपन देख रहा हो। वही आँखों की गहराई, वही मुस्कान की मासूमियत, हर भाव, हर हाव-भाव उसकी हूबहू प्रतिछाया था। करीम की आँखें नम हो आईं।

पुष्पा ने अपने बेटे की ओर देखकर कहा,-"बेटा, याद है तुम अपने पापा से मिलने की ज़िद कर रहे थे ? देखो, ये हैं तुम्हारे पापा।" उसने करीम की ओर इशारा करते हुए कहा-"जब ये ठीक हो जाएँगे न, तब तुम्हें अपनी गोद में उठाएँगे। बस थोड़ा इंतज़ार करो।" इतना कहते हुए पुष्पा की आँखों से आँसू बह निकले। वह भीतर ही भीतर खुद से संवाद कर रही थी-"काश, मैंने अपनी ज़िद न की होती। जब करीम अपने बेटे से मिलने की तमन्ना रखता था, तब मैंने अपने अहंकार और परिस्थितियों के डर से उसे रोके रखा। आज जब दोनों एक-दूसरे के सामने हैं, तो उनके बीच यह दर्दनाक सफर खड़ा है। कभी-कभी हमारे फैसले, हमारी जिद, हमें ऐसी कीमत चुकवाने पर मजबूर कर देते हैं जिसकी हमने कल्पना भी नहीं की होती।" पुष्पा ने मन ही मन ईश्वर का शुक्र अदा किया कि कम-से-कम आज पिता-पुत्र एक-दूसरे को देख पा रहे हैं, ज़िंदा, सांस लेते हुए, जीवन से भरे।

इसी भावुक वातावरण के बीच, कमरे का दरवाज़ा धीरे से खुला। एक सधी हुई वर्दी में पुलिस इंस्पेक्टर अंदर आया। उसने डॉक्टरों से झुककर अनुमति माँगी और कहा-"सर, अगर अनुमति हो तो हम जज साहब और जज साहिबा के बयान दर्ज कर लें। यह जांच के लिए अत्यंत आवश्यक है।"

डॉक्टर ने सिर हिलाकर सहमति दी। इंस्पेक्टर आगे बढ़ा, और करीम के बेड के पास आकर खड़ा हुआ। "सर," उसने आदर पूर्वक कहा, "हम जानना चाहते हैं कि आपको क्या लगता है, क्या यह महज एक दुर्घटना थी या किसी ने जानबूझकर आपको नुकसान पहुँचाने की कोशिश की है ?"

करीम ने एक क्षण के लिए आँखें मूँदीं, जैसे स्मृतियों के परदे पर वह भयानक दृश्य फिर से उभर आया हो, ट्रक की तेज़ लाइटें, अचानक ब्रेक, और गाड़ी का नियंत्रण छूटना। फिर उसने गहरी साँस लेते हुए कहा-"इंस्पेक्टर, मुझे पूरा यकीन है कि यह कोई साधारण दुर्घटना नहीं थी। उस ट्रक ने जानबूझकर हमारी गाड़ी को टक्कर मारी थी। मैं ड्राइव कर रहा था, और सब कुछ इतनी तेज़ी से हुआ कि मुझे सँभलने का मौका ही नहीं मिला। यह किसी की योजना थी, किसी की सोची-समझी साज़िश।"

इंस्पेक्टर ने अपनी डायरी खोली और तेज़ी से नोट्स लेने लगा । फिर उसने पूछा, "क्या आपको किसी पर संदेह है, सर ?" करीम ने क्षणभर के लिए पुष्पा की ओर देखा। दोनों की निगाहें एक-दूसरे से मिलीं, मूक परंतु आश्वस्त । "देखिए, इंस्पेक्टर," करीम ने कहा,- "मेरी किसी से कोई व्यक्तिगत दुश्मनी नहीं है। लेकिन मुझे लगता है कि यह हमला मेरे तलाक़ के मुकदमे से जुड़ा हो सकता है। शायद तबस्सुम... मेरी पत्नी, जिसे केस हारने का डर था, उसने किसी से यह सब करवाया हो। उसके अलावा ऐसा करने की किसी और की कोई वजह नहीं दिखती।"

पुष्पा ने धीरे से सिर हिलाकर करीम के कथन का समर्थन किया। इंस्पेक्टर ने उनकी बातों को ध्यानपूर्वक दर्ज किया, और फिर पुष्पा की ओर मुखातिब हुआ और पूछा- "मैडम, क्या आपको भी ऐसा ही लगता है ?"

पुष्पा ने गंभीर स्वर में कहा,-"हाँ, इंस्पेक्टर। मुझे भी यही प्रतीत होता है। तबस्सुम इस केस के परिणाम को लेकर व्याकुल थी। हो सकता है उसने आवेश में आकर

किसी की मदद से यह कदम उठाया हो। लेकिन मैं चाहूँगी कि आप सबूतों के आधार पर ही कोई निर्णय लें। हमें न्याय पर भरोसा है।"

इंस्पेक्टर ने दोनों के बयानों पर हस्ताक्षर करवाए और पूरी सावधानी से दस्तावेज़ अपने फ़ाइल में रखे। फिर उसने आदरपूर्वक कहा- "हम इस केस की तफ़्तीश पूरी गहनता से कर रहे हैं। ट्रक जब्त किया जा चुका है और ड्राइवर को हम पहले ही हिरासत में ले चुके हैं। फिलहाल यह स्पष्ट नहीं है कि आदेश किसने दिया, पर हम इस एंगल से भी जांच करेंगे। बहुत जल्द अपराधी सलाखों के पीछे होगा। आपको समय-समय पर इस केस की प्रगति की जानकारी दी जाएगी ।"

यह कहकर उसने सलाम किया और अपनी टीम के साथ बाहर निकल गया । कमरे में फिर वही शांत वातावरण छा गया।

करीम ने पुष्पा की ओर देखा और कहा-"देखा, मैंने कहा था न कि सच कभी छुप नहीं सकता। अब बस हमें थोड़ा सब्र रखना होगा।"

पुष्पा मुस्कराई, उसकी आँखों में राहत और थकान दोनों थीं । उसने धीमे से कहा- "हाँ करीम, अब तो बस मैं यही चाहती हूँ कि यह तूफ़ान थम जाए, और हमारी ज़िंदगी फिर से अपनी लय पकड़ लें।"

बाहर सुबह की धूप अब तेज़ हो चली थी । हवा में नई शुरुआत की खुशबू घुल रही थी। शायद यह संकेत था कि न्याय और प्रेम दोनों ने एक बार फिर, मौत और अन्याय पर विजय पा ली थी ।

भाग 42 : तबस्सुम और आर.के.जी. से पूछताछ में क्या मिला ?

करीम और पुष्पा के एक्सीडेंट ने पूरे शहर को झकझोर कर रख दिया था । यह कोई साधारण सड़क दुर्घटना नहीं लग रही थी, और यही कारण था कि पुलिस महकमे पर ऊपर से असाधारण दबाव था। वरिष्ठ अधिकारियों के स्पष्ट निर्देश थे कि -"दुर्घटना की हर एंगल से जाँच होनी चाहिए। यदि यह हादसा नहीं, बल्कि साजिश है, तो दोषी को जल्द से जल्द गिरफ्तार किया जाए।"

इन्हीं आदेशों के चलते स्थानीय पुलिस पूरी तरह सक्रिय हो चुकी थी । थाने में दिन-रात बैठकों का दौर चल रहा था। केस डायरी बार-बार पलटी जा रही थी,

सीसीटीवी फुटेज खंगाले जा रहे थे और करीम व पुष्पा के निजी जीवन से जुड़े हर व्यक्ति पर निगाह रखी जा रही थी। जाँच की सुइयाँ धीरे-धीरे तबस्सुम की ओर घूमने लगी थीं। तबस्सुम जो कानूनी रूप से करीम की पत्नी थी, लेकिन भावनात्मक रूप से उससे वर्षों से अलग-थलग पड़ी थी। उनके बीच चल रहा फैमिली कोर्ट का मामला, भरण-पोषण को लेकर विवाद और बेटी को लेकर उठे सवाल। इन सबने पुलिस को संदेह का एक ठोस आधार दे दिया था ।

इसीलिए सादा वर्दी में तैनात पुलिसकर्मी पिछले कई दिनों से तबस्सुम के घर पर नज़र रखे हुए थे। आने-जाने वालों का लेखा-जोखा रखा जा रहा था, फोन कॉल्स पर ध्यान दिया जा रहा था और घर के भीतर की हलचल को भी परखा जा रहा था। एक दिन इंस्पेक्टर वागले ने तय कर लिया कि अब सीधे पूछताछ का समय आ गया है। उस दिन संयोग से आर. के. जी. भी तबस्सुम के घर मौजूद था। वह ड्राइंग रूम में बैठा किसी फाइल पर नजर डाले हुए था, जबकि तबस्सुम रसोई से चाय लेकर बाहर ही निकली थी कि तभी दरवाज़े पर दस्तक हुई।

दरवाज़ा खुलते ही सामने खड़े पुलिस इंस्पेक्टर और उसके साथ मौजूद टीम को देखकर क्षणभर के लिए तबस्सुम ठिठक गई, लेकिन अगले ही पल उसने स्वयं को संभाल लिया। इंस्पेक्टर ने आगे बढ़कर अपना परिचय पत्र और पूछताछ का वारंट दिखाते हुए औपचारिक स्वर में कहा- "मैं इंस्पेक्टर वागले हूँ । करीम और पुष्पा के एक्सीडेंट केस में आपसे और आपके साथ मौजूद इस शख्स से कुछ पूछताछ करनी है।"

तबस्सुम के चेहरे पर न कोई घबराहट थी, न कोई हड़बड़ी । उसने शालीनता से एक ओर हटते हुए कहा-"आइए इंस्पेक्टर साहब, आपका स्वागत है । कृपया बैठिए। बताइए, हम आपकी क्या सहायता कर सकते हैं ?"

इंस्पेक्टर कुर्सी पर बैठते हुए उसकी आँखों में झाँकने की कोशिश करता हुआ बोला-"क्या आप ही तबस्सुम हैं ?" "जी हाँ," तबस्सुम ने पूरे आत्मविश्वास से कहा, "मेरा नाम तबस्सुम है। आप जो पूछना चाहें, बेझिझक पूछिए।"

इंस्पेक्टर ने बिना भूमिका बाँधे सीधे सवाल दागा—"क्या जज करीम साहब के साथ आपका कोई केस फैमिली कोर्ट में चल रहा है ?"

तबस्सुम ने एक गहरी साँस ली, जैसे स्वयं को अतीत की स्मृतियों में ले जाने से पहले मन को तैयार कर रही हो । "कानूनी रूप से मैं आज भी करीम साहब की पत्नी हूँ । निकाह के कुछ ही समय बाद उन्होंने मुझसे दूरी बना ली। यह रिश्ता शायद करीम साहब के माता-पिता की इच्छा का परिणाम था, न कि उनके दिल की पसंद का। क्योंकि निकाह से पहले उनके जीवन में पुष्पा नाम की एक महिला थी जो आज फैमिली कोर्ट में जज हैं।"

इंस्पेक्टर ने तुरंत अगला सवाल किया- "तलाक की पहल किसने की ?"

"करीम साहब ने, " तबस्सुम ने स्पष्ट कहा, "क्योंकि वे इस रिश्ते को आगे नहीं निभाना चाहते थे।"

"तो आपने तलाक क्यों नहीं दे दिया ?" इंस्पेक्टर की आवाज़ सख्त थी ।

तबस्सुम के चेहरे पर पहली बार पीड़ा की एक लकीर उभरी। "क्योंकि मैंने अपने और अपनी बेटी के लिए भरण-पोषण भत्ता माँगा था। जिसे करीम साहब ने सिरे से नकार दिया। उन्होंने मेरी बेटी को अपनी औलाद मानने से भी इंकार कर दिया। इसी वजह से यह मामला अभी कोर्ट में विचाराधीन है।"

इंस्पेक्टर ने अब आर. के. जी. की ओर रुख करते हुए पूछा -"और आप ? आप तबस्सुम साहिबा के क्या लगते हैं ?"

आर. के. जी. ने कुर्सी पर सीधा बैठते हुए कहा—"मैं कोर्ट में रजिस्ट्रार के रूप में कार्यरत हूँ । जब भी तबस्सुम मैडम को कानूनी सलाह या कोर्ट की प्रक्रिया समझने में सहायता चाहिए होती है, वे मुझे बुला लेती हैं।"

"तो क्या यह अपना केस खुद लड़ रही हैं या कोई वकील भी है ?" इंस्पेक्टर ने पूछा। "इनकी वकील शालिनी सिंह केस देख रही हैं," आर. के. जी. ने जवाब दिया, "मैं कभी-कभी केवल सहयोग के लिए आ जाता हूँ।"

इंस्पेक्टर की आँखों में हल्की-सी चमक आई । "कभी-कभी ? या अक्सर ? मैंने तो सुना है कि आप कई बार इसी घर में ठहर भी जाते हैं ।"

आर. के. जी. का चेहरा तन गया उसने गुस्से में कहा-"इंस्पेक्टर साहब, आप मेरी निजी जिंदगी में दखल दे रहे हैं। मैं कहाँ रुकता हूँ और किसके साथ, इसका इस केस से कोई लेना-देना नहीं है।"

इंस्पेक्टर ने तुरंत माहौल को संभालते हुए हाथ उठाया। “शांत हो जाइए रजिस्ट्रार साहब। अभी छोड़िए इस बात को । ज़रूरत पड़ी तो आपको थाने बुलाकर पूछताछ करेंगे।” फिर वह दोबारा तबस्सुम की ओर मुड़ा और पूछा- “कल करीम और जज पुष्पा का एक ट्रक से भीषण एक्सीडेंट हुआ । क्या आपको इस घटना की जानकारी है ?”

“जी हाँ,” तबस्सुम ने संयमित स्वर में कहा, “अखबार और टीवी के माध्यम से पता चला।”

“और क्या जानकारी मिली ?”

“बस उतनी ही, जितनी मीडिया में दिखाई गई ।” तबस्सुम ने कहा ।

इंस्पेक्टर ने आखिरी दाँव खेलते हुए कहा- “आपके हिसाब से यह एक सामान्य दुर्घटना थी या किसी ने जानबूझकर उनकी जान लेने की कोशिश की ?”

तबस्सुम की आँखों में हल्की-सी तल्ख़ी उभरी, उसने कहा - “यह पता करना आपका काम है, इंस्पेक्टर साहब । आप जाँच कीजिए ।”

इंस्पेक्टर ने नोटबुक बंद की और कहा -“ठीक है। जाँच में सहयोग के लिए धन्यवाद। शहर से बाहर न जाएँ। यदि जाना हो, तो थाने को सूचित कीजिए।” इतना कहकर इंस्पेक्टर अपनी कुर्सी से उठ खड़ा हुआ।

इंस्पेक्टर के जाते ही कमरे में एक गहरी खामोशी छा गई। यह खामोशी आने वाले तूफान का संकेत थी क्योंकि यह केस अभी खत्म नहीं हुआ था, बल्कि अब सचमुच शुरू हुआ था।

भाग 43 : तबस्सुम से पूछताछ का क्या परिणाम निकला ?

इंस्पेक्टर वागले तबस्सुम और आर.के.जी. से पूछताछ के बाद अपनी टीम के साथ थाने लौट आया था। वह टेबल पर पैर रखकर कुर्सी पर पसर गया और काफ़ी देर तक कुछ सोचने की मुद्रा में बैठा रहा और फिर बोला - "हवलदार यह तबस्सुम और आर.के.जी. मेरा मतलब है कि उस रजिस्ट्रार के मोबाइल नम्बर सर्विलांस पर डालो और इनको ट्रैक करो कि यह किस-किस से बातचीत करते हैं ? साथ ही मुझे इन दोनों की अब तक की सारी कॉल डिटेल भी चाहिए ताकि पता लगाया जा सके कि करीम और पुष्पा के एक्सीडेंट से पहले इन्होंने किस-किस से बात

की थी ? और हाँ इस आर.के.जी. के घर के आस - पास भी सादा वर्दी में कुछ सिपाही तैनात कर दो और तबस्सुम के साथ इस पर भी पूरी नज़र रखो । कल शाम तक मुझे किसी भी सूरत में इन दोनों की पूरी कुण्डली मेरी टेबल पर चाहिए।

और सुनो ! उस ट्रक ड्राइवर, जिसे हमने गिरफ्तार किया है को इतना थर्ड डिग्री दो कि वो सब कुछ उगलने पर मजबूर हो जाए ।" इंस्पेक्टर वागले के आदेश के मुताबिक आर.के.जी. और तबस्सुम के घर के आस-पास सादा वर्दी में पुलिस फोर्स तैनात कर दी गई थी जो इन दोनों की हरेक हरकत पर नज़र रख रही थी । वागले को जल्द से जल्द इस केस के अपडेट अपने सीनियर्स को देने थे सो वो पूरी मुस्तैदी के साथ इस केस की तफ्तीश में जुट गया था । सबूत के नाम पर अभी तक उसके हाथ कुछ भी नहीं लगा था लिहाजा वह किसी को भी गिरफ्तार करने की स्थिति में नहीं था । ले देकर सिर्फ एक ट्रक ड्राइवर उसकी गिरफ्त में आया था । वो भी अभी तक कुछ ख़ास राज नहीं उगल पाया था ।

वागले को यकीन हो गया था कि यह कोई सामान्य एक्सीडेंट का केस नहीं है । जरूर इसके पीछे किसी ना किसी गिरोह का हाथ था जो करीम साहब और पुष्पा मैडम को अपने रास्ते से हटाना चाहता था । मगर वागले को समझ नहीं आ रहा था कि वो कौन हो सकता है ? ले देकर उसके शक की सूईयां तबस्सुम और आर.के.जी. पर आकर अटक जाती थी । आर.के.जी. पर इसलिए कि तबस्सुम के साथ उसके रिश्तों को लेकर इंस्पेक्टर वागले को शक हो गया था । तबस्सुम के साथ आर.के.जी. की नजदीकियां चीख-चीख कर इन रिश्तों के बारे में सब कुछ बता रही थी। सिर्फ़ समझने वाला चाहिए था । वागले को लग रहा था कि फिलहाल तो करीम और पुष्पा ही इन दोनों के ही रास्ते का काँटा बने हुए थे ।

इंस्पेक्टर वागले को लगा कि इस केस की अब तक की अपडेट्स को समझने और कड़ियों को जोड़ने में तबस्सुम और करीम के वकील महत्वपूर्ण भूमिका निभा सकते हैं । लिहाजा उसने दोनों के वकीलों से भी अलग- अलग और फिर एक साथ बैठाकर बात करने की योजना बनाई ।

वह जानता था कि तबस्सुम और करीम के वकील न्यायिक क्षेत्र की जानी मानी हस्तियां थी । उनसे समय लेकर बात करना इतना भी आसान काम नहीं था ।

उसने अपना और दोनों वकीलों का ज्यादा समय खराब ना हो इसके लिए दोनों वकीलों से पूछे जाने वाले सवालों की एक लिस्ट बना ली थी ।

इस लिस्ट में कई ऐसे सवाल शामिल किए गए थे जिनका जवाब शायद ही कोई वकील किसी को आसानी से बताएं । मसलन क्या तबस्सुम ने अपने विवाह इतर संबंधों के बारे में कभी एक क्लाइंट के तौर पर आपसे बात की या आपको कुछ बताया ? वागले को पता था कि कोई भी वकील ऐसे सवालों के जवाब जानते हुए भी पुलिस को सच नहीं बताएगा या बताएगी । इसलिए वो ऐसी कुछ जुगत में लग गया था जिससे कि दोनों के वकील उसे इस एक्सीडेंट के केस को सॉल्व करने में मदद के लिए तैयार हो जाए।

भाग 44 : क्या करीम के वकील से कुछ सबूत जुटा पाया इंस्पेक्टर ?

अपने तय एजेंडे के अनुसार इंस्पेक्टर वागले ने सबसे पहले करीम के वकील किशोर को बातचीत के लिए चुना। इसके पीछे जो आधार थे उनमें सबसे मुख्य था कि करीम का वकील एडवोकेट किशोर आसानी से बातचीत के लिए तैयार हो जाएगा । दूसरा एडवोकेट किशोर से जो तथ्य और सूचनाएं मिलेंगी उनके आधार पर तबस्सुम की वकील शालिनी सिंह से बातचीत करना और क्रॉस वेरिफिकेशन करना भी सरल हो जाएगा। इंस्पेक्टर वागले ने बातचीत करके आज करीम के वकील किशोर से इस एक्सीडेंट के सन्दर्भ में करीम और तबस्सुम के केस के बारे में विस्तार से अपनी समझ बनाने के लिए समय मुकर्रर कर लिया था।

इंस्पेक्टर वागले कोई भी कदम उठाने से पहले करीम और तबस्सुम के तलाक के केस को ठीक से समझ लेना चाहता था। उसे लग रहा था कि हो न हो करीम और पुष्पा के एक्सीडेंट का राज इसी केस के पीछे छिपा हुआ है।

तय समय पर इंस्पेक्टर वागले करीम के वकील से मिलने के लिए उनके ऑफिस पहुँच गया । उसे देखते ही एडवोकेट किशोर ने इंस्पेक्टर का स्वागत करते हुए कहा - "आइए इंस्पेक्टर साहब, मैं आप ही का इन्तजार कर रहा था । आज कोर्ट का अवकाश होने के कारण मैं भी फुर्सत में था । तो हम बातचीत शुरु करें उससे पहले बताइए कि आप कुछ ठंडा लेंगे या गर्म ?"

"जी आप एक कोल्ड कॉफी मंगवा दीजिए ।" इंस्पेक्टर वागले ने एडवोकेट किशोर के सामने रखी कुर्सी पर बैठते हुए कहा ।

"ओके, कॉफी आए तब तक हम बातचीत शुरु कर सकते हैं।" एडवोकेट किशोर ने इन्स्पेक्टर वागले से कहा।

"जी एडवोकेट साहब ! आप तो जानते ही हैं कि करीम साहब और पुष्पा मैडम के एक्सीडेंट केस की इंवेस्टिगेशन का दायित्व मुझे सौंपा गया है । बस उसी सिलसिले में मुझे आपसे तबस्सुम और करीम साहब के केस की शुरु से अब तक की सारी जानकारियां चाहिए थी ।" इन्स्पेक्टर वागले ने इत्मीनान से बताया ।

एडवोकेट किशोर ने जवाब देते हुए कहा – "जी जरूर पूछिए आप क्या जानना चाहते हैं ? मैं आपको हर वो जानकारी दूंगा जिसकी आपको जरुरत है । ऑफ्टर ऑल मैं भी चाहता हूँ कि यदि यह एक्सीडेंट किसी की साज़िश है तो उन गुनहगारों को जल्द से जल्द सजा मिलनी चाहिए ।"

"तो सबसे पहले आप मुझे संक्षेप में यह बताइए कि तबस्सुम और करीम साहब के बीच यह कोर्ट की लड़ाई इस मुकाम तक पहुँची कैसे ?" इंस्पेक्टर वागले ने सवाल पूछते हुए कहा ।

एडवोकेट किशोर ने जवाब में बताया कि –"देखिए इंस्पेक्टर साहब आप संक्षेप में यह समझिए कि करीम साहब की इच्छा के विरुद्ध उनके अब्बू और अम्मी ने उनका निकाह तबस्सुम के साथ कर दिया । समय गुजरता गया करीम साहब और तबस्सुम के बीच दूरियां बढ़ती गई । मजबूरन तबस्सुम ने किसी गैर मर्द से विवाह इतर सम्बन्ध स्थापित कर लिए और वह गर्भवती हो गई । ऐसे में करीम साहब ने तबस्सुम के सामने तलाक का प्रस्ताव रखा लेकिन तबस्सुम ने इस प्रस्ताव को मानने के एवज में अपने भरण- पोषण के साथ ही अपने बच्चे के पालन - पोषण के लिए भी अच्छी खासी रकम की माँ ग कर डाली । करीम साहब ने उसे बहुत समझाने की कोशिश की पर वो नहीं मानी और परिणाम स्वरूप मामला कोर्ट तक आ पहुँच गया । मेरे खयाल से आप पूरा केस सब समझ गए होंगे ?"

"पर वकील साहब यदि इस केस को तबस्सुम की नज़र से देखें तो गलत क्या है? एक तो करीम साहब ने उससे निकाह कुबूल किया फिर उसके साथ जिस्मानी ताल्लुकात नहीं बनाकर उसे किसी गैर मर्द की तरफ़ आकर्षित होने के लिए मजबूर

किया । फिर तलाक और ऊपर से भरण - पोषण और बच्चे के पालन -पोषण के लिए खर्च भी न देना तो यह तो कानूनन भी तबस्सुम के साथ नाइंसाफी हुई ना?" इंस्पेक्टर वागले ने एडवोकेट किशोर को उकसाते हुए कहा।

"बिल्कुल नहीं । देखिए जब तबस्सुम को पता है कि उसकी औलाद के पिता करीम साहब नहीं है तो फिर वो किस मुँह से उस बच्ची के लालन- पालन के लिए करोड़ों की डिमाँ ड कर रही है । हाँ उसके खुद के भरण- पोषण की रकम के बारे में सोचा जा सकता था परन्तु लालच के बारे में नहीं ।" एडवोकेट किशोर ने इंस्पेक्टर वागले के प्रश्न का जवाब दिया । इसी बीच इंस्पेक्टर वागले का फोन बज उठा । उसने फोन कॉल को रिसीव करने के बाद कहा – " वकील साहब मेरा थाने से कोई जरुरी कॉल और मैसेज आ रहा है । शायद आस-पास कोई बड़ा धार्मिक दंगा भड़क गया है इसलिए मुझे अभी तुरन्त निकलना होगा । क्या हम आगे की बात -चीत कल कर सकते हैं ?"

"जी जरूर, इंस्पेक्टर साहब, हम कल शाम को इसी वक्त मिलते हैं ।" एडवोकेट किशोर ने अभिवादन करते हुए कहा ।

"जी बहुत शुक्रिया, माफ कीजिएगा आज हम पूरी बातचीत खत्म नहीं कर पाए। कल फिर मिलते हैं ।" कहते हुए इंस्पेक्टर वागले अपनी जीप स्टार्ट करके जल्दी ही थाने की तरफ़ चला गया ।

भाग 45 : इंस्पेक्टर की एडवोकेट किशोर के साथ दूसरी मुलाकात !

पिछली मुलाकात में अधूरी रही बातचीत के सिलसिले को आगे बढ़ाते हुए इंस्पेक्टर वागले और एडवोकेट किशोर तय वादे के मुताबिक आज शाम को फिर मिले। दोनों ने एक दूसरे से औपचारिकता वश हाल चाल पूछें। बातचीत का सिलसिला शुरू करते हुए एडवोकेट किशोर ने कहा-"कल शहर में जो सांप्रदायिक दंगा हुआ वो बहुत खतरनाक संकेत है इंस्पेक्टर साहब इस देश के लिए ।"

"बिल्कुल सही कहा आपने वकील साहब, जब से देश में नई सरकार चुन कर आई है तबसे यह सांप्रदायिक दंगे रोज की सी बात हो गई है। खैर तो आप कल करीम और तबस्सुम के केस के बारे में बता रहे थे कि तबस्सुम के विवाह इतर

संबंधों से पैदा हुई बेटी के कारण मसला कोर्ट में उलझ गया ।” इंस्पेक्टर वागले ने पूछा। “जी इंस्पेक्टर साहब, असल में यह सारा केस तबस्सुम और उसकी वकील शालिनी सिंह की नादानियों की वजह से इस बात पर केंद्रित हो गया कि तबस्सुम की बेटी का बायोलॉजिकल पिता असल में है कौन ? और फिर बात डी.एन.ए. टेस्ट तक जा पहुंची । और आपको सच बताऊं तो एक वकील के तौर पर मेरे और मेरे क्लाइंट की जीत के लिए यह बात यहाँ तक पहुँच ना अति आवश्यक थी।” एडवोकेट किशोर ने जोर देकर कहा ।

“तो यदि इस बात को यूँ कहें कि आपने इस केस को अपने पक्ष में करने के लिए मुख्य मुद्दे से ही भटका दिया और तबस्सुम तथा उसकी वकील शालिनी सिंह आपके बिछाए कानूनी जाल में उलझते चले गए ।” इंस्पेक्टर वागले ने कहा ।

(दोनों हँसने लगते हैं)

“अब आप जो चाहें समझे । हम वकीलों का काम ही होता है अपने क्लाइंट को केस जिताना अन्यथा हमारे पास फिर आएगा कौन ?” एडवोकेट किशोर ने हँसते हुए कहा । (फिर से दोनों हँसने लगते हैं)

“अच्छा वकील साहब एक बात बताइए कि क्या कभी करीम साहब ने आपको यह बताया कि वो ख़ुद भी विवाह इतर संबंधों में पुष्पा मैडम के साथ जी रहे थे और इसीलिए उन्होंने तबस्सुम को तलाक देने का मानस बनाया । आम जनता में भी यह चर्चा बनी रहती है ।” इंस्पेक्टर वागले ने केस की गहराई में जाते हुए सवाल किया ।

“नहीं ऐसा कुछ नहीं है । करीम साहब ने पुष्पा के साथ उनके संबंधों के बारे में ईमानदारी से मुझे सब कुछ बताया है और कहते हैं ना कि अपने वकील और डॉक्टर से कभी कुछ नहीं छिपाना चाहिए तो उन्होंने मुझसे कुछ भी नहीं छिपाया।” एडवोकेट किशोर ने साफगोई से बताया ।

“तो ज़रा बताइए कि करीम साहब और पुष्पा मैडम का यह मसला है क्या? शायद इधर से कुछ सुराग हाथ लगे इस एक्सीडेंट के केस को सुलझाने के लिए ?” इंस्पेक्टर वागले ने रुचि लेते हुए पूछा। एडवोकेट किशोर ने वागले के आग्रह पर जानकारी देते हुए बताया कि –“देखिए पुष्पा जी, करीम साहब के कॉलेज के ज़माने की दोस्त है ।”

“सिर्फ़ दोस्त या उससे भी आगे..?” इंस्पेक्टर वागले ने बीच में ही सवाल किया।

“आप पूरी बात तो खत्म होने दीजिए । मैं आपको सब बताता हूँ। हाँ तो मैं कह रहा था कि यह दोस्ती आगे जाकर प्यार में बदल गई और करीम साहब पुष्पा मैडम को दिल दे बैठे। फिर हालत ऐसे बने कि पुष्पा मैडम करीम साहब के बच्चे की माँ बनने वाली थी कि उन्हें अचानक से दुबई अपने पिता की देखभाल के लिए जाना पड़ा । वहीं पर इन दोनों के आपसी प्यार की निशानी के रुप में एक बच्चा भी पैदा हुआ जो अभी पुष्पा मैडम के साथ ही है। वहाँ जो परिस्थिति बनी उसे आप इस फाइल में दोनों के दर्ज विस्तृत बयानों को पढ़कर समझ सकते हैं। एडवोकेट किशोर ने इंस्पेक्टर वागले को एक फाइल पकड़ाते हुए कहा।

“मुझे आप द्वारा दी गई फाइल को पढ़कर सब समझ आ गया वकील साहब । अब एक आखिरी सवाल कि क्या कभी करीम साहब ने आपको तबस्सुम के एक्स्ट्रा मैरिटल अफेयर और उस व्यक्ती के बारे में बताया जिसके साथ तबस्सुम के सम्बन्ध थे ?” इंस्पेक्टर वागले ने बातचीत को खत्म करने के उद्देश्य से पूछा ।

“देखिए करीम साहब ने साफ-साफ बताया था कि तबस्सुम के साथ उन्होंने निकाह के बाद कभी भी जिस्मानी ताल्लुकात स्थापित नहीं किए । मतलब साफ था कि तबस्सुम की बच्ची का पिता कोई और ही है । लेकिन करीम साहब ने कभी भी यह जानने में रुचि नहीं दिखाई कि वह व्यक्ती है कौन ?” एडवोकेट किशोर ने बताया ।

“बहुत बहुत शुक्रिया आपका वकील साहब कि आपने इस केस के बारे में सब कुछ विस्तार से बताया और अपना कीमती वक्त दिया। उम्मीद है करीम साहब के एक्सीडेंट केस को सुलझाने में मुझे इन सब बातों से बहुत मदद मिलेगी।

कल इसी सिलसिले में तबस्सुम मैडम की वकील शालिनी सिंह से मेरी मुलाकात तय हुई है।” कहते हुए इंस्पेक्टर ने एडवोकेट किशोर से हाथ मिलाकर विदा ली।

भाग 46 : तबस्सुम की वकील से क्या कोई सबूत मिला इंस्पेक्टर को ?

एडवोकेट किशोर से पूछताछ के बाद इंस्पेक्टर वागले अगले दिन तय समय के अनुसार तबस्सुम की वकील शालिनी सिंह से मिलने उसके ऑफिस पहुंचा। दोनों ने एक-दूसरे से दुआ सलाम के बाद अपनी बातचीत शुरु की। अपने सामने रखी कुर्सी पर बैठने का इशारा करते हुए तबस्सुम की वकील शालिनी सिंह ने कहा – "आइए बैठिए इंस्पेक्टर वागले साहब। आपका स्वागत है।"

"जी बहुत शुक्रिया वकील साहिबा। आपने मिलने के लिए वक्त निकाला। आपको तो पता ही होगा कि हाल ही में करीम साहब और उनकी महिला मित्र पुष्पा मैडम का भयानक एक्सिडेंट हुआ है जिसमें दोनों बाल -बाल बचे हैं। चूंकि आप अदालत में करीम साहब के अगेंस्ट तबस्सुम का केस लड़ रही है तो बस इसी सिलसिले में मुझे आपसे बातचीत करके इस पूरे केस को समझना था। हो सकता है करीम साहब के एक्सीडेंट केस को सुलझाने में इससे कोई मदद मिले ।"

एडवोकेट शालिनी सिंह ने इन्स्पेक्टर वागले की बात पर प्रतिक्रिया व्यक्त करते हुए कहा-"जी इंस्पेक्टर साहब पूछिए आप क्या जानना चाहते हैं । मैं आपको पूरा सहयोग करूंगी । परन्तु अपने सवाल पूछने से पहले मेरे एक जरुरी प्रश्न का जवाब दीजिए ।"

"जी पूछिए" इंस्पेक्टर वागले ने आश्चर्य से शालिनी सिंह को देखते हुए कहा ।

"अरे घबराइए मत, बस इतना बताइए कि आप क्या लेंगे, ठंडा या गर्म ?" एडवोकेट शालिनी सिंह ने मज़ाकिया अंदाज में कहा। (दोनों हँसने लगते हैं)

"जी आप एक गरमा-गर्म कॉफी मंगवा दीजिए, मलाई डालकर !" इंस्पेक्टर वागले ने हँसते हुए कहा।

शालिनी सिंह ने वागले और खुद के लिए दो गर्म कॉफी का ऑर्डर किया और थोड़ी देर में दोनों के लिए कॉफी हाज़िर हो गई। कॉफी पीते हुए ही इंस्पेक्टर वागले ने सवाल किया-"अच्छा वकील साहिबा यह बताइए कि तबस्सुम मैडम और करीम साहब के तलाक का यह केस आपके पास आया कैसे ?"

“देखिए करीम साहब ने तबस्सुम जी को तलाक चाहने हेतु फैमिली कोर्ट के वकील किशोर के ज़रिए नोटिस भिजवाया और मैंने इस नोटिस का जवाब दिया तो केस मेरे पास आ गया ।" एडवोकेट शालिनी सिंह ने नपा-तुला जवाब देते हुए कहा ।

(दोनों हँसने लगते हैं) इंस्पेक्टर वागले ने अगला सवाल किया-“जी मेरा मतलब था कि आप तबस्सुम मैडम के सम्पर्क में कैसे आई ? क्या खुद उन्होंने आप को अपने केस के लिए ढूंढा या फिर.......?”

एडवोकेट शालिनी सिंह ने जवाब देते हुए बताया –“ओह ! उन्होंने नहीं, मुझे नोटिस का जवाब देने के लिए हमारे ही कोर्ट के रजिस्ट्रार साहब श्री रमा कान्त गुप्ता, जिन्हें लोग आर. के. जी. के नाम से भी जानते हैं, ने कहा और उन्होंने ही तबस्सुम मैडम से मिलवाया ।”

इंस्पेक्टर वागले ने अगला सवाल किया –“अच्छा यह बताइए कि इस केस के बारे में तबस्सुम मैडम ने आपको क्या कुछ बताया ।”

एडवोकेट शालिनी सिंह ने जवाब देते हुए कहा-“बस यही सब कि वो करीम साहब को दो शर्तों पर तलाक देने के लिए रजामंद है।”

“क्या थी वो शर्ते !” इंस्पेक्टर वागले ने पूछा ।

“पहली यह कि करीम साहब उसके भरण- पोषण के लिए एक तय रकम हर माह उसे दें। और दूसरा उसकी बच्ची के पालन-पोषण के लिए एक करोड़ रुपए एडवांस में डिपॉजिट करवा दें। अब आप बताइए कि यह सब मेरे क्लाइंट का हक़ बनता है कि नहीं ?” एडवोकेट शालिनी सिंह ने जवाब देने के साथ ही प्रश्न भी छोड़ दिया।

“जी बिल्कुल बनता है । एक सरकारी उच्च पद पर आसीन व्यक्ती के लिए यह कोई बड़ी बात भी नहीं है फिर आखिर दिक्कत कहाँ से शुरु हुई कि यह केस इतना लम्बा खिचता चला गया ?” इंस्पेक्टर वागले ने कहा ।

एडवोकेट शालिनी सिंह ने जवाब देते हुए कहा –“यह तो आप करीम साहब के वकील से पूछिए कि वे क्यों इस केस को बेवजह खींचे जा रहे हैं ?” (फिर दोनों एक साथ हँसते हैं) इंस्पेक्टर वागले ने अपना सवाल दोहराते हुए कहा –“नहीं, मेरा मतलब था कि केस में पेच कहाँ आकार फंस गया। जिसमें आप और तबस्सुम भी फंस कर रह गई ?”

एडवोकेट शालिनी सिंह ने हँसते हुए जवाब दिया-"देखिए पेच- वैच कुछ नहीं, करीम साहब का कहना था कि तबस्सुम के साथ निकाह के बाद उन्होंने एक बार भी जिस्मानी ताल्लुकात स्थापित नहीं किए तो फिर यह बच्ची उनकी कैसे हुई और उसके पालन -पोषण का खर्च वे क्यों दे ? बस यहीं से यह केस इस बात पर उलझ गया कि पहले यह साबित होना आवश्यक है कि आखिर तबस्सुम की बेटी का पिता करीम साहब हैं या नहीं ?"

इंस्पेक्टर वागले ने अपनी प्रतिक्रिया देते हुए कहा–"बड़ा ही दिलचस्प केस बन गया यह तो।" तभी इंस्पेक्टर वागले का फ़ोन बजता है और वह फोन पर कुछ बात करने के बाद एडवोकेट शालिनी सिंह से मुखातिब होते हुए कहता है-"सॉरी वकील साहिबा एक जरुरी कॉल के कारण मुझे अभी थाने पर पहुँचना होगा। क्या बाकी की बातचीत हम लोग कल कर सकते हैं ?"

"जी इंस्पेक्टर साहब, कल आप इसी समय आ जाइए। हम मिल लेंगे।" एडवोकेट शालिनी सिंह से अभिवादन करते हुए कहा।

"बहुत-बहुत शुक्रिया वकील साहिबा, आपने हमें अपना कीमती वक्त दिया इसके लिए।" कहते हुए इंस्पेक्टर वागले अपनी जीप स्टार्ट करके तेज गति से थाने की तरफ़ चला गया।

भाग 47 : वकील शालिनी सिंह से इंस्पेक्टर की दूसरी मुलाकात !

दूसरे दिन तबस्सुम की वकील शालिनी सिंह के साथ तय हुए समय के अनुसार इंस्पेक्टर वागले उनसे मिलने उनके ऑफिस पहुंचा। दोनों ने एक दूसरे के आपसी हाल-चाल पूछें और फिर बातचीत शुरु करते हुए वकील शालिनी सिंह ने इंस्पेक्टर वागले से पूछा-"इंस्पेक्टर साहब शहर में फिर कोई दंगा भड़क गया था क्या जो आपको कल बातचीत अधूरी छोड़कर अर्जेंट में निकलना पड़ा ।"

"अरे नहीं, वो जो परसों दो समुदायों में मारपीट और आगजनी हुई थी ना उसी के सन्दर्भ में एस.पी.साहब दौरे पर आए थे तो उनसे मिलने के लिए मेरा थाने पर होना जरुरी था। बस इसलिए जाना पड़ा। खैर छोड़िए यह सब तो चलता ही रहता है। हमने कल यहाँ बातचीत को छोड़ा था कि तबस्सुम की बेटी को करीम साहब

ने अपनी बेटी मानने से इन्कार कर दिया था। फिर इसके आगे क्या हुआ ?" इंस्पेक्टर वागले ने बातचीत को उसी सिरे से आगे बढ़ाते हुए पूछा जहाँ कल छोड़ दिया गया था ।

"हाँ फिर होना क्या था, करीम के एडवोकेट किशोर कोर्ट का सारा ध्यान इस तरफ़ खींचने में कामयाब हो गए और बात डी.एन.ए. टेस्ट तक जा पहुंची । बस अब यही रिपोर्ट पूरे केस का फ़ैसला करेगी ।" एडवोकेट शालिनी सिंह ने जवाब दिया। इंस्पेक्टर वागले ने अगला सवाल करते हुए कहा –"एक जरुरी बात पूछूँ यदि आप बुरा नहीं माने तो ?"

"जी जरूर पूछिए, बुरा मानने की तो कोई बात नहीं है ।" एडवोकेट शालिनी सिंह ने विनम्रतापूर्वक कहा।

इंस्पेक्टर वागले ने अगला सवाल किया-"क्या कभी आपको तबस्सुम मैडम ने यह बताया कि उसकी बेटी के असली पिता कौन हैं ?"

एडवोकेट शालिनी सिंह ने जवाब देते हुए कहा –"जी नहीं, हालांकि यह इतना व्यक्तिगत और संवेदनशील सवाल है कि तबस्सुम मैडम से यह सवाल करने की हिम्मत मैं भी नहीं कर सकी। परन्तु मेरा यह मानना है कि कभी भी किसी क्लाइंट को अपने वकील और डॉक्टर से कोई बात नहीं छिपाना चाहिए। पर इस केस में सच क्या है वह तो कोर्ट के फ़ैसले पर ही निर्भर करेगा ।"

इंस्पेक्टर वागले ने अगला सवाल किया–"तबस्सुम मैडम के इस पूरे केस में आप रजिस्ट्रार साहब मेरा मतलब आर. के. जी. की क्या भूमिका देखते हैं ?"

एडवोकेट शालिनी सिंह ने जवाब देते हुए कहा –"देखिए हम वकीलों का काम अपने क्लाइंट का केस लड़ना होता है ना कि उसकी निजी जिंदगी में ताक-झांक करना लिहाजा माफ कीजिएगा मैं इस बारे में ज्यादा बात नहीं कर सकती ।"

इंस्पेक्टर वागले ने बात को आगे बढ़ाते हुए कहा -"कोई बात नहीं पर क्या आप हमें यह बता सकती है कि तबस्सुम ने इस केस को हारने के डर से करीम साहब को कभी कोई सबक सिखाने की बात कही हो ?"

एडवोकेट शालिनी सिंह ने जवाब देते हुए कहा –"वो सबक तो उन्होंने सीखा ही दिया करीम साहब और उनकी महिला मित्र पुष्पा को।"

इंस्पेक्टर वागले ने चौकन्ना होत्र हुयर पूछा -"क्या आपका इशारा करीम साहब और पुष्पा के साथ हुए एक्सीडेंट की तरफ़ है ?" एडवोकेट शालिनी सिंह ने हँसते हुए कहा –"आप पुलिस वाले भी ना हर बयान में सिर्फ अपने मतलब की बात ढूँढते रहते हैं। मैं एक्सीडेंट की नहीं अपितु तबस्सुम के केस की सुनवाई से जज साहिबा पुष्पा को हटाने की बात कर रही हूँ। हमारे द्वारा यह जोरदार झटका था करीम साहब को।" इंस्पेक्टर वागले ने अगला सवाल पूछा–"झटका मतलब,करीम साहब और पुष्पा के रिश्तों की सच्चाई को सबके सामने उजागर करना भी आपका मकसद था क्या?" एडवोकेट शालिनी सिंह ने जवाब देते हुए कहा–"देखिए इंस्पेक्टर साहब हमारे इस पितृ सत्तात्मक समाज में जब कोई स्त्री अपनी मजबूरियों और हालातों के चलते किसी अन्य मर्द से सम्बन्ध बनाती है तो पूरा का पूरा समाज संगठित होकर उस स्त्री के खिलाफ़ खड़ा हो जाता है । उसके चरित्र पर कीचड़ उछाला जाता है मगर जब यही काम किसी पुरुष के द्वारा किया जाता है तो लोग उसे नोटिस तो करते हैं मगर उस पुरुष को चरित्रहीन नहीं मानते। और इस केस में भी आप देखिए कि खुद करीम साहब के विवाह इतर सम्बन्ध पुष्पा के साथ थे मगर उन पर कोई बात नहीं कर रहा । तबस्सुम पर सब कीचड़ उछालने पर आमादा है ।" इंस्पेक्टर वागले ने एडवोकेट शालिनी सिंह से इत्तिफ़ाक जताते हुए कहा-"जी वकील साहिबा मैं आपकी बात से सहमत हूँ । क्या आप मुझे तबस्सुम के फैमिली बैकग्राउंड के बारे में कुछ बता सकती है ?" एडवोकेट शालिनी सिंह ने जवाब देते हुए कहा –"हाँ जैसा तबस्सुम ने बताया था कि उनके वालिद और अम्मी का इन्तकाल हो चुका है । उनके एक बड़ा भाई है जिसका नाम कादिर है और वह होश संभालने के बाद से ही किसी इस्लामिक जमात में शामिल होकर घर छोड़ गया था । अभी तबस्सुम और उसकी नवजात बेटी किराए के एक फ़्लैट में रहती है । इससे ज्यादा मैं कुछ नहीं जानती।"

"बहुत-बहुत आभार आपका वकील साहिबा कि आपने इस बातचीत के लिए अपना कीमती वक्त दिया।" यह कहकर इंस्पेक्टर वागले ने तबस्सुम की वकील शालिनी सिंह से विदा ली । वागले ने दोनों वकीलों के बयानों को अपनी सुविधा और रिपोर्ट के लिए रिकार्ड कर लिया था ।

भाग 48 : आर. के. जी. और तबस्सुम के बारे में नया क्या पता चला इंस्पेक्टर को ?

करीम और पुष्पा के एक्सीडेंट केस के सिलसिले में इंस्पेक्टर वागले तबस्सुम, आर.के.जी. सहित बारी - बारी से दोनों के वकीलों एडवोकेट किशोर एवं एडवोकेट शालिनी सिंह से पूछताछ कर चुका था । इस पूछताछ को इंस्पेक्टर वागले ने बड़ी ही चतुराई से बिना किसी को भनक लगे रिकॉर्ड कर लिया था ताकि वक्त आने पर वो सारी बातचीत को दुबारा से सुनकर इस केस के किसी नतीजे पर पहुँच सके । अभी वह थाने में बैठकर इस रिकॉर्डिंग को सुन ही रहा था कि थाने का ही एक हवलदार जो तबस्सुम और आर.के.जी. की कुण्डली खंगालने के काम में लगाया गया था, आकर इंस्पेक्टर वागले को बताता है –"बॉस मैंने आपके कहे अनुसार आर.के.जी.और तबस्सुम की पूरी कुण्डली तैयार कर ली है ।"

"बहुत बढ़िया हवलदार, तो क्या आप बारी- बारी से दोनों के बारे में विस्तार से बता सकते हैं ?" इंस्पेक्टर वागले ने उत्सुकता से पूछा ।

हवलदार ने जवाब देते हुए कहा-"जी बॉस पहले आपको तबस्सुम के बारे में बताता हूँ। वह अपने अब्बू और अम्मी की दो संताने है। तबस्सुम से बड़ा एक भाई भी है जिसका नाम है कादिर। कादिर ने होश संभालने के बाद से ही घर छोड़ दिया था और वह किसी इस्लामिक जमात में शामिल होकर मौलवियों के संग अपने दीन-धर्म के प्रचार प्रसार में लग गया। बाद में उसने अपना खुद का इस्लामिक मूवमेंट ऑफ इंडिया (आई.एम.आई.) के नाम से एक राष्ट्रीय स्तर का संगठन बनाया और खुद उसका सरगना बन गया।"

इंस्पेक्टर वागले ने हवलदार को शाबाशी देते हुए कहा–"बहुत बढ़िया हवलदार, यह आपने एक नया अपडेट दिया जो कि अब तक मेरे पास नहीं था । कादिर के इस आई.एम.आई. यानि कि "इमी" संगठन का मकसद क्या है ?"

"सर इस संगठन का मकसद है इस्लाम धर्म का प्रचार- प्रसार करना और भारत को इस्लामिक राष्ट्र बनाना ताकि वह हिटलर या तालिबानियों की तरह इस देश पर "इमी" का सरगना बनकर राज कर सके । यह भी पता चला है कि इस संगठन

को विदेशी मुस्लिम राष्ट्रों से भी वित्तीय और अन्य तरह की मदद मिलती है।" हवलदार ने बताया ।

"शाबास हवलदार, तुम तो बहुत ही काम की खबर लेकर आए हो पर क्या यह सब साबित करने के लिए तुम्हारे पास कोई सबूत भी है ?" इंस्पेक्टर वागले ने पूछा ।

हवलदार ने हँसते हुए कहा-"अब साहब आपके अंडर में काम करता हूँ तो क्या सुनी-सुनाई बातों पर यकीन करूंगा ? (दोनों हँसने लगते हैं) यह देखिए यह कादिर की फोटोज और उसके संगठन के विडियो फुटेज है जिनसे कादिर की गतिविधियों का पता चलता है। इन फुटेज में उसकी कई तकरीर और भड़काऊ भाषण है जिनसे उसका एजेंडा साफ समझ में आता है।"

"शाबाश हवलदार, मुझे तुमसे यही उम्मीद थी। अब जरा आर. के. जी. की कुण्डली के बारे में भी विस्तार से बताओ।" इंस्पेक्टर वागले ने हवलदार को प्रोत्साहित करते हुए कहा। हवलदार ने आर. के. जी. के बारे में जुटाई सारी जानकारी इंस्पेक्टर वागले को बताते हुए कहा-"सर आर. के. जी. जिसका पूरा नाम रमा कान्त गुप्ता है, अपने माँ-बाप की इकलौती संतान है और उसके पिता का मर्डर हो चुका है, इस मर्डर के आरोप में आर. के. जी. की माँ उम्र कैद की सजा सेंट्रल जेल में काट रही है । बताया गया है कि आर. के. जी. के पिता शादी में मनमाफिक दहेज न मिलने के कारण अपनी पत्नी को शराब के नशे में पीटते थे। रोज-रोज की यह पिटाई आर. के. जी. से नहीं देखी जाती थी और एक दिन ग़ुस्से में आकर आर. के. जी. ने अपने पिता का काम तमाम कर दिया और फरार हो गया। मगर आर. के. जी. की माँ ने अपने बेटे को जेल जाने से बचाने के लिए इस मर्डर का पूरा इल्जाम अपने सर पर ले लिया और खुद जेल चली गई। उसके बाद आर. के. जी. किसी तरह कोर्ट में रजिस्ट्रार की नौकरी पा गया और सामान्य जिन्दगी जीने लगा। मगर उसके अतीत के कारण उसके समाज ने आर. के. जी. का बहिष्कार कर दिया और उसे अपनी शादी के लिए समाज से लड़की देने पर पाबन्दी लगा दी। इन सबसे क्षुब्ध होकर ही आर. के. जी. तबस्सुम मैडम के नजदीक आ गया और उनको दिल दे बैठा।"

इंस्पेक्टर वागले ने हवादार का आभार व्यक्त करते हुए कहा- "बहुत खूब हवलदार! तुमने वाकई खूब मेहनत की है और इस केस की इन्वेस्टिगेशन के लिए मुझे अब और कई एंगल मिल गए हैं । जिन पर शीघ्र ही मैं काम करूंगा। अब तुम जा सकते हो।" हवलदार के जाने के बाद इंस्पेक्टर वागले ने एक सिगरेट सुलगाई और गम्भीर होकर सोचने लगा।

भाग 49 : क्या करीम और पुष्पा के एक्सीडेंट केस में आने वाला है नया मोड़ ?

इंस्पेक्टर वागले देर रात तक अपने केबिन में अकेला बैठा रहा। कमरे में पीली रोशनी वाला बल्ब जल रहा था और हवा में सिगरेट के धुएँ की लकीरें तैर रही थीं। राखदानी में सिगरेटों के जले हुए टुकड़े इस बात के गवाह थे कि वह एक ही जगह बैठे-बैठे कई बार सोच की आग में जल चुका था। उसकी आँखें सामने रखी फाइल पर टिकी थीं- "करीम–पुष्पा एक्सीडेंट केस"- लेकिन दिमाग़ उस फाइल से कहीं आगे दौड़ रहा था। यह कोई साधारण हादसा नहीं था, इस बात का एहसास उसे शुरुआत से ही था। हादसे के पीछे छुपे इरादे, चेहरों के पीछे छुपी नफ़रत और रिश्तों की उलझी गांठें सब एक-एक कर उसके ज़ेहन में उभर रही थीं।

पहली थ्योरी बार-बार उसके सामने आ खड़ी होती-आर. के. जी. और तबस्सुम।

वागले ने कुर्सी से पीठ टिकाई और आँखें बंद कर लीं। "मोटीव... इनके पास मोटीव है" उसने खुद से बुदबुदाते हुए कहा।

डीएनए टेस्ट की रिपोर्ट। फैमिली कोर्ट में चल रहा तलाक का मुकदमा। भरण-पोषण और बेटी को लेकर तकरार। अगर रिपोर्ट करीम के पक्ष में जाती है, तो तबस्सुम का पूरा केस ढह सकता था। आर. के. जी.,जो कानूनी दाँव-पेंच अच्छी तरह समझता था, यह बात सबसे पहले समझ सकता था। क्या यह संभव है कि दोनों ने मिलकर फ्रस्ट्रेशन में कोई खतरनाक कदम उठा लिया हो ? क्या एक्सीडेंट एक "साइलेंट सॉल्यूशन" था ?

वागले ने सिगरेट का कश लिया, लेकिन मन को शांति नहीं मिली। दूसरी थ्योरी धीरे-धीरे उभर कर सामने आई—कादिर। तबस्सुम का भाई। एक गुस्सैल, जिद्दी और अपने उसूलों पर अडिग आदमी।

वागले को याद आया कि किसी पुराने केस में कादिर का नाम एक बार आया था। उस वक्त भी बात "इज्जत" और "धर्म" की थी। क्या वह अपनी बहन की ज़िंदगी बर्बाद करने वाले करीम से बदला लेना चाहता था ? क्या उसे यह मंज़ूर नहीं था कि एक गैर-धर्म की औरत के लिए करीम ने तबस्सुम को ठुकरा दिया ?

"ऐसा आदमी बदला लेने में देर नहीं करता," वागले ने फाइल पर उँगली मारते हुए सोचा । लेकिन फिर तीसरी थ्योरी उसके दिमाग़ में और ज़्यादा गहराई से उतर आई-आर. के. जी. की माँ। यही वह बिंदु था, जहाँ वागले का माथा सिकुड़ गया । एक औरत...जो अपने ही पति की हत्या के आरोप में उम्रकैद की सज़ा काट रही थी। जेल की सलाखों के पीछे बंद, लेकिन दिमाग़ अब भी आज़ाद। क्या यह संभव है कि वह अपने बेटे की बिगड़ती ज़िंदगी के लिए करीम और पुष्पा को जिम्मेदार मानती हो ? क्या वह जेल से ही किसी साज़िश का जाल बुन रही हो? वागले जानता था कि जेल दीवारें रोक सकती हैं, इरादे नहीं। काफी देर तक तीनों थ्योरीज़ उसके दिमाग़ में एक-दूसरे से टकराती रहीं। वह किसी एक नतीजे पर पहुँचना चाहता था, मगर हर बार कोई नई शंका रास्ता रोक लेती। आख़िरकार उसने फैसला किया कि-"उल्टे क्रम में चलेंगे।" सबसे पहले, सबसे आख़िरी थ्योरी से।

अगली सुबह वागले काग़ज़ी कार्रवाई में जुट गया। सरकारी वकील से बातचीत, केस डायरी की प्रतियाँ, संदेह के आधार—सब कुछ तैयार किया गया। जिला न्यायालय में रिमांड की अर्जी डाली गई। न्यायिक मजिस्ट्रेट ने दोनों पक्षों की दलीलें सुनीं। कुछ देर सोचने के बाद आदेश आया-तीन दिन की पुलिस रिमांड। वागले ने आदेश की प्रति ली और सीधे सेंट्रल जेल की ओर रवाना हो गया ।

जेल के भारी-भरकम दरवाज़े खुले। महिला पुलिसकर्मियों की मौजूदगी में आर. के. जी. की माँ को बाहर लाया गया। उसके चेहरे पर न गुस्सा था, न डर, बस एक अजीब-सी थकान थी। थाने पहुँचते ही उसे पूछताछ कक्ष में बैठाया गया। वह चारों ओर देखती रही, जैसे समझने की कोशिश कर रही हो कि अब उसके साथ क्या होने वाला है। आख़िर उसने धीमी आवाज़ में पूछा-"इंस्पेक्टर साहब... क्या आप मुझे बताएँगे कि अब और किस जुर्म में मुझे पूछताछ के लिए लाया गया है ?"

वागले ने कुर्सी खींचकर उसके सामने बैठते हुए कहा-"सब बताऊँगा...लेकिन उससे पहले एक सवाल । आपका बेटा आर. के. जी. आपसे आख़िरी बार कब

मिलने आया था ?" वह पल भर के लिए सोच में पड़ी और फिर बोली-"यही कोई हफ़्ता भर पहले।" फिर अचानक घबराकर पूछा-"पर मेरे बेटे को क्या हो गया है ? वह ठीक तो है न ?"

"बिल्कुल ठीक है," वागले ने शांत स्वर में कहा, "आप चिंता न करें। बस यह बताइए कि उस मुलाक़ात में किन बातों पर चर्चा हुई थी ?"

उसने धीरे-धीरे कहना शुरू किया—"काम-काज... ज़िंदगी कैसी चल रही है... बस वही सब।" वागले ने थोड़ा सख़्त होते हुए कहा—"मुझे उम्मीद है आप सच बताएँगी। हमें आपके बेटे से पहले ही बहुत कुछ पता चल चुका है।"

औरत ने उसकी आँखों में देखा। "मैं क्यों झूठ बोलूँगी इंस्पेक्टर साहब ?" फिर रुककर बोली-"हाँ... उसने यह ज़रूर कहा था कि समाज उसे शादी के लिए लड़की देने को तैयार नहीं है। उसने कहा कि अब वह किसी भी जाति या धर्म की लड़की से शादी करने को तैयार है... और उसने मुझसे इजाज़त माँगी थी।"

"तो आपने इजाज़त दे दी ?" वागले ने तुरंत पूछा। उस औरत के चेहरे पर एक फीकी-सी मुस्कान आ गई। "नहीं देती तो और क्या करती ?" "क्या उसे कुंवारा मरने देती ?" एक पल के लिए कमरे का माहौल हल्का हो गया। वागले के होंठों पर भी अनायास एक मुस्कान आ गई। लेकिन वह जानता था कि यह मुस्कान अस्थायी है। क्योंकि यह कहानी अभी खत्म नहीं हुई थी। यह तो बस शुरुआत थी। यह बातचीत अगले भाग में भी जारी रहेगी ।

भाग 50 : माँ-बेटे को आमने-सामने बैठाकर क्यों की गई पूछताछ ?

इंस्पेक्टर वागले को पता नहीं क्यों ऐसा लग रहा था कि आर. के.जी. की माँ सच नहीं उगल रही है लिहाजा दूसरे दिन उसने आर. के.जी. के साथ भी इस मामले में पहले अकेले और फिर दोनों माँ-बेटे को आमने-सामने बैठाकर पूछताछ करने का निर्णय लिया। इंस्पेक्टर वागले जानता था कि वो बिना वारंट के आर. के.जी. से पूछताछ नहीं कर सकता था सो उसने इसके लिए कोर्ट से वारंट इश्यू करवा लिया था। सुबह होते ही इंस्पेक्टर वागले आर. के.जी. के घर उसे उठाने के लिए जा पहुंचा मगर आर. के.जी. घर पर नहीं मिला।

इंस्पेक्टर वागले जानता था कि इस समय आर.के.जी. कहाँ मिल सकता है, इसलिए वह बिना वक्त गंवाए तबस्सुम के घर पर पहुँच गया। उसने डोर बेल बजाई तो तबस्सुम की हेल्पर ने दरवाजा खोला और अंदर जाकर तबस्सुम को बताया कि,"मैडम जी दरवाजे पर पुलिस इंस्पेक्टर साहब आप के लिए पूछ रहे हैं।"

"ठीक है उनको अन्दर भिजवा दो।" तबस्सुम ने अपने आप को व्यवस्थित करते हुए कहा। आर. के.जी. भी तबस्सुम के पास ही बैठा था। वह भी उठकर ड्राइंग रूम में सोफे पर आकर बैठ गया था। इंस्पेक्टर से हेलो-हाय करते हुए तबस्सुम ने पूछा–"कहिए इंस्पेक्टर साहब आज कैसे आना हुआ ?"

"आर. के.जी. साहब से कुछ जरुरी पूछताछ करनी थी, यह अपने घर पर नहीं मिले तो सोचा आपके घर पर देखूँ शायद आपको कोई कानूनी मदद करने आए होंगे ? और इतिफाक देखिए ये यहीं मिल भी गए ।"

"इंस्पेक्टर साहब पहेलियाँ मत बुझाइए और सीधे-सीधे बताइए कि बात क्या है?" आर. के.जी. ने थोड़ा अपनी त्योरियां दिखाते हुए कहा।

इंस्पेक्टर वागले ने भी उसी लहजे में जवाब देते हुए कहा–"सीधे-सीधे ही बता रहा हूँ आर. के.जी. साहब कि आपको अभी करीम और पुष्पा के एक्सीडेंट केस के सिलसिले में पूछताछ के लिए मेरे साथ थाने पर चलना होगा ।"

"क्या आपके पास मुझे थाने ले चलने के लिए वारंट है ?" आर. के.जी. ने थोड़ा विनम्र होते हुए पूछा।

"जी बंदा बिना वारंट के किसी भी पहुंची हुई हस्ती पर हाथ नहीं डालता। यह लिजिए वारंट ।"

इंस्पेक्टर वागले ने एक पेपर आर. के.जी. की तरफ़ बढ़ाते हुए कहा। आर. के.जी. ने गौर से वारंट को देखा और फिर बिना ना नुकुर किए इंस्पेक्टर वागले के साथ हो लिया। तबस्सुम दोनों को हैरत से देखती ही रह गई। इंस्पेक्टर ने आर. के.जी. को अपनी जीप में बैठाया और सीधे थाने लेकर आ गया। इंस्पेक्टर वागले का प्लान था कि पहले आर. के.जी. के साथ अकेले में पूछताछ की जाए और फिर जरुरत हो तो दोनों माँ-बेटे को आमने-सामने बैठाकर पूछताछ की जानी चाहिए ।

लिहाजा इंस्पेक्टर वागले आर.के.जी. को पूछताछ कक्ष में ले गया और पहला सवाल पूछा –"आप जेल में अपनी माँ से मिलने जाते हैं या नहीं ?"

आर.के.जी. ने कहा–"जाता हूँ, जब भी माँ की याद आती है तो चला जाता हूँ ।"

इंस्पेक्टर वागले ने अगला सवाल पूछा–"सिर्फ़ याद आने पर या कोई योजना बनानी हो तब भी उनसे मिलने जाते हैं ?"

"आपका सवाल समझ में नहीं आया। योजना से आपका तात्पर्य क्या है ?" आर. के.जी. ने जोर देकर पूछा। इंस्पेक्टर वागले ने 'योजना' का मतलब बताए बिना अगला सवाल दाग दिया –"आखिरी बार आप अपनी माँ से जेल में कब मिलने गए थे ?" आर. के.जी. ने जवाब देते हुए कहा –"यही कोई हफ़्ता भर पहले मिला था मैं अपनी माँ से जेल में ।"

इंस्पेक्टर वागले ने फिर पूछा –"क्या- क्या बातचीत हुई थी आपकी अपनी माँ के साथ जेल में ?"

"कुछ ख़ास नहीं, बस यही रोजमर्रा के जीवन को लेकर चर्चा हुई थी ।" आर. के.जी. ने जवाब में कहा । "सब कुछ सही-सही बताइएगा क्योंकि हम अपकी माँ से पहले ही पूछताछ कर चुके हैं । उन्होंने जो बताया उससे अलग आपके बयान हुए तो अंजाम आपको पता है ?" इंस्पेक्टर वागले ने थोड़ा डराने का प्रयास करते हुए कहा।

आर. के.जी. ने कहा –"मुझे नहीं पता माँ ने आपको क्या बताया मगर जहाँ तक मेरी बात है मैंने अपनी शादी के बारे में माँ से बातचीत की थी कि अब जब समाज के लोग अपनी लड़की नहीं दे रहे हैं तो मैं किसी भी जाति या धर्म की लड़की से शादी कर लूंगा। और इसके लिए माँ ने मजबूरी में ही सही पर अपनी इजाजत दे दी थी । बस इसके बाद मैं जेल से खुश होते हुए घर आ गया था।"

इंस्पेक्टर को आर. के.जी. और उसकी माँ के बयानों में कुछ भी अलग नहीं लगा था इसलिए उसने दोनों को आमने- सामने बैठाकर पूछताछ करने की योजना को छोड़ दिया और आर. के.जी. को भी थाने से यह ताकीद करते हुए रिहा कर दिया कि जरुरत पड़ने पर वो फिर पूछताछ के लिए हाज़िर हो जाएंगे ।

भाग 51 : दूसरी थ्योरी पर क्यों गया इंस्पेक्टर वागले ?

इंस्पेक्टर वागले को आर. के. जी. और उसकी माँ से पूछताछ में कुछ भी नया हाथ नहीं लगा था लिहाजा रिमांड अवधि पूरी होने पर उसने आर. के. जी. की माँ को वापिस सेंट्रल जेल भेज दिया था । आर. के. जी. को भी उसने रिहा कर दिया था । अब इंस्पेक्टर वागले ने करीम और पुष्पा के एक्सीडेंट केस से सम्बन्धित दूसरी थ्योरी पर अपनी जांच को आगे बढ़ाने का निश्चय किया । इसके लिए जरुरी था कि वह तबस्सुम के बड़े भाई कादिर को अपनी गिरफ्त में लें । हालांकि एक्सिडेंट करने वाला ट्रक ड्राइवर पहले से ही पुलिस की हिरासत में था । उससे कड़ी पूछताछ अभी भी जारी थी। कादिर जो कि आई.एम.आई. यानी कि इस्लामिक मूवमेंट ऑफ इंडिया का सरगना था और पूरे देश में उसके संगठन की शाखाएँ काम कर रही थी । लिहाजा उसको गिफ्तार करके हिरासत में लेना इतना आसान काम नहीं था। इंस्पेक्टर वागले की एक छोटी सी चूक पूरे देश का सद्भाव और माहौल खराब कर सकती थी। कादिर को गिरफ्तार करने से पूर्व इंस्पेक्टर वागले ने उसके खिलाफ़ सबूत जुटाने का फ़ैसला किया ताकि वह उसकी गिरफ्तारी को न्यायिक और सामाजिक तौर पर उचित ठहरा सकें। सबूत का खयाल आते ही इंस्पेक्टर वागले का ध्यान पुलिस की हिरासत में चल रहे उस ट्रक ड्राइवर के ऊपर गया जो करीम और पुष्पा के एक्सिडेंट के लिए जिम्मेदार था। वागले ने हवलदार को बुलाकर पूछा-"हवलदार उस ट्रक ड्राइवर से पूछताछ में क्या कोई खास सबूत या जानकारी हाथ लगी ?"

हवलदार ने इंस्पेक्टर वागले को सैल्यूट करते हुए कहा–"नहीं सर, वह थर्ड डिग्री देने के बावजूद अपना मुँह खोलने के लिए तैयार नहीं है ।"

इंस्पेक्टर वागले ने आदेश देते हुए कहा-"अच्छा तो उसे मेरे सामने हाज़िर करो।"

"जी सर अभी लाया ।" कहकर हवलदार सलाखों के पीछे बन्द हट्टे-कट्टे से दिखने वाले उस ट्रक ड्राइवर को हथकड़ी में जकड़कर इंस्पेक्टर वागले के सामने ले आया। इंस्पेक्टर वागले ने उस ट्रक ड्राइवर को ऊपर से नीचे तक घूरा और फिर हवलदार की तरफ़ मुखातिब होते हुए बोल-"तो यह कुछ भी बताने को तैयार नहीं

है,एक काम करो हवलदार कल सुबह चार बजे इसे जहाँ एक्सिडेंट हुआ था उस जगह पर सीन रीक्रिएट करने के लिए लेकर चलो। फिर वहाँ एक नया सीन बनाओ जिसमें यह ड्राइवर हवलदार की रिवाल्वर छीन कर फायर करते हुए भाग रहा होता है और इसके पीछे इंस्पेक्टर वागले यानी कि मैं दौड़ रहा हूँ । फिर इसके दोनों पैरों और पीठ पर कई गोलियां लगती है और अस्पताल लाते समय यह रास्ते में ही दम तोड़ देता है । और हाँ याद रहे किसी को भी घटना स्थल पर इस सीन रीक्रिएट करने की जानकारी ना हो ।"

इंस्पेक्टर वागले का प्लान सुनकर वह हट्टा कट्टा ड्राइवर बुरी तरह काँप गया था । उसकी आँखों के सामने उसी की मौत तांडव कर रही थी । इंस्पेक्टर वागले द्वारा अब तक ऐसे कई एनकाउंटर अंजाम दिए जा चुके थे। ट्रक ड्राइवर ने उन सबके बारे में सुन और पढ़ रखा था । लिहाजा उसे रत्ती भर भी सन्देह नहीं था कि वागले जो कहता है वही करता नहीं है । बावजूद इसके वह इतनी आसानी से टूटने वालों में से नहीं था । हिम्मत करके उसने हाथ जोड़कर इंस्पेक्टर वागले से कहा -

"हुजूर, माई, बाप आप मुझे मारिए मत, मैंने जानबूझकर कुछ नहीं किया है । यह एक्सिडेंट महज एक इत्तिफाक था साह ब। मुझे तो मालूम भी नहीं था कि उस गाड़ी में इस शहर के नामी-गिरामी जज करीम साहब और उनकी महिला मित्र पुष्पा मैडम बैठे हुए हैं ?"

"अच्छा तो यह बताओ कि इस ट्रक के मालिक कौन है ?" इंस्पैक्टर वागले ने अगला सवाल पूछते हुए ट्रक ड्राइवर के हावभाव को ठीक से पढ़ने का प्रयास किया । ड्राइवर ने जवाब देते हुए कहा-"साहब वो तो मैं नहीं जानता मगर मैं मेरे एक दोस्त के जरिए इस ट्रक पर ड्राइवर की नौकरी कर रहा हूँ।"

इंस्पेक्टर वागले ने अगला सवाल किया–"कितने समय से इस ट्रक को ड्राइव कर रहे हो ?"

"यही कोई पिछले दो तीन हफ्ता से।" ड्राइवर ने जवाब में बताया।

"इससे पहले क्या करते थे ?" इंस्पेक्टर वागले ने पूछा ।

"कुछ नहीं साहब, बेरोजगार था ।" ड्राइवर ने जवाब दिया ।

इंस्पेक्टर वागले ने ड्राइवर के जवाब में से ही प्रश्न ढूंढते हुए कहा–"अपने उस दोस्त के नम्बर दो जिसने तुम्हें इस ट्रक पर नौकरी के लिए रखा था ?"

ड्राइवर ने जवाब दिया–"साहब उसके पास कोई फ़ोन नहीं है ।"

इंस्पेक्टर वागले समझ गया था कि यह ड्राइवर इतनी आसानी से टूटने वाला नहीं है लिहाज उसने अपने पूर्व प्लान पर काम करने का निश्चय करते हुए कहा– "हवलदार इसे वापिस बैरिक में बंद कर दो और सुबह की सारी तैयारियां मेरे बताए अनुसार होनी चाहिए।" कहकर वागले गति के साथ जीप लेकर थाने से बाहर चला गया ।

भाग 52 : क्या ड्राइवर का एनकाउंटर करेगा वागले ?

इंस्पेक्टर वागले ने जबसे जेल में बंद ट्रक ड्राइवर को सुबह चार बजे एक्सिडेंट का सीन रीक्रिएट करने के बारे में अपना प्लान बताया तब से ट्रक ड्राइवर को रात भर नींद नहीं आई थी । उसके हाथ, पैर और पूरे शरीर पर पुलिस द्वारा की गई मारपीट के निशान साफ दिखाई दे रहे थे । कभी-कभी अपने घावों को देखकर वह ट्रक ड्राइवर सिहर उठता था । उसे अपने बच्चों और बीवी सहित जब बूढ़े माँ बाप की याद सताती तो वह फूट-फूट कर रोने लगता था । अब उसे इंस्पेक्टर वागले के हाथों अपनी मौत साफ दिखाई दे रही थी लिहाजा उसने मन ही मन तय कर लिया था कि यदि सचमुच में सुबह इंस्पेक्टर वागले उसे सीन रीक्रिएट करने के लिए एक्सीडेंट की लोकेशन पर ले कर जाएगा तो वह सब कुछ सच-सच बता देगा और यदि यह इंस्पेक्टर वागले की महज धमकी साबित हुई तो वह अपना मुँह नहीं खोलेगा । रात भर इसी तरह की बातें उस ट्रक ड्राइवर के दिमाग़ में चलती रही । वह ठीक से सो नहीं पाया था । यदि कभी उसकी आँख लग भी जाती तो आस - पास जरा सी भी आहट होने पर वह चौंक कर जाग जाता और रोने लगता ।

जैसे -तैसे वह रात गुजरी और सुबह के चार बजे ही थे कि उसे हवलदार उसके बैरक की तरफ़ आता हुआ दिखाई दिया।

हवलदार ने बैरक का गेट खोलते हुए कहा–"चल बे मोटू, बहुत जी लिया तू इस धरती पर,अब अपने अगले सफ़र की तैयारी कर और मरने के लिए तैयार हो जा।"

हवलदार की बातें सुन कर ट्रक ड्राइवर अन्दर तक कांप उठा था। उसने हवलदार के पैरों में पड़ते हुए कहा–"मुझे बचा लीजिए हवलदार साहब! वह इंस्पेक्टर वागले

मुझे मार डालेगा मेरे बच्चे, बीवी और बूढ़े माई-बाप मेरा इन्तजार कर रहे होंगे साहब ! मेरे सिवा उनका इस दुनिया में कोई नहीं है साहब ।"

ट्रक ड्राइवर की गिड़गड़ाहट को सुनकर हवलदार ने उसे बैरक से बाहर निकालते हुए कहा–"अब तुझे तेरे सिवा कोई और नहीं बचा सकता, तेरे पास अभी भी आखिरी मौका है कि इंस्पेक्टर साहब को सब कुछ सच - सच बता दें और अपनी जान बचा ले ताकि तेरे परिवार वाले फिर से तेरी यह शक्ल देख सकें ।"

हवलदार की बातें सुन कर ट्रक ड्राइवर अचानक जोर-जोर से रोते हुए बोला – "ठीक है साहब आप जो भी पूछेंगे मैं वो सब कुछ सच आपको बताऊंगा, बस मेरी जान बख्श दीजिए साहब।" कहते हुए ट्रक ड्राइवर हवलदार के पैरों में गिरकर गिड़गिड़ाने लगा। उस ट्रक ड्राइवर की बातें सुन कर हवलदार उसे इंस्पेक्टर वागले के पास ले गया और जोर से धक्का मारते हुए बोला–"अब जो कुछ भी कहना है इंस्पेक्टर साहब के पैरों में गिरकर बोल, अब वे ही तेरी जान बख्श सकते हैं ।"

ट्रक ड्राइवर इंस्पेक्टर वागले के पैरों में लौट गया और अपनी जान बख्शने की भीख माँगते हुए गिड़गड़ाता रहा । लेकिन इंस्पेक्टर वागले इतनी आसानी से पिघलने वाला नहीं था । उसने थाने के बाहर खड़ी कैदी वैन को स्टार्ट करने और उसमें ट्रक ड्राइवर को पांच -छः पुलिस वालों के साथ बैठाने का आदेश दिया ।

खुद भी अपनी जीप स्टॉर्ट करके एक्सीडेंट स्थल पर जाने की तैयारी करने लगा । यह सब तैयारियाँ देख कर उस हट्टे- कट्टे ट्रक ड्राइवर ने अपनी पतलून में पैशाब कर दिया था । रो-रोकर उसका हाल-बेहाल हो गया था परन्तु इंस्पेक्टर वागले पर जूँ तक नहीं रेंग रही थी। वह बस एक ही बात बोला - "तेरे को बहुत समझा दिया मोटू , पर तूने हमारा बहुत टाइम खराब किया है, अब तेरा टाइम आ गया और मरने के लिए तैयार हो जा । अब मैं कुछ नहीं सुनने वाला । अगर मरने से पहले तुझे कुछ सच बोलना है तो बकता जा जो कुछ बकना है । कम से कम मरने के बाद तुझे और तेरी रूह को सांत्वना तो मिलेगी कि तुने सब कुछ सच बताकर अपना अपराध स्वीकार कर लिया था । और सच बकने से मौत तो टलेगी नहीं परन्तु नर्क में जाने की बजाय तेरी शीट स्वर्ग में जरूर ट्रान्सफर हो सकती है ।"

कह कर इंस्पेक्टर वागले ठहाका मार कर हँसने लगा । उसकी हँसी सुनकर ट्रक ड्राइवर बुरी तरह काँप गया था उसे अपनी मौत साक्षात सामने दिखाई दे रही थी।

भाग 53 : क्या ड्राइवर उगलेगा राज ?

इंस्पेक्टर वागले की री सीन क्रिएट करने की सारी तैयारी देखकर ट्रक ड्राइवर की हालत पतली हो गई थी । उसकी यह मनोदशा देखकर इंस्पेक्टर वागले समझ गया था कि उसका पैंतरा काम कर गया है लिहाजा उसने ट्रक ड्राइवर को डाँटते हुए पूछा –"अच्छा रोना - धोना बंद कर और यह बता कि तेरे जीवित ना रहने के बाद तेरे बीवी बच्चों को संभालने वाला है पीछे कोई ?"

"नहीं साहब! मेरे बीबी-बच्चों पर ही रहम खा कर मेरी जान बख्श दीजिए। मैं आपको सब कुछ सच - सच बताऊंगा साहब, बस मुझे वापिस थाने ले चलिए। मेरा एनकाउंटर मत कीजिए साहब!" ट्रक ड्राइवर लगभग रोने के अंदाज में बोला। उसकी बातों को सुनकर इंस्पेक्टर वागले को लगा कि अब यह सचमुच सब कुछ सच उगलने के लिए तैयार है। इंस्पेक्टर वागले ने हलवलदार की तरफ़ मुखातिब होते हुए कहा-"हवलदार इसके एनकाउंटर का प्लान स्थगित कर दो और इससे एक्सीडेंट केस के स्थान पर ही गाड़ी में बैठा कर पूछताछ करो। यदि यह सब कुछ सच बताएं तो गाड़ी वापिस थाने पर ले चलना अन्यथा.....क्या करना है तुम्हें प्लान अच्छे से पता है ही ?" हवलदार ने "यस सर" कहते हुए जवाब दिया ।

ट्रक ड्राइवर सहमा हुआ था। वह बस हवलदार के सवाल का इन्तजार कर रहा था। हवलदार ने पहला ही सवाल दागा–"बताओ करीम साहब और पुष्पा मैडम के एक्सीडेंट की साज़िश किसने और क्यों रची थी ?"

"साहब यह तो मुझे नहीं पता कि साज़िश क्यों रची गई थी मगर इतना पता है कि इस काम को अंजाम देने के लिए इस्लामिक मूवमेंट ऑफ इंडिया के सरगना कादिर साहब के लोगों ने मुझे दस लाख रुपए रुपए का ऑफर दिया था जिसमें से पांच लाख नकद और बाकी के पांच लाख काम हो जाने के बाद दिए जाने थे । यह भी तय हुआ था कि यदि पुलिस मुझे पकड़ लेती है तो कादिर साहब ही रिहा करवाएंगे।" ट्रक ड्राइवर ने मौत के डर से सब कुछ सच बताते हुए राज उगलना शुरू कर दिया। "सब कुछ विस्तार से जानकारी देते हुए बताओ कि कादिर के लोग तुमसे कब, कैसे और कहाँ मिले थे ?" हवलदार ने दूसरा सवाल दागते हुए पूछा ।

"साहब उनके तीन आदमी मेरे घर पर आए थे और मुझे गाड़ी में बैठा कर शहर से दूर एक जंगल में ले गए जहाँ उन्होंने पहले तो मुझे मारने के लिए धमकाया फिर इस बात के लिए राजी करके कि मैं करीम साहब और पुष्पा मैडम को एक्सीडेंट में उड़ा दूँ, मेरी जान बख्श दी। इस काम के लिए जब मुझे पैसे भी मिल रहे थे तो मैं तैयार हो गया। मरता क्या न करता साहब !"

"अच्छा कादिर के जिन लोगों ने तुम्हें इस काम के लिए पैसे दिए थे, उनको तुम जानते हो ?" हवलदार ने तीसरा सवाल किया ।

"जी साहब वे तीनों लोग कादिर साहब के लिए ही काम करते हैं और मेरे मौहल्ले में ही रहते हैं।"

हवलदार–"तो उन तीनों के पते ठिकाने बताओ ?"

"सब बताऊंगा साहब पर पहले गाड़ी तो थाने पर ले चलो।" ट्रक ड्राइवर ने अनुनय-विनय करते हुए कहा ! हवलदार ने इन्स्पेक्टर वागले जो कि दूसरी गाड़ी में बैठा हुआ था को फोन पर बताया कि–"साहब मुल्जिम सब कुछ सच बता रहा है, हमें गाड़ी थाने पर ले चल कर ही इससे पूछताछ करनी चाहिए ।"

"ठीक है हवलदार यदि तुम्हें ऐसा लग रहा है तो गाड़ी थाने पर ले चलो । मैं तुम्हारे पीछे -पीछे ही आ रहा हूँ।" इंस्पेक्टर वागले ने कहा। इसी के साथ ही पुलिस की कैदी वैन और इंस्पेक्टर वागले की गाड़ी थाने की ओर मुड़ गई।

अभी सुबह के पांच ही बजे थे और आम जनों की आवाजाही शुरु नहीं हुई थी। चारों तरफ सुबह का सन्नाटा पसरा हुआ था। कोई इक्का दुक्का दूध वाला कहीं दूर सड़क पर दिखाई दे जाता था। पुलिस की गाड़ियां सुबह के सन्नाटे को चीरती हुई थाने में प्रवेश कर चुकी थी।

भाग 54 : क्या ड्राइव ने बताए मुल्जिमों के नाम-पते ?

इंस्पेक्टर वागले को ट्रक ड्राइवर से काफ़ी राज उगलवाने थे। प्रशासनिक अधिकारियों के दबाव के चलते वह जल्द से जल्द करीम और पुष्पा के एक्सीडेंट का पर्दा फाश करना चाहता था। थाने पहुँच ते ही वागले ने ट्रक ड्राइवर से पूछताछ

शुरु कर दी। हवलदार को दी गई जानकारी को वागले ने एक बार फिर से ट्रक ड्राइवर से उगलवाया और उसके बयान दर्ज किए।

"अच्छा मोटू यह बता कि वे तीनों लोग कहाँ मिलेंगे जो तुझे कादिर की तरफ़ से करीम साहब और पुष्पा मैडम को मारने की सुपारी देने आए थे ?"

"साहब वे तीनों आपको कादिर के ऑफिस के आस- पास ही मंडराते हुए दिख जाएंगे, मैं आपको उनका हुलिया बता देता हूँ। तीनों लोग काफी ऊंची कद-काठी वाले हैं और दाढ़ी रखते हैं ।" ट्रक ड्राइवर ने विस्तार से कादिर के तीनों लोगों का हुलिया बताया और उनके स्कैच भी बनवा दिए । इंस्पेक्टर वागले के लिए अपने केस की पड़ताल और कादिर तक पहुँच ने के लिए इन तीनों लोगों को उठाना जरुरी था । इसलिए उसने कादिर के ऑफिस और घर के आस- पास सादा वर्दी में अपने जवान तैनात कर दिए थे । सभी जवानों को उन तीनों कारिंदों के स्कैच उपलब्ध करवा दिए थे । इंस्पेक्टर वागले को पूरा यकीन था कि कादिर के इन तीनों गुर्गों से बहुत से राज, करीम और पुष्पा के एक्सीडेंट केस के पीछे का मोटिव पता चल सकता है । अभी वागले यह सब सोच ही रहा था कि सादा वर्दी में तैनात जवानों में से एक ने वागले को बताया–"बॉस तीनों गुर्गों का पता चल गया है और अभी वे तीनों कादिर के ऑफिस से निकल कर एक ब्लैक स्कोडा गाड़ी में बैठकर निकले हैं।"

"तुम अपनी गाड़ी से उन तीनों का पीछा करो और मुझे अपनी लोकेशन भेजो ताकि मैं तुम्हें पुलिस फ़ोर्स के साथ फॉलो करते हुए इन्हें घेरने का इंतजाम करवाता हूँ ।" इंस्पेक्टर वागले पुलिस फ़ोर्स को लेकर दी गई लोकेशन को फ़ॉलो करने लगा । उसने सभी जवानों को खास निर्देश दिया था कि-"उसे किसी भी कीमत पर ये तीनों जिन्दा चाहिए । यदि ये लोग फायरिंग भी करते हैं तो आप लोगों को खुद को डिफेन्स करते हुए सिर्फ इनकी गाड़ी पर फायरिंग करनी है ताकि इन तीनों को जिन्दा पकड़ा जा सके।" थोड़ी ही देर में कादिर के तीनों गुर्गे पुलिस फोर्स के द्वारा चारों तरफ़ से घेर लिए गए। जैसा इंस्पेक्टर वागले को शक था वैसा ही हुआ। काफ़ी देर तक दोनों तरफ़ से फायरिंग होती रही। पुलिस से घिरते देख कादिर के तीनों गुर्गों ने बच निकलने की बहुत कोशिश की मगर वे नाकामयाब रहे।

इंस्पेक्टर वागले ने अपनी टीम के साथ तीनों को जिन्दा गिरफ्तार कर लिया और पुलिस थाने लाकर उनकी इतनी खातिरदारी की कि जल्दी ही वे टूट गए। फिर उस ट्रक ड्राइवर को आमने- सामने बैठाकर पूछताछ करने पर तीनों ने स्वीकार किया कि करीम और पुष्पा को एक्सीडेंट में मारने की साज़िश उन्हीं के द्वारा रची गई थी। लेकिन क्यों रची गई थी इसके बारे में कड़ी पूछताछ के बावजूद किसी ने भी कादिर का नाम नहीं उगला था। लिहाजा इंस्पेक्टर वागले ने अपना वही पुराना एनकाउंटर वाला फॉर्मूला लगाने का प्लान बनाया। उसने हवलदार को बुलाकर ताकिद किया कि–"इन तीनों को रात को बारह बजे अत्यावश्यक मेडिकल चेकअप के लिए हॉस्पिटल ले चलने की व्यवस्था करो। मेडिकल चेकअप के दौरान ये तीनों इनके साथ चल रहे पुलिस कर्मियों और मेरी रिवाल्वर छीन कर भागने की कोशिश करते हैं और इसी दौरान तीनों के पैरों और पीठ पर गोलियाँ लगती हैं फिर इलाज के लिए अस्पताल लाने के बाद तीनों एक- एक करके दम तोड़ देते हैं।" वागले की ये पुरानी स्क्रिप्ट हवलदार के अच्छे से समझ आ गई थी और तीनों कादिर के गुर्गे इस स्क्रिप्ट को सुनकर अन्दर तक कांप उठे थे। जैसे- जैसे रात गुजरती जा रही थी उन तीनों की टेंशन बढ़ती ही जा रही थी। तीनों ही इंस्पेक्टर वागले के कारनामों से अच्छे से परिचित थे। वागले को एनकाउंटर स्पेशलिस्ट के रुप में एरिया का हर छोटा- बड़ा गुण्डा जानता था।

भाग 55 : क्या वागले कादिर के गुर्गों का एनकाउंटर कर देगा ?

इधर रात ढलती जा रही थी और उधर हवालात में बंद कादिर के तीनों गुर्गों की हालत पतली होती जा रही थी । तीनों आने वाली मौत के अहसास भर से थर - थर काँप रहे थे। तीनों एक दूसरे की आँखों में झाँकते और मौत के डर को भांपते फिर आँखों ही आँखों में एक दूसरे को इशारा करते और समझाते कि–"जिन्दगी चाहते हो तो इंस्पेक्टर वागले को सब कुछ सच बता दो अन्यथा आज रात बारह बजे मौत से सामना जरूर होगा । हम तीनों को मिट्टी में मिला देगा यह वागले।"

पर तीनों इस असमझस में थे कि इंस्पेक्टर वागले को सच बताने की पहल करे तो करे कौन ? क्योंकि दूसरी तरफ कादिर और उसके आदमियों का भी खौफ

था। यदि कादिर को पता चला कि हम लोगों ने उसके साथ गद्दारी की है तो वह भी मौत से कम सजा नहीं देगा। इसी उधेड़ बुन में लगे हुए अभी तीनों कादिर के गुण्डे असमजस में ही थे कि उन्हें हवालात के पास हवलदार के कदमों की आहट सुनाई दी । तीनों बूरी तरह सहम गए थे । उनको अब अपना अन्त बहुत नज़दीक दिखाई दे रहा था। हवलदार ने बैरक का दरवाजा खोला और तीनों को हथकड़ी लगाते हुए कहा –"चलो बे तुम लोगों का टाइम आ गया । इंस्पेक्टर वागले साहब ने तीनों को मेडिकल चेकअप के लिए ले चलने का आदेश दिया है।"

हवलदार की रौब भरी आवाज सुनकर कादिर के तीनो गुर्गे एक दम से सिहर उठे और तीनों एक साथ गिड़गिड़ाते हुए बोले–"हुजुर, माई- बाप, हम लोगों की जान बख्श दीजिए, हम लोग पूरी तरह स्वस्थ है और हमें मेडिकल चेकअप के लिए नहीं जाना । हम आपको सब कुछ सच- सच बताने के लिए तैयार हैं।"

हवलदार ने तीनों की बात पर कोई ध्यान नहीं दिया और रौब भरी आवाज़ में बोला–"कितना टाइम खराब किया है तुम लोगों ने पुलिस और सरकार का ! अब तुम्हारा टाइम आ गया है, जिसे याद करना हो आख़िरी बार याद कर लो ।" कहते हुए हवलदार ने तीनों गुर्गों को कैदी वैन में बैठा दिया और इंस्पेक्टर वागले के इशारे पर खुद चार -पांच पुलिस वालों के साथ उस वैन में बैठ गया ।

कादिर के तीनों गुर्गे अब सब कुछ उगलने के लिए उतावले हो रहे थे । उनको अपनी मौत साफ दिखाई दे रही थीं । वे हवलदार और बाकी पुलिस कर्मियों से अपनी जान बचाने के लिए अनुनय- विनय करते हुए गिड़गिड़ाते रहे । तभी हवलदार ने तीनों पर रहम खाते हुए कहा–"अच्छा चलो तुम बताओ क्या बताना चाहते हो । अगर मुझे लगा कि तुम लोग सच बोल रहे हो तो मैं इंस्पेक्टर साहब से निवेदन करूंगा कि वे तुम लोगों की जान बख्श दें ।"

"जी हुजूर, माई–बाप ! आप पूछिए, जो भी पूछना चाहते हैं । हम लोग सब कुछ सच सच बताएंगे ।" तीनों गुर्गे एक साथ समवेत स्वर में गिड़गिड़ाते हुए बोले ।

हवलदार ने सवाल पूछा–"अच्छा यह बताओ कि ट्रक ड्राइवर को किसके कहने पर करीम साहब और पुष्पा मैडम को मारने की सुपारी दी गई थी ?"

"साहब हमें कादिर साहब ने हुकुम दिया था कि करीम और पुष्पा को इस दुनिया से विदा करके अल्लाह के पास भेजना है। बस उनके आदेश को मानते हुए ही हम

लोगों ने उस ट्रक ड्राइवर को इस एक्सीडेंट के लिए तैयार किया था।" एक गुर्गे ने कहा ।

"कितने रुपयों की सुपारी दी गई थी उस ट्रक ड्राइवर को ?" हवलदार ने पूछा ।

(यही सवाल ट्रक ड्राइवर से भी पूछा गया था । यदि दोनों का जवाब मैच करता है तो हवलदार ने तय किया था कि इंस्पेक्टर वागले को सूचित कर देगा।)

तीनों गुर्गे एक साथ बोले –"साहब पूरा सौदा दस लाख में तय हुआ था । पांच लाख नकद उस ट्रक ड्राइवर को दे दिए गए थे और शेष पांच लाख काम को अंजाम देने के बाद दिया जाना तय हुआ था।"

"इसके अलावा और क्या तय हुआ था।" हवलदार ने पूछा ।

"बस साहब, रकम तो इतनी ही तय हुई थी साथ ही कादिर साहब ने कहा था कि वे कुछ ही दिनों में ड्राइवर को जेल से भी रिहा करवा देंगे।" तीनों गुर्गों की बातों से हवलदार को लगा कि अब यह वाकई सच बोल रहे हैं क्योंकि ट्रक ड्राइवर ने भी यही सब बातें बताई थी । उसने इंस्पेक्टर वागले को फ़ोन करके बताया कि – "सर लगता है तीनों मौत के डर से सब कुछ सच उगल रहे हैं, अभी आप इनका मेडिकल चेकअप कैंसिल कर सकते हैं ।"

"बहुत बढ़िया हवलदार, ऐसा करो वैन को वापिस थाने ले आओ । मैं तुम्हारी वैन के पीछे-पीछे ही आ रहा हूँ। और सुनो, इन तीनों को मेरे सामने हाज़िर करो। मैं इनकी क्लास लगाता हूँ ।" इंस्पेक्टर वागले ने कहा ।

"जी सर, जैसा आपका आदेश।" कहते हुए हवलदार ने कैदी वैन को थाने की तरफ़ मोड़ दिया। इधर इंस्पेक्टर वागले अपने कक्ष में तीनों गुर्गों को लाए जाने का इन्तजार कर रहा था ।

भाग 56 : क्या आई.एम.आई. के सरगना को गिरफ्तार कर पाएगा वागले ?

इंस्पेक्टर वागले थाने पहुँच कर अपने कक्ष में टेबल के ऊपर पैर रखकर बैठा हुआ था। वह हवलदार के थाने आने का बेताबी से इंतजार कर रहा था। थोड़ी ही देर में हवलदार कादिर के तीनों गुर्गों को हथकड़ी में जकड़े हुए इंस्पेक्टर के सामने लेकर हाज़िर हुआ और बोला–"लीजिए सर यह तीनों गुर्गे आपकी सेवा में हाज़िर है।"

इंस्पेक्टर वागले ने उन तीनों गुर्गों को ऊपर से नीचे तक घूर कर देखा और फिर बोला –"जो भी पूछा जाए उसका सही - सही जवाब देना अन्यथा बिना कोई रहम किए हुए फिर से मेडिकल चेकअप के लिए भिजवा दिया जाएगा।"

तीनों गुर्गे एक साथ, एक स्वर में जवाब देते हुए बोले -"जी सर आप पूछिए हम लोग आपको सब कुछ सच बताएंगे।"

इंस्पेक्टर वागले ने तीनों गुर्गों को संबोधित करते हुए सवाल किया-" करीम और पुष्पा को मारने की सुपारी किसने दी थी ?"

तीनों गुर्गे एक साथ जवाब देते हुए बोले –"हुजूर कादिर साहब के कहने पर ही यह सुपारी दी गई थी।"

इंस्पेक्टर वागले ने अगला सवाल पूछते हुए कहा–"कितने रुपयों की सुपारी दी गई थी ?"

फिर तीनों गुर्गे एक साथ एक स्वर में बोले-"जी मालिक दस लाख रुपए की सुपारी देना तय हुआ था। पांच लाख नकद और बाकी काम हो जाने पर।"

इंस्पेक्टर वागले ने पड़ताल को आगे बढ़ाते हुए पूछा–"इसके अलावा और क्या तय हुआ था ?" तीनों गुर्गे एक साथ एक स्वर में बोले–"जी कुछ ही दिनों में ड्राइवर को जेल से रिहा करवाने की बात कादिर साहब ने कही थी।"

इंस्पेक्टर वागले ने अगला सवाल किया-"यह कादिर कौन है और कहाँ रहता है?" तीनों गुर्गे एक स्वर में बोले–"मालिक वे आई.एम.आई. के मुखिया हैं और दीन के प्रचार-प्रसार के साथ मोमिन गरीबों की भलाई के लिए काम करते हैं। उनकी संस्था के हर बड़े शहर में ऑफिस हैं और उन्हीं में से किसी एक में वे रहते

हैं । परन्तु उनके बारे में यह किसी को भी पता नहीं है कि वे किस शहर के किस ऑफिस में रहते हैं ।"

इंस्पेक्टर वागले ने एक्सीडेंट केस का मोटिव जानने के उद्देश्य से पूछा–"अच्छा यह बताओ कादिर ने करीम और पुष्पा को एक्सीडेंट में मरवाने की साज़िश क्यों रची ?"

तीनों गुर्गे एक-एक करके बोलते हैं –"इस बारे में हमें कुछ भी पता नहीं है साहब, यह तो आपको कादिर साहब ही बता सकते हैं। हाँ इतना जरूर पता है कि कादिर साहब तबस्सुम मैडम के बड़े भाई है और तबस्सुम मैडम अभी तक कानूनन करीम साहब की बीबी है।"

इंस्पेक्टर वागले ने तीनों गुर्गों को काफ़ी देर तक एक- एक करके घूरा ! मगर इससे आगे वे कुछ भी बताने में सक्षम दिखाई नहीं दे रहे थे । वागले को समझ आ गया था कि अब इन तिलों में तेल नहीं है, उसे करीम और पुष्पा के एक्सीडेंट के पीछे की असल वजह जानने के लिए कादिर को ही उठाना पड़ेगा । मगर कादिर के गिरेबान पर हाथ डालना इतना आसान नहीं था । इंस्पेक्टर वागले ने पूछताछ के बाद कादिर के तीनों गुर्गों को वापिस से लॉकर में बन्द करने का आदेश दिया और अपने साथियों के साथ कादिर को गिरफ्तार करने की रणनीति के बारे में सोचने लगा ।

इंस्पेक्टर वागले ने तय किया कि कादिर के सभी ऑफिस के बाहर सादा वर्दी में जवान तैनात किए जाएं और जैसे ही उसके बारे में कोई पुख्ता खबर लगे फोर्स के साथ उसे धर दबोच लिया जाए । लिहाजा इंस्पेक्टर वागले ने कादिर के सभी शहरों में स्थित कार्यालयों के बाहर सादा वर्दी में जवान तैनात कर दिए थे । पांच सौ पुलिस कर्मियों की फोर्स को हमेशा स्टैण्ड बाई मोड़ पर तैयार रहने को कहा। जिस दिन भी कादिर हाथ लग जाएं उस दिन से जब तक सभी शहरों में हालात सामान्य ना हो जाए तब तक दफा 144 लगाने का इंतजाम भी इंस्पेक्टर वागले ने अपने उच्च अधिकारियों के साथ मिलकर करवा दिया था ।

अब हर शहर की पुलिस और सादा वर्दी में तैनात जवान इस हाई प्रोफाइल एक्सीडेंट केस की गुत्थी सुलझाने के उद्देश्य के साथ मुस्तैदी से कादिर को किसी भी तरह से गिरफ्तार करने के प्रयासों में जुट गए थे ।

भाग 57 : क्या आई.एम.आई. का सरगना सचमुच घिर चुका था ?

इंस्पेक्टर वागले आई.एम.आई. के सरगना कादिर के बारे में जल्द से जल्द कोई अपडेट चाहता था लिहाजा वह निरंतर दूरभाष पर अपनी टीम के साथ सम्पर्क में था । एक्सीडेंट के इस हाई प्रोफाइल केस को हल करने का इंस्पेक्टर वागले पर ऊपर से इतना दबाव था कि उसकी रातों की नींद उड़ चुकी थी । हालाँकि वागले इस केस में हुई अब तक की प्रोग्रेस से खुद तो सन्तुष्ट था ही उसके उच्च अधिकारी भी वागले की पीठ थप- थपा रहे थे ।

बस अब वागले को इस केस की आखिरी कड़ी कादिर को अपने शिकंजे में लेकर पूछताछ करनी थी ताकि एक्सीडेंट केस का मोटिव पता चल सके । वागले अभी पुलिस स्टेशन पर अपने कक्ष में बैठा हुआ आई.एम.आई. के सरगना कादिर की फाइल को ही उलट पलट कर देख रहा था कि उसकी फोन की घंटी बज उठी । उसने रिसीवर को उठाकर कहा-"हैलो, इंस्पेक्टर वागले स्पीकिंग !"

उधर से आवाज़ आई–"बॉस में हवलदार बोल रहा हूँ , खुफिया जानकारी मिली है कि कादिर उसी ऑफिस में है जिसे हमने चारों तरफ से घेरा हुआ है । बस आपके आदेश का इन्तजार है । आप कहें तो धावा बोल दें ?"

इंस्पेक्टर वागले ने जवाब देते हुए कहा - " देखो हवलदार इस मामले में कोई चूक नहीं होनी चाहिए । खुफिया जानकारी के साथ जो भी इनपुट तुम्हें मिले हैं वे एक दम पुख्ता और विश्वसनीय होने चाहिए ?"

हवलदार ने जवाब में कहा–"सर जो खुफिया जानकारी मिली है वो एक दम सही बताई जा रही है । कादिर इस समय इसी ऑफिस में अपने गुर्गों के साथ एक मीटिंग कर रहा है जिसमें वह देश में मुस्लिम लड़कियों से शादी करने वाले हिन्दुओं को अपना निशाना बनाकर उन्हें अल्लाह से मिलवाने का प्लान बना रहा है ।"

"ठीक है हवलदार, यदि तुम्हें प्राप्त खबर और इनपुट विश्वसनीय हैं तो सावधानी से पूरी बिल्डिंग को घेरकर धावा बोल दो । यदि अतिरिक्त फोर्स की जरुरत है तो मुझे बताओ मैं भिजवा देता हूँ । और हाँ एक बात का विशेष ध्यान रखना कि किसी भी सूरत में मुझे कादिर जिन्दा चाहिए ।" इंस्पेक्टर वागले ने कहा ।

हवलदार ने जवाब देते हुए कहा–"जी बॉस हम हर बात का ध्यान रखेंगे । अतिरिक्त पुलिस फोर्स आप भिजवा दीजिए । फोर्स के पहुँच ते ही हम बिल्डिंग को घेरकर अपने कब्जे में ले लेंगे । और आप निश्चिंत रहिए हम हर हाल में कादिर को उसके सभी गुर्गों के साथ जिन्दा ही पकड़ने की कोशिश करेंगे ।"

हवलदार की बात खत्म होते ही इंस्पेक्टर वागले ने कहा –"हवलदार लगता है तुमने मेरी बात को ध्यान से नहीं सुना ?"

"सॉरी सर, फिर से बताइए ?" हवलदार ने कहा ।

इंस्पेक्टर वागले ने अपनी बात दोहराते हुए कहा–"कादिर को जिन्दा पकड़ने की कोशिश नहीं अपितु वो मुझे हर हाल में जिन्दा ही चाहिए । यदि गोली- बारी हो भी जाए तो अपनी टीम को बता कर रखो कि कादिर के ऊपर गोली नहीं चलानी है।"

"जी बॉस मैंने यह इनपुट टीम के साथ कोड वर्ड में प्रसारित कर दिया है । हम कादिर को हर हाल में जिन्दा ही पकड़ेंगे ।" हवलदार ने गारंटी देते हुए के अन्दाज में कहा ।

इंस्पेक्टर वागले ने आगे निर्देश देते हुए कहा -"हाँ अब ठीक है । अतिरिक्त फोर्स भिजवा दी गई है । ऑपरेशन कादिर को अंजाम दिया जाए ।"

हवलदार ने जवाब में कहा-"जी बॉस फोर्स पहुँच चुकी है । हम लोग अपनी कार्यवाही शुरु कर रहे हैं । आपको हर पल का अपडेट मिलता रहेगा ।"

इंस्पेक्टर वागले ने कहा –"ठीक है हवलदार। ऑपरेशन को लीड करो । मैं भी इसी लोकेशन पर पहुँच चुका हूँ ।"

"मुझे यकीन था बॉस कि आप यहीं-कहीं हमारे आसपास ही मौजूद होंगे।" हवलदार ने खुश होते हुए कहा ।

इंस्पेक्टर वागले ने हँसते हुए कहा–"मौजूद था नहीं, बस अभी- अभी तुम्हारी लोकेशन ट्रेस करते हुए आया हूँ ।"

हवलदार ने कहा–"ओके बॉस तो अब इस ऑपरेशन को आप ही लीड करना चाहेंगे ?"

इंस्पेक्टर वागले ने जवाब में कहा–"नहीं हवलदार इस ऑपरेशन को तुम ही लीड करो । मैं भी तुम्हारे निर्देशन में कार्य करूँगा । ऐसा इसलिए कह रहा हूँ कि तुम

लम्बे समय से कादिर के ऑफिस की निगरानी कर रहे हो और इस एरिया के चप्पे-चप्पे की तुम्हें नॉलेज भी हो गई है ।”

“जैसा आपका आदेश बॉस । मुझमें और टीम में भरोसा और विश्वास जताने के लिए बहुत- बहुत शुक्रिया!” हवलदार ने मोर्चा सम्भालते हुए का ।

भाग 58 : क्या कादिर गिरफ्त में आ पाया ?

इंस्पेक्टर वागले का आदेश मिलते ही हवलदार ने मोर्चा सम्भाल लिया था । उसने इस ऑपरेशन को लीड करते हुए अपनी टीम और समस्त फोर्स को निर्देश देना शुरु कर दिया था । हवलदार ने अपनी टीम को आदेश देते हुए कहा–“इस पूरी बिल्डिंग को चारों तरफ से घेर लो और कोई भी गोली तब तक नहीं चलाएगा तब तक मेरा आदेश न हो। और सुनो हम पहले कादिर और उसके आदमियों को सरेंडर करने के लिए चेतावनी देंगे फिर जो भी हालात बनेंगे उनसे निपटेंगे ।”

थोड़ी ही देर में हवलदार माइक पर जोर - जोर से बोलने लगा–“इस बिल्डिंग में जितने भी लोग हैं सभी को सूचित किया जाता है कि अपने आपको बिना कोई देर किए हुए पुलिस के हवाले कर दें । आप सभी को चारों तरफ से पुलिस फ़ोर्स ने घेर लिया है । यदि कोई भी होशियारी दिखाने की कोशिश की तो हमें मजबूरन गोली चलानी पड़ेगी जिसके जिम्मेदार आप सभी होंगे ।”

हवलदार की चेतावनी सुनते ही बिल्डिंग के अन्दर अचानक से हलचल बढ़ गई । सब लोग इधर- उधर दौड़ने लगे । सीढ़ियों से भागने, उतरने, चढ़ने की आवाजे आ रही थी ।

हवलदार ने एक बार फिर से चेतावनी भरे अंदाज में बोला–“बिल्डिंग में मौजूद आप सभी लोगों को यह आखिरी बार चेतावनी दी जा रही है कि अपने आपको पुलिस के हवाले कर दें । सभी लोग हाथ ऊपर करके बिल्डिंग से बाहर आ जाएं। हम किसी को कोई नुकसान नहीं पहुंचाना चाहते हैं । लेकिन किसी ने भी चालाकी करने की कोशिश की तो मुझसे बुरा कोई नहीं होगा ।”

हवलदार की दूसरी चेतावनी सुनकर कुछ लोग अपने हाथ ऊपर किए हुए धीरे - धीरे बिल्डिंग से बाहर आए । उन सभी को पुलिस फ़ोर्स के जवानों ने बिल्डिंग के

नज़दीक ही पहले से तैयार खड़ी पुलिस वैन में बैठने का इशारा किया । सभी लोग चुपचाप वैन में बैठते गए और जैसे ही वैन फुल हो जाती ड्राइवर निर्देशानुसार सबको थाने की तरफ़ ले जाते । यह सिलसिला थोड़ी देर तक चलता रहा मगर पूरी बिल्डिंग खाली हो जाने के बाद भी कादिर कहीं दिखाई नहीं दिया ।

हवलदार के इशारा करते ही सारी पुलिस फ़ोर्स बिल्डिंग में प्रवेश कर गई । हवलदार ने चीखते हुए सभी को आदेश दिया कि–"बिल्डिंग का चप्पा-चप्पा छान मारो और कहीं भी कादिर छिपा हुआ नज़र आए तो उसे जिन्दा पकड़ लो।"

काफ़ी देर तक बिल्डिंग में सर्च ऑपरेशन चलता रहा । पुलिस फ़ोर्स ने बिल्डिंग का चप्पा-चप्पा छान मारा परन्तु कहीं भी कादिर नज़र नहीं आया । पुलिस फ़ोर्स, इंस्पेक्टर वागले और हवलदार अपनी पूरी प्लानिंग के बावजूद खाली हाथ थे। बिल्डिंग का हरेक आदमी पुलिस की हिरासत में था पर नहीं था तो सिर्फ़ कादिर । आखिर परेशान हो कर इंस्पेक्टर वागले ने खिंझते हुए कहा -

"मुझे लगता है हवलदार तुम्हें जो इन्फॉर्मेशन मिली है वह सही नहीं थी । कादिर यदि इसी बिल्डिंग में था तो फिर किधर गायब हो गया ?"

हवलदार ने जवाब देते हुए कहा–"बॉस इन्फॉर्मेशन तो पुख़्ता ही थी परन्तु मैं ख़ुद हैरान हूँ कि कादिर गया तो किधर गया ? बिल्डिंग में मौजूद हर व्यक्ति को हमने हिरासत में ले लिया है । क्यों नहीं थाने चलकर एक-एक आदमी से पूछताछ की जाए ?"

इंस्पेक्टर वागले निराश होते हुए बोलता है,-"अब इसके अलावा कोई और चारा बचा है हवलदार ? चलो थाने चलकर एक- एक आदमी से पूछताछ करो । और सुनो अभी इस बिल्डिंग की घेराबंदी जारी रखने के लिए पुलिस फ़ोर्स को कह दो। आस - पास के इलाके को भी सर्च करो । यदि कादिर कहीं भाग गया है तो उसे ढूंढा जाए, उसकी तलाश में पुलिस फोर्स लगा दो ।"

हवलदार ने सलामी ठोंकते हुए कहा–"जी बॉस ऐसा ही होगा । मैं फोर्स को बोल देता हूँ । आप पुलिस थाने चलिए, मैं भी कुछ ही देर में पहुँच ता हूँ ।"

इंस्पेक्टर वागले अपनी जीप स्टार्ट करके थाने की तरफ़ निकल गया था ।

हवलदार ने मौके पर मौजूद पुलिस फ़ोर्स को आदेश दिया कि इस बिल्डिंग को तब तक घेरे रखिए जब तक कि कोई और आदेश नहीं मिल जाता ।

भाग 59 : आख़िर कादिर गया तो कहाँ गया ?

इंस्पेक्टर वागले जब थाने पहुँचा तो कादिर के ऑफिस से हिरासत में लिए लोगों की थाने में लाइन लगी हुई थी । सब रिहा करने की गुज़ारिश करते हुए थाने में मौजूद सिपाहियों के सामने हाथ जोड़कर गिड़गिड़ा रहे थे । इंस्पेक्टर वागले ने सभी को डांटते हुए शान्त रहने और जांच में सहयोग करने को कहा - "सुनो तुम सभी को रिहा कर दिया जाएगा मगर शर्त यह है कि यह बताना होगा कि कादिर आख़िर कहाँ छुपा हुआ है और वह बिल्डिंग से बाहर गया तो कैसे गया ?"

इंस्पेक्टर वागले की बात सुनकर भीड़ में से एक बुजुर्ग सा व्यक्ति आगे आया और विनम्रता पूर्वक बोला - "इंस्पेक्टर वागले साहब आप इन सब निरपराध और बेकसूर लोगों को रिहा कर दीजिए । यह सब तो वहाँ दीन-धर्म के प्रचार- प्रसार और जकात देने के लिए जाते हैं । इनको कुछ नहीं पता कि कादिर किधर गया और आप लोग उसके पीछे क्यों पड़े हुए हैं ?"

"तो सुन लो सभी कादिर ने किसी का एक्सीडेंट करवाकर उसे मौत के घाट उतारने के लिए सुपारी दी थी । इसी केस में पुलिस कादिर की तलाश कर रही है। हमारे पास उसके खिलाफ़ पुख़्ता सबूत और गवाह हैं। और यदि तुम लोग कादिर के बारे में कोई सुराख नहीं देते हो तो सबको रात भर जेल में ही गुजारनी पड़ेगी।" इंस्पेक्टर वागले ने लगभग चीखने के अंदाज़ में कहा ।

जेल में मौजूद सभी पुरुष और महिलाएं एक दूसरे की तरफ़ देख कर रोने लगे । कुछेक के हाथ में छोटे बच्चे भी थे जो भूख से बिलबिला रहे थे । वे सभी रिहा करने की गुहार लगा रहे थे मगर वागले सहित किसी भी पुलिस वाले के चेहरे पर कोई रहम नहीं दिखाई दे रहा था । तभी थाने पर मौजूद लोगों के कोलाहल को चीरते हुए इंस्पैक्टर वागले के कक्ष में फोन की घंटी दन-दना उठी । वागले दौड़ कर अपने कक्ष में गया और रिसीवर को उठाकर कान से लगाया । उधर से आवाज़ आई - "सुनो इंस्पेक्टर वागले तुम जिस कादिर की तलाश कर रहे हो ना वह कभी का उड़कर देश से बाहर जा चुका है । और जिन भोले-भाले लोगों को तुमने बन्दी बनाकर रखा हुआ है उनको छोड़ दो । उन बेचारों का कोई दोष नहीं है ।"

फ़ोन पर आवाज़ सुनकर इंस्पेक्टर वागले जोर से चीखा और बोला - "कौन हो तुम और कहाँ से बोल रहे हो ? अपना नाम और पता बताओ ?"

उधर से आवाज़ आई - "क्या वागले साहब, काहे अपना आपा खो रहे हैं आप ! अपुन को इतना भोला समझा क्या जो अब आपको अपना नाम और पता भी बताएगा । अगर मेरी बात पर यकीन नहीं हो रहा है तो अपने आदमियों से कहो कि कादिर के ऑफिस में तहकाने में जाकर ठीक से चेक करें । एक सुरंग दिखाई देगी जो सीधे एयरपोर्ट के ठीक सामने वाले पब्लिक प्लेस के पास जाकर निकलती है । बस कादिर साहब उसी सुरंग के रास्ते निकल कर एयरपोर्ट पहुंचे और फ्लाइट से विदेश भाग गए । अब हिंदुस्तान की पुलिस तो क्या सात मुल्कों की पुलिस भी कादिर साहब के बारे में पता नहीं लगा सकती है । इसलिए कह रहा हूँ कि थाने में हिरासत में लिए हुए निर्दोष लोगों को रिहा कर दीजिए, वे सब निर्दोष हैं ।"

इंस्पेक्टर वागले ने फोन पर ही उस आदमी को धमकाते हुए कहा - "तुम जो भी हो पुलिस थाने पर आकर बात करो तो हम इन सब लोगों को रिहा कर देंगे ।"

अभी इंस्पेक्टर वागले की बात पूरी भी नहीं हुई थी कि उधर से हँसी के ठहाकों के साथ फ़ोन डिस्कनेक्ट कर दिया गया और वागले फ़ोन पर हैलो हैलो चिल्लाता ही रह गया ।

इंस्पेक्टर वागले ने हवलदार को बुलाकर वापिस से कादिर के ऑफिस पर जाने को कहा- "हवलदार तुम कादिर के ऑफिस पर जाकर वहाँ मौजूद पुलिस फ़ोर्स की मदद से चेक करो कि वहाँ तहकाने में कोई सुरंग बनी हुई है क्या ? और यदि बनी हुई है तो वह कहाँ तक जाती है ?"

"जी बॉस, मैं अभी गया ।" कहते हुए हवलदार कादिर के ऑफिस पर जाने के लिए निकल गया ।

भाग 60 : ऑफिस की तहकीकात में क्या मिला ?

हवलदार जैसे ही कादिर के ऑफिस पर पहुँचा वहाँ मौजूद फ़ोर्स और भी ज्यादा अलर्ट हो गई थी। हवलदार ने गाड़ी से उतर कर आदेश दिया-"कुछ सिपाही ऑफिस को मुस्तैदी के साथ घेरे रखिए और हर तरह की हलचल पर नज़र रखिए। कुछ सिपाही मेरे साथ ऑफिस के अन्दर आइए। हमें ऑफिस के बेसमेंट में जाकर जांच करनी है कि इधर कोई सुरंग तो नहीं है ?" आदेश मिलते ही आधी से ज्यादा फोर्स हवलदार के साथ ऑफिस के बेसमेंट में तहकीकात के लिए चली गई । पूरे बेसमेंट को ध्यान से देखने के बाद एक सिपाही चिल्लाया–"सर यह यहाँ देखिए कुछ दरवाजा सा दिखाई दे रहा है जो टाइल्स के एक दम लेवल पर बनाया गया है और इसे कलर भी टाइल्स जैसा ही दिया गया है ताकि कोई आसानी से नहीं पहचान पाए।" हवलदार ने नज़दीक जाकर देखा और टाइल्स के रुप में फिट दरवाजे को ऊपर उठाने की बहुत कोशिश की मगर उससे दरवाजा नहीं खुल पाया। फोर्स के बाकी जवानों ने भी मिलकर उस दरवाजे को खोलने के लिए जोर आजमाइश की मगर कोई भी दरवाज़े को खोलने में सफल नहीं हो पाया। काफ़ी मशक्कत के बाद हवलदार बोला–"मुझे लगता है यह दरवाजा अन्दर से बन्द कर दिया गया है। या तो जैसा बताया गया था कि यह कोई सुरंग का दरवाज़ा है या फिर कोई तहखाना होना चाहिए। पर हमें हर हाल में इस दरवाजे को तोड़कर पता लगाना होगा कि आखिर कादिर इसमें से होकर ही भागा है या कहीं और से ? यह भी हो सकता है कि कादिर इसी तहखाने में ही अंदर छिपा हुआ हो और हमें भ्रम में डालने की कोशिश की जा रही हो कि वह देश छोड़कर भाग गया है ?"

काफ़ी देर तक सोचने के बाद हवलदार ने इन्स्पेक्टर वागले को फ़ोन लगाया – "बॉस वो बेसमेंट में एक तहखाना मिला है जो अन्दर की तरफ़ से लॉक है और उसको तोड़ पाना हम लोगों के लिए मुश्किल हो रहा है । यदि आप लोहा काटने की एक कटर मशीन के साथ कारीगर को भिजवा दें तो काम जल्दी और आसानी से हो जाएगा । मुझे लगता है कि या तो कादिर इसी रास्ते से भागा है या फिर हो सकता है कि अभी भी वो इसी तहखाने में छिपा हुआ हो ?"

"ठीक है हवलदार, मैं अभी कटर मशीन के साथ कारीगर भिजवा रहा हूँ । ध्यान रहे कि उस सुरंग में अन्दर जाते वक्त जरा होशियारी बरतनी होगी क्योंकि हो सकता है कोई डायनामाइट लगा हुआ हो या फिर हथियारों के साथ कोई अन्दर

छिपा हुआ हो ?" इंस्पेक्टर वागले ने हवलदार को समझाते हुए कहा । हवलदार ने जवाब देते हुए कहा-"जी बॉस आप निश्चिंत रहिए मैं हर तरह की सावधानी के साथ सुरंग के अन्दर प्रवेश करूंगा।" इंस्पेक्टर वागले ने प्रतिक्रिया देते हुए कहा - "शाबास हवलदार ! मुझे तुम पर पूरा भरोसा है । तुरन्त इस सुरंग का दरवाजा काटकर पता करो कि यह सुरंग जाती कहाँ तक है और क्या हमें जो गुमनाम फोन से जानकारी मिली है वो सही है या फिर फेक है ? और हाँ अब तक वो कारीगर कटर मशीन लेकर उधर पहुँच गया होगा । मुझे फ़ोन पर ही पूरी जानकारी चाहिए।"

"जी बॉस कारीगर ने सुरंग का दरवाज़ा काट दिया है और यह लगभग सौ मीटर लम्बी सुरंग है । हम लोग सावधानी से इसके अन्दर प्रवेश कर गए हैं और देखते हैं कि इस सुरंग का दूसरा सिरा कहाँ निकलता है ?" हवलदार ने कहा ।

"शाबाश हवलदार । सावधानी से आगे बढ़िए और बताइए कि यह सुरंग कहाँ तक जा रही है और साथ ही यह भी देखिए कि इस सुरंग से कितने लोगों के भागने के निशान मिलते हैं ? वैसे खबर मिलते ही मैंने एयरपोर्ट पर भी पुलिस फ़ोर्स लगवा दी है और उधर डिटेल्स पता की जा रही है कि कोई कादिर नाम का व्यक्ति किसी फ्लाइट से विदेश तो नहीं गया है ?"

"जी बॉस मैं सारी जानकारी आपको देता हूँ , आप लाइन पर बने रहिए । अब हम लोग सुरंग के दूसरे सिरे पर आ गए हैं और जो खबर मिली थी वो सही साबित हो रही है कि कादिर इसी सुरंग के ज़रिए एयरपोर्ट आया था और फिर वह फरार हो गया ।"

"तो इसका मतलब है कि हमारा प्लान लीक हुआ है । थाने में से ही किसी ने कादिर को हमारे प्लान की सूचना दी है जिसके चलते वह समय से पहले ही रफू चक्कर होने में कामयाब रहा । हमें पता करना ही होगा कि हमारे बीच में कादिर का आदमी बनकर कौन काम कर रहा है ? कौन है जो हमारे प्लान की सूचना कादिर को दे रहा था ?" कहकर इंस्पेक्टर वागले गम्भीर मुद्रा में बैठकर सोचने लगा ।

भाग 61: कादिर को किसने बताया इंस्पेक्टर वागले का प्लान ?

इंस्पेक्टर वागले काफी देर तक गंभीर होकर सोचता रहा कि आख़िर कौन व्यक्ति है जिसने हमारे प्लान के बारे में कादिर को जानकारी दी है ? इंस्पेक्टर वागले मन ही मन सोचता रहा कि, इस थाने के पुलिस कर्मियों और हवलदार के सिवा किसी को भी तो हमारी योजना का पता नहीं था । फिर आख़िर यह कादिर बिल्डिंग को घेरने से पहले ही कैसे फरार हो सकता है ? निश्चित रूप से हमारे बीच में से कोई ना कोई कादिर तक सूचनाएँ पहुंचाकर गद्दारी कर रहा है । इंस्पेक्टर वागले ने तय किया कि आज शाम को जब थाने पर रोल कॉल होगी तो वह हरेक पुलिस कर्मी से इस मुद्दे पर बात करेगा ।

इंस्पेक्टर वागले दिन भर अपने उच्च अधिकारियों और मीडिया कर्मियों को अपने ऑपरेशन कादिर के बारे में अपडेट देता रहा । वह हाथ आए कादिर के यूँ फरार हो जाने से काफ़ी निराश था । उसकी सारी योजना पर पानी फिर चुका था । मगर इंस्पेक्टर वागले को अब स्पष्ट समझ आ रहा था कि करीम और पुष्पा मैडम के एक्सीडेंट केस से कादिर का कुछ तो सम्बन्ध है ?

चूंकि कादिर तबस्सुम का बड़ा भाई है तो हो सकता है वह अपनी इकलौती बहिन की जिन्दगी में जहर घोलने और उसको तलाक देने का बदला करीम साहब से लेना चाह रहा हो या फिर यह भी हो सकता है कि खुद तबस्सुम ने कादिर से सम्पर्क करके करीम और पुष्पा को अपने रास्ते से ही हटाने का प्लान बनाया हो। कुछ भी सम्भव हो सकता है ? इंस्पेक्टर वागले को समझ आ गया था कि कादिर को हिरासत में लेकर पूछताछ किए बिना करीम और पुष्पा मैडम के एक्सीडेंट केस का पर्दा फाश नहीं किया जा सकता । लिहाजा इंस्पेक्टर वागले ने कादिर की जासूसी करवाने का फैसला किया । इस काम के लिए उसने कुछ प्राइवेट कंपनियों के जासूस हायर करने का फैसला किया । इन जासूसों को उसने कुछ महत्वपूर्ण प्वाइंट बताए जो इस प्रकार थे -

1. क्या करीम और पुष्पा के एक्सिडेंट केस में कादिर का कोई हाथ है ?

2. और यदि है तो कादिर का मकसद क्या था ?

3. क्या तबस्सुम ने कादिर के साथ मिलकर इस एक्सिडेंट का प्लान बनाया था?

4. या फिर खुद कादिर ने अपनी बहिन का बदला लेने के लिए एक्सिडेंट केस की साज़िश रची ?

5. कादिर फरार होकर आख़िर गया तो कहाँ गया ?

6. क्या कादिर भारत छोड़कर किसी अन्य देश में नाम पता बदलकर रह रहा है ?

7. यदि हाँ तो किस देश में और कहाँ रह रहा है ?

8. क्या कादिर का कोई सांप्रदायिक मिशन है जिसके माध्यम से वह भारत देश का सौहार्द भंग करना चाहता है ?

9. क्या कादिर का देश से बाहर के आतंकवादी संगठनों से कोई वास्ता है ?

10. क्या कादिर देश में लव जेहाद जैसे कार्यक्रम से जुड़कर भारतीय युवाओं को निशाना बना रहा था ? इत्यादि ।

इंस्पेक्टर वागले ने प्राइवेट कम्पनी के तीन जासूस हायर करके उनको उपरोक्त सभी बिन्दुओं के सन्दर्भ में जांच करके जितना जल्दी हो सके उतना जल्दी रिपोर्ट सबमिट करने को कहा। तीनों प्रोफेसनल जासूस अपने काम पर लग गए थे। उन्होंने ने कादिर के कार्यालयों और दफ्तरों पर निगाह रखना शुरु कर दिया था ।

एयरपोर्ट अथॉरिटी के साथ मिलकर यह भी पता लगाना शुरु किया कि कादिर किस देश के लिए फ्लाइट से उड़ा था और अभी उसकी लोकेशन क्या हो सकती है ? इंस्पेक्टर वागले के पास इस एक्सिडेंट केस के खुलासे के लिए जासूस हायर करने के सिवा कोई दूसरा रास्ता नहीं था क्योंकि उसको अब अपने जवानों पर उतना भरोसा नहीं रहा था । जबसे कादिर को घेरने का उसका प्लान लीक हुआ था तब से इंस्पेक्टर वागले और भी अधिक सतर्क हो गया था । अब वह हर ऐसी योजना के बारे में किसी से भी कुछ भी साझा नहीं करता था जो कादिर से संबंधित हो ।

आज इंस्पेक्टर वागले ने करीम साहब और पुष्पा मैडम से मिलने का प्लान बनाया था ताकि इस केस के बारे में उनको भी अब तक का अपडेट दिया जा सके ।

भाग 62 : पुष्पा और करीम से मिला इंस्पेक्टर वागले !

आज का दिन करीम और पुष्पा दोनों के लिए राहत और सुकून लेकर आया था। हॉस्पिटल के सफ़ेद कमरों, दवाइयों की गंध और मशीनों की लगातार आती-जाती आवाज़ों के बीच बिताए गए कई लंबे दिन अब पीछे छूटने वाले थे। एक्सीडेंट के बाद पहली बार दोनों को यह एहसास हो रहा था कि ज़िंदगी फिर से सामान्य होने की ओर लौट रही है। शरीर पर लगे ज़ख़्म भर रहे थे, लेकिन मन पर पड़े घाव अब भी अपनी मौजूदगी दर्ज करा रहे थे।

करीम खिड़की के पास खड़ा बाहर की दुनिया को देख रहा था। धूप हल्की-हल्की कमरे में उतर रही थी। उसी रोशनी में पुष्पा बिस्तर पर बैठी फ़ाइलों को समेट रही थी। दोनों के बीच एक मौन था, ऐसा मौन जिसमें शब्दों से ज़्यादा भाव थे ।

करीम ने धीरे से कहा—"आज हम दोनों एक साथ हॉस्पिटल से डिस्चार्ज हो रहे हैं, पुष्पा। क्यों न यहाँ से सीधे मेरे घर चलें? अगर हम एक ही जगह रहेंगे, तो देखभाल भी ठीक से हो जाएगी।"

पुष्पा ने सिर उठाकर उसकी ओर देखा। उसकी आँखों में अपनापन था, लेकिन साथ ही एक अनकही चिंता भी।

"तुम ठीक कह रहे हो, करीम," उसने धीमे स्वर में कहा, "लेकिन जानते हो, हम जज लोगों की ज़िंदगी कितनी व्यक्तिगत हो गई है। समाज हमें अपने ढंग से जीने की इजाज़त ही नहीं देता। जितना कुछ घर की चारदीवारी के भीतर रहे, उतना ही सुरक्षित माना जाता है।"

करीम ने हल्की-सी मुस्कान के साथ जवाब दिया— "तो मैं भी तो यही कह रहा हूँ। घर की चारदीवारी के भीतर ही रहेंगे। मेरे घर। इसमें दिक्कत क्या है?"

पुष्पा ने गहरी साँस ली और कहा -"दिक्कत यह है, करीम, कि तबस्सुम से कानूनी तौर पर तलाक़ हुए बिना अगर हम दोनों एक ही छत के नीचे रहते हैं, तो क्या यह समाज, क्या यह कानून हमें चैन से जीने देगा? कल ही मीडिया में हर चैनल पर ब्रेकिंग न्यूज़ चल रही होगी—'जज करीम और जज पुष्पा एक साथ !'"

इतना कहते ही दोनों एक साथ हँस पड़े। वह हँसी क्षणिक थी, लेकिन उसमें बरसों की थकान, पीड़ा और दबी हुई चाहतें घुली हुई थीं।

करीम ने उसे निहारते हुए कहा—"तुम्हारी यह खिलखिलाती हँसी कितनी खूबसूरत लगती है, पुष्पा। बहुत अरसे बाद मैंने तुम्हें इस तरह हँसते देखा है।"

फिर अचानक उसकी आवाज़ में कड़वाहट घुल गई।

"पर सच कहूँ, तो जज का जीवन बड़ा अजीब होता है। हर पल प्रोटोकॉल, आचार संहिता और मर्यादाओं में बँधा हुआ। ज़रा-सी बात सार्वजनिक हुई नहीं कि लोग चटखारे लेकर चर्चा शुरू कर देते हैं। एक जज सुरक्षा कारणों से मनचाहे ढंग से बाज़ार में घूम नहीं सकता, सब्ज़ी मंडी नहीं जा सकता, मेले-ठेलों में लोगों से घुल नहीं सकता। यहाँ तक कि अपनी प्रेमिका के साथ अपने ही घर में रहना भी उसे नसीब नहीं होता। अजीब ज़िंदगी है, यार !"

आज करीम जैसे अपने भीतर की सारी भड़ास निकाल देना चाहता था। शब्द रुकने का नाम नहीं ले रहे थे।

पुष्पा बहुत ध्यान से उसकी बातें सुन रही थी। उसकी आँखों में सहानुभूति थी, समझ थी और भविष्य की उम्मीद भी। वह अचानक चहकते हुए बोली—"अरे जज साहब, इतने दुखी क्यों हो रहे हैं आप? अब बस कुछ ही दिनों की बात है। जैसे ही कोर्ट का फ़ैसला आएगा और तबस्सुम के साथ आपका तलाक़ कानूनी तौर पर हो जाएगा, फिर हम ज़िंदगी भर के लिए आप ही के घर में साथ-साथ रहेंगे।"

पुष्पा की बात सुनकर करीम के मुँह से अनायास निकला—"आमीन !"

उसी क्षण कमरे के बाहर हलचल हुई। एक पियोन ने दरवाज़ा खटखटाकर सूचना दी कि इंस्पेक्टर वागले मिलने आए हैं। कुछ औपचारिकताओं के बाद उन्हें अंदर आने की अनुमति दे दी गई। इंस्पेक्टर वागले कमरे में दाख़िल हुआ। उसने करीम और पुष्पा को सैल्यूट किया। करीम के इशारे पर वह सामने रखे सोफ़े पर बैठ गया।

"आइए, इंस्पेक्टर वागले," करीम ने शिष्टाचारपूर्वक कहा, "कैसे हैं आप ?"

"जी सर, बिल्कुल ठीक," वागले ने जवाब दिया, "आप दोनों अब कैसा महसूस कर रहे हैं ?"

करीम मुस्कुराया। "पहले से काफ़ी बेहतर। आज डिस्चार्ज हो रहे हैं। उम्मीद है कुछ दिनों में कोर्ट में मुलाक़ात होगी।"

पुष्पा और वागले दोनों मुस्कुरा उठे। फिर पुष्पा ने गंभीर होते हुए पूछा—"वागले साहब, आपकी तहकीकात में इस एक्सीडेंट को लेकर क्या कुछ सामने आया ?"

इंस्पेक्टर वागले का चेहरा अचानक सख़्त हो गया। "मैडम, इतना तो साफ़ हो गया है कि यह कोई सामान्य एक्सीडेंट नहीं था। आप दोनों को जानबूझकर एक षड्यंत्र के तहत इस हादसे का शिकार बनाया गया था।"

करीम ने गहरी साँस ली और कहा-"ओह ! तो देखा पुष्पा, मैं यूँ ही नहीं कह रहा था कि जज की ज़िंदगी आसान नहीं होती। अब देख लो तुम्हारे साथ किसी होटल में जाकर खाना खाना भी ज़माने को रास नहीं आया, और लोगों ने हमें एक्सीडेंट में मरवाने की साज़िश रच डाली।"

पुष्पा की आँखों में चिंता उतर आई। "सचमुच, करीम। अब हमें और ज़्यादा सतर्क और चौकन्ना रहना होगा।"

इंस्पेक्टर वागले ने बात आगे बढ़ाते हुए कहा—"इसीलिए, मैडम, आपकी सुरक्षा बढ़ा दी गई है। अब आप दोनों को वाई-श्रेणी की सुरक्षा प्रदान की गई है। जब से आप इस हॉस्पिटल में भर्ती थे, तभी से यहाँ की सुरक्षा भी कड़ी कर दी गई थी।"

करीम और पुष्पा दोनों ने एक-दूसरे की ओर देखा। फिर लगभग एक साथ बोले—"इसके लिए हम पुलिस प्रशासन, सरकार और न्यायालय प्रशासन के आभारी हैं।"

वागले ने हल्के से सिर हिलाया और अनुमति लेकर कमरे से बाहर चला गया।

कमरे में फिर वही शांति लौट आई, लेकिन अब यह शांति डर की नहीं, बल्कि सजगता की थी। दोनों जान चुके थे कि ज़िंदगी उन्हें आसान राह पर नहीं चलने देगी। लेकिन यह भी सच था कि अब वे अकेले नहीं थे।

थोड़ी देर बाद डिस्चार्ज की औपचारिकताएँ पूरी होने लगीं। नर्सें फाइलें लेकर आईं, दवाइयों की सूची समझाई गई। बाहर एंबुलेंस और सुरक्षा वाहन तैयार खड़े थे।

हॉस्पिटल के दरवाज़े से बाहर निकलते हुए करीम ने एक बार पीछे मुड़कर उस इमारत को देखा, जहाँ मौत को उन्होंने बेहद क़रीब से देखा था और फिर जीवन को पहले से अधिक गहराई से समझा था।

पुष्पा ने धीमे स्वर में कहा—"ज़िंदगी शायद हमें बार-बार इम्तिहान में डालती रहेगी, करीम।"

करीम ने मुस्कुराकर उसका हाथ थाम लिया और कहा - "हाँ, लेकिन अब हर इम्तिहान हम साथ मिलकर देंगे।"
और सुरक्षा घेरे के बीच, नई सावधानियों और नई उम्मीदों के साथ, दोनों एक बार फिर जीवन की अनिश्चित राह पर आगे बढ़ चले।

भाग 63 : हॉस्पिटल से डिस्चार्ज हुए करीम और पुष्पा !

डॉक्टरों द्वारा सभी औपचारिकताएँ पूर्ण किए जाने के बाद आज करीम और पुष्पा को अस्पताल से औपचारिक रूप से डिस्चार्ज कर दिया गया था । दुर्घटना के पीछे छिपी उन्हें मरवाने की साज़िश का पर्दाफ़ाश हो जाने के बाद, सरकार की ओर से दोनों को वाई-श्रेणी की सुरक्षा भी प्रदान कर दी गई थी । एंबुलेंस, भारी पुलिस सुरक्षा के बीच, करीम को उसके घर और पुष्पा को उसके घर सुरक्षित पहुँचा आई। दोनों के घरों पर चौबीसों घंटे पुलिस का कड़ा पहरा था, ताकि कोई भी उन्हें किसी प्रकार की हानि न पहुँचा सके । शारीरिक रूप से तो करीम और पुष्पा अब पूर्णतः स्वस्थ हो चुके थे, किंतु भावनात्मक स्तर पर उनका मन एक-दूसरे की अनुपस्थिति से व्याकुल था। दिल के किसी अनकहे कोने में दोनों एक-दूसरे को बेतहाशा याद कर रहे थे।
पुष्पा के बेटे को अब यह सत्य ज्ञात हो चुका था कि करीम ही उसका पिता है। वह मासूम दिन-रात अपने "पापा" से मिलने की ज़िद करता रहता था। परंतु इन तीनों के बीच खड़ी थीं कुछ जटिल कानूनी दीवारें, जो उन्हें एक-दूसरे से मिलने नहीं दे रही थीं।
तबस्सुम से कानूनी रूप से तलाक़ लिए बिना करीम न तो पुष्पा को अपना सकता था और न ही अपने बेटे को वह स्नेह और संरक्षण दे सकता था, जिसका वह बच्चा पूर्णतः हक़दार था। करीम और पुष्पा दोनों ही चाहते थे कि फैमिली कोर्ट में चल रहे तलाक़ के मुक़दमे का फ़ैसला यथाशीघ्र आ जाए।
हालाँकि दुर्घटना की जाँच और फैमिली कोर्ट में नए जज की नियुक्ति न हो पाने के कारण इस मामले में लगातार तारीख़ें पड़ रही थीं। सीनियर जज गांगुली साहब स्वयं भी चाहते थे कि करीम के मामले में जल्द से जल्द निर्णय सुनाया जाए, क्योंकि डीएनए टेस्ट की रिपोर्ट पहले ही सीलबंद लिफ़ाफ़े में अदालत में

प्रस्तुत की जा चुकी थी। आज सीनियर जज गांगुली साहब ने करीम का हालचाल जानने के लिए उसे फ़ोन किया और पूछा - "हैलो करीम साहब, गांगुली बोल रहा हूँ । सुना है आप अस्पताल से डिस्चार्ज होकर घर लौट आए हैं। अब तबीयत कैसी है ?"

करीम ने विनम्रता से जवाब देते हुए कहा-"नमस्ते सर । आपकी दुआओं का ही असर है कि ज़िंदा बच सका । अब पूरी तरह ठीक हूँ ।"

"अच्छा सुनकर प्रसन्नता हुई," जज साहब बोले । "उम्मीद है आप शीघ्र ही कोर्ट जॉइन करेंगे । पुष्पा के स्वास्थ्य की क्या स्थिति है ?"

"वह भी अब स्वस्थ है सर, और जल्द ही कोर्ट जॉइन कर लेगी," करीम ने जवाब दिया ।

थोड़ी देर ठहरकर जज साहब ने कहा,- "करीम साहब, आपको यह जानकर प्रसन्नता होगी कि मुझे आप और पुष्पा के विषय में पूरी जानकारी मिल चुकी है। निश्चिंत रहिए, आपकी इस मोहब्बत का सुखद आरंभ अब अधिक दूर नहीं है ।"

करीम आश्चर्यचकित हो उठा और बोला -"क्षमा कीजिए सर, मैं आपकी बात पूरी तरह समझा नहीं ।"

जज साहब ने मुस्कुराते हुए बताया,-"दरअसल, फैमिली कोर्ट में एक नई जज टीना मुनीम की नियुक्ति कर दी गई है । वह आपके मामले में सीलबंद डीएनए रिपोर्ट के आधार पर शीघ्र ही निर्णय सुनाने वाली हैं । आशा है कि इस केस से जुड़े सभी पक्षों को न्याय मिलेगा ।"

करीम की आँखों में आशा की चमक उतर आई, वह कृतज्ञता जाहिर करते हुए बोला-"सर, आपका बहुत-बहुत आभार । यह समाचार मेरे लिए अत्यंत सुखद है। मैं भी चाहता हूँ कि इस मामले का फ़ैसला शीघ्र आए, ताकि दूध का दूध और पानी का पानी हो सके ।"

जज साहब ने गंभीर स्वर में कहा,-"निश्चिंत रहिए करीम साहब, ऐसा ही होगा । किंतु मेरी आप और पुष्पा से एक विनती है, अपनी सुरक्षा को लेकर कोई लापरवाही न बरतिए । दुर्घटना मामले की जाँच अभी जारी है और असली अपराधी अब भी पुलिस की पकड़ से बाहर है ।"

करीम ने दृढ़ स्वर में उत्तर दिया,-"आप निश्चिंत रहें सर । हम दोनों पूरी सतर्कता बरतेंगे और न्यायालय को हर संभव सहयोग देंगे, ताकि असली गुनहगार जल्द से जल्द सलाखों के पीछे पहुँच सके ।"

इसके साथ ही बातचीत समाप्त हुई । फ़ोन रखते हुए करीम के मन में एक ही कामना थी कि उसके और तबस्सुम के बीच चल रहे तलाक़ के मुक़दमे का फ़ैसला शीघ्र आए, ताकि उसकी बिखरी हुई मोहब्बत फिर से संवर सके और उसका परिवार एक बार फिर पूर्ण हो सके ।

भाग 64 : करीम और तबस्सुम के तलाक केस में क्या फ़ैसला आया ?

लंबे समय बाद आज वह दिन आया था, जब भारी-भरकम सुरक्षा के बीच करीम और पुष्पा कोर्ट पहुँचे थे। दुर्घटना के घाव अब शरीर पर नहीं रहे थे, वक़्त और इलाज ने उन्हें भर दिया था पर किंतु मन के भीतर जो दरारें पड़ी थीं, वे आज भी चेतना में साँस लेती हुई पीड़ा का स्मरण कराती थीं । दोनों पूरी तरह स्वस्थ थे, पर आज उनके सामने जो निर्णय आने वाला था, वह सिर्फ़ क़ानून का नहीं, अपितु उनके जीवन की दिशा तय करने वाला था ।

आज करीम के मुक़दमे में फ़ैसला सुनाया जाना था । पुष्पा इस केस से अलग हो चुकी थी और न्यायालय ने सीलबंद लिफ़ाफ़े में रखी डीएनए रिपोर्ट के आधार पर निर्णय सुनाने के लिए एक नई जज की नियुक्ति की थी, जज टीना मुनीम । कोर्ट परिसर के बाहर और भीतर तक सुरक्षा का कड़ा घेरा था । पुलिस की निगाहें चौकन्नी थीं और हर आने-जाने वाले पर पैनी दृष्टि रखी जा रही थी ।

उधर तबस्सुम भी अपनी वकील शालिनी सिंह के साथ कोर्ट पहुँच चुकी थी । चेहरे पर बनावटी स्थिरता थी, पर आँखों के कोरों में डर और बेचैनी तैर रही थी । करीम अपने वकील किशोर के साथ खड़ा था । सीधा और शांत, पर भीतर से उथल-पुथल से भरा हुआ । आज वह दिन था, जिसका इंतज़ार महीनों से करीम और पुष्पा द्वारा किया जा रहा था ।

करीम और तबस्सुम के इस बहुप्रतीक्षित तलाक़ मुक़दमे के निर्णय को सुनने के लिए पूरा कोर्ट रूम खचाखच भरा हुआ था । यह महज़ एक पारिवारिक विवाद

नहीं रह गया था; यह हाई-प्रोफाइल केस बन चुका था । पत्रकार, वकील, आम दर्शक, हर कोई अपनी जगह पर बैठा था और सबकी निगाहें जज की कुर्सी और डायस पर टिकी थीं। किसी को ठीक-ठीक पता नहीं था कि यह ख़बर कैसे फैली, पर हर कोई जानता था कि आज के फ़ैसले के लिए एक विशेष जज को बुलाया गया है ।

टीना मुनीम न्यायिक क्षेत्र में निष्पक्षता और तेज़ निर्णय के लिए जानी जाने वाली शख़्सियत थी । उसके फ़ैसलों पर आज तक कोई उँगली नहीं उठा सका था । पक्ष-विपक्ष के वकील, यहाँ तक कि आलोचक भी, न्याय के प्रश्न पर उसकी दृढ़ता के कायल थे । उम्र में वह पुष्पा के लगभग समकक्ष थी—ख़ूबसूरत, आत्मविश्वासी और तीक्ष्ण बुद्धि की धनी । उसके सामने बहस करने के लिए वकीलों को अतिरिक्त तैयारी करनी पड़ती थी; शब्दों की चूक यहाँ भारी पड़ सकती थी ।

कोर्ट सज चुकी थी । न्यायिक कर्मचारी अपने-अपने स्थानों पर थे । सामने रखी कुर्सियों पर जनता अनुशासित होकर बैठी थी । तभी कोर्ट रूम के द्वार खुले और जज टीना मुनीम ने भीतर प्रवेश किया । क्षण भर में पूरा कक्ष सम्मान में खड़ा हो गया । जज के अपने सिंहासन पर बैठते ही सबने अपना-अपना स्थान ग्रहण किया । डायस के दोनों ओर तबस्सुम और करीम के वकील विनम्र भाव से खड़े थे ।

एक ओर तबस्सुम, दूसरी ओर करीम, दोनों अपने-अपने मुक़द्दर का फ़ैसला सुनने के लिए खड़े थे । करीम की मुद्रा शांत थी, पर उसकी आँखों में एक अनकहा प्रश्न ठहरा हुआ था । तबस्सुम बार-बार रूमाल से अपने चेहरे पर उभरे पसीने को पोंछ रही थी; उसकी साँसें असामान्य रूप से तेज़ चल रही थीं ।

जज टीना मुनीम ने एक दृष्टि पूरे कोर्ट रूम पर डाली, फिर दोनों वकीलों की ओर देखा और स्थिर स्वर में बोलीं—"कोर्ट की कार्यवाही आरंभ की जाती है ।"

कोर्ट कक्ष में सन्नाटा छा गया । जज टीना मुनीम ने फैसला सुनाते हुए कहा- "तबस्सुम और करीम के तलाक़ मुक़दमे में प्राप्त डीएनए टेस्ट रिपोर्ट का गहन अध्ययन करने के बाद यह अदालत इस निष्कर्ष पर पहुँची है कि तबस्सुम की पुत्री का जैविक पिता करीम नहीं है ।"

यह वाक्य जैसे हवा में तीर की तरह अटका रह गया । अगले ही पल कोर्ट रूम में हलचल सी पैदा हो गई । जज टीना मुनीम ने अपनी बात जारी रखते हुए कहा- "अदालत को इस प्रश्न में कोई रुचि नहीं है कि यदि करीम पिता नहीं है, तो वास्तविक पिता कौन है । यह नितांत रूप से तबस्सुम का निजी विषय है । जब तक न्यायिक आवश्यकता न हो, अदालत इसमें हस्तक्षेप नहीं करेगी ।"

कोर्ट निर्णय की यह पंक्तियाँ सुनते ही तबस्सुम वहीं फूट-फूटकर रो पड़ी । उसकी वर्षों से थामी हुई आत्म-नियंत्रण की डोर टूट गई । वकील शालिनी सिंह ने तुरंत उसे संभाला, पानी दिया, और धीमे स्वर में ढाढ़स बँधाने लगी ।

जज टीना मुनीम ने बिना विचलित हुए आगे पढ़ना फैसला जारी रखा— "अब चूँकि अदालत के समक्ष यह प्रश्न भी था कि तलाक़ की स्थिति में तबस्सुम तथा उसकी पुत्री के लिए भरण-पोषण की राशि निर्धारित की जाए । किंतु डीएनए रिपोर्ट से यह साबित हो चुका है कि करीम बच्ची का पिता नहीं है, अतः भरण-पोषण का प्रश्न स्वतः ही समाप्त हो जाता है ।"

करीम की उँगलियाँ अनायास ही एक-दूसरे में उलझ गईं । उसके भीतर कहीं एक भारी बोझ उतर रहा था, पर कोई उत्साह नहीं था केवल थकान थी ।

"दोनों पक्षों की दलीलों को सुनने के उपरांत," जज आगे बोलीं,- "यह अदालत इस निष्कर्ष पर पहुँची है कि यह मामला एडल्टरी अर्थात विवाहेतर संबंध का बनता है । निकाह के पश्चात करीम द्वारा तबस्सुम के साथ शारीरिक संबंध स्थापित न करना एक प्रकार की क्रूरता के अंतर्गत आता है । ऐसे में, संवैधानिक अधिकारों के अंतर्गत तबस्सुम को अपना जीवन जीने के लिए विवाहेतर संबंध स्थापित करने का अधिकार प्राप्त था ।"

कोर्ट रूम में एक बार फिर फुसफुसाहट गूँज उठी । जज ने अपनी नज़रें उठाईं । कोर्ट रूम में फिर से शान्ति छा गई । "हालाँकि," जज टीना मुनीम ने संतुलित स्वर में कहा, -"करीम के वकील किशोर की इस दलील से अदालत सहमत है कि यदि पत्नी ने पति को अंधेरे में रखकर विवाहेतर संबंध स्थापित किए हैं,तो ऐसी परिस्थिति में पति को तलाक़ की माँग करने का भी संवैधानिक अधिकार है।"

करीम ने गहरी साँस ली। यह स्वीकारोक्ति उसके भीतर के लंबे संघर्ष को मान्यता दे रही थी। "अतः," जज ने निर्णय की अंतिम पंक्तियाँ पढ़ते हुए कहा,- "यह अदालत करीम और तबस्सुम के मध्य तलाक़ की डिक्री पारित करती है। करीम और उनके अधिवक्ता यदि चाहें, तो इस प्रकरण में एडल्टरी का पृथक वाद दायर कर, निकाह के दौरान हुए समस्त हर्जे -खर्चे की प्रतिपूर्ति की माँग कर सकते हैं।"

क्षण भर का विराम लेने के बाद जज टीना मुनीम ने कहा-"इसी के साथ यह अदालत बर्खास्त की जाती है।"

कहते हुए जज टीना मुनीम अपनी कुर्सी से उठीं और अपने चैंबर की ओर चली गईं। कोर्ट रूम में धीरे-धीरे शोरगुल होने लगा। लोग उठने लगे, चर्चाएँ शुरू हो गईं।

करीम वहीं खड़ा रहा, शांत और स्थिर। आज उसका अतीत एक काग़ज़ पर सील बंद हो चुका था। अब आगे का रास्ता खुला था—कठिन, पर स्पष्ट। बाहर धूप चमक रही थी, मानो किसी लंबे तूफ़ान के बाद आसमान ने राहत की साँस ली हो।

भाग 65 : तबस्सुम और आर. के. जी. ने क्यों छोड़ा शहर ?

आज, करीम और तबस्सुम के मुक़दमे में बहुप्रतीक्षित फ़ैसला आ जाने के बाद, जैसे समय ने दो अलग-अलग दिशाओं में अपने पाँव पसार दिए थे। एक ओर राहत और आनंद था, दूसरी ओर टूटन और निर्वासन की पीड़ा। अदालत के निर्णय ने जिनके जीवन में उजास भरा, उनके चेहरों पर वह स्पष्ट चमक थी; और जिनके हिस्से में अँधेरा आया, उनकी आँखों में एक ऐसी रिक्तता उतर आई थी, जिसे शब्दों में बाँध पाना मुश्किल था।

करीम और पुष्पा आज बेहद प्रसन्न थे। वर्षों से मन में पनपता संदेह, भय और प्रतीक्षा, सब जैसे एक झटके में पीछे छूट गया था। पुष्पा के भीतर करीम के प्रति जो विश्वास था, वह अब केवल दृढ़ ही नहीं, बल्कि और अधिक गहरा हो गया था। आज उसका यह विश्वास किसी प्रमाण का मोहताज नहीं रहा। उसका प्रेम अब संकोच और भय की सीमाओं से परे, समर्पण की अवस्था में पहुँच चुका था। वह करीम को दिल-ओ-जान से भी अधिक चाहने लगी थी।

उसका मन कर रहा था कि वह दौड़कर उसी क्षण करीम के पास पहुँच जाए और उसके सामने खड़ी होकर, बिना कुछ कहे, बस उसकी आँखों में झाँक ले । पर उसके घर के बाहर तैनात सुरक्षा कर्मी और उसके न्यायिक पद की गरिमा ने उसके पाँव बाँध रखे थे। भावनाओं की उमड़ती धारा को उसने अपने भीतर ही थाम लिया । वह अपने बेटे को बाँहों में भरकर घंटों उससे लिपटी रही मानो उसके छोटे-से शरीर में सिमटकर वह अपनी अधूरी इच्छाओं को पूरा कर लेना चाहती हो ।

उधर करीम भी आज असामान्य रूप से उत्साहित और हल्का-फुल्का लग रहा था । लंबे समय बाद उसके चेहरे पर मुस्कान किसी औपचारिकता की तरह नहीं, बल्कि आत्मा की गहराइयों से उपजी हुई प्रतीत हो रही थी । अब उसकी ज़िंदगी फिर से उसी पुष्पा के साथ आगे बढ़ने वाली थी, जिसे वह अपने जीवन का केंद्र मानता आया था । आज उसे ऐसा लग रहा था, मानो समय ने उसकी टूटी हुई घड़ी को फिर से चला दिया हो ।

पर न्यायालय का निर्णय सभी के लिए एक-सा नहीं था । इस फ़ैसले से यदि कोई सबसे अधिक टूटे थे, तो वे थे तबस्सुम और आर.के.जी.। तबस्सुम उस रात सो नहीं पाई थी । अदालत के फैसले की हर पंक्ति उसके भीतर बार-बार गूँजती रही थी, जैसे कोई अनदेखा हथौड़ा उसकी चेतना पर प्रहार कर रहा हो । उसके पास बैठा आर.के.जी. भी चुप था, पर उसकी चुप्पी में एक बेचैनी थी, जिसे वह छिपाने की कोशिश कर रहा था ।

उसने तबस्सुम को ढाढ़स देते हुए कहा,- “देखो तबस्सुम, यूँ टूट जाने से कोई लाभ नहीं । जो होता है, किसी न किसी भलाई की ओर ले जाता है । अब तो दुनिया को भी यह जानना ही है कि तुम्हारी बेटी का पिता कौन है ?”

तबस्सुम ने उसकी ओर देखा । उसकी आँखों में आक्रोश नहीं, केवल थकान थी । “सब कुछ ठीक है, आर.के.जी.,” वह धीमे स्वर में बोली,- “पर मैं इस शहर में अब और नहीं रह सकती । यहाँ की हर गली, हर दीवार मुझे मेरे अतीत की याद दिलाती है । तुम किसी और शहर में ट्रांसफर करवा लो । हम वहाँ निकाह करके, नई शुरुआत करेंगे, जहाँ कोई हमें हमारे बीते हुए कल से न पहचाने ।”

आर.के.जी. ने बिना देर किए कहा,- “जैसी तुम्हारी इच्छा । मेरी सेवा केंद्र सरकार के अधीन है । मैं आज ही ट्रांसफर के लिए आवेदन कर देता हूँ । जल्दी ही हम

किसी दूसरे राज्य में बस जाएँगे । अब मैं तुम्हारे और अपनी बेटी के बिना अधिक समय अलग नहीं रह सकता ।”

कहते हुए उसने तबस्सुम को अपनी बाँहों में भर लिया । उस आलिंगन में कोई उत्सव नहीं था, बस एक-दूसरे से बिछड़ जाने का भय था । दोनों देर तक उसी स्थिति में रहे, जैसे शब्दों से परे जाकर एक-दूसरे की उपस्थिति में शरण ढूँढ रहे हों । आर.के.जी. ने उच्च अधिकारियों को अपना आवेदन भेज दिया । उसकी प्रशासनिक पकड़ और अनुभव के चलते ट्रांसफर की स्वीकृति शीघ्र ही मिल गई। रजिस्ट्रार के पद पर रहते हुए वह ऐसे मामलों को सहजता से साध लेना जानता था । अक्सर परिणाम उसकी इच्छानुसार ही निकलते थे ।

पर एक मामला था, जहाँ उसकी सारी चालें निष्फल हो गई थीं—तबस्सुम का कोर्ट केस । सच तो यह था कि वह स्वयं भी भीतर से स्पष्टता चाहता था । तबस्सुम के चरित्र को लेकर जो संशय उसके मन में कहीं न कहीं घर कर गया था, वह न्यायालय के फ़ैसले के साथ समाप्त हो गया था । यह राहत कम और सच्चाई से सामना अधिक था ।

ट्रांसफर होते ही आर.के.जी. और तबस्सुम ने दूसरे राज्य के एक शहर की ओर प्रस्थान किया । वहाँ उसने स्थानीय न्यायालय में अपनी नई नियुक्ति के साथ-साथ रहने के लिए एक सुसज्जित फ्लैट भी ख़रीद लिया । अब वह तबस्सुम और अपनी बेटी के साथ रहने लगा था । बाहरी रूप से जीवन व्यवस्थित लग रहा था पर भीतर कई प्रश्न अभी भी उत्तर की प्रतीक्षा में थे ।

तबस्सुम ने धीरे-धीरे निकाह के लिए दबाव बनाना शुरू कर दिया। वह अब किसी और प्रतीक्षा की स्थिति में नहीं थी । पर आर.के.जी. के मन में एक अंतिम अधूरापन था । वह किसी भी बड़े निर्णय से पहले अपनी माँ से मिलना चाहता था जो जेल की ऊँची दीवारों के पीछे जीवन काट रही थी । उसके लिए माँ की स्वीकृति केवल औपचारिकता नहीं, बल्कि आत्मिक सहमति थी ।

उसने तबस्सुम से कहा,-“मुझे तुमसे निकाह करने में कोई आपत्ति नहीं । पर उससे पहले मैं एक बार माँ से मिलना चाहता हूँ । उन्हें यह बताना चाहता हूँ कि आखिरकार मेरा जीवन एक दिशा ले रहा है । मुझे लगता है, उनका आशीर्वाद हमारे लिए आवश्यक है ।”

तबस्सुम ने क्षण भर सोचा, फिर सिर झुकाते हुए कहा- "ठीक है । तुम्हारी माँ है, यह सौभाग्य है । उनका आशीर्वाद लेकर ही हमें आगे बढ़ना चाहिए । मैं तो बदनसीब हूँ—न अब्बू हैं, न अम्मी । एक भाई है, पर उसका भी कोई अता-पता नहीं । बस इतना सुनने में आया था कि करीम और पुष्पा के एक्सीडेंट के पीछे उसी की साज़िश थी । पर क्यों और किस उद्देश्य से, यह मैं आज तक नहीं समझ पाई ।"

कहते-कहते तबस्सुम की आँखें भर आईं । उसके आँसू अब केवल दुख के नहीं थे, वे उसकी जड़ों के कट जाने का शोक थे ।

आर.के.जी. ने उसके आँसू पोंछते हुए कहा,- "तुम चिंता मत करो तबस्सुम । मैं कल ही माँ से मिलकर आता हूँ । फिर हम आगे की योजना तय करेंगे ।"

कहकर उसने तबस्सुम को फिर से अपनी बाँहों में भर लिया । उस आलिंगन में अब भी प्रश्न थे, पर उनके बीच एक साझा भविष्य की आकांक्षा भी साँस ले रही थी ।

भाग 66 : आर.के.जी. ने की जेल में अपनी माँ से मुलाकात !

कल ही तबस्सुम से विस्तारपूर्वक बातचीत कर आर.के.जी. ने अपनी माँ से मुलाक़ात की योजना बना ली थी । मन में एक अजीब-सी बेचैनी और उत्सुकता थी, जैसे कोई बड़ा मोड़ जीवन की राह पर उसका इंतज़ार कर रहा हो । तय समय के अनुसार आज ठीक दस बजे वह जेल के मुख्य द्वार पर पहुँचा । ऊँची दीवारें, काँटेदार तार और पहरेदारों की सतर्क निगाहें, सब कुछ उसे एक बार फिर उसकी माँ की कैद की कठोर सच्चाई से रू-ब-रू करा रहा था ।

जेलर से मुलाक़ात के लिए जब वह आवेदन लेकर भीतर पहुँचा, तो रजिस्ट्रार होने के नाते जेलर साहब ने उसका पूरे सम्मान के साथ स्वागत किया । चेहरे पर आत्मीय मुस्कान थी । सामने रखी कुर्सी की ओर इशारा करते हुए उन्होंने कहा,- "बैठिए रजिस्ट्रार साहब, और सबसे पहले तो आपको मुबारक़बाद देता हूँ ।"

आर.के.जी. चौंक पड़ा और बोला- "मुबारक़बाद ? किस बात की, साहब ?"

जेलर साहब की आवाज़ में ख़ुशी साफ़ झलक रही थी । वे बोले- "लंबे समय से यहाँ बंद आपकी माता जी कल रिहा हो रही हैं । स्वतंत्रता दिवस के अवसर पर सरकार ने आदेश जारी किया है कि जिन कैदियों का चाल-चलन अच्छा रहा है और जो आधी से अधिक सज़ा काट चुके हैं, उन्हें रिहा कर दिया जाए । यह बताते हुए मुझे विशेष प्रसन्नता हो रही है कि उस सूची में आपकी माता जी का भी नाम शामिल है ।"

एक पल के लिए आर.के.जी. को लगा, मानो शब्द उसके कानों तक पहुँचे ही नहीं हों । फिर अचानक जैसे भीतर कोई दीप जल उठा । आँखें नम हो गईं । वह उठ खड़ा हुआ और अनायास ही दोनों हाथ जोड़ते हुए बोला- "बहुत-बहुत आभार आपका और सरकार का, साहब । सच कहूँ तो यह ख़बर सुनकर मेरे पैर ज़मीन पर नहीं टिक रहे । क्या... क्या मैं अभी अपनी माँ से मिलकर उन्हें यह शुभ समाचार दे सकता हूँ ?"

जेलर साहब मुस्कुराए और बोले- "अरे, क्यों नहीं ! वैसे भी आज हम उन सभी कैदियों को यह सूचना देने वाले थे, जिनके नाम रिहाई सूची में हैं । अब आप स्वयं यहाँ आ गए हैं, तो इससे बेहतर क्या होगा कि यह ख़बर आप ही अपनी माँ तक पहुँचाएँ ।"

"आपका बहुत-बहुत धन्यवाद," कहते हुए आर.के.जी. ने सिर झुकाया ।

कुछ ही क्षणों में एक सिपाही उसे उस बैरक की ओर ले चला, जहाँ उसकी माँ को रखा गया था। गलियारों से गुजरते हुए आर.के.जी. का मन अतीत की स्मृतियों से भर उठा। वे दिन, जब माँ का साया सिर पर था, और वे रातें, जब उसका नाम लेते हुए वह अकेलेपन से जूझता रहा था । सिपाही ने बैरक के बाहर उसे अकेला छोड़ दिया। जैसे ही आर.के.जी. भीतर पहुँचा, उसकी माँ की नज़र उस पर पड़ी । क्षण भर को वह अवाक् रह गई, फिर उसकी आँखों से आँसू बह निकले । काँपती आवाज़ में वह बोली,- "कैसा है बेटा ? मैं रोज़ तुझे याद करके रोया करती हूँ । लगता है आज भगवान ने मेरी सुन ली ।"

आर.के.जी. आगे बढ़ा। जेल की सलाखों के बीच से उसने माँ का चेहरा अपने दोनों हाथों में थाम लिया और बोला- "रोओ मत माँ । आज लगता है कि हम

दोनों की ही प्रार्थनाएँ स्वीकार हो गई हैं । कल सुबह स्वतंत्रता दिवस की बेला पर आप हमेशा के लिए इस जेल से बाहर होंगी ।"

माँ ने उसकी आँखों में देखा मानो सच और भ्रम के बीच अंतर करना चाह रही हो। "सच कह रहा है न बेटा ? कहीं मेरा दिल रखने के लिए तो नहीं कह रहा ?"

आर.के.जी. का गला भर आया । उसने कहा- "नहीं माँ । यह सच है । खुद जेलर साहब ने बताया है । जिन कैदियों का आचरण अच्छा रहा और जिन्होंने आधी से अधिक सज़ा काट ली है, उन्हें सरकार ने रिहा करने का आदेश दिया है । उस सूची में आपका नाम भी है ।"

अब माँ अपने आँसू रोक नहीं सकी । आर.के.जी. ने सलाखों के पीछे खड़े होकर उसके हाथ अपने हाथों में ले लिए, मानो वर्षों की दूरी को कुछ क्षणों में पाट देना चाहता हो । "और माँ," आर.के.जी. ने हौले से कहा, -"मैं आपको एक और ख़ुशख़बरी देने आया था। तबस्सुम मुझसे निकाह करने के लिए तैयार हो गई है । मैं यही बताने आया था...पर अब लगता है, कल सुबह आपको हमेशा के लिए साथ लेकर जाऊँगा।"

माँ के चेहरे पर संतोष की एक शांत रेखा उभर आई । वह बोली-"मुझे बहुत खुशी है, बेटा । तुम और तबस्सुम शादी के बंधन में बँधने वाले हो, यह सुनकर मेरा मन भर आया । लेकिन...!" वह थोड़ा रुकी फिर बोली- "एक बात मेरी समझ में नहीं आई ।"

आर.के.जी. ने उत्सुकता से पूछा,- "क्या माँ ?" माँ ने शांत किंतु गंभीर स्वर में कहा,- "बेटा, जब तबस्सुम हमारे घर बहू बनकर आएगी, तो तुम उसके साथ निकाह क्यों पढ़ोगे ?"

आर.के.जी. हतप्रभ रह गया और बोला- "मैं समझा नहीं, माँ । आप क्या कहना चाहती हैं ?"

माँ की आँखों में हल्की-सी मुस्कान तैर गई । "तू कितना ही बड़ा क्यों न हो गया हो, है तो अब भी भोला ही । अरे, जब वह हमारे घर बहू बनकर आ रही है, तो निकाह नहीं, सात फेरे होंगे । अब कुछ समझ आया ?"

आर.के.जी. स्तब्ध था । "नहीं माँ... मैंने इन सब के बारे में कभी सोचा ही नहीं था ।"

माँ ने स्नेह और अनुभव से भरी आवाज़ में कहा,- "अरे रे! कितना भोला है तू। चल, अब जब कल मेरी रिहाई हो ही रही है, तो मैं तुझे सब विस्तार से समझाऊँगी। अभी तू घर जा। हम कल मिलते हैं ।"

माँ की इन बातों ने आर.के.जी. के भीतर एक अनकहा तूफ़ान खड़ा कर दिया। वह उलझन में था । न धर्म स्पष्ट था, न रिश्तों की सीमाएँ । अब तक जो रास्ता उसे सीधा दिख रहा था, वह अचानक कई मोड़ों में बँटता प्रतीत होने लगा ।

उसने माँ के हाथों को आख़िरी बार थामते हुए कहा,- "अपना ख़याल रखना माँ । कल मैं आपको लेने आऊँगा ।"

माँ की आँखों में अब आशा थी, स्वतंत्रता की, नए जीवन की, और बेटे के भविष्य की । आर.के.जी. भारी क़दमों से बैरक से बाहर निकल आया। जेल का फाटक उसके पीछे बंद हुआ, पर उसके मन में एक नया द्वार खुल चुका था, जहाँ प्रश्न भी थे, और उत्तर की प्रतीक्षा भी ।

भाग 67 : तबस्सुम और आर. के. जी. अपनी माँ को लेने पहुँचे जेल !

आर. के. जी. आज असाधारण रूप से प्रसन्न था । यह प्रसन्नता साधारण नहीं थी । यह उस व्यक्ति की खुशी थी जिसने वर्षों की पीड़ा, अपराधबोध और प्रतीक्षा के बाद किसी अपने को वापस पाने की उम्मीद देखी हो । सुबह की हल्की धूप उसके चेहरे पर पड़ रही थी और उसकी आँखों में एक अजीब-सी चमक थी, मानो आज जीवन ने उसे फिर से स्वीकार कर लिया हो ।

उसने यह शुभ समाचार सबसे पहले तबस्सुम को सुनाया था । जैसे ही तबस्सुम ने सुना कि आर. के. जी. की माँ आज जेल से रिहा हो रही हैं, उसके चेहरे पर सच्ची प्रसन्नता फैल गई । यह खुशी औपचारिक नहीं थी, बल्कि उस स्त्री की थी जिसने स्वयं जीवन में माँ का साया बहुत पहले खो दिया था और अब फिर से किसी माँ को पाने की आशा कर रही थी ।

सुबह की चाय के बाद तबस्सुम ने अपने मन की बात कही—"सच कहूँ तो आर. के. जी., आज मैं बहुत खुश हूँ कि मुझे तुम्हारे जैसा शौहर और तुम्हारी माँ जैसी

सास मिलने वाली हैं । अपने माँ-बाप को खोने और फिर करीम से अलग होने के बाद मैं पूरी तरह टूट गई थी । ऐसा लगता था जैसे ज़िंदगी में अब कुछ बचा ही नहीं । लेकिन तुम्हारा सहारा पाकर मेरे भीतर फिर से जीने की हिम्मत लौटी है । और अब जब माँ भी घर आ रही हैं, तो मेरे लिए इससे बड़ा सुख और क्या हो सकता है ? शायद फिर से मुझे एक माँ का आँचल मिल जाएगा ।"

तबस्सुम की आवाज़ में कृतज्ञता भी थी और हल्की-सी कंपकंपी भी। आर. के. जी. उसे ध्यान से सुन रहा था । उसकी आँखों में गर्व और स्नेह दोनों एक साथ उभर आए । "तुम ठीक कहती हो तबस्सुम, माँ को भी अपने बेटे की बहू को देखकर बहुत सुकून मिलेगा और हमारी बेटी को देखकर तो उनकी खुशी का ठिकाना ही नहीं रहेगा । तुम जानती हो, जब से तुम मेरे जीवन में आई हो, तब से जैसे सब कुछ अच्छा ही अच्छा होने लगा है । अब देखो, घर में तुम्हारे कदम पड़ते ही माँ की रिहाई की खबर आ गई । चलो, अब देर मत करो, तैयार हो जाओ । हम दोनों माँ को लेने जेल चलते हैं ।" आर. के. जी. ने कहा ।

आर. के. जी. की आवाज़ में उत्साह था, एक बच्चे-सी उतावली । तबस्सुम बिना कोई सवाल किए तुरंत तैयार हो गई । उसने अपनी छोटी-सी बिटिया को गोद में लिया, उसकी पेशानी पर प्यार से हाथ फेरा और फिर आर. के. जी. के साथ गाड़ी में बैठ गई ।

गाड़ी आगे बढ़ चली । सड़कों पर रोज़ की हलचल थी, लेकिन आर. के. जी. के भीतर एक अलग ही संसार चल रहा था । माँ के साथ बिताए बचपन के दृश्य उसकी आँखों के सामने तैरने लगे । ड्राइव करते-करते उसने अचानक कहा—

"पता है तबस्सुम, मेरी माँ ने मुझे बड़े नाज़ों से पाला था । जब भी मेरे पापा माँ के साथ मारपीट करते थे, तो मैं डर के मारे नहीं भागता था बल्कि माँ को बचाने के लिए उनके ऊपर लेट जाया करता था । मुझे लगता था, अगर चोट लगेगी तो मुझे लगे, माँ को नहीं ।"

उसकी आवाज़ धीमी हो गई थी, मानो वह वर्तमान में नहीं, बल्कि स्मृतियों के गलियारों में चल रहा हो ।

"और माँ..." वह कुछ पल रुककर बोला, "मुझे इतना प्यार करती हैं कि मेरे पापा का मर्डर, जो विशेष हालातों में मेरे हाथ से हो गया था, उसका पूरा

इल्ज़ाम भी उन्होंने अपने ऊपर ले लिया । उन्होंने बिना एक पल सोचे, बिना किसी डर के, अपने बेटे को बचाने के लिए अपनी ज़िंदगी दाँव पर लगा दी ।"
कहते-कहते उसका गला भर आया । कार के भीतर एक गहरा मौन छा गया । तबस्सुम उसकी पीड़ा को महसूस कर पा रही थी । उसने स्नेह से कहा—"तुम सही कहते हो आर. के. जी.। असल में माँ तो माँ ही होती है । इस दुनिया में उसका कोई मुकाबला नहीं। तुम्हारी माँ ने एक बार फिर साबित कर दिया कि माँ का दिल कितना विशाल होता है । उन्होंने उस अपराध की सज़ा भुगती, जो उन्होंने किया ही नहीं, सिर्फ़ इसलिए कि उनका बेटा सुरक्षित रह सके ।" आर. के. जी. ने गाड़ी की रफ्तार थोड़ी धीमी कर दी। उसकी आँखों से आँसू बहने लगे। "मुझे अपनी माँ पर बहुत गर्व है तबस्सुम," उसने भर्राई आवाज़ में कहा। "शायद मैं दुनिया का इकलौता बेटा हूँ, जिसे ऐसी माँ मिली है। हर किसी को मेरी माँ जैसी माँ नसीब नहीं होती।"

तबस्सुम ने कार में रखे टिश्यू पेपर निकाले और आर. के. जी. के हाथ में थमाते हुए कहा- "मैं भी तुम्हारी माँ को सलाम करती हूँ, आर. के. जी.। आज वे बहुत खुश होंगी कि उनका बेटा और बहू उन्हें हमेशा के लिए अपने साथ ले जाने आए हैं ।"

कुछ क्षण बाद तबस्सुम ने संकोच से कहा—"अगर आपको बुरा न लगे, तो मैं एक बात पूछूँ ?" आर. के. जी. ने सिर हिलाया—"पूछो तबस्सुम, भला मुझे क्यों बुरा लगेगा ?"

तबस्सुम ने उसकी ओर देखकर पूछा—"हमारी शादी अभी नहीं हुई है, यह बात तो आपने माँ को बता ही दी होगी... लेकिन हमारी इस बिटिया के बारे में ? क्या माँ को उसके बारे में कुछ बताया है ?"

यह सवाल सुनकर आर. के. जी. थोड़ी देर चुप रहा । फिर बोला—"नहीं तबस्सुम, अभी माँ को हमारी बेटी के बारे में कुछ नहीं बताया है । मैंने सोचा है कि पहले उन्हें घर आने दो। उनका मन स्थिर हो जाए, फिर धीरे-धीरे, प्यार से, हम उन्हें सब कुछ बता देंगे । मुझे पूरा यकीन है कि माँ हमारी बेटी को दिल से अपना लेंगी ।"

तबस्सुम ने राहत की साँस ली । उसने अपनी बिटिया को सीने से और कसकर लगा लिया। बच्ची माँ की गोद में निश्चिंत सो रही थी, मानो उसे भी आने वाले स्नेह

का आभास हो। गाड़ी जेल के फाटक की ओर बढ़ रही थी । आर. के. जी. के मन में डर भी था और उम्मीद भी । डर इस बात का कि माँ इतने वर्षों की कैद के बाद कैसी होंगी, और उम्मीद इस बात की कि अब सब कुछ नया शुरू हो सकेगा ।

उसने तबस्सुम की ओर देखा । उसे लगा, जैसे ज़िंदगी ने तमाम ज़ख्मों के बाद अब मरहम रखना शुरू किया है । माँ, पत्नी और बेटी, तीनों एक साथ, शायद यही उसका सच्चा परिवार था ।

जेल के गेट पर पहुँचकर गाड़ी रुक गई । आर. के. जी. ने गहरी साँस ली और कहा-"चलो तबस्सुम, आज से एक नया जीवन शुरू करते हैं ।"

तबस्सुम ने मुस्कराकर उसका हाथ थाम लिया । भविष्य अनिश्चित था, चुनौतियाँ अभी बाकी थीं लेकिन आज, इस पल, उनके पास एक-दूसरे का साथ था और शायद, यही सबसे बड़ी ताकत थी ।

अगले भाग में आप पढ़ेंगे कि क्या जेल से आर. के. जी. की माँ की रिहाई हो पाई ?

भाग 68 : क्या आर. के. जी. की माँ हुई जेल से रिहा ?

आर. के. जी. और तबस्सुम जेल परिसर तक पहुँच चुके थे । जेल के विशाल फाटक के बाहर आज असामान्य-सी गहमागहमी थी । ऐसा लग रहा था मानो किसी मेले का आयोजन हो, पर यह मेला उम्मीद और पीड़ा, आँसू और मुस्कान, प्रतीक्षा और बेचैनी, इन सबका मिला-जुला रूप था । आज कई कैदी रिहा होने वाले थे और उनके परिजन सुबह से ही जेल के बाहर डेरा जमाए खड़े थे । कोई अपने पिता को लेने आया था, कोई बेटे को, कोई पति को और कोई वर्षों बाद अपनी माँ को देखने की आस लगाए खड़ा था।

हर चेहरे पर एक ही सवाल दिखाई दे रहा था। आज मेरा अपना बाहर आएगा या नहीं ? आर. के. जी. और तबस्सुम भी उसी भीड़ का हिस्सा थे, पर उनकी प्रतीक्षा कुछ अधिक गहरी थी । यह केवल रिहाई की प्रतीक्षा नहीं थी, यह वर्षों के अपराधबोध, त्याग और बलिदान के अंत की प्रतीक्षा थी । तबस्सुम ने अपने हाथों

में गुलाब के फूलों का एक गुलदस्ता और हार थाम रखा था । फूल अभी ताज़े थे, लेकिन उसके मन में कहीं एक अनजानी आशंका भी पल रही थी ।

तभी जेल के भीतर से घोषणा हुई—“सबसे पहले महिला कैदियों को एक-एक कर बाहर लाया जाएगा ।”

घोषणा सुनते ही भीड़ में हलचल मच गई । सबकी निगाहें एक साथ जेल के फाटक पर टिक गईं । आर. के. जी. और तबस्सुम भी बिना पलक झपकाए दरवाज़े को देखने लगे । हर बाहर आती महिला को वे ध्यान से देखते—क्या यही माँ हैं ? नहीं... यह कोई और है । फिर अगली... फिर अगली ।

कुछ महिलाओं के बाहर आते ही उनके परिजन खुशी से रो पड़े । किसी ने माला पहनाई, किसी ने चरण छुए, कोई अपनी माँ को सीने से लगाए फूट-फूटकर रोने लगा । यह दृश्य एक साथ हृदयस्पर्शी भी था और पीड़ादायक भी क्योंकि हर खुशी के पीछे एक लंबा दुःख छिपा था ।

इसी बीच जेल के दरवाज़े से एक गौरवर्ण महिला बाहर आती दिखाई दी । पहली नज़र में वह युवा-सी प्रतीत हो रही थी, पर उसके घुँघराले बालों में झाँकते इक्के-दुक्के सफ़ेद बाल उसके बीते संघर्षों की गवाही दे रहे थे । उसके चेहरे पर अजीब-सा आत्मविश्वास था, ऐसा आत्मविश्वास, जो सत्ता, प्रभाव और विशेषाधिकार से जन्म लेता है ।

जैसे ही उसने जेल की चौखट पार की, जेल मैदान के एक कोने में खड़ी भीड़ अचानक उमड़ पड़ी। नारे लगने लगे, तालियाँ बजने लगीं,फूल उछाले जाने लगे। वह भीड़ किसी माँ या पत्नी के स्वागत में नहीं थी । वह भीड़ शक्ति और वर्चस्व का उत्सव मना रही थी ।

आर. के. जी. चौंक पड़ा । उसने अपने पास खड़े लोगों से पूछा—“कौन है यह महिला ? और इसके स्वागत में इतनी भीड़ क्यों उमड़ रही है ?”

पास खड़े एक व्यक्ति ने मुँह बनाते हुए उत्तर दिया—“यह एक खास राजनीतिक दल की पूर्व विधायक है—श्रीमती अनुराधा सिंह । इसी ने एक दलित बस्ती को उजाड़ने के लिए बुलडोज़र चलवाया था । इनके आदेश पर जो सामने आया, उसे गोलियों से भुनवा दिया गया । उस हत्याकांड में बच्चे, औरतें और कई निर्दोष मारे गए थे । उसी केस में इसे उम्रकैद हुई थी ।”

आर. के. जी. सन्न रह गया। वह कुछ बोल पाता, इससे पहले ही दूसरे व्यक्ति ने कड़वे स्वर में कहा—"और यूँ समझिए कि आज इसके साथ ही बाकी कैदी भी रिहा हो रहे हैं। असल में सरकार ने जेल मैनुअल में बदलाव ही इसके लिए किया है। ताकि चुनावों में इसे टिकट देकर इनकी बिरादरी के वोट साधे जा सकें।"

इन शब्दों में केवल सूचना नहीं थी, उनमें व्यवस्था के प्रति घृणा और असहाय नागरिक की लाचारी छिपी थी।

आर. के. जी. यह सब सुन ही रहा था कि अचानक हवा को चीरती हुई गोलियों की आवाज़ गूँज उठी। ठाँय.. ठाँय .. ठाँय.. धड़ाम—धड़ाम—धड़ाम।

एक पल के लिए सब कुछ थम-सा गया, फिर अगले ही क्षण चारों ओर अफरा-तफरी मच गई। चीखें, भगदड़, धक्का-मुक्की। हर कोई अपनी जान बचाने के लिए इधर-उधर दौड़ने लगा। बच्चे रोने लगे, महिलाएँ गिर पड़ीं, और कुछ ही क्षणों में वह मैदान भय और अराजकता का प्रतीक बन गया।

पुलिस के जवान तुरंत सक्रिय हो गए। उन्होंने भीड़ को चीरते हुए उस स्थान की ओर दौड़ लगाई, जहाँ एक महिला ज़मीन पर गिर पड़ी थी। नज़दीक जाकर देखा तो पता चला, घायल महिला वही थी, जिसके स्वागत में कुछ देर पहले नारे लग रहे थे।

श्रीमती अनुराधा सिंह। किसी ने भीड़ के बीच से ही उसे गोलियों का निशाना बना दिया था। सत्ता और सुरक्षा का भ्रम एक पल में चकनाचूर हो चुका था।

एम्बुलेंस को तुरंत बुलाया गया। सायरन की आवाज़ पूरे परिसर में गूँज उठी। अनुराधा सिंह को स्ट्रेचर पर डालकर अस्पताल ले जाया गया। माहौल अचानक शोक, भय और सन्नाटे में बदल गया। जेल प्रशासन ने स्थिति की गंभीरता को देखते हुए तत्काल घोषणा कर दी—"आज होने वाली सभी रिहाइयाँ अगले आदेश तक स्थगित की जाती हैं।"

यह घोषणा सुनते ही आर. के. जी. और तबस्सुम के पैरों तले ज़मीन खिसक गई। जिस पल का वे वर्षों से इंतज़ार कर रहे थे,वह एक झटके में उनसे छिन गया था। तबस्सुम की आँखों में आँसू भर आए। उसके हाथ में पकड़ा गुलाबों का गुलदस्ता अब मुरझा चुका था। जैसे फूलों की पंखुड़ियाँ मुरझा गई थीं, वैसे ही उसका मन भी टूटकर रह गया था। उसने चुपचाप आर. के. जी. की ओर देखा। उस नज़र में

सवाल भी था और विवशता भी । आर. के. जी. कुछ क्षण तक वहीं खड़ा रहा । उसकी आँखें जेल के फाटक पर टिकी थीं, मानो अभी माँ बाहर आ जाएँगी । पर फाटक बंद था, कठोर, निर्दयी और मौन । तबस्सुम ने धीरे से घर की ओर चलने का इशारा किया । दोनों बिना कुछ बोले, भारी कदमों से वापस लौटने लगे । फूलों की खुशबू अब हवा में नहीं थी केवल निराशा शेष थी । किसी को नहीं पता था कि अब माँ की रिहाई कब होगी ।

उधर जेल के भीतर भी यह खबर आग की तरह फैल चुकी थी । जो कैदी आज आज़ाद होने वाले थे, वे सब मायूस होकर अपनी कोठरियों में लौट गए । आर. के. जी. की माँ भी उस खबर को सुनकर चुप हो गई थीं । उनके मन में बेटे और बहू की प्रतीक्षा थी, आँखों में भविष्य के सपने और अब सब कुछ फिर से अधर में लटक गया था ।

उन्होंने जेल की दीवार से पीठ लगाकर आँखें मूँद लीं । "शायद अभी और इम्तहान बाकी है..." यह सोच उनके होंठों तक आकर रह गई। जेल की दीवारें फिर से चुप हो गईं पर इस चुप्पी में अब और भी गहरा दर्द समा चुका था ।

अगले भाग में पढ़िए—क्या यह घटना आर. के. जी. की माँ की रिहाई को और टाल देगी, या सच और न्याय का रास्ता अब कोई नया मोड़ लेगा ?

भाग 69 : क्यों फूट- फूट कर रोया आर. के. जी. ?

माँ की रिहाई की घोषणा स्थगित हो जाने के बाद से आर. के. जी. के भीतर गहरी उदासी पसर गई थी । जेल से घर तक की पूरी यात्रा उसने बिना एक शब्द बोले तय की । गाड़ी की स्टेयरिंग पर उसके हाथ थे, पर मन कहीं और भटक रहा था । जेल की दीवारों के भीतर, उन वादों के पास, जो उसने एक दिन पहले ही अपनी माँ से किए थे। सड़क पर आती-जाती गाड़ियों की आवाज़, हॉर्न का शोर, शहर की हलचल, सब कुछ जैसे उसके कानों तक पहुँच ही नहीं रहा था ।

तबस्सुम उसकी बगल में चुपचाप बैठी थी । वह जानती थी कि इस समय शब्दों की नहीं, साथ की ज़रूरत है । कभी-कभी वह चोरी से उसकी ओर देखती, उसके चेहरे पर पसरी उदासी, आँखों में ठहरी नमी और होंठों पर जमी खामोशी को पढ़ने

की कोशिश करती। वह समझ रही थी कि यह केवल एक असफल रिहाई का दुःख नहीं था; यह वर्षों की प्रतीक्षा, अपराधबोध और उम्मीदों के टूटने का दर्द था।

घर पहुँचते ही आर. के. जी. बिना किसी से कुछ कहे सीधे अपने कमरे में चला गया। उसने जूते भी ठीक से नहीं उतारे और बिस्तर पर जाकर औंधे मुँह लेट गया। जैसे ही सिर तकिये से लगा, उसके भीतर दबा सैलाब फूटने को आतुर हो उठा पर वह अब भी चुप था। शायद इसलिए कि अगर बोलता, तो बिखर जाता।

तबस्सुम ने उसे यूँ ही छोड़ देना ठीक नहीं समझा। उसने रसोई में जाकर दोनों के लिए चाय बनाई। केतली से उठती भाप में जैसे उसकी अपनी चिंता भी घुली हुई थी। उसने चाय को ट्रे में रखा और कमरे की ओर बढ़ी। आर. के. जी. अब भी उसी तरह लेटा हुआ था। निश्चल, मौन, थका हुआ।

तबस्सुम ने चाय की ट्रे पास रखी और धीमे स्वर में कहा— "अब ऐसे कब तक उदास होकर लेटे रहोगे ? आज नहीं तो कल, या फिर एक न एक दिन तो माँ को जेल से रिहा होना ही है। चलो, उठो... चाय पी लो।"

उसकी आवाज़ में ढाँढस भी था और अपनापन भी। यह सुनते ही आर. के. जी. बिस्तर से उठा। अगले ही पल वह तबस्सुम के गले लग गया। जैसे किसी टूटे हुए बच्चे को सहारा मिल गया हो। उसकी आँखों से आँसू झरने लगे। रुक-रुककर नहीं, बल्कि फूट-फूटकर।

रोते-रोते उसने कहा—"तुम्हें पता है तबस्सुम, कितने अरमानों से हम माँ को लेने गए थे। मैं कितना खुश था। एक दिन पहले ही मैं माँ से वादा करके आया था कि अब बहुत जल्दी वह हमेशा के लिए हमारे साथ घर पर रहेंगी। अब उन्हें कभी जेल की दीवारों के बीच नहीं रहना पड़ेगा... पर सब कुछ धरा का धरा रह गया।"

उसकी आवाज़ काँप रही थी। वह किसी वयस्क की तरह नहीं, बल्कि किसी ऐसे बच्चे की तरह रो रहा था, जिसका सबसे बड़ा सपना अचानक छिन गया हो।

तबस्सुम ने उसे और कसकर थाम लिया। वह उसकी पीठ थपथपाते हुए बोली— "मैं तुम्हारा दुःख समझती हूँ आर. के. जी.। माँ के घर आने की खबर से हम सब जितने खुश हुए थे, उनके न आ पाने से उतने ही टूट भी गए हैं। लेकिन एक बात सोचो, वहाँ जो गोलीबारी हुई, उसमें उस विधायक के साथ और भी कई महिलाएँ घायल हुईं। अगर हम या माँ उस अफरा-तफरी की चपेट में आ जाते तो ?"

आर. के. जी. कुछ देर चुप रहा। उसके रोने की तीव्रता धीरे-धीरे कम होने लगी। तभी उसकी नज़र सामने रखे टीवी पर पड़ी, जहाँ न्यूज़ चैनल पर लाल पट्टी में बड़ी खबर चल रही थी। उसने ध्यान से देखा और कहा—"तबस्सुम, अभी खबर आ रही है कि उस विधायक, श्रीमती अनुराधा सिंह की अस्पताल में मृत्यु हो गई है। पुलिस ने जिस आदमी को गिरफ्तार किया है, उसके पूरे परिवार को उसी दिन गोलियों से भून दिया गया था, जब दलित बस्ती में बुलडोज़र चलाया गया था। उस कार्यवाही की अगुवाई यही विधायक कर रही थीं।"

उसने एक गहरी साँस ली और आगे बोला—"पूरे परिवार में से वही आदमी अकेला बचा था, क्योंकि उस समय वह वहाँ मौजूद नहीं था। शायद अपने परिवार की हत्या का बदला लेने के लिए ही उसने अनुराधा सिंह पर हमला किया।"

तबस्सुम ने सिर हिलाते हुए कहा-"हाँ, पुलिस भी लगभग इसी नतीजे पर पहुँची है, लेकिन सोचो, आर. के. जी. ये नेता लोग गरीबों की बस्तियाँ उजाड़ने से पहले उनके रहने-बसने का कोई इंतज़ाम क्यों नहीं करते ? एक इंसान को रोटी, कपड़ा और मकान देना भी तो सरकार की ज़िम्मेदारी होती है। और विडंबना देखो सरकार के नुमाइंदे ही बुलडोज़र लेकर गरीबों की झुग्गियाँ तोड़ने पहुँच जाते हैं, ताकि उसी ज़मीन पर रसूखदारों की फैक्ट्रियाँ लग सकें और चुनावों के लिए चंदा वसूला जा सके।"

आर. के. जी.की आवाज़ में आक्रोश था, पर वह संयमित था, जैसे वर्षों के अनुभव से उपजा हुआ आक्रोश। आर. के. जी. अब तक चाय का कप उठा चुका था। उसने धीरे-धीरे एक घूँट लिया और बोला—"तुम बिल्कुल सही कह रही हो तबस्सुम। देश में जब से यह मनमाना बुलडोज़र कानून चला है, तब से नेताओं ने न्यायपालिका और क़ानून दोनों को ताक पर रख दिया है। अदालतें साफ़ कह चुकी हैं कि जिस मकान को तोड़ा जाता है, वह सिर्फ अपराधी का नहीं होता। उसमें और भी लोग रहते हैं और अक्सर वे निर्दोष होते हैं। फिर भी बेकसूरों के घर उजाड़ दिए जाते हैं।"

आर. के. जी. ने कप नीचे रखा और कहा—"पता नहीं सरकारें इस तरह की कार्रवाइयों से क्या हासिल करना चाहती हैं। इतिहास गवाह है जब भी न्याय को कुचला गया है, उसके परिणाम हिंसक ही हुए हैं।"

कमरे में कुछ देर के लिए शांति छा गई। तबस्सुम ने बेटी की ओर देखा, जो पास ही पालने में निश्चिंत सो रही थी। उसकी मासूम साँसों की आवाज़ उस कमरे में जीवन का एकमात्र सुकून भरा संकेत थी।

आर. के. जी. ने भी अपनी बिटिया की ओर देखा। उसकी आँखों में पहली बार उस दिन एक हल्की-सी चमक लौटी। "चलो," उसने धीमे स्वर में कहा, "आज नहीं तो कल... माँ घर आ ही जाएगी। शायद यह भी किसी बड़े इम्तहान का हिस्सा है।"

तबस्सुम ने मुस्कराकर आर. के. जी. का हाथ थाम लिया और कहा- "हाँ, और जब वह आएँगी, तब यह घर सच में भरा-पूरा हो जाएगा।"

बाहर शाम ढल रही थी। आसमान में हल्का-सा अँधेरा फैलने लगा था। लेकिन उस कमरे के भीतर, टूटी हुई उम्मीदों के बीच, एक छोटी-सी लौ फिर से जल उठी थी, विश्वास की, धैर्य की, और उस दिन की प्रतीक्षा की, जब जेल की दीवारें आर. के. जी. की माँ को हमेशा के लिए मुक्त कर देंगी।

अगले भाग में पढ़िए—क्या यह प्रतीक्षा अब अपने अंत की ओर बढ़ेगी, या नियति आर. के. जी. और तबस्सुम की परीक्षा अभी और लेगी ?

भाग 70 : आर. के. जी. की माँ क्यों की गई जेल से चुपचाप रिहा ?

सुबह हो चुकी थी। आकाश पर फैली हल्की धुंध के बीच सूरज की किरणें जैसे नींद से जागकर धरती को छू रही थीं। मंद-मंद ठंडी हवा बालकनी के पर्दों से खेलती हुई भीतर आ रही थी। आर. के. जी. और तबस्सुम बालकनी में आमने-सामने बैठे थे। हाथों में चाय के कप थे और आँखें पालने में लेटी अपनी नन्ही-सी बिटिया पर टिकी हुई थीं,जो कभी हाथ-पैर हिलाकर, तो कभी अस्पष्ट-सी मुस्कान बिखेरकर अपनी मासूम अटखेलियों से पूरे घर को जीवन से भर रही थी।

तभी घर की डोर-बेल की आवाज़ गूँजी। अचानक, स्पष्ट और चौंकाने वाली। आर. के. जी. ने तबस्सुम की ओर देखा और बोला,- "इतनी सुबह-सुबह... कौन हो सकता है ?" फिर हल्की-सी उत्सुकता के साथ उठा-"ठहरो, मैं देखता हूँ।"

वह दरवाज़े की ओर बढ़ा । जैसे ही उसने कुंडी खोली, सामने खड़ी शख्सियत को देखकर उसकी साँसें थम-सी गईं । आँखें फैल गईं, होंठ काँपने लगे और अगले ही पल उसके मुँह से एक चीख-सी निकल पड़ी— "माँ...! तुम...!"

शब्द अधूरे रह गए । आर. के. जी. बच्चों की तरह अपनी माँ से लिपट गया । बरसों का संयम, वर्षों की पीड़ा, अपराधबोध और प्रतीक्षा, सब एक साथ आँसुओं में बह निकले । माँ ने भी अपने बेटे को सीने से लगा लिया । दोनों देर तक एक-दूसरे को थामे रहे, जैसे दुनिया वहीं ठहर गई हो, जैसे समय ने उनके लिए कुछ पल रोक दिए हों । कुछ देर बाद माँ ने हँसते-हँसते उसे खुद से अलग करते हुए कहा- "अब मुझे घर के अंदर आने देगा या बाहर ही खड़ा रखेगा ? चल, अंदर चल ।"

आर. के. जी. ने मुस्कराते हुए माँ का हाथ थामा और घर के भीतर ले आया और कहा- "तबस्सुम... ज़रा देखो तो, कौन आया है !"

तबस्सुम ने जैसे ही माँ को देखा, उसकी आँखों में चमक फैल गई । उसने तुरंत अपने सिर का पल्लू सँभाला, आगे बढ़कर चरण स्पर्श किए और आदर से आशीर्वाद लिया । माँ ने स्नेह से उसका माथा छुते हुए कहा- "जीती रहो बेटा... दूधो-नहाओ, पूतो-फलो।"

आर. के. जी. ने शरारत से मुस्कराते हुए कहा—"अरे माँ, सिर्फ़ पूतो क्यों ? पुत्री क्यों नहीं ?" यह कहते हुए उसने अपनी नन्ही-सी बिटिया को गोद में उठाया और माँ की ओर बढ़ा दिया— "देखो, आपकी बहू ने एक बहुत-सी सुंदर बेटी को जन्म दिया है ।" माँ ने बच्ची को गोद में लेते ही एक पल को चौंककर कहा-"बेटी ? किसकी बेटी ? मतलब शादी से पहले ही...!"

इससे पहले कि बात आगे बढ़े,आर. के. जी. ने हँसते हुए बीच में टोक दिया-"अरे छोड़ो न माँ, हम लोग भी कैसी-कैसी बातें लेकर बैठ गए। पहले यह बताओ, आपकी रिहाई ऐसे गुप-चुप तरीके से कैसे हुई? और आप घर तक पहुँची कैसे ?"

माँ मुस्कराईं, जैसे अचानक सब याद आ गया हो—"अरे हाँ ! तुम्हारी आव-भगत में तो मैं सब भूल ही गई थी । अच्छा, पहले मैं ज़रा फ्रेश हो आती हूँ । फिर बैठकर आराम से बातें करेंगे । और हाँ, बहू से कह देना मुझे बहुत तेज़ भूख लगी है । मुए जेल वालों ने आज सुबह का नाश्ता भी नहीं दिया ।" यह कहकर माँ हँसती हुई अंदर चली गईं ।

उधर तबस्सुम पहले से ही रसोई में लग चुकी थी । उसने बड़े जतन से गरमा-गरम सूजी का हलवा बनाया, कुरकुरे पकौड़े तले और चाय चढ़ा दी । जैसे-जैसे रसोई से खुशबू फैल रही थी, घर का वातावरण और भी जीवंत हो उठता जा रहा था । थोड़ी ही देर में बिटिया की देखभाल के लिए काम करने वाली आया भी आ पहुँची।

माँ फ्रेश होकर लौटीं, तो मेज़ पर नाश्ता सजा हुआ था । तीनों बैठ गए । लंबे समय बाद यह घर पूरा लग रहा था, हँसी, अपनापन और संतोष से भरा हुआ ।

नाश्ते के बीच आर. के. जी. ने उत्सुकता से पूछा— "तो माँ, अब बताओ जेल से घर तक पहुँचने की पूरी कहानी ।"

माँ ने चाय का घूँट लिया और बताना शुरू किया—"बेटा, जिस दिन मेरी रिहाई होनी थी, उसी दिन उस विधायक श्रीमती अनुराधा सिंह पर गोलियाँ चली थीं । बाद में अस्पताल में उनकी मौत हो गई । इसके बाद जेल प्रशासन ने तय किया कि अब रिहाइयाँ बिना मीडिया को बताए, गुपचुप तरीके से होंगी । यहाँ तक कि कैदियों के परिजनों को भी कोई सूचना नहीं दी जाएगी ।"

आर. के. जी. की आँखें भर आईं थी, उसने खुद को सम्भालते हुए कहा- "हाँ माँ, उस दिन मैं और तबस्सुम जेल के बाहर ही आपका इंतज़ार कर रहे थे । तभी वह घटना हो गई... और पुलिस ने सबको वहाँ से हटा दिया ।"

माँ ने सिर हिलाते हुए कहा- "मुझे जेलर साहब ने बताया था कि तुम दोनों आए थे । फिर अगली सुबह, जैसे ही हमें बाहर निकाला गया, सामने ही एक टैक्सी खड़ी थी । मैंने ड्राइवर से पूछा—"इस शहर में कोर्ट के रजिस्ट्रार साहब को जानते हो ?" वह हँसकर बोला—"अरे, गुप्ता जी ! उन्हें कौन नहीं जानता ?" बस, फिर क्या था, सीधे तुम्हारे घर ले आया ।"

यह कहते हुए माँ की आँखों में संतोष और गर्व झलक रहा था । नाश्ते की मेज़ पर हँसी गूँज उठी । बिटिया भी जैसे माहौल समझ रही हो, पालने से हल्की-सी आवाज़ निकालकर सबका ध्यान अपनी ओर खींच लेती ।

माँ ने बच्ची की ओर देखकर कहा—"देखो बेटा, कितनी प्यारी बच्ची है । अब यह घर सचमुच घर लग रहा है ।"

आर. के. जी. और तबस्सुम एक-दूसरे की ओर देख मुस्करा उठे । माँ का उनके बीच होना किसी आशीर्वाद से कम नहीं था । वर्षों की प्रतीक्षा, पीड़ा और संघर्ष के बाद आज यह सुबह उनके जीवन की सबसे उजली सुबह बन चुकी थी ।

घर में चाय की आख़िरी चुस्कियों के साथ एक नई शुरुआत की गूंज थी जहाँ दुःख पीछे छूट चुका था और आगे शायद केवल अपनापन, सुकून और साथ था ।

भाग 71 : आर. के. जी. की माँ के सामने आया तबस्सुम का अतीत !

आर. के. जी. की माँ के जेल से लौटने के बाद अब परिवार में कुल चार सदस्य हो गए थे । तबस्सुम अपनी सास की खूब सेवा कर रही थी । बावजूद इसके उसकी सास कुछ उखड़ी- उखड़ी री रहती थी । इस बारे में तबस्सुम किसी अवकाश के दिन आर. के. जी. से बात करना चाहती थी । चूंकि आज रविवार था तो उसको यह सही समय लगा और बोली –"सुनो जी, बहुत समय हो गया हम दोनों कहीं बाहर आउटिंग पर नहीं गए । चलो ना कहीं बाहर घूम फिर कर आते हैं ? अब घर में माँ भी है तो बिटिया को वे संभाल लेंगी ।"

आर. के. जी. ने तबस्सुम की बात मानते हुए कहा –"ठीक है तबस्सुम, मैं खुद भी यही चाहता था, आज दोपहर में माँ के साथ लंच करके फिर हम लोग निकलते हैं और शाम तक घर आ जाएंगे ।"

आर. के. जी. की बात से तबस्सुम खुश हो गई थी । उसने आया के साथ मिलकर घर का सारा काम जल्दी ही निपटा लिया था । टेबल पर लंच लगाने के बाद सभी खाना खाने बैठ गए थे । इस दौरान आर. के. जी. ने अपनी माँ को बताया कि- "माँ आज मैं और तबस्सुम लंच के बाद थोड़ा बाहर घूम- फिर कर आएंगे तो आप प्लीज बिटिया को संभाल लेना । हम दोनों जल्दी ही लौट आएंगे।"

"अरे वाह बेटा ! जो माँ इतने दिनों तक जेल की बन्द हवा खा रही थी, उसको बाहर की हवा खिलाना तो दूर और अपनी बहुरिया को लेकर जा रहे हो । अरे मेरे जेल से आने के बाद यह पहला सन्डे आया है तो मैं चाहती हूँ कि तुम्हारे साथ मैं भी थोड़ा बाहर की हवा खा कर आऊँ । बहुरिया तो हमेशा ही तेरे साथ बाहर की हवा खाती रही होंगी ना ?"

आर. के. जी. की माँ ने बिना किसी लाग लपेट के अपनी बात सबके सामने कह दी थी । आर. के. जी. ने खनकियों से तबस्सुम की तरफ़ देखा और फिर बात को संभालते हुए बोला –"अरे हाँ माँ मैं यह बात तो भूल ही गया था । आप को भी तो बाहर की हवा खानी है । चलो कोई बात नहीं हम सभी साथ ही चलते हैं ।"

"नहीं बेटा ! तबस्सुम को फिर कभी साथ ले चलेंगे । उसे घर पर बिटिया की देखभाल करने दें । आज हम दोनों घूम कर आते हैं । और फिर मुझे मेरे दूर के रिश्ते के कुछ लोगों से भी मिलना था तो वहाँ समय भी ज्यादा लगेगा और बिटिया परेशान हो जाएगी ।"

आर. के. जी. की माँ ने तबस्सुम की तरफ़ कुटील मुस्कान से देखते हुए कहा ।

"ठीक है माँ, जैसा आप उचित समझो । आप लंच करके तैयार हो जाइए मैं पार्किंग से गाड़ी निकाल कर लाता हूँ ।"

आर. के. जी. खाना खाकर पार्किंग से गाड़ी निकाल लाया था । उसकी माँ दरवाज़े पर तैयार खड़ी थी । तबस्सुम उदास भाव से दोनों को देख रही थी और मन ही मन सोच रही थी कि –"अब पता नहीं ये बुढ़िया मेरे पति को मेरे ही खिलाफ़ भड़काएगी या कुछ और करेगी । मुझे तो इसके लक्षण ठीक नहीं लग रहे हैं । अब मैं भी तो सबके साथ जा सकती थी ना ?"

अभी तबस्सुम यह सब सोच ही रही थी कि आर. के. जी. और उसकी माँ गाड़ी में बैठ कर निकल चुके थे । शहर के प्रसिद्ध मन्दिर में दर्शन करने के बाद वे मन्दिर के पीछे ही बने खुले पार्क में बैठ गए थे । आर. के. जी. की माँ ने बात शुरु करते हुए पूछा -"बेटा मैं कुछ दिनों से अन्दर ही अन्दर बहुत घुट रही थी। तूने यह तो बताया था कि तबस्सुम तेरे साथ निकाह के लिए तैयार हो गई है। मुझे यह गैर धर्म की औरत से शादी करना तो समझ में आता है क्योंकि तुझे अपने धर्म और जाति में कोई लड़की नहीं मिल रही थी। परन्तु इस तबस्सुम के साथ यह बेटी किसकी है? और यह सब कब और कैसे हुआ ?"

"देखो माँ, तबस्सुम एक तलाक शुदा औरत है । और हाल ही में उसका तलाक शहर के नामी गिरामी जज करीम से हुआ है । निकाह के बाद करीम ने तबस्सुम के साथ कभी कोई सम्बंध नहीं बनाए । और ऐसा इसलिए था कि करीम किसी और लड़की को पसन्द करता था । उसके अब्बू और अम्मी ने जबरदस्ती तबस्सुम

के साथ उसका निकाह कर दिया था । इसी बीच मैं तबस्सुम के सम्पर्क में आया और हम दोनों सबसे छिप कर पति-पत्नी की तरह मिलते रहे हैं । इसी का परिणाम यह बिटिया है ।" आर. के. जी. ने अपनी माँ को सब कुछ सच बताते हुए समझाने का प्रयास किया ।

“पर तुझे कैसे यकीन हुआ कि तबस्सुम ने जिस बेटी को जन्म दिया वह तेरी ही है। क्या करीम इसका पिता नहीं हो सकता ?” आर. के. जी. की माँ ने सवालिया भरी निगाहों से पूछा ।

“आपका शक बिल्कुल वाजिब है माँ, पर मैंने इसकी भी तहकीकात अदालत के माध्यम से करवाली थी । अदालत ने ही डी.एन.ए. टेस्ट के आधार पर यह साबित किया था कि करीम तबस्सुम की बेटी का पिता नहीं है । तो साफ था कि उसका पिता मैं ही हूँ ।" आर. के. जी. ने अपनी माँ के सवाल का जवाब देते हुए कहा।

आर. के. जी. की माँ ने फिर पूछताछ जारी रखते हुए कहा -"चलो मान लिया कि तबस्सुम की बेटी का पिता तू ही है पर यह तबस्सुम के साथ निकाह की रट क्यों लगाए बैठा है तू । आखिर उसे तेरे साथ रहना है तो तेरे रिति रिवाज से आकर रहेगी । उसे समझा कि तुम कोई निकाह नहीं पढ़ोगे बल्कि वह हिन्दू धर्म को अपना कर अपने रीतिरिवाज के अनुसार तुम्हारे साथ सात फेरे लेंगी ।”

आर. के. जी. अपनी माँ की इस बात को सुनकर संशय में पड़ गया था । उसने इन सब मसलों के बारे में इतना गहरा सोचा ही नहीं था । उसने अपनी माँ को समझाते हुए कहा –“ठीक है माँ जैसा आप चाहोगी वैसा ही होगा, मैं इस बारे में तबस्सुम से बात करूँगा।”

आज तो आर. के. जी. अपनी माँ को समझा बुझाकर वापिस घर ले आया था । मगर उसके दिल और दिमाग़ में एक नया संघर्ष शुरु हो गया था । जिसके बारे में उसने कभी सोचा ही नहीं था ।

भाग 72 : क्या तबस्सुम सात फेरे लेने के लिए मान जाएगी

तबस्सुम सुबह उठकर आया के साथ मिलकर घर के काम निपटा रही थी । आर. के. जी. ऑफिस जाने के लिए तैयार हो गया था और उसकी माँ सुबह उठकर तैयार होकर मन्दिर चली गई थी । आर. के. जी. की माँ खूब ही धार्मिक प्रवृत्ति की महिला थी । नियमित पूजा अर्चना उनकी दिनचर्या का अहम हिस्सा था । आर. के. जी. की माँ तबस्सुम को लेकर अपने इरादे साफ कर चुकी थी । उसे आर. के. जी. का तबस्सुम के साथ निकाह पढ़ना कतई गुजारा नहीं था । वह दो टूक शब्दों में कह चुकी थी कि यदि तबस्सुम को इस घर में रहना है तो उनके रिति रिवाज और धर्म को अपना कर ही रहना होगा ।

इधर आर. के. जी. अपनी माँ की जिद्द के आगे मजबूर था । वह जितना प्यार अपनी माँ को करता था उतनी ही मोहब्बत तबस्सुम से करता था । तबस्सुम लगातार आर. के. जी. पर निकाह के लिए दबाव बना रही थी । वह आर. के. जी. के साथ मिलकर इस मुद्दे पर बात करना चाह रही थी । चूंकि आर. के. जी. की माँ मन्दिर गई हुई थी तो उसने अवसर देखकर आर. के. जी. से पूछा –"कल आप दोनों माँ-बेटे के बीच क्या-क्या गुफ्तगू हुई, कुछ बताओगे भी या नहीं?"

"अब तबस्सुम तुम तो माँ को जानती ही हो । वह अपनी जिद्द की और धुन की पक्की है । माँ चाहती है कि हम दोनों हिन्दू रीति रिवाज से सात फेरे लेकर हमेशा के लिए जीवन बंधन में बंध जाएं ।" आर. के. जी. ने तबस्सुम के सवाल का जवाब देते हुए कहा ।

"अरे अभी जुम्मा - जुम्मा आठ दिन तो आपकी माँ को इस घर में आए हुए नहीं हुए ! और आप कह रहे हैं कि मैं उनको जानती हूँ । क्या खाक जानती हूँ मैं उनको और मुझे जानना भी नहीं है आपकी माँ को । देखो आर. के. जी. मुझे किसी भी तरह के कोई रीति रिवाज में रुचि नहीं है । मैं बस इंसानियत को जानती हूँ । तुम्हारे साथ जीवन जीने का फ़ैसला मैंने इंसानियत के नाते किया था न कि किसी धर्म या जाति की वजह से ।" तबस्सुम थोड़ा परेशानी की लहज़े में आर. के. जी. को समझाते हुए बोली ।

"देखो तबस्सुम मैं तुम्हारी भावनाओं और जज़्बातों की कद्र करता हूँ । परन्तु तुम यह भी जानती हो कि मेरे लिए अपनी माँ क्या अहमियत रखती है । मुझे जेल जाने से बचाने के लिए उन्होंने अपनी आधी से ज्यादा जिन्दगी जेल की सलाखों के पीछे बिताई है । यदि वे चाहती है कि हमें हिन्दू रीति रिवाज से सात फेरे लेकर अपना जीवन शुरु कर देना चाहिए तो इसमें दिक्कत ही क्या है ?
तुम भी जानती हो कि मेरे लिए भी यह धर्म या जाति के मसले कोई मायने नहीं रखते । मैं जो भी करना चाह रहा हूँ वो सब सिर्फ माँ की खुशी के लिए करना चाह रहा हूँ । यदि तुम भी उनकी बात को समझ कर उस पर यकीन करोगी तो यह रोज के झगड़े और घर की अशांति सब दूर हो जाएगी ।" आर. के. जी. ने तबस्सुम को विस्तार से अपनी माँ के पक्ष और उनकी भावानाओं को समझाने का प्रयास करते हुए कहा ।
“देखो घर की अशांति की सबसे बड़ी वजह आपकी माँ है । उनके आने से पहले तो कोई विवाद नहीं था । तुम और मैं निकाह के लिए तैयार थे । और सुन लो आर. के. जी. मैं अब बिना निकाह के लम्बे समय तक इस तरह तुम्हारे साथ नहीं रह सकती । जल्दी ही हमें इस बारे में कोई फ़ैसला लेना ही होगा ।” तबस्सुम ने भी आर. के. जी. की माँ की तरह अपने इरादे साफ करते हुए दो टूक शब्दों में कह दिया ।
अब आर. के. जी. दो पाटों के बीच में पिस रहा था । वो समझ नहीं पा रहा था कि वो क्या करें और क्या नहीं । तभी उसे दरवाज़े पर माँ दिखाई दी जो हाथ में पूजा की थाली और प्रसाद लेकर आई थी । उसने तबस्सुम और आर. के. जी. को प्रसाद देते हुए दोनों को दीर्घायु होने का आशीर्वाद दिया ।

भाग 73 : तबस्सुम ने क्या राज बताया आर. के. जी. को

आर. के. जी. अपनी माँ और तबस्सुम के वैचारिक द्वंद में फंस कर रह गया था । वह समझ नहीं पा रहा था कि क्या करे और क्या नहीं ? एक तरफ जान से चाहने वाली माँ तो दूसरी तरफ जान से प्यारी तबस्सुम ! दोनों की ही अपनी - अपनी जिद्द ! आखिर कैसे दोनों को समझाएं कि कोई आसान रास्ता निकल आए ?

आर. के. जी. सब प्रयास करके थक गया था । उसे माँ ने भी दो टूक शब्दों में अपनी जिद्द व्यक्त कर दी थी तो तबस्सुम ने भी । अब समस्या यह थी कि आर. के. जी. करे तो क्या करे ? अभी आर. के. जी. घर में अपने कमरे में बैठा खुद से ही बतिया रहा था कि पीछे से तबस्सुम ने कन्धे पर हाथ रखते हुए पूछा–"क्या हुआ आर. के. जी. क्यों इतने परेशान दिखाई दे रहे हो ?"

"क्या करूँ तबस्सुम कुछ समझ ही नहीं आ रहा है । एक तरफ माँ की जिद्द है और दूसरी तरफ तुम्हारी ! मैं इस कदर भंवर में फंस चुका हूँ कि कोई रास्ता नज़र नहीं आ रहा है ?" आर. के. जी. ने अपनी उलझन व्यक्त करते हुए कहा ।

"देखो आर. के. जी. तुम्हारी माँ की जिद्द फ़िज़ूल है । उन्हें समझाओ कि जीवन हम दोनों को साथ जीना है । वे क्यों बीच में टांग अड़ा रही है ? आख़िर उनके आने से पहले तो कोई मनमुटाव और यह लफड़े नहीं थे हमारे बीच । अब अचानक से क्या हो गया कि आप भी अपनी ही माँ की भाषा बोलने लगे ?" तबस्सुम ने कहा।

"कितनी बार कहा है तबस्सुम कि मुझे आप नहीं तुम कहकर संबोधित किया करो।" आर. के.जी. ने तबस्सुम के कंधे पर हाथ रखते हुए कहा ।

"अरे, वो क्या है.....कभी तुम तो कभी आप.... मुँह से खुद ही निकल जाता है । इस बात को आप मेरा मतलब है तुम इतना सीरियस मत लिया करो ।" तबस्सुम ने हँसते हुए कहा ।

"ठीक है, तुम जो चाहो बोलो, पर प्लीज़ मुझे इस दुविधा से बाहर निकालो । और बताओ कि हम क्या करें ?" आर. के.जी. ने तबस्सुम से समस्या के निदान करने के भाव की तरह देखते हुए कहा ।

"देखो आर. के. जी. तुम अपनी माँ को समझाओ और मैं तुम्हें समझाती हूँ । दरअसल बात यह है कि मेरे बड़े भाई कादिर का नाम तो तुमने सुना ही होगा ?" तबस्सुम ने आर. के. जी. की आँखों में आँखें डालते हुए पूछा ।

"हाँ सुना है, वही ना जो इस्लामिक मूवमेंट ऑफ इंडिया नामक संगठन का सरगना है । करीम और पुष्पा के एक्सिडेंट केस में भी उसका हाथ बताया जा रहा है । पर तुम उसके बारे में क्यों बात कर रही हो । सुना है वो तो पुलिस से बचने के लिए

विदेश भाग गया था ?" आर. के. जी. ने तबस्सुम के सवाल का जवाब देते हुए कहा ।

"हाँ भाग गया है, परन्तु वह दीन - धर्म के प्रचार प्रसार का काम अभी भी अपने संगठन आईएमआई के माध्यम से विदेश में बैठा- बैठा ही संचालित कर रहा है । मैं यह सब तुम्हें इसलिए बता रही हूँ आर. के. जी. कि यदि किसी तरह उसको पता चल गया कि मैं अपना मज़हब बदल कर हिन्दू रीति रिवाजों से तुम्हारे साथ शादी करके रह रही हूँ तो वह हम दोनों को ही नुकसान पहुंचा सकता है। वह बहुत ही कट्टर और जाहिल सोच का इन्सान है....... बल्की कहूँ कि इन्सान की सूरत में हैवान है तो कम नहीं होगा । ऐसे लोग अपने झूठे मान-सम्मान और मर्यादाओं के नाम पर किसी भी हद तक गिर सकते हैं । इसलिए मुझे अपने साथ-साथ तुम्हारी और अपने पूरे परिवार की चिन्ता है आर. के. जी. ।" तबस्सुम ने अपने दिल का समस्त डर और जज़्बात बहुत ही सपाट तरीके से आर. के. जी. के समक्ष रख दिए थे ।

भाग 74 : क्या तबस्सुम की बातों को मान लेगा आर. के. जी. ?

तबस्सुम ने आर. के. जी. को सब कुछ साफ - साफ बताकर अपने दिल का बोझ हल्का कर लिया था । मगर आर. के. जी. के दिल और दिमाग़ में तुफान सा मचल रहा था । वह तबस्सुम की बातों में उसके भाई कादिर का ज़िक्र सुनकर चौंक गया था । उसे लगने लगा था कि तबस्सुम बहुत सही कह रही है और उसे इस पूरे परिवार की चिन्ता है अन्यथा वह अपनी जिद्द पर कभी नहीं अड़ती ।

पर आर. के. जी. को यह नहीं समझ आ रहा था कि ये सब चीजें वो अपनी माँ को कैसे समझाएँ ? उसे बार -बार यही चिन्ता सताए जा रही थी कि-"क्या माँ यह सब समझ पाएगी ? क्या वह वो सब देख पाएगी जो तबस्सुम देख पा रही है? यह धर्म के लिए मरने वाले जिहादी लोग चाहे वे किसी भी धर्म के क्यों नहीं हो इन्सानियत का कत्ल करने से जरा भी नहीं चूकते हैं ।

इन जाहिलों के लिए सिर्फ इनके बरसों पुराने वो रीति रिवाज और अन्धविश्वास ही सब कुछ होते हैं जो मानवता के दुश्मन बन चुके होते हैं । ये जाहिल लोग अपने स्वार्थों के लिए इन्सानी रिश्तों की बलि चढ़ाने से भी चूकते नहीं है ।"

अभी आर. के. जी. यह सब सोच ही रहा था कि तभी माँ ने आर. के. जी. के कमरे में प्रवेश किया । इस समय तबस्सुम रसोई में काम वाली बाई का हाथ बंटा रही थी । आर. के. जी. की माँ ने आर. के. जी. को यूँ उदास बैठे देखकर पूछा–"क्या हुआ बेटा ! आज कल तुम बहुत परेशान से रहते हों । आखिर दिक्कत क्या है ? कुछ बताओगे भी या यूँ ही घुटते रहोगे ?"

"कुछ नहीं माँ ! वो बस तबस्सुम की जिद्द को लेकर ही कुछ सोच रहा था । आखिर यह मेरे साथ फेरे लेने के लिए मान क्यों नहीं जाती है । जिद्द पकड़कर बैठी है कि वो पढ़ेगी तो निकाह बस !" आर. के. जी. अपनी माँ को अपनी उलझने और तबस्सुम की जिद्द समझाने का प्रयास करते हुए कहा ।

"देखो बेटा तबस्सुम क्या चाहती है यह तो हम दोनों जानते हैं पर वो ऐसा क्यों चाहती है वो शायद किसी को पता नहीं है ।" आर. के. जी. की माँ ने कन्धे उचकाते हुए कहा ।

"नहीं माँ ऐसा नहीं है, मुझे सब कुछ पता है कि तबस्सुम निकाह ही क्यों करना चाहती है और सात फेरे क्यों नहीं लेना चाहती है ?" आर. के. जी. ने अपनी माँ के सवाल का जवाब देते हुए बताया ।

"तो बेटा जब तुम्हें पता है तो फिर मुझे बताते क्यों नहीं ? आख़िर मैं भी तो जानू कि तबस्सुम के दिल में चल क्या रहा है ?"

"देखो माँ आपको तो पता ही है कि तबस्सुम के अब्बू और अम्मी का इंतकाल बहुत पहले हो गया था । इसका एक बड़ा भाई है जिसका नाम कादिर है । कादिर एक जिहादी संगठन आई.एम.आई. का सरगना है । यह दीन- धर्म के प्रचार- प्रसार के नाम पर निर्दोष लोगों को कत्ल करने या करवाने का धंधा करता है ।

यदि कोई इस्लाम धर्म की लड़की किसी हिन्दू धर्म के लड़के के साथ शादी करती है तो यह लोग ऑनर किलिंग या जेहाद के नाम पर उनकी जान के दुश्मन बन जाते हैं । इसे लव जिहाद का नाम दिया जाता है । तबस्सुम को बस इसी बात का

डर है कि उसके मेरे साथ सात फेरे लेने पर हमारा परिवार किसी मुसीबत में नहीं फंस जाए ?"

आर. के. जी. की माँ ने सब कुछ समझते हुए कहा–"देखो बेटा तबस्सुम की भावनाओं को मैं समझती हूँ । कादिर जैसे जाहिल लोगों को यह कभी नहीं समझ आता कि जहाँ लव होता है वहाँ जिहाद और जहाँ जिहाद होता है वहाँ लव हो ही नहीं सकता ।

परन्तु तू चिन्ता मत कर । ऐसे जाहिलो से निपटना हमें बखूबी आता है । क्या इस देश में कोई कानून नहीं है जो यह लोग जो मर्जी चाहे कर लेंगे । मैं तबस्सुम को समझाती हूँ कि वो किसी से डरे नहीं । जब उसे हमेशा के लिए बहु बनकर रहना ही एक हिन्दू परिवार में है तो फिर वहाँ के रीति रिवाजों को तो मानना ही होगा।" कहकर आर. के. जी. की माँ तबस्सुम को समझाने के लिए चली गई ।

अगले भाग में देखते हैं कि क्या तबस्सुम आर. के. जी. की माँ की बात को मानती है या नहीं ?

भाग 75 : तबस्सुम आर. के. जी. की माँ की बात को मानती है या नहीं ?

तबस्सुम घर के सभी काम निपटाकर अपनी बिटिया के बाल बना रही थी । तबस्सुम की बेटी अब धीरे- धीरे बड़ी हो रही थी । तभी आर. के. जी. की माँ ने तबस्सुम के कमरे में प्रवेश किया और बोली–"बहु थोड़ी देर के लिए अपनी बिटिया को आया के पास भेज दो, यह उसके साथ खेल लेगी । मुझे तुम्हारे साथ कुछ जरूरी बातचीत करनी है ।"

"ठीक है माँ ! आप अन्दर आइए और बैठिए !" कहकर तबस्सुम ने अपनी बेटी को आया के पास खेलने के लिए भेज दिया ।

"तबस्सुम, कल मुझे मेरे बेटे ने तुम दोनों के बारे में जानकारी दी । देखो तुम्हारा सोचना अपनी जगह सही है । तुम्हारे भाई कादिर जैसे जाहिल लोग सभी मज़हब में भरे पड़े हैं । इन लोगों को प्यार मोहब्ब्त से इतनी नफ़रत होती हैं कि धीरे- धीरे नफ़रत ही उनका ध्येय बन जाता है। ऐसे लोग किसी भी हद तक गिर सकते हैं ।

पर बेटा, देखो तुम्हें आर. के. जी. की बहु बनकर इस घर में रहना है लिहाज़ा इस घर के तौर तरीके तो अपनाने ही होंगे । मेरे बेटे ने तो पहले ही अपना बड़ा दिल दिखाते हुए तलाक शुदा होने के बावजूद तुमसे शादी करने का फैसला किया । फिर तुम्हें भी कुछ तो हम लोगों की बात मानना चाहिए ?" आर. के. जी. की माँ ने तबस्सुम को समझाते हुए कहा ।

" देखो माँ मुझे इस घर के तौर-तरीके अपनाने में कोई आपत्ती नहीं है, नहीं मुझे मेरे शौहर के साथ सात फेरे लेने में कोई आपत्ति है । बस मुझे चिन्ता है तो अपने इस परिवार की । खुदा न करे कल को कोई आफ़त आई तो आप लोग मुझे कभी माफ़ नहीं करोगे । मेरा फ़र्ज़ बनता है कि मैं भविष्य में होने वाली सभी संभावित स्थितियों की ओर आप लोगों का ध्यान आकर्षित करूं । आप नहीं जानती है माँ कि यह आईएमआई के लोग और इसका सरगना कादिर कितने खतरनाक लोग हैं । मैंने तो सुना था कि करीम और पुष्पा के एक्सीडेंट केस में भी हो न हो उनका ही हाथ निकलेगा ।" तबस्सुम ने आर. के. जी. की माँ को सब कुछ साफ-साफ समझाने की कोशिश करते हुए कहा ।

"तुम ठीक कह रही हो तबस्सुम । जब मैं जेल में थी तो इंस्पेक्टर वागले ने करीम और पुष्पा के एक्सिडेंट केस के सिलसिले में मुझसे और मेरे बेटे से भी पूछताछ की थी । लेकिन कुछ सबूत हाथ न लगने के कारण उसने हमें इस शक से आज़ाद कर दिया था । मुझे यह भी पता है कि तुम्हारे भाई कादिर के खिलाफ़ इंस्पेक्टर वागले को एक्सिडेंट केस में कुछ पुख़्ता सबूत हाथ लग गए थे और वह उस को गिरफ्तार करता इससे पहले ही कादिर विदेश भागने में सफल हो गया । लेकिन यह भी सच है कि उसके संगठन आईएमआई के गुर्गे अभी भी हमारे देश में सक्रिय हैं । इन सब हालातों को जानने और समझने के बावजूद मैं तुमसे यही कहना चाहूँ गी कि यदि तुम्हें मेरे बेटे को अपने शौहर या पति के रुप में पाना है तो उसके साथ हमारे रीति रिवाजों के अनुसार ही सात फेरे लेने होंगे अन्यथा यह शादी नहीं हो सकेगी ।"

आर. के. जी. की माँ की यूँ तल्ख़ और स्पष्ट बातों को सुनकर तबस्सुम सहम सी गई थी । उसके मुँह से कुछ भी शब्द नहीं निकल पा रहे थे । उसकी आँखों में आँसू छलक आए थे । वह मन ही मन सोच रही थी कि वह अब कहे तो क्या कहे ?

पहले ही वो करीम को खो चुकी है और अब यह रिश्ता भी हाथ से जाता नज़र आ रहा था । वह जानती थीं कि आर. के. जी. ने हर कदम पर उसकी बहुत मदद की है । उसके अहसानों को वह भूल भी नहीं सकती है ।

तबस्सुम ने खुद को संभालते हुए बस इतना ही बोला - "ठीक है माँ जैसा आप और आर. के. जी. उचित समझो वैसा कीजिए । मुझे आप लोगों का हर फ़ैसला मंजूर है । मुझे हर कीमत पर आर. के. जी. का साथ चाहिए । मैं उनके बिना जी नहीं पाऊंगी ।"

तबस्सुम की बात सुनकर आर. के. जी. की माँ बेहद खुश हुईं । उसने तबस्सुम को गले लगा लिया और बोली - "शाबाश बहु ! मुझे तुमसे यही उम्मीद थी । आज से हम सभी तुम्हें तबस्सुम नहीं बल्कि तब्बू कहकर पुकारेंगे । आर. के. जी. का भी यही फ़ैसला है ।

अगले भाग में आप पढ़ेंगे कि क्या आर. के. जी. और तबस्सुम उर्फ़ तब्बू की शादी क्या बिना किसी व्यवधान के सम्पन्न हो पाएगी?

भाग 76 : तब्बू बनकर कैसा महसूस कर रही थी तबस्सुम ?

तबस्सुम उर्फ़ तब्बू अपने कमरे में बेहद उदास होकर बैठी थी । उसने आर. के. जी. की माँ की बात मान तो ली थी लेकिन वो अपनी पहचान और नाम को खोकर बहुत परेशान थी । उसे कुछ भी समझ नहीं आ रहा था । आज उसे अपने अब्बू और अम्मी की बहुत याद आ रही थी । उन्हें याद करके उसकी आँखों में आँसू छलक आए थे । इसी बीच आर. के. जी. ने तबस्सुम उर्फ़ तब्बू के कमरे में प्रवेश किया और कहा - "क्या हुआ तब्बू ये तुम्हारी आँखों में आँसू क्यों है ? तुम रो क्यों रही हो ?"

"खुद को मेरी जगह रख कर देखना आर. के. जी. तो समझ आएगा कि मेरी आँखों में आँसू क्यों है ? मुझे लगता है माँ ने तुम्हें हमारे बीच हुई सारी बातें बता दी है शायद ?" तब्बू ने अपने आँसू पौंछते हुए कहा ।

"हाँ तब्बू मुझे माँ ने सब बता दिया है और यह जानकर मुझे बहुत खुशी हुई कि तुम मेरे साथ हिन्दू रीतिरिवाज से सात फेरे लेने के लिए राजी हो गई हो । माँ का

दिया यह नाम भी कितना प्यारा है ना "तब्बू" !" आर. के. जी. ने तब्बू की आँखों से उसके आँसू पौंछते हुए कहा ।

"कितना आसान है ना आर. के. जी. इस पितृ सत्तात्मक समाज में किसी महिला से उसकी पहचान छीन लेना और फिर खुश होना । हर बार क्यों किसी महिला को ही यह सेक्रिफाइज करना पड़ता है ? वह जब भी अपने मायके से ससुराल आती है तो उसका सर नेम छीन लिया जाता है ? उसकी पहचान छीन कर उसे मिसेज गुप्ता या फिर कोई और नाम दे दिया जाता है ? और आज तो मेरा नाम ही बदल दिया गया है । कुछ ही मिनटों की बातचीत में मुझे तबस्सुम से तब्बू बना दिया गया और तुम कह रहे हो कि तब्बू नाम सुनकर तुम्हें बहुत खुशी हुई । कभी अपना नाम और पहचान बदल कर देखना तो समझ आएगा ?" कहकर तब्बू आर. के. जी. के कन्धे पर सिर रखकर कर सुबक - सुबक कर रो पड़ी ।

आर. के. जी. ने उसे समझाने का प्रयास करते हुए कहा - "देखो तब्बू में तुम्हारा दर्द समझता हूँ । परन्तु क्या करें, हम सभी के साथ हालात ही ऐसे बने हैं कि ना चाहते हुए भी ऐसे डिसीजन लेने पड़ रहे हैं । मैंने सपने में भी नहीं सोचा था कि माँ इस तरह अपनी जिद्द पर अड़ जाएगी । मैंने अपनी पूरी जिंदगी माँ के लिए लगा दी क्योंकि आज मैं जो कुछ भी हूँ उन्हीं की वजह से हूँ । वो चाहती तो खुद अपनी जिन्दगी बेहतर तरीके से जी सकती थी । मगर तुम्हें तो पता ही है कि उन्होंने उस अपराध की सज़ा काटी है जो उन्होंने किया ही नहीं था ।" कहते हुए आर. के. जी. भी भावुक हो गया था ।

तब्बू ने आर. के. जी. की आँखों से आँसू पौंछते हुए कहा –"आर. के. जी. अब बीते हुए दिन और गुजरे हुए पलों को याद करके रोने से कोई फ़ायदा नहीं है । हम दोनों को यह जिन्दगी साथ मिलकर गुजारनी है तो यह शादी तो हमारे जीवन की शुरुआत हो रही है । ऐसे में रोने की बजाय हम लोगों को खुशियाँ मनानी चाहिए। हम औरतों का क्या हम तो पैदा ही दूसरों की खुशियों में खुश होने के लिए होती हैं । हमारे अपने ना कोई सपने होते हैं और नहीं व्यक्तिगत जीवन का कोई उद्देश्य? अब जो होना है वो होता रहेगा, मुझे तुम्हारे साथ रहने के लिए हर शर्त मंजूर है आर. के. जी. । मैं बस यही चाहती हूँ कि खुदा हम सभी को हर बला से महफूज रखें ।" तब्बू ने खुद को संभालते हुए खुश और मजबूत दिखने का प्रयास करते

हुए आर. के. जी. को समझाया । तब्बू की बातचीत से आर. के. जी. को काफ़ी हिम्मत मिली थी । तबस्सुम से तब्बू बनी अपनी जीवन संगिनी के साथ सात फेरे लेने के लिए वह काफ़ी उत्सुक था ।

अगले भाग में देखेंगे कि क्या तबस्सुम उर्फ़ तब्बू और आर. के. जी. की सात फेरे वाली यह शादी सही सलामत तरीके से संपन्न हो पाती है या नहीं ?

भाग 77 : तब्बू की शादी की रस्में पूरी हो पाएगी या नहीं ?

आर. के. जी. और तब्बू अपनी शादी को लेकर काफ़ी उत्साहित थे । वे दोनों जोर-शोर से शादी की तैयारियों में जुट गए थे । आर. के. जी. की माँ भी बेहद खुश थी । आख़िर उसके इकलौते पुत्र की शादी जो होने वाली थी । तबस्सुम द्वारा अपनी जिद्द छोड़कर हिन्दू रीति रिवाजों से शादी करने के लिए तैयार हो जाने के बाद से ही आर. के. जी. की माँ फूली नहीं समा रही थी । उसने पूरे घर को डेकोरेट कराने के साथ ही विवाह के कार्ड प्रिन्ट होने को दे दिए थे जिनमें रमाकांत गुप्ता (आर. के. जी.) संग तब्बू गहरे मोटे अक्षरों में अंकित करवाया गया था । शादी के कार्ड प्रिन्ट होने के बाद शहर भर में मेहमानों को बांटे जा रहे थे । शादी के दौरान होने वाली सभी रस्में आर. के. जी. और तब्बू के साथ मिलकर सम्पन्न की जा रही थी ।

आर. के. जी. जितना खुश और सहज नजर आ रहा था तब्बू उतनी ही असहज महसूस कर रही थी । उसके लिए शादी की हरेक रस्म कौतूहल का विषय थी । बिना जाने- समझे एक कठपुतली की तरह वो सब रस्मों को निभाए जा रही थी । उसे हिन्दू रीतिरिवाज से की जा रही किसी भी रस्म का कोई मतलब पता नहीं था। जो जैसा कहता वह करती तो जा रही थी पर मन ही मन उसके अन्दर विचारों का बवंडर मचल रहा था । वह सोच रही थी कि–"किस तरह यह पितृ सत्तात्मक समाज एक स्त्री को अपने हाथ की कठपुतली बना कर उसके साथ खेलता रहता है। किसी को भी उसके जज़्बात और खयालों का सम्मान करना नहीं आता है । चाहे स्त्री कितनी ही पढ़ी लिखी हो मगर उसे नाचना पुरुषों की उंगलियों पर ही होता है। आखिर यह समाज एक स्त्री को उसके रहने, फिरने, विचरने, विवाह करने या फिर खाने, पहनने, नाम रखने की आज़ादी कब देगा ? फिर उसके मन

में खयाल आता कि शायद कभी नहीं । यदि एक स्त्री को यह सब आज़ादी चाहिए तो उसे छीनकर ही इसे प्राप्त करना होगा । गिड़गिड़ाने से स्वतन्त्र जीवन जीने की आज़ादी मिलने वाली नहीं है । लिहाजा तब्बू ने तय कर लिया था कि शादी के बाद वह महिलाओं की आज़ादी के लिए एक स्वैच्छिक संगठन बनाकर कार्य करेगी।”

शादी की रस्में धूम-धाम से पूरी की जा रही थी । कुछ समय के लिए जब आर. के. जी. और तब्बू अपने कमरे में रेस्ट के लिए सुस्ता रहे थे तो तब्बू के चेहरे पर उदासी के भाव देखकर आर. के. जी. ने उससे पूछा –“क्या हुआ तब्बू तुम इस शादी से खुश नहीं हो क्या? मैं देख रहा हूँ कि हरेक रस्म के दौरान तुम्हारे चेहरे पर कोई खुशी या मुस्कान दिखाई नहीं दे रही है ? क्या बात है ? अरे कम से कम फ़ोटो और विडियो में खुश नज़र आने के लिए ही मुस्कुरा दो ?"

“सही कहा आर. के. जी. तुमने, मुझे फ़ोटो या विडियो के लिए तो मुस्कुराना ही चाहिए और फिर हर इन्सान फ़ोटो और विडियो में मुस्कुराती स्त्री को खुश समझने की गलत फहमी में जीता रहता है । मैं तो कहती हूँ कि सबसे ज्यादा दुखी ही वही स्त्रियां होती हैं जो फ़ोटो और विडियो में हमेशा मुस्कुराती हुई दिखाई देती हैं । और बेचारी कुछ तो मेकअप भी इसलिए करती है ताकि उनके चेहरे पर मौजूद दु:ख के भाव और पति या घर वालों की मार के निशान उस मेकअप के पीछे आसानी से छिपाए जा सके।" तब्बू ने आर. के. जी. को अपने दिल की बातें साझा करते हुए कहा ।

“देखो तब्बू में तुम्हारा दर्द समझता हूँ । एक बार यह शादी की औपचारिकताएं पूरी हो जाए फिर तुम जैसे चाहो रहना । और हाँ वो महिलाओं के लिए संघर्ष हेतु तुम जो संगठन बनाकर काम करने का सपना देखती रहती हो ना उसे पूरा करने में भी मैं तुम्हारी पूरी मदद करूंगा ।" आर. के. जी. ने तब्बू को समझाते हुए कहा।

सारी रस्में पूरी हो जाने के बाद वह दिन भी आ गया था जब आर. के. जी. और तब्बू को सात फेरे लेकर हमेशा-हमेशा के लिए एक दूसरे का जीवन साथी बन जाना था ।

भाग 78 : तब्बू और आर.के.जी. की शादी में यह क्या हो गया ?

तब्बू और आर.के.जी. की शादी का वह दिन आ गया था जब वे दोनों एक दूसरे के साथ फेरे लेने वाले थे । सभी रस्में पूरी होने के बाद अब सिर्फ़ फेरे की रस्म निभाई जानी थी । आर.के.जी. के घर पर मेहमानों का ताता लग रहा था । शहर के सभी गणमान्य लोग शादी में शरीक हो रहे थे । आर.के.जी.का घर दुल्हन की तरह सजाया गया था । उसकी माँ और दूर के सभी रिश्तेदार भी बहुत ही आकर्षक और सुन्दर कपड़ों में सज-धज रहे थे । आर.के.जी. क्रीम कलर पर मेहरून रंग के सितारों की शेरवानी और सिर पर कलंगी वाली पगड़ी पहन कर दूल्हे के रुप में निखर उठा था ।

तब्बू ने शादी का लाल जोड़ा पहन रखा था और वह आज सबसे खूबसूरत नज़र आ रही थी । शादी का मण्डप सज चुका था । वर माला की सेरेमनी होने के बाद सभी मेहमान खाना खा रहे थे । कुछ लोग दबे मुँह तबस्सुम के तब्बू बनने और धर्म परिवर्तन की बातें भी कर रहे थे तो कुछ रिश्तेदार आर.के.जी. को समाज में शादी के लिए कोई लड़की नहीं मिलने का जिक्र भी करने से नहीं चूक रहे थे । अक्सर समाज के लोग उन अवसरों को कभी नहीं चूकते जहाँ किसी को नीचा दिखाना हो । भले ही फिर वे उस घर का नमक ही क्यों न खा रहे हो ।

इसी बीच फेरों के लिए पण्डित जी पहुँच चुके थे । उन्होंने शुभ मुहूर्त का हवाला देते हुए दूल्हा और दुल्हन को फेरे के लिए बुलाया। आर.के.जी. और तब्बू अपने रिश्तेदारों से घिरे हुए मण्डप में फेरों के लिए पहुँच चुके थे ।

पण्डित जी ने गणेश वन्दना शुरु कर दी थी । तब्बू यह सब माहौल देखकर असहज जरूर थी मगर इस असहजता को उसने अपने चेहरे पर हावी नहीं होने दिया था । एक के बाद एक करते हुए सभी सात फेरे मंत्रोच्चारण के बीच सम्पन्न हो चुके थे। आर.के.जी. और तब्बू मण्डप से निकल कर अपनी माँ और दूर बैठे अपने बुजुर्ग रिश्तेदारों का आशीर्वाद प्राप्त करने के लिए निकले ही थे कि अचानक से मण्डप स्थल के नज़दीक एक जोरदार बम विस्फोट हुआ । पूरे विवाह स्थल पर चीख-चिल्लाहट और भगदड़ मच गई । सभी अपनी-अपनी जान बचाने के लिए इधर-

उधर दौड़ने लगे । विस्फोट इतना भयानक था कि मण्डप में बैठे पण्डित जी सहित अनेक लोगों के चीथड़े उड़ गए । तुरन्त किसी ने पुलिस को सूचना दी तो पुलिस और फायर ब्रिगेड की गाड़ियां घटना स्थल पर पहुँच गई । जो लोग घायल हुए थे उनको एम्बुलेंस से तुरन्त अस्पताल भेजा गया ।

पुलिस के साथ एफ. एस. एल. की टीम भी सबूत जुटाने के लिहाज़ से घटना स्थल पर पहुँच चुकी थी । सभी घायलों और डेड बॉडीज को निकालने के बाद पुलिस ने समस्त विवाह स्थल को अपने कब्जे में ले कर सीज कर दिया था ।

टीवी और समाचार पत्रों में यह घटना प्रमुखता से स्थान पा रही थी । सभी का शक आई.एम.आई. संगठन पर जा रहा था जिसका सरगना कादिर था । पुलिस इस बात को जानती थी कि आर.के.जी. ने तबस्सुम से हिन्दू रीति रिवाजों से शादी की थी । उसने शादी के कार्ड में तबस्सुम का नाम तब्बू लिखवाया था । शायद आईएमआई संगठन के सदस्यों को इस विवाह की भनक लग गई थी और इसी का परिणाम यह बम ब्लास्ट हो सकता है ।

हालांकि पुलिस अन्य नजरियों से भी इस घटना की जांच कर रही थी । अभी तक किसी भी संगठन ने इस बम ब्लास्ट की जिम्मेदारी नहीं ली थी । कादिर भी विदेश में होने के कारण पुलिस की पहुँच से बहुत दूर था ।

पुलिस ने घटना स्थल के आस - पास से कुछ संदिग्ध लोगों को जरूर गिरफ्तार किया था जिनसे थाने पर सघन पूछताछ जारी थी ।

अगले भाग में आप पढ़ेंगे कि इस बम ब्लास्ट में क्या आर.के.जी. और तब्बू जिन्दा बच पाए थे ?

भाग 79 : क्या आर. के. जी. और तब्बू थे बम ब्लास्ट का निशाना ?

आज के सभी अख़बार आर. के. जी. और तब्बू की शादी के दौरान हुए बम ब्लास्ट की सुर्खियों से अटे पड़े थे । सभी समाचार पत्रों की हेड लाइन थी - बम ब्लास्ट में बाल- बाल बचे दूल्हा और दुल्हन ! टीवी पर भी इस घटना को पूरा कवरेज मिल रहा था । पुलिस ने विवाह स्थल पर लगे सभी सीसी टीवी कैमरे और शादी के दौरान की जा रही विडियो ग्राफी के फुटेज भी अपने कब्जे में ले लिए थे । इनकी

मदद से जांच करके पुलिस घटना की जांच की कड़ियां जोड़ने की कोशिश कर रही थी । इंस्पेक्टर वागले को ही इस केस की जांच भी सौंप दी गई थी । वागले ने कादिर और उसके लगभग सभी गुर्गों के फोन सर्विलांस पर डाल दिए थे। इसी बीच कादिर द्वारा इस विस्फोट को अंजाम देने वाली टीम के मुखिया को फोन किया जा रहा था । फोन पर की जा रही बातचीत को रिकॉर्ड किया गया । इस रिकॉर्डिंग को इंस्पेक्टर वागले ने सुनना शुरु किया तो चौंकाने वाले तथ्य सामने आए ।

कादिर ने अपने गुर्गे को फ़ोन मिलाते हुए कहा था –“हैलो, “ऑपरेशन गुप्त” में यह जो खबरे आ रही है क्या वो सच है ? यह गुप्ता बच कैसे गया ?”

दूसरी तरफ से कादिर के गुर्गे की आवाज़ आई - "बॉस सॉरी, वो क्या था कि आपके सख़्त निर्देश थे कि आपकी बहिन तबस्सुम उर्फ तब्बू को एक खरोंच भी नहीं आनी चाहिए । बस उसीको बचाने के चक्कर में गुप्ता भी बच गया । नहीं तो आज उसका राम नाम सत्य तय था ।”

कादिर ने अपने गुर्गे को डाँटते हुए कहा–“अबे चपड़ गंजू गुप्ता का बच जाना कोई छोटी मोटी बात नहीं है । हमारे इस्लाम की बेटियों को यूँ काफिर बनाकर शादी करने वाले किसी भी काफिर को हम जिन्दा नहीं बख्शेंगे । तफसील से पूरी जानकारी चाहिए मुझे । आखिर गुप्ता बच कैसे गया ?"

“बॉस वो क्या है कि इन काफिरों में विवाह के समय एक गठ जोड़ जैसा बन्धन बांधा जाता है । वह बन्धन अन्तिम समय तक गुप्ता और तबस्सुम से अलग नहीं किया गया था । और दोनों उस बन्धन के साथ ही मण्डप से बाहर निकल कर अपने रिश्तेदारों का आशीर्वाद लेने चले गए जबकि विस्फोटक हमने मण्डप में ही लगाया था । अब हमारा आदमी जो कि मौके पर शादी में मौजूद था इस बात का इन्तजार करता रहा कि कब तबस्सुम और आर. के. जी. जिस बन्धन से बंधे थे उससे अलग- अलग हो और हम तबस्सुम को बचाते हुए आर. के. जी. को उड़ा दे। परन्तु उस बन्धन से अलग ना होने के कारण ऐसा सम्भव नहीं हो पाया ।” कादिर के गुर्गे ने बिना रुके सारी जानकारी फोन पर कादिर को दी ।

“अबे इन काफिरों का शादी के वक्त यह जो बन्धन बांधा जाता है ना वह ज्यादातर मामलों में मौत के बाद ही अलग होता है । और तुम्हें भेजा गया था गुप्ता की मौत

के लिए परन्तु सारे ऑपरेशन का सत्यानाश करके रख दिया तुम लोगों ने । अब होगा यह कि पुलिस उस गुप्ता को सिक्योरिटी उपलब्ध करवा देगी और फिर हमारा काम और भी मुश्किल हो जाएगा ।" कादिर ने अपने गुर्गे को डपटते हुए कहा ।

"बॉस आप चिन्ता मत कीजिए, अगला ऑपरेशन जल्द ही अंजाम दिया जाएगा और वादा करते हैं कि इस बार गुप्ता बच नहीं पाएगा।"

उधर से कादिर की आवाज़ आई –"आमीन !"

कादिर के गुर्गे ने भी फ़ोन काटते हुए कहा- "इन्शा अल्लाह ऐसा ही होगा ।"

इंस्पेक्टर वागले ने जब कादिर और उसके गुर्गे की बात सुनी तो उसके मुँह से अनायास निकला - "ओह माई गॉड, तो आर. के. जी. को निपटाने का प्लान था कादिर और उसके गुर्गों का । शुक्र है कि आज वो तबस्सुम उर्फ़ तब्बू की बदौलत जिन्दा बच गया ।"

वागले ने तुरन्त ही इस फोन रिकॉर्ड की सारी बातचीत अपने उच्च अधिकारियों को बताई और आर. के. जी. और तब्बू दोनों को वाई श्रेणी की सुरक्षा उपलब्ध करवाने का आग्रह किया । वागले के आग्रह और स्थानीय खुफिया एजेंसियों की रिपोर्ट के आधार पर पर दोनों को वाई श्रेणी की सुरक्षा पुलिस प्रशासन द्वारा उपलब्ध करवा दी गई थी ।

भाग 80 : सरकार बदलने से क्या तब्बू और आर. के. जी. के रिश्ते पर असर पड़ेगा ?

एक बड़े जन आंदोलन के चलते देश में राजनैतिक उथल-पुथल शुरु हो गई थी । चारों तरफ दीवारों पर वर्तमान सरकार की नाकामियों और उसके भ्रष्ट होने के कारनामों के पोस्टर अटे पड़े थे । जगह - जगह धरने और प्रदर्शन आम बात हो गई थी । लोकसभा के चुनाव सिर पर थे । जनता देश में परिवर्तन चाहती थी । परिवर्तन की यह बयार पहली बार इस क़दर चली थी कि सत्ता धारी दल को चुनाव में खड़ा करने के लिए उम्मीदवार नहीं मिल रहे थे । सभी अच्छे और जीत के लायक नेता बदलते राजनैतिक मौसम को देखते हुए इस्तिफा देकर विपक्षी दलों में जा मिले थे ।

चुनाव हो चुके थे । सभी लोगों का चुनाव परिणामों का बेसब्री से इंतजार था । आज वो दिन भी आ चुका था । सुबह से ही सभी चुनाव परिणामों को जानने के लिए टीवी पर इकट्ठे हो गए थे । जब परिणाम आए तो सत्ता धारी दल के ज्यादातर उम्मीदवारों की जमानत जब्त हो चुकी थी । देश में दक्षिण पंथी ताकतों की सरकार सत्ता में आ गई थी । इन लोगों ने देश में मन्दिर- मस्जिद के साथ - साथ हिन्दू-मुस्लिम का कार्ड खेलना शुरू कर दिया था । विपक्षी दलों के नेताओं को चुन-चुन कर निशाना बनाया जा रहा था। जनता का एक बड़ा तबका भी सरकार की नीतियों का समर्थन कर रहा था । इससे नव निर्वाचित सरकार को और हिम्मत मिल रही थी।

आर. के. जी. और तब्बू के केस को लेकर सियासत तेज हो गई थी। बम ब्लास्ट का यह मुद्दा अब राजनीतिक मुद्दा बन चुका था । सरकार के इशारे पर स्थानीय पुलिस ने कादिर के संगठन आईएमआई को अपना टारगेट बना लिया था । आईएमआई यानी कि इस्लामिक मूवमेंट ऑफ इंडिया के कार्यालयों पर पुलिस ने छापेमारी शुरु कर दी थी । शहर के बीचों बीच स्थित आईएमआई के एक बड़े ऑफिस को बुलडोजर से गिराने की कार्रवाई स्थानीय प्रशासन द्वारा शुरु कर दी गई थी ।

सभी टी.वी. चैनल इस कार्रवाई का लाइव प्रसारण कर रहे थे । जनता का एक बड़ा तबका पुलिस प्रशासन और सरकार का समर्थन कर रहा था । किसी को भी न्याय और न्यायालयों से कोई लेना देना नहीं था । सब बुलडोजर न्याय को ही अन्तिम न्याय आदेश मान रहे थे।

इधर आर. के. जी. और तब्बू सहित उस जैसे अनेक कपल देश की बदली हुई फ़िजा से परेशान थे। उनको डर था कि पता नहीं कब, कौन उन के रिश्तों पर लव जिहाद का लेबल लगा कर उन्हें भीड़ का निशाना बना दे ?

इस माहौल से दुःखी होकर तब्बू ने आर. के. जी. को अपनी चिन्ता से अवगत करवाते हुए कहा –"देखो आर. के. जी. मैंने पहले ही अंदेशा जताया था कि लोग हमारे रिश्ते को इतना आसानी से कबूल नहीं करेंगे । यह तो खुदा का शुक्र है कि उस दिन बम ब्लास्ट में हम दोनों सहित परिवार के सभी लोगों की जान बच ग ई। बेचारे कितने ही निर्दोष बच्चे और बुजुर्ग उस ब्लास्ट में काल कवलित हो गए ।"

“हाँ तब्बू तुम्हारा अंदाजा बिल्कुल सही था । मैंने भी माँ को समझाने की बहुत कोशिश की थी मगर उसने हमारी एक नहीं सुनी । आख़िर प्यार के दुश्मन यह धर्मांध गुंडे हमारे पीछे पड़ ही गए । अब तो हम दोनों को ही कदम- कदम पर सचेत रहना होगा।” आर. के. जी. ने अपने दिल का डर व्यक्त करते हुए तब्बू को बताया।

“दोनों को नहीं आर. के. जी. सिर्फ़ तुम्हें अपना विशेष ध्यान रखना होगा। मुझे पता चला है कि उस दिन सिर्फ तुम ही उस बम ब्लास्ट का निशाना बनने वाले थे। दरिंदों के मौका हाथ नहीं लगा और हर वक्त हम दोनों के गठबंधन में बंधे होने के कारण वो तुमको कोई नुकसान नहीं पहुंचा पाए। मुझे तो लगता है कि अब इस देश में दो प्यार करने वाले युवाओं को सुकून से जीने ही नहीं दिया जाएगा। रात-दिन सांप्रदायिक ताकतों का डर सा बना रहता है ।” तब्बू ने आर. के. जी. को गले लगाते हुए कहा ।

भाग 81 : तब्बू और आर.के.जी. को किस बात की टेंशन हो गई ?

तब्बू और आर. के. जी. अभी शादी के दौरान हुए बम ब्लास्ट के सदमे से ठीक से नहीं उभर पाए थे। खुफिया एजेंसियों के अनुसार आर. के. जी. की जान को अभी भी खतरा था लिहाज़ा दोनों पति पत्नी को वाई श्रेणी की सुरक्षा प्रदान की गई थी। हर दम सुरक्षा गार्ड उनको घेरे रहते थे। कहीं बाहर जाना हो या ऑफिस हमेशा आर. के. जी. के साथ उसके सुरक्षा गार्ड मौजूद रहते थे । तब्बू घर ही घर में कैद रह कर घुट सी रही थी । उसने आज परेशान होकर अपने पति आर. के. जी. से कहा –“आर. के. जी. यूँ कब तक घर के अन्दर कैद रह कर घुटती रहूँगी मैं ? तुम तो दिन भर अपने ऑफिस में भी समय गुजार लेते हो पर मेरे लिए तो खुली हवा में सांस लेना ही दूभर हो गया है ।”

“तुम्हारी हालत में समझ सकता हूँ तब्बू, चलो आज कहीं बाहर आउटिंग पर चलते हैं ।” आर. के. जी. के कहने पर तब्बू तैयार होकर आ गई । दोनों गाड़ी में बैठकर शहर के एक पार्क में घूमने के लिए निकल गए । घर पर आर. के. जी. की माँ और आया तब्बू की बिटिया के साथ थे । आर. के. जी. और तब्बू की गाड़ी के साथ- साथ उनके गार्ड भी आगे पीछे गाड़ी से चल रहे थे । पार्क आते ही आर. के.

जी. और तब्बू पार्क में चले गए मगर उनके सुरक्षा गार्ड चौकस होकर उनकी सुरक्षा की जिम्मेदारी निभा रहे थे । पार्क में एक बैंच पर बैठने के बाद तब्बू ने आर. के. जी.का हाथ अपने हाथ में लेते हुए कहा –"आर. के. जी. मुझे तुम्हारी और बिटिया की चिन्ता हमेशा सताती रहती है । अब बिटिया भी बड़ी हो रही है। क्यों न हम उसकी पढ़ाई -लिखाई इण्डिया से बाहर किसी अन्य देश में करवाएं ? वह वहाँ सुरक्षित भी रहेगी और हमारी रात-दिन की चिन्ता भी थोड़ी कम हो जाएगी ?"

"तुम सही कह रही हो तब्बू, मैं तो सोचता हूँ कि तुम दोनों माँ -बेटी ही विदेश में शिफ्ट हो जाओ । मुझे नहीं लगता कि यहाँ रहकर तुम अपनी बेटी का भविष्य बना पाओगी ।" आर. के. जी. ने तब्बू की चिन्ता से इत्तीफाक जताते हुए कहा।

"नहीं आर. के. जी. मैं तुम्हें छोड़कर कहीं नहीं जा सकती । पता नहीं तुम्हारी जान के दुश्मन कब तुम्हें अपना निशाना बना लें । मुझे लगता है कि बिटिया के साथ हम माँ को भेज देते हैं ताकि वह उसका ध्यान भी रख लेंगी और बिटिया का मन भी लगा रहेगा ।" तब्बू ने एक नया विचार आर. के. जी. के समक्ष प्रस्तुत किया।

"विचार तो अच्छा है पर इस बारे में हमें माँ से भी उनकी राय लेनी होगी । हालांकि वे मना नहीं करेंगी क्योंकि अपनी छुटकी को वो दिलों जान से प्यार करती है । तुमने देखा कि यदि उन्हें एक पल भी बिटिया घर में दिखाई नहीं दे तो कैसे बैचेन हो उठती हैं।" आर. के. जी. ने तब्बू को समझाते हुए कहा ।

"हाँ आर. के. जी. हम आज ही घर पहुँच कर माँ से इस बारे में बातचीत करते हैं। मुझे भी पूरा यकीन है कि वे मान जाएगी । बिटिया देश से बाहर पढ़ लिखकर अपने पैरों पर खड़ी हो जाएगी तो उसे वहीं सैटल कर देंगे और फिर धीरे- धीरे हम सब भी विदेश में ही सैटल हो जाएंगे ताकि इस डर भरी जिन्दगी से छुटकारा मिल सके ।" तब्बू ने अपने डर को व्यक्त करते हुए कहा ।

"मैं तुम्हारी बात से पूरी तरह सहमत हूँ तब्बू । अब इस देश से बाहर रहने में ही हमारी सुरक्षा और भविष्य है । पता नहीं कितने ही हमारे जैसे कपल हमारे जैसे हालातों में इस तरह देश छोड़कर हमेशा - हमेशा के लिए विदेशी बनकर रह जाते हैं ।"

"हाँ आर. के. जी. तुम ठीक कह रहे हो ! वहाँ कोई किसी से एक दूसरे की जात और धर्म के बारे में कुछ नहीं पूछता । किसी को किसी की निजी जिंदगी से कोई

मतलब ही नहीं होता । सब अपने-अपने काम में व्यस्त रहते हैं । और यहाँ हमारे देश में देखो । पता नहीं इन धर्मांधों को इतनी फुर्सत कैसे मिल जाती है कि यह लोगों के धर्म और जाति के मसलों में ही दिन रात घुसे रहते हैं। और इन राजनीतिक दलों को भी देखो, बस जनता को हमेशा मन्दिर-मस्ज़िद और जाति -धर्म के मुद्दों में ही उलझा कर रखते हैं। अपनी रोटियां सेंकते रहते हैं।" तब्बू ने अपने दिल का दर्द बयां करते हुए कहा ।

"सही कहा तब्बू, जब तक इस देश के लोग इंसानियत और इसके जज्बे को नहीं समझेंगे तब तक यह नेता लोग अपनी रोटियां सेंकने से बाज नहीं आएंगे।" आर. के. जी. ने तब्बू के दर्द को शिद्दत से महसूस करते हुए कहा ।

आप अगले भाग में पढ़ेंगे कि क्या आर. के. जी. की माँ विदेश में अपनी पोती के साथ शिफ्ट होने के लिए राजी हो पाएगी ?

भाग 82 : आर. के. जी. की माँ विदेश जाने के लिए मान जाएगी ?

आर. के. जी. और तब्बू आउटिंग से वापिस घर पर लौट आए थे । उनके सुरक्षा गार्ड हमेशा उनके साथ ही रहते थे । घर पहुँच कर तब्बू ने अपनी बिटिया के संग वक्त बिताया और उससे स्कूल की पढ़ाई के बारे में बातचीत की । आर. के. जी. ने अपनी माँ के साथ समय बिताते हुए अब तक बने हालातों पर उनका नज़रिया जानने की कोशिश करते हुए कहा–"माँ आप आज कल बहुत उदास- उदास सी रहती हो, तबियत तो ठीक है आपकी ?"

"तबियत को कुछ नहीं हुआ बेटा, बस जबसे यह पता चला है कि इंसानियत के दुश्मन यह जेहादी लोग तेरी जान के पीछे पड़े हुए हैं तब से बहुत टेंशन में रहती हूँ। तुम्हारी शादी में हुए बम ब्लास्ट ने मुझे अन्दर तक हिला कर रख दिया था । वह सदमा इस कदर दिल- दिमाग पर हावी रहता है कि रातों की नींद उड़ चुकी है मेरी । रात- दिन बस तेरी सलामती की दुआएँ करती रहती हूँ ।"

कहते हुए आर. के. जी. की माँ की आँखों में आँसू आ गए थे । वो अपने इकलौते बेटे के गले लगकर रोने लगी ।

“माँ आप रोइए मत, ठीक से खाना -पीना कीजिए और अच्छी नींद लिया कीजिए, आपके बेटे को कुछ नहीं होने वाला । अब देखिए ना सरकार और प्रशासन ने वाई श्रेणी की सुरक्षा भी हम लोगों को दे रखी है । आप ही हिम्मत और हौंसला खो देंगी तो तब्बू और मुझे कौन सहारा देगा ?” आर. के. जी. ने अपनी माँ की आँखों से आँसू पौंछते हुए उन्हें समझाने की कोशिश करते हुए कहा ।

“माँ मुझे और तब्बू को सबसे ज्यादा चिन्ता बिटिया के भविष्य की सताती है । उसका अब अकेले स्कूल आना- जाना भी काफी चिंताजनक हो गया है । कल तब्बू से इस बारे में बातचीत हो रही थी तो वो कह रही थी कि बिटिया को पढ़ने के लिए विदेश में दाखिला दिलवा देना चाहिए ताकि वो अपना केरियर बना सकें ।”

“बिल्कुल सही कहा बेटा तब्बू ने, उस फूल सी बच्ची के दिमाग़ में अभी से ही यह सब डर -भय का बैठना नकारात्मक प्रभाव ही डालेगा । जबसे यह बम ब्लास्ट की घटना घटी है तभी से वह काफ़ी सहमी- सहमी हुई सी रहती है और हर समय अपने पापा की सलामती की दुआएं करती रहती है । मैं तब्बू की बात से पूरी तरह सहमत हूँ । मुझे तो लगता है कि यदि हम सब भी विदेश में ही सैटल हो जायँ तो बेहतर होगा ।” आर. के. जी. की माँ ने अपने बेटे को समझाते हुए कहा ।

“पर माँ अभी चूंकि मेरी कोर्ट में रजिस्ट्रार की सरकारी नौकरी का बहुत समय बाकी है तो मुझे लगता है कि अभी इस नौकरी से आर्थिक मदद का मिलना बहुत ज़रूरी है। ताकि हम लोग विदेश में बिटिया की पढ़ाई का खर्चा उठा सकें।” आर. के. जी. ने अपनी माँ को समझाते हुए कहा ।

“तेरी बात सही है बेटा, आर्थिक रुप से सशक्त रहने के लिए अभी तेरा नौकरी करना भी जरूरी है । क्यों नहीं हम बिटिया के साथ तब्बू को विदेश भेज दें ताकि वह उसकी देखभाल भी कर लेगी और यहाँ मैं तेरे साथ रह लूँगी ।” आर. के. जी. की माँ ने एक नया ही विचार सामने रख दिया था जिसके बारे में तब्बू और आर. के. जी. ने सोचा ही नहीं था ।

दोनों की बातचीत सुनकर तब्बू भी कमरे में आ गई थी । उसने आर. के. जी. की माँ को समझाते हुए कहा कि –“देखो माँ मैं इन वर्तमान हालातों में आर. के. जी. को छोड़कर कहीं नहीं जाने वाली । पता नहीं मेरी अनुपस्थिति में इनके साथ कब क्या घटित हो जाए ? लिहाजा मैं हमेशा इनका साया बनकर रहना चाहती हूँ ।

मुझे लगता है कि आप बिटिया के साथ विदेश में सैटल हो जाएं ताकि उसका वहाँ मन पढ़ाई में लगा रहे ।”

“जैसा तुम दोनों पति- पत्नी को उचित लगे वैसा करो बेटा। यदि तुम दोनों लोग एक-दूसरे का साथ नहीं छोड़ना चाहते हो तो मैं अपनी नन्हीं परी के साथ रह लूँगी। वैसे भी इसके बिना मैं यहाँ ज्यादा दिन जिन्दा नहीं रह पाऊँगी ।” आर. के. जी. की माँ ने पास ही में बैठी सब बातें सुन रही अपनी पोती को गले लगाते हुए कहा।

आर. के. जी. और तब्बू माँ के बेटी के साथ विदेश में रहने के लिए राज़ी हो जाने से बहुत खुश थे। उन्होंने बिटिया को विदेश में दाखिला दिलवाने की प्रक्रिया शुरू कर दी थी ।

भाग 83 : आर. के. जी. ने अपनी बेटी को विदेश में क्यों किया शिफ्ट ?

आर. के. जी. की बेटी अब बड़ी हो गई थी । उसने अच्छे मार्क्स के साथ स्कूल पास आउट किया था इसलिए हार्वर्ड विश्वविद्यालय अमेरिका में उसका दाखिला कानून की पढ़ाई के लिए कन्फर्म हो गया था। हार्वर्ड विश्वविद्यालय अमेरिका के मैसाचुसैट्स शहर के कैंब्रिज में स्थित एक निजी विश्वविद्यालय है, जो इवी लीग का सदस्य है। इसकी स्थापना 1636 में औपनिवेशिक मैसाचुसैट्स कानून के तहत हुई थी। हार्वर्ड अमेरिका में उच्च शिक्षा का सबसे पुराना और सुप्रसिद्ध सम्मानित संस्थान है । आर. के. जी. और तब्बू के लिए यह बड़े ही गर्व की बात थी कि उनकी बेटी अब नामी गिरामी हार्वर्ड विश्वविद्यालय अमेरिका की स्टूडेंट होने वाली थी।

घर में सब खुश थे। आज बिटिया और आर. के. जी. की माँ अमेरिका के लिए रवाना होने वाली थी। तब्बू के लिए तो यह बड़े ही गौरव की बात थी। उसने कभी सपने में भी नहीं सोचा था कि उसकी बेटी अमेरिका के हार्वर्ड यूनिवर्सिटी में पढ़ेगी।

आर. के. जी. की माँ अपनी पोती के साथ रहने के लिए खुश तो थी मगर उसे अपने बेटे से बिछड़ कर अलग होने का दुःख भी अन्दर ही अन्दर खाए जा रहा था। जबसे अपने बेटे की शादी में बम ब्लास्ट की घटना घटी थी तबसे आर. के. जी.

की माँ अपने बेटे की सुरक्षा को लेकर बहुत चिन्तित रहती थी । अब वह उससे बहुत दूर जा रही थी और उसकी चिन्ता का स्तर भी उतना ही बढ़ता जा रहा था । आर. के. जी. ने अपनी माँ को इस खुशी के अवसर पर उदास होते हुए देखकर पूछा–"क्या बात है माँ , आज तो आपको खुश होना चाहिए कि आप अपनी पोती के साथ अब अमेरिका में रहेंगी । मैंने वहाँ आप दोनों के साथ रहने का पूरा इंतजाम करवा दिया है ।"

"हाँ बेटा बात तो खुशी की है मगर मुझे बस तेरी और बहु की चिन्ता खाए जाती है। आज हमारा परिवार जिन हालातों से गुजर रहा है वो उनमें एक माँ कैसे खुश रह सकती है ?"आर. के. जी. की माँ ने अपने बेटे को गले से लगाते हुए कहा।

"देखो माँ आप बेफिक्र होकर अमेरिका जाओ । बिटिया के वकालत की पढ़ाई पूरी होने पर जब वो जज बनेगी तो हमारे सारे दु:खों का अन्त हो जाएगा । इस देश के ज़ाहिल और धर्मांध लोगों को सख़्त से सख़्त सजा दिलाने के लिए सजग और ईमानदार जजों की बहुत ज़रूरत है । बस आप वहाँ पर इसकी पढ़ाई और अपने स्वास्थ्य का पूरा ध्यान रखना ।" तब्बू ने अपनी सास को गले लगाते हुए कहा ।

आर. के. जी. ने अपनी बेटी और माँ की फ्लाइट टिकिट अमेरिका के लिए बहुत पहले से ही बुक करवा दी थी । लिहाजा आज उन दोनों को एयरपोर्ट पर छोड़ने जाने के लिए सभी परिजन तैयार थे । तय समय पर आर. के. जी. और तब्बू अपनी बेटी और माँ को एयरपोर्ट तक छोड़ने जाने के लिए निकल चुके थे । उनकी बिटिया अपनी पहली इस विदेश और हवाई यात्रा को लेकर काफ़ी एक्साइटेड थी। हालांकि उसे भी अपने पिता और माँ की चिन्ता उतनी ही थी जितनी उसकी दादी को थी । परन्तु वह अपने इस दु:ख को सबके सामने बयान नहीं कर पा रही थी । वह इतनी समझदार हो गई थीं कि अपने मम्मी और पापा को जरा भी दु:खी नहीं करना चाहती थी । लिहाजा एयरपोर्ट पहुँच ने के बाद उसने अपने पापा और मम्मी को गले लगाया और कहा–"आप लोग कभी भी मेरी और दादी की चिन्ता मत कीजिएगा । बस अपना खयाल रखिएगा और हमेशा सजग रहिए । मैं जानती हूँ पापा कि आपने और मम्मी ने मेरे लिए बहुत सपने सजोकर रखे हैं लिहाज़ा उनको पूरा करना अब मेरी जिम्मेदारी है और इसे मैं पूरी तरह से निभाऊंगी ।"

अपनी बेटी की बातें सुनकर आर. के. जी. और तब्बू भावुक हो उठे थे। उन्होंने खुद को संभालते हुए बेटी को आशीर्वाद दिया और अपनी माँ के चरण स्पर्श करके आशीर्वाद लिया। अब आर. के. जी. की माँ और बेटी दोनों एयरपोर्ट में सिक्योरिटी चैकिंग के लिए प्रवेश कर चुके थे। कुछ ही देर में उनकी फ्लाइट के लिए बोर्डिंग का एनाउंसमेंट हो चुका था। दादी और पोती फ्लाईट में बोर्ड कर चुके थे और कुछ ही देर में उनकी फ्लाईट अमेरिका के लिए उड़ान भर चुकी थी।

भाग 84 : क्या पुष्पा और करीम शादी के बन्धन में बंधने वाले हैं ?

पुष्पा और करीम लंच के दौरान कोर्ट रूम में साथ बैठे बातचीत कर रहे थे । करीम ने राज्य के वर्तमान हालातों पर चिन्ता व्यक्त करते हुए कहा–"पता नहीं पुष्पा क्यों पुलिस और प्रशासन इतने मूक बने हुए हैं ? अब तो सब बर्दाश्त से बाहर होता जा रहा है ।"

"क्यों क्या हो गया अब, किस बात के लिए आप इतने परेशान हैं डियर जज साहब ?" पुष्पा ने चुटकी लेते हुए करीम से पूछा ।

"अब देखो ना रोज कोर्ट में लगभग चालीस प्रतिशत केस इस बात के लिए आ रहे हैं कि पुलिस और स्थानीय प्रशासन ने बिना कोई चेतावनी और नोटिस दिए उनके घर पर बुलडोजर चला दिया और पूरा पुश्तैनी मकान बिना कोर्ट ऑर्डर के जमींदोज कर दिया । कई लोग तो यह गुहार लगाते हुए कोर्ट आ रहे हैं कि जो मकान तोड़ा गया है उसका अपराधी और उससे जुड़े लोगों से कोई सम्बन्ध ही नहीं था। फिर भी उस मकान को गिरा दिया गया ।"

"हाँ करीम यह बात तो बिल्कुल सही कह रहे हैं आप । मैं भी रोज न्यूज में ऐसे केसेज के बारे में सुन रही हूँ । कई बार तो मीडिया ट्रायल इस क़दर किया जा रहा है कि लोग वही सच मानने को मजबूर हो रहे हैं जो उनको मीडिया रिपोर्ट के ज़रिए दिखाया जा रहा है । पता नहीं पूरे देश में कमोबेश यही हालात नज़र आ रहे हैं । राजनैतिक दल अपनी दलीय द्वेषता के चलते भी सामान्य जनता को पुलिस के ज़रिए निशाना बनाने से नहीं चूक रहे हैं । पता नहीं यह लोग क्यों उन गरीब लोगों

के दुश्मन बने हुए हैं जिन्होंने अपना खून - पसीना एक करके पाई - पाई जोड़कर जैसे-तैसे करके घर बनाए हैं । जबकि देश का सुप्रीम कोर्ट भी कह चुका है कि बिना कानूनी नोटिस दिए किसी भी मकान पर बुलडोजर नहीं चलाया जाना चाहिए फिर भी पुलिस के लोग नेताओं के भले के लिए कार्ट के आदेशों की भी धज्जियां उड़ा रहे हैं ।”

“हाँ पुष्पा कल ही सुप्रीम कोर्ट की अवमानना के केस में मैंने कई पुलिस अधिकारियों को अंतिम जांच रिपोर्ट आने तक सस्पेंड करने के आदेश जारी किए हैं। शायद इस तरह की कार्रवाई से हालात कुछ सुधरे ।” करीम ने पुष्पा के सवालों का जवाब देते हुए कहा ।

“वो सब तो ठीक है जज साहब पर अब हम दोनों को भी अपने प्यार पर लगे अघोषित स्टे को ख़त्म करके जीवन को आगे बढ़ाने के लिए कोई फ़ैसला लेना चाहिए कि नहीं ?” पुष्पा ने आदतन करीम को छेड़ते हुए कहा ।

“अरे हाँ, ये देश के कोर्ट कचहरी के मसलों पर काम करते-करते हम अपनी जिन्दगी के मसले तो भूल ही गए । अच्छा याद दिलाया पुष्पा, अब हम लोगों को शादी के बन्धन में बंध ही जाना चाहिए । क्योंकि बेटा भी अब बड़ा हो रहा है । उसकी स्कूल लेवल की पढ़ाई ख़त्म हो चुकी है और अब वह भी विदेश में दाखिला लेने के लिए जिद्द कर रहा है ।”

“फिर तो हमें बेटे के विदेश जाने से पहले ही औपचारिक रूप से शादी के बन्धन में बंधने का यह शुभ कार्य कर ही लेना चाहिए । अब यह बताओ कि जनाब मेरे साथ सात फेरे लेना कुबूल करेंगे या फिर निकाह पढ़ना ?” पुष्पा ने फिर मज़ाक ही मज़ाक में करीम के दिल को टटोलने की कोशिश की ।

“देखो पुष्पा मैं समाज द्वारा थोपे हुए रीति-रिवाजों में कोई यकीन नहीं करता हूँ। हम दो प्यार करने वाले दिलों को जीवन भर साथ रहना है और यह मेरे दिल और दिमाग़ में स्पष्ट है कि हमें दुनिया की कोई ताकत अब अलग नहीं कर सकती। ये फेरे, निकाह या फिर कोई और तरीका सब महज़ औपचारिकताएँ मात्र है। आज इस इक्कीसवीं शताब्दी में तो लिव इन रिलेशनशिप के साथ जीने का चलन है। सभी विकसित देश और दुनिया भर के लोग इस चलन को अपना रहे हैं।

और अब तो कोर्ट ने भी लिव इन रिलेशनशिप को कानूनी मान्यता दे दी है । हम दोनों के रिश्ते तो वैसे भी इसी केटेगिरी में आते हैं । अब सारा फ़ैसला मैंने तुम पर छोड़ा है कि तुम्हें क्या और कौनसा रास्ता पसन्द है ?" करीम ने पुष्पा के सवाल का जवाब देते हुए कहा ।

"मुझे तुम्हारे खयालात पर नाज़ है करीम । मैं उन खुश नसीब औरतों में से हूँ जिनको तुम जैसा जीवन साथी मिलता है । क्या ना अच्छा हो कि आज शाम को तुम मेरे घर पर आओ और इस बारे में हम माँ की राय भी जानने की कोशिश करें कि आख़िर हम दोनों के रिश्ते के बारे में वो क्या सोचती है ?"

"बिल्कुल, मुझे भी लगता है कि उनकी राय बहुत मायने रखती है। कल रविवार भी है तो मैं कल ही तुम्हारे घर आता हूँ पुष्पा ।" करीम ने मुस्कुराते हुए कहा ।

"ससुराल में तुम्हारा स्वागत है जज साहब। हम बेसब्री से आपका इन्तजार करेंगे।" पुष्पा ने हँसते हुए कहा और फिर वह अपने चैम्बर में चली गई ।

भाग 85 : क्या करीम पुष्पा की माँ से पुष्पा का हाथ माँग पाएगा ?

आज रविवार था । पुष्पा को और उसकी माँ को पता था कि आज करीम घर पर आने वाला है । लिहाज पूरे घर की साफ - सफाई करके हर चीज़ को करीने से सजाया जा रहा था । घर के हरेक कौने की सफाई की जा रही थी । घर की काम वाली बाई के साथ खुद पुष्पा भी इस काम में जुटी हुई थी । पुष्पा की माँ भी अपने दामाद के घर आने की ख़बर से बहुत खुश थी । वह खुद सभी के लिए अच्छे और स्वादिष्ट पकवान बनाने में व्यस्त थी । घर में इतनी चहल पहल देखकर पुष्पा के बेटे ने पूछा –"क्या बात है मम्मी आज घर को दुल्हन की तरह क्यों सजाया जा रहा है ? क्या कोई खास मेहमान आने वाले हैं ?"

"हाँ बेटा ! आज तेरा इंतजार खत्म होने वाला है। तेरे पापा लम्बे अरसे के बाद अब तुझसे मिलने और हम लोगों को हमेशा के लिए अपने साथ रखने के मुद्दे पर तुम्हारी नानी से बात करने के लिए आ रहे हैं ।"

"सचमुच मम्मी ! मुझे जानकर बेहद खुशी हो रही है कि अब हम सदा के लिए पापा के साथ रहेंगे । कब तक आ जाएंगे पापा ? जल्दी बताओ ना, अब मुझसे और इन्तजार नहीं हो पा रहा । प्लीज , बताओ ना ।" बेटे ने अपनी मम्मी के गले लगकर मचलते हुए कहा ।

"बस बेटा जल्दी ही आने वाले हैं । अब आज रविवार की छुट्टी है तो छककर सोएंगे भी तो । कोर्ट में सुबह से एक ही जगह बैठे- बैठे थक भी तो जाते हैं ना । सो उठेंगे, चाय पी कर फिर फ्रेश होने के बाद स्नान करके सीधे इधर ही आ जाएंगे ।" पुष्पा ने अपने बेटे को समझाते हुए कहा ।

अब तक घर पूरी तरह सज-धज कर करीम के स्वागत के लिए तैयार था । पुष्पा की माँ ने घर में काम करने वाली बाई की मदद से स्वादिष्ट पकवान बना कर तैयार कर लिए थे । सिर्फ़ गरम- गरम पूरियां उसी समय तलने के लिए छोड़ दी गई थी ताकि करीम उनका आनन्द उठा सकें ।

इधर करीम जब सो कर उठा तो घड़ी में दस बज रहे थे । उसे अचानक से याद आया कि आज पुष्पा के घर उसकी माँ से मिलने जाना है सो वह तुरन्त कॉफी पीकर, फ्रेश होने के बाद तैयार हो कर पुष्पा के घर के लिए अपनी गाड़ी से निकल गया। थोड़ा सा रास्ता तय करने के बाद पुष्पा का घर आ गया था । करीम की गाड़ी के हॉर्न की आवाज़ से ही पुष्पा समझ गई थी कि जज साहब आ गए हैं । लिहाजा वह अपने बेटे के साथ दरवाज़े की तरफ़ दौड़ी। करीम गाड़ी को पार्क करके पुष्पा के घर की तरफ़ आ रहा था ।

पुष्पा की माँ अपने दामाद के स्वागत के लिए कुमकुम इत्यादि से सजी हुई थाली लेकर दरवाज़े पर खड़ी थी। तभी पता नहीं मौहल्ले में कुछ लोगों की भीड़ नारे लगाते हुए प्रवेश कर गई । इस भीड़ के हाथों में त्रिशूल और धारदार हथियार थे और इनको लहराते हुए यह भीड़ नारे लगा रही थी –"लव जिहाद बंद करो, बन्द करो, बंद करो ।"

"ऐसी क्या मजबूरी है ! गैर धर्म में क्यों शादी जरुरी है ?"

"हमको धर्म बचाना है । बहु - बेटी को बचाना है !"

करीम इन नारों को सुनकर हालात को भांप गया था । उसने तुरन्त पुलिस स्टेशन पर फोन करके पुलिस फोर्स को बुलवा लिया था । उसके खुद के अंग रक्षक

हालांकि उसके साथ ही थे । मगर फिर भी एहतियातन पुलिस फ़ोर्स घटना स्थल पर पहुँच चुकी थी । करीम और पुष्पा के घर को चारों तरफ से पुलिस ने घेर लिया और नारे लगा रही भीड़ को नियंत्रित करते हुए वहाँ से खदेड़ दिया गया था।

भाग 86 : पुष्पा की माँ करीम और पुष्पा की शादी के लिए कौनसा रास्ता चुनेगी ?

जब करीम हमेशा-हमेशा के लिए पुष्पा का हाथ माँगने उसकी माँ के घर पहुँचा था, तो किसी ने भी कल्पना नहीं की थी कि वह दिन पूरे मोहल्ले की स्मृति में एक गहरे घाव की तरह अंकित हो जाएगा । दो शिक्षित, समझदार और आत्मनिर्भर युवाओं का साथ जीवन भर निभाने का संकल्प कुछ लोगों की संकीर्ण दृष्टि में अपराध बन गया था । बात-बात में उग्र होती भीड़, उत्तेजक नारों की कर्कशता और वातावरण में फैलती असहजता, सब कुछ इतनी तेजी से घटा कि संभलने का अवसर ही नहीं मिला ।

हालाँकि पुलिस ने समय रहते हस्तक्षेप कर स्थिति को नियंत्रण में ले लिया था और भीड़ को तितर-बितर कर दिया गया था, परंतु जाते-जाते वे लोग भय और असुरक्षा की एक लकीर खींच गए थे । पुष्पा की माँ यह भली-भाँति समझ गई थी कि ऐसे धर्मांध लोग तात्कालिक पराजय से शांत नहीं होते । उनके भीतर की कट्टरता अवसर की तलाश में रहती है ।

शाम ढल चुकी थी । घर के आँगन में एक गहरी शांति थी, जो दिन भर के कोलाहल के बाद और भी भारी लग रही थी । पुष्पा की माँ ने करीम को अपने पास बैठने का इशारा किया । उसकी आँखों में भय नहीं, बल्कि एक परिपक्व दृढ़ता थी । वह दृढ़ता जो जीवन के लंबे अनुभवों से उपजती है ।

“देखो बेटा,” पुष्पा की माँ ने स्नेह और गंभीरता के मिले-जुले स्वर में कहा,- “मुझे तुम्हारे और पुष्पा के विवाह से कोई ऐतराज़ नहीं है। मैं तो शुरू से ही तुम दोनों को एक-दूसरे के लिए बना हुआ मानती आई हूँ। तुम दोनों में जो समझ, सम्मान और अपनापन है, वह बहुत कम रिश्तों में देखने को मिलता है ।”

करीम ने ध्यान से पुष्पा की माँ की ओर देखा। वह जानता था कि आगे आने वाले शब्द आसान नहीं होंगे।

“पुष्पा के पापा ज़रूर इस रिश्ते से नाराज़ थे,” पुष्पा की माँ कुछ क्षण रुककर बोली,-“पर जीवन के अंतिम दिनों में उन्हें अपने किए पर बहुत पछतावा था। बीमारी और असहायता ने उन्हें भीतर तक तोड़ दिया था। उसी समय उन्होंने मुझसे वादा लिया था कि अगर कभी अवसर मिले, तो मैं तुम दोनों को फिर से मिलवाने में बाधा नहीं बनूँगी। उन्होंने अपने शब्दों में माफ़ी माँगी थी, बेटा। अब वह वादा मेरे लिए किसी इबादत से कम नहीं।”

पुष्पा की माँ के स्वर में एक ऐसा भाव था, जिसने करीम को भीतर तक छू लिया। करीम ने गहरी साँस ली और बोला—“आप बिल्कुल सही कह रही हैं अम्मी जी। धर्मान्ध किस्म के लोग हर मज़हब में मौजूद हैं। इन्हें न इंसानियत से मतलब होता है, न किसी नैतिक मूल्य से। ऐसे लोग अपने क्षणिक स्वार्थों के लिए किसी भी हद तक जा सकते हैं। लेकिन जब दो सुशिक्षित, समझदार इंसान अपनी पूरी सहमति से जीवन भर साथ रहने का फ़ैसला करते हैं, तो किसी तीसरे को आपत्ति करने का कोई नैतिक या संवैधानिक अधिकार नहीं होना चाहिए।”

पुष्पा, जो अब तक चुपचाप दोनों की बातें सुन रही थी, आगे बढ़कर बोली—“सही कह रहे हैं आप करीम। कोई यह बताए कि किस ईश्वर या किस किताब ने यह लिखा है कि अलग-अलग धर्म के लोग विवाह नहीं कर सकते ? अगर ईश्वर ने इंसान बनाया है, तो क्या वह इंसान को बाँटने का आदेश देगा ?”

पुष्पा की आवाज़ में प्रश्न नहीं, बल्कि तर्क की दृढ़ता थी। करीम ने पुष्पा की ओर देखा, फिर उसकी माँ की ओर मुखातिब होकर बोला—“अम्मी जी, हमने सोचा है कि यह निर्णय आपके साथ राय-मशविरा करके लिया जाए। हमारे सामने तीन रास्ते हैं। पहला- हिंदू विवाह पद्धति के अनुसार सात फेरे लेकर विवाह करना। दूसरा-मुस्लिम रीति के अनुसार निकाह और तीसरा-लिव-इन रिलेशनशिप में रहते हुए जीवन यापन करना। हम चाहते हैं कि आप हमें यह बताएँ कि इन तीनों में से कौन-सा रास्ता हमें चुनना चाहिए ?”

पुष्पा की माँ कुछ क्षण शांत रही । उसकी दृष्टि आँगन के उस कोने पर टिक गई, जहाँ कभी उसके पति कुर्सी डालकर बैठते थे । फिर उसने शांत, पर स्पष्ट स्वर में कहा—"बेटा, ये सब रीति-रिवाज़ इंसानों के बनाए हुए हैं । समय, समाज और परिस्थितियों के अनुसार। मेरा मानना है कि हर इंसान को अपने जीवन को जीने का संवैधानिक अधिकार है । और तुम दोनों तो कानून के विद्यार्थी ही नहीं, बल्कि उसके रक्षक और पालनकर्ता भी हो । ऐसे में तुम्हें किसी और की स्वीकृति की नहीं, बल्कि अपने विवेक की ज़रूरत है । तुम दोनों आपस में बातचीत करके तय करो कि तुम्हारे लिए कौन-सा रास्ता बेहतर है ।"

पुष्पा की माँ की बातों में न कोई दबाव था, न कोई आग्रह—बस भरोसा था ।

पुष्पा ने माँ का हाथ थामते हुए कहा—"माँ, मुझे भी लगता है कि यह निर्णय हम दोनों को ही लेना चाहिए । कानून हमें लिव-इन रिलेशनशिप में रहने का अधिकार देता है । हम साथ रह सकते हैं, एक-दूसरे की ज़िम्मेदारी उठा सकते हैं और सामाजिक रूप से भी अपनी शादी को कोर्ट में रजिस्टर करवा सकते हैं । मुझे किसी धार्मिक रीति से विवाह करने की आवश्यकता महसूस नहीं होती । मेरे लिए सम्मान और समानता ज़्यादा महत्वपूर्ण हैं ।"

करीम ने बिना देर किए कहा-"मैं तुम्हारे इस निर्णय के साथ हूँ पुष्पा। हम कल ही कोर्ट में एप्लीकेशन दे देते हैं और माँ की उपस्थिति में कोर्ट मैरिज कर लेते हैं ।"

पुष्पा की माँ की आँखों में नमी छा गई, पर यह नमी भय की नहीं, संतोष की थी। उसे लगा कि उसके पति को दिया गया वादा आज एक नए रूप में पूरा हो रहा है।

अंततः करीम और पुष्पा ने अपने जीवन के लिए कोर्ट मैरिज का रास्ता चुना, न किसी दबाव में, न किसी डर से, बल्कि पूरी चेतना और साहस के साथ। उन्होंने कानून की शरण में जाकर अपने प्रेम को वैधानिक रूप दिया, यह जानते हुए कि सच्चा रिश्ता रस्मों से नहीं, समझ और सम्मान से टिकता है।

अगले भाग में आप पढ़ेंगे कि क्या पुष्पा और करीम की कोर्ट मैरिज हो पाई ?

भाग 87 : क्या पुष्पा और करीम की कोर्ट मैरिज हो पाई?

कोर्ट मैरिज के लिए विधिवत प्रस्तुत आवेदन के अनुसार आज वह दिन आ पहुँचा था, जिसका इंतज़ार पुष्पा और करीम ने न जाने कितनी बेचैन रातों और अनकही प्रार्थनाओं के बीच किया था । अदालत परिसर में आज एक असामान्य-सी हलचल थी न कोई ढोल, न शहनाई, न रंग-बिरंगी भीड़; फिर भी वातावरण में एक गंभीर उत्सव-सा भाव था । यह उत्सव अधिकार का था, विश्वास का था और उस प्रेम का, जिसने सामाजिक दीवारों को लाँघकर स्वयं को कानूनी मान्यता दिलाने का साहस किया था ।

करीम की ओर से उसके कुछ घनिष्ठ मित्र उपस्थित थे । वे मित्र, जिन्होंने हर कठिन मोड़ पर उसका हाथ थामा था । उसके माता-पिता इस संसार में नहीं थे, पर उनकी कमी आज करीम की आँखों में नहीं, बल्कि उसके आत्मविश्वास में झलक रही थी। न्यायालय के कुछ वरिष्ठ न्यायाधीश भी, मानवीय संवेदना के नाते, इस पवित्र क्षण के साक्षी बनने आए थे । दूसरी ओर पुष्पा की माँ अपने कुछ दूर के रिश्तेदारों के साथ वहाँ मौजूद थीं । उनकी आँखों में आँसू थे, पर वे आँसू पीड़ा के नहीं, बल्कि उस संतोष के थे कि आज वे अपने पति की अंतिम इच्छा को पूरा करने जा रही थीं ।

पुष्पा के पिता अब इस संसार में नहीं थे, पर उनकी छाया जैसे आज भी इस विवाह के लिए आशीर्वाद दे रही थी । उन्होंने जीवन के अंतिम दिनों में अपनी भूलों का पश्चाताप किया था, बेटी से क्षमा माँगी थी और यही इच्छा जताई थी कि पुष्पा और करीम एक-दूसरे के होकर जीवन बिताएँ । परिस्थितियों ने उन्हें करीम तक अपनी बात पहुँचाने का अवसर नहीं दिया, पर आज वह अधूरी इच्छा पूर्ण हो रही थी ।

रजिस्ट्रार साहब के समक्ष गवाही की प्रक्रिया शुरू हुई । दस्तावेज़ों की जाँच, हस्ताक्षर, कानूनी घोषणाएँ, सब कुछ विधिवत, शांत और गंभीर वातावरण में सम्पन्न हुआ । जैसे ही विवाह का पंजीकरण पूरा हुआ, पुष्पा और करीम ने एक-दूसरे को वरमाला पहनाई। उस क्षण केवल दो हृदयों को आपसी मौन स्वीकार

था, एक-दूसरे को जीवन भर के लिए अपनाने का । अब उनका संबंध केवल भावनात्मक नहीं, बल्कि कानूनी और सामाजिक रूप से मान्य हो चुका था ।

इस सुखद क्षण को स्मरणीय बनाने के लिए करीम और पुष्पा के मित्रों ने शहर के एक प्रतिष्ठित और भव्य होटल में रिसेप्शन पार्टी का आयोजन किया था । सभी लोग प्रसन्न मन से गाड़ियों में सवार होकर वहाँ के लिए रवाना हुए ही थे कि अचानक रास्ते में एक अराजक दृश्य ने उनका रास्ता रोक लिया ।

एक अनजान भीड़, उग्र, उत्तेजित और भयावह हथियारों से लैस होकर सामने आ खड़ी हुई । हवा में लहराते त्रिशूल, धारदार हथियार और ज़हरीले नारों से वातावरण अचानक सिहर उठा—"लव जिहाद बंद करो !" "बहु-बेटी को बचाना है, धर्म बचाना है !" "धर्म की बेटी धर्म में दो !"

इन नारों में न कोई तर्क था, न करुणा, केवल नफ़रत और अंधविश्वास की तीखी गूँज थी । स्थिति की गंभीरता को भाँपते हुए सुरक्षा गार्ड्स ने तुरंत मोर्चा संभाल लिया । उन्होंने करीम और पुष्पा की गाड़ी के चारों ओर घेरा बना लिया । कार के भीतर बैठे दोनों ने एक-दूसरे की ओर देखा, दोनों की आँखों में डर नहीं, बल्कि सतर्कता थी ।

करीम ने बिना विलंब किए स्थानीय पुलिस थाने और जिले के पुलिस अधीक्षक को सूचना दी । कुछ ही मिनटों में सायरनों की तेज़ आवाज़ें सुनाई देने लगीं । पुलिस बल ने मौके पर पहुँचकर स्थिति को नियंत्रित किया और भीड़ को तितर-बितर कर दिया । अराजकता धीरे-धीरे शांत हो गई, पर उस क्षण की कड़वाहट हवा में देर तक बनी रही ।

पुलिस सुरक्षा के बीच, थके और मानसिक रूप से झकझोर दिए गए सभी लोग किसी तरह रिसेप्शन स्थल तक पहुँचे । होटल के भीतर प्रवेश करते ही वातावरण बदल गया—ठंडे पेय, सौम्य रोशनी और शांत संगीत ने सभी को कुछ राहत दी। मंच पर सजे दो सुंदर सोफों पर करीम और पुष्पा को बैठाया गया। लोग बारी-बारी से आगे बढ़कर उन्हें आशीर्वाद देने लगे। बाहर पुलिस बल का कड़ा पहरा था, मानो समाज की असहिष्णुता के विरुद्ध कानून स्वयं पहरे पर खड़ा हो।

आशीर्वाद समारोह के बाद सभी ने स्व-रुचि भोज का आनंद लिया। थकान के बावजूद वातावरण में एक सौम्य प्रसन्नता थी । देर रात पुष्पा को करीम के घर तक छोड़ने की व्यवस्था की गई, और इस दौरान भी पुलिस सुरक्षा बनी रही ।

घर पहुँचने पर पुष्पा ने अपनी माँ से आग्रह किया—"माँ, आज आप यहीं रुक जाइए । वहाँ अकेली रहकर क्या करेंगी ?"

माँ ने स्नेह से मुस्कराते हुए कहा—"नहीं बेटी, मैं अकेली नहीं हूँ । मेरा नाती मेरे साथ है । उसके रहते मुझे किसी का भय नहीं । तुम दोनों की शादी के बाद आज पहली रात है, तुम लोग साथ रहो ।"

माँ की बात मानते हुए पुष्पा ने अपने बेटे और माँ को सुरक्षा गार्ड्स के साथ उनके घर तक भिजवा दिया। रात के सन्नाटे में, जब दरवाज़ा बंद हुआ, तो कमरे में केवल दो दिलों की धड़कनें रह गईं, वे धड़कनें, जिन्होंने नफ़रत, डर और विरोध के शोर के बीच भी प्रेम और विश्वास की राह नहीं छोड़ी थी ।

यह केवल एक विवाह नहीं था, यह साहस, संवेदना और संविधान पर भरोसे की एक शांत, पर दृढ़ घोषणा थी ।

भाग 88 : पुष्पा और करीम की पहली सुहागरात

पुष्पा की माँ अपने नाती के साथ अपने घर पर लौट आई थी । सुरक्षा गार्डस ने उनको सुरक्षित अपने घर छोड़ दिया था । इधर करीम और पुष्पा के दोस्तों ने दोनों की सुहागरात के लिए स्पेशल इंतज़ाम किए हुए थे। एक कमरे में सेज पर गुलाब के फूलों की पंखुड़ियों के साथ दिल की आकृति को बेहतरीन तरीके से सजाया गया था । विदेशी सेंट की खुशबू से पूरा कमरा महक रहा था । दो दिलों और दो रूहों का यह मिलन बहुत ही यादगार पल बनने जा रहा था । पुष्पा सुर्ख लाल जोड़े में सजी-संवरी अपनी पलकें झुकाएँ हुए सुहाग सेज पर ख़ुद में सिमटकर बैठी हुई थी । कमरे में जल रहे मन्दिम लैंप की रोशनी में उसका मुख-मण्डल दमक रहा था ।

इसी बीच मेहरून कलर की शेरवानी में सजा धजा करीम दबे पांव कमरे में पहुँचा और उसने धीरे से कमरे को अन्दर से बन्द कर लिया । काम वाली बाई के द्वारा

सुखे मेवों और केसर से युक्त मलाई वाले दूध का ग्लास पहले से ही कोने में रख दिया गया था। करीम की नज़र जैसे ही उस गिलास पर पड़ी वह उसे उठाकर एक सांस में गटक गया।

दूध पीने के बाद करीम ने अपने दोनों होंठ साफ करते हुए अपनी शेरवानी अपने बदन से अलग कर दी और होले से पुष्पा के मुख से घूंघट उठाया तो पुष्पा लजा कर फिर से खुद में सिमट गई। नई नवेली दुल्हन की तरह सजी-संवरी पुष्पा ने हिम्मत करके लजाते हुए करीम से कहा–"इतनी भी क्या जल्दी है जज साहब, थोड़ा धैर्य रखिए। पास बैठिए और एक-दूसरे के दिल की सुनिए और सुनाइए न!"

"नहीं पुष्पा, एक लम्बे अरसे से मैंने धैर्य ही तो रखा हुआ है और कितना धैर्य रखूं बताओ। अब तुम्हें दिल के इतने नज़दीक पाकर सिर्फ़ तुम्हारी बाहों में खोने का मन कर रहा है मेरा।" करीम ने अपने-आप पर काबू रखते हुए कहा।

"मैं समझती हूँ करीम ! हालात ही ऐसे बने हुए थे कि हम दोनों चाह कर भी एक दूसरे को बांहों में नहीं भर सके। सच बताऊँ तो तुम बिन मेरा एक -एक लम्हा वर्षों के बराबर गुजरा है। दुबई से लौटने के बाद मैंने सोचा था कि तुम और मैं अब एक हो जाएंगे मगर कभी सोचा नहीं था कि हालात हमें मिलने की इजाजत भी नहीं देंगे। कितना कुछ झेला है हम दोनों ने इस एक छोटी सी लाइफ में। शायद ही किसी को इस तरह की दुविधाओं से गुजरना पड़ा हो ?" पुष्पा ने करीम को अपने गले से लगाते हुए कहा।

"हाँ पुष्पा सचमुच में हम दोनों जिन हालातों और परिस्थितियों से गुजरे हैं उनमें खुद को यूँ संभाले रखना बहुत मुश्किल काम था। कई बार लगता था कि अब मैं जीवन और हालातों से हार रहा हूँ , मगर तुमसे मिलने की चाहत ने हमेशा मुझे हौसला दिया। और देखो आज फिर से मिलन का वह दिन आ ही गया जब हम दोनों एक दूसरे के इतने नज़दीक है।" करीम ने पुष्पा को अपनी बाहों में भरते हुए कहा।

"पता नहीं करीम, इस देश में दो अलग - अलग जाति या धर्म के लोगों का मिलन यह दुनिया वाले बर्दाश्त क्यों नहीं कर पाते हैं ? क्यों ये लोग हमारी जान के दुश्मन बने हुए हैं ? अब आज की ही बात ले लो, पता नहीं कहाँ से और कैसे इन धर्मांधों

को दो दिलों के चुपचाप मिलन की ख़बर लग जाती है ?" पुष्पा ने करीम की बाहों से अलग होते हुए अपनी बात कही ।

"छोड़ो न पुष्पा अब हम भी इस गोल्डन नाइट में कहाँ मूर्ख और धर्मांध लोगों की बाते लेकर बैठ गए । यह समय घबराने और परेशान होने का नहीं अपितु दो आत्माओं के मिलन का है । आओ हम एक-दूसरे से प्यार करें और सारे ज़हाँ की नफरतों को भुलाकर एक हो जाएं ।"

कहकर करीम ने पुष्पा को कसकर अपनी बाहों में जकड़ लिया था और फिर दोनों एक दूसरे में इस कदर खो गए कि कब दिन हो गया उन्हें पता ही नहीं चला ।

अगले भाग में आप पढ़ेंगे कि क्या करीम और पुष्पा का जीवन अब सामान्य रुप से आगे बढ़ेगा ?

भाग 89 : करीम और पुष्पा ने कहाँ मनाया अपना हनीमून ?

स्वाभाविक था कि अपनी सुहागरात को रात-भर जगने के बाद करीम और पुष्पा सुबह देर तक सोते रहे । काम वाली बाई ने भी दोनों को डिस्टर्ब करना उचित नहीं समझा । सूरज काफी ऊपर चढ़ आया था । करीम के कमरे की खिड़कियों की दराजों से धूप जबरदस्ती अन्दर झाँकने की कोशिश कर रही थी । लिहाजा इस धूप की नज़रों से खुद को छिपाते हुए करीम और पुष्पा एक - दूसरे से लिपट कर चद्दर की ओट में छिपने की असफल कोशिश करते रहे थे । अन्तत: जब उनकी कोशिश असफल हो गई और धूप ने कुछ ज्यादा ही अपने तेवर दिखाने शुरु किए तो पुष्पा को उठना ही पड़ा । अवकाश पर होने के कारण दोनों को ही कोर्ट जाने की भी कोई जल्दबाजी नहीं थी ।

पुष्पा ने सबसे पहले खुद को व्यवस्थित किया और एक नज़र गहरी नींद में सोते हुए करीम को निहारा फिर मन ही मन बोली–"सोते हुए कितना मासूम और प्यारा सा बच्चे जैसा लगता है मेरा सोना करीम ! पता नहीं रातों में इसके अन्दर का यह बच्चा क्यों कुछ ज्यादा ही शैतानियाँ करने लगता है ?" कहते हुए पुष्पा ने करीम के ऊपर चादर डाल कर उसे सोते रहने दिया और ख़ुद तैयार होने के लिए वाशरूम में चली गई ।

उसके जाने के तुरन्त बाद ही करीम भी उठ कर तैयार होने के लिए चला गया था।

इधर दोनों को तैयार होता देख रसोइए ने गरमा गरम कॉफी और नाश्ता लगा दिया था । दोनों ने सबसे पहले नाश्ता किया और फिर नाश्ते की टेबल पर ही आज दिन भर का प्लान तय करते हुए करीम ने कहा–"आज मौसम कितना सुहाना लग रहा है पुष्पा, क्यों न कहीं आउटिंग का प्लान बनाया जाए ?"

"सिर्फ़ शहर में ही आउटिंग करवाओगे या कहीं बाहर किसी अच्छे से हिल स्टेशन पर ले जाकर हनीमून मनाने का अवसर भी दोगे ?" पुष्पा ने कॉपी की चुस्कियाँ लेते हुए कनखियों से करीम को देखते हुए कहा ।

"अरे हाँ मैं तो भूल ही गया था । अभी तो कोर्ट के भी ग्रीष्मकालीन अवकाश चल रहे हैं । हमारे पास समय ही समय है तो क्यों नहीं देश के बाहर किसी खूबसूरत से हनीमून पेलेस को चुना जाए ?" करीम ने नाश्ते में रखे मूंग की दाल के हलवे और पकौड़ों पर हाथ साफ करते हुए कहा ।

"देखो करीम अभी हम लोगों के साथ जिस तरह की घटानाएं घटित हुई है उनको ध्यान में रखते हुए हमें बहुत ज्यादा रिस्क नहीं लेना चाहिए । पता नहीं कब कौन धर्मांध व्यक्ति भेड़िए के रुप में हमारा पीछा करते हुए हमारे साथ बुरा कर बैठे । लिहाजा बेहतर होगा कि हम हमें उपलब्ध अपनी वाई श्रेणी सिक्योरिटी की देख-रेख में अपने ही देश में स्थित किसी अच्छे से मनमोहक हिल स्टेशन पर चलते हैं।" पुष्पा ने करीम की बात का जवाब देते हुए कहा ।

"ओके पुष्पा, तो बताओ तुम्हारी पसन्द का ही कोई हिल स्टेशन चुनते हैं । कहाँ पर अपना हनीमून डेस्टिनेशन बनाना पसन्द करोगी तुम ?" करीम ने चहकते हुए कहा ।

"मुझे सबसे ज्यादा उत्तराखंड राज्य में स्थित झीलों और ताल तलैया से घिरा हुआ शहर नैनीताल पसन्द है । तुम्हें कौनसी जगह पसन्द है ?" पुष्पा ने अपनी पसन्द व्यक्त करते हुए करीम से पूछा ।

"अरे यह भी कोई पूछने की बात है ! मुझे भी तालों का ताल, नैनिताल ही बेहद पसन्द है । हम दोनों कल ही नैनिताल के लिए निकलते हैं ।"

करीम और पुष्पा को अपने हनीमून के लिए बहुत सी झीलों से घिरा हुआ एक प्रसिद्ध हिल स्टेशन नैनिताल पसन्द आया । इस हिल स्टेशन के चारों और बर्फ से घिरी हुई चोटियाँ देखने को मिलती है। अपना हनीमून यादगार बनाने के लिए

दोनों ने नैनीताल को चुना जो कि उत्तराखंड राज्य में बसा हुआ हिल स्टेशन है । पूरी तैयारियां करने के बाद करीम और पुष्पा ने अपने बेटे और माँ को भी इस विजिट की जानकारी दे दी थी । दोनों हनीमून मनाने के लिए टैक्सी से नैनिताल निकल गए थे । यहाँ उन्होंने अलग - अलग डेस्टिनेशन पर घूमते हुए तीन दिन तक सभी दुःख और चिंताओं से मुक्त होकर अपना हनीमून मनाकर जिन्दगी के सुनहरे पलों का आनन्द लिया । तीन दिन के इस भरपूर आनंद के बाद करीम और पुष्पा फिर से अपने शहर पहुँच चुके थे ।

भाग 90 : क्या करीम और पुष्पा का बेटा विदेश जाने के लिए तैयार हो पाएगा ?

पुष्पा और करीम हनीमून से सकुशल वापिस घर लौट आए थे । सफ़र की थकान मिटाने के बाद दोनों शाम को डिनर की टेबल पर खाना खाते हुए बातचीत कर रहे थे । पुष्पा ने चिन्तित लहज़े में करीम से कहा–"करीम मुझे अपने बेटे को लेकर काफ़ी चिन्ता होती है । कहीं कोई उसे कुछ नुकसान नहीं पहुंचा दे ?"

"सही कहा पुष्पा ! यही चिन्ता मुझे भी रात-दिन सताती रहती है । जो लोग हमारी जान के दुश्मन बने हुए हैं, हो सकता है कि वही लोग हमारे बेटे को भी नुकसान पहुंचा सकते हैं ।" करीम ने पुष्पा की चिन्ता से इतिफाक जताते हुए कहा ।

"हाँ करीम ! इन सब चिंताओं से मुक्ति का एक ही तरीका है कि हम बेटे को पढ़ाई के लिए विदेश भेज दें ताकि वह वहाँ ठीक से अपनी पढ़ाई पर फोकस कर सकें ।"

"मैं सहमत हूँ पुष्पा, आज शाम को ही हम इस मुद्दे पर माँ और बेटे से बातचीत करते हैं । मुझे लगता है कि यदि माँ भी बेटे के साथ विदेश में ही शिफ्ट हो जाती है तो बेहतर होगा । बेटे की देखभाल भी अच्छे से हो जाएगी ।" करीम ने पुष्पा की बात का जवाब देते हुए कहा ।

"हाँ करीम, बिल्कुल सही आइडिया है । मुझे लगता है माँ को इसमें कोई दिक्कत भी नहीं होगी । अब वैसे भी उन्होंने अपना स्कूल कब से छोड़ दिया है । घर में बैठी- बैठी बोर ही होती रहती है । वहाँ उनका मन भी लगा रहेगा और फिर समय -समय पर हम भी विदेश जाकर उनको संभालते रहेंगे ।"

पुष्पा ने करीम से सहमति जताते हुए माँ और बेटे को कल सुबह के नास्ते और लंच के लिए फोन पर आमन्त्रित कर दिया । सुबह होते ही पुष्पा की माँ और बेटा दोनों करीम के घर आ धमके । पुष्पा और करीम ने उनके साथ नैनिताल के कुछ अनुभव साझा किए और फोटो ग्राफ दिखलाए । सभी इन फोटोग्राफ्स को देखकर बहुत खुश हुए । इस दौरान ही पुष्पा ने अपने बेटे को अच्छे मार्क्स से स्कूल पास आउट करने के लिए बधाई देते हुए पूछा –"बेटा आपने अपनी आगे की पढ़ाई के बारे में कुछ सोचा है या नहीं ?"

"बिल्कुल सोचा है माँ , मुझे पापा की तरह कानून की पढ़ाई करके जज बनना है। लिहाजा अब लॉ की डिग्री हासिल करके आर.जे.एस. के एग्जाम की तैयारी करनी है ।" पुष्पा और करीम के बेटे ने अपनी मम्मी के सवाल का जवाब देते हुए कहा।

"मुझे तुम पर गर्व है बेटे, मैं और तुम्हारी मम्मी सोचते हैं कि तुम्हारा लॉ की पढ़ाई के लिए विदेश में दाखिला करवा दिया जाए। इस बारे में तुम्हारा क्या विचार है ?" करीम ने अपने बेटे के सर पर हाथ फिराते हुए कहा ।

"अरे पापा वाह ! नेकी और पूछ - पूछ ! मेरा तो सपना ही सच हो जाएगा यदि आप विदेश में दाखिला दिलवा देंगे तो । पर किसी ऐसी वैसी यूनिवर्सिटी में नहीं पापा, मेरी पसन्द की यूनिवर्सिटी है हार्वर्ड यूनिवर्सिटी, अमेरिका ।"

"हाँ, हाँ आप कहेंगे उसी यूनिवर्सिटी में आपका दाखिला करवा दिया जाएगा । पर क्या आप वहाँ अकेले रह कर पढ़ाई कर पाएंगे ?" करीम ने अपने बेटे से सवाल करते हुए पूछा । अभी बेटा कुछ जवाब दे पाता उससे पहले ही पुष्पा की माँ बीच में बोल पड़ी–"अरे बेटा वहाँ अकेला क्यों रहेगा ? मैं उसके साथ रहूँगी । मैं देखभाल करूंगी मेरे लाडले की विदेश में ।"

"वाव नानी, आपने तो मेरे मुँह की बात ही छीन ली । खूब जमेगी जब मिल बैठेंगे नानी और दोहिता ।" बेटे ने अपनी नानी के हाथ से हाथ भिड़ाते हुए कहा ।

करीम और पुष्पा बहुत खुश थे । बेटा और उसकी नानी सहज रूप से अमेरिका में रहने को तैयार हो गए थे ।

भाग 91 : विदेश में पढ़ने के लिए करीम और पुष्पा ने अपने बेटे और माँ को किया विदा !

पुष्पा और करीम के बेटे ने अच्छे मार्क्स के साथ स्कूल पास आउट किया था इसलिए हार्वर्ड विश्वविद्यालय अमेरिका में कानून की पढ़ाई के लिए उसका दाखिला कन्फर्म हो गया था । हार्वर्ड विश्वविद्यालय अमेरिका के मैसाचुसैट्स शहर के कैंब्रिज में स्थित एक निजी विश्वविद्यालय है जो अमेरिका में उच्च शिक्षा का सबसे पुराना और सुप्रसिद्ध संस्थान है ।

करीम और पुष्पा के लिए यह बड़े ही गर्व की बात थी कि उनका बेटा अब नामी गिरामी हार्वर्ड विश्वविद्यालय अमेरिका का स्टूडेंट होने वाला था । घर में सब खुश थे । आज बेटा और पुष्पा की माँ अमेरिका के लिए रवाना होने वाली थी । पुष्पा के लिए तो यह बड़े ही गौरव की बात थी । आज उसका सपना सच होने जा रहा था । वह खुद तो हार्वर्ड यूनिवर्सिटी में पढ़ नहीं पाई थी परन्तु बेटे को विदेश में पढ़ने जाते हुए देख कर वह बहुत प्रफुल्लित थी ।

पुष्पा की माँ अपने नाती के साथ रहने के लिए खुश तो थी मगर उसे अपनी बेटी से बिछड़ कर अलग होने का दुःख भी अन्दर ही अन्दर खाए जा रहा था । जबसे उसकी बेटी और करीम के पीछे शहर के धर्मांध लोग पड़े हैं तब से पुष्पा की माँ अपने बच्चों की सुरक्षा को लेकर बहुत चिन्तित रहती थी । अब वह उनसे बहुत दूर जा रही थी और उसकी चिन्ता का स्तर भी उतना ही बढ़ता जा रहा था ।

करीम ने पुष्पा की माँ को इस खुशी के अवसर पर उदास होते हुए देखकर पूछा – "क्या बात है माँ , आज तो आपको खुश होना चाहिए कि आप अपने नाती के साथ अब अमेरिका में रहेंगी । मैंने वहाँ आप दोनों के रहने का पूरा इंतजाम करवा दिया है ।"

"हाँ बेटा बात तो खुशी की है मगर मुझे बस तेरी और पुष्पा की चिन्ता खाए जाती है । आज हमारा परिवार जिन हालातों से गुजर रहा है उनमें एक माँ कैसे खुश रह सकती है ?" पुष्पा की माँ ने करीम को गले से लगाते हुए कहा ।

"देखो माँ आप बेफिक्र होकर अमेरिका जाओ । इस देश के ज़ाहिल और धर्मांध लोगों को सख़्त से सख़्त सजा दिलाने के लिए सजग और ईमानदार जजों की

बहुत ज़रूरत है । बस आप वहाँ पर बेटे की पढ़ाई और अपने स्वास्थ्य का पूरा ध्यान रखना ।" करीम पुष्पा की माँ के चरण स्पर्श करते हुए बोला ।

करीम ने अपनी बेटे और पुष्पा की माँ की फ्लाइट टिकिट अमेरिका के लिए समय रहते बहुत पहले से ही बुक करवा दी थी । लिहाजा आज उन दोनों को एयरपोर्ट पर छोड़ने जाने के लिए सभी तैयार थे । तय समय पर करीम और पुष्पा अपने बेटे और माँ को एयरपोर्ट तक छोड़ने जाने के लिए निकल चुके थे । उनका बेटा अपनी पहली इस विदेश और हवाई यात्रा को लेकर काफ़ी एक्साइटेड था । हालांकि उसे भी अपने पिता और माँ की चिन्ता उतनी ही थी जितनी उसकी नानी को थी । परन्तु वह अपने इस दुःख को सबके सामने बयान नहीं कर पा रहा था । लिहाजा एयरपोर्ट पहुँचने के बाद उसने अपने पापा और मम्मी को गले लगाया और कहा -

"आप लोग कभी भी मेरी और नानी की चिन्ता मत कीजिएगा । बस अपना खयाल रखिएगा और हमेशा सजग रहिए । मैं जानता हूँ पापा कि आपने और मम्मी ने मेरे लिए बहुत सारे सपने सजोकर रखे हैं, उनको पूरा करना अब मेरी जिम्मेदारी है और इसे मैं पूरा करके रहूँगा ।"

बेटे की बातें सुनकर करीम और पुष्पा भावुक हो उठे थे । उन्होंने खुद को संभालते हुए बेटे को आशीर्वाद दिया और अपनी माँ के चरण स्पर्श करके आशीर्वाद लिया।

अब पुष्पा की माँ और बेटा दोनों एयरपोर्ट में सिक्योरिटी चैकिंग के लिए प्रवेश कर चुके थे । कुछ ही देर में उनकी फ्लाइट के लिए बोर्डिंग का एनाउंसमेंट हो चुका था। नानी और नातिन फ्लाईट में बोर्ड कर चुके थे और उनकी फ्लाईट अमेरिका के लिए उड़ान भर चुकी थी ।

भाग 92 : पुष्पा और करीम क्यों हुए चिन्तित ?

अपने बेटे को उसकी नानी के साथ विदेश भेजने के बाद पुष्पा और करीम आज घर पर ही थे । कल से कोर्ट में ग्रीष्म कालीन अवकाश ख़त्म होने जा रहे थे । वे दोनों देश के वर्तमान हालातों को लेकर चर्चा कर रहे थे । बातों ही बातों में करीम ने कहा –"मैंने देश में ऐसे हालातों की कभी कल्पना भी नहीं की थी पुष्पा । आज़ादी के बाद हमारे देश के कर्ता - धर्ताओं ने देश में अमन और शांति के सपने

देखे थे । क्योंकि उस समय अंग्रेज अपने स्वार्थों के लिए सांप्रदायिक सद्भाव को खत्म कर रहे थे । लोगों को हिन्दू - मुस्लिम के नाम पर लड़वा रहे थे ।"

"ठीक कहा करीम, आज भी नेता लोग अपने स्वार्थों के लिए सांप्रदायिक सद्भाव को खत्म कर रहे हैं । इस देश की गंगा जमुनी तहजीब और संस्कृति को जितना नुकसान आज पहुंचाया जा रहा है उतना शायद आज़ादी के समय भी नहीं पहुंचाया गया था । मैं तो हैरान हूँ कि हम दोनों के प्रेम में भी इन अकल के अंधों को लव जिहाद दिखाई दे रहा है ।" पुष्पा ने करीम की बात को आगे बढ़ाते हुए कहा ।

"आज कल कोर्ट में भी ऐसे केसेज बहुत आ रहे हैं । बेवजह गरीब लोगों के घर मजहब के नाम पर तोड़े जा रहे हैं । कपड़ों से लोगों की पहचान की जा रही है न कि उनके विचार और सभ्यता से । यदि कोई इन धर्म और जाति के संकीर्ण बंधनों से ऊपर उठकर मानवता के लिए मिशाल पेश करता है तो ये ज़ाहिल लोग उनका जीना ही हराम कर देते हैं ।" करीम ने पुष्पा के विचार को आगे बढ़ाते हुए कहा ।

"सही कहा आपने करीम, अब हम जैसे पढ़े-लिखे, न्याय और कानून के लिए रात दिन काम करने वाले लोगों को ही डर - डर कर जीवन जीना पड़ रहा है तो आम जनता और साधारण लोगों की तो बात ही छोड़ दो । आज धार्मिक पुनरूत्पादन करने वाले लोगों की नहीं अपितु धार्मिक सुधार करने वाले लोगों की इस देश को जरुरत है । अन्यथा अंधविश्वास और अंध भक्ति में यह पूरा देश फिर से उसी मुहाने पर जाकर खड़ा हो जाएगा जहाँ से हमारे देश के पूर्वज इसको निकाल कर लाए थे ।" पुष्पा ने अपने विचार करीम के साथ साझा करते हुए कहा ।

"सच कहूँ तो हम दोनों युवा इस देश की पीढ़ियों के लिए एक आदर्श हो सकते थे मगर आज हालातों ने हमको ही डर-डर कर जीने के लिए मजबूर कर दिया है । नेता लोग अपने स्वार्थों और वोट बैंक के लिए किसी भी हद तक गिर जाने को तैयार हैं । किसी को भी देश के संवैधानिक मूल्यों की कोई परवाह नहीं है । न्याय, समता, समानता, बराबरी, बंधुत्व जैसे शब्द दूर -दूर तक न पढ़ने को मिल रहे थे और नहीं सुनने को ।" करीम ने अपनी त्यौरियां चढ़ाते हुए कहा ।

"शान्त वत्स, शान्त ! यदि हम जज लोग ही अपना आपा खो देंगे तो फिर देश को सही राह दिखाएगा कौन ?" पुष्पा ने हँसते हुए चुटकी ली और करीम को शान्त रहकर बात करने को कहा ।

“अच्छा करीम तुमने चूंकि संविधान की बात की तो मेरी एक जिज्ञासा है ?”

“पूछो, क्या जिज्ञासा है ?” करीम ने शान्त होकर कहा ।

“संविधान में यह जो आर्टिकल 25 के तहत् धार्मिक स्वतंत्रता की बात कही गई है, इसका तात्पर्य क्या है ? क्या कोई भी धार्मिक व्यक्ति या समूह यूँ सड़कों पर उतर कर किसी के लिए भी आतंक पैदा कर सकते हैं ?” पुष्पा ने सवाल पूछा ।

“बहुत सही सवाल पूछा पुष्पा तुमने । सर्वोच्च न्यायालय इस आर्टिकल की कई बार व्याख्या कर चुका है । यह आर्टिकल या अनुच्छेद 25 कहता है कि सभी व्यक्ति समान रूप से अंत:करण की स्वतंत्रता और स्वतंत्र रूप से धर्म के आचरण, अभ्यास और प्रचार के अधिकार के हकदार हैं । इसका तात्पर्य है कि हर नागरिक को समान रूप से धार्मिक अंत:करण की स्वतंत्रता है । मतलब साफ है कि वह चाहे किसी धर्म को माने या नहीं माने । इस मानने में एक विशेष शब्द जोड़ा गया था वह था अंत:करण । इस शब्द के मायने बहुत कम लोग जानते हैं। इसके मायने होते हैं अन्दर से महसूस करना, इंटरलाइज़ (interlize) करना ना कि बाहरी दिखावा और भौंडा प्रदर्शन करना ।” करीम ने पुष्पा को समझाते हुए कहा ।

“पर आजकल तो धर्म का भौंड़ा प्रदर्शन ही दिखाई देता है । सभी धर्मो के लोग झण्डे और तलवारे लेकर जब तक सड़कों पर न उतर जाएं उनको लगता है कि धर्म का तो प्रचार-प्रसार ही नहीं हुआ ?” पुष्पा की इस बात पर दोनों हँसने लगते हैं ।

“सही कहा पुष्पा आजकल धर्म के नाम पर जोर आजमाइश और ताकत का भौंड़ा प्रदर्शन ही ज्यादा हो रहा है । आज़ादी के समय जब संविधान सभा में बहस हो रही थी तो धर्म निरपेक्षता को सभी धर्मो से समान दूरी के रुप में परिभाषित किया गया था । ना कि सर्व धर्म समभाव के रुप में ।” करीम ने समझाते हुए पुष्पा से कहा ।

“मैं यह धर्म निरपेक्षता और सभी धर्मो से समान दूरी का मतलब नहीं समझी ?” पुष्पा ने सवाल उठाते हुए पूछा ।

“देखो पंथ निरपेक्षता/धर्म निरपेक्षता का तात्पर्य है कि राज्य सभी धर्मो से समान दूरी बनाकर रखते हुए देश के सभी वर्गों के लोगों के लिए संविधान सम्मत कल्याण

के कार्य करेगा न कि धार्मिक कार्य करेगा ।" करीम ने पुष्पा को समझाते हुए कहा।

"बिल्कुल सही, अब समझ में आया । पर आजकल तो सब कुछ संविधान के विपरीत हो रहा है ।" पुष्पा ने करीम की बात का जवाब देते हुए कहा ।

"इसीलिए तो न्यायपालिका और हम जैसे जजों की जिम्मेदारी अहम हो जाती है मोहतर्मा जी ।" करीम की बात पर दोनों एक साथ हँस पड़े और टेबल पर रखे लंच का आनन्द लेने लगे ।

भाग 93 : आई.एम.आई. के सरगना ने किसका मर्डर करवाया और क्यों ?

ग्रीष्म कालीन अवकाश ख़त्म होते ही कोर्ट खुल गए थे । आर.के.जी. तब्बू के साथ लम्बी छुट्टियाँ बिताकर आज कोर्ट में पहुँचा था । कोर्ट का माहौल बहुत ही खुशनुमा सा था । सभी एडवोकेट्स और उनके क्लाइंट्स अपने- अपने काम में लगे हुए थे। यही कोई साढ़े दस बजे का वक्त रहा होगा । जज अपने चैंबर से कोर्ट में पहुँच चुके थे । अलदरी कोर्ट में आज जिन क्लाइंट की पेशी थी उनके नाम पुकारते हुए गला फाड़- फाड़ कर चिल्ला रहा था । कुछ क्लाइंट उससे शिकायत कर रहे थे कि हमारा नाम निकल तो नहीं गया । अलदरी मुस्कुरा कर कह रहा था कि–"यदि आपने सेवा, चढ़ावा दिया है तो आपका नाम साफ आवाज में पुकारा जाएगा अन्यथा....आप जानते ही हैं ?" और मजबूरन पक्षकार उसके हाथ में सौ-पचास का नोट थमा दे रहे थे ।

जिसका नोट आ जाता उसी का नाम अलदरी साफ आवाज में पुकारा करता था अन्यथा वो इस तरह नाम पुकारता था कि किसी को कुछ समझ में नहीं आता था। आर.के.जी. भी कोर्ट के रजिस्ट्रार कक्ष में अपने पेंडिंग वर्क निपटाने में व्यस्त था। काला कोट पहने वकीलों का उसके कक्ष में सामान्य तौर पर आना- जाना था । आज भी सुबह से अब तक कई वकील या तो किसी ना किसी काम से या फिर सिर्फ़ दुआ- सलाम करने आर.के.जी. के रूम में आ और जा रहे थे ।

हालंकि आर.के.जी. को वाई श्रेणी की सुरक्षा मिली हुई थी । वो जब भी कहीं आता - जाता तो उसके सुरक्षा गार्ड हमेशा साथ रहते थे मगर चूंकि लम्बी ग्रीष्म

कालीन छुट्टियों के बाद आज कोर्ट का पहला दिन था । कोर्ट में अधिक गहमा-गहमी थी । आर.के.जी. के सुरक्षा गार्ड भी बहुत मुस्तैद नज़र नहीं आ रहे थे । इसी का फ़ायदा उठाकर एक व्यक्ति एडवोकेट की वेशभूषा में आर.के.जी. के कक्ष में घुसा और उसने अपनी रिवाल्वर से सारी की सारी गोलियाँ आर.के.जी. के सीने में उतार दी । आर.के.जी. वहीं का वहीं ढेर हो गया । गोलियों की आवाजे सुनकर सुरक्षा गार्ड हरकत में आए और उन्होंने वकील की वेशभूषा में आए हत्यारे को पकड़ लिया ।

इसी बीच कोर्ट में चारों तरफ अफरा - तफरी मच चुकी थी । किसी ने एंबुलेंस सेवा को फ़ोन किया और आर.के.जी. को एंबुलेंस के ज़रिए तुरन्त अस्पताल पहुंचाया गया । डॉक्टर्स ने आर.के.जी. के चेक अप के बाद कोर्ट के स्टाफ को बताया कि "बहुत अधिक रक्त बहने से इनकी मृत्यु हो गई है ।"

आर.के.जी. की मृत्यु की ख़बर पूरे शहर और राज्य भर में आग की तरह फैल गई थी । प्रदेश की बार एसोसिएशन ने आर.के.जी. की हत्या के विरोध और अधिवक्ता प्रोटेक्शन एक्ट लागू करने की माँगों को लेकर हड़ताल कर दी थी । सारे प्रदेश में कोर्ट का कार्य एक दम से जाम हो गया था ।

तब्बू को जब यह ख़बर मिली तो रो- रोकर उसका बुरा हाल था । पडौस की औरतें उसके घर पर आकर तब्बू को संभाल रही थी । अमेरिका से आर.के.जी. की माँ और बेटी भी यह ख़बर सुनकर फ्लाइट से घर पहुँच चुके थे । आर.के.जी. की माँ और उसकी बेटी का भी रो रोकर बहुत बुरा हाल था । उनकी आँखों के आँसू थम नहीं रहे थे ।

करीम और पुष्पा भी टीवी पर इस ख़बर को सुनकर सदमे में थे । वे दोनों कल ही देश के हालातों पर अफ़सोस जता रहे थे और आज ही यह हत्या काण्ड हो गया ।

आर.के.जी. का शाम ढलने से पहले अन्तिम संस्कार कर दिया गया था । उसके जनाजे में असंख्य वकीलों और आम आदमियों की भीड़ शामिल हुई थी ।

पुलिस ने आर.के.जी. के हत्यारे को कोर्ट में पेश करके सप्ताह भर के लिए उसका रिमाँड ले लिया था । यह केस भी इंस्पेक्टर वागले के हवाले कर दिया गया था । लिहाजा इंस्पेक्टर वागले ने हत्यारे से पूछताछ शुरु कर दी थी । अभी पुलिस की

हिरासत में जेल की सलाखों के पीछे बन्द हत्यारे से पूछताछ के आधार पर इस केस में इंस्पेक्टर वागले को कोर्ट में चार्जशीट पेश करनी थी ।

अगले भाग में आप पढ़ेंगे कि आर.के.जी. की हत्या किसने और क्यों की थी ?

भाग 94 : आर.के.जी. की हत्या किसने और क्यों की थी ?

आर.के.जी. की हत्या से पूरा शहर तनाव और गुस्से से भरा पड़ा था । वकीलों की बार एसोसिएशन ने पहले ही हत्यारे को फाँसी की सजा और अधिवक्ता प्रोटेक्शन एक्ट लागू करने की माँगों को लेकर हड़ताल कर रखी थी। इधर शहर में भी दबी जुबान चर्चाएं और अफ़वाहें जोरों पर थी । कोई कह रहा था कि आर.के.जी. की हत्या तबस्सुम से तब्बू बनी उसकी पत्नी ने ही अपने शागिर्दों के साथ मिलकर की है तो कोई कह रहा था कि आई.एम.आई. के सरगना कादिर ने अपनी बहिन के द्वारा एक हिन्दू व्यक्ति से विवाह करने के कारण आर.के.जी. की हत्या की गई है। जितने मुँह उतनी बातें थी। साथ ही शहर में हिंदूवादी संगठनों ने भी आर.के.जी. की हत्या को सांप्रदायिक रंग देने के लिए मोर्चा खोल दिया था । राजनीतिक दल भी इस मुद्दे को वोट बैंक के रुप में भुनाने में कोई कोर कसर नहीं छोड़ रहे थे ।

इन सब के बीच इंस्पेक्टर वागले अपनी तहकीकात में जुटा हुआ था । वह एक - एक कड़ियों को जोड़ते हुए गिरफ्तार आर.के.जी. के हत्यारे से सगन पूछताछ कर रहा था । अपने अंदाज़ में वागले ने आर.के.जी. की हत्या के आरोपी को थर्ड डिग्री देना शुरु किया और पूछा-"एनकाउंटर स्पेशलिस्ट इंस्पेक्टर वागले का नाम तो तुमने सुना ही होगा । या तो सब कुछ सच-सच बता दो कि आर.के.जी. की हत्या के लिए तुम्हें किसने भेजा था या फिर मरने के लिए तैयार हो जाओ ।" कहकर इंस्पेक्टर वागले ने हत्या आरोपी का थोबड़ा मार-मार कर सुजा दिया था। लेकिन बावजूद इसके आर.के.जी. की हत्या का आरोपी मुँह खोलने के लिए तैयार नहीं था। अन्तत: इंस्पेक्टर वागले ने हवलदार सहित अन्य पुलिस कर्मियों को आर.के.जी. की हत्या के आरोपी के सामने ही अपना प्लान समझाते हुए कहा -

"देखो हवलदार कल हम क्राइम सीन पर चलेंगे और क्राइम सीन रीक्रिएट करेंगे । इस दौरान तीन जीप में पुलिस कर्मी मौजूद रहेंगे । आरोपी से सारा सीन रीक्रिएट करवाने के बाद एक नये सीन को अंजाम देना है । उसकी स्क्रिप्ट इस प्रकार रहेगी

कि, आरोपी मेरी रिवाल्वर छीन कर भागने की कोशिश करता है और हवलदार सहित बाकी पुलिसकर्मी आरोपी का पीछा करते हुए उसके पैरों में गोली मारते हैं। आत्म रक्षा के तहत चलाई गई एक गोली आरोपी के सीने को चीरते हुए पार हो जाती है और फिर अस्पताल ले जाते समय आरोपी दम तोड़ देता है ।”

यह कहानी सीन रीक्रिएट स्थल पर चलने वाले सभी पुलिस कर्मियों को रटा दो । किसी से यदि मीडिया कर्मी सवाल-जवाब करें तो यही कहानी सुनानी है और सख्त हिदायत दे देना कि यदि कोई भी तय गाइडलाइन के खिलाफ गया तो अगले दिन इस थाने में नजर नहीं आएगा ।”

“जी बॉस जैसा आप कहेंगे वैसा ही होगा । आप निश्चिन्त रहें । मैं प्लानिंग करता हूँ ।” कहकर हवलदार ने वागले को सैल्यूट ठोका और फुर्ती से ऑफिस की तरफ़ चला गया ।

इंस्पेक्टर वागले की यह सब प्लानिंग सुनकर आर.के.जी. की हत्या के आरोपी की रूह कांपने लगी थी । उसे अपनी मौत साफ दिखाई दे रही थी । वह मरना नहीं चाहता था लिहाज़ा इंस्पेक्टर वागले के सामने गिड़गिड़ाते हुए बोला–“मैं मरना नहीं चाहता इंस्पेक्टर साहब, मेरी जान बख्श दीजिए। आप जो भी पूछेंगे मैं सब कुछ सच-सच बताऊंगा। पर आप वादा कीजिए कि मेरा एनकाउंटर नहीं करेंगे ।”

“तो फिर जो पूछा जाए उसका सही-सही जवाब दो और पुलिस की मदद करो । झूठ बोलने और पुलिस को उलझाने की कोशिश की तो अंजाम तुम्हें पता ही है।” इंस्पेक्टर वागले ने आर.के.जी. की हत्या के आरोपी को धमकाते हुए कहा ।

“जी हुजूर, माई - बाप आप पूछिए जो पूछना है, मैँ सब कुछ सच बताऊँगा ।”

“तो बताओ आर.के.जी. की हत्या के लिए तुम्हें किसने और क्यों सुपारी दी थी?”

“साहब वो आई.एम.आई. के सरगना कादिर ने मुझे इस काम के लिए दस लाख रुपए पेशगी के तौर पर दिए थे । साथ ही जीवन भर मेरे बूढ़े माता - पिता और बच्चों की देखभाल और उनको आर्थिक मदद का वादा किया था ।

अब साहब एक बेरोजगार सिरफिरे को बिना मेहनत किए जरा सी रिस्क के लिए यह सब मिल जाए तो एक व्यक्ति तो क्या वह जितने कहे उतने लोगों की हत्या कर सकता है। अपितु खुद की जान भी देनी पड़े तो वह भी दे सकता है।” आर.के.जी. की हत्या के आरोपी ने सब कुछ सच-सच बताते हुए कहा ।

"अच्छा यह भी बताओ कि आई.एम.आई. सरगना कादिर आर.के.जी. की हत्या क्यों करवाना चाहता था ?" वागले ने दूसरा सवाल पूछा ।

"साहब इस बारे में ज्यादा कुछ तो पता नहीं है मगर उसको यह गवारा नहीं था कि उसकी बहिन तबस्सुम उर्फ तब्बू को कोई काफिर हिन्दू बनाकर हिन्दू रीति- रिवाजों से ब्याह कर ले जाए और उसका नाम और पहचान ही बदल दे ।" आर.के.जी. की हत्या के आरोपी ने हत्या का मोटिव भी साफ- साफ बता दिया था ।

"इससे पूर्व भी आर.के.जी. और तबस्सुम उर्फ तब्बू की शादी के दौरान आर.के.जी.को मारने की नियत से एक बम ब्लास्ट किया गया था । क्या तुमने उसमें भी कोई मदद की थी ?" इंस्पेक्टर वागले ने तीसरा सवाल पूछा ।

"हाँ साहब, वह बम ब्लास्ट भी आर.के.जी. को मारने की नियत से ही करवाया गया था और उस घटना में आर.के.जी. तबस्सुम की वजह से बच गया क्योंकि कादिर का स्पष्ट निर्देश था कि उसकी बहिन को एक खरोंच भी नहीं आनी चाहिए। मैंने उस समय उस शादी की रेकी की थी ।" आर.के.जी. की हत्या के आरोपी ने कबूल करते हुए बताया ।

"अभी कादिर का ठिकाना कहाँ पर है ? उसके बारे में जानकारी दो ?" इंस्पेक्टर वागले ने चौथा और अन्तिम सवाल पूछा ।

"साहब उसने पाकिस्तान के लाहौर में शरण ले रखी है और पाकिस्तान की सरकार से उसको संरक्षण प्राप्त है ।"

इंस्पेक्टर वागले को अब आई.एम.आई. के सरगना कादिर के खिलाफ़ स्पष्ट सबूत और गवाह मिल चुके थे । साथ ही उसे यह भी पुख्ता जानकारी मिल चुकी थी कि आई.एम.आई. का सरगना कादिर पाकिस्तान में शरण लिए हुए है । ऐसे ही इनपुट उसे अपने जासूसों से भी मिल चुके थे । लिहाजा अब इंस्पेक्टर वागले ने भारत सरकार की मदद से इस शातिर बदमाश को पाकिस्तान में ही घेरने और भारत लाने की रणनीति बनाने पर काम शुरु कर दिया था ।

अगले भाग में आप पढ़ेंगे कि इंस्पेक्टर वागले आई.एम.आई. के सरगना कादिर को क्या पाकिस्तान से भारत लाने में सफल हो पाएगा ?

भाग 95 : आई.एम.आई. के सरगना को क्या भारत लाने में सफलता मिलेगी ?

आर. के. जी. की हत्या से पूरे देश में तनाव और गुस्से का माहौल बना हुआ था। हरेक राज्य में बार एसोसिएशन और बार काउंसिल ने अनिश्चित कालीन धरने - प्रदर्शन शुरु कर दिए थे। इन सब को लेकर भारत सरकार बहुत चिन्तित हो गई थी क्योंकि इसी साल देश में लोकसभा के आम चुनाव होने वाले थे और सत्ता रूढ़ दल किसी भी कीमत पर इस मुद्दे को चुनाव में भुनाने से पीछे नहीं रहने वाले थे।

इंस्पेक्टर वागले को आई.एम.आई. के सरगना कादिर के बारे में पुख्ता जानकारी हासिल हो चुकी थी कि वह पाकिस्तान के लाहौर शहर में शरण लिए हुए है। खुफिया एजेंसियों और वागले के जासूसों ने भी इस बात को कन्फर्म कर दिया था।

इंस्पेक्टर वागले ने उक्त सभी जानकरियां मय सबूतों के अपने उच्च अधिकारियों को उपलब्ध करवा दी थी जिनके ज़रिए सभी इनपुट भारत सरकार तक पहुँच चुके थे। कादिर कई हत्याओं और बम ब्लास्ट के मामलों में अति वांछित अपराधी बन चुका था।

आई.एम.आई. पर देश में पहले ही प्रतिबंध लगाया जा चुका था और सभी बड़े शहरों में स्थित उनके कार्यालयों को बुलडोजर से जमीदोज़ किया जा चुका था।

कादिर को पाकिस्तान से भारत लाने के लिए भारत सरकार ने पाकिस्तान पर कूटनीतिक दबाव बनाना शुरु कर दिया था। रूस, चीन और अमरीका भी पाकिस्तान को इस बारे में चेतावनी दे चुके थे कि वो भारत के साथ यदि कोई पंगा लेता है और युद्ध के हालात बनते हैं तो इसके लिए वह खुद जिम्मेदार होगा।

इधर जब भारत सरकार के द्वारा लगातार अनुरोध करने के बावजूद भी पाकिस्तान ने आई.एम.आई. के सरगना कादिर को भारत के सुपुर्द नहीं किया तो भारत ने पाकिस्तान पर सर्जिकल स्ट्राइक करने और लाहौर से कादिर को जिन्दा या मुर्दा उठाने की पूरी तैयारी कर ली थी। अमेरिका के राष्ट्रपति को इस बात की जानकारी लग चुकी थी और उन्होंने बयान जारी कर कहा कि–"भारत, पाकिस्तान के खिलाफ़ कुछ बड़ा करने वाला है।" लिहाज़ा अमेरिकी राष्ट्रपति के इस बयान के

बाद पाकिस्तान भी सदमे में आ गया था। पाकिस्तान के तत्कालीन राष्ट्रपति ने अमेरिका के राष्ट्रपति से हस्तक्षेप करके कुछ रास्ता निकालने की गुहार लगाते हुए कहा-"सर प्लीज आप कुछ कीजिए ताकि संभावित युद्ध को रोका जा सके। भारत ने अपनी तीनों सेनाओं को अलर्ट पर रखा हुआ है। हालांकि हम भी किसी से नहीं डरने के बयान लगातार जारी कर रहे हैं। परमाणु हथियार इस्तेमाल करने की भी धमकी दे रहे हैं मगर इन सबका भारत पर कोई प्रभाव दिखाई नहीं दे रहा है।"

अमेरिका के राष्ट्रपति ने जवाब देते हुए कहा–"आप भी ऐसा कुछ सोचिए जिससे समाधान भी निकल आए और युद्ध भी ना हो, विश्व बिरादरी में आपकी इज़्ज़त भी बची रहे ?"

"पर बॉस अभी जो हालात भारत की तरफ़ से बना दिए गए हैं उनमें हमें कुछ भी नहीं सूझ रहा है । दुश्मन छाती पर खड़ा है और आप कह रहे हैं कि कु.......कुछ... सोचिए ?" पाकिस्तान के तत्कालीन राष्ट्रपति ने हकलाते हुए कहा।

देखिए जनाब इस तरह की आपात परिस्थितियों में ही हमारे दिमाग और धैर्य की परीक्षा होती है। आप भी भारत से अपने देश के कैदियों की रिहाई की माँग करते हुए कादिर को उनके हवाले कर दीजिए, इसी में आपकी और विश्व की भलाई है।" अमेरिकी राष्ट्रपति ने समझाते हुए कहा।

"ओके बॉस, आपने इज्जत बचाने का अच्छा रास्ता सुझाया है । थैंक यू वेरी मच।" कहते हुए पाकिस्तानी राष्ट्रपति ने फोन रख दिया।

अमेरिका के सुझाव पर आनन-फानन में पाकिस्तान ने भी उन कैदियों और अपराधियों की लिस्ट बनाकर भारत सरकार के समक्ष शर्त रख दी कि यदि भारत इन पाकिस्तान के लिए अपराधियों को सौंप देता है तो हम भी भारत के लिए वांछित अपराधियों को भारत सरकार को सौंप देंगे।

अन्तत: मरता क्या न करता की तर्ज़ पर पाकिस्तान ने आई.एम.आई. के सरगना कादिर को भारत को सौंप दिया और बदले में भारत ने भी उन ठठपुंजिये टाइप से कैदियों को पाकिस्तान को सौंप दिया जो कि गलती से सीमा पार करते हुए भारत में घुस गए थे।

सुबह सभी टीवी और अखबारों में प्रमुखता से यह ख़बर प्रकाशित की गई थी कि भारत के सर्जिकल स्ट्राइक के डर से पाकिस्तान ने टेके घुटने और कुख्यात आतंकवादी कादिर को किया भारत के हवाले ।

कादिर पर देश के न्यायालय में मुकुदमा चला और उसके सहयोगियों सहित कोर्ट द्वारा उसको फाँसी की सजा मुकर्रर की गई ।

कादिर और उसके सहयोगियों को फाँसी की तारीख को जानबूझकर लोकसभा चुनावों से ठीक पहले रखा गया था ताकि सत्ता रूढ़ दल को इसका पूरा फायदा मिल सके । विपक्ष ने इस मुद्दे का विरोध किया और चुनाव में उठाना चाहा मगर उसे कोई सफ़लता नहीं मिल पाई थी क्योंकि चुनावों के चलते कादिर की फाँसी एक राष्ट्रीय मुद्दा बन चुकी थी ।

सरकार के आश्वासन पर देश के वकीलों ने अपनी हड़ताल और धरना प्रदर्शन खत्म कर दिए थे । क्योंकि सरकार ने उनकी सभी माँगे मान ली थी । अधिवक्ता प्रोटेक्शन एक्ट भी संसद में पारित किया जा चुका था और राष्ट्रपति के पास हस्ताक्षर के लिए भेजा जा चुका था ।

अगले भाग में आप पढ़ेंगे कि आर. के. जी. की जगह अनुकंपा नौकरी किसे मिली?

भाग 96 : आर. के. जी. की जगह किसे मिली अनुकंपा नौकरी ?

आर. के. जी. की मौत के बाद उसके घर नियमित तौर पर सांत्वना देने के लिए आने वाले लोगों की भीड़ लगी रहती थी । घर के हॉल में एक बड़ी सी टेबल पर आर. के. जी. की भव्य तस्वीर गुलाब के फूलों की माला से सजी हुई लगी हुई थी। घर, परिवार के लोग और रिश्तेदार इस तस्वीर के समक्ष हाथ जोड़कर शौक मग्न गम्भीर मुद्रा में बैठे रहते थे ।

विभिन्न दलों के नेताओं और न्यायालय स्टॉफ का भी सांत्वना देने के लिए तांता लगा रहता था । इसी क्रम में करीम और पुष्पा भी तब्बू को सांत्वना देने पहुंचे थे परन्तु तब्बू ने उन दोनों को कोई ख़ास तवज्जु नहीं दी । पुष्पा ने पहली बार आर. के. जी. और तब्बू की बेटी को देखा था । लम्बे कद की खूबसूरत इस बाला को देखकर वो देखती ही रह गई थी । आर. के. जी. की बेटी इन दोनों को बहुत नहीं

जानती थी फिर भी उसने सामान्य लोगों की ही तरह उनकी आव भगत करते हुए बातचीत की ।

कुछ समय बैठने के बाद पुष्पा और करीम अपने शहर वापिस लौट आए थे ।

आर. के. जी. की मौत पर देश में हुए हंगामे के चलते सरकार ने आर. के. जी. की पत्नी तब्बू को अनुकंपा नौकरी देने और उसकी बेटी को भी योग्यता अनुसार सरकारी नौकरी देने की घोषणा कर दी थी ताकि पीड़ित परिवार के प्रति संवेदना व्यक्त की जा सके और देश में व्याप्त माहौल को कुछ शान्त किया जा सके ।

आर. के. जी. की पत्नी तब्बू ने दुरस्त शिक्षा, पत्राचार से अपनी स्नातक की डिग्री हासिल कर ली थी और वो आगे की पढ़ाई घर पर रहकर ही कर रही थी बावजूद इसके उसने अपनी बेटी से कहा–"देखो बेटी, यह जो तुम्हारे पापा के बदले अनुकंपा नौकरी सरकार से मिल रही है ना इसे तुम ज्वॉइन कर लो । मैं नौकरी करके क्या करूंगी ? जब तुम्हारे पापा ही इस दुनिया में नहीं रहे तो मुझे किसी नौकरी से कोई मतलब नहीं है ।"

"देखो बहू सरकार तुम दोनों माँ-बेटी को ही सरकारी नौकरी देने का वादा कर चुकी है लिहाज़ा मेरा मानना है कि तुम दोनों को ही इस मौके को हाथ से नहीं जाने देना चाहिए ।" आर. के. जी. की माँ ने तब्बू और उसकी बेटी को समझाते हुए कहा ।

"नहीं दादी मुझे अभी हार्वर्ड यूनिवर्सिटी से अपनी पढ़ाई पूरी करनी है । उससे पहले मैं कोई नौकरी नहीं करने वाली । चाहे फिर वो सरकारी नौकरी ही क्यों नहीं हो । यह मेरा आख़िरी फ़ैसला है । आप लोग इस बारे में मुझ पर कोई दबाव नहीं बनाए प्लीज ।" तब्बू की बेटी ने अपनी दादी को सभी उपस्थित रिश्तेदारों के समक्ष दो टूक शब्दों में जवाब देते हुए कहा ।

"ठीक है बेटी यदि तुम्हारा यही फ़ैसला है तो मुझे कोई ऐतराज नहीं है । अब तुम्हारी मम्मी को तो अनुकंपा नौकरी करनी ही होगी ताकि तुम्हारी पढ़ाई का खर्चा निकलता रहे और घर खर्च भी चलता रहे ।" आर. के. जी. की माँ ने दोनों को समझाते हुए कहा ।

"ठीक है माँ, बेटी की पढ़ाई और घर खर्च के लिए मुझे यह अनुकंपा नौकरी मंजूर है । आखिर आर. के. जी. का सपना था कि उनकी बेटी एक दिन देश की सबसे

बड़ी अदालत की जज बने । तो उनके सपने को पूरा करने के लिए मुझे जो भी करना होगा मैं करूंगी ।" आर. के. जी. की पत्नी तब्बू ने अपनी बेटी को गले लगाते हुए कहा । तब्बू ने आर. के. जी. के स्थान पर कोर्ट में रजिस्ट्रार की नौकरी ज्वॉइन कर ली थी । धीरे- धीरे सब कुछ सामान्य होता जा रहा था ।

तब्बू की बेटी और आर. के. जी. की माँ आर. के. जी. की मौत के बाद के सभी रीति-रिवाज पूरे करके वापिस अमेरिका लौट गई थी।

अगले भाग में आप पढ़ेंगे कि अमेरिका के हार्वर्ड यूनिवर्सिटी में किन दो दिलों के बीच शुरु हो गया था रोमाँस ?

भाग 97 : हार्वर्ड यूनिवर्सिटी में दो दिलों के बीच शुरु हुआ प्रेम

हार्वर्ड यूनिवर्सिटी अमेरिका के कैम्पस में स्टूडेंट यूनियन के लिए चुनाव होने वाले थे । काफ़ी जोर - शोर से कैंपेन चलाया जा रहा था । स्टूडेंट्स के बीच इन चुनावों को लेकर बहुत उत्साह था । छात्र संघ अध्यक्ष पद के सभी उम्मीदवार इस चुनाव को जीतने के लिए अपनी- अपनी ताकत लगा रहे थे । वे सभी विभिन्न माध्यमों से स्टूडेंट्स को रिझाने और अपने पक्ष में वोट देने के लिए प्रयास कर रहे थे । इसी बीच कुछ सीनियर स्टूडेंट्स नव प्रवेशित स्टूडेंट्स की रैगिंग लेने का प्रयास कर रहे थे । इन सीनियर स्टूडेंट्स का एक समूह कुछ अप्रवासी भारतीयों की छात्राओं को घेर कर उनसे जबरदस्ती डांस करवाने की माँग करते हुए कह रहा था -

"Dance, chhamiyon dance! Make your fans happy by dancing.Give the hearts of the crazy a little fun."

जिसका मतलब था कि–"नाचो, छमियों नाचो ! नाच कर अपने दिवानों का जरा दिल बहला दो ।" यह सब सामने से आ रहे अप्रवासी भारतीयों के एक समूह ने देख लिया था । उनका लीडर था पुष्प करीम शर्मा ।

पुष्प करीम शर्मा ने सीनियर स्टूडेंट्स को अंग्रेजी में समझाते हुए कहा, जिसका मतलब था–"हम लॉ स्टूडेंट्स को रैगिंग जैसी घिनौनी प्रथा को इस हार्वर्ड यूनिवर्सिटी में लागू करते हुए शर्म आनी चाहिए । आप लोग जिन छात्राओं से जबरदस्ती और उनकी मर्जी के खिलाफ़ डांस करवाने की जिद्द कर रहे हैं, वे सभी भावी समाज के लिए वकील या जज के रुप में कार्य करेंगी । क्या वे लोग कभी इस घिनौनी करतूत को भूल पाएगी ? क्या यह सब हमारी यूनिवर्सिटी के नाम पर

कलंक नहीं है ?" पुष्प करीम शर्मा की इस नसीहत पर सीनियर स्टूडेंट्स का समूह भड़क गया और उनके लीडर ने चुनौती देते हुए कहा–"अच्छा तो मिस्टर पुष्प करीम शर्मा, तुम हमें समझाओगे कि यूनिवर्सिटी के लिए क्या अच्छा है और क्या बुरा ?" कहकर इस सीनियर स्टूडेंट्स के गुट के छात्रों ने पुष्प करीम शर्मा सहित उनके साथियों पर लातों और घूसों से हमला कर दिया । इस हमले का जवाब देते हुए पुष्प करीम शर्मा ने भी बड़ी ही बहादुरी के साथ दो -दो हाथ किए और सभी सीनियर स्टूडेंट्स को वहाँ से मैदान छोड़कर भागने के लिए मजबूर कर दिया । यह सब देखकर वहाँ खड़ी छात्राओं ने पुष्प करीम शर्मा सहित सभी दोस्तों का शुक्रिया अदा किया ।

इनमें एक तब्बू और महरूम आर. के. जी. की बेटी रमिता तब्बू गुप्ता भी थी । उसने जब पहली ही नज़र में पुष्प करीम शर्मा को देखा तो देखती ही रह गई। अच्छे खासे ऊंचे कद का यह नौजवान बेहद खूबसूरत और हैंडसम लग रहा था ।

रमिता तब्बू गुप्ता को पता था कि पुष्प करीम शर्मा स्टूडेंट यूनियन के प्रेसिडेंट पद के लिए इलेक्शन लड़ रहा था । इससे ज्यादा वह उसके बारे में कुछ नहीं जानती थी । आज जब वह यूनिवर्सिटी से घर पहुंची तो बस उसी के खयालों में खोई रही। रमिता तब्बू गुप्ता को पुष्प करीम शर्मा की एक -एक बात और विचार तथा सत्य और न्याय के लिए लड़ने की बात ने इस कदर प्रभावित किया था कि वो उसकी फेन बन गई । उसने पुष्प करीम शर्मा के चुनाव मेनिफेस्टो की प्रतियां तलाश की जो कि उसे आसानी से मिल गई थी । इस मेनिफेस्टो में लिखा था कि -

"यदि हार्वर्ड यूनिवर्सिटी के स्टूडेंट्स यूनियन के लिए आप हमारे पैनल को विजयी बनाते हैं तो -

1. यूनिवर्सिटी के सभी छात्र- छात्राओं के सम्मान में रैगिंग प्रथा को हमेशा के लिए ख़त्म किया जाएगा ।

2. रैगिंग के स्थान पर नव आगंतुक छात्र - छात्राओं का स्वागत समारोह आयोजित किया जाएगा तथा वरिष्ठ छात्रों के साथ उनके परिचय के लिए विभिन्न गतिविधियाँ प्लान की जाएगी ।

3. यूनिवर्सिटी में सबके साथ समान और न्याय पूर्ण व्यवहार किया जाएगा । किसी के भी साथ जाति, धर्म, वर्ग, नस्ल, लिंग इत्यादि के आधार पर कोई भेदभाव नहीं किया जाएगा ।

4. समय पर एग्जाम अयोजित करवाने और समय पर परीक्षा परिणाम जारी करवाने के लिए यूनीवर्सिटी प्रशासन पर दबाव बनाया जाएगा ।

5. आर्थिक रुप से कमजोर छात्र- छात्राओं की मदद के लिए एक यूनिवर्सिटी फंड बनाया जाएगा । इस फंड से आर्थिक रुप से कमजोर छात्र- छात्राओं के लिए आवास, फीस और अन्य जरुरी सुविधाएं मुहैया करवाई जाएगी ।

रमिता तब्बू गुप्ता को इस मेनिफेस्टो के एक -एक शब्द और वाक्य ने बहुत प्रभावित किया । उसने पुष्प करीम शर्मा को मेनिफेस्टो के वादों के लिए लड़ते और अपनी जान जोखिम में डालते हुए भी प्रत्यक्ष रूप से देखा था ।

अगले भाग में आप पढ़ेंगे कि क्या रमिता तब्बू गुप्ता और पुष्प करीम शर्मा एक दूसरे के नज़दीक आ पाएंगे ?

भाग 98 : क्या रमिता तब्बू और पुष्प करीम एक दूसरे के नज़दीक आ पाएंगे ?

आज रमिता तब्बू बहुत खुश थी । उसने अब तक लड़के तो बहुत देखे थे मगर पुष्प करीम जैसा हैंडसम पहली बार देखा था जो उसके दिल में बस गया था । रैगिंग केस को जिस तरह से उसने हैंडल किया था वो रमिता तब्बू को काबिले तारीफ़ लगा था । रमिता तब्बू ने उसकी आँखों में अपने लिए एक चमक और प्यार की चिंगारी देखी थी । अभी वो पुष्प करीम शर्मा के खयालों में ही खोई हुई थी कि दरवाज़े पर बेल बज उठी । उसने दरवाज़ा खोला तो पुष्प करीम शर्मा अपने साथियों के साथ खड़ा था ।

ये लोग यूनिवर्सिटी के छात्र संघ अध्यक्ष पद के उम्मीदवार के लिए घर -घर जाकर प्रचार और सम्पर्क कर रहे थे । पुष्प करीम शर्मा खुद छात्र संघ अध्यक्ष पद के लिए उम्मीदवार था । रमिता तब्बू ने सब छात्रों को नमस्ते किया और अन्दर आने

का आग्रह करते हुए बोली–"आप लोग अन्दर आइए ना । हम सब बैठकर बात करते हैं ।"

पुष्प करीम शर्मा ने रमिता तब्बू को दूसरी बार देखा था । वह उसको देखता ही रह गया । इतनी खूबसूरत लड़की उसने अपने जीवन में पहली बार देखी थी । जब रमिता सबको घर के अन्दर आने का आग्रह कर रही थी तो पुष्प करीम शर्मा सिर्फ उसे ही देखे जा रहा था । बाकी मित्रों ने उसे चुटकी काटते हुए कहा–"प्रेसिडेंट साहब आपका वोटर आपको अन्दर आने के लिए बोल रहा है । आप कहाँ खो गए हैं ?"

पुष्प करीम शर्मा ने खुद को संभाला और चौंकते हुए, घर के अन्दर प्रवेश करते हुए कहा –"अरे हाँ मैं तो भूल ही गया, बस सोच रहा था कि रमिता तब्बू को मैंने पहले भी कहीं देखा है ।"

"जी आपने मुझे आज से पहले वो यूनिवर्सिटी में रैगिंग वाले झगड़े में अपनी फाइटिंग दिखाते हुए देखा था । वहीं पर आपसे पहली मुलाकात हुई थी ।" रमिता ने पुष्प करीम को याद दिलाते हुए कहा ।

"जी सब याद आ गया, वो क्या है न कि चुनाव कैंपेन में व्यस्तता ही इतनी रहती है कि याद करने में थोड़ा समय लगता है ।" पुष्प करीम ने रमिता की तरफ़ मुस्कुराते हुए कहा ।

"जी आप सब लोग बैठिए मैं चाय बना कर लाती हूँ ।" कहकर रमिता अपनी दादी की मदद के लिए किचन में चली गई । इस दौरान पुष्प करीम और उसके साथी रमिता के ड्राइंग रूम में लगी उसकी तस्वीरों और पेंटिंग्स को निहार रहे थे । ड्राइंग रूम में रमिता के पापा, मम्मी, दादी और उसकी खुद की तस्वीरों के स्कैच बना कर लगाए हुए थे । यह सभी स्कैच रमिता ने ख़ुद बनाए थे । वह एक बेहतरीन कलाकार भी थी यह पुष्प करीम को आज ही पता चला था ।

इसी बीच रमिता सबके लिए चाय लेकर आ गई । उसकी दादी पीछे से नाश्ता हाथ में लिए खड़ी थी । सभी ने नाश्ते के साथ चाय पी और फिर पुष्प करीम छात्र संघ अध्यक्ष के लिए अपनी उम्मीदवारी का जिक्र करते हुए अपने मेनिफेस्टो पर चर्चा करने लगा । उसने अपने मेनिफेस्टो में किए गए सभी वादे रमिता के सामने रखे और अपना कीमती वोट देने के लिए किसी मजे हुए नेता की तरह हाथ जोड़ कर

कहा–"देखिए उस दिन जो यूनिवर्सिटी में आपके साथ रैगिंग का हादसा हुआ था, उसके लिए हम लोग शर्मिन्दा है और यदि आप चाहते हैं कि भविष्य में यूनिवर्सिटी में कभी ऐसी घटनाएं दुबारा न हो तो पुष्प करीम शर्मा को वोट देकर विजयी बनाएगा।"

पुष्प करीम की इस अदा पर रमिता का फिर से दिल आ गया था । वो मन ही मन सोच रही थी कि–"अजी जनाब सिर्फ वोट ही क्या हम तो अपना दिल भी आपको दे बैठे हैं !"

फिर भी उसने खुद को संभालते हुए कहा–"आपके मेनिफेस्टो ने मुझे व्यक्तिगत रूप से काफ़ी प्रभावित किया पुष्प । आपको मैंने आपके द्वारा किए गए वादों के लिए उस रैगिंग वाली घटना के दिन लड़ते हुए भी देखा । तो मेरा वोट तो पक्का है ।"

"अगर मेरा भी वोट लगता हो तो मेरा वोट भी आपके लिए पक्का है । बेटा आप विजयी हो यह मेरा आशिर्वाद है । रमिता ने मुझे बताया था कि कैसे रैगिंग वाली घटना के दिन आपने इसकी और बाकी लड़कियों की मदद की थी ।" रमिता की दादी ने पुष्प को आशीर्वाद देते हुए कहा ।

पुष्प करीम और उसके साथी रमिता और उसकी दादी से मिलने के बाद अपने चुनाव कैंपेन के लिए आगे बढ़ गए थे । मगर पुष्प का दिल अभी भी रमिता के ड्राइंग रूम में उसकी बनाई हुई खूबसूरत तस्वीरों और रमिता में अटका हुआ था । अगले भाग में आप पढ़ेंगे कि इस इश्क ए इब्तिदा में पुष्प करीम की क्या हालत है ?

भाग 99 : इश्क-ए-इब्तिदा में कैसा महसूस कर रहा है पुष्प करीम ?

आज शाम को जब पुष्प करीम इलेक्शन कैंपेन से घर लौटा तो फ्रेश होने के बाद वह अपनी नानी से मिला और उनको दिन भर के हाल - चाल बताते हुए बोला- "कितना थकाने वाला होता है नानी यह इलेक्शन कैंपेन !"

पुष्प करीम को गरमा - गरम दूध का ग्लास हाथ में देते हुए पुष्प करीम की नानी ने जवाब दिया–"देखो बेटा यह विद्यार्थी जीवन के जो इलेक्शन के अनुभव होते हैं

ना यही हमें लोकतन्त्र के बारे में सिखाते हैं । आखिर छात्र संघ के प्रेसिडेंट का चुनाव किसी देश के प्रेसिडेंट से कोई कम नहीं होता ?”

“यह बात तो आपने बिल्कुल सही कही नानी । सीखने को बहुत कुछ मिलता है इन चुनावों से । अब देखो ना उस दिन यूनिवर्सिटी में हमारे सीनियर्स नवागंतुक छात्राओं को रैगिंग के नाम पर परेशान कर रहे थे । वो तो शुक्र था कि सही समय पर मैं अपने दोस्तों के साथ वहाँ पहुँच गया । अन्यथा वे लोग उन छात्राओं को अपनी मर्जी के बेहूदा गानों पर नचा - नचा कर पागल कर देते ।” पुष्प करीम ने यूनिवर्सिटी में घटित हुई घटना को अपनी नानी के साथ साझा करते हुए कहा ।

“बहुत बढ़िया बेटा ! आख़िर मेरा लाड़ला अपने पापा और मम्मी की तरह न्याय के लिए लड़ना सीख ही गया ।” पुष्प की नानी ने पुष्प के सिर पर हाथ फिराते हुए कहा ।

“हाँ नानी वे लड़के जब उन छात्राओं की रैगिंग ले रहे थे ना तो उनमें एक बहुत ही खूबसूरत और आकर्षक लड़की थी जिसका नाम है रमिता तब्बू गुप्ता ! क्या कमाल की सुन्दर लड़की है नानी वो, मैं तो बस उसे देखता ही रह गया ।” पुष्प करीम ने अपनी नानी की गोद में सिर रखकर लेटते हुए कहा ।

“अच्छा तो अब हमारे लाड़ले भावी जज साहब को कोई लड़की भी दिल से भा गई ।” पुष्प की नानी ने पुष्प के सिर के बालों को सहलाते हुए कहा ।

“हाँ नानी आज जब मैं इलेक्शन के लिए घर- घर कैंपेन के दौरान उसके घर पर वोट माँगने के लिए गया तो उसकी खूबसूरत पेंटिंग्स भी देखी मैंने । बाकी स्टूडेंट्स ने तो हमें अपने दरवाजे से ही रवाना कर दिया मगर रमिता ने हम सब दोस्तों को घर के अन्दर बुलाकर प्यार से चाय-नाश्ता करवाया और अपनी दादी से भी मिलवाया ।” पुष्प ने उत्साहित होते हुए नानी को बताया ।

“अच्छा मतलब प्रेसिडेंट साहब का यह एक वोट तो पक्का हो ही गया ।” पुष्प की नानी ने पुष्प को छेड़ते हुए कहा ।

“वोट ही नहीं नानी उसका तो दिल भी मुझे ही मिलेगा चाहो तो लिखकर ले लो।” पुष्प ने इठलाते हुए कहा और फिर दोनों खिल खिलाकर हँस पड़े ।

"अच्छा तो यह बता कि उस प्यारी सी और खूबसूरत दिखने वाली रमिता से मुझे कब मिलवा रहा तू ,जिसने तेरे दिल में अपना बसेरा बना लिया ?" पुष्प की नानी ने अपने दोहिते को सामने बैठाकर सवाल पूछा ।

"बस नानी जल्दी ही मिलवाऊंगा आपको रमिता और उसकी दादी से । यह यूनिवर्सिटी इलेक्शंस को एक बार खत्म हो जाने दीजिए ।" पुष्प ने अपनी नानी की आँखों में आँखें डालते हुए कहा ।

पुष्प, रमिता को लेकर बहुत उत्साहित और खुश था । वो उसके दिल को इस क़दर भा गई थी कि वह उठते - बैठते सिर्फ़ रमिता के ही खयालों में खोया रहता था। रमिता की उम्र लगभग बीस साल होगी जबकि पुष्प अपनी उम्र का बाइसवाँ पड़ाव पार कर रहा था । पुष्प को रमिता की गहरी और कजरारी आँखों ने अपना कायल बना छोड़ा था और फिर दोनों की ही यह उम्र भी उस पड़ाव पर ही थी कि वे दोनों एक- दूसरे की तरफ़ आकर्षित हुए नहीं रह सके ।

पुष्प ने तय कर लिया था कि वो अगली मुलाकात में रमिता को अपने इलेक्शन कैंपेन में साथ रहने के लिए रिक्वेस्ट करेगा और उसे पूरी उम्मीद थी कि वो मान जाएगी ।

भाग 100 : क्या रमिता और पुष्प करीम अपने प्यार का इज़हार कर पाए ?

आज यूनिवर्सिटी इलेक्शन के कैंपेन का आखिरी दिन था । छात्र संघ अध्यक्ष पद के सभी उम्मीदवार और उनके सहयोगी वोटों के लिए विभिन्न तरीकों से छात्रों को रिझा रहे थे । पुष्प और उसके सहयोगियों ने भी पुष्प के प्रचार के लिए कोई कोर-कसर नहीं छोड़ी थी । पर आज इलेक्शन से पूर्व पुष्प रमिता के साथ मिलकर अपने प्यार का इज़हार करना चाहता था ।

इधर रमिता की हालत भी ठीक वैसी ही थी जैसी पुष्प की थी । जबसे उसने पुष्प को देखा था वह ख़ुद पर काबू नहीं रख पा रही थी। वह बस इस उम्मीद में यूनिवर्सिटी आती थी ताकि अकेले में पुष्प से मिलकर अपने दिल की बात कह सकें परन्तु ऐसा सम्भव नहीं हो पा रहा था ।

आज का दिन जहाँ इलेक्शन कैंपेन की दृष्टि से महत्वपूर्ण था वहीं पुष्प और रमिता के लिए भी कम महत्वपूर्ण नहीं था । पुष्प ने रमिता को कॉल करके बताया -

“हाई रमिता हाउ आर यू ?”

“आई एम फाइन पुष्प, बताओ तुम्हारा इलेक्शन कैंपेन कैसा चल रहा है ?” उधर से आवाज़ आई ।

“अच्छा चल रहा है पर मुझे अच्छा लगेगा अगर तुम आज दिन भर हमारे साथ इलेक्शन कैंपेन में रहो क्योंकि एक तो आज इलेक्शन कैंपेन का आखिरी दिन है और मैं तुमसे कुछ कहना भी चाहता हूँ ।” पुष्प ने कांपते होठों से वाक्य के आखिरी शब्द बोले ।

“हाँ पुष्प बिल्कुल, मैं तुम्हारे साथ आ रही हूँ । पर तुम तो हमेशा ही अपने दोस्तों के हुजूम से घिरे रहते हो । अकेले में हम कैसे मिल पाएंगे ?” रमिता ने भी कुछ डरते हुए अपने दिल की बात कही ।

“हाँ रमिता, लेकिन आज मैंने इलेक्शन की अपनी सारी जिम्मेदारियां दोस्तों में बाँट दी है । इसलिए आज मैं दोपहर तक फ्री रहूँगा । क्या हम दोनों यूनिवर्सिटी के पीछे जो वाटिका है वहाँ मिल सकते हैं ?”

“जरूर पुष्प, बताओ, कितनी बजे मिलोगे ?”

“यही सुबह नौ बजे, मैं तुम्हारा इन्तजार करूंगा । प्लीज आना जरूर !”

“श्योर, बाई एण्ड मिस यू पुष्प !” कहकर रमिता ने फोन काट दिया ।

रमिता पुष्प के फोन के बाद बहुत जल्दबाजी में तैयार होने लगी । उससे अब बहुत इन्तजार नहीं हो पा रहा था । आज उसके सपनों के राजकुमार ने उसे मिलने के लिए बुलाया था । उसको यूँ जल्दबाजी करते हुए देखकर उसकी दादी ने पूछ ही लिया–“क्या बात है रमिता बेटी, आज इतना जल्दी तैयार होकर किधर चली ?”

“अब आप से क्या छिपाना दादी, इस प्रदेश में तो एक आप ही मेरी सब कुछ है । वो कल इलेक्शन कैंपेन के लिए पुष्प आया था न जिसको आपने घर पर चाय-नाश्ता करवाया था । वो मेरा बहुत अच्छा दोस्त है । आज उसके लिए इलेक्शन कैंपेन का आखिरी दिन है तो बस हम सब दोस्त मिलकर उसी की रणनीति बनाने के लिए यूनिवर्सिटी में इकट्ठा हो रहे हैं ।” रमिता ने दादी के सवाल का जवाब देते हुए कहा ।

"वो सब तो ठीक है बेटी, पर इससे पहले मैंने तुम्हें इतना सज-संवरकर यूनिवर्सिटी जाते हुए नहीं देखा !" दादी ने मुस्कुराते हुए कहा।

"तो सुनो बात यह है दादी कि मैं और पुष्प अच्छे दोस्त तो है ही, हो सकता है आज बात कुछ आगे बढ़ जाए ।" रमिता ने दादी को गले लगाते हुए कहा ।

"ठीक है बेटी, मुझे पुष्प बहुत ही समझदार और भला लड़का लगा । यदि तुम दोनों अच्छे दोस्त बनकर रहना चाहते हो तो मुझे कोई ऐतराज नहीं है । परन्तु फिर भी बेटी ध्यान रखना कि हम लोग यहाँ विदेश में रहते हैं और मेरे सिवा इधर तेरा खयाल रखने वाला कोई नहीं है ।" रमिता की दादी ने थोड़ा चिन्तित होते हुए रमिता को समझाया ।

"इसीलिए तो दादी मैंने आप से कुछ भी नहीं छिपाया । लौट कर सारी बातें आपको बताऊंगी ।"

अगले भाग में आप पढ़ेंगे कि रमिता और पुष्प की अगली मुलाकात में क्या हुआ?

भाग 101 : रमिता और पुष्प की पहली मुलाकात में क्या हुआ ?

रमिता तब्बू, पुष्प करीम के साथ अपनी पहली मुलाकात को लेकर बहुत एक्साइटेड थी । वह तैयार होकर ठीक नौ बजे हार्वर्ड यूनिवर्सिटी के पीछे स्थित सुन्दर सी वाटिका में जा पहुँची थी । यह वाटिका बेहद खूबसूरत और खुशबूदार फूलों से सजी संवरी नज़र आ रही थी । इस वाटिका के पास से गुजर रहे पानी के सोते से कल- कल की मधुर आवाज़ आ रही थी । रमिता ने थोड़ी देर इन्तजार किया और सामने देखा तो पुष्प अपने अंदाज में मुस्कुराता हुआ उस वाटिका की तरफ़ ही आ रहा था ।

पुष्प को वाटिका की तरफ़ आता हुआ देखकर रमिता कुछ लजा और घबरा सी गई थी । किसी मर्द के साथ अकेले में मिलने का यह उसका पहला अनुभव था । पुष्प ने नज़दीक आकर रमिता से हैलो किया और फिर पास ही में बनी पार्क की कुर्सी पर बैठने का इशारा किया । जब रमिता बैठ गई तो पुष्प भी उसकी बगल में ही बैठ गया ।

पुष्प ने बात शुरु करते हुए कहा–"सॉरी रमिता मुझे आने में थोड़ी देर हो गई । वो क्या है ना......।"

पुष्प अपनी बात पूरी कर पाता उससे पहले ही रमिता चहक कर बोली –"चुनाव के कैंपेन का आज आखिरी दिन था तो बस उसी के चक्कर में तुम लेट हो गए । यही तो कहना चाहते हो न ?"

"अरे हाँ, पर तुम्हें कैसे पता चला कि मैं इसी वजह से ही लेट हुआ था ?" पुष्प करीम ने आश्चर्य जताते हुए कहा ।

"पुष्प आख़िर मैं भी हूँ तो भारतीय ही ना । मैं सब समझती हूँ कि......!"

रमिता की बात पूरी होती इससे पहले ही पुष्प बोल उठा–"अब छोड़ो भी यार हम भी क्या बातें ले बैठें ? सुनो रमिता मैंने तुम्हें यहाँ इसलिए बुलाया है कि मैं तुमसे अपने दिल की बात कहना चाहता था ।"

"ओके,तो कह डालो जनाब, हम भी कब से उस दिल की बात सुनने को मरे जा रहे हैं ?" रमिता ने बिना किसी संकोच के कहा ।

"I love you रमिता !" पुष्प ने रमिता का हाथ अपने हाथ में लेते हुए कहा ।

"Mee too पुष्प !" रमिता ने पुष्प की आँखों में झांकते हुए कहा ।

फिर दोनों एक - दूसरे के गले लगकर काफ़ी देर तक यूँ ही खोए रहे । इस चुप्पी को तोड़ते हुए रमिता ने कहा–"मैं उस रैगिंग वाली घटना के दिन तुम्हारे व्यवहार, सोच और प्रदर्शन से बहुत प्रभावित हुई थी पुष्प ! सच कहूँ तो तुम्हारे चुनावी मेनिफेस्टो में जो कुछ लिखा था उसे मैंने व्यवहार में होते हुए देखा था ।" रमिता ने पुष्प के कंधे पर सर रखते हुए कहा ।

"उसी दिन जब तुम्हें देखा तो मुझे भी पता नहीं क्या हुआ कि रात भर मैं तुम्हारे बारे में ही सोचता रहा । फिर चुनाव कैंपेन के दौरान तुमसे तुम्हारे घर पर मिला था तो तुम्हारी पेंटिंग्स ने तो उसी तरह मेरा मन मोह लिया था जिस तरह तुमने ।" पुष्प ने रमिता के गालों पर हल्का सा चुम्बन लेते हुए कहा ।

इस चुम्बन से रमिता के गाल लाल सुर्ख हो गए थे । वह खुद में सिमट कर लजा गई ।

"मैंने तुम्हारे बारे में अपनी नानी को भी बताया है । वो तुमसे मिलने को बहुत उत्सुक है ।" पुष्प ने रमिता को बताते हुए कहा ।

"नानी, मतलब तुम यहाँ अपनी नानी के साथ रहते हो ?" रमिता ने जिज्ञासावश सवाल किया ।

"हाँ रमिता मेरे मम्मी -पापा इण्डिया में कोर्ट में जज है और दादा, दादी अब इस दुनिया में है नहीं तो मेरी नानी ही यहाँ अमेरिका में मेरा खयाल रखती है । वो बहुत प्यारी सी है । तुम मिलोगी तो पता चलेगा ।" पुष्प ने रमिता के सवाल का जवाब देते हुए कहा ।

"वाह क्या संयोग है पुष्प ! मैं यहाँ मेरी दादी के साथ रहती हूँ और वो ही मेरी देखभाल करती है । पापा अब इस दुनिया में है नहीं तो मेरी मम्मी ही हम लोगों का खर्चा वहन करती है । वो इण्डिया में कोर्ट में रजिस्ट्रार के पद पर कार्य करती है । दादी से तो उस दिन तुम घर पर मिले ही थे ।" रमिता ने अपने बारे में थोड़ा कुछ जानकारी देते हुए बताया ।

"हाँ रमिता तुम्हारी दादी भी बहुत प्यारी है । मुझे उनके साथ मिलकर बहुत अच्छा लगा । चुनाव सम्पन्न होते ही मैं फिर उनसे मिलने आऊँगा ।" पुष्प ने चहकते हुए कहा ।

इस तरह दोनों की पहली मुलाकात काफ़ी अच्छी रही और दोनों ने ही अपने प्यार का इज़हार करने के साथ ही एक- दूसरे के बारे में भी बहुत कुछ जानने समझने का काम किया ।

अगले भाग में आप पढ़ेंगे कि पुष्प के यूनिवर्सिटी चुनाव जीतने के बाद रमिता के साथ उस की मोहब्बत क्या करवट लेती है ?

भाग 102 : क्या पुष्प करीम ने जीता हार्वर्ड यूनिवर्सिटी का चुनाव और रमिता का दिल ?

फाइनली आज हार्वर्ड यूनिवर्सिटी के लिए छात्र संघ अध्यक्ष का मतदान होना था। सभी प्रत्याशियों के समर्थक जोर- शोर से अपने- अपने छात्र नेताओं के समर्थन में अन्य छात्र और छात्राओं को रिझा रहे थे । पुष्प करीम शर्मा की तरफ़ से रमिता ने छात्राओं के वोट पुष्प के पक्ष में करवाने की बागडोर अपने हाथ में ले ली थी । वो अब बढ़-चढ़कर पुष्प के लिए प्रचार कर रही थी । हार्वर्ड विश्वविद्यालय के बाकी छात्र- छात्राओं को पुष्प और रमिता की केमिस्ट्री धीरे -धीरे समझ में आ रही थी।

इस सुशिक्षित और योग्य जोड़ी को सभी पसन्द करने लगे थे । दोनों के प्यार के चर्चे यूनिवर्सिटी स्टॉफ और स्टूडेंट्स के बीच फेमस हो गए थे । सभी इस जोड़ी की हर मोर्चे पर सफलता की दुआएँ कर रहे थे ।

तय समय के अनुसार यूनिवर्सिटी में छात्र संघ अध्यक्ष पद के लिए मतदान होना शुरू हो गया था । सुबह दस बजे से सांय पाँच बजे तक मतदान की यह प्रक्रिया चली । उसी दिन रात आठ बजे तक चुनाव परिणामों की घोषणा होने वाली थी । सभी को यूनिवर्सिटी के चुनाव परिणामों को जानने की जिज्ञासा थी । इधर मतों की गणना के लिए घोषणा हो चुकी थी । पुष्प करीम अपने समर्थकों से घिरा हुआ यूनिवर्सिटी के बाहर वेटिंग रूम में बैठा हुआ था । उसने सबसे नज़रे चुराकर रमिता को व्हाट्सएप करते हुए लिखा–“हैलो रमिता, यार मैं इलेक्शन रिज़ल्ट को लेकर बहुत नर्वस हो रहा हूँ । पता नहीं क्या होगा ?”

“अरे डियर तुम जीत रहे हो । अभी - अभी मतगणना सेन्टर से मेरे भरोसे मन्द सूत्रों से ख़बर मिली है कि पुष्प सभी उम्मीदवारों से आगे चल रहे हैं ।” रमिता ने व्हाट्सएप पर ही जवाब देते हुए लिखा ।

“सच में या फिर तुम सिर्फ़ मेरा हौसला बढ़ाने के लिए कह रही हो ?” पुष्प ने रमिता की बात पर फिर सवाल दाग दिया ।

“अरे बाबा सच में, मेरा यकीन करो यार ! क्या तुम्हारी कसम खाकर कहूँ क्या?” रमिता ने पुष्प की तरफ़ थोड़ा सा मुस्कुराते हुए व्हाट्सएप पर लिखा ।

“हाँ प्लीज कसम खाकर बताओ ना, शायद यकीन आ जाए ?” पुष्प ने रमिता को छेड़ते हुए लिखा ।

“ठीक है बाबा, तुम्हारी कसम, अब तक आठ राउंड की मतगणना पूरी हो चुकी है । इसमें अब तक तुमने और तुम्हारे समस्त पैनल ने बढ़त हासिल कर रखी है । सिर्फ़ दो राउंड की मतगणना शेष बची है । उसके बाद चुनाव परिणामों की आधिकारिक घोषणा हो जाएगी ।” रमिता ने पुष्प को विस्तार से जानकारी देते हुए व्हाट्सएप पर लिखा ।

इधर उपस्थित समर्थकों द्वारा नारे बाजी का शोर बढ़ता जा रहा था । सभी तरफ़ से सिर्फ यही आवाजे आ रही थी-“प्रेसिडेंट, प्रेसिडेंट........पुष्प करीम प्रेसिडेंट !”

“जीतेगा क्या जीत गया........ पुष्प करीम जीत गया !”

"हमारे प्रेसिडेंट कैसा हो......... पुष्प करीम जैसा हो !"

इसी नारे बाजी के बीच यूनिवर्सिटी के कैम्पस से लाउड स्पीकर पर एनाउंसमेंट की आवाज़ सुनाई दी–"डिअर स्टूडेंट्स, यूनिवर्सिटी प्रेसिडेंट के पद के लिए मतगणना सम्पन्न हो चुकी है । बस थोड़ी ही देर में आप लोगों को चुनाव परिणामों से अवगत करवाया जाएगा । इससे पूर्व आप सभी विद्यार्थियों से रिक्वेस्ट है कि सभी शान्ति बनाए रखें और यूनिवर्सिटी को इस पूरी प्रक्रिया में सहयोग करते रहें। डेमोक्रेसी के तहत् चुनावों में हार या जीत होती रहती है । हारने वाले और जीतने वाले सभी प्रत्याशियों को मिलकर यूनिवर्सिटी और समस्त छात्र और छात्राओं के हित के लिए कार्य करना चाहिए ।

इसके साथ ही लाउडस्पीकर पर सबसे कम मत प्राप्त करने वाले प्रत्याशियों के नाम बताए जाने लगे और यूनिवर्सिटी के लिए जीतने वाले सचिव, महासचिव, उपाध्यक्ष सहित सभी क्लास रिप्रेजेंटेटिव्स के नामों की घोषणा एक -एक करके होने लगी । इन सब में पुष्प करीम शर्मा के पैनल के प्रत्याशियों के नाम सबसे अधिक थे ।

इस उद्घोषणा से विपक्षी दल के छात्रों में मायूसी छाने लगी और उनमें से कई गाली गलौज और गन्दी हरकतें करने लगे ।

सबसे अन्त में छात्र संघ अध्यक्ष पद के लिए घोषणा करते हुए लाउडस्पीकर पर एनाउंस हुआ कि–"हार्वर्ड यूनिवर्सिटी के अध्यक्ष पद के लिए........पुष्प करीम शर्मा को दो लाख दस हजार मतों से विजयी घोषित किया जाता है ।"

इस घोषणा के साथ ही पुष्प करीम शर्मा के समर्थकों की नारे बाजी का शोर बढ़ता गया । पुष्प करीम ने अपने पास ही बैठी रमिता को गले से लगा लिया ।

इसी बीच दूसरे दल के हारे हुए प्रत्याशी और उसके समर्थकों ने हताशा में फायरिंग शुरु कर दी । इनमें से एक युवक ने पुष्प करीम शर्मा को टारगेट करते हुए फायर किया और एक गोली उसके कन्धे को चीरते हुए पार हो गई ।

चारों तरफ अफरा-तफरी मच चुकी थी । पुलिस हरकत में आई और सभी छात्र-छात्राओं को खदेड़ते हुए कुछ को हिरासत में ले लिया ।

अगले भाग में आप पढ़ेंगे कि पुष्प करीम इस गोली बारी की घटना में बच पाता है या नहीं ?

भाग 103 : क्या पुष्प करीम गोली - बारी की घटना में बच पाएगा ?

हार्वर्ड यूनिवर्सिटी के छात्र संघ अध्यक्ष पद के चुनाव के लिए पुष्प करीम शर्मा के विजयी घोषित होते ही हारे हुए एक प्रत्याशी और उसके समर्थकों के द्वारा फायरिंग शुरु हो गई थी । इस गोली- बारी की घटना में पुष्प करीम बुरी तरह घायल हो गया था । घटना स्थल पर मौजूद पुलिस ने फायरिंग करने वाले प्रत्याशी के समर्थक कुछ युवाओं को गिरफ्तार कर लिया था । मगर असल मुल्जिम फरार होने में कामयाब हो गया था । पुलिस ने एंबुलेंस बुलाकर पुष्प करीम को हॉस्पिटल पहुंचाया । रमिता बराबर पुष्प का खयाल रखते हुए उसके साथ चल रही थी । वह पुष्प को सांत्वना देते हुए कह रही थी–"घबराओ मत पुष्प तुमको कुछ नहीं होने वाला । हम शीघ्र ही हॉस्पिटल पहुँचने वाले हैं । मैंने तुम्हारी नानी को फोन कर दिया है और बताया है कि वह ज्यादा परेशान न हो ।"

"बहुत शुक्रिया रमिता ! नानी को कहना प्लीज कि अभी इण्डिया में मम्मी -पापा को कुछ नहीं बताएं । वे दोनों यह ख़बर सुनकर बहुत घबरा जाएंगे ।" पुष्प ने दर्द से कराहते हुए कहा ।

"नानी हॉस्पिटल ही पहुँच रही है पुष्प । तुम निश्चिन्त रहो । जैसे तुम कहोगे वैसा ही होगा ।" रमिता ने पुष्प की चिन्ता दूर करते हुए कहा ।

हार्वर्ड यूनिवर्सिटी के चुनाव परिणामों की ख़बर के साथ ही यूनिवर्सिटी छात्रों के दो गुटों के बीच हुई फायरिंग की ख़बर आग की तरह पूरे शहर में फैल गई थी । मीडिया पल - पल की रिपोर्टिंग लाइव कर रहा था । सभी टीवी चैनल पर इस ख़बर को प्रमुखता से दिखाया जा रहा था ।

पुष्प करीम के समर्थक छात्र और छात्राओं ने हमलावरों की शीघ्र गिरफ्तारी को लेकर सिटी एसपी और पुलिस थाने का घेराव किया।

पुष्प के अस्पताल पहुँचते ही डॉक्टर्स ने ऑपरेशन की तैयारी शुरू कर दी थी । पुष्प की नानी भी हॉस्पिटल पहुँच चुकी थी । उसने भी पुष्प को हिम्मत बंधाते हुए कहा–"बेटा जरा भी घबराना नहीं, मैंने तुम्हारे पापा और मम्मी को फोन कर दिया है और वे इमरजेंसी फ्लाईट से शीघ्र ही अमेरिका पहुँचने वाले हैं ।"

"अरे नानी, आपने मम्मी-पापा को क्यों यह सब बता दिया ? वे लोग बेवजह परेशान होंगे ? फिर मम्मी को तो आप जानती ही है । अपने इकलौते बेटे को मुसीबत में देखकर वो किस तरह पैनिक हो उठती है ।" पुष्प ने अपने दर्द पर काबू करने का प्रयास करते हुए कहा ।

"बताती नहीं तो क्या करती बेटा । आख़िर उन्होंने मेरे भरोसे तुम्हें यहाँ विदेश में छोड़ा हुआ है । फिर आजकल तो मीडिया का ज़माना है । उनके पास इधर- उधर से ख़बर पहुंचे इससे पहले हम ही उन्हें सब कुछ सच बता दें तो बेहतर होता है । मैंने उनसे कहा है कि घबराने की कोई बात नहीं है । स्थिति कंट्रोल में है और पुष्प का हॉस्पिटल में ऑपरेशन चल रहा है ।" पुष्प की नानी ने पुष्प की चिन्ता को दूर करते हुए कहा ।

इस बातचीत के बाद डॉक्टर्स ने सभी परिजनों और छात्र नेताओं को बाहर निकाल दिया । पुष्प को एनिस्थिया देकर बेहोश किया गया । डॉक्टर्स ने पुष्प के कंधे का ऑपरेशन करके कंधे पर लगी गोली को निकाल दिया था । डॉक्टर्स के ऑपरेशन थियेटर से बाहर आते ही रमिता ने पूछा–"डॉक्टर अब कैसा है पुष्प ?"

"चिन्ता की कोई बात नहीं है । ऑपरेशन सक्सेसफुल रहा है । अब पुष्प खतरे से बाहर है । थोड़ी देर में उसको होश आने के बाद आप लोग उससे मिल सकते हैं।" डॉक्टर ने रमिता और पुष्प की नानी को आश्वस्त करते हुए कहा ।

इसी दौरान पुष्प के मम्मी और पापा भी हॉस्पिटल पहुँच चुके थे । उन्होंने पुष्प की नानी से मिलकर सारे हालात जाने । करीम ने डॉक्टर के साथ बातचीत करके पुष्प की स्थिति के बारे में पूरी जानकारी ली । पुष्प के स्वास्थ्य को लेकर पूरी तरह आश्वस्त होने के बाद वे भी पुष्प के होश में आने का इन्तजार करने लगे ।

नर्स ने आकर डॉक्टर्स को इतला करते हुए कहा–"सर पुष्प को होश आ गया है । वे रमिता को याद कर रहे हैं ।"

डॉक्टर्स ने पुष्प के मम्मी- पापा, नानी और रमिता को बताते हुए कहा –"अब पुष्प को होश आ गया है । आप लोग उससे मिल सकते हैं । हाँ वो रमिता को बहुत याद कर रहे हैं । उन्हें शीघ्र उनसे मिलवा दीजिए प्लीज ।" डॉक्टर की बात बात सुनकर करीम और पुष्पा एक- दूसरे को देखने लगे । उन्होंने रमिता के बारे में पहली बार सुना था । हालांकि अभी इन सब चीजों के बारे में बातचीत के लिए

वक्त जाया नहीं करते हुए वे पहले पुष्प से जाकर मिले । रमिता और पुष्प की नानी भी साथ ही थे । पुष्प ने जैसे ही आँखें खोली तो उसके सामने सबसे आगे रमिता और फिर उसके पीछे करीम और पुष्पा खड़े हुए थे । उसने रमिता को पुकारते हुए अपने मम्मी - पापा को आश्चर्य से देखा और कहा-"मम्मी -पापा ! अरे आप लोग भी इतना जल्दी पहुँच गए यहाँ ?"

"हाँ बेटा, बस तुम्हारे बारे में ख़बर मिलते ही हम लोग फ्लाइट से तुरन्त रवाना हो गए । अब कैसी तबियत है तुम्हारी ?" पुष्पा ने पुष्प के सवाल का जवाब देते हुए कहा ।

करीम और पुष्पा ने अपने बेटे को गले से लगाया और दोनों भावुक होते हुए फूट-फूटकर रोने लगे । पुष्प ने उनके आँसू पौंछते हुए कहा–"मम्मी -पापा, अब तो रोने की कोई बात नहीं है । आप दोनों का लाड़ला अब खतरे से एक- दम बाहर है। और रमिता मम्मी- पापा को बताओ तो सही कि मैं हार्वर्ड यूनिवर्सिटी का प्रेसिडेंट चुन लिया गया हूँ ।"

"हाँ पुष्प बताएंगे, मम्मी - पापा को सब कुछ बताएंगे । पहले आप एकदम ठीक तो हो जाओ ।" कहते हुए रमिता ने अपनी आँखों के आँसू साफ किए ।

"अरे पर रमिता तुम्हारे बारे में तो मैंने मम्मी- पापा को कुछ, बताया ही नहीं । मम्मी यह रमिता है, मेरी बेस्ट फ्रेंड । इसने कंधे से कन्धा मिलाकर यूनिवर्सिटी चुनावों में मेरा साथ दिया था ।" पुष्प ने अपने मम्मी और पापा को रमिता के बारे में बताते हुए कहा ।

"सिर्फ़ बेस्ट फ्रेंड या फिर उससे भी ज्यादा ?" पुष्प की नानी ने चुटकी लेते हुए कहा । उनकी बात सुनकर सभी ठहाका मारकर हँसने लगे । मगर रमिता नीचे सिर झुकाकर शरमा गई थी ।

"खैर छोड़िए यह सब बातें । पहले पुष्प के हॉस्पिटल से डिस्चार्ज के बारे में डॉक्टर्स से मैं बातचीत करके आता हूँ ।" कहते हुए पुष्प के पापा करीम डॉक्टर्स से मिलने उनके चैंबर में चले गए ।

अगले भाग में आप पढ़ेंगे कि क्या पुष्प के मम्मी और पापा रमिता को पुष्प के लिए अपना लेंगे ?

भाग 104 : क्या पुष्प के मम्मी और पापा रमिता को पुष्प के लिए अपना लेंगे ?

पुष्प के पापा पुष्प के हॉस्पिटल से डिस्चार्ज के पेपर तैयार करवा रहे थे । डॉक्टर्स ने पुष्प को डिस्चार्ज करके कुछ दिन घर पर ही आराम करने की सलाह दी थी । यूनिवर्सिटी और शहर भर में पुष्प के हमलावरों की गिरफ्तारी की माँग को लेकर धरना - प्रदर्शन बढ़ते ही जा रहे थे मगर पुष्प के हमलावरों का कोई अता-पता नहीं चल पाया था । वे सभी अंडर ग्राउंड हो गए थे ।

पुष्प के मम्मी - पापा और नानी अब बहुत खुश थे कि पुष्प बहुत जल्दी से रिकवर कर रहा था । समय- समय पर रमिता भी पुष्प को संभालने आया करती थी । यूनिवर्सिटी के छात्र-छात्राओं का भी पुष्प के घर ताता लगा रहता था ।

आज रमिता, पुष्प और उसके पूरे परिवार के लिए गाजर का गरमा - गरम हलवा बना कर लाई थी । सभी ने हलवा खाते हुए रमिता की बहुत तारीफ़ की ।

पुष्प ने आज ठीक से रमिता को अपने मम्मी- पापा से मिलवाते हुए कहा -

"पापा यह जो मेरा इतना खयाल रखती है ना इसका नाम है रमिता । रमिता यूनिवर्सिटी में मेरी सहपाठी है और अच्छी दोस्त भी ।" अभी पुष्प की बात पूरी तरह ख़त्म भी नहीं हुई थी कि पुष्प की नानी ने बीच में ही बोलते हुए कहा –"बेचारे बच्चों को बताने में शर्म आ रही है लिहाजा इससे आगे का जिक्र मैं किए देती हूँ । रमिता और पुष्प एक- दूसरे को बहुत चाहते हैं और मेरे खयाल से यह दुनिया की सबसे हसीन जोड़ी होगी ।"

"Yes really, अगर हमारे बच्चे खुद ही अपना जीवन साथी का चुनाव कर लें तो इससे बेहतर क्या होगा । भाई हमें तो पुष्प के लिए रमिता परफेक्ट मैच लगती है। तुम्हारा क्या खयाल है पुष्प की माँ ?" करीम ने पुष्पा की तरफ़ देखते हुए कहा।

"मैं तो बच्चों की पसन्द की दाद देती हूँ । पर क्या रमिता के मम्मी - पापा भी इस रिश्ते से सहमत हैं ? हमें एक बार उनसे मिलकर पुष्प के लिए रमिता का हाथ माँगने के बारे में बातचीत करना चाहिए ।" पुष्पा ने करीम की बात का जवाब देते हुए कहा ।

"हाँ पुष्पा, मैं तुम्हारी बात से सहमत हूँ । रमिता यहाँ अमेरिका में अपनी दादी के साथ रहती है । मगर इसके मम्मी - पापा, इण्डिया में ही रहते हैं ।" पुष्प की नानी ने पुष्पा के सुझाव पर अपनी राय रखते हुए कहा ।

"पापा नहीं, सिर्फ़ मम्मी ! इण्डिया में सिर्फ़ मेरी मम्मी रहती है । पापा अब इस दुनिया में नहीं रहे हैं । उनका इंतकाल हो चुका है ।" रमिता ने थोड़ा भावुक होते हुए अपने पापा के बारे में बताया ।

"ओह! सो सॉरी बेटा, मुझे पता नहीं था कि तुम्हारे पापा अब इस दुनिया में नहीं रहे ।" पुष्प की नानी ने रमिता के सिर पर हाथ रखते हुए कहा ।

"पर यदि रमिता की दादी अमेरिका में इसके साथ ही रहती है तो क्यों ना पहले हम इस रिश्ते के बारे में उनसे ही मुलाकात करें ?" करीम ने अपनी राय व्यक्त करते हुए कहा ।

"हाँ यह ठीक रहेगा । हम सभी लोग कल ही रमिता के घर चलकर इसकी दादी माँ से बातचीत करते हैं । इसकी मम्मी तो इण्डिया में ही रहती है तो उनसे मैं और करीम वहीं पर मिल लेंगे ।" पुष्पा ने करीम की ही बात को आगे बढ़ाते हुए कहा।

"हाँ तो यह फाइनल रहा कि कल हम सब दिन का लंच मेरे घर पर मेरी दादी के साथ ही करेंगे । मैं और दादी दोनों बहुत अच्छे और स्वादिष्ट भारतीय पकवान बनाकर रखेंगे । आप सभी मेरी तरफ़ से मेरे घर पर निमंत्रित हैं ।" रमिता ने उत्साह से उछलते हुए कहा ।

इस कार्यक्रम के तय होने के बाद रमिता सबसे विदा लेते हुए और पुष्प को आराम करने की हिदायत देते हुए अपने घर लौट आई थी । घर आते ही उसने अपनी दादी को यह खुश खबरी देते हुए कहा–"तो दादी कल फाइनली पुष्प के मम्मी और पापा पुष्प के लिए आपसे मेरा हाथ माँगने के लिए आ रहे हैं । अब सारे घर को सजाने के बाद हम दोनों भारतीय पकवान बनाने में जुटने वाले हैं ।" रमिता ने अपनी दादी के गले में बाहें डालकर झुमते हुए कहा ।

"वो सब तो ठीक है बेटी, पर पहले यह तो बताओ कि पुष्प की तबियत अब कैसी है ?" रमिता की दादी ने सवाल पूछते हुए कहा ।

"हाँ दादी पुष्प बहुत तेजी से रिकवर कर रहा है और अब तो इण्डिया से उसके मम्मी - पापा भी आ गए हैं । आज पुष्प ने मुझे अपने मम्मी और पापा से मिलाया।

वो दोनों हमारे रिश्ते से बहुत खुश हैं । इसीलिए बस अब आपकी राय लेने के लिए आ रहे हैं । मैंने कल उन सभी को लंच पर इन्वाइट किया है ।"

रमिता ने अपनी दादी के सवालों का जवाब देते हुए कहा । इसके बाद रमिता अपने घर को सजाने - संवारने और साफ- सफ़ाई में व्यस्त हो गई ।

अगले भाग में आप पढ़ेंगे कि रमिता और पुष्प के रिश्ते के लिए क्या रमिता की दादी हाँ करती है ?

भाग 105 : क्या रमिता की दादी रमिता और पुष्प के रिश्ते के लिए हाँ करेगी ?

रमिता आज बहुत खुश थी । पुष्प के मम्मी और पापा उसकी दादी से पुष्प के लिए उसका हाथ माँगने आ रहे थे । रमिता ने पूरे घर को खूब करीने से सजाया था । उसने अपनी सभी पेंटिंग्स और स्केच स्वागत कक्ष में इस कदर सजाए थे कि हर कोई उनको देखते ही मोहित हुए बिना नहीं रह सकता । रमिता ने पुष्प के साथ ली गई उसकी तस्वीरों को भी दीवार पर बहुत ही सलीके से सजाकर रखा था ।

रमिता ने अपनी दादी के साथ मिलकर पुष्प की मम्मी और पापा के लिए स्वादिष्ट भारतीय पकवान बनाए थे । उन पकवानों को वो हॉट केश में रखकर खाने की टेबल पर रख रही थी कि तभी दरवाज़े पर डोर बेल बजी । रमिता ने घड़ी देखी और आश्वस्त हो गई थी कि निश्चित रूप से यह पुष्प के मम्मी और पापा ही होंगे । उसने दौड़कर दरवाज़ा खोला तो सामने पुष्प के मम्मी और पापा खड़े हुए थे ।

रमिता ने दोनों का स्वागत करते हुए कहा–"आइए, हम लोग आप ही का इन्तजार कर रहे थे । आपको घर तक पहुँच ने में कोई दिक्कत तो नहीं हुई ?"

पुष्प के पापा ने रमिता की बात का जवाब देते हुए कहा–"अरे बिलकुल नहीं । यहाँ अमेरिका में यह गूगल बाबा एक दम सही लोकेशन बताता है । बस इसी के सहारे हम लोग चले आए।"

कहते हुए दोनों ने घर के अन्दर प्रवेश किया । रमिता ने दोनों को स्वागत कक्ष में बैठाकर पानी पिलाया और फिर अपनी दादी को बुलाने रसोई में चली गई । इस दौरान पुष्पा और करीम ने ड्राइंग रूम में लगी रमिता की बनाई हुई तस्वीरों और पेंटिंग्स को देखा । अभी दोनों इन पेंटिंग्स को देख ही रहे थे कि एक तस्वीर पर

जाकर करीम की नज़र ठहर गई और उसने पुष्पा से पूछा–"ऐसा क्यों लग रहा है पुष्पा कि इस तस्वीर में दिखाई दे रहे सज्जन को मैंने कहीं देखा है ? पर कहाँ याद नहीं आ रहा है ?"

इसी बीच रमिता अपनी दादी को लेकर आई और पुष्प के मम्मी - पापा से मिलवाते हुए कहा–"दादी इनसे मिलिए ये हैं पुष्प के मम्मी और पापा ।" रमिता की दादी दोनों को हाथ जोड़कर नमस्ते करती है । पुष्पा और करीम भी बदले में अभिवादन करते हैं और फिर सभी ड्राइंग रूम में लगे सौफों पर बैठ जाते हैं ।

रमिता सभी के लिए खाना सर्व करती है । खाना खाते हुए ही पुष्पा रमिता के हाथ के बने खाने की तारीफ़ करते हुए कहती है–"वाह रमिता क्या स्वादिष्ट खाना बनाया है तुमने ! मजा आ गया !"

"हाँ खाना तो वाकई भारतीय स्वाद को भी मात दे रहा है । लगता है इसमें कुछ अमेरिकन एसेंस भी आ गया है ।"

करीम ने भी रमिता के हाथ से बने खाने को चखते हुए कहा । करीम की बात सुनकर सभी हँसने लगते हैं । माहौल काफी खुशगंवार लग रहा था । इसी का फ़ायदा उठाते हुए पुष्पा ने रमिता की दादी से कहा–"हमें यह बहुत अच्छा लगा कि रमिता और पुष्प दोनों ने एक-दूसरे को अपने जीवन साथी के रुप में चुना है । इन दोनों की यह जोड़ी औपचारिक रूप से जीवन बंधन में बंध जाए, इसके लिए हम आपसे रमिता का हाथ माँगने आए हैं ।"

"देखिए दोनों बच्चे एक दूसरे को दिल जान से चाहते हैं और एक ही प्रोफेशन में भी हैं । कुछ ही दिनों में दोनों लॉ के पेपर ख़त्म करके ज्यूडिशियल सर्विसेज की तैयारी में जुटने वाले हैं । अगर यह दोनों शादी के बन्धन में बंध जाते हैं तो रमिता के प्रति मेरी भी चिंताएं कम हो जाएगी ।" रमिता की दादी ने पुष्पा के प्रस्ताव पर सहमति जताते हुए कहा ।

"तो जब दोनों परिवारों को यह रिश्ता मंजूर है तो फिर बात आगे बढ़ाई जाए।" करीम ने भी सबकी हाँ में हाँ मिलाते हुए कहा ।

"ठीक है हम सबकी सहमति है पर एक बार रमिता की मम्मी जो कि इण्डिया में रहती है, उनकी राय लेनी भी ज़रूरी है । इसके बाद हम लोग इस रिश्ते को आगे बढ़ा सकते हैं ।" रमिता की दादी ने पुष्पा और करीम को संबोधित करते हुए कहा।

“जी बिल्कुल हम लोग इण्डिया में रमिता की मम्मी से मिलकर जरूर इस मुद्दे पर बातचीत करेंगे ।” करीम ने रमिता की दादी के सवाल का जवाब देते हुए कहा ।

"इण्डिया में क्यों, कल रमिता की मम्मी अमेरिका ही आ रही है, रमिता से मिलने तो आप यहीं पर उनसे मुलाकात कर लीजिएगा ।” रमिता की दादी ने सभी को यह खुशखबरी देते हुए कहा ।

अगले भाग में आप पढ़ेंगे कि क्या रमिता की मम्मी रमिता और पुष्प के इस रिश्ते को स्वीकार कर पाएगी ?

भाग 106 : क्या रमिता की मम्मी पुष्प और रमिता का रिश्ता स्वीकार कर पाएगी ?

पुष्प के मम्मी,पापा और नानी पुष्प की पसन्द और चुनाव से बहुत खुश थे । उन सबको रमिता पुष्प के लिए परफेक्ट मैच लगी थी । रमिता की दादी से मिलकर भी उनको बहुत अच्छा लगा । सभी लोग रमिता की दादी से मिलने के बाद घर वापिस लौट चुके थे। पुष्प रमिता की दादी के फ़ैसले को जानने के बारे में बहुत उत्सुक था । उसने सभी सदस्यों के घर पहुँचते ही अपनी नानी को गले लगाते हुए पूछा–“कैसा लगा नानी रमिता की दादी से मिलकर आपको ?”

“बहुत अच्छा......... नहीं लगा !” पुष्प की नानी ने पुष्प को कुछ चिढ़ाने के अंदाज़ में कहा ।

“क्यों, ऐसा क्या हुआ ? क्या उन्होंने ने मेरा रिश्ता ठुकरा दिया या कोई डिमान्ड रख डाली ?” पुष्प ने घबराते हुए कहा ।

पुष्प की मम्मी और पापा दोनों पास ही में बैठे हुए हँस रहे थे और पुष्प और उसकी नानी की बातों का आनन्द ले रहे थे ।

पुष्प को बहुत परेशान होते हुए देखकर पुष्पा ने कहा–“माँ , आप भी ना, क्यों मेरे बच्चे का दिल दुखा रही हो । जो कुछ भी बात हुई वो सब सच-सच बताओ ना ।”

“अब मम्मी आप ही बताइए न कि आख़िर रमिता की दादी ने हमारे रिश्ते को लेकर हाँ बोला या नहीं ?” पुष्प ने अपनी मम्मी के नजदीक आते हुए पूछा ।

“देखो बेटा, उनकी तरफ़ से तो हाँ ही है परन्तु.....पुष्प ने अपनी मम्मी की बात को बीच में ही काटते हुए कहा–“परन्तु क्या मम्मी, जल्दी बोलो ना !” पुष्प ने अपनी मम्मी को झिझोड़ते हुए कहा ।

“अरे बाबा पूरी बात तो सुनो, मैं यह कह रही थी कि रमिता की दादी की तरफ़ से तो तुम दोनों के रिश्ते के लिए हाँ ही है मगर आज रमिता की मम्मी भी अमेरिका ही आ रही है तो वे उनसे भी इस रिश्ते के बारे में बातचीत करना चाहती है ।” पुष्पा ने पुष्प की चिन्ता दूर करते हुए कहा । पुष्प यह सुनकर अपनी मम्मी के गले से लिपट गया । इसी बीच पुष्प के पापा ने हस्तक्षेप करते हुए कहा कि -

“रमिता की पेंटिंग्स बहुत खुबसूरत लगी मुझको । वो लड़की जितनी पढ़ाई में तेज़ है उतनी ही सृजनात्मक भी है । पर एक स्कैच को देखकर पता नहीं ऐसा क्यों लगा कि उस इन्सान को मैंने पहले कहीं देखा है ? मगर कहाँ और कब कुछ याद नहीं आ रहा ?”

“होता है पुष्प के पापा, इस उम्र में सभी के साथ ऐसा ही होता है ।” पुष्पा ने करीम पर चुटकी लेते हुए कहा । सभी हँसने लगते हैं ।

“मुझे भी ऐसा लगता रहता है कि मैंने रमिता को पहले भी कहीं देखा है । पर यह शायद मेरा भ्रम भी हो सकता है । इतनी खूबसूरत लड़की इस दुनिया में कोई और हो ही नहीं सकती । भई मेरे बेटे पुष्प की पसन्द की दाद देनी पड़ेगी ।” पुष्प की मम्मी पुष्पा ने पुष्प की पसन्द की तारीफ़ करते हुए कहा ।

इसी बीच रमिता का फोन आया । पुष्प ने रिसीव करते हुए कहा –“हाँ रमिता बोलो, क्या खास ख़बर है ?”

“खाश नहीं, प्रेसिडेंट साहब खुश खबरी है कि मेरी मम्मी अमेरिका पहुँच चुकी है और मैं और दादी उनको एयरपोर्ट पर रिसीव करने जा रहे हैं ।”

“ओह ! That's Great रमिता ! मुझे और मेरे मम्मी, पापा और नानी को भी यह ख़बर सुनकर बहुत प्रसन्नता हुई । हम लोग कल ही तुम्हारी मम्मी से मिलने तुम्हारे घर आ रहे हैं ।” पुष्प ने अपनी प्रसन्नता व्यक्त करते हुए कहा ।

“और हाँ ,मम्मी, पापा और नानी तुम्हारे हाथ के खाने की तारीफ़ पर तारीफ़ किए जा रहे थे। अबकी बार मैं भी आ रहा हूँ तो वैसा ही खाना बनाकर रखना प्लीज!” पुष्प ने रमिता का उत्साह वर्धन करते हुए कहा ।

"अच्छा ठीक है, अब मैं फोन रखती हूँ । मम्मी का फ़ोन आ रहा है ।" कहते हुए रमिता ने फ़ोन काट दिया ।

अगले भाग में आप पढ़ेंगे कि क्या हुआ जब रमिता की मम्मी अमेरीका पहुँची ?

भाग 107 : क्या हुआ जब रमिता की मम्मी अमेरीका पहुँची ?

रमिता आज बहुत खुश थी । उसकी मम्मी अमेरिका आ गई थी । रमिता और उसकी दादी ठीक समय पर एयरपोर्ट पहुँच गए थे । जैसे ही रमिता की मम्मी एयरपोर्ट से बाहर निकली तो रमिता भावुक होकर उसके गले लिपट गई और बोली –"लव यू मम्मी ! आपको बहुत मिस किया मैंने । शुक्रिया आपका, यदि आपने दादी को मेरे साथ यहाँ रहने के लिए नहीं भेजा होता तो मैं शायद ही अकेले इतने लम्बे समय के लिए अमेरिका में रह पाती !"

"बिल्कुल इसी लिए मैंने तेरी दादी को तेरी देखभाल के लिए भेजा था । मैंने भी तुझे और तेरी दादी को बहुत मिस किया । अच्छा अब घर भी ले चलेगी या सारी बातें यहाँ एयरपोर्ट पर ही करेगी ?" रमिता की मम्मी ने रमिता की दादी का आशीर्वाद लेते हुए कहा।

"हाँ मम्मी ! चलिए घर चलते हैं,अपनी कैब भी आ गई ।" कहते हुए रमिता अपनी दादी और मम्मी को कैब में बैठाकर घर ले आई।

घर पर आते ही रमिता की मम्मी रमिता की पेंटिंग्स को देखकर बहुत खुश हुई । रमिता के पापा आर.के.जी. का स्कैच देखकर वो भावुक होते हुए बोली –"आज तेरे पापा इस दुनिया में होते तो अपनी बेटी की कामयाबी को देखकर कितना खुश होते ?"

रमिता ने अपनी मम्मी की आँखों से आँसू पोंछते हुए कहा –"आज उनकी ब्लेसिंग से ही मैं इस मुकाम तक पहुँची हूँ माँ । मेरे लॉ के एग्जाम खत्म हो गए हैं । सभी पेपर बहुत अच्छे रहे । अब मैं जुडिशियल सर्विसेज की तैयारी में जुट गई हूँ । जल्दी ही इसके भी एग्जाम होने वाले हैं । आपके और पापा के आशीर्वाद से देखना माँ एक दिन आपकी बेटी अमेरिका के कोर्ट की जज बन कर दिखाएगी ।" रमिता की मम्मी ने फिर से रमिता को गले लगा लिया ।

“अच्छा अब दोनों माँ-बेटी की बातें पूरी हो गई हो तो दोनों कुछ खा पी लो । मैंने तुम दोनों के लिए खाना बना दिया है ।” रमिता की दादी ने टेबल पर खाना सर्व करते हुए कहा ।

“अरे वाह दादी ! इतना जल्दी आपने खाना भी बना दिया ।” रमिता ने चहकते हुए कहा ।

“देखो बेटी तैयारी तो हम दोनों पूरी करके ही तुम्हारी मम्मी को लेने एयरपोर्ट पर गए थे । फिर खाना बनाने में देर लगती ही क्या है ? फिर आज शाम को पुष्प और उसके मम्मी-पापा भी तो तेरी मम्मी से मिलने के लिए आ रहे हैं तेरे रिश्ते के लिए। तो उसके लिए तैयारियां भी तो करनी है ।” रमिता की दादी ने मुस्कुराते हुए कहा।

“हाँ दादी, अच्छा किया आपने याद दिलाया । पुष्प के बारे में तो मैं मम्मी को बताना ही भूल गई थी।” रमिता ने चहकते हुए कहा।

“पुष्प ! यह कौन है भाई ?” रमिता की मम्मी तब्बू ने आश्चर्य से पूछा ।

“अरे वही जिसको हमारी रमिता अपना दिल दे बैठी है और रात- दिन बस उसी के बारे में सोचती रहती है । वैसे लड़का भले घर का है सो है पर दिल का भी बहुत भला है । उसके मम्मी- पापा भी आजकल अमेरिका आए हुए हैं और संयोग देखिए कि रमिता की मम्मी भी आज अमेरिका में हाज़िर हो गई ।" रमिता की दादी ने रमिता की तरफदारी करते हुए कहा ।

“अच्छा तो बात इतने आगे तक पहुँच चुकी है और मुझको ख़बर तक नहीं । क्या बात है रमिता ! वैसे यह पुष्प करता क्या है ?” रमिता की मम्मी ने रमिता से पूछा।

“मेरा क्लासमेट है मम्मी । हम दोनों की लॉ एक साथ कंप्लीट हो रही है और दोनों साथ ही ज्यूडिशियल सर्विसेज की तैयारी भी कर रहे हैं । शीघ्र ही एग्जाम होने वाले हैं ।” रमिता ने थोड़ा घुमाफिरा कर अपनी मम्मी के सवाल का जवाब दिया।

“अरे यह भी तो बता बेटी कि आज शाम को पुष्प और उसके मम्मी- पापा तेरे रिश्ते के लिए तेरी मम्मी से मिलने को घर आ रहे हैं।” रमिता की दादी ने चुटकी लेते हुए कहा ।

"हाँ मम्मी वे लोग दादी से तो मिल चुके, अब चूंकि आज आप भी अमरीका में ही हो तो वे लोग आपसे मिलकर इस रिश्ते को आगे बढ़ाने के लिए उत्सुक हैं ।" रमिता ने अपनी मम्मी को सब कुछ स्पष्ट करते हुए कहा ।

"अच्छा पहले यह तो बता कि क्या तुझे तेरे पार्टनर के साथ तेरे होने वाले सास-ससुर भी पसन्द है या नहीं ?" रमिता की मम्मी ने रमिता का दिल टटोलने के लिहाज़ से पूछा ।

"वे सभी लोग बहुत अच्छे हैं मम्मी और ख़ास बात तो यह कि पूरी फैमिली इंडियन हैं । उनको मेरे हाथ का खाना और मेरी सभी पेंटिंग्स भी बहुत पसन्द आई है ।" रमिता ने अपनी मम्मी के सवाल का जवाब देते हुए कहा ।

"अरे भाई अब आप लोग सवाल - जवाब ही करते रहोगे या मेहमानों के लिए कुछ तैयारी भी करोगे ? वे लोग आज शाम को ही रमिता के रिश्ते के लिए आ रहे हैं । चलो अब सब लोग काम पर लग जाइए ।" कहते हुए रमिता की दादी ने सभी को घर की सजावट और खाना इत्यादि बनाने के काम में लगा दिया और ख़ुद भी काम में जुट गई । अगले भाग में आप पढ़ेंगे कि "क्या राज बताए करीम ने रमिता और पुष्प को ?"

भाग 108 : क्या राज बताए करीम ने रमिता और पुष्प को ?

रमिता और उसकी दादी घर की साज सज्जा में व्यस्त थे । रमिता की मम्मी सफ़र तय करके अमेरिका पहुँची थी सो आराम कर रही थी । इसी बीच रमिता के फ़ोन पर पुष्प का कॉल आया ।

"हेलो रमिता कैसी हो ? घर में सब लोग ठीक है ?"

"हाई पुष्प ! हम सब ठीक हैं और तुम्हारे स्वागत की तैयारियों में जुटे हुए हैं । बताओ कोई ख़ास बात है क्या ?" रमिता ने पुष्प की कॉल का जवाब देते हुए कहा ।

"हाँ रमिता तुमसे मेरे मम्मी और पापा मिलकर कुछ बात करना चाहते हैं । क्या बात करेंगे यह उन्होंने मुझे भी नहीं बताया । क्या तुम अभी किसी भी बहाने से

हमारे घर आ सकती हो, बिना तुम्हारी मम्मी और दादी को बताए ?” पुष्प ने रमिता की बात का जवाब देते हुए कहा ।

“अरे ! अब ऐसी क्या बात है जो वो लोग शाम को यहाँ आकर सबके साथ नहीं कर सकते हैं ?” रमिता ने झुंझलाते हुए कहा ।

“प्लीज रमिता समझने की कोशिश करो । अच्छा मैं गाड़ी लेकर आ रहा हूँ । तुम मुझे तुम्हारे घर के पास वाले चौहराए पर मिलो ।” पुष्प ने रमिता को समझाते हुए कहा ।

“ठीक है बाबा, आ जाओ । तुम्हारे साथ तो मैं चल सकती हूँ । फिर प्लीज़ मुझे वापिस घर छोड़ भी देना ।”

“श्योर रमिता, तुम चौराहे पर मिलो मुझे ।”

पुष्प के आग्रह पर रमिता ने अपनी दादी से बाजार से कुछ जरुरी सामान लाने का बहाना बनाया और घर से निकल कर पास के चौराहे पर आ गई । उसे दूर से ही पुष्प दिख गया था । रमिता ने उसे हाथ से इशारा करके अपनी ओर बुला लिया और उसके साथ गाड़ी में बैठकर पुष्प के घर पहुँच गई ।

पुष्प के घर पर पुष्प के मम्मी, पापा और पुष्प की नानी रमिता का ही इन्तजार कर रहे थे । उसके पहुँचते ही पुष्प की मम्मी ने सभी के लिए कोल्ड कॉफी सर्व की और फिर करीम से अपनी बात कहने का इशारा करते हुए सोफे पर बैठ गई ।

पुष्प के पापा ने अपनी बात शुरू करते हुए कहा–“बेटा रमिता मुझे माफ़ करना कि यूँ जल्द बाजी में मैंने तुम्हें यहाँ बुलाया वो भी सस्पेंस के साथ । दरअसल बात यह है कि मेरे पास कुछ ऐसी जानकारियां और फेक्ट है जो पुष्प और तुम दोनों को शादी के बन्धन में बंधने से पहले जान लेना जरुरी है ।”

“ऐसे क्या फैक्ट और जानकारियां हैं पापा जो हम दोनों को पता नहीं है ?” पुष्प ने उत्सुकता से करीम से पूछा ।

“वही सब बताने जा रहा हूँ बेटा । मुझे लगा कि रमिता की मम्मी से मिलने से पहले सभी सच्चाईयां तुम लोगों को पता होनी चाहिए। रमिता तुम्हें याद होगा कि पिछली बार जब हम लोग तुम्हारे घर गए थे तो तुमने हम सभी को तुम्हारे द्वारा बनाया हुआ अपने पापा का स्कैच दिखाया था । बस उसी दिन से मैं सोच रहा था कि इन इन्सान को मैंने पहले कभी कहीं देखा है । और दिमाग़ पर बहुत ज़ोर डालने

और अपने साथियों से उस स्कैच को साझा करने के बाद पता चला कि तुम्हारे पापा हमारी ही कोर्ट में रजिस्ट्रार थे ।"

"पर आपके पास मेरे पापा का स्कैच आया कहाँ से ?" रमिता ने हैरानी से पूछा।

"उस दिन जब हम लोग तुम्हारे घर गए थे तो तुम्हारे बनाए हुए स्कैच की मैंने फ़ोटो अपने मोबाईल में ले ली थी ।" करीम ने रमिता के सवाल का जवाब देते हुए बताया ।

"अब आगे सुनो ! रजिस्ट्रार साहब से शादी करने से पहले तुम्हारी मम्मी के साथ मेरा निकाह हुआ था । लेकिन मैं पुष्पा से प्यार करता था इसलिए मैंने तुम्हारी मम्मी को कभी भी दिल से नहीं अपनाया था । और अन्तत: हम दोनों के बीच तलाक़ हो गया।" करीम की यह बात सुनकर रमिता और पुष्प एक दूसरे को देखने लगे ।

"अरे अभी किसी नतीजे पर मत पहुंचों ? पहले मेरी पूरी बात सुन लो ?" करीम ने स्थिति को भांपते हुए कहा ।

"अब कहने और सुनने को रह ही क्या गया है पापा ! इस रिश्ते से तो रमिता मेरी बहिन हो गई । अब यह रिश्ता हो ही नहीं सकता ?" पुष्प ने अपने पापा की बात का जवाब देते हुए कहा ।

"नहीं बरखुर्दार ऐसा कुछ भी नहीं है । पहले हमारी पूरी बात तो सुनो । सच यह है कि मैं रमिता का ना तो बायोलॉजिकल पिता हूँ और नहीं कानूनी तौर पर ।"

"ऐसा कैसे हो सकता है पापा । जब रमिता की मम्मी ने आपसे निकाह किया था तो उनके गर्भ से पैदा हुई बच्ची के पिता भी तो आप ही हुए न ?" पुष्प ने अपने पापा से आरग्यू करते हुए पूछा ।

रमिता जड़वत होकर चुपचाप सब कुछ सुन रही थी । पुष्पा और पुष्प की नानी भी करीम को देखे जा रहे थे ।

"देखो बेटा रमिता की मम्मी से मेरा निकाह जरूर हुआ था, मगर हम दोनों के बीच कभी जिस्मानी ताल्लुकात नहीं बने थे और इसका कारण था मेरे दिलों- दिमाग़ में पुष्पा का बसे रहना । मैं मानता हूँ कि रमिता की मम्मी से मेरा निकाह करना गलत था परन्तु उस समय हालात ही ऐसे बने कि चाहते हुए भी मैं कुछ नहीं कर सका ।"

इतना कहकर करीम सबको फ़्लैश बैक में ले गया । जहाँ पुष्पा से उसका बिछड़ना और ख़ुद के अब्बू और अम्मी की बीमार हालत की वज़ह से उसका और तबस्सुम का निकाह करवाया गया था ।

फ़्लैश बैक से बाहर आने के बाद पुष्प ने फिर से सवाल करते हुए पूछा –"पर इस बात का क्या प्रमाण है पापा कि आप रमिता के पिता नहीं हो ?"

"बहुत अच्छा सवाल तुम्हारे दिमाग में आया है पुष्प । इस बात का प्रमाण है कोर्ट द्वारा करवाए गए डी.एन.ए. टेस्ट की रिपोर्ट । जिससे यह साबित हो गया था कि मैं रमिता का पिता नहीं था । इसी आधार पर मेरा और तबस्सुम का तलाक हुआ था । रमिता के असली पिता रमाकांत गुप्ता थे जिनको लोग आर. के. जी. के नाम से पुकारा करते थे ।" करीम ने सभी को कोर्ट द्वारा ज़ारी तलाक़ की डिक्री और डी.एन.ए. टेस्ट रिपोर्ट दिखाते हुए कहा ।

"तुम्हारे पापा ने सब कुछ सच-सच और साफ-साफ़ बता दिया है बच्चों । उनकी कही गई हरेक बात की मैं गवाह हूँ । अब भी तुम्हारे पास कोई सवाल या जिज्ञासा हो तो पूछ सकते हो । कल किसी और के ज़रिए तुम्हें यह सच्चाई पता चले बजाय इसके हम लोगों ने ही इस रिश्ते को पक्का करने से पहले सब कुछ बता देना उचित समझा । रमिता को घर पर बुलाकर यह सब समझाने की योजना तेरे पापा, नानी और मैंने मिलकर बनाई थी । अब तुम दोनों तय करो कि यह रिश्ता तुम लोगों ने आगे बढ़ाना है या नहीं ?" पुष्पा ने रमिता और पुष्प को समझाते हुए कहा ।

"इस रिश्ते को आगे बढ़ने से दुनिया की कोई ताकत नहीं रोक सकती मम्मी जी। मैंने पुष्प को दिलो- जान से चाहा है और उसके सिवाय मेरा हाथ कोई और नहीं थाम सकता है । यह अच्छा रहा कि आप लोगों ने पूरे सबूतों और तथ्यों के साथ हमें सब कुछ सच बता दिया । अब हम लोग दुनिया की हर ताकत से लड़ने और जवाब देने में सक्षम हैं ।" रमिता ने पुष्प का हाथ अपने हाथ में लेते हुए कहा ।

"हाँ रमिता, जबकि यह साफ हो गया है कि हम दोनों अलग - अलग माँ बाप की औलादें हैं तो अब हमें जीवन साथी बनने से कोई नहीं रोक सकता है ।" पुष्प ने रमिता की बात से सहमति जताते हुए कहा ।

भाग 109 : क्या हुआ जब पुष्प के परिजन रमिता की मम्मी से मिलने पहुँचे ?

रमिता और पुष्प ने साथ जीने और मरने की कसमें खा ली थी । उनके लिए अच्छा ही रहा कि किसी तरह से कोई बात बिगड़े उसके पहले सच्चाई सामने आ गई । रमिता पुष्प के घर से सभी को प्रणाम करके और सभी का आशीर्वाद प्राप्त करके अपने घर के लिए रवाना होने लगी थी कि तभी पुष्प ने कहा –"अब हम सब लोग जब तुम्हारे घर ही चल रहे हैं तो तुम भी हमारे साथ ही चलो रमिता ।"

"ठीक है पुष्प, पर मैं दादी और मम्मी को फ़ोन पर बता देती हूँ कि हम सब साथ ही आ रहे हैं ।" कहते हुए रमिता ने अपनी मम्मी और दादी को फ़ोन पर इतला कर दी थी ।

रमिता के घर पर आने वाले मेहमानों के लिए सभी तैयारियाँ पूरी कर ली गई थी।

इधर से पुष्प, उसके मम्मी- पापा, नानी और रमिता एक ही गाड़ी में बैठकर रमिता के घर पहुंचें । रास्ते में रमिता और पुष्प के मन में अजीब से खयाल आ रहे थे । वे दोनों ही एक ही बात सोच रहे थे कि पता नहीं रमिता की मम्मी इस रिश्ते को स्वीकार करेगी या नहीं ?

सोचते - सोचते कब रमिता का घर आ गया पता ही नहीं चला । रमिता सबको अपने घर लेकर गई और ड्रॉइंग रूम में बैठी अपनी दादी से मिलवाया । रमिता की मम्मी रसोई में खाना बना रही थी । उन्होंने रमिता से कहा –"बेटा तुम और दादी मिलकर पहले मेहमानों को खाना सर्व कर दो । तब तक मैं गरमा-गरम पूरियां तल देती हूँ ।"

"ठीक है मम्मी , जैसा आप उचित समझो । हम सबको खाना खिला देते हैं । फिर सभी लोग मिलकर बातचीत करेंगे ।" रमिता ने अपनी मम्मी से सहमत होते हुए कहा ।

रमिता और उसकी दादी ने सभी को प्यार से खाना खिलाया । पुष्प की मम्मी ने खाने की तारीफ़ करते हुए कहा –"रमिता की मम्मी भी बहुत अच्छा खाना बनाती है । एक दम रमिता के हाथ के जैसा ।"

“मैंने उनसे ही खाना बनाना सीखा था तो असर तो आएगा ही ।” रमिता ने खिलखिलाकर हँसते हुए कहा । रमिता के साथ सभी खिलखिलाकर हँस पड़े ।

“अच्छा भाई अब सबका पेट भर चुका है तो अब रमिता की मम्मी को कहो कि पूरियां तलना बन्द करें और बातचीत के लिए पधारे ताकि उस उद्धेश्य को पूरा किया जा सके जिसके लिए हम उनसे मिलने आए हैं ?” करीम ने खाने की टेबल से उठते हुए कहा ।

“जी, बस मम्मी आ ही रही है, तब तक आप लोग कुछ मीठा लिजिए । यह इंडियन रसगुल्ले मम्मी ही इण्डिया से साथ लेकर आई थी ।” रमिता ने सभी को रसगुल्लों की प्लेट थमाते हुए कहा और अपनी मम्मी को आवाज लगाई ।

रमिता की मम्मी ने जैसे ही ड्राइंग रूम में प्रवेश किया उसकी नजरें सीधे करीम पर पड़ी और वो भन्नाते हुए बोली –“करीम, यह तुम क्या कर रहे हैं यहाँ पर ?”

तभी रमिता ने बात को संभालते हुए कहा –“मम्मी यह पुष्प के पापा है, इनके पास ही जो बैठे हैं वो पुष्प और उनकी मम्मी और नानी है ।”

“इस सारे खानदान को मैं बहुत अच्छे से जानती हूँ बेटी । यही वे लोग हैं जिन्होंने मेरी जिन्दगी को बर्बाद किया था । इन्हीं की वज़ह से तेरे पापा को मुझसे छीना गया । यदि करीम ने मुझे तलाक़ नहीं दिया होता तो आज मुझे यह दिन नहीं देखने पड़ते ?” कहते हुए रमिता की मम्मी सुबक- सुबक कर रो पड़ी ।

उनके आँसू पोंछते हुए रमिता ने कहा–“देखो मम्मी जो हो गया उसे भूल जाओ, वह सब आपका अतीत था । अब हमें नए रिश्तों की शुरुआत करनी है प्लीज़ ।”

“कैसे भूल जाऊं मैं अपने उस अतीत को, जिसमें मेरे जीवन को बर्बाद करने वाला मेरे सामने अभी वर्तमान में बैठा है । इसी की वजह से मेरा अतीत भयावह रूप ले चुका था ।” रमिता की मम्मी ने रोते हुए ही कहा ।

पुष्प और उसके मम्मी- पापा और नानी चुपचाप रमिता की मम्मी की बातें सुन रहे थे । उनको इन सब हालात का अंदाज़ा पहले से ही था । इसीलिए रमिता और पुष्प को सभी सच्चाइयों से अवगत करवाया गया था ।

“देखो रमिता की मम्मी आपके साथ जो कुछ भी हुआ उसका हमें बेहद अफ़सोस है । रमाकांत गुप्ता जी मेरे कोर्ट में सिर्फ़ रजिस्ट्रार ही नहीं अपितु मेरे अच्छे दोस्त भी थे । उनकी हत्या से हम सभी क्षुब्ध थे । परन्तु अब आगे बढ़ने और बच्चों के

हित में फ़ैसला लेने का वक्त है ।" करीम ने रमिता की मम्मी को समझाते हुए कहा ।

"बच्चों के हित में ? और जब मेरे हित में फ़ैसला लेने की बारी आई तब करीम साहब आप मुझे तलाक़ का नोटिस भेज रहे थे । किस मुँह से आप अपने बेटे के लिए मेरी बेटी का रिश्ता माँगने आ गए ? अरे मेरी बेटी का हाथ माँगने से पहले जरा तो सोचा होता आपने ? यह तो अच्छा हुआ कि मैं यहाँ अमेरिका में मेरी बेटी से मिलने आ गई । नहीं तो आप लोग तो इसे अपने जाल में फंसा चुके होते ? मैं बहुत साफ़ तौर पर मना कर रही हूँ कि मेरी बेटी का रिश्ता किसी भी सूरत में आपके बेटे पुष्प से नहीं हो सकता ।" रमिता की मम्मी ने करीम की बात का जवाब देते हुए कहा ।

"देखिए मम्मी जी आप अपना आपा खो रही है । मेरे और रमिता के रिश्ते के बारे में मेरे मम्मी - पापा को पहले से कोई जानकारी नहीं थी । नहीं हममें से कोई यह बात जानता था कि रमिता आपकी और स्वर्गीय रमाकांत गुप्ता जी की बेटी है ? यह महज़ एक संयोग ही था कि हम दोनों ने एक-दूसरे को पसन्द किया और फिर एक-दूसरे को दिल दे बैठे । यदि रमिता का भी यही फ़ैसला है कि वो इस रिश्ते में आगे बढ़ने को तैयार नहीं है तो हम उसके फ़ैसले का सम्मान करेंगे ।" पुष्प ने थोड़ा आवेश में आकर रमिता की मम्मी को खरी-खरी सुनाते हुए कहा ।

इतनी गरमा- गर्म बहस के बाद पुष्प और उसके परिजन रमिता के घर से रवाना हो गए ।

अगले भाग में आप पढ़ेंगे कि क्या रमिता पुष्प के साथ अपने रिश्ते को आगे बढ़ाती है या अपनी मम्मी के कहने पर कदम पीछे खींच लेती है ?

भाग 110 : क्या रमिता पुष्प के साथ अपने रिश्ते को आगे बढ़ाती है ?

पुष्प और उसके परिजनों के यूँ ही निराश लौट जाने के बाद रमिता का मन किसी टूटे हुए दर्पण की तरह बिखर गया था। बाहर से देखने पर सब कुछ सामान्य लग रहा था, पर भीतर एक अजीब-सी खामोशी पसरी हुई थी, ऐसी खामोशी, जिसमें शब्द दम तोड़ देते हैं और भावनाएँ चीख-चीखकर भी अनकही रह जाती हैं । पूरे दिन उसने न अपनी मम्मी से कोई बात की और न ही दादी से। बिना कुछ खाए-पीए वह अपने कमरे में पलंग पर पड़ी छत को निहारती रही, मानो वहाँ कहीं उसके सारे सवालों के जवाब लिखे हों।

समय बीतता गया। धूप ढलकर साँझ में बदल गई, पर रमिता अपने कमरे से बाहर नहीं आई। घर के आँगन में चूल्हा ठंडा पड़ा था और रसोई में पसरा सन्नाटा घर के भीतर छिपी बेचैनी को और गहरा कर रहा था। आखिरकार रमिता की मम्मी का धैर्य टूट गया। उन्होंने धीरे-धीरे जाकर रमिता के कमरे के दरवाज़े पर दस्तक देते हुए कहा- "रमिता! बेटी, दरवाज़ा खोलो। कुछ खा-पी लो। देखो, तुम्हारी वजह से आज घर में किसी ने कुछ नहीं खाया है ।"

कुछ क्षणों का मौन छाया रहा। फिर भीतर से धीमी-सी आवाज़ आई—"नहीं मम्मी, मेरा मन नहीं है। आप लोग खा लीजिए।" इतना कहकर रमिता ने दरवाज़ा खोल दिया। उसका चेहरा उतरा हुआ था, आँखों के नीचे गहरी परछाइयाँ थीं और होंठों पर जमी चुप्पी किसी अधूरे वाक्य की तरह लग रही थी। मम्मी उसे देखते ही समझ गईं कि बेटी भीतर से कितनी टूट चुकी है। वे उसके पास बैठ गईं और भर्राए स्वर में बोलीं—"देखो बेटी, मैं जानती हूँ कि आज जो कुछ हुआ, वह ठीक नहीं था। पर क्या करूँ? मैं अपने ज़ख़्मों को कैसे भूल जाऊँ? करीम और पुष्पा को एक साथ देखते ही मुझे पता नहीं क्या हुआ कि मैं अपना आपा खो बैठी। जो हुआ, सो हुआ... लेकिन पुष्प के साथ तुम्हारा यह रिश्ता मुझे मंज़ूर नहीं है। मैं तुम्हारे लिए इससे कहीं अच्छे रिश्ते ढूँढूँगी। मेरी बात मान लो, इस ज़िद को छोड़ दो।"

रमिता ने पहली बार सिर उठाकर अपनी माँ की ओर देखा। उसकी आँखों में आँसू नहीं थे, बल्कि एक दृढ़ चमक थी, ऐसी चमक, जो लंबे दुःख और संघर्ष के बाद जन्म लेती है। "मम्मी," वह ठहरे हुए स्वर में बोली,-"क्या रिश्ते इतने सस्ते होते हैं कि जब चाहो तोड़ लो और फिर नया ढूँढ लो ? ये दिलों के रिश्ते होते हैं। दो दिलों के बीच बड़ी मुश्किल से जुड़ते हैं। और जब एक बार जुड़ जाएँ, तो इन्हें तोड़ना आसान नहीं होता।"

माँ कुछ पल चुप रहीं। फिर बोलीं—"तुम ठीक कहती हो बेटी। लेकिन मैं नहीं चाहती कि जिस तरह तुम्हारे पापा को खोकर मैं विधवा का जीवन जी रही हूँ, वही नियति तुम्हारे हिस्से भी आए।"

यह कहते हुए उन्होंने रमिता के सिर पर स्नेह से हाथ फेरा। रमिता ने माँ का हाथ थाम लिया और बोली—"मम्मी, अगर हम ज़ाहिल और धर्मांध लोगों के डर से ही अपने फैसले बदलते रहेंगे, तो यह दुनिया हमेशा उन्हीं के चंगुल में फँसी रहेगी। उनसे मुक्त होने का एक ही रास्ता है, डरे बिना, उनकी परवाह किए बिना, अपने जीवन को अपने ढंग से जीना।"

इसी क्षण कमरे की खामोशी को तोड़ता हुआ रमिता का मोबाइल बज उठा। स्क्रीन पर पुष्प का नाम चमक रहा था। "हैलो रमिता, हाउ आर यू ? तुमने आज की न्यूज़ देखी ?" "मैं ठीक हूँ, पुष्प," -रमिता ने हल्की मुस्कान के साथ कहा, "पर ऐसा क्या है कि तुम इतने एक्साइटेड हो ?"

"अरे, आज जुडिशियल सर्विसेज का रिज़ल्ट आने वाला है !" पुष्प की आवाज़ में उत्साह छलक रहा था।

"ओह ! ये तो बहुत बड़ी खबर है," रमिता का स्वर भी खिल उठा, "मैं तो हम दोनों का रिज़ल्ट जानने के लिए बेचैन हूँ।"

कुछ क्षण बाद रमिता ने संकोच से कहा—"पुष्प, उस दिन जो हुआ... तुम्हें और तुम्हारे मम्मी-पापा को बुरा तो नहीं लगा ? मम्मी अपने अतीत से बहुत प्रभावित रहती हैं। कई बार भावनाओं में बह जाती हैं। प्लीज़, वो सब भूल जाना।"

पुष्प हँसते हुए बोला—"रमिता, उनकी प्रतिक्रिया बिल्कुल स्वाभाविक थी। उनकी जगह कोई भी होता तो शायद यही करता। हमें किसी बात का बुरा नहीं लगा। और तुम्हारा फ़ैसला मुझे पता है, फिर नाराज़गी कैसी ?"

रमिता की आवाज़ में दृढ़ता उतर आई—“देखो पुष्प, मुझे तुमसे जुदा दुनिया की कोई ताकत नहीं कर सकती। जीना भी तुम्हारे संग और मरना भी। मम्मी को बस यही डर है कि कहीं वही ज़ाहिल लोग हमारे पीछे न पड़ जाएँ, जिन्होंने मेरे पापा की जान ली थी। पर मैं मम्मी को मना लूँगी। और हाँ, तुम्हारे मम्मी-पापा का शुक्रिया कि उन्होंने अपने अतीत के सारे सच हमें ईमानदारी से बताए ।”

कुछ पल बाद पुष्प ने याद दिलाया—“वैसे, अमेरिका की सिटीजनशिप वाली एप्लीकेशन का क्या हुआ ?”

“अरे, मैं तो भूल ही गई,” रमिता ने हँसते हुए कहा और तुरंत ऑनलाइन स्टेटस चेक किया। “पुष्प! मुझे भी नागरिकता मिल गई!” उसकी आवाज़ खुशी से काँप रही थी।

“वाह ! तो फिर अमेरिका की कोर्ट में जज बनने की तैयारी शुरू कीजिए ?” पुष्प ने मज़ाक किया।

“हाँ मीलॉर्ड,” रमिता हँस पड़ी, “और आप भी वहाँ की सबसे बड़ी अदालत के जज बनेंगे ।”

बातों-बातों में भविष्य के सपने बुनते हुए दोनों कुछ देर तक हँसते रहे । अंत में रमिता बोली—“अब मैं फोन रखती हूँ । मम्मी और दादी के साथ कुछ खा लूँ । तुम भी सबका खयाल रखना ।” फोन रखते ही रमिता ने महसूस किया कि उसके भीतर का भारीपन कुछ हल्का हो गया है । वह कमरे से बाहर निकली । रसोई में माँ और दादी उसे देखकर मुस्कुरा दीं । शायद संघर्ष अभी खत्म नहीं हुआ था, लेकिन उम्मीद ने एक बार फिर दस्तक दे दी थी और इसी उम्मीद के सहारे रमिता आगे बढ़ चली । पढ़ते रहिए यह जानने के लिए कि क्या प्रेम, साहस और विश्वास की यह कहानी सचमुच विवाह के बंधन तक पहुँच पाएगी या नहीं ।

भाग 111 : क्या रमिता और पुष्प शादी के बन्धन में बंध पाते हैं ?

आज पुष्प के चेहरे पर एक अलग ही चमक थी । उसकी आँखों में उम्मीदों की रोशनी और होंठों पर सजी मुस्कान उसके भीतर उमड़ रहे सुख के सागर की गवाही दे रही थी । आज उसकी खुशी के दो नहीं, बल्कि कई कारण थे, पर उनमें दो सबसे बड़े और जीवन बदल देने वाले थे । पहला कारण था रमिता का वह अटूट वादा कि वह हर हाल में, हर मोड़ पर, जीवन और मृत्यु तक उसके साथ खड़ी रहेगी और दूसरा, उससे भी बड़ा कारण यह था कि पुष्प और रमिता दोनों को अमेरिका की नागरिकता प्राप्त हो चुकी थी । वर्षों की मेहनत, संघर्ष और प्रतीक्षा आज अपने मुकाम पर पहुँची थी ।

आज का दिन और भी विशेष था, क्योंकि आज ही अमेरिका की जुडिशियल सर्विसेज परीक्षा का परिणाम आने वाला था । यही वह परीक्षा थी, जिसके लिए दोनों ने अपने युवावस्था के अनगिनत सपनों, आराम और व्यक्तिगत सुखों का बलिदान दिया था । पुष्प ने यह सारी अच्छी खबरें अपने मम्मी और पापा को फोन पर बताईं । फोन के उस पार माता-पिता की आवाज़ में जो गर्व, जो संतोष और जो आशीर्वाद था, उसने पुष्प की आँखें नम कर दीं ।

उधर रमिता भी पीछे नहीं थी । उसने भी अपनी मम्मी और दादी को एक-एक कर सारी खुशख़बरियाँ सुनाईं । रमिता की मम्मी की आवाज़ में जहाँ माँ की चिंता थी, वहीं बेटी की उपलब्धि का गर्व भी झलक रहा था । रमिता ने उत्साह में यह भी जोड़ दिया था कि -"मम्मी, आज किसी भी वक्त मेरा और पुष्प का जुडिशियल सर्विसेज एग्जाम का रिज़ल्ट भी आ सकता है।"

वह अभी अपनी मम्मी से बातें कर ही रही थी कि अचानक उसके मोबाइल पर पुष्प की कॉल आई । दिल की धड़कन तेज़ हो गई । उंगलियाँ हल्की-सी काँपते हुए फोन उठाने लगीं । उधर से आई आवाज़ ने जैसे समय को थाम लिया—"हेलो रमिता, मुबारक हो ! तुम जुडिशियल सर्विसेज की परीक्षा में मेरिट में आई हो ।"

बस इतना सुनना था कि रमिता की आँखों से खुशी के आँसू छलक पड़े । उसने फोन हाथ में पकड़े-पकड़े अपनी मम्मी को कसकर गले लगा लिया। माँ-बेटी दोनों एक-दूसरे से लिपटकर खुशी से झूम उठीं । वर्षों की तपस्या, अनगिनत रातों का जागरण और अनकही पीड़ाओं का आज मानो पुरस्कार मिल गया था ।

फोन अभी भी चालू था । अचानक रमिता को पुष्प की याद आई । उसने कहा - "हेलो पुष्प !" उसने उत्साह से कहा, "अरे, तुम्हारा रिज़ल्ट क्या रहा ? मैं तो खुशी के मारे पूछना ही भूल गई ।"

उधर से पुष्प की हँसती हुई आवाज़ आई- "अरे, हम भी पीछे नहीं हैं । बस तुमसे एक पायदान नीचे ! पहले और दूसरे नंबर पर हम दोनों ही हैं, थोड़े से अंतर से ।"

यह सुनते ही रमिता की खुशी दोगुनी हो गई , उसने कहा-"बधाई हो पुष्प !"

उसने कहा, "हम दोनों की मेहनत रंग लाई । अब हमें अमेरिका की अदालत में जज बनने से कोई नहीं रोक सकता ।"

रमिता की मम्मी ने मुस्कुराते हुए रमिता के हाथ से फोन लिया । आवाज़ में अपनापन और पश्चाताप दोनों थे । "पुष्प बेटा, मेरी तरफ से भी बहुत-बहुत बधाई और हाँ, उस दिन मेरे व्यवहार के लिए मुझे माफ़ कर देना । मैं अपना आपा खो बैठी थी । अब जब तुम दोनों एक-दूसरे से शादी करने पर अड़े हो, तो मेरी ज़िद का कोई मतलब नहीं रह जाता ।"

पुष्प की साँस जैसे अटक गई । "लेकिन मम्मी जी..." पुष्प ने हिचकिचाते हुए पूछा, "कोई शर्त ?"

"हाँ बेटा," रमिता की मम्मी की आवाज़ नम हो गई, "बस एक ही शर्त है । मेरी बेटी को सात फेरे या निकाह के लिए मजबूर मत करना । मैं चाहती हूँ कि तुम दोनों कोर्ट में अपनी शादी रजिस्टर्ड करवाओ, ठीक वैसे ही जैसे तुम्हारे मम्मी-पापा ने की थी, और फिर अमेरिका में ही खुशी-खुशी बस जाओ ।"

"जी मम्मी जी," पुष्प ने भावुक स्वर में कहा, "जैसा आप चाहेंगी, वैसा ही होगा।"

इसके बाद पुष्प ने दौड़कर यह खुशख़बरी अपने पापा को सुनाते हुए कहा -। "पापा, आज तो आपके बेटे की झोली खुशियों से भर गई ! नागरिकता मिल गई, जुडिशियल सर्विसेज में दूसरी रैंक आई, और रमिता की मम्मी हमारी शादी के लिए मान गई हैं ।"

पापा ने बेटे को गले लगा लिया । उसी समय मम्मी और नानी भी आ गईं । जब उन्होंने सारी बातें सुनीं, तो घर में जैसे उत्सव छा गया। हँसी, आँसू, आशीर्वाद, सब एक साथ बहने लगे ।

कुछ ही समय में रमिता और पुष्प को ज्वाइनिंग लेटर मिल गया और दोनों ने अमेरिका की अदालत में जज के रूप में अपनी सेवाएँ शुरू कर दीं । उनके इस मुकाम तक पहुँचने से दोनों परिवारों का सिर गर्व से ऊँचा हो गया । पुष्प के माता-पिता और रमिता की मम्मी ने भी स्वैच्छिक सेवा-निवृत्ति का निर्णय ले लिया, ताकि वे अपने बच्चों के साथ नया जीवन शुरू कर सकें ।

शीघ्र ही कोर्ट में रमिता और पुष्प की शादी रजिस्टर्ड हो गई । इस अवसर पर शहर भर के लोगों को एक शानदार पार्टी दी गई । मंच पर सजी कुर्सियों पर बैठे रमिता और पुष्प सबकी आँखों का केंद्र थे । उनके पीछे लगे बैनर पर, दोनों की तस्वीरों के बीच एक दिल बना था, जिसमें सुनहरे अक्षरों में लिखा था—

"रिश्ता तेरा मेरा !"

अब दोनों परिवारों के सभी सदस्य मिलजुलकर एक साथ एक ही छत के नीचे रहने लगे । रमिता की मम्मी, जो कभी इस रिश्ते के खिलाफ थीं, आज सबसे अधिक खुश थीं । रमिता और पुष्प की शादी से अब रमिता की मम्मी सहित परिवार के सभी सदस्य बेहद खुश थे । रमिता और पुष्प का रिश्ता सिर्फ़ दो दिलों का मिलन नहीं था; वह इंसानियत, समानता और प्रेम का प्रतीक बन चुका था । इस रिश्ते ने समाज और दुनिया को यह संदेश दे दिया था कि मज़हब, रिवाज़ और दीवारों से ऊपर उठकर जब इंसान इंसान को अपनाता है, तब वही सच्चा रिश्ता कहलाता है क्योंकि इंसानियत से बड़ा कोई रिश्ता नहीं होता ।

इस कहानी के सभी पात्र, परिस्थितियाँ और स्थान काल्पनिक है । यदि किसी घटना या परिस्थिति से इनका मिलान होता है तो इसे मात्र एक संयोग समझा जाए ।

M-9828185168

navalkishor.s@gmail.com

www.ingramcontent.com/pod-product-compliance
Lightning Source LLC
LaVergne TN
LVHW050844051026
849532LV00006BA/2096
* 9 7 8 9 3 5 7 7 7 7 9 9 5 *